山东作家作品
年选
2018

Shandong
Zuojia Zuopin
Nianxuan

小说卷（上）

山东省作家协会 编

中国书籍出版社
China Book Press

图书在版编目（CIP）数据

山东作家作品年选. 2018. 小说卷. 上 / 山东省作家协会编. -- 北京：中国书籍出版社，2023.12

ISBN 978-7-5068-9721-1

Ⅰ. ①山… Ⅱ. ①山… Ⅲ. ①中国文学—当代文学—作品综合集—山东②小说集—中国—当代 Ⅳ. ①I218.52

中国国家版本馆CIP数据核字(2023)第239850号

山东作家作品年选（2018）·小说卷上

山东省作家协会　编

责任编辑　李　新
责任印制　孙马飞　马　芝
封面设计　牛　钧
出版发行　中国书籍出版社
地　　址　北京市丰台区三路居路 97 号（邮编：100073）
电　　话　（010）52257143（总编室）　　（010）52257140（发行部）
电子邮箱　eo@chinabp.com.cn
经　　销　全国新华书店
印　　刷　济南万方盛景印刷有限公司
开　　本　700毫米×1020毫米　1/16
字　　数　365千字
印　　张　35.75
版　　次　2024 年 2 月第 1 版
印　　次　2024 年 2 月第 1 次印刷
书　　号　ISBN 978-7-5068-9721-1
定　　价　228.00元（全四册）

目　录

中篇小说

短篇小说

爱情曾经来过

王　威

由于天气冷，晚上来大桥下贴手机膜的人越来越少。吃晚饭的时候，树叶问郑水，还受得了吗？郑水点点头。他没接树叶递过来的包子，连看都没看。他知道，如果他看了包子并且推辞，树叶会逼迫他吃。他不想吃树叶的东西。树叶的日子过得连老家的姐姐都不如。姐姐至少还有他这个在济南当医生的弟弟，而树叶在济南啥也没有，只有她自己和那一筐手机膜。

郑水晚上来大桥下贴手机膜快一年了，是今年回老家过年回来开始的，算是"兼职"。如果姐姐知道自己下班后居然跟她一样，蹲在路旁贴手机膜，不知会不会疯掉。姐姐是个性子急躁的人。她什么都干过，烤地瓜、爆米花、茶叶蛋、摆地摊卖十元钱两件……直到两年前给手机贴膜，才算有了正式工作。郑水在医学院的学费就是她这么东一榔头西一棒槌挣来的。老家的县城不像济南,有专门贴手机膜的地方。姐姐只能端着一个纸盒子,天天跟城管打游击。今天蹲这边马路旁,明天坐那边大树底,还硬是没让城管抓住过。可时间长了,城管认识她了,也就盯上了她。那天,她正在路边给一个女孩的山寨机子贴膜。刚贴上,还没刮平呢,一抬头,三个城管已经站在了她身边。女孩夺过手机跑了。姐姐不慌不忙收拾地上的东西。城管围在旁边漫不经心地瞧着她收拾。姐姐左边的城管是个嘴上没毛的小嫩蛋,姐姐就是朝他那儿猛地冲去了。姐姐跑的时候,把盛手机膜的盒子紧紧搂在怀里,那里面不光盛着她的生活,也盛着郑水的生活。济南的房价高,姐姐正在攒钱给郑水买房。这些她还没告诉郑水。姐姐以为这次她又能跑掉,可没想到那么败运,她被右边那个胖城管一个绊子绊倒在地上了,门牙当场就磕掉两颗,一半脸像变魔术般神奇地肿胀起来。只要不没收她的手机膜,别说磕掉两颗门牙,四颗五颗姐姐也认。那天姐姐破天荒没有骂人,可能因为牙透气不好开口。她只是紧紧把盛手机膜的盒子搂在怀里,任凭嘴里断牙的地方源源不断往外冒血。城管没有没收她的东西,只是用手指着她警告说,以后再敢胡乱摆摊子,非没收不可!姐姐连连点头,手背把嘴里的血抹得脸上身上到处都是。城管一走,姐姐转身用冬青上的雪擦了擦手和脸,按按怀里的纸盒子,觉得今天还是赚了,于是有些兴奋。

郑水回去过年时,姐姐的脸还没好。姐夫吸着纸烟瞅了她一眼对郑水说，这个傻女人啊，拿她没办法。姐姐回了姐夫一眼，我看你才是开公交车转悠傻了呢！要不是下雪把地冻滑了，哪能跑不掉！姐姐掉了两颗门牙，说话透气，"是"说成"四"，很滑稽。姐姐一个劲往郑水碗里夹肉。郑水举着碗一声不吭地往嘴里扒拉饭，最后用碗把整张脸都盖住了。姐姐和姐夫互相对视了一下，姐姐忽然问，你跟小米的事怎样了？郑水摇摇头，没说话。你告诉小米，咱买得起房子，你姐夫一个月工资三千多了。大明才上小学，还花不着大钱，先打发你。姐夫又在卷纸烟，点头说是是是，涨工资了，日子慢慢好起来了。

吃过饭，姐姐收拾上东西，让郑水去岭上给爹娘上年坟，也跟爹娘说说和小米的事，让他们也乐呵乐呵。走出很远了，姐姐又追上去，往放供品的篮子里加了一壶酒。郑水看到，冷风中，姐姐肿得高高的颧骨又青又紫，心里又一阵绞痛。

郑水去诊所买回一些药，让姐姐吃。姐姐白了他几眼，嫌他乱花钱。都好了还吃什么药呀？郑水把药倒在手心，磕进姐姐的嘴巴里，姐姐一仰脖子咽了。郑水自十二岁，病秧子爹娘相继去世后，就跟着姐姐，一直到现在。姐姐咽下药，盯着郑水，粗糙的脸盘上堆起一些笑。郑水知道，姐姐又想问小米的事。

郑水和小米是大学同学，在学校时，两人暧昧过一段时间。郑水在济南的医院留下，虽说是个区下面的社区医院，可也多亏了小米的父亲帮忙。小米回到了她老家的城市。她父亲早就在老家的医院给她打点好了。这些，郑水从没有想瞒姐姐。姐姐每次问，他都是一五一十地跟姐姐说。郑水正式去医院报到的前几天，姐姐非要去小米家给她父亲磕头，被郑水拉住了。郑水知道姐姐是个说得出做得出的人。从那天起，姐姐就认定小米是自己家的人了，不光是自己家的人，而且还是恩人。在村里，别人只要问起郑水，姐姐的下一句就会提到小米。

郑水看着姐姐缺少门牙的嘴瘪瘪的，特别像母亲。他想等回去后把姐姐接到济南镶上两颗门牙。

从老家回来，郑水就打听到了这个离住处最近的手机贴膜点。从那以后，几乎是风雨无阻，只要医院不加班、没有手术，他下班后都会过来。这里离科技城近，人们买了手机就跑过来贴膜，每天来的人很多。时间不长，郑水完全能够独立上岗，不用树叶操心了。

树叶是郑水来这里认识的第一个女孩子。她对郑水带着一种天然的关心和怜悯。她不知道郑水的真实身份。她曾经问过郑水，为什么白天不来。郑水说，白天还有份工作。树叶看了看他的身板，没有猜出来他白天还能干啥。他的身板不结实，不像有力气的样，倒像头瘦弱的山羊。

这里没人知道郑水的身份，也没人打听。不是走投无路了，谁来受这份罪啊！郑水知道，医院里有人出去走穴，也挣很多。可他不去，他只想给手机贴膜。他觉得，他干一晚上，等于姐姐一天挣了一天半的钱。最主要的是，这个活离姐姐最近。

郑水的晚饭都是贴完膜后回出租屋凑合。出于医生的洁癖，他很少吃外面卖的东西。

冷风一个劲朝桥洞子里灌，郑水感觉吃不住劲了。今晚接了三个活，他觉得够了。胃一直疼，郑水想回去熬点白粥喝。可又过来一个女孩在他跟前坐下了。郑水接过她的手机，那是款屏幕巨大花里胡哨的机子。郑水把身子伏在腿上，用膝盖顶住胃，开始用软布擦机子。刚擦干净，还没等拿出膜，女孩的手机来微信了。郑水把机子递过去。来的是语音微信。

朵，贴完膜快回，外面坏人多。是个男孩的声音。

嗯，你上夜班别睡着了，注意安全。听话！朵有些害羞地看了看郑水，对着电话小声说。

郑水接过机子重新又擦拭，屏幕上的指印得擦拭干净，否则贴出来的手机不漂亮，说不定还得重新做。

微信声又响起来。郑水又把手机给了女孩。

亲我一下我才听话！男孩在电话里耍亲热。

女孩拿着手机背过了身子。

郑水觉得胃不是那么疼了，他稍稍欠起身子扭头看了看树叶。树叶正怒视着女孩。树叶经常替他出气，尤其他刚来那会儿。郑水轻轻摇了摇头，他怕她吼女孩。

风打着呼哨在桥洞子外面转悠，冰冷的霜雪不时冲进来，抽得人脸上生疼。女孩"亲"完了，回过身子把手机递给了郑水。郑水想贴完这个就收工，虽然胃不是很疼了，可他还是想早回去。他想回去给小米打个电话，或者也像那个男孩子一样，用微信亲她一亲。郑水没亲过小米。在大学里，他只会用眼睛寻找她。小米一不在他眼前，他就寻找，甚至站起来找。多数时候是在图书馆和餐厅里。用眼睛找到小米以后，他不说话，就那么看着她，直到她抱着书或者端着饭菜跑到他桌前。他的眼睛仿佛是一根线，小米就是风筝，不管小米到了哪里，他总能把她牵回来。他也从没对小米说过爱她，他不敢说。小米的家族不管是在她老家的市里，还是省里，根基很硬。虽然这些与爱情无关，可他还是觉得这些东西一掺合，再谈爱情就不纯粹了，尤其，他的家是那么贫穷，更让他无从开口说爱。

树叶帮助郑水把东西收拾好，打发郑水离开。站起来的时候，郑水觉得胃像被电钻钻了一下子，旋转着疼。他不由地打了个趔趄，被树叶从后面托住了。

树叶扶郑水坐下，开始解军大衣的扣子。这个冬天，树叶一直穿着这件肥大的军大衣。郑水不知所措地四下张望。桥下其他摊子都在各忙各的，没人注意他俩。树叶离郑水很近，刘海都触到郑水的鼻子尖了。树叶解完大衣扣子，又把里面的灰色棉袄扣子解开，这时才露出一个挂在脖子上的绿书包。树叶从绿书包里掏出一个包子送到郑水嘴前，示意他吃。郑水一口把包子咬过去，包子还有些温热。树叶又掏出一个，郑水还是一口咬过去。我就知道你早晚得吃！树叶给他从暖壶里倒了一茶缸水。

树叶接连掏出四个包子，郑水都吃了。

我知道你不吃外面的东西，这是我自己包的。树叶开始系棉衣扣子。郑水觉得胃里热乎起来，他不知说什么好，最后说了声谢谢。树叶的脸陡然变了，回到自己的位子上不再说话。

郑水发觉树叶不高兴，可他不知道哪里做错。他重新坐回去，不时地看树叶的脸色。树叶心里偷笑，脸上却故意不露声色。

郑水回到出租屋的时候已经快半夜了，他才想起给小米打电话，掏出手机看了看时间，放弃了。

郑水住的是个老套二，跟别人合租的，每人每月一千元。跟郑水一起住的是个胖子，在酒楼干保安。这些天他都是回来得很晚。郑水知道他最近恋爱了，女孩是他所在酒店的服务员。郑水洗着脸，突然想起了树叶从怀里往外掏包子的情景，举着毛巾发了一会呆，躺到床上了还在想，想了很长时间。由此又联想到了许多事情：自己刚去贴膜时，树叶常常把自己的顾客介绍给他，常常替他把做坏的膜整好，常常带东西给他吃，还给他织过一双毛袜子。郑水爬起来去找那双毛袜子，找了很长时间，最后在一堆书里面扒拉了出来。郑水看着从未穿过的蓝色袜子，跪坐在床中央呆了半天。

第二天一早，从包子到袜子，又在郑水脑子里展示了一遍。这是从打认识树叶以来，郑水第一次在脑海里想和树叶有关的事。他拒绝承认这是想树叶，认为这只是想与树叶有关的事。

郑水刚上班，就抬进来一个姑娘，骨折。郑水看了她一眼，又看了一眼。这是个跟树叶差不多年龄的姑娘，眉眼也跟树叶相似，细眉毛、长眼睛、高鼻梁、厚嘴唇。郑水过去查看姑娘的腿，并要来 CT 片子。骨折是粉碎性的。地面结冰，她穿好工作服急急地往车间走，在车间门口滑倒了。姑娘的家人一个劲要求手术，说那样好得快，反正费用由厂里全部包着。郑水耐心地跟她们商量，是不是先不做手术，保守治疗，打上石膏，让骨头慢慢长好。郑水实在不忍心用手术刀划开这么年轻的腿，虽然那样挣钱多。郑水再看姑娘时，突然强烈地想念起树叶，他心里有些发慌。最后，姑娘和家人同意了郑水的建议。给姑娘正骨的时候，郑水很卖力气，汗顺着发根往外冒。姑娘的尖叫响彻大楼。

给姑娘的腿打好石膏，郑水坐在椅子上歇了会儿。他拿出电话按上了树叶的号，可最后又放弃了。打通了说啥？郑水觉得自己很搞笑。

快下班的时候，郑水给小米打了个电话。他不想一而再再而三地推下去了。电话响了很长时间，小米才接。小米的声音有些慵懒。她接电话的那一瞬间，郑水的脑袋里一片空白，他甚至不知应该说啥好。很显然，小米也没想到话题，两人就那么"空白"了一会儿，然后，郑水就挂了。郑水很沮丧，这不是他想要的结果。他不知道自己心中的那股火怎么说没就没了呢？

郑水倒了两次公交，又步行了一段路，看到了大桥。冬天天黑得早，路灯映照着一些被风刮得纷纷扬扬的碎雪，显得路不是那么清楚。郑水被这些碎雪呛了一下，停住脚过了会才把气喘均匀。

郑水站在桥头往下看。见树叶从头到脚包裹得像个大粽子，她正在用笤帚扫郑水那块地方，那块地儿上附着一层薄雪。树叶的脸上冻起了冻疮，一个紫印连着一个紫印。怎么没早看到呢？郑水决定明天从医院买盒冻疮膏送给她。树叶看到了郑水很高兴，她拿出替郑水收着的马扎，用戴棉手套的手扑打了扑打，搭上一块棉垫子，示意郑水坐。

郑水坐下后，树叶开始从怀里往外掏吃的，是烤白薯。郑水没客气，接过来，还烫手。郑水吃得很香。他在想，要不要告诉树叶他的真实工作。

树叶。郑水吃完了烤白薯，叫她。

树叶被叫楞了，她懵懂地应一声，停下手中的活儿，等着郑水往下说。

郑水说，给我口水喝。

树叶放松下来，你至于吗？说着把自己的暖瓶递了过去。

郑水看到，树叶的眼睛里似乎闪过一丝失望。

这天晚上，郑水接了六个活儿，这是进入冬天以来，接活儿最多的一个晚上。郑水很高兴。他问树叶，想不想吃烤白薯，他去买。树叶撇了撇嘴，谁稀罕烤白薯啊，我以为你送给我花呢。郑水旁边的摊子是个中年妇女，大家都叫她胖姑。树叶的要求把胖姑惹笑了。

树叶你以为自己是千金小姐啊，还想要花呢！你知道那一束花的钱抵你贴多少个手机膜？

胖姑的调笑让树叶的眸子瞬间暗淡下去，她拢起手把身子缩在马扎上不再说话。

郑水站起来抬腿就跑。

桥头左拐不到一里路，有个花店。郑水跑到花店门口，花店正要打烊。店里除了一束蓝色妖姬，几乎没有别的鲜花了。老板娘说，明早，明早就空运过来了。郑水指了指那束蓝色妖姬，老板娘说出的价格远远超出郑水口袋里的钱。

郑水慢慢往回走，他看到有个老人在雪地里卖棉花糖。老人缩着脖子，跟自己一样。

郑水把棉花糖送给树叶，树叶举着棉花糖一直笑，却不吃。直到要收摊回家了，她也没咬一口。就那么举着。胖姑说，举着吧，最好举到出嫁，让你情哥哥连它一起娶过去。郑水以为树叶会站起来打胖姑，或者骂骂她——没活儿的时候，她们经常玩这些小把戏热闹热闹。可树叶没有，她把棉花糖插在电动车把上又用透明胶仔细粘好。放眼看去，那朵轻盈的棉花糖让车子很温暖。

郑水又给小米打过一次电话。因为姐姐来电话，让郑水问问，她想去小米家拜访小米的父母。姐姐说，还是去定下来实落。郑水迟疑着提醒姐姐，他跟小米分住两地呢。姐姐斩钉截铁地说，只要小米乐意，你就调小米老家去。怎么能让你过上好日子，咱就怎么做。姐姐说话嘴里依然透风，吐字不清楚。郑水鼻子一酸，他想起还没给姐姐镶假牙。

郑水给小米打电话的时候自己正往桥那里走。小米那边很嘈杂，可小米语调很欢快。

郑水啊！你说。

小米，你在干嘛？

我在试婚纱呢！对了，郑水，下月八号来参加我的婚礼吧！

……为什么？

……

为什么？

小米沉默了很长时间。

郑水执着地追问。除了执着，郑水不知道自己还应该怎么做。

阿水！小米艰难地咽了一口唾沫，恢复了她在学校时对郑水的称呼。

阿水，我们在一起过不下去的，我吃不了苦。小米停顿了一下，把电话挂断了。

郑水把电话放进羽绒服口袋里。他又看到了卖棉花糖的老人。郑水把五元钱放进老人手里，老人递给他一朵棉花糖。

树叶把整张脸埋在棉花糖里，一口一口地撮。不时抬头笑笑。为了吃这个棉花糖，她放弃了两单生意，全部让给了郑水和胖姑。胖姑鄙视地说，看你那没出息的样儿！只要郑水有出息就成，树叶说。这句话还没落地，胖姑和树叶就一同歪头看郑水。郑水正在认真地贴一个手机膜，像是没听到。

郑水回去后躺在床上，回想大学时的小米。那时她像只小麻雀，蹦蹦跳跳地跟在自己后面，到哪儿都一起。郑水下床找水喝。胖保安在客厅喝啤酒看电视。他看了一眼郑水，你哭啦？郑水奇怪地抹了抹眼睛，干干的。他说没有啊。胖保安又喝了一口啤酒说，哦，我花眼了。

没交取暖费，屋子里很冷。郑水喝完水，把剩下的开水灌了一个热水袋，抱着进了卧室。关门的时候，他看到胖保安边仰头喝啤酒，边用手抹眼睛，粗壮的手指头抹出了很多泪水，亮闪闪的，非得有房子有车子才能谈恋爱？非得有房子有车子才能谈恋爱？他嘟囔的声音听起来有点软弱，可就是这软弱的嘟囔和泪水让郑水羡慕，因为自己哭不出来。

从给小米打完电话以后，郑水好几天没正经吃饭，他一点儿不觉得饿，反倒觉得腿越来越轻快了。他每天就那么轻飘飘地在门诊和病房来回穿梭。这中间姐姐又来过几次电话。郑水推说最近手术太多，还没顾上联系小米。

树叶看出了郑水恍恍惚惚的样子，晚上没有生意的时候，她就从怀里往外掏包子给他吃。郑水不再推辞，拿到手里就吃，默默地咀嚼。树叶也吃。两人就那样围着一个筐子底吃。不过郑水只是吃，却不开口说一句话。

郑水，出什么事了吗？树叶大胆地握住了郑水的手。郑水的手冰得让树叶吃惊，她倒吸了一口冷气，担忧地盯着郑水。

郑水直直地看着树叶，看着看着，眼眶红了。树叶的眼眶也跟着红了。她站起来，脱下身上的大衣，披在郑水的身上，把郑水的胳膊一只一只地伸进大衣袖子里，然后系好大衣扣子，竖起大衣的毛领子。有人过来贴膜，树叶拖过马扎，坐在郑水的筐子前低头干起来。郑水被树叶摆布得像个鼓鼓胀胀的大包袱，拢着手傻呆呆地坐着。脱下大衣的树叶腰身倒是纤弱了许多，像株会行走的草。她移动到哪里，郑水的眼睛就跟到哪里。他看着树叶的脸在寒冷中逐渐变白，身子微微颤抖，可她还是一声不吭地埋头干活儿，除了偶尔扭头看看郑水。

郑水没有管树叶面前那个等着拿手机的络腮胡男人，一把把树叶拽过来，搂在了怀里。络腮胡吃了一惊，眼睁睁地看着面前搂在一起的这两个人，不知如何是好。树叶像块冰，在郑水怀里开始融化，最后两人都变得热气腾腾。

树叶没有要络腮胡的钱，她说免费替他贴了。络腮胡很感动，说自己不光免费贴了个手机膜，还免费看了爱情片，走得高高兴兴的。

许多天，晚饭基本都是树叶带给郑水。多数时候是包子，精肉包子。郑水吃完一个，树叶就从怀里再掏出一个递过去。郑水吃得很香很饱。他自己吃饭时，很少舍得吃肉。每当吃肉，他就会想起姐姐在路边干啃馒头的样子，就会觉得自己没有人性。

树叶看郑水吃得嘴角流油，不由地抿起嘴笑，眼睛弯弯的。有一次饭吃到一半，有人来贴膜，树叶把绿书包挂到郑水脖子上，自己忙活起来。郑水吃完一个包子又摸出一个，一口咬下去，却是个干硬的馒头，只不过是包子的模样。郑水这才知道，树叶一直吃的是干馒头。树叶抬头看到郑水拿着馒头怔怔的样子，说，等有钱了，咱们想吃啥就吃啥。说完又埋头干活儿，一副毫不在意的样子。

那晚，人都走得差不多了，在桥洞子底下，郑水亲了树叶。他把树叶揣在怀里，使劲地亲，似乎要把她吃下去。树叶往郑水羽绒服里面拱，像要钻进他的心里。郑水咬着树叶的耳朵问，你不怕跟我受穷？树叶使劲摇头。

树叶终于知道郑水的身份是医生了，因为郑水被打了。

一连几晚，郑水没去大桥底，树叶忍不住拨打了他的电话。

打郑水的是那个骨折姑娘的弟弟，一个头发理得像鸡冠形状的男孩。姑娘打好石膏，在医院里待了一段时间后回家了。那天早上她又被家人抬进了郑水的诊室。还没等郑水上前问情况，就被"鸡冠头"一拳头打了上来。你他妈的肯定跟我姐厂有勾结，要不怎么不给她动手术？这是我们在大医院做的CT，骨头一点没长！郑水被打翻在地，滑出去很远，头像个冬瓜，在光滑的大理石地面上颠了两下，就不醒人事了……

树叶到病房看郑水，是第二天的上午。这是郑水第一次在白天见树叶。树叶穿一件黑色羽绒服，围一条大红围巾，看上去出挑水灵。郑水的心猛跳了两下。树叶看到郑水头包绷带的样子，泪珠从浓密的长睫毛下往外滚，开始一颗一颗掉，然后是一串一串地流，最后"哇"地哭出了声，趴在床上紧紧搂住郑水不放。郑水扳过树叶的脸，一点一点地亲她，直到亲干了她脸上全部的泪水。

其后，树叶天天来陪郑水。有一次，郑水醒来，见床头柜上有个大花篮，里面有百合、玫瑰，还有蓝色妖姬。树叶对他说，是个大肚子爷们送来的，说是你以前治过的病人。

我送给你吧。

树叶笑了，笑得很开心。

郑水发现，树叶笑起来很好看，就像花篮里的玫瑰花。

郑水病愈上班的那天，把出租屋的钥匙给了树叶一把，告诉了她地址，让她晚上做好吃的等着他。树叶握钥匙的手微微发抖，她看着郑水，眼眶慢慢红了。

下班后，郑水急不可待地赶了回去。屋子里飘散着饭菜的香气。郑水喊树叶，声音由轻到重，却是没人应声。桌上摆着四碟炒菜和一碟冒热气的包子。郑水满屋搜寻，就是不见树叶的身影，只在茶几上放着自己给她的那把钥匙。

郑水去大桥底，也没见到树叶。胖姑告诉郑水，树叶去别的地方贴膜了，去了哪里，她也不知道。

郑水的手机响了，是姐姐打来的。姐姐漏风透气的话一句接一句地传过来，郑水一句也没听明白。

原载《北京文学》2018 年第 2 期

其实并没有后来

孙鹏飞

零

我高中时候喜欢过的一个女生结婚了。

当兵走前的那天凌晨四点钟，我把一沓沓小说稿铺到箱子里，封了起来。给那个女生最后打了次电话，没人接。自己拿了个白瓷碗，倒了矿泉水拌炒面。刚拌好，女生打电话进来说快开学了，要去北京上学。问起我，我说没考好，要去当兵。沉默了一会儿，她问我还有事吗，我直接挂了。

离开她婚礼，我打车去看孟京辉的话剧《一个陌生女人的来信》，堵在了东城。穿过熙攘的小区，门口有个酷似我姐姐的女人掀垃圾桶盖子倒垃圾，穿着红色毛衣格外显眼。

我跟出租车司机说起这里的故事。我说我感觉全世界都是姐姐的影子，可是真的失去姐姐，我再也没办法从全世界找到她。

一

午休铃响之后，我拿着《男生贾里》到教室外面的台阶上阅读起来。读了两行，大头也出了教室，不顾我的反对坐到我旁边。他问我，你姐姐怎么那么好看。我戒备起来，问他想干嘛。他说，咱俩什么时候再去看你姐姐？

我和大头一前一后翻出铁栅栏。坐上公交车，我掐着时间，一小时十分钟之后到东城时代中学门口。午休时间只有两个半小时。我和大头匆忙下车，站在学校门口偷偷摸摸张望。

原本升初中我和姐姐能在一起上学的，"时代"是某在京领导建的小学、初中一体化贵族学校，我在班里成绩一直没出前三，自然也收到了录取通知书。我爸爸思虑再三，领着我来了趟时代。

只站在门口就感受到了强大的磁场，分分秒秒都有风往里面刮钱，学校里都有电影院啊，看得我一愣一愣的。爸爸说里面鱼龙混杂，你进去就学坏了，留着上中学的钱给你上大学吧。我不置可否，看着爸爸坚毅的面孔，只能无奈地点点头。

这会儿大头说，再给你姐姐打个电话吧。我跟着他到学校对面文体店打公用电话，他拨通姐姐小灵通号码后快速把听筒递给我。姐姐字正腔圆地说，你是孙鹏飞，你要干嘛？听筒有些烫手，烫得嘴脸膨胀。我一下就不知道干嘛了。

我们已经渐渐聊不到一起。我跟姐姐说，我看了《男生贾里》，有了当作家的想法。姐姐喜欢的却是受众低龄的言情小说，一句话好几个惊叹号，还会带个笑脸的。没说几句话我把听筒还给大头，大头急切地挂断了。

大头回学校之后给姐姐写了第一封情书，花了比写多两倍的功夫誊写了一遍。在身体迫不及待发育的日子里，恋爱已是蔚然成风。起因是班主任一句，谁要是敢腆着脸写情书，我给你贴门口。然后好多人抱着供人瞻仰的目的锤文凿字，不惜披星戴月。等真的把文字磨练好了，班主任食言了，无声地把信撕了。一封封熬红眼睛的血书连同四分之一的青春散在了风里。

我在纸屑飞舞中接受着教育，脑袋嗡了一下，姐姐成了我的初恋。

她满足了我对女性所有知根知底与柴米油盐的幻想。

二

姐姐叫宋佳，是跟着她妈妈来我家的。我叫姐姐的妈妈曹姨，我爸让我这么叫。从那个艳阳高照的午后，我没午睡，爸爸破例没抽下腰带揍我，也不生气，还心情尚好地把床上换下来的衣服挂进了大衣柜开始，叫了十几年。

那天宋佳先进来，叫了我爸爸一声：叔。她看我，还试图拉我的手，叫我弟弟。我一把推开了高我半头的她。她张了张嘴没说话，满嘴的蛀牙。过了一会儿，曹姨进了门。

当天晚上，她娘俩睡在了我家。我和宋佳睡一张床。一觉醒来，我光着屁股站在沉睡中的爸爸和曹姨床前，毛巾毯遮住了曹姨半拉雪白的胸，她一只手优雅地按在了胸口边缘。我一下子哭了。我要吃炒面，我大喊大叫把他俩吵了起来。

我嚷嚷着要吃炒面，爸爸说我不听，气得他脱了皮鞋打我。我哭得更厉害，说今天就要吃炒面。我妈在世的那几年常常用矿泉水拌熟面糊给我吃，我说不清是真想吃炒面还是想我妈了。

乡下的路灯一贯残破不全，我攥着我爸垂下的一根中指，踩着自己一会在前一会落后的影子，往小卖部走。

墙角突然逃出比我还要狼狈不堪的少妇打横抱着绑着小马尾的闺女，少妇喊着，饶命，救人。差点撞飞我。待她过去，身后跟着一位大腹便便的酒鬼，擎着一根烧火棍，步态踉跄。

我爸上前握住了酒鬼的手，两个人站在马路中央，较着劲打了个转。酒鬼一身蛮力但是并没有讨到任何便宜，爸爸松开他的手。

爸爸说，哪有这么打媳妇的，不过了？

酒鬼憨憨笑，笑完说，我家事，你可管不着。

爸爸指指酒鬼身后的那堵土墙说，今晚我在这等着，我看你还敢打。

酒鬼和我爸爸是从小到大的朋友。他开了家汽修厂，营生一直亏损，家里落了饥荒，每天都有债主上门堵他。我爸说了半天好话，劝劝这边劝劝那边，少妇才跟着酒鬼回家。那以后，少妇常常到我家来。

我胆子特别小，我爸还总是一到晚上就出门，他要走我就拽着他哭得稀里哗啦。他生气地把我反锁在屋里，然后通知少妇带着宋佳来陪我。总是宋佳带着一身夜色和冻得铠甲似的小棉袄先进屋，等一段时间，少妇才会出现。少妇脱下大衣，讲究地搭在椅背上说，你和姐姐先睡吧。我当着宋佳一件件脱了衣服，钻进被窝。宋佳给我掖好被角，也躺下了。

我睡一会儿醒了，房间里黑咕隆冬，角落一盏小台灯微洇透真实的黑暗，显得后劲不足。听人说我爸爸是出门给我找后妈去了，一个坏得浑身长疮的后妈。少妇给我们简单归置了下家里，坐到一边织毛衣。我看了一会儿，伸手过去掐宋佳的脸，心想宋佳醒着的话肯定会流口水，又睡过去了。

再醒来天就亮了，房间里只剩下我和宋佳。宋佳看我醒了才说，刚才我梦见成了鲤鱼，有只鹅追我，吓死了。我说我什么都没梦见。

我送宋佳回她家的路上，遇见两个比我们大几岁的孩子下棋。我和宋佳站旁边看，都入了迷。大几岁的孩子问我学不学棋，我很想学。他告诫我千万别让我爸讨后妈，有了后妈我就掉地上了。

我回家后缠着我爸爸给我报了象棋班。

象棋班在镇子上，我和宋佳搭伴去。下了课少妇骑车子接我们。少妇说，你快点坐上去抱着你姐姐，掉下来我可不管。我当着大几岁的孩子不好意思抱，脸憋得通红一动不动。少妇恨铁不成钢地说，你怕什么，她是你姐姐。

回家一吃完饭我就跟我爸说，我去找我姐姐杀一盘。有时候宋佳也来找我。我们赛着背口诀，三步虎、飞相局、巡河炮、屏风马。我脾气大，赢不了就会摔东西。宋佳总是让我子儿，还允许我悔棋。

我和宋佳下，宋佳从不进攻。因此给了我一种天赋异禀的错觉，只是从来赢不了别人。象棋在我成了中学生之后才彻底放下。

三

有段时间我爸天天在家，他没去给我找后妈我算是松了口气。他非常在乎我成绩，我说试卷没发，考几分早忘了。他看着翻墙爬屋惹得一身泥土的我，一怒拽着我去宋佳家里。他问宋佳，你们班谁功课最好？宋佳说，能有谁，你们家孙鹏飞呗！爸爸问，那他考多少分？宋佳淘气起来，我不知道，早忘了。

我笑眯眯冲宋佳眨眼睛。

宋佳爸爸的汽修厂整得他焦头烂额，他仰躺在沙发上嘟嘴吐着啤酒泡泡玩。曹姨刚和他离了婚，正在乱糟糟的卧室收拾零散的东西。宋佳在卧室和客厅中间垂手站着，静待着她爸爸嘴里的泡泡，在阳光下挂上七彩虹腾飞，继而破裂。

曹姨来我家是在离婚一年之后，进门前正经八百经过媒人介绍。这之前宋佳爸爸的汽修厂已经有了起色，也赚了点钱，想扩大到东城，找银行贷款想说服我爸爸等人做担保，我爸爸觉得冒险始终没同意。宋佳爸爸上门的那个下午，天阴得别出心裁。他拎着一个反季节的蔫儿了吧唧的焦黄西瓜交到我爸爸手里，然后反客为主，坐下来给我们父子沏好了茶。他问我爸爸，记不记得咱中学老师那句话，人生总有那么几步是至关重要的。我爸爸说，我手头也不宽绰。他低着头倒好茶水，半饷不说话。

我领着宋佳到土墙边放二踢脚。点了火扭头跑，一条花花绿绿的蛇试探着往墙上爬，我慌里慌张拉住宋佳，脚下一滑摔进雨后天晴的泥潭里。

曹姨让我老老实实站好，我低着头不看宋佳。曹姨给我打上香皂又去给宋佳打。脱衣服时还没觉得有什么不妥，现在赤裸着倒像个小偷。我爸爸晚上常看那种男女赤裸的录像。我偷偷瞄了一眼，宋佳低着头，单薄、瘦弱，和录像上抱着咬的女人不太一样。宋佳忽然面红耳赤望着我。

小鸡鸡不受我控制，自己硬了。

我能感觉脸上的毛孔凭空放大数倍，宋佳似乎也看出了我的反常。

那以后我不去找宋佳玩，宋佳也没来找我。

直到她们母女长久地住进了我们家。

四

和宋佳生活在一个屋檐下，我终日惶惑不安。我爸和曹姨不在家时，她洗完澡披着毛巾毯坐沙发上看电视。看宫廷剧，披着毛毯扮勾心斗角的皇妃。碰上亲嘴的剧情，吓得我一声不吭跑到房间躲起来。

到了晚上，我和宋佳又睡回一张床。一整个炎热的盛夏我都想着裸睡。宋佳和我说话时常常把含在嘴里已经化了大半的棒棒糖突然插进我嘴里，她睡着之后，我咬着棒棒糖亢奋得异乎寻常。

在学校里，为了避免同学说我们，我装作不认识宋佳。她找我说话，我装得特生气。男生喜欢揪女生辫子，女生反抗，男生就抱团。我也帮着欺负宋佳。一下课宋佳找我，你真好意思动手？男生瞅我们，我只好再揪她辫子，让她滚。回到家，她不理我，不给我抄作业，吃完饭也不再给我洗碗。早早去睡觉，我翻身不小心碰到她，她也学着我的腔调让我滚。

隔天下午我在阳台滑旱冰摔了一跤，右脚脱臼。半夜要上厕所，行动不便，就叫宋佳帮我，叫她好姐姐叫个不停。她一脸得意，坐起来问，你不是不理我吗。

我原本想让她扶着我，谁知她身上藏着惊人的力气，直接把我抱到院子里说，就在这里尿吧。

我心想力气这么大，欺负你怎么不还手。

她仰着头看天上稀疏的星星，问我想妈妈吗。我也仰头看星星，妈妈的模样已经很模糊了。也许是宋佳长大后的样子吧。我宽慰自己我和妈妈未来会遇到。

五年级的那个冬天，我第一次遗精。睡前宋佳还给我拌了炒面。房间没有暖气，我吃完凉炒面，同样冻得浑身抖的宋佳抱着我睡觉。我醒来裤子湿漉漉。吓得跑到院子里撒尿，结果尿不出来。

等到我爸把暖气接到我和宋佳房间，宋佳的爸爸到我家来说，要把她接到东城。

宋佳走了。

怕大人笑话，我用拼音给宋佳写过一次信。曹姨有次去看她，给我带来一只黑色海螺粘成的脊背浑圆的老牛。宋佳说要我努力，奋斗。

五

大头找到女朋友之后就开始嘲笑我，没多久发展到班里每个身体健全的男生都有了女朋友，变成他们一起挤兑我。我悔不当初，常常会想要是宋佳在的话那该多好。早知道砸锅卖铁也念"时代"。

"时代"毕业的都去了东城重点高中，我考进去意味着已经牺牲了往作家之路迈步的时间。高中前那个暑假我穿着旱冰鞋在宋佳小区外面晒得溜黑，就是没遇见宋佳。我又不敢约她。

大头落了榜，和他女朋友也分了手。家里花钱给他送进了我考上的学校。开学的第一天，我几乎和大头同时从人堆里揪出了宋佳。我惊讶地说不出话，宋佳美得早已刷新了我对美的认知，我必须承认这种美是枯竭我的想象力也无法企及的。美中不足宋佳身边出现了位黑马王子。

大头一直夸宋佳漂亮。听到恭维，宋佳只会暧昧地冲黑马王子傻笑。王子格外高冷，不怎么说话。为了能和他在精神上交流，我也只好目中无人。

大头最后说，搭伴吃午饭吧？

宋佳看王子一眼，然后说，再说吧。

我早看出来她在征求王子同意，王子并没有说话。

这个哑巴和宋佳手牵手离开后我突然想，我好几天没杀人了！

进了高中，第一次和宋佳吃饭还是在情人节。宋佳给我打的电话。我在上课，没敢犹豫打了报告跑去厕所接。那边没客套直接问我能不能逃课，我也没客套脱了校服就出去了。一起吃了午饭，和心不在焉的宋佳逛街到下午，我缩着肩吸着冷气说，姐姐你还喜欢下棋吗？

宋佳一句话没说，完了，我心想她也变哑巴了。

我哆哆嗦嗦说，有空咱俩杀一盘。

我又想起我们肆无忌惮地披甲上阵，挥霍命盘里的兵车将相白马银枪的日子。

宋佳停下，看着我。所有人都想挤进他的世界，只有我一个人想着退出。说完宋佳抱着我哭了。

天空自讨没趣地落了细雨，我也自讨没趣地落了眼泪。

六

宋佳走读，他爸爸知道我住校就经常派小保姆给我送吃的，宋佳还把我衣服捎回家洗，我知道都是手洗后就断然拒绝了。我每次到校门口见她家小保姆都觉得倍有面子，保姆总是牵着两条宠物狗吸引女同学的目光。我和女朋友赵丹丹也是那场合遇见的，狗差点咬到她，我愣是给拽住了。

我看着赵丹丹眼熟，问起来才知道，我天天泡图书馆，她有次借书叫了我一声先生，问我，先生，张爱玲的书在哪里？

赵丹丹惊魂甫定，目光越过两只装腔作势的宠物狗，几近哀求地看着我。

我没头没脑地说，小姐别怕，先生控制着局面呢。

我和赵丹丹好上之后，才知道赵丹丹的数学成绩是我考两次加起来的。而我和宋佳的数学，拼在一起总是不超过一百分。

我对数学的渴望是三分天注定七分靠打拼，剩下的一百一十分已经无力回天。老师抓了一批偏科严重的放进了艺术班，我和宋佳都在劫难逃。这里多了一个传说：宋佳的爸爸拿了一沓钱给老师，说要多少你自己从里面抽。我听完有个问号：万一老师都拿走呢？反正宋佳从艺术班出去了，而我始终没调走。

我泡图书馆的时间长了，写作时间长了，好多小说都是速写在纸上，中午去宋佳家用电脑打出来。也是那时见到了昔日的酒鬼用手给我洗衣服。

宋佳爸爸待见我，只要他在家都会沏功夫茶给我喝，我也臊眉搭眼跟他谈人生谈理想，谈写作。宋佳爸爸一发表言论，宋佳就翻着白眼说，数你精！她爸爸现在油光粉面，吵嘴也是乐呵呵的。每次问及曹姨，总欲言又止。话到嘴边，他忙低下头喝一杯茶，倒上一杯，又喝完了。

我不尴不尬说，曹姨挺好，上个星期买了毛线要给宋佳织毛衣呢。

他点点头，眼睛里多了一层水雾。

宋佳房间很多藏书，都是花样少男少女系列的。我翻开看过，两个高富帅逮着一个草根女穷追不舍，过程很揪心。我是草根女我也不知道怎么选。还从书里找到过没寄出去的情书，称谓亲昵，该是留给那个哑巴王子的。

午后困顿的时间，宋佳很少睡觉。我对着电脑敲字，她坐在床上翻书，鼓励我好好写，早晚能写成她手里的书那种水平。

一个礼拜六下午，暴雨之前，天气尚闷热。宋佳睡着了，在床上拧着身子，汗津津的大腿露在裙子外面。一只手压在胸口，有规律地起伏着。

我边瞅着宋佳边把空调温度降低。天空划过闪电，划伤了一片乌云。我给她盖毯子不小心碰到了她的手，她像触电一般哆嗦了一下。她睡觉已经和小时候完全不一样了。电压击穿气体大爆炸，雷声隆隆。

某一天中午同样是阴天，我在教室写小说。宋佳来找我拿她们家饭盒。她跟我坐在一起复述一封退稿信。我很欣慰，一年来竟然没有拒稿理由雷同。我是用很长时间写一篇小说，再用更长的时间等一封退稿信。谁能理解我对退稿信的情有独钟呢，就像谁也想不到几年后所有投稿都石沉大海，杳无音信。只有赵丹丹闷闷不乐问我，她找你干嘛？我说，她是我姐姐。赵丹丹说，姐姐怎么了，自己又不是没有男朋友。我跟赵丹丹吵了几次，然后我不怎么去宋佳家了。

七

元旦晚上宋佳来电话，问我在哪儿。我说，和赵丹丹在上网。宋佳说，在聚会，同学撮合我俩，可我不喜欢他。我问谁呀。她说，你不认识，你来救我。我笑着说，怎么救？她说，带我走。

我去的时候地上已经白茫茫一片，宋佳和一个戴眼镜挺斯文的男生并肩走着，身后留了规规矩矩的两排脚印。宋佳说，我男朋友来了，拜拜。宋佳跟同学告别后说，我走一天路，累死了。我看着宋佳的厚底靴子说，你上来，我背着你。

霓虹渲染的白雪五颜六色，马路上的夜行车断断续续，我背着她翻过了马路中间的栅栏，落地时脚下一滑，两个人都摔倒了。我坐起来看宋佳，想起小时候那次摔进泥潭，曹姨给我们扒光了衣服洗澡。问她，那时候你为啥不来找我了？

宋佳说，总感觉偷了你的东西，不敢见你了。

我看着她，压缩打包好的时光在脑子里如数炸开。

我送宋佳回家已经九点多。曹姨给她织的大红毛衣，宋佳不容分说脱了下来，她抱得我很紧。我就知道她身上蕴藏着惊人的力量。我的两只手没有落下的地方，近乎粗鲁地推她。我边想着小时候和宋佳看宫廷剧对于亲吻的惊心动魄，边小跑着下了楼。

我和宋佳都脱下花里胡哨的衣服时，已经临近高考。每天都穿着校服见面。整栋教学楼也通知要充当考场，我们划分了新阵地。

我忙着和赵丹丹往新阵地搬她的桌椅，路上遇见衣冠楚楚的大头，自己抱着宋佳的课桌，走几步歇一会儿，跟宋佳说个不停。宋佳抱着书本，懵懂地点着头。

我跟大头说过要他自己照照镜子，我姐姐不会喜欢你的。我过去推了他一把说，你头太大了，让开别挡着阳光。

中午我在新教室吃饭，富有耐心地挑出了餐厅大锅菜里的辣椒，对着桌子一阵拳打脚踢。刚要大快朵颐宋佳推门进来了。宋佳以前也在这个班呆过，直接进来找我，并不拘谨。

她站我桌前说，还是有很多人回宿舍午休的。我说，我和赵丹丹都要复习，不打算回去了。宋佳说，给你拌炒面，五点我就起来了。我看着宋佳是有点憔悴的。我说，太多了，我吃不完。宋佳说，你和她吃呀。赵丹丹说，我不爱吃，谢谢。说完，赵丹丹出去透风去了。

我实在吃不完，宋佳拿走时说，没事，剩下的我吃。我说，你还没吃饭呢？她已经走了。

宋佳时常在我们自习的时候过来找同学聊天，只是很少找我。

我问赵丹丹数学题，赵丹丹皱着眉说，你可真够笨的。我嬉皮笑脸给她捋平额头。宋佳突然坐到我旁边说，我给你打针吧。赵丹丹越过我觑了宋佳一眼，宋佳坦然地剥开了一根棒棒糖，宋佳说，赵丹丹你看，我要给孙鹏飞打针了。她拿橡皮擦了擦我胳膊，然后用笔扎我。我像小时候那样笑着说，你要干嘛呀姐姐？

她把含在嘴里已经化开的棒棒糖突然插进我嘴里。

赵丹丹冷哼哼起来就走，我拽住她，英语老师来了，我和赵丹丹坐回座位。

赵丹丹是英语课代表，英语老师觉得我追课代表是挖她墙角，一直没给我好脸。我正好相反，一见她就给她好脸。还会和颜悦色称呼她：小姨、大婶、姑姑、娘娘、妗子、阿嫂、弟妹。

英语老师说，你今天怎么不叫人了？

我说，阿嫂好。

老师说，行啊，左拥右抱。

赵丹丹用笔戳我手背，我松开她，她换了座位。

老师意味深长送来一个微笑。

宋佳小声问我，你还下棋吗？

我摇头。我们赛着背口诀，三步虎、飞相局、巡河炮、屏风马。姐姐呀，我早就不喜欢这种简单分输赢的竞技游戏了。赢了怎样，输了无非推倒重来。

八

高考我和赵丹丹还有班长分到了一个考场，班长数学好，他左手平铺桌子上轻微蜷曲四根手指关节把 ABCD 四个答案传给赵丹丹，赵丹丹的位置恰好遮挡我的视线。赵丹丹低着头写答案，我若无其事看着她。天花板上垂下来四个吊扇，刮的试卷猎猎作响。我等坐在前边的监考老师打哈欠，另一个老师刚好从我身边经过，快速瞄了眼转向墙角的摄像头，我冲赵丹丹挥了下手。赵丹丹冲我竖起三根手指，接着竖起一根手指，我把前两个选择题答案写下，路过我身边的监考老师停下，我后脊梁渗出了冷汗。

我又一次回头看她，她低着头专心答题。直到最后都没有把剩下的答案传给我。

出了考场，我走在前边，班长和赵丹丹在谈论最后几个大题。班长叫住我说，记住了，一个选择题五分呢，两个可就十分。我说，有你妈什么事。班长愣了一下，问，你骂我？我说，你离我远点。我冷眼打量赵丹丹，说，祝你幸福。

后来赵丹丹和班长在一起了，听说报志愿那天睡觉了。在很长一段时间，我逢人便说我的爱情白色论：爱情本该是苍白无力的颜色，只是有人一厢情愿涂成了轰轰烈烈的血红色，描成了忧伤欲绝的浅蓝色。

宋佳爸爸开车送我回去，我默默收拾着大包小包，离开学校的时候我还是哭了。我带着满腔期许而来，却打包了全世界所有的失落。车上宋佳攥着我手说，她的答案也不一定对，你要错误的答案干嘛。宋佳爸爸问我，去不去我那儿喝茶？宋佳说，去吧，你都很长时间不去了。宋佳爸爸看出了我和宋佳关系不同寻常，他按了下喇叭给我提神。我压抑着声线说，不去了。我抽出了宋佳牵制的手。

我的大学在一个海边小城，寒假前招国防生我填报了志愿，宋佳知道后来看我。我们在海堤边拾了一天螃蟹。晚上室友给我践行，酒精都倒在螃蟹上点火烤了吃，热得快煮了一脸盆蔬菜。南方室友跟我碰杯说，祝你们小两口百年好合。我笑眯眯说，你会不会说话，她是我姐姐。

宋佳白了我一眼，问我就算承认了我是你女朋友你会掉块肉吗。她气呼呼剥开一根棒棒糖，这次我巧妙地躲开了。

她恍惚了一阵，自己笑笑，一整晚都不再跟我说话。

当兵走前一晚，宋佳过来陪着曹姨烧了一桌子菜。饭后我心满意足说，我送你回家。曹姨说，这都几点了，让你姐姐在这儿行了。我有点吃不透曹姨什么意思，我拿了外套给宋佳：走吧，再晚点坏人都到街上了。刚出家门宋佳说，我做你女朋友吧？小操场上寂静无声，雪花从深蓝色浩瀚夜空打着旋儿下来，宋佳的高跟鞋在覆盖薄雪的大理石板上打滑，她顺其自然挽着我胳膊。

她问我，你喜欢我吗？

我说，喜欢，曾经。

宋佳说，你要走了，我不想你走。

我说，我还回来。

穿过了夜的尽头，一排蜡黄色街灯挤出轻柔光线，把夜晚笼罩成黄昏。一切气氛都在柔和中沉淀。宋佳踮脚亲我，我伸手拦出租车，她停止对我的捆绑。她说，很开心做你女朋友，遗憾只是一场雪的时间，现在雪停了。

我抬头看夜空，雪刚落下，便停了。

九

后来的后来，便是现在。

我离开赵丹丹的婚礼，打车去看孟京辉的话剧《一个陌生女人的来信》，堵在了东城。我再一次跟陌生人说起这里的故事。我那些压抑的秘密也只能讲给陌生人听。

"后来呢？"司机问我。

我摇摇头，含糊其辞地说，后来，后来还是老样子。我不想跟他说最惨烈的事实和最爱的人的隐私：宋佳被人强暴并且怀孕，在严重的抑郁中选择了自杀。

那天，我突然想起有好几个月没收到只言片语，觉得出事了。打电话给曹姨，曹姨说，你姐姐怀孕了。

我心如刀绞。我说，不干了，我要回去。

曹姨恨铁不成钢地说，你回来干嘛，你姐姐连孩子是谁的都不肯说。

我一下哭了：你怕什么，她是我姐姐呀！

我到家见到宋佳时，一张白布把她从头裹到脚。

围观的人群中有一个小女孩，吃着棒棒糖，这成为歇斯底里哭泣的源头。

原载《莽原》2018 年第 3 期

剪　刀

王玉珏

一

俗话说，老子英雄儿好汉。也未必。看看我小叔就知道了，全身上下哪里有半点我爷爷的影子？我爷爷四里八乡有名的硬茬子、狠角儿，一辈子没对谁低声下气过。最大的软肋就是这个小儿子，老实、胆小。老实不说，还窝囊，软柿子一个，里里外外没个男人样。哪怕有他老子的十分之一呢，哪怕有他哥的十分之一呢。

他哥就是我爸。我奶奶这辈子总共就生了俩，俩都是儿子。老大没问题，"好汉"不敢说，男人的样子该有还是有的，起码在家里说一不二。弟弟就不行了，外面不行，家里也不行。我小婶李万菊打一进门起就没把这个男人放在眼里过。我小叔这样的男人，十之八九的女人都不会放在眼里。

两个儿子在农村绝对不算多，但考虑到是我爷爷的儿子，分量还是很不一样的。尤其是小叔，一生下来就被寄予了厚望。小叔比我爸整整小了十岁，正月初九生，属虎。龙兄虎弟。如狼似虎。厉害了。我爷爷一直在这样的错觉里耽搁了七八年，慢慢才觉出不对劲。这个老二根本不是只虎，这个老二应该属羊，属驴，属耗子。越瞧越不顺眼。那副软蛋熊包样小小年纪就现出来了。早上好端端地背着书包出门，下午回来鼻青脸肿。问他也不敢说，打他的人放话了，不许说，说了还打。这就不光是老实的问题了，怂！饭票粮票让人抢了，替人挨罚背黑锅，这都是家常便饭。有时候就是这样，你越是怂就越被人看不顺眼，就越招人欺负。欺负人上瘾。常常在外面挨了拳头，回来还要再挨一顿。还不敢跑，打得狠了就扑通一声往地上一跪。这货膝盖是泥巴做的。越跪越打，越打越上火。奶奶也不敢拦，甚至都不敢露面。爷爷正在火头上，瞧见奶奶，连奶奶也要一起骂，"瞧见没有?! 你的种！"奶奶一声不吭。奶奶挨了一辈子爷爷骂，一声没敢吭过。

　　小叔随奶奶。

　　尤其是在爷爷面前那股低声下气的架势，跟奶奶简直如出一辙。

　　奶奶一辈子都是个低声下气的人，低声下气惯了。跟谁都是。家里不管什么人都能呵斥她两句。不板起脸来呵斥两句好像都不会跟她说话了似的。她好好的时候是这样，后来她脑子坏了以后，就更是这样了。

只有一个人除外，就是小叔。小叔从来没对奶奶粗声大气过，离多远都不。奶奶好好的时候是这样，奶奶脑子坏掉之后，他也是这样。其实已经没有必要了，奶奶脑子坏掉以后，一个人都不认得，小叔的轻声细语跟我们的疾言厉色其实一样，都是对牛弹琴。

二

奶奶的脑子坏了，是那一年家里的大事之一。大事都赶到一块了，爷爷前脚刚走，胰腺癌。很快，从确诊到卧床再到最后咽气，一夏天的功夫。可是再快也没有奶奶快，一点预兆都没有，说疯就疯了。其实也不叫疯，老年痴呆，医学上俗称阿尔茨海默病。爷爷"头七"才刚过，奶奶的脑子就出问题了，从时间上看，很容易让人产生一种错觉，好像奶奶脑袋里的问题直接来自我爷爷的死。都说是受刺激了，老伴老伴，老来相伴，老头子冷不丁一走，没防备，闪着了。我们嘴上不说，背地里笑笑，这猜测就像把老年痴呆叫成阿尔茨海默症一样，矫情了。怎么至于呢。

其实不稀奇。痴呆了嘛，很常见的，老年病之一，我们身边到处都有。城市里有，农村里也有。生人里有，熟人里也有。年纪大了嘛，说白了就是脑子老了、糊涂了。年纪大了糊涂一点正常，不糊涂才不正常。

都不值当地去个医院。

尤其是奶奶，更没必要去医院。奶奶安静得很，跟之前脑子没坏掉的时候一样安静，安静得都不像老年痴呆。其他都还好，就是认不得人了，一张嘴管小叔叫"四哥"，把小婶叫"芸子嫂"。白天日头充足的时候，她拎着一只小板凳，往自家院子门口一坐。不说话，也很少活动。奶奶安静得就像一堆随手脱在那里的衣服。一坐就是一整天。

唯一叫人不放心的，就是奶奶手里拿着的那把剪子。剪子一开始是做鞋用的，剪鞋样。奶奶这辈子最擅长的就是做鞋，单鞋、棉鞋、拖鞋、虎头鞋，一律千层底。我们全家老少，谁敢说自己没穿过奶奶做的鞋呢。脑子虽然坏了，人不认得了，但鞋还认得，该缝的缝，该剪的剪。后来鞋放下了，可是剪刀还拿在手上。从早到晚雄赳赳攥得铁紧，一副随时要干点什么的架势。一把剪刀而已，本来不至于怎样，可毕竟脑子坏了，该当心的就得要当心了。

看见的人都劝她：老头子人都走了，还做鞋给谁穿呐？快收起来吧！奶奶抬头看一眼我们，那目光很短，也很浅，碰一下就掉下来那种。她不说话，最多咳嗽两声。咳嗽的时候她顺理成章地把眼睛闭了起来。

说归说，医院该去还是得去。在这个问题上，我爸的态度是比较坚决的，起码比小叔坚决得多。"不去医院像什么话，必须去！"该检查检查，该吃药吃药。钱他出。我爸他是在电话里坚决的，人离着奶奶四五百里地呢。我爸十八岁离开家去蓟县当兵，当的是工程兵，打坑道。转了志愿兵之后就没再回来，复员进了当地很有名的玻纤厂，国营厂，大厂，人多，效益也相当可观，那么多人挤破头都进不去，换了别人还真不一定行。可是我爸行，是块料，做人做事都很硬气，不愧是我爷爷的种。我爸的意思很明白，还是照旧，他出钱，小叔出人，像之前在我爷爷的问题上一样。

也是巧了，正好我公司跟我一个部门的同事，他大学室友，在我老家县城所在地级市的卫生局当差。当时在饭桌上因为听介绍说他是老家的人，才格外多碰了两杯。没想到居然派上用场了。我给他打电话，他一步到位，直接找到了县医院分管业务的副院长。副院长姓管，异常的热情，小叔带奶奶去的那天上午，他居然提前从办公室出来了，亲自到医院门口迎接。

我爸可能还有一个顾虑，这顾虑也是我们所有人的顾虑：脑子里的毛病，说不好的，没轻没重，一天到晚拿个剪刀，万一伤着人呢。也是对大家有个交代。我当然相信，奶奶不会伤害我们，她毕竟是我们的奶奶，脑子坏掉了也是我们的奶奶。我始终相信，有些东西根深蒂固，与岁数无关，与大脑无关，甚至与记忆也无关，骨头一样与生俱来、永不消散，就像奶奶脑子坏掉之后的安静，那一如故往、坐落在意识废墟之上的安静。当然这是我，其他人就不一定了，也许大多数人觉得还是小心为妙，小心点总没错。万一呢。尤其是有了小婶的提醒。小婶抱着胳膊站得远远地，用力咳嗽示意，一根手指头夸张地敲着自己的太阳穴，另一只手指着"老东西"，提醒我们绕着走。她毫不掩饰脸上的嫌恶和敌意，就像提醒我们绕开一条随时可能会咬人的疯狗。

三

小婶从不掩饰，也没必要掩饰，她从来就没把这对娘俩放在眼里过。

小婶李万菊比小叔年轻，小八九岁呢。爷爷得胰腺癌死的那年才刚三十出头。三十如狼，不光是身体，各方面都是。刚进门那会儿就欺负小叔，现在更甚，动不动就骂，像骂儿子。小叔瘦，身体也弱，里里外外都不是小婶的对手。不光欺负小叔，还欺负奶奶。欺负奶奶不光是动嘴，还动手的。欺负婆婆跟欺负丈夫还是有很大区别的，会让人不由自主地释放出很多阴暗的东西来，阴暗的东西尤其能给人带来快感。特别是爷爷最后的那口气一咽，这下好了，彻底放开手脚了。其实都不用完全等到我爷爷咽气，自打他老人家躺到床上爬不起来以后，我小婶基本上就肆无忌惮了。我爷爷爬不起来之后，她在小叔面前提到奶奶时就再没叫过"你妈"，她叫"老东西。"

很吓人的，我亲耳在电话里听到过。有一次村东头我表三伯打电话给我爸，专门说这个，我正好在家。说额头都青了，小胳膊上半尺多长血道子。还有更可怕的，表三伯自己没有亲眼瞧见，是听邻居说的。邻居那天来借印泥，关系太熟就没敲门，一进门就撞见了，李万菊正掐奶奶的脖子，两只手一起掐，奶奶脸都憋紫了，一口气差点没上来。这太令人震惊了，我爸放下电话之后当场就炸了一回，回到餐桌上拿起酒瓶子来连喝了半斤泸州老窖。但炸过了也就炸过了，终究他也不能怎么样。他能把我小婶怎么样呢？

其实这个事本来就轮不到我爸，该炸的是小叔。但是小叔不行，炸不了。窝囊废，软柿子，怂蛋一个。小叔里里外外没半点男人样。

里里外外没男人样，这话不是我们说的，是他媳妇李万菊自己说的。很多人都从李万菊嘴里听过，而且不止一次。有没有男人的样子，当然媳妇最有发言权。在李万菊眼里，什么样的男人才叫有男人样？答案很显然的，村里不少人都知道，比如镇财政所的窦会计，比如，马套山风景区里搞养殖的老金，这样的男人才叫男人。一开始还偷偷摸摸，不是怕小叔。小叔其实知道的，但知道了也没用。小叔半夜从仓库值班回来拿衣服撞见过一次，撞见的是马套山的老金。老金一点没慌，很耐心地穿好裤子才走的，一边穿裤子一边还点了一根烟。老金出去半天了那烟味还在。拳头长在他自己手上，我又没拦着他。老金是在酒桌上笑着说这句话的，一脸享受。主要还是怕爷爷。爷爷的那张脸在村子里曾一度像旗帜一样高高在上、威风凛凛，但是爷爷倒下之后，那张脸也跟着掉下来了。李万菊胆子越来越大，有一次居然在大白天。一个老金也就算了，把一个窦会计也带回来了。窦会计论起来管小叔要叫舅的。这成了啥？不带这么欺负人的。

这种事情统统轮不着我爸，他只能装聋作哑。不然怎么办？一个半死不活的爷爷山一样压在那儿呢。爷爷吃喝拉撒全在床上，都扔给了小叔。扔给了小叔就等于扔给了小婶，小叔除了是爷爷的儿子，也是人家的男人。我小婶一句话就能让你闭嘴：要管连你老子一起管，都是儿子，轮着来。事实的确也是，哦，说得容易，你出力，我出钱，力气随时都有，钱呢，一斤力气等于多少钱？这笔账怎么算？我爸那几年也不容易。原本很牛逼的玻纤厂已经不行了，今天改制明天下岗的，不叫玻纤厂了，叫玻纤集团，名字越叫越响，钱可是挣得越来越少。下面还有俩，一儿一女，我正准备结婚，得买房子。妹妹读大三，一年下来也不是小数。现实很硬。我爸是硬茬子，当年当工程兵打坑道，多硬的石头都不在话下，但再硬也硬不过现实，再硬也硬不过钞票。我妈在我爸炸了以后主动拿出来那半瓶泸州老窖，要不，就算了吧。其实事情就是这样的，这就是现实，即便我妈不劝，我爸他也只能算了。

再说了，除了爷爷，还有迫在眉睫的奶奶。奶奶那个时候脑子虽然还没坏，但身体已经不行了，癌细胞正紧锣密鼓地在她的两扇肺叶上集结。她在我们眼皮子底下一点点颓败下去，每天早晨起来，奶奶看上去似乎都比昨天又瘦了一点。她咳嗽得越来越密，也越来越深，那咳嗽钻头一样直往骨头里钻。那咳嗽有时候就像一双手，能活生生地把她的身体打一个结。我们经常看见她正在做着什么的时候突然停下来，停下来很久。我们都知道，她一定在疼，或者在忍受疼。

四

奶奶这辈子一共就进过两次医院，两次都是在爷爷去世的那一年。正好七十三。七十三、八十四，阎王不请自己去，躲不掉的。

两次都是县医院。第一次是去检查脑子那次，小叔带她去的，管副院长亲自迎接陪同。几个月以后又去了第二次。这一次情况要严重得多。跟爷爷一样，也是癌。肺癌。去的时候已经是晚期。节气已过中秋，天上的凉意一点点浸透下来，奶奶在自己给自己一件一件加起来的衣服里愈发显得瘦小，瘦小而赢弱，她已经剪不动鞋样了，连直一下腰似乎都已经很费力气，那把剪刀随时有可能从手里掉下来。早上我小叔出门时她还好好地倚在门上，赶完集回来一看人塌了。没错，是塌下去的，几乎原封不动，现场没有留下多少挣扎的痕迹，除了那只小板凳四脚朝天倒在一旁。

小叔赶忙去叫来村头我堂叔和他家的那辆昌河，马不停蹄把奶奶往医院送。路上他给我爸打电话。我爸紧接着又给我打了电话，在很短的时间里通知了我两件事。一是从公司借辆车，二是请假。小叔在电话里跟他说了什么我不甚清楚，应该比较紧迫，我爸的口气里有种故作的镇定，不知是在掩饰慌乱还是掩饰别的什么。我记得很清楚，他当时跟我说的是，多请两天假，你奶奶恐怕不行了。

结果没有不行。眼看着不行了，又行了。我们下午五点才到，车直接开到县医院。还好，医生还没有下班。奶奶已经醒了，拉到医院之后没怎么费劲就醒了，醒了之后像刚死过一回，满脸蜡白，坐都坐不住。门诊没有床位，坐不住也得坐着，还得让人架出去做检查。从二楼到四楼，再回到二楼。幸亏有电梯。胸部 X 线结果是最快出来的，我爸和我小叔拿着报告单一起去斜对面门诊里找主治医生。我和开昌河来的堂叔一起站在奶奶旁边，站了一会之后我借口去卫生间，其实是想抽根烟。医院卫生间里的味道很不好，我还是在里面坚持了一会，突然想起来，是不是应该给管副院长打个电话，犹豫了一下，还是算了，先等等，等我爸和小叔出来再说。第二根烟抽完，他们刚好出来。基本可以确诊了，当然下一步还有必要做一下痰检、气管镜和穿刺活检，不过这些都不会改变什么。剩下的其实也简单，住院、化疗、手术。乐观的话应该有个一年半到两年没问题，当然如果运气好，四五年的也不是没有先例。医生很克制地批评了这两个儿子，咳成那样了还拖，早就该送来了。

　　管副院长的那个电话我没打。其实我知道已经没必要打了，两个儿子都在场，不管多重大的事情当场就可以决定下来。有这两个人，其他人的意见都不重要了。

　　对于这兄弟俩，这一定是极为艰难的一刻。有一关必须得过。如果是换了爷爷，事情也许要简单得多，但是现在是奶奶：一个一辈子低声下气的人，一个一辈子逆来顺受的人，并且，现在还是一个阿尔茨海默症患者，一个痴呆，一个脑子坏掉的人，一个每天靠在墙根或者门板上发呆等死的人。她还值吗？对，没错，这才是问题的核心，这个人脑子坏掉了，不认得人了，六十秒之前的事情都记不住。好也罢，歹也罢，都是对牛弹琴。还值么？也许正是这一点帮助我爸过了自己的最后那一关，我看见他侧过脸来朝奶奶投去了曲折而鬼祟的一瞥，那目光一截一截地爬我奶奶脸上，再一寸一寸地原路收回来。我几乎都能听见我爸胸口里的那股激烈和拍打，那句话在他喉咙中一再涌动，他终于把它说了出来："要不，就算了吧。"我爸爸这大半辈子也算可以了，硬气，是条汉子，可是在我奶奶的问题上，他说得最多的一句话就是：算了吧。

小叔没吭声，低头坐在门诊走廊最靠外的一把塑料椅上，只搁了一半屁股在上头。没吭声就算是默许了。从小到大都是哥说了算，没有例外。这默许像窗户外面深秋的夕阳一样又大又凉。在这默许的尾声，小叔开了口，声音软得像抬不起来的头："还是跟娘说一声吧。"

当然只能是小叔说。除了小叔还有谁呢？即便明明知道没什么意义，即便明明知道是对牛弹琴，也只能是小叔。走廊里不让抽烟，要抽只能到外面去抽。今天下午我和我爸已经抽了太多的烟，但这根烟还是得抽。我们沿着走廊一路走过去，在大厅拐了个弯从楼梯口的后门来到外面院子里。站在门口，隔着门上的玻璃，伸一伸头就能看见小叔。小叔已经站了起来，背对着我们站在奶奶面前。距离有点远，我们听不见他说什么，也看不见他的表情。他的表情就是那个永远都挺不直的后背。第二次伸头再看的时候，小叔已经重新又坐下了，依然还是刚才最边上的那把椅子。另一端坐着奶奶，低着头，全身上下一点动静没有。看见我和我爸走过来，小叔站了起来，人站了起来声音却还留在脚面上："跟娘说了，咱一起回去。现在就回去。"

五

回来就是等死。都知道奶奶不长了，估计出不了腊月。也好，天冷，人也闲，还不耽误过年。没想到奶奶又不是。就像那次在门口昏死过去一样，都以为不行了，结果又行了。奶奶一再向我们展示着她生命中那毫无必要的坚韧，既毫无必要也令人费解。渐渐地，居然能拄着拐杖站起来了，渐渐地还能到河塘边和院子外头走一走了。

奶奶从未卧床，一直到死。一直到死她都干干爽爽地站在地面上。我从没经历过老人们的那浩繁、冗长、充满仪式感的弥留和死亡，不知道这是否可以称得上一个奇迹。每天她都坚持从床上下来。早晨下一次床，然后晚上再上一次床。穿一遍衣服，然后再脱一遍衣服。她每天都要这样声势浩荡地组装一次自己，再拆卸一次自己。从县医院回来的第二天，一大早我们又看见她坐在了老地方，等着小叔或者小孙子宝宏把碗端来，跟之前的每一个早上没什么两样。这让我们深感意外，意外的同时也不由暗喜：原以为这么折腾一下，奶奶剩下的日子恐怕只能在床上度过了。刚刚经历过爷爷那旷日持久的卧床，我们每一个人对此都充满了恐惧，那将是一笔无边无际的负担。

床的下一站就是坟墓。人到了那个年纪，诸如这些一定是知道的。即便是脑子坏了，她也一定知道。此外，奶奶还有一点和别人不一样，奶奶一辈子忍耐惯了，也克制惯了。她一辈子都习惯把自己克制在别人的眼光里，不愿意给人带来麻烦。卑微的人总是这样，不愿意给周围增加麻烦。奶奶在她残存无几的本能里，还在尽可能地与人为善。我说过的，有些东西根深蒂固，与大脑无关，即便是脑子坏了，它也还在。所以，她才坚持不卧床，所以她才每天不畏艰辛地组装好自来到属于自己的地方。

所有的人都庆幸，唯一例外的是小婶。奶奶的克制没想到碍了她的"好事"。小叔白天在镇上老赵家的铝合金加工厂上班，晚上回来。晚上不方便，小婶一般都把"好事"安排在白天。马套山的老金白天来过一次，来过一次之后就再也不来了，永远都没再来。那天是下午来的，刚在夹道里一露头就看见了坐在院子门口的奶奶，两只眼睛冷飕飕地盯着他，满脸的皱纹犹如冰雕。小婶从对面的半扇门后面探出头来，"不碍事的。老东西不认得人，脑子坏了"。可是奶奶的目光还盯着他，手里攥着的那把剪刀也缓缓地立了起来，刀尖和冷飕飕的目光一起瞄准了他。老金紧忙别过脸，几步走到院门口，一只腿都迈进去了，停了一停，还是把身子抽了出来。"今天算了，改天再说吧。"小婶当时脸都绿了，往地上啐着唾沫骂，一口一个老东西。但骂归骂，也就是嘴上，到底还是没敢往上凑。不比以前了，老东西现在脑子坏了，手里的剪刀不长眼，难保会干出什么事来。

年转眼就到。

这个年，我们全家一起回去过。一家四口，我、我爸、我妈，加我妹妹。在我的记忆中，这样的规模是极为罕见的。因为这是爷爷去世后的第一个年，也因为，这必将也是奶奶活着时的最后一个年。

年三十上午出发。在服务区吃午饭，下午到家。太阳很好，一整天都在。一进夹道口我就看见了奶奶，背靠大门坐着，像一尊陈年累月的石头，静默而又醒目。其实不算冷，奶奶穿得比天气起码冷一倍。奶奶抬头看见我们一家四口喜气洋洋、大包小包地朝她走过来，她就像没看见我们，我们走到她身旁的时候她把两个膝盖往旁边收了收，仿佛是在给我们让道，仿佛她坐的地方挡了我们的道。除夕的下午喜庆而又忙碌，无数条腿出来进去无数趟地路过她。一整个下午，我都没听奶奶说过一句话，除了那些像鞭炮声一样连绵而又尖锐的咳嗽，再没有发出其他的动静来。甚至连身子都没挪一下。

冬天日短，五点不到天色就渐渐暗了下来。我和我爸满嘴瓜子沿着塘岸从后门进来，一进院子就听见厨房里正油炸锅炒不亦乐乎，我妈跟小婶嘹亮的聊天声不时迸溅出来。院子里我妹妹和小叔的儿子宝宏正在疯跑。满世界的热闹，难得了。这个家一定多少年难得这样一回，年毕竟是年。

夜幕结结实实地降临下来。冬天的夜幕就像一匹浸过水的棉被，又冷又沉。小叔开始从厨房往堂屋里端菜。我出来叫我妹和宝宏进屋，不经意地扭过头朝大门外墙根下瞅了一眼，奶奶居然还在。其实也看不太清，只有黑魆魆一团模糊，但我知道那是奶奶。她身后的院子跟这边一样，不知什么时候也亮起了灯。

年夜饭嘛，想当然地无比铺张。鸡和鱼是不消说的，大吉大利、年年有余。还有汤圆。团团圆圆。这个家这么多年还是第一次如此团圆，除了爷爷，所有的人都在。还有酒和饮料，白酒和红酒，扳倒井、雪花、雪碧、芒果汁。小叔倒酒的时候我爸试探性地提了一下，是不是把娘也叫上来。平时也就算了，毕竟今天过年。我爸的口气热烈而又拘谨，就像个外人。也难怪，多少年了，没在家过个年。

"从来都不上桌的，习惯了，"小叔一边倒酒一边盯着酒杯的液面，声音和目光一样专注而谨慎，"算了，随她去。"

小婶很响亮地把话接过去："上了桌反正也不认得人。认得菜就行，一会儿每样拣几筷子，让国仁端过去。"国仁就是我小叔。

平时饭都是这样吃的，今天也不打算例外。奶奶的饭量小得可怜，菜都用不着专门留，随手几筷子就够了。不用操心，有国仁呢。然后这件事就过去了。然后大家开始过年。举杯。喝酒。吃菜。小叔不喝酒，小婶喝。还挺能喝，酒量不在男人之下，从厨房出来之后她和小叔就换了角色。小叔左一趟右一趟往返于堂屋和厨房之间，小婶坐下来陪我和我爸喝酒。两口一杯。三杯下来一瓶扳倒井就基本见底了。小叔端着奶奶平时用的碗走进来。听说是奶奶的碗，我们都争先恐后地往里面夹菜，争先恐后地表达着自己的孝心。满满一大碗孝心，都盛不下了。根本吃不了，浪费了。浪费就浪费吧，过年了。

　　小叔前脚刚走我就想起来饺子。两大盘，刚端上来的，还冒着热气。当然得有饺子。今天什么日子，怎么能少了饺子呢？我站起身到碗橱里拿碗，往里面拣了几个。不多，刚刚盖住碗底。再少奶奶也吃不完，再少也必须要有。我端着饺子出来，给奶奶送过去。

　　院子不小，以前老两口住，现在只剩下了奶奶。一共一正两偏三间。奶奶原来一直和爷爷一起住在东边的那间，爷爷下不了床之后她就搬到了对面的西屋。我端着饺子推门走进院子，我突然意识到，自从爷爷死了以后我还是第一次走进这个院子里来，自从奶奶脑子坏了，我还从来没有与奶奶单独面对面相处过，坦白说，问题在我，我其实一直都在刻意回避这样的时刻。奶奶的脑子坏了，她已经不认得我了，她的眼里没有我，用他们的话说，奶奶是已经"死了一半"的人。生死有别，我不知道该如何面对我和奶奶之间那道无法跨越的天堑鸿沟。

西屋的门没关严，我一抬头就看到了小叔。站着的小叔和坐着的奶奶。

奶奶坐在床沿，低头摆弄着她的那些永远也摆弄不完的针头线脑。那把剪刀放在一边，随手就能够到。床很平整，被子是被子枕头是枕头，平整得都不像一张老年痴呆者的床。小叔把碗搁在了床头柜上，那应该就是奶奶平时吃饭的地方，跟床几乎一样高。小叔轻轻喊了一声娘。

"娘，过年了。"

奶奶不吭声。就好像没听到，也好像听到了故意不理睬。小叔等了半天又叫一声，"娘！"这次声音提上来一截。奶奶这才缓缓地抬起头，看了一眼碗里的内容，面无表情，然后目光又重新落回到双手上。她一眼都没看小叔。

小叔在原地又继续站了一会，然后两腿一弯，扑通一声跪下了："娘，过年了。我给你磕个头吧。"

小叔把我和奶奶都吓了一跳。小叔小时候动不动就在爷爷跟前跪下，小叔的膝盖是泥巴做的，但是小叔现在已经四十多岁了，在奶奶面前还是第一次，或许也是最后一次了。奶奶的目光立刻应声抬了起来，直截了当地落在了小叔身上。小叔的头已经磕下去了。那头磕得很深，膝盖挨着膝盖，额头贴在地上。只磕了一个。地上很硬，也很凉，满屋子里咯噔一下。

奶奶的目光一直停在小叔身上。她从头至尾地看着跪在地上的小叔，她在凝视，也许在回忆，在启动，在搜索。可是，并没有我想象中的奇迹出现，奶奶并没有在最后一刻把面前的这个儿子认出来。她很坚定地收回了目光，就好像什么也没看见，就好像前面跪着的这个人跟自己毫无关系，目光空洞而又安静，那里面依旧空无一物。她没理会他。她收回目光的同时也放下了针线，拿起筷子开始吃饭。这是她的年夜饭。她长久地咀嚼，安详而又旁若无人地咀嚼，此刻她已然把全部的精力和身心都放在了这件事情上。

六

奶奶死在正月初九。家里的鞭炮都还没放完，奶奶到底没熬过这个年。

我们又赶了回来，才走一个星期。刚过了一个年，大家都有点累，还没完全从年的忙碌和喜庆中恢复过来，奶奶走得稍微急了些。这次少了妈和妹妹。妹妹要准备开学，妈留在家里帮她。

火化安排在第二天。初十。上午。没想到人还不少，需要排队。奶奶是第四个。

好几支披麻戴孝的队伍混杂在一起。因为很小就从村里出来了，好多面孔我都不认识，还差一点站错了队。他们抽烟、吐痰，聊得很起劲。我插不上话，只好走出来抽烟。

在遗体告别厅右手出来旁边的一排长椅上我看见了独自一人坐在那里的小叔。小叔在哭，拧着身子号啕大哭。小叔哭得十分难看，既难看又难听。我看见他牛仔裤前开门的拉链都松开了，露出了里面暗红色的秋裤。小叔哭得很响，边哭边随手扯一把什么擦一下眼泪，有时是自己的衣服下摆，有时是头上白色的孝布。这是我回来的第三个白天，我还是第一次看见小叔哭，哭得如此屈辱而又如此尽兴。究竟是多么无以复加的悲伤才能让一个人哭成这个样子？大厅里马上就该轮到奶奶了，小叔干嘛要如此迫不及待呢，既迫不及待又偷偷摸摸。他背着大家，把自己哭成了那样，只能让人朝着那个方向去理解，那一定不是正当的悲伤，也不是体面的痛楚。

　　我硬着头皮跟公司多请了两天假。回来一趟不容易，下一趟还不知道什么时候，该还的人情要还。我打电话给市卫生局我同事的那个室友，还有县医院的管副院长，请他们吃饭。必须到。宏盛一品。县城最好的饭店。菜刚上到一半，管副院长突然觉出了不对，他递过一根烟来拦住我嘴里左一个感谢右一个感谢，一脸狐疑地说："老太太脑子应该没什么问题吧？那天我亲自带着去做的检查，报告单我当面拿给小叔看的。查了没什么问题，黄主任连药都没开。"

　　我嘴里的烟半天对不准管副院长手里的火苗，差点烧了眉毛。我突然想起来，就在昨天晚上，我小叔把一个大牛皮纸袋子交给了我爸，县医院装 X 片用的，里面厚厚一摞，都是奶奶的，大半年来检查费医药费发票单据报告单之类。我爸特意问他要的，说好了他出钱。吃完饭回去一进门我就找我爸把牛皮纸袋子拿了过来，一股脑全倒在床上。不出我所料，那张检查和诊断结果报告也在里面。小叔应该没特别留意，他其实应该提前把它抽出来的。

检测项目：大脑高级功能 ERP 检测报告。姓名：宋让芬。性别：女。年龄：73……再往下那些参数以及复杂的医学术语我看不懂，我一目十行飞快地跳到最后，我的心像被刀剜似的一阵剧烈的生疼：未见异常。

原载《长江文艺》2018 年第 4 期

河滩上的舞者

张宝中

一

这天早晨和无数个早晨一样，孙大勇是在老婆的唠叨中睁开眼睛的。老婆走到他卧室门口，拿腔捏调地咳嗽了一声，看他仍闭着眼睛像木条一样直直地躺着，就开始唠叨："你就是一头猪，只知道吃和睡。找工作都一个月了还没着落，居然还睡得这么香。家里只有三万多块钱了，孩子上学正是花钱的时候，一点都不知道发愁。你的体重应该比正常人轻一些，因为你没心没肺。"

老婆唠叨着走开了，去拉窗帘、开窗户，然后去卫生间洗漱。这当儿，孙大勇翻了个身，睁开眼睛，面对着白色的墙壁，咧着嘴得意地笑。老婆洗漱完毕，去厨房做早饭，同时又开始了唠叨："咱们可是说好了，一个月以内必须找到工作，可是今天已经是第三十天了。今天你要是再找不到工作，就死外面别回来了。"

孙大勇的老婆以前不爱唠叨，是从最近三四年开始爱唠叨的。对她来说，唠叨就像呼吸一样，是一种生理需求。看见衣服扔在沙发上，看见茶杯没盖盖，看见饮水机反复加热……都禁不住唠叨。想起一些陈谷子烂芝麻的旧事也唠叨。这些旧事包括：和孙大勇谈恋爱的时候，孙大勇经常给她做鱼吃，结婚后一次都没做过；孩子小的时候，上幼儿园都是她接送，孙大勇从来没管过；十年前孙大勇有过一个相好，当时地球人都知道了，只有她一个人蒙在鼓里；她过生日，孙大勇从来没给她买过一件礼物；结婚十八年，孙大勇从没陪她逛过街……

为了躲避老婆的唠叨，三年前孙大勇开始和老婆分屋睡。他家的房子是两室两厅，老婆睡卧室，女儿睡书房，他睡饭厅。饭厅和厨房连着，中间有一扇推拉门把两个空间隔开，就成了一个独立的空间；吃饭只能在客厅。这间本来是饭厅的卧室只有八平米，放一张单人床，放一张电脑台，再放一个衣橱，就满满当当的了。

每天晚上，孙大勇都把自己关在这间小屋里，在网上看新闻、听音乐、斗地主。老婆在客厅里，蜷缩在沙发里看电视；她喜欢看相亲节目、娱乐节目和电视剧。电视里插播广告的时候她会大声问："你在干嘛?"孙大勇大声说："没干嘛。"老婆又问："没干嘛，那你在干嘛?"孙大勇大声说：

"没干嘛，就是没干嘛。"有时候，孙大勇在网上看到了骇人的新闻，比如飞机失联、客轮沉没等，就会"嗖"地从电脑台前站起来，抬腿往客厅走，想和老婆说说。可是，当他开了门探出脑袋，看见老婆正张着嘴对着电视机哈哈大笑时，又把脑袋缩回来了，轻轻地关上门。他坐下来，使劲伸着脖子盯着电脑显示器，不住地惊叹，自言自语地发一通感慨。

老婆做早饭的时候，孙大勇麻利地起了床。今天他穿了黑色的西裤、白色的短袖衬衫、锃亮的黑皮鞋，看上去很精神。老婆在厨房里把锅碗瓢盆弄得叮当响，透过推拉门的玻璃瞄了他一眼，说，四十好几的人了，孩子都上高中了，还打扮得跟相亲似的，真是脑袋瓜子进水了。孙大勇进了卫生间，把门插上，还开了灯。蹲完马桶，洗漱完毕，他在这个狭小封闭的空间里，嘴里哼着激越优美的曲子，肩放平，膝放松，大腿和臀部夹紧上提，抬头，挺胸，收腹，立腰，转胯，旋转，留头……他跳起了拉丁舞。

孙大勇迷上拉丁舞有半个多月了。

一个月前，也就是五月中旬，孙大勇失去了工作。这是他第二次失去工作。第一次是九年前，他所在的服装厂倒闭了。他们厂没有自主品牌，主要业务是承揽日本、韩国、新加坡等国一些服装企业的来料加工，赚取加工费。他的岗位是仓库搬运员，工作不太累，收入还凑合。他曾打算这辈子就当搬运员了，一直当到退休。没想到，在他当了十四年搬运员之后，那些客户终止了合作，服装厂倒闭了。孙大勇的老婆也在厂里，是缝纫工，和他同时下了岗。之后，老婆一直在一家超市做理货员，每天早晨九点准时出门，风雨无阻。孙大勇则在一家高档写字楼干物业，具体工种是管道维修。他每天穿着咖啡色的工装，工具包里背着扳子、钳子等工具，在各个楼层穿梭。他那身工装很像电影里旧上海英租界巡捕的制服，裤腿还有些短，看上去很滑稽。"巡捕"一当就是九年。一个月前，那家高档写字楼更换了物业，他就第二次失去了工作。

从失去工作的第二天开始，除了周末，孙大勇每天都骑着电瓶车，带着晚报的招聘专版出去应聘。却总是无功而返。他没文凭没技术，年龄又大，那些用人单位让他等通知，然后就没有然后了。他想继续在物业公司干管道维修，可是跑了几家物业公司，都不需要人。他原以为自己不缺胳膊不少腿的，找个工作是小菜一碟，没想到就是那么难。时间一天天过去，他心里也越来越惶恐不安。仿佛跌进了深不可测的谷底，使出吃奶的劲也爬不上来；又仿佛在漆黑的地道里爬行，一丝光亮都看不到，不知道该往哪儿爬、能不能爬出去。

孙大勇真想去建筑工地上搬砖，真想骑辆电瓶车跑快递、送外卖，真想去农贸市场租个摊位卖菜，真想每天早起炸油条、摊煎饼馃子，真想在小区看大门。甚至真想收废品。他们小区院子角落里有几间物业的平房，有个从农村来的收废品的老头儿租住在那里，晚上听收音机打发时间，一天三顿吃面条，身上总有一股刺鼻的汗臭味。他很羡慕那个老头儿，真想向老头儿请教请教这一行的规矩，然后自己也买一辆三轮车、一杆秤，去别的小区收废品。只要有事干有钱赚，不怕出大力流大汗，干什么都情愿。可是，这些外来农民工干的营生他是不能干的，因为会给老婆和女儿丢人。

半个月过去了，孙大勇找工作没着落，老婆就让他去连襟的物流公司或小舅子的饭店上班。连襟和小舅子都表示愿意接纳他，并安排他从事"管理工作"。比起搬砖、收废品等，不知舒服多少倍。可孙大勇心里已打定主意，哪怕让他干副总，他都不干，因为那毕竟是"寄人篱下"。连襟和小舅子都是能人，喜欢穿西服打领带，头发梳得像狗舔的一样，看上去牛逼哄哄的。连襟比他小四岁，和他说话的时候一口一个"大勇哥"，脸笑得跟菊花似的。但他知道，如果他成了连襟的下属，连襟那张脸就不总那么好看了。小舅子的饭店他更不能去，因为十年前的那次外遇，他被小舅子揍掉了一颗后槽牙，至今看见小舅子还想咬，哪能再去端他的饭碗？做人，总得要有一点骨气的。他咬着后槽牙向老婆承诺：一个月以内一定找到工作。他继续带着晚报的招聘专版，一家一家地去报名、面试。

这段时间，孙大勇每天晚饭后都出去走走。一天晚上，在一家休闲广场，他被拉丁舞吸引住了。在广场一角，有人用绳子圈了一个边长大约七八米的正方形，花花绿绿的绳子固定在四辆电瓶车上。正方形里面有二十多个人，五六个男的，其余都是女的，一个六十岁左右的老男人正在教拉丁舞。老男人高高的瘦瘦的黑黑的，大长脸，抬头纹很密，眼皮有些耷拉，眼睛成了三角眼。打扮得却像个文艺青年：长头发扎成马尾辫，穿着印有杰克逊头像的黑色短袖 T 恤、满是口袋的黑色休闲长裤、马靴一样的黑色休闲皮鞋。他腰里挂个扬声器，麦克风在嘴边，不断地向大家发出各种指令：方形步、影子位、古巴摇摆……老男人还不时放着音乐跳给大家看，那么个老皮子喀嚓的家伙，居然跳得很火辣很魅惑。

看着那个老男人跳拉丁舞，孙大勇忽然头皮发麻，脊梁沟子发紧，脑子里冒出一个念头：我也要跳拉丁舞。他站在那个四方形外面发了很长时间的呆。散场的时候，他问老男人学费是多少，老男人说二百块钱包教包会。他急忙从裤兜里掏出钱来，把两张百元钞票塞进老男人手里。老男人说明天他就能来跟着学了。

孙大勇白天在外面找工作，晚上在广场上学拉丁舞。找工作还是没眉目，学拉丁舞却渐入佳境。老男人鼓吹说，拉丁舞是催生爱情的魔法舞蹈，是穿着衣服的性挑逗；还是一项绝好的健身运动，能充分释放情绪、减轻精神压力，同时对腰、腹、臀部曲线塑造作用明显。孙大勇从没想过要挑逗什么人，也没打算塑形，但却明显感觉到心态的变化：一跳起拉丁舞，他就觉得自己像换了一个人，不是下岗工人孙大勇了，而是另外一个人：这个人上过大学，是大公司的白领，月薪上万，像绅士一样优雅；老婆是知识女性，漂亮、温柔、贤惠、端庄、大方；孩子很优秀，将来上清华、北大没问题，读了硕士读博士。孙大勇还有一个神奇的感觉：一跳起拉丁舞，身体就像长出了翅膀，简直能飞起来。

吃饭的时候，老婆向孙大勇下了最后通牒。虽然是口头形式，但语气之严肃比打印在纸上的都正式。内容如下：一、按照承诺，今天是找工作的最后一天，必须找到；二、如果今天没找到工作，要么死外面别回来，要么从明天开始去妹夫的物流公司或弟弟的饭店上班。

孙大勇吃完饭出门的时候，老婆围着围裙、掐着腰站在门口，又把最后通牒重复了一遍。他打量了老婆一眼，发现老婆的眉毛描得一边高一边低、一边粗一边细，看上去很有喜剧效果。他盯着老婆的眉毛，皱了一下眉头，哑巴了一下嘴，挎上那只黑色帆布挎包开门下楼去了。

二

按照约定，孙大勇今天上午十点和下午两点，分别到一家保洁公司和一家高级会所面试。

从他家到那家保洁公司，骑电瓶车顶多需要二十分钟。也就是说，他九点半出门都不晚。但他不到八点就出了门。他不知道时间怎么打发，就骑着电瓶车在大街上慢慢地转悠。

路过这座城市最著名、在全国也很著名的那家百年学府门口时，孙大勇看见一个大学生模样的女孩子很像自己的女儿。那女孩子身材高挑，长发披肩，上身穿一件浅黄色的短袖T恤，下身穿一件紧绷绷的牛仔裤，脚蹬白色休闲鞋，走起路来步子很轻盈，脚底下像装了弹簧。女孩子怀里抱着一摞书，袅袅婷婷地走进了学校大门。孙大勇骑着电瓶车跟过去了。女孩子向"物理楼"走去。因时间还早，孙大勇在校园里转悠起来。校园很漂亮，也很安静。办公楼、教学楼、图书馆、学术中心很气派。树林、操场很大，在拥挤的城市里显得很奢侈。每栋宿舍楼的墙根下都有一大片五颜六色的暖瓶。宿舍窗户外面晾着花花绿绿的衣服。校园的路上，男孩子一个个朝气蓬勃，女孩子一个个青春逼人。

在校园里转了一圈，孙大勇在一片树林里的木质排椅上坐下来，点了一支烟。他慢慢地吐着烟圈，想起了自己高考的事情。他上中学的时候学习很好，考大学可以说是手拿把攥。可是高考前两天，他夜里吹电扇着凉了，得了重感冒。吃了药进了考场，结果在考场上睡过去了。他从小就想上这所大学，高考时填报的第一志愿也是这所大学，可那场重感冒却让他成了搬运员和"巡捕"。他这辈子也就这样了，只希望女儿有出息。如果女儿能考上这所大学，将来再读硕士、博士，他做梦都会笑醒。可惜的是，女儿不太争气。

孙大勇的女儿在郊外一所封闭式民办高中上高二，两个星期回家一次。那所学校教学质量较高，几乎每年都有考上清华、北大的。当然，学费也不含糊。当初孙大勇是到处求爷爷告奶奶托关系才把女儿送过去的。可是女儿的学习成绩一直不理想。她谈恋爱。老师都把孙大勇叫过去好几次了。他想劝劝女儿，可这孩子伶牙俐齿，咄咄逼人，你说她一句，她有十句等着，总是被她气得干瞪眼。这孩子很讲究穿，衣服和鞋非名牌不买。有时候说说笑笑，有时候阴着一张脸，好像谁都欠她什么似的。喜欢唱稀奇古怪的听不清一句歌词的歌。如果一起看电视，遥控板一个晚上都会在她手里。脾气像她妈，动不动就扯着嗓子叫嚷。半个月不见她就想得慌，可是她一回家又觉得很闹心……

孙大勇忽然很想跳拉丁舞。可是，总有三五成群的学生从附近的小路上经过，他又不好意思跳。又坐了一会儿，他骑上电瓶车出了校门，在大街上漫无目的地转悠。路过一家大商场时，孙大勇遇见了一个老熟人，他的老相好小宋。

这家商场门口，进进出出的人比肩接踵，熙熙攘攘。大都是中老年人。从里面出来的人要么提着大包小包，要么推着满满当当的购物车。有个看上去四五十岁的中年妇女，正弯着腰、撅着屁股，把购物车里的商品一件件地掏出来，装进大大小小的方便袋里，那些方便袋在地上摆了一大片。她不时直起腰来拍拍手，东张西望；大概因为东西太多，她看起来有些无助。就在她直起腰来东张西望的时候，孙大勇注意到了她，一眼就认出她是小宋。他们九年没见了，小宋看上去老多了，腰身也有些笨了。

孙大勇在距离小宋大约五六米远的路边停下来，一只脚支地，悄悄地打量着她，心里犹豫着跟不跟她打招呼。犹豫了一会儿，他想起老婆的最后通牒，意识到保洁公司的面试千万不能耽搁，于是决定不打招呼了。可是，他正要走，小宋却抬头看见了他，冲他摆了摆手，大声说："嗳，孙大勇，你是孙大勇吗？孙大勇你愣着干嘛？快过来呀，帮我一把!"

孙大勇只好推着电瓶车走到小宋跟前。小宋问他去干什么，他结结巴巴地说不干什么。小宋问他今天不上班吗，他说今天休班。小宋知道他在那家高档写字楼干物业。他本来不爱撒谎，可这次丢掉工作的事却不愿说。小宋说："那好，帮我把东西送回家吧。"说着，她把地上的那些方便袋往孙大勇的车后座上绑。方便袋里有花生油、酱油、洗发液、卫生纸、火腿等等。她自顾说，现在物价太高了，这些东西看上去不起眼，就四百多块呢，幸亏今天商场搞优惠活动，省了一百多。还说，她不在老地方住了，搬家了。去年她家的老房子拆了，给了二百多万的补偿，就在这附近一个小区买了套新房子。还说，孩子他爸出差去外地了，一个多月了还没回来；儿子去年考上大学了，在北京。在孙大勇印象中，以前小宋没有这么多话……

孙大勇小心地推着电瓶车，小宋在后面扶着，一起去小宋家。孙大勇心里想着面试的事，头上脸上开始出汗。小宋有一搭没一搭地说着一些老同事的情况，谁谁谁去外地照看孙子了，谁谁谁跟孩子出国了，谁谁谁去世了，等等。自从九年前孙大勇从厂里下了岗，他和那些老同事都没联系过，经常想念他们。但这个时候，那些老同事的情况他一点都不关心，小宋的话他也一句都没记住。

小宋的家到了。很大一个小区，一片崭新的高楼，绿化也很好。小宋的家在一栋二十二层楼的第十三层。孙大勇帮小宋把那些东西提进家。小宋请孙大勇在客厅沙发里坐下来，她忙着沏茶、找香烟，然后去了卧室。孙大勇抬头看了一眼墙上的挂钟，还差几分钟就十点了。从小宋家到保洁公司最少需要二十分钟，面试已经晚了。但他又不想错过这次机会，于是掏出手机给公司打了个电话，说非常抱歉，因家里有急事走不开，现在不能去面试，可不可以再约个时间。接电话的是个中年妇女，声音懒洋洋的，阴阳怪气地说，哦，家里有急事，那就先忙家里的事吧。孙大勇还想再说点什么，对方已挂了电话。

小宋穿着一身粉红色的宽松的家居服，从卧室里出来，在沙发里紧挨着孙大勇坐下来。她看孙大勇一脸汗，问用不用开空调。孙大勇急忙说不用。说着，他从茶几上抽了一张面巾纸，擦了擦脸上和脖子里的汗。小宋从茶几下面捧出两个直径大约一尺的花花绿绿的铁皮盒子，打开，一个是葵花子，一个是西瓜子，两个盒子都满满的。她抓了一把葵花子和一把西瓜子，放在孙大勇面前的茶几上，招呼他吃。她自己抓了一小把西瓜子，一粒一粒地扔进嘴里，又"噗"地吐出皮来。

孙大勇又看了一眼墙上的挂钟，已经过十点了，不由得松了一口气。他笨拙地嗑着瓜子，侧脸偷偷地打量小宋，发现她以前的鹅蛋脸现在变成了圆脸；笑眯眯的时候，眼角的皱纹很密，神情居然像个慈祥的老太太；长发也变成了短发，烫得蓬蓬松松的，一根根的白发在黑发中很刺眼；腹部很丰满，"救生圈"轮廓分明。

小宋嗑着瓜子说，她现在一家艺术类的私立学校当宿舍管理员，和另外几个老娘们儿轮班，隔一天上一天班。那些孩子的家长都很巴结她们，来看孩子的时候都给她们带东西，其中瓜子最多，一天到晚嘴不闲着都吃不完，几个人就分了带回家去。学校里有个小游泳池，她每次去上班都抽空游一个小时。她本来对游泳不感兴趣，但本校职工游泳是免费的，不游白不游，她和几个老娘们儿就都学会了。小宋问孙大勇会不会游泳，孙大勇说不会，他是个旱鸭子，如果跳进深一些的水里，肯定会淹死。小宋有些惊讶地问，你真的不会游泳？孙大勇说，我不会游泳很奇怪吗？小宋笑了笑说，游泳很好学的，没想到你不会。

说到在水里淹死，小宋忽然想起了他们的一个老同事，电工小罗，半年前猝死了，才四十六岁。小罗下岗后开出租，开的是夜班，有一天早晨交班后回到家里，忽然很想穿刚买的新衣服。他把新衣服找出来换上后，坐在沙发里翻报纸，翻着翻着，脑袋忽然往沙发靠背上一耷拉，眼睛一闭，没气了。小宋感慨地说，她越上岁数越怕死，年轻的时候觉得属于自己的日子多着呢，没想到一眨眼就老了。半夜醒来的时候，想到有一天自己会死，觉得特别可怕。孙大勇点了一支烟，使劲吸了一口，咕哝了一句，死有什么可怕的，人活着不就那么回事吗，活就活，死就死，无所谓。小宋咬着一粒西瓜子，研究着孙大勇的脸，说，大勇，你今天好像有点怪怪的。

孙大勇说忽然很想跳拉丁舞。小宋哈哈大笑，惊讶地问，大勇你会跳拉丁舞？真的假的呀？孙大勇就说起了学拉丁舞的事。他正说着，小宋打了一个面积大约二十平方厘米的哈欠，瞥了一眼墙上的挂钟，忽然大声说，哎呀你看看，快十一点了，光顾说话，忘了做饭了。说着，她从沙发里站起来，拍了拍手，去了厨房。孙大勇又给那家保洁公司打电话，电话没人接。他叹了一口气，打开电视看体育节目。

小宋在厨房里忙活了半个多小时，做了六个菜，有鱼有肉，还算丰盛；还开了一瓶红酒。孙大勇记得小宋是不喝酒的。小宋说，经常有孩子的家长请她和同事吃饭，她都学会喝酒了，红酒能喝半瓶。孙大勇今天本来不想喝酒，看小宋兴致这么高，不好意思不喝；但下午还要去那家会所面试，又不敢多喝。一瓶酒，小宋喝了大半瓶。渐渐地，她脸色开始变红，眼睛也有些迷离了，不时冲孙大勇嘿嘿嘿地笑，没头没脑地嘟哝一句："你这个坏蛋，还和那时候一样帅，越老越有味道了。"

吃完饭，孙大勇帮小宋收拾了碗筷，之后和她一起坐在沙发里喝茶。他看了一眼墙上的挂钟，一点十三分。那家会所面试的时间是下午两点，从小宋家到会所，骑电瓶车大约需要十分钟，时间还充裕。他打算在小宋面前跳一曲拉丁舞，马上就走。他手机里存着好几首经典的拉丁舞曲，他想跳美国百老汇著名歌手马克·安东尼的那首 *I Need To Know*。

可是，他打开手机找 *I Need To Know* 曲子的时候，小宋起身去了卧室，又从卧室去了卫生间。从卫生间出来，她穿着一件嫩黄色的睡裙，身上散发着沐浴露和洗发露的香气，脸更红了，眼睛也更迷离。她倚着卧室的门框，嘿嘿嘿地笑，说："你这个坏蛋。"又嗔怪地柔声说，"愣着干嘛，快去洗洗呀。"说着，她进了卧室，半掩上卧室的门。

孙大勇嗓子有些发干，他咕咚咕咚咽了几口唾沫，之后点了一支烟。大概因为吸得太急，眼泪熗出来了，哗哗地流。他把吸了半截的烟摁灭在烟缸里，悄悄站起来，挎上那只黑色帆布挎包，蹑手蹑脚地向房门走去，脚步轻得像一只猫。他轻轻地拧开防盗铁门，想轻轻地带上，可是这门不用力带不上，他只好抓着把手使劲拉。"咣当"一声，门关上了。这一声"咣当"也太响了，他浑身的寒毛都乍起来了。他愣了愣神，"哧溜"溜进了安全出口的楼梯，"登登登登——登登登登——"地往下跑。

三

从小宋家溜出来以后，孙大勇骑上电瓶车，一溜烟地向西又向北，再向西再向北，最后居然来到了城市北郊的黄河岸边。他总觉得小宋在后面追他，好像她是一匹狼，追上来会把他咬死，他只能没命地逃窜。上了黄河大堤，他回头望了望，只见远处的一幢幢高楼大厦变成了一片森林，黄河大堤下面的公路上空无一人。小宋并没有追上来，他这才松了一口气。

他擦了一把汗，准备去那家会所面试。可是，掏出手机一看时间，他脑袋上像挨了一闷棍，一下子愣住了：两点十四分了。没错，手机上显示的时间是"14:14"。他盯着手机屏幕看了一会儿，时间又变成了"14:15"。

刚才那一阵狂奔，孙大勇怎么也没想到居然用了五十多分钟。在他的感觉里，时间很短很短，顶多只有十几分钟。可是仔细一算，从小宋家到黄河岸边，距离大约三十公里，还要等七八个红绿灯，骑电瓶车用五十多分钟已经够快的了……

那家会所的面试又错过了。

孙大勇来到一棵歪脖子柳树下，抢起巴掌左右开弓，在自己脸上"啪——啪——"地扇了几十个耳光，直到满嘴是血。他脚边的地上，吐了一大片红色的泡沫。之后又握紧拳头，在柳树上狠狠地砸了几十拳，直到手背上也鲜血淋漓。他的脸火辣辣的疼，手背一阵阵刺疼，心里倒舒服了一些。

那么现在去哪儿呢？孙大勇不知道。但他知道，家是不能回的。他脑子里很乱，想在这个地方静一静，于是在歪脖子柳树下的石凳上坐了下来。今天偶遇小宋的那些场景在他眼前挥之不去；同时，沉睡在他记忆深处的那些漫漶的旧事，也像按在水里的葫芦一样，"扑楞扑楞"地直往上顶。

孙大勇在服装厂仓库当搬运员的时候，小宋是保管员。仓库一共四个人，两个女的是管理员；两个男的是搬运员。闲下来的时候，四个人就看报纸、喝茶、说笑。小宋的老公是另一家大企业的业务员，经常跑外，一出去就两三个月。十年前那个中秋节，厂里发了一些福利。小宋拿不了，老公又出差了，就请孙大勇帮她送回家。那天是农历八月十三，孙大勇的老婆下午下班后带女儿去她妈家送月饼，吃完晚饭才回家。孙大勇骑着摩托车，把那些福利送到了小宋家。小宋得知孙大勇的老婆不在家，就留他吃饭。那天晚上小宋的儿子去了奶奶家，只有小宋一个人在家。

小宋平时嘻嘻哈哈，没心没肺的，这天晚上正吃着饭，忽然流泪了。她说她心里苦，没人疼。她的话一点铺垫都没有，孙大勇一下子慌了，手和脚都不知道往哪儿放了。小宋低声抽泣，不断用餐巾纸擦眼泪和鼻涕。孙大勇抬起屁股坐到小宋身边，用右手食指和中指轻轻拍了拍她的肩膀。没想到，小宋身子一歪，一下子倒在他怀里，使劲搂住他的腰，两手使劲搓他的脊梁，鼻子里哼哼唧唧的。孙大勇浑身的血都涌到了头顶上，脑袋瓜子嗡嗡的，他愣了片刻，一把抱起小宋进了卧室。事毕，小宋像小猫一样蜷在他怀里，一会儿哭一会儿笑，一会儿掐他一会儿拧他，说他真棒，真疼她，并让他以后好好疼疼她。

小宋脸蛋漂亮、气质好、身材好，在人前很傲气。几位副厂长和车间主任都打她的主意，但她一概不瞅不睬。孙大勇从没对她动过歪心思，平时只是说说笑笑而已。这次事情过后，他越想越感激小宋，觉得不是他疼她，而是她疼他，她对自己有恩。他是个知恩图报的人，但他不知道拿什么报；

既然她觉得那是他疼她，他就要好好地疼疼她，累死在她怀里也愿意。于是后来，他又偷偷摸摸地疼了她四回。

自从有了这层关系，上班的时候两人再也不像以前那样说说笑笑了。同事们都是过来人，一眼就看得透透的。于是风言风语就在厂子里传开了。孙大勇的老婆质问他有没有那回事，他从小就不会撒谎，也不愿撒谎，这次就没咬着后槽牙坚决否认。老婆又哭又闹又抓又挠，摔碎了八只碗，踩扁了三口锅，一个多月没消停。孙大勇也被小舅子揍掉了一颗后槽牙。好在不久厂子就倒闭了，同事们各奔东西，不然他真不知道该怎么待下去。

虽然这事儿弄得孙大勇声名狼藉，但他从来没有后悔过。不但不后悔，还觉得这是他这辈子最美好、最出彩、最值得回味的事儿。在那座高档写字楼当"巡捕"的九年里，他一天一天沉默得像哑巴，那些男女白领都把他当成无色无味的空气，从没人正眼瞧他一眼。但他们大概不会想到，这个沉默的"巡捕"也是一个有故事的人，这株不起眼的"野百合"也有过春天。想起和小宋的那些事儿，他的神情是恬静、柔和的，心里是甜蜜、温馨的。他这辈子活得窝窝囊囊，要是没有这么点事儿，就更黯淡无光了。只是没想到，九年没见，小宋竟然变成那样了。这些年他在心里一直把她当女神供着，今天才发现，这尊女神塑像已被"岁月"这把锤子残忍地敲碎了……

这时，孙大勇看见三辆小轿车从河堤上开过来，停在距离他十几米远的树阴下。从车上下来十几个小伙子，看上去都是二十多岁，像公司的白领。一群年轻人说说笑笑，提着几只方便袋下到了河滩上，都脱得只剩下一条内裤，围成一个圈，蹲在那里喝易拉罐啤酒。过了一会儿，其中的三个小伙子下了水，在水里游泳、嬉戏、打闹，不时嗷嗷地尖叫。

孙大勇看了一眼手机上的时间，四点三十八分。天不早了，他该回家了。可是……可是他能回家吗？他站起来，手里握着手机，围着歪脖子柳树转起圈来，按顺时针转了二十多圈，又按逆时针转了二十多圈。之后，他叹了一口气，给老婆打电话，叫老婆"亲爱的"，笑得"咯儿咯儿"的。他和老婆结婚十八年，最少十七年没叫过"亲爱的"了。老婆似嗔似怒，骂他神经病，并问他找到工作了没有。他笑嘻嘻地说，找到了。老婆问是什么工作，工资多少。他说在一家保洁公司当部门经理，一个月三千多块呢。老婆的语气一下子变得温柔起来："大勇，你说的是真的吗？"他说："是真的，亲爱的。"老婆的语气变得更加温柔："大勇，这一个月你受累了。今天是周五，咱闺女也回家，晚上咱们下饭店吧，也庆祝一下。"孙大勇的眼泪哗一下子流下来了，他极力用平静的语气说："好啊，亲爱的。"老婆又悄声骂了一句"神经病"，问他什么时候可以上班，那家公司远不远。他怕老婆听出了异常，说了句"回家再说，你忙吧亲爱的"，匆匆挂断了电话。

挂断电话后，孙大勇"呕"地一声哭出来。从他胸腔里蹿出来的这种哭声尖锐、洪亮，很有穿透力，像狼叫一样。不过，他没哭几声就不哭了，因为他听见有人呼喊："救命啊——救命啊——"他循着声音向河面望去，只见刚才下水的那三个小伙子在河中央，脑袋一会儿露出水面，一会儿又没在水里，看上去像是没劲了，在拼命挣扎。正在河滩上喝啤酒的几个小伙子急忙跳进水里，奋力向河中央游去。还有两个小伙子从河堤上抬了一架十几米长的木梯，龇牙咧嘴的，拧着身子向河滩跑去。孙大勇愣了愣，终于确认有人溺水了，于是他飞身一跃跳到了河滩上，三下五除二脱得只剩下一条内裤，"哗哧哗哧"地趟着水跑向河中央……

孙大勇去救别人，最先被救上来的却是他。他跑向河中央，跑着跑着就一下子没影了，被卷进汹涌的漩涡里了。旁边一个矮胖的年轻人见状，急忙一个猛子扎下去，在漩涡中抓住了他的胳膊，努力向上托举。另两个年轻人则把那架长长的木梯伸向他。他死死地抓住木梯，被拖到了河滩上。他平躺在柔软的河滩上，眼前一片金星，胃里一阵阵翻江倒海。矮胖年轻人蹲在他跟前，不住地按压他的胃部，浑浊的黄河水一股一股从他嘴里喷出来。

年轻人问他需不需要去医院，他说不用，过一会儿就好了。他问水里的人都救上来了没有，年轻人说，咳，那三个家伙是闹着玩的，大家都被骗了，刚才把他们揍了一顿，晚上还得让他们请客吃烧烤。孙大勇咧嘴笑了笑。年轻人问他现在感觉怎么样，他有些蔫坏地说，今天下午出来没带水，渴得喉咙冒烟，现在喝得饱饱的，感觉很好。年轻人"扑哧"笑了，说，大叔你真萌。他让年轻人别管他，他要躺一会儿。年轻人叮嘱他说，黄河水看起来很浅，其实下面有沙窝子，沙窝子里面有漩涡，以后游泳的时候一定要小心。他微闭上眼睛，举起两手，冲年轻人摆了摆。年轻人说了句"拜拜"，站起来走开了。

孙大勇躺了大约半个多小时，胃里渐渐没有不舒服的感觉了。他睁开眼睛坐起来，向四周望了望。这时天色有些暗了，西边的天空飘满了彩霞；波澜不惊的黄河水也变成金色的了；河岸边的柳树在霞光中变成了黑绿色，仿佛油画里的静物一样。一架银色的飞机在绛红色的云层中时隐时现，向东北方向慢慢飘去。四周很安静，一点声音都没有。河滩很空旷，一个人影都没有。孙大勇忽然泪流满面，继而嘿嘿地笑，喃喃地自言自语："活着真好啊，还是活着好。"

他想跳拉丁舞，于是站起来，找到了自己的衣服和挎包，从挎包里掏出手机，把音量调到最大，播放那首 *I Need To Know*。在马克·安东尼激越、热烈、令人陶醉的演唱中，他肩放平，膝放松，大腿和臀部夹紧上提，抬头，挺胸，收腹，立腰，转胯，旋转，留头……他跳得精准到位，丝丝入扣，很火辣，很激情，很魅惑。他的身体很白，又穿着白色的内裤，在金色的霞光中宛如一只高贵优雅的白天鹅。

原载《时代文学》2018 年第 7 期

黄家村饭店

韩运民

一

　　从无赖张三到土豪张三，这一过程是十年，也可能更长，但实实在在地讲，就是十年。长出来的日子，连根加蔓，那都是虚的，阳光一晒风一吹，影儿都不见。纯属瞎扯。那是把张三往大里吹捧，相当于镀金了。张三掰着手指头算。妻子汪小荷在客厅里来来回回，客厅里的灯光，亮，人都没有影子。有时汪小荷抱怨，太亮了，刺眼。但，张三喜欢。张三喜欢的东西，别人不敢言语，特别是近两年，张三的话就是圣旨，张三的示意或眼神，都是命令。她汪小荷也只有服从的份儿。但是，好像是，汪小荷不安了，不安的汪小荷，终于坐在张三侧面的沙发上，两个小巧玲珑的大拇指转着，时快时慢，转了一会儿，忽然用手拢拢头发，额头已是汗湿一片了。汪小荷勉强笑笑，说："这一次，怕是抗不过去吧？"

张三正沉浸在巨大的激情当中，好像没听到。当然是听到了，张三说："啥？啥抗过去抗不过去的？有老子在，啥事都没有！"张三喜欢称自己是老子，对谁都这样称谓。张留根第一次听到张三当着他的面儿称"老子"时，拿笤帚的手，哆嗦了一下，颤着声问："啥？"张三气冲霄汉，厉声说："老子！老子现在说一不二！"张留根的手剧烈地又哆嗦一下，脸煞白，嘴唇都青了，接着抢起笤帚，硬生生地就没敢砸下去。他被张三大无畏的气势吓呆了。张三双眼瞪得溜圆，眼光特毒，像喷射出的麻药，瞬间就把张留根的意志瓦解了。后来好多次，张留根只是叹息。他不怕张三的拳头，拳头再硬，打在身上也只是皮肉伤，疼一阵儿就过去了。他挨过打，而且不止一次，好多次，多得都记不清了。张留根是个菜贩子，上菜时和菜老板讨价还价，讲过火了，菜老板劈脸就是俩耳刮子。张留根也不觉得丢面子，捂着脸嚷嚷："漫天要价，就地还钱么，天经地义！"虽然挨打了，心里却踏实，看来人家的价钱没谎。和别人争卖菜的摊位，争不过，挨了打，也倒洒脱。该争的必须争，争不争是态度问题，争来争不来是能力问题，没啥大不了的。秤杆子里的买卖，讲究抬头看人，低头看称，抬头低头认得都是钱，这里面的说法多了去了。但有时看走眼，缺斤短两了，被人找回来，挨一顿打是小事，被踢了摊子砸了称，那就亏本亏大了，但也没啥的，常在河边走，哪有不湿鞋的？终究还是自己赚得多。所以张留根聊以自慰的口头禅是，吃亏人常在，吃亏是福。有时竟能哼着唱出来。一手拿了秤盘子，一手拿了秤砣，敲着唱，一唱三叹，抑扬顿挫，唱的有型有样。现在，好多见过的人，都能绘声绘色地描摹出他当初的形容来。当然是私下里，大庭广众下是不敢的。张留根的这种状况结束于张三15岁那年。15岁的张三，貌不惊人，眼睛贼亮，从不正眼看人，睰瞅人。但，准。菜老板何老大打了张留根，张三领着几个小兄弟前来讨说法。几个毛蛋孩子，何老板当然不放眼里。何老板说，我就打了，咋地？何老板五大三粗，自以为两根手指头就可以把他们摆倒放平。张三让他再说一遍。何老板藐视他，刚一张嘴，张三一个封眼锤，然后抄起秤砣，把何老板的头砸了个血窟窿。何老板损失惨重，鼻梁骨断了，血淌了一地，老命差点就没了。几番权衡，经公不如私了。张三却一战成名。也就是从那一年，处理完何老大的事情之后，张三以完胜的姿态，形象高大起来。

儿子是老子的老子，虽然起初很不爽，尤其是当着街坊邻居的面儿，张留根总感觉一股热血往脸上涌，像被冷不丁地抽了耳光。他低了头，十指交叉，狠狠地绞在一起。但次数多了，也就慢慢地接受了。老子就老子吧，张留根想，当然也是劝自己，他爱咋说就咋说，反正他是自己的儿子，是张家的子孙后代。认真说起来，张家到了他这一辈，都是低微贫贱的，而张三如横空出世，成了耀眼的星。他张留根也跟着沾光，能人前显贵了。张留根认真算了一笔账，张三在他面前称老子时，从时间和空间上讲，都是瞬间的事情。而他在人前受到的尊荣和礼遇，却是无限大。如此一算，张留根心里平衡了，腰杆陡然间就硬了，直了。他也卖菜，但此时已非彼时，彼时是养家糊口，惨淡经营，此时却是闲着没事干，打发时光。时光像小溪里的流水一样，时而怡然自得，时而欢畅奔流，偶尔的浪花涟漪，那都是他笑声里的音容朗朗。市场的西北角，有一块空地，闲置久了，成了垃圾场。冬季夏日，卖不尽的蔬菜随意扔在那里，编织袋、塑料袋，在成堆的垃圾上面，脏兮兮的，一阵风吹过，扑鼻的腥臊味儿。张三忽然觉得，这块地应该大有用处，电光石火般在脑海中一闪，却又不知道该怎么用。为此他闷了好多天。直到一天早晨，他和几个小兄弟给摊主派送塑料袋。塑料袋是市场专用塑料袋，大号小号中号都有。派送塑料袋也是他的创举，成了他的营生。之前摊主们都是自己去塑料袋批发地买，他也是给张留根买塑料袋时突发奇想的。这样都太不方便了，而且乱。张三从骨子里讨厌乱，有条理，物归其位，是他最理想的生活方式。他决定从批发商那里批发，然后同等价位卖给摊主们，送货上门，服务到家，既方便了摊主们，自己也从中挣个差价。果然受到热烈的欢迎。张三受到了鼓舞，索性放开手，按照自己的意愿，找到塑料袋生产厂家，要求在塑料袋上印上"黄家村市场专用"，在塑料袋下面印上联系电话。如此一来，他张三成了名副其实的名人，他的生活，和众生间有了某种如丝如缕的联系，若有若无，却又息息相关。

那天早晨，他和小兄弟们派送完塑料袋，也真是奇怪，他看到的都是嘴，一张张咀嚼着的嘴。早晨的市场，颇有些冷清，摊主们摆放好货物，忙里偷闲中，往嘴里填吃食。嘴是无底洞，有多少张嘴，就有多少无底洞。咸菜馒头，油条烧饼，煎饼大葱。吃得匆忙，有时一口食物卡在食道里，艰难地伸长脖子，翻转白眼珠。那样子，吃口饭竟是那样难，能果腹竟是那样不容易。一杯水，一碗汤，一碟下饭小菜……张三如此想着，猛然一拍脑门，啪啪啪，连拍三下，对对对，就这么办！两个月后，张三在那片垃圾堆里，当然要把垃圾清理干净，起了两间平房，招牌一挂，大地红鞭炮一响，张三早餐馆开张营业了。

二

汪小荷看着张三。眼珠不错，足有两分钟。有那么一刻，汪小荷神思一恍惚，眼前的张三，已非七年前的张三。七年前，张三还是一个鲁莽汉，愣头青，精干敏捷，身手如饿狼雏鹰，事情有三分，能做到十分。凭的是胆识和凶悍。也非五年前的张三，五年前，张三羽翼渐丰，步态轻盈，在市场里兄长弟短，和气如三月里的春风，人脉宽泛，路路畅通。现在的张三，红光满面，肥头大耳，鼻尖上，皮薄如蝉翼，有三三两两的毛细血管清晰可见。屋里开着空调，张三的额头上，还是生出了细密的汗珠，用手拭之不绝。汪小荷起身拿块毛巾扔过去，张三伸手接着。张三的皮肤白，肉肥，肚子凸显如临产的孕妇。张三用毛巾擦完脸，再擦前胸和肚子，汗水随擦随出，像注水注过头的猪肉，水淋滴不止。

张三说："妈的！这酒！"汪小荷紧着问一句："都有谁？"张三说："还能有谁？疤痢头和九指神丐他们，共八个人！"汪小荷就听到自己的心呼咚一下，脸色霎时凝重，说："咋和他们在一起？"张三眼皮一翻，目光如电。现在，按照张三自己对自己的评价，整个一废物了，不比先时那么有力量了。说这话时，张三一点都不颓废，反倒是信心满满的样子。汪小荷也自有自己的看法，打打杀杀冲锋陷阵是绝不能够了，那确实曾经是张三自己的力量，气贯长虹，无坚不摧。但是现在，张三似乎拥有另一种力量，目光凌厉，好像眨巴眨巴眼，就能促成一件事，也能毁掉一件事，可怕，却又想不出可怕在哪里。就连身边的人，都对张三怀有一种敬畏之情。原先是怕，现在是敬畏，怕和敬畏是不一样的。所以现在的张三，不论走到哪里，都如入无人之境。汪小荷心中惴惴不安，特别是这一段时间，右眼皮老是跳，好像有什么大事情要发生。

汪小荷问："他们呢，他们是拆还是不拆？"

张三说："拆？那么容易？当然是不拆！"

汪小荷松口气，正前倾着的身子一下就倚到沙发背上。汪小荷说："不拆——是法大还是违法大？听说市委刘书记是拆除违法建筑专项小组的组长，只要是违法建筑一拆到底。"

汪小荷的双臂抱在胸前，裸着的白生生的臂膊上，起了一层密密麻麻的小疙瘩。汪小荷用手摩挲着，冷不丁身子抖动一下。然后，看一眼张三。张三浑然不觉，好像依然沉浸在盛大的喜庆和某种强大的气场中。张三忽然一挥手，说："妈的！拆我的饭店和库房，就是要我的命！"那架势，英雄了得。

实际上，从土豪张三到英雄张三，就是喝了一场酒的时间。疤瘌头做东，九指神丐做陪，另外五人，都是在市场上、社会上，有影响的人。当时，疤瘌头给他打电话，说兄弟们聚聚，非常时期，要统一战线。话外之意，是把恩怨都放下。张三一口回绝。他从眼缝里夹不住他们这些人，根本就没尿过他们。他和他们不同。去年疤瘌头扩建了门头房，说是扩建也不是扩建，就是在门头房前面，用铝合金搭了一米长的棚子，整个门头房的空间就宽绰了。当时也没人管。独此一家，门头房往外探着，像个帽檐子。别扭。别扭的事情还在后面，没消十天，市场上的门头房，只要能搭的，都搭了。榜样的力量是无穷大的。本来两米宽的过路，汽车都能开过去，结果大家都效仿，别说汽车了，骑辆电动车都费劲。路窄成一小溜。堵。车堵人堵心里添堵。张三就骂，等老子当家了，把龟孙棚子都拆掉！他妈的一点章法都不讲，一点规矩都没有，乱套了！疤瘌头喝了酒，带了两个小弟，都扛着砍刀。那阵势，非要让张三把说出的话像吃屎一样吃了。张三不怕，没等疤瘌头他们稳住脚，张开嘴，张三顺手抄起板凳，把疤瘌头抢倒在地。两个小弟见势不妙，拔腿就跑。张三踹了疤瘌头两脚，疤瘌头狗一样在地上蜷缩着，呜呜叫道："张三你不仗义，偷下手！"张三一听火就起大了，蹲下身子，拿手拍着他的脸，说："妈的我不下手，躺在地上的就是我！"疤瘌头不服气，骂："狗日的张三，今天你不弄死我，我就弄死你！"张三忽然放开他，拍拍手，说："弄死你我犯法，我现在就让你进局子！"张三当然是吓唬吓唬他。谁做的什么事情谁都清楚。都是懂法的人，都是明白人。问题的关键是，揣着明白装糊涂，叫不醒的是装睡的人。后来疤瘌头说，三哥你是黑老鸹趴在黑猪腚上，光看到猪黑了。你那个餐馆变成了饭店，从两间到四间，又在上边起了四间，成了酒楼，——俺们是违建，你那个就合法？张三说，合法不合法的且不说，我那个饭店不碍事，不挡路，而且还给商贩提供了便利，盈利是盈利，盈利是盈在服务上。你们呢，你们是完全的私心私欲，而且还制造了麻烦和混乱。疤瘌头眼里放着光，手里的两个锃亮的钢球越转越快。疤瘌头说："人得讲理啊，道理上讲不通，说啥也白搭！我就听你一句明白话——是不是违建？"张三憋着，脸色越来越难看，有口气在胸膛里膨胀。疤瘌头说："三哥也是条汉子，说句话就那么难？日后你还怎么服众？"张三挺挺腰杆，狠狠吐出一个字："是！"说完了，忽然听到一阵哗啦啦树叶子的响声，几只麻雀轻盈又疾速地展翅飞向天空。眨眼间就不见了，一片树叶子坠落在脚前。

疤瘌头伸出大拇指，在张三眼前晃着，得意忘形地笑道："三哥果然是男子汉，顶天立地！"这一句赞，张三喜欢，但一看到疤瘌头得了天下般的欢喜，又十分气馁。疤瘌头作势一鼓作气，穷究下去，说："三哥的违建，百多平方，俺们的门头房，搭个棚子，不足十平方，三哥竟说那样的风凉话，搁谁心里能痛快？同样是婊子，三哥给自己立了贞节牌坊，却把俺们往死里作践！你倒说说，是不是这个理？"

张三默然无语。脸上的汗汇集成溪水，从稀疏的头发里、额头间、耳根后。张三用手糊抹了一把脸，又糊抹了一把脸。疤瘌头说："哥哥那天要把我送局子，我知道哥哥懂法占理，我持刀行凶、寻衅滋事——哥哥外表像阎王，其实是菩萨心肠哩，这都知道，黄家村的人知道，市场上人知道，所有知道哥哥的人都知道！"

三

人怕敬，这一敬，就把张三敬到酒桌上。饭店是市里上档次的饭店，醉八仙。疤瘌头专门派了小弟开着自己的那辆路虎，去接张三。电话里疤瘌头说："现在交警查酒驾，城管拆违建，都厉害着呢！"接张三的小弟，站在路虎旁，打开车门，恭恭敬敬地说："三爷，您请上车！"张三说："麻烦不麻烦？我有腿有脚，也有车，还用来接？"手往上托托肥硕的肚子，钻进车里。其实是说了废话，也算是客套话。人家这是对自己的体贴和孝敬呢。算是把自己抬起来了。而抬起张三来的，是排场和氛围。饭店里的门开了，张三一脚踏进屋里，就响起噼噼啪啪的掌声，像撒着欢儿被引燃的干柴，飞溅着火星子。有人起猛了，椅子哐当摔在地上。疤瘌头做了个停下的手势，掌声戛然而止。说没就没了。完全的静，张三晕晕乎乎的。往前看，大圆桌，主宾的位置空着。虚位以待，肯定是他的位置了。

疤瘌头脸上放着油亮的光，眉毛都在笑着。疤瘌头清清嗓子，声音洪亮地说："热烈欢迎本市杰出青年、优秀青年、城市文明建设先进工作者张三先生！"带头鼓掌，哗啦啦，掌声雷动。掌声冲劲儿一过，疤瘌头又做了个停下的手势。张三有一阵晕眩，接着调整过来。感觉自己瞬间高大起来。这都是真的，只是当时的授奖仪式一完，就恍若隔世，再没人提起。现在，疤瘌头又让他重温了，感激感动是次要的，关键是面子。疤瘌头当着这么多人的面儿，给他往脸上贴金呢。说起来，他和他们是不同的，他们这些人，只知道挣钱，唯利是图，个个都请了貔貅，做貔貅样的人。他也请了貔貅，在家里供着，在车里安着，他的貔貅是动的，他的貔貅也吞纳四方之财，只是，到了一定的时候，他会从手指缝里，流出一些金银来。至于到了什么时候，也说不好，就是感觉，到时候了，就应该这样做了。他的早餐馆扩大规模，挂上黄家村饭店的牌子，他老感觉有件什么事情需要解决，琢磨了几天，饭店里的地总也不干净，特别是下雨天，泥污满地。他决定把不干净的地解决在饭店之外，思来想去，有一个好办法就是把饭店前的那条泥巴路硬化。当时村支书孙大拿和他开玩笑，说修半截子路是修，修一条路也是修，修路搭桥，大功德呢！后来就把市场里的主路都修了。花费不小，张三为此心疼了好长一段时间。有时在市场里过，总有些声音在他耳边身后萦绕。"张老板！""张大老板！""这路都是他修的呢，是他自己掏的腰包，搁谁能舍得？"也有说他是憨蛋的，白白拿出那么多钱修路，图什么？有时张三也深究这个问题，当时只是想为了自己方便，后来孙大拿说修路是大功德，其实骨子里，他张三早就看市场里的路不顺眼了，雨雪天气，市场里是新版的《行路难》。或许还有一个念头，至少修了路，自己也方便……有些事情，真想说出具体是为啥，却又说不出，似乎都是，也不完全是，糊涂得很，甚至都迷茫了。后来的事实证明，张三因为修了路，给市场上的人行了方便，他因此获得了深厚宽泛的人脉和绵绵不尽的财源。每天早上，一开饭店门，就可以看到各种菜蔬，在门前的水泥台阶上整齐地摆着，足够饭店一天的用量。这是看得见的财富，却不是数字能精确计算出来的，还有看不见的呢，比如只要他张三一出动，哪个不给三分面子？到哪里不都受到礼遇和优待？说到底，这都是蕴藏于生活深处的一笔财富，井里的水一样，源源不绝。

酒桌上，每人胸前搁着一个高脚酒杯子。张三看了一眼，口小肚大，这是二两的酒杯。这样的酒杯，一般酒桌上不用，酒量小的不敢用，酒量一般的掂量着用。张三知道，这是照死里灌，这样的场面，有哪一个皱皱眉，就不是人，就是孬种。在这些人面前，张三有足够的自信，从疤癞头数起，一二三……也就是疤癞头能和他喝个差不多，其他的，如果一样喝，到最后都得桌子底下趴着。张三看着一张张的脸，都是笑着的脸，嘴角的笑，眼角里的笑，眼神里的笑，眉毛里的笑；附和的笑，会心的笑，敬畏的笑，仰慕的笑；真心的笑，虚假的笑，阴险的笑，不屑一顾的笑……张三暗自点点头，心里亮堂着呢。酒无好酒，宴无好宴。他等着。酒到三分时，大伙哥长弟短地捧他，翘着大拇指，夸他本事大，能力强；酒到五分时，已经有两个人舌头短了，数说他为老百姓做的好事、善事。都是实实在在的事情，拍马屁拍到点子上，张三头嗡一声，酒劲儿往上冲。他一挥手，说："别、都别说了，不就做了那么几件破事么，都是随手就能做的事情。"张三一开口，顿时鸦雀无声。张三的手在半空中挥了两下，忽然停住了，两个手指头哆嗦着，话吐了两吐，带着哭腔吐出来，"他妈的是真可怜人，眼巴巴地看着别的小孩喝牛奶，他老子不给他买也就罢了，还揍他……真他妈的不是人！"九指神丐忙把烟递上来，疤癞头手里的打火机吧一声着了。张三忙用手捧住疤癞头打火机的手，吸着了，再用手使劲儿拍拍疤癞头的手，以示感谢。张三说："我不是纯心做好事，更不想得什么荣誉，就是看不下去了，所以就做了！"

大伙鸡一嘴鸭一嘴地说，三哥名利双收啊！三哥仁慈啊！三哥有心栽杨成大树，无心插柳柳成荫啊！好像都醉了，醉了的话语里，都见了真性情，都把一颗心掏出来摆在桌面上。疤瘌头睐眼众人，都群情高亢，又乜斜一眼张三，张三已经到了一定的程度，好像端坐在一辆车里，被人推着拉着，皇帝一样了。是时候了，疤瘌头想。疤瘌头打了个饱嗝，打饱嗝的内容有些夸张。疤瘌头的饱嗝声音响后，没人再言语了，都看着疤瘌头。疤瘌头动情地说："三哥不容易啊，白手起家，从派送塑料袋到开小餐馆再到开饭店，三哥这是一路辉煌啊！"鼓掌，可着劲儿地鼓掌。疤瘌头摇摇手，示意大家停下，又说："我认真想过了，饭店是三哥的革命根据地，有了这个根据地，三哥可进可退，如鱼得水——不是有人估算么，这饭店值百万！百万的固定资产啊，现在，说拆就要拆了，不赔一分钱不说，还得自己动手拆！"

好像一巴掌打在张三的脸上，好像刚才的鼓掌声都齐刷刷地打在张三的脸上。砰一声，张三一拳砸在桌子上，拳头像被吸附在桌面上，抖动着。桌子上的盘子碗、筷子酒杯子，遭受地震一般，跳了两下，有菜汤酒水溅出来。张三吼道："谁说要拆了？老子的饭店，哪个敢动一指头！"

片刻，掌声雷动。憋急的尿一样，痛快淋漓。

四

很快，限拆令到了。根据依法拆除违建领导小组的统一部署，限拆令一过，将由领导小组组织执法队伍强制拆除，并按拆除平方面积征收拆除费用。限拆令规定的最后日期是

30号。30号那天早晨，天起了大雾，整个市场上，也就能看清一米多，汽车的喇叭声，摩托三轮的马达声，无时不在响，吵得人脑壳子都疼。疤瘌头从早上起来，实际上他一夜都未曾睡，就围着市场转，这里站站，那里看看，一包烟很快吸尽了，又拆开新的一包。下午的时候，大雾消去了大半，也还有，*丝丝缕缕*的，扯不尽。东边那条街上，卖咸菜的王二和他老婆春花，从搭建的棚子里往屋里拾掇盆盆罐罐，春花朝王二努努嘴，王二瞥见了疤瘌头，两口子丢下手中的东西，往屋里去了。疤瘌头站那里等，等了一会儿，一棵烟吸尽了，也没见王二两口子再拾掇东西，倒是春花往外探了两次头，看到他还站着，就忙把头缩进去了。疤瘌头骂了句胆小鬼。中间那条街上，百依百顺服装店的陈红和陈秃头爷俩，起手往屋里拿衣服。疤瘌头问："拆啊？"陈红哭丧着脸，说："俺们小胳膊小腿的，不拆能成吗？"陈红长得瘦瘦巴巴，办事却是风风火火。陈红说："当时搭这个门脸花一千，明儿公家给拆了，再拿两千的劳务费——赔死了！"疤瘌头叹口气，又来到西边那条街上。卖小家电的王大鹏，正把电风扇、电饭锅往电动三轮上搬，门脸上的电器都快搬尽了。疤瘌头问："不再等等？"王大鹏说："等个球！等到明儿推土机来了，一窝儿全砸个稀巴烂！"疤瘌头干笑道："凡事都坏在你们这些人身上！俗话说，撑死胆儿大的，饿死胆儿小的，一点风雨都经不起，还成什么大事？"王大鹏说："扯淡吧你！你是死到临头也要拉个垫背的，别再瞎忽悠了！"疤瘌头心一沉，怒道："妈的谁死到临头了？"又缓口气，说："天还没塌哩！就算天塌了，也有大个儿顶着呢！"王大鹏冷笑两声，说："俺们拿什么和你比？俺们就这几平方的违建，拆了就拆了，你呢，你别处还有库房和厂房，好几十万呢！俺们和你可陪伴不起！"说到底，人都精明得很，加减乘除，算盘珠子一拨拉，算自己，也算别人。其实，疤瘌头一直都在算，他算计的是张三。他铁定了一条心，就算是拆，也得先拆张三的，因为张三是个大人物，他的黄家村饭店是标准性违建，不拆饭店，不动他张三，那不是欺负老百姓么。有一阵子，疤瘌头竟是欣喜的，他想，拆拆拆，拆它个白茫茫大地真干净！

第二天早上，市场上几乎没有出摊的。人倒不少，远远近近的，三三两两的，交头接耳的。整个市场是沉默的，也是期待的。一夜之间，违章搭建的棚子又拆了不少，有清空物品的，也有拆了半个的。几只麻雀嗖嗖地飞来，落在空地上，张皇四顾后，又都嗖嗖地飞走了。八点整，从市场南面的公路上，出现了骑自行车的队伍，流水一样，煞是壮观。而后是两辆执法车，执法车后面是 120 车和民政局的一辆白色金杯车。群众从四面围拢过来，胆大的和执法人员凑着说话，指指划划，胆小的落在后面，观望着，议论着。一场大戏即将开演，前台已经清场，剧务人员在后台紧张有序地忙碌着。工作人员开始喊话。拿着电喇叭，一条街一条街地喊。起初时，疤瘌头看到浩浩荡荡的执法队伍，知道完了，任何抵抗都是螳臂当车。可是那队伍，没带任何工具，都很听话地呆在那里。好像是来捧场的，仅仅是制造一种声势，吓唬吓唬人罢了。又见执法人员只是喊话，忽然就有了底气，又来了胆子。四周的群众越聚越多，也有的，失望地离开了，不耐烦了。疤瘌头看着喊话的人从自家店门前走过去，对着他们的后背骂："妈的也就是欺负欺负小老百姓，专拣软柿子捏！有本事有能耐的，去拆那些大老板的违建啊！"喊话的人走过去了，又回过头来。疤瘌头有些心虚。这都是陌生的面孔，按理说，他疤瘌头都应该认识，至少应该面熟。可是他怎么想，都想不出这些人的来历。

"同志，我们不欺负老百姓，我们是依法拆除乱搭乱建。"喊话的共三个人，左边靠后的那个，戴着眼镜，白白胖胖，"现在，本市争创全国卫生城，这是本市的荣誉，作为每一位市民，都应该大力支持才对！"

疤瘌头看看眼前的这位"胖"同志，嘴巴有滋有味地嚼了两下，一伸脖子，咽下去了。疤瘌头有个习惯，遇到大事或者不容易对付的人时，嘴巴总是不住地嚼，嚼得差不多了，一伸脖子或者一仰头，把什么东西咽进肚子里，接着，话就上来了。疤瘌头说："咱不管什么卫生城不卫生城，咱就知道，正都好好的，你们的嘴一张，说拆就拆——不就是搭个门脸么，违法还能违到哪里去？"

胖同志用食指和中指很优雅地往上推推眼镜架，从眼角的余光里，知道有些人正往这聚拢。疤瘌头又说："俺们是违搭乱建，可是，人家的饭店呢？那么大的饭店，得占多少平方?"疤瘌头的脖子极力地往西边扭着，胳膊也不停地挥动，都是向着一个方向，黄家村饭店的方向。其实用意是十分明显了，是告诉胖同志他们，黄家村饭店才是第一等违建，要拆，就该先拆黄家村饭店。胖同志果然往西张望，他已经看到了黄家村饭店，也意会了疤瘌头的心。刚要开口说话，却被聚拢过来的人抢了先。

"狗日的疤瘌头，你是条疯狗，乱撕乱咬！"张三的堂弟张大鹏说。

"大兄弟，都是乡里乡亲的，拆到谁家就认了吧！"卖豆腐的王志强说。王志强是有名的精明鬼，从张三的早餐馆开始，就只带干粮，喝张三餐馆的免费小米粥，然后，把随身携带的大水杯灌满白开水，足够他在市场上喝的。疤瘌头瞪着张大鹏，说："你才是条狗，是张三家养的狗！"两人剑拔弩张了，摩拳擦掌地要动手。张大鹏身后的几个人，显然不是瞧热闹的，有人吼了一嗓子："先把他家的拆了再说！"说着一哄而上，工具竟都是现成的，疤瘌头想阻止都没了手脚，被两个壮汉死死地摁在地上。疤瘌头像一头暴怒的狮子，眼珠子都红了，头发直竖起来，拿头撞着摁在自己身上的手，有一刻，他的头变成了一只刺猬，头发变成了刺猬身上的刺儿，那些刺儿扎进摁着的手，扎出了鲜红的血。果然被扎疼了，暴怒了，忽然一块砖头拍在他的脑袋上。后来疤瘌头告诉张三，当他看到砖头的时候，他忽然清醒了，啥都明白了，他想告饶，他想只要不拿砖头拍他，他喊爹都行，他跪下磕头都行，可是，已经没有机会了，幸好，那块砖头不算太硬，是块劣质砖，把他拍闷了，砖头也粉身碎骨了。

五

黄家村饭店是三天以后拆的。专项小组下达了违建拆除通知。下通知的人，张三认识，是区里的贾区长，也是专项小组的副组长。张三的几项荣誉，都是贾区长提议的。张三拿着违建拆除通知看，看了半天，急得一头汗，手都哆嗦了。贾区长说："拿倒了。"张三用手抹了一把汗，干笑道："胎位不正啊！"又说，"拆就拆么，下啥通知？人家的都拆了，如果单留下我的，那我的这张脸就是腔改的，以后还怎么上街？还怎么混？"

汪小荷在一旁懵住了。但张三的话她听明白了，她说："不行，不能拆！"张三眼一瞪，吼道："娘们儿家家的，一边去！"张三签完字的时候，张留根刚好赶到，他颤巍巍地扶着门框，上气不接下气地说："小三，不能签啊，不能签字啊！"张三叹道："爹，俺的亲爹，你瞎掺和啥呀！"一声爹，把张留根感动地热泪盈眶，张留根哽咽着说："你要真当我是爹，就别签字——饭店不能拆啊！"张三说："就是因为当你是爹，才得拆！不然，我八辈子祖宗都得招人骂——人得讲理啊！"张留根呜呜地哭起来。张留根舍不得黄家村饭店，倒不是因为黄家村饭店多么值钱、能创造多少利润，而是因为，这几年来，他和黄家村饭店结下了深厚的感情。张三没时间在饭店里经营，全撂给了汪小荷，汪小荷是个妇道人家，张留根不放心，天天就在饭店里。他啥事也不用做，泡上茶，端着茶杯，这里看看，那里转转，虽说啥都没做，其实啥都做了。他是饭店老板的爹，其实比老板都管用。别人称他老爷子，别人对他都是恭恭敬敬的，那感觉，真好，也真妙，像坐在轿子里，被人前呼后拥着。可是，忽然地，饭店就要被拆掉了，他的世界没了，他的家没了，他想以后，自己就是一条夹着尾巴的狗，一条没有家的狗。张三放出话来，饭店里的东西一件都不要了，拆的时候，都砸在里面，干净。张三的意思是，那些东西用了几年了，都没有使用价值了。张留根却误解了儿子的意思。张留根说："也好，眼不见为净，省得伤心。"

按说依法拆除黄家村饭店应该是很顺利的，其实也顺利。那天是星期天，上午 9 点，专项小组组长、副组长以及电视台记者，都到了现场。阵容是空前的，可以说，自成立专项小组以来，这是第一次，兼任组长的刘书记亲临现场。刘书记戴了崭新的红色安全帽，对着话筒简明扼要地讲了这次集中拆除违建的意义和成果，并满怀激情和深情地说："我相信，在未来的城市文明建设中，我们的城市将是更加卫生、文明、和谐和团结的！"噼里啪啦的掌声迅疾而热烈。有一群孩子，大约有四五十个，高的矮的，胖的瘦的，像一群叽叽喳喳的贴地而飞的麻雀，齐齐地向现场奔来。所有人以为，这群孩子是来瞧热闹的。刘书记赶忙指示身边的工作人员，不要让孩子们到近前来。工作人员拦不住，这群孩子在饭店门前站好，又自觉地按个头儿站成两排。一个个的孩子，头顶上冒着热气，脸蛋儿红扑扑的。其中一个喊："不能拆！"所有孩子跟着喊："不能拆！"挥舞着小拳头，样子认真，模样可爱却又让所有人感到震惊诧异。这是黄家村小学的孩子。很快，教育局长来了，黄家村小学校长来了。局长痛批小学校长，小学校长脸煞白，戳辣着。原因很快查明，这群孩子说，如果拆了饭店，叔叔就没钱买牛奶给我们喝了。刘书记听完汇报，笑道："告诉孩子们，牛奶会有的，面包也会有的！"电视台记者抓住了由头，对着话筒讲了几句后，忙把话筒对着刘书记的下巴。不得不讲了，刘书记表态，城里所有小学的孩子，一个标准，一个孩子一天一袋牛奶。可孩子们不走，孩子们说是骗人。小学校长急了，人一急就话不择口，说："我骗人——刘书记总不会骗人吧？""骗！一看他就是电视上演的，电视上的东西都是骗人的！"孩子们只相信张三的话。没法儿，只得派人把张三接来。

两年前一个夏天的午后，一个八九岁的男孩，哭着要喝牛奶。他老子不耐烦，吼了他两句，小男孩的泪水和鼻涕浸湿了他干裂的嘴唇。一看就知道，这是乡下人、是在黄家村市场上卖菜或干别的营生的人家的孩子。张三有些面熟，却又想不出具体姓啥叫啥——市场上，这样的人、这样的家庭不少，得有几十户。小男孩喝奶的欲望特别强烈，不喝就要死一样。他老子巴掌打着他的脸，啪啪的，一句一句地恨恨地说："喝你娘的狗屁奶，喝你娘的狗屁奶……"就是因为这件事情，黄家村小学的学生，那些穷学生，都得到了张三提供的牛奶，每人一天一袋。刘书记笑着迎上来，握住张三的手，笑道："谢谢你！我们没做到的事情，你做到了！"记者们飞快地忙碌着，刘书记握着张三的手，转过脸来的时候，正好对准了镜头。刘书记说："从明天开始，城里的小学生，每人一天一袋牛奶！"掌声响起来，热烈而持久。张三的脸色非常难看，似笑不是笑，似哭不是哭，扭曲成狰狞的麻花。面子工程。形象工程。张三想。张三离开的时候，私下里对刘书记说："牛奶的事情，可以不可以再考虑一下，只发给那些最需要的，别搞一刀切。"刘书记笑着笑着，脸色凝重起来，像一块石头。

从拆除黄家村饭店的第二天起，张三开始晨练。他给自己制订了目标和计划，每天跑五公里，一定把身上多余的肉跑下来。他出发的时候，太阳还在睡觉，他回来的时候，是迎着太阳跑。那天，他自己都搞不懂，为什么改变了路线，竟然要经过黄家村饭店。黄家村饭店已是一片废墟瓦砾。张三在经过黄家村饭店的时候，步子慢下来。汪小荷昨天晚上说，在拆黄家村饭店之前，允许群众拿里面的东西，只要是喜欢的、有用的，都可以。在群众搬运东西的时候，有人为了抢一张桌子，吃饭的桌子，竟然大打出手，把头都打破了。张三想着想着，步子逐渐加快。"别人不要的东西，竟然有人为此打破头撕破脸！"张三摇摇头，脸上似有笑意浮动掠过。

又想，如果认真责问起他们来，为什么因为一张桌子大动干戈，他们肯定会说："不是桌子的事情！"他们这些人，而且是好多人，心里想的和嘴上说的，都是大相径庭，明明是为了那么一点点的蝇头小利，却偏说是为了尊严和面子，结果都没有了。脸都不要了。

转过弯，往回跑的时候，张三看到了长长的影子。那是自己的影子，一晃一晃的。忽然之间，张三懊悔无比，狠命地踩着自己的影子，往前冲去。

原载《时代文学》2018 年第 7 期

回　忆

方　鹏

　　"我到现在，一直都能听到她的歌声。真的！她的歌声，总是在我心里不断出现，就像一堆记忆的散片，说不定是哪一片会突如其来地闪现在我的脑海里，那样真切；经常出现的，是她的琴声，那优美的，有时又断断续续的，当时我都叫不上名字的琴声。"

　　"你还记得吗？当时，那一个很大的仓库，堆放着很多纸板箱的纸板，高高的就像山一样遮蔽着仓库顶棚的灯光，你走在里面，脚步会发出一种空旷的声音，空气又带有一种甜甜的纸制品的香气。那声音就是从这堆散发着香气的厚纸板的里面传出来的。那里面就好像是迷宫，高高的纸板堆形成的迷宫，你在里面走，七拐八拐，你也不一定能找到那个发出低低的琴声的地方。我进去的那次，是一个叫海格的男人领着我进去的。"

傻标这样说着，喝了一口啤酒。他那干瘦的脸，在灯光的暗影里，我感觉就好像是一个骷髅只蒙着一层皮，却还在慢慢说话。只是现在已经不能再叫他"傻标"了。他人已经五十岁了。我只是习惯性地随着小时候的叫法，只是现在想想，再叫傻标就有点儿……那个吧？说不上怎么说。反正我现在只能称呼他阿标。他已经是癌症晚期，来日无多。我们在一个偶然的机会碰到，才有了这次小聚。他执意想跟我喝杯啤酒，叙叙旧。只是我有点儿觉得他病成这样，还能喝酒吗？但是，我推辞不掉。我知道他那埋藏在心里四十多年的苦痛和隐秘，我至今也替他隐藏着，从没跟别人提起过。这只能随着他一起埋入地下。如果他有一天死去的话。而且几乎是肯定，恐怕他活不了多久了。

"你还记得那条铺着煤灰渣的黑黑的小路吗？我们每天上学放学都要走的那条小路，上面是碧绿的就像一条绿色走廊一样的林阴小路；旁边是在浓密的树木之间的农民的菜地，用已经有点儿腐朽的发黑的木板把小路和菜地隔起来。"

"是，我记得。"我说，"我记得那里面经常种着小白菜，碧绿碧绿的，还有茄子，黄瓜。"

"是。"他几乎是在用尽平生所有的力气在说话一样。

我说："你没事吧？如果你累了，就休息一下。"

他说："没事。"他靠在沙发上。"和你难得一见，多聊会儿吧。"

我一时不知道说什么了，就端起啤酒杯喝了一口。思绪随着回忆，回到了四十多年以前，我们小的时候。那时候的傻标还整天流着鼻涕，穿着袖口已经被洗烂的有些发白的蓝色斜纹布的褂子，一条同样破旧脏兮兮的带着皱褶的灰色裤子；斜挎着一个军绿色书包。我们每天上学，总是一起出发，结伴而行。他总是不老实，不是抓起石头砸树上的鸟，就是看见蝴蝶就想追。嘴里还一个劲儿喊着："抓住它。抓住它。"如果蝴蝶被他抓住了，他会高兴地蹦跳着跑过来，让你看他手里的蝴蝶。有时候也会看见一只田鼠，嗖嗖地在草丛里奔跑，这时候，他更会大叫着去追，想抓住那只田鼠。如果是被他抓住，他会用一根绳子绑住它，就像牵着一条宠物狗一样牵着田鼠到处跑。我依然记得他的脸上带着的那种洋洋得意兴高采烈的笑容。

我们经常躲在小树林里偷着抽烟。有时是我们从家里偷出来的，有时实在没有烟的时候，我们也抽晒干的丝瓜秧。

我觉得他的心已经被那次火灾吓坏了。就好像一株植物被侵入了毒物，慢慢地萎靡而死，然后又被风雨的侵蚀而慢慢腐朽，直至慢慢地风化剥落，化为尘土。我能够理解他是怎么度过的这漫长的岁月。他坐在沙发里，一直没有说话，泪水却扑簌簌地掉下来。他用哽咽的声音说："我总是忘不掉她。她好像每时每刻都在我的心里。说话，唱歌，走动。我会在猛然间就听到她对我说：'不能出去玩。好好在家写作业。'那时候，她16岁，马上就17岁了。"

"说实话，我真的很怕想起她！却又赶不走她。这辈子，我觉得她几乎每分钟都在我眼前。真的！我几乎每分钟都会想起她。甚至是每一秒种都未曾忘却。我会在梦里惊醒，听到她说话，仿佛她就在我眼前，只是当我听到她说话的时候，我总是有一种错觉，以为她真的在我身边，或者是外屋，或者是什么地方，我会茫然四顾，却没有她的影子，这时候，我才会清醒，知道自己是出现了幻听。"

他好像是自言自语着，猛抽了一口烟，狠命地咳嗽起来。

我不知道该不该劝他，我采用了一种比较和缓的语气说："你这时候不抽烟可能会更好些。"

"随它去吧。"他吃力地做了一个手势，好像是赶跑某个他厌恶的东西。随着，抓起酒杯，示意我也举起杯，跟我碰杯，"干。"

"干。"我又加某种关怀或劝解的语气，"你少喝点儿！"

他冲我摆摆手。

一

傻标说的是他的姐姐。我依然记得他姐姐穿着一身绿军装，扎着两只羊角辫的样子，很好看。他还拿出她的好几张照片让我看。我一边看，一边说，是这个样子。她很漂亮！他说："说实话，我一直都不敢看这些照片。真的！"

我一直觉得他姐姐有点儿高傲，不可亲近，所以有点儿怕她。她总是不让我跟傻标玩，只要见到我们在一起，就总是拉着傻标回家。"回家写作业。"她说。这使我有种被排斥的感觉，总觉得她好像不喜欢我。只是我不敢说什么。她比我们大很多，好像是大七八岁的样子，但是在当时我看来，她好像已经很大了，大得就像那老奶奶一样大。我们住的很近，在我们家门口不远的前面几家，有一家大院子门口就总是坐着一个老奶奶，在门口看着来往的行人。从我早晨上学出门，到我放学回家，一直到我吃完晚饭出来玩，她就一直坐在那里，好像这一天就没挪过窝，一年到头，365 天，几乎是天天这样在那里坐着。我不知道那家人叫什么，因为他们家没有小孩儿，或者具体说，没有我们这么大小的小孩儿。在我心里，傻标姐姐跟那个老奶奶在大小方面没什么区别。

我眼前闪现出一张被火烧毁的脸，男人的脸。那张被火烧伤毁容的脸，经常出现在我的脑海。他曾经一度失踪过。在那次火灾之后，他被判刑，之后就再也没见过他。我再次见他，是在三十年以后了，那是他来我们家属区看他父母亲。因为他的父母跟我父母在一个单位，一直住在这个小区里。因为看到他们在一起，我才确定，这张被损害的脸是他。我一直对傻标的姐姐很好奇，一直很想了解她们那段历史。所以，我使用了一点儿方法，用以接近他，并且能够探寻到她们之间到底发生了什么。

他叫海格。我觉得他应该记得我，因为有一次，就是他领着我们进入了那个大仓库。那次，是我和傻标一起去的。

"是的是的。我记得你。"他说，"那时候你才这么高。"

他用手比划着。

"是的，那时候我才7岁。"

起初，他不想说这些事。对于以前发生过的一切，他都不想提起。大约过了得有一年的时间，我才突然接着他的电话，说想跟我谈谈。

我不大敢看他那被烧伤的脸，所以，总是目光躲闪着，看着别处说话，或者用低头喝茶来掩饰自己。也许他已经习惯了别人不敢看他，所以他并没有表示出什么。

"她16岁就进厂当了学徒工。就是那个纸箱厂，一个小厂子。我比她大1岁，当时17岁，也是学徒工。她穿着一套有点儿肥大的粗帆布蓝色工作服，看起来显得人很瘦小，脸尖尖的，一双大眼睛带着一种怯生生的感觉。但是，她很聪明，干活儿学得很快，手脚也很麻利。我很喜欢她，对她有一种朦胧的……怎么说呢？好感？用现在的话说，应该是爱上她了。只是当时，我并不懂得什么爱情。我只是觉得她很吸引我，总想跟她接近，讨好她。没事就找她说话。我记得有一次，我买了两块巧克力糖。要知道，那时候，人们对巧克力还处于一种无知的状态。我当时买的时候感觉很贵，五分钱一块，我买了两块，一毛钱。我把她拉到一堆纸箱板后面，神秘地跟她说，有一件好东西给她。她很好奇，问：什么？我就掏出了那两块巧克力糖。那是我第一次吃巧克力。只是她并不喜欢。她说：'太苦了。不好吃。'接着就从嘴里把巧克力吐了出来，弄得嘴边上全是黑黑的巧克力，又赶紧用水漱口。而我也是吃着感觉一样苦，不怎么好吃。"

他苦笑一下，说："那时候的人傻到连巧克力都不知道好吃。"

带着我们干活儿的是一个戴着眼镜的老师傅，人瘦瘦的，高高的，穿着一套洗得发白的粗帆布工作服，胳膊肘用一块蓝色的布打着补丁，裤子的膝盖处也打着补丁。他平时不苟言笑，很少说话，只是在干活儿的时候，才说一些关于工作的必要的话。我们都叫他赵师傅。因为他是我们的师傅，所以平时我们总是在一块儿，无论是干活儿，休息，还是吃午饭。他一直把我们当作孩子来看待，只是他的言语并不多。他看见我总是迷恋嫣然，她叫嫣然！有事没事就找她说话，显然已经陷入了狂热的爱情之中。只是那时候，我们并不自知。有一次，他对我说："孩子，你们现在应该是学习的时候，而不是谈恋爱的时候。你们还年轻，除了好好干活儿，还应该趁着年轻多学习。"这使我有种莫名其妙的感觉，我问他："除了干活儿，还学什么？"

他一下子哑然了。他没再吱声。说实话，在那个小工厂里，除了好好干活儿，我真的不知道自己应该还需要学什么。同时，我也有一种反感，认为他管得太多，只是又不好公开表示反对他，从那以后，我多少收敛了一些，不再敢公开对嫣然表示那么热诚，而是转入了地下，也就是偷偷地向她表示我的……怎么说呢？我都不知道该怎么表达，说是爱情吗？只是那时候我们不懂爱情，说不是爱情？那也不对，所以，只能说你明白这个意思就行了。

后来，嫣然有一次机会，可以调去厂长办公室。那次她悄悄跟我说了这事，说厂长找到她，跟她谈话，想把她调到厂长办公室上班。我觉得这是一次难得的好机会，可以不用干活儿了啊！当干部了啊？我说答应他啊！

"可是你不知道……"她欲言又止。

"我不知道什么？"

"他……反正我不去！"

"为什么？"

"他……"

她没说出来，但是，我却开始有点儿明白了。

"他对你怎么了？"我着急地问。

"他……用手扶住我的肩膀……那一会儿我觉得自己好像浑身不自在，好像浑身都有刺扎着我，真是恶心……很害怕……我就赶紧跑出来了！"

这件事气得我咬牙切齿，恨不能想马上就去宰了他。

"他只是扶了一下你的肩膀吗？"

"嗯！"她点点头。

"如果他以后敢对你怎么样！你一定要告诉我，我马上就去宰了他！"我气愤地对她说。

这至少让我放宽心些，并没有发生什么实质的问题。最终，她并没有答应去厂长办公室上班。

她跟我说这些话的那天是星期天，我们在郊外的树林里的草丛上躺着，透过树木浓浓的绿叶的缝隙，看着天空中白色的云朵。我嘴里嚼着一根草棒。本来我想悄悄地拉她的手，却被她拒绝了。她说被人看见不好。我也没敢继续。只是，那一会儿，我的心跳得太激烈，真怕自己的心跳出来。

二

一天我们夜班。我们很早就把活儿干完了，差不多是夜里十二点钟。赵师傅颇带有一种神秘，叫我们干完活儿，先别急着走，说有事找我们。他带着我们到了厂区南面的大仓库。这个地方比较僻静，很少有人来。只有偶然来领料的工人，和送货的车偶尔会来，而且基本是在白天，晚上就更少人了。

他一边打开仓库门的锁，一边说："我跟管仓库的是朋友，我给他一瓶二锅头。"仓库是两扇大铁门，往两边推的，大铁门上还有用于日常走人的小铁门。他这时候，是打开那扇小铁门，进去以后，他在里面又插上铁插销，又把一把铁锁挂在锁眼里，只是没有锁上。就是这样，外面也是打不开的。他打着手电筒："我给你们看一样东西。"他说着，领着我们朝仓库深处走。

里面很黑，只有他手电筒的光亮。这使我产生某种恐惧，只是我又不得不跟着他走。嫣然显然也有点儿害怕，她不自觉地拽住了我的衣裳，拽得很紧，让我感觉心里有一种莫名的自豪感和兴奋，感觉到她对我的那种信任。我伸手在黑暗中抓住了她那只紧紧拽住我衣裳的手，她想拒绝，想挣脱出去，却被我紧紧地抓住。我紧紧地牵着她。我能感觉到她的紧张，手有点儿颤抖。我们跟在赵师傅的后面，他在前面带路，为我们照着道路，还不时提醒我们："看着脚下。"我们在他后面，在黑暗中，牵着手。我不知道如果被他看见了，会怎么样？但是，那一会儿，我感觉自己很幸福。因为我牵着她的手。

当我们跟着他，七拐八拐，走到仓库的深处，他停下来，走到一间小屋的门前，打开门。这时候，嫣然死命得挣脱着被我握着的手。我怕被赵师傅看见，就松手了。我们跟着他走进一间小屋。这是一间仓库内部的，类似休息室一样的房子。他打开灯，昏黄的白炽灯，照亮了屋内简陋的内部，没有墙皮，在砖墙上刷了一层白灰；一个大木头架子上放着一些杂七杂八的工具之类的东西，一张老旧的三抽桌，一把木头椅子，还有一个长凳子。在墙角里放着一张木头单人床，上面铺着一床蓝色方格的床单，还有被褥，我想这应该是仓库保管员的休息室。在那张桌子上，放着一个类似葫芦一样的扁扁的盒子，但是又不是葫芦。他坐下来："你们坐下吧。"他指了指那个长条凳。我们跟着坐下来。他打开盒子，从里面取出一样东西，我们都不知道叫什么，类似什么琴，因为它带着琴弦。

他说："你们知道这叫什么吗？"

我跟嫣然互相看了一眼，都摇头："不知道。"

他看着我说："上次你问我说，你除了干活儿，还应该学点儿什么？说实话，我一直都不知道。但是，我真觉得你们应该学点儿什么。这使我想起它。无论你们肯不肯学，今后不要对别人说起这事，知道吗？"他郑重其事地看着我，又看着嫣然，我们互相看看，点点头。

"一定？"

"嗯。"我们又点点头。

"你们先听一听它是怎样一种东西。"说着，他把那琴夹在自己的下巴颏底下，开始拉起来。我们不知道他拉的什么，但是，我们知道那首曲子很美，从未听过的天籁之音。"

"师傅。这叫什么？"

"这叫'小提琴'。"

"我听说过。只是这是第一次见到。"

他接着说："它广泛流行于全世界。至于它的发明，说法很多，那我们先说一个有点儿意思的，有这么一个传说：5000 年前斯里兰卡有一位君主叫瑞凡纳，他把圆柱形的木头掏空制成了与中国二胡类似的乐器称为'瑞凡纳斯特隆'，在漫长的岁月里，瑞凡纳斯特隆随着贸易往来而流传四方，据说，这就是小提琴的鼻祖。不过从有史料记载起，最早的小提琴大约是 16 世纪，是由一位住在意大利北部城镇布里细亚，一个叫达萨洛的人制成的。但在同一时期，格里蒙那城中的 A. 阿玛蒂，也制作了与现代小提琴更为相近似的小提琴。从 16 世纪到 18 世纪，意大利的小提琴制造业随着音乐事业的空前繁荣而得到了迅速的发展。从 18 世纪以后到现在，小提琴基本就没有什么大的变化了，基本一直是现在这个样子。"

"师傅，你刚才拉的曲子叫什么？"

"捷克斯洛伐克作曲家德尔德拉《回忆》（纪念曲）。"

他看着我们，我们都被他那种阵势震住了。真的，我从来没见过，这个赵师傅像现在这个样子，突然有一种光芒在他的身上散发出来，他的那种神情，那眼睛里的光彩。而刚才那音乐，更使我被他的技艺所震慑。我后来才知道，他是一个音乐学院的教授，被下放到这个小工厂劳动改造已经好多年了。大家已经忘了他是干什么的了。而且平时也并没有人说起这事，他自己也从未说过。而直到那天，我才知道了他的过去。从那以后，我们就开始了学习小提琴的课程。我们一般就是在那个大仓库里练琴。我们答应不对任何人说起这事，严格保密，包括我们的父母也不说。

我们几乎每天晚上都去练琴。就像做贼一样保守着我们的秘密。而同时，却有了另外一种快乐。虽然学习音乐不像欣赏音乐那样美好，甚至是非常枯燥乏味的。我从最初的极大的兴致，到后来开始有点儿沮丧，因为我在学习小提琴方面，并没有什么天赋，进展缓慢。而嫣然却显出了她在这方面的某种天赋，她比我进步要快得多，很快她就能完整地演奏出一些简单的练习曲，比如沃尔法特、开塞，并且表现很不错。这使她得到了老师的称赞，甚至是为她进步如此之快而欣喜不已。

这使她渐渐地对自己也充满信心，每次受到老师的夸奖，她都会高兴得脸通红，眼睛放光，我能够感觉到她心里的那种喜悦和自豪。

三

而后来慢慢就有流言传出来，说有人在仓库里搞流氓活动。而这只是传言，我们并没有当一回事，依然每天去仓库练琴。

"是的。就是那天，你们来厂子里洗澡，是我带着你们进去的。"

"是。"我说。

那天就只有他们两个人在仓库里练琴。"那天是下班以后去的。"他说，"差不多是晚上七点钟，天还亮着。"

我还记得傻标说一些挖苦话，说："这是什么东西，听起来像踩了鸭脖子一样难听。"我觉得那只是他一时的言不由衷的话。

而傻标的姐姐显出讨厌的神情，说："狗嘴里吐不出象牙，说话真难听！你们洗完澡了吗？"

"完了。"傻标说。

"那就赶紧回家吧。别在这里扫人家的兴了。"

当时我看到她跟海格在一起，就觉得傻标的姐姐快要结婚了。

我们被她赶走了。我们出了厂子以后，就沿着围墙的边朝南走，在草丛里寻找老鼠洞。

"那天我把你们送出门之后，我就插上了铁门，在里面把锁挂上。"他说，"那天我不知道怎么有点儿紧张。当我关好门，回到我们练琴的地方的时候，我看见她还在拉着琴。我们在一个四面围满纸板的空间里，旁边有一垛纸板没有摞得那么高，只有一米左右高，我正好就坐在上面，看着她，接着我就半躺在上面。那个休息室我们没有钥匙，进不去，我们只能在这个大空间里练琴。那一会儿，我的心里不知怎么，坐卧不宁。我就走过去，走到她的身边，她停下来了，看着我。也许是我有点儿异样的表情，使她也有点儿吃惊，看着我问：怎么了？我没说话，伸出手，轻轻地把她揽到我的怀里。她没有抗拒，她的头偏过我的肩膀，下巴搭在我的肩膀上。我想扭过她的头，亲吻她，她却拒绝了。"

"不。"她说，"什么也别做，就这样抱着我。"

我顺从了她。我再没有了其他的想法，只是这样抱着她。我们都能感觉到对方那急速的喘息。她的身子开始变软，她说："头晕。"我就这样抱着她挪到那垛纸板旁边，我们躺了上去，我在后面抱着她。我的手想有意无意地摸到她的胸部，又被她制止了。她说："什么也别做。"

我就老老实实地不再有非分之想，就这样抱着她。那一会儿，我觉得我的整个的心都是净化的，没有一丝想伤害她的意思。

我们就这样在那垛纸板上躺着，彼此倾听着对方的呼吸、心跳，感受着一种莫名的幸福的激流在全身流动。好像我们已经成为一个整体，感受着彼此的体温和热血澎湃。

我们就这样抱着，慢慢地，不知不觉，我们竟然睡着了。

我们再一次醒来，是因为仓库外面嘈杂的人声惊醒了我们，加上刺鼻的浓烟和火光。

我们一下子蹦起来，我发现仓库已经被大火点燃了。我不知道火是怎么着起来的。我急忙拉着她往外跑。仓库外面已经挤满了人，只是他们打不开大门，小门也被我在里面插上了。说实话，我们都惊恐万状。我拉着她跑到大门口的时候，听到外面的人在喊，"里面有人搞流氓活动，他们把仓库点着了，一定要抓住他们！"

还有人喊："抓流氓——"

"救火啊——"

她听到外面的人声鼎沸，开始惧怕地拉着我往回跑。其实那个时候我们已经到了门口了，只要转下挂锁，拉开插销，我们就出去了。可是，这个时候，我们却不敢出去了。而嫣然更是拉着我往仓库里面跑，往回跑。她一面拉我回去，一面哭着说："不——我不出去！让我死在里面吧！不——"

我被她的恐惧感染着，不知如何是好，我把她拉到一个尚未着火的角落，把她紧紧地抱在怀里……那一会儿，我真的有和她一起赴死的决心了。

后来，我们就昏迷过去了。她没有被救回来，而我变成了现在的样子。

我被以流氓罪判了十年。我一直申诉，上诉，直到后来很多年，我才被改判为无罪。

四

南墙外面有一台破旧的机器，已经锈蚀了，我和傻标围着它研究了老半天，看看有什么好玩的东西可以卸下来拿走，只是没有找到一件能够卸下来的零件。只是在机器的下面发现了一个机油盒，里面还有一些机油。只是这些机油没什么用，我们就继续寻找其他好玩的东西。

过了一会儿，傻标又抓到了一只老鼠。他想起那些机油，就把老鼠拎着在机油里蘸了蘸，他说我们玩个好玩的，他拿出火柴，把浑身蘸满机油的老鼠点着了，老鼠身上着着火，被烧的到处乱窜，见到一个墙洞，就没命地钻了进去。而墙里面就是那个仓库。我们一下子吓坏了，立马撒腿就跑。当我们跑出老远，回头看的时候，看见那个仓库的上空已经浓烟滚滚，知道自己闯了大祸。傻标表情呆呆的，我至今依然记得他当时的表情，脸上带着一种凄惨的严肃，你能够感觉到他心里的那种极度的恐惧，嘴唇突出着，用一种难以描述的语气，对我说："别说出去！"

我嗯了一声，没再说什么。因为我也被惊惧吓住了。

我们后来才知道，他姐姐在那次大火中被烧死了。从那以后，傻标就像变了一个人，从此不再出门，也很少说话。他至今依然觉得是自己害死了自己的姐姐，始终不能原谅自己，不到五十岁就被癌症折磨成这样，形似骷髅。他几乎是被一种慢性而致命的毒素所侵蚀，慢慢萎靡、枯萎、残败……

原载《北京文学》2018年第8期

月村的斯芬克斯

东　紫

　　大包袱他娘死在春末的一个中午。整个春天，月村没见过一滴雨，缺雨的人跟缺水的禾苗一样，无精打采。无精打采的人，在送别大包袱他娘的程序中，应付性地假嚎着。没有至亲血缘的生死本就是不痛不痒的，最多滋生几声惋惜和感叹。

　　送汤，是为死者往生而去送行的米汤，送至三遍，如同酒过三巡，该走的可以起身了。一直木讷着垂泪的大包袱突然像个无助的孩子一样嚎哭起来——娘啊，你走了，让我怎么活？！

　　四十岁的男人被四岁的恐惧和依恋裹挟，无助，绝望。穿重孝的大包袱，像大风里被白布和麻绳捆缚的灌木。他身边的两个远亲小伙子赶紧搀扶住他。在他的伤痛里，人们干旱的眼睛终于蹿出了泪。低头假嚎的妇女们，扬起了头，她们不再担心大包袱娘的灵魂怪罪她们无情。围观的一个老太太擦着眼说，孝子一声娘，感天动地断人肠，宝海娘，你没白养儿啊！老太太的哀叹又勾出新一波眼泪。

宝海，是大包袱的名字。姚宝海。要包海。定是大包袱么。大包袱从在村里的户籍上有了名字就有了外号。其实，他还有另两个外号，眼里花、萝卜花。因为大包袱左眼有病，黑眼球上长了白色的东西，俗称萝卜花。因为这两个外号戳着姚宝海的残疾，人们也只是在背后偶尔用用。在月村，名字只用在正式的场合和户口本身份证上。平时，人们只用外号。外号，可能来自当事人的一句话、一件事、某个身体特点，或名字谐音等。比如什么活都不干，整天乱逛的刘大成，叫晃悠。比如头顶有撮白发的建设他爹，叫顶白毛。比如山上滚下块南瓜大的石头拦了路，说自己搬不动的张志豪，从此被叫搬不动。比如总是朝别人自夸皮肤好的杨春花，叫稀嫩嫩。再比如大包袱的老婆朝霞，因为一边奶子大一边奶子小，叫偏沉。

在送葬队伍里，被两个妇女搀扶着的朝霞，拉着脸，东瞅西望，等她认准了大包袱的身影时，她就指给搀扶她的女人看，他在那。女人好心地提醒她，别看了，你得哭，你婆婆死了。朝霞听了，就把指头攥起来。她知道婆婆死了。婆婆烧火做饭的时候，歪在灶口不动了。后来搬不动他娘和顶白毛他老婆给婆婆穿上新衣服，让她躺在堂屋正当中新铺的床上。家里开始热闹，总有人来。来的人，都噻着进门，大包袱就给每一个嚎着来的人，跪着磕头。

类似的事，朝霞见过很多次，很热闹，她喜欢跟着看。她知道躺在床上的人，在送完汤后会被放进棺材，被抬起来，装上地排车或拖拉机。然后再去哪里，她就不清楚了。她曾经一次又一次地追着人家问，你们要去哪里？你们带他到哪里去？没人回答她。

朝霞听见了大包袱的哀哭，激灵一下，挣脱了搀扶朝他挤去。她刚发现他一哭就拽着她的心，揪一下，揪一下。她得过去帮他擦眼泪。她得跟他说，别哭，咱们一直跟着娘，看她去哪里。两个负责搀扶的妇女伸了胳膊拽她——本来就腿脚不好，小心点。她拖着两个女人挤到大包袱的跟前，撩起孝服给他擦眼泪，就在她即将接住大包袱下巴上的眼泪和鼻涕时，突然窜出来的干呕让她俯下身去。随着主事的指挥，人们跪下给大包袱娘行礼。跪下的大包袱，斜眼瞅瞅朝霞，担心她闹出笑话。两个女人拍着她的背。朝霞并没有呕出东西来。她指指供桌上的肥肉说，一看见那碗肉就想呕。两个女人对看一眼，悄声跟朝霞说，害喜都这样。看她似懂非懂的表情，用手戳戳她的肚子说，里面长小孩了。朝霞的脸刹那间盈满欢喜，她咪咪笑着问，我肚子里真长小孩了?! 女人攥攥她的胳膊叮嘱说，小点声，你婆婆死了你还乐得咪咪的，让人家笑话。有人到供桌前给大包袱娘夹菜，一片肥肉在阳光里颤悠。朝霞盯着，突地又窜出干呕。这次比上次更持久，呕得她蜷缩了身子。大包袱扭头看眼朝霞，想到自己的苦命——早年丧父，又得了眼病，和母亲孤苦相依，没有能力讨个正常人当老婆，弄个有残疾的傻瓜进门，只是给娘添了累赘。想到娘苦了一辈子没尝到半点活人的甜头，顿时悲痛加剧，又大放悲声——娘啊，你苦了一辈子，就这样走了，我心里难受啊！娘，你走了，我怎么活?！人们少见大男人哭娘哭成这样的，都可怜他。女人们哭着围上来劝他节哀——宝海，别哭了，你娘一辈子心都在你身上，再哭你娘走不安心……宝海在人们的劝慰里哭得更凶。停止了干呕的朝霞挤上来给他擦泪。搀扶她的女人对宝海说，宝海你别哭了，朝霞本来身子就不好，还想着给你擦泪，你得想想她和孩子呀，你哭坏了身子，她和孩子靠谁呀?！

孩子?！大包袱的哭声戛然而止，他狐疑地问，什么孩子？谁家的孩子？

女人说，你不知道吗，朝霞怀孕了，看着桌上的肥肉就干呕呢，这不是害喜是啥?！

大包袱满是鼻涕眼泪的脸，在愣怔了眨眼的功夫后，顿时放晴，泪还在流，但谁都看得出来，不是一回事了，这泪里有了惊喜；有了欣慰，有了奔头，有了依靠。他不再嚎哭，而是哆嗦着嘴巴，跟他娘说，娘，你都听见了，娘，你都听见了！你放心吧！你放心吧！

朝霞在嫁给大包袱之前，被村里人常喊的外号，不是偏沉，是斯芬克斯，是村里第一个研究生姚远带回来的女朋友给起的。那时，朝霞十七八岁的年纪，虽然走路用脚尖，身子向右前方斜探着，右侧巨大的乳房随着她的身体一摇一晃，像挂了十几斤沉的水袋子，但当她坐下来，尤其是坐在村北头的路口时，她不但看不出异常，还几乎坐成了月村的标识。朝霞，从小就喜欢坐在村口，对进出村的每一个人都兴致盎然地瞅着。有外村人提起月村，会说村口坐了个大眼女孩那个。村子里对外人说自己的位置时，也会说顺着浮来公路往西，走过浮水湖，水泥厂，过没有栏杆的石桥，就能看见村庄，村头上坐了个双眼皮大眼的女孩。朝霞坐在路口，对本村外出的人，用月村话问——你咋里去？（到哪里去？）对进村的人问——你咋里来？（从哪里来？）对外村的人，朝霞的问题就会变成三个——你是谁？你咋里来？你咋里去？

朝霞问问题的时候，仰着脸，微笑着，用期待的眼神望着你，让很多本打算对她熟视无睹的人，到了跟前又不由自主地回答她。通常，朝霞得到的回答类似是："到刘村集上去"，"上段家村来"，"我是三旺的表姐，到三旺家去"。

每得到一个答案，朝霞脸上的微笑就会放大，显出甜美。仿佛那些答案不是一句话，而是一块糖，可以含在嘴里，品得心满意足。有时，朝霞也会带着那个甜美的表情，给问路的人当向导。当她站起，前探着身子，用脚尖一戳一戳地走路时，问路的人心里会生出些许的怜惜——挺俊的个闺女废了。朝霞不懂别人眼神里的怜惜，也不在意，带路的她笑得更欢。带声音的欢，哧哧哧，像在回味一个笑话，又像走向一个美好。村里的人，只要看见朝霞笑眯眯地在路上晃，就猜到村里来了外人，好打听事的人就会问她，谁家来人了。平日里，有打听人去向的，也会到村口问朝霞，看见谁谁谁了吗？谁谁谁咋里去了？有时，得到消息的女人们，也会从篮筐里摸出个水果或别的吃食给她。

在北京读书的姚远领着女朋友回来，刚到村口，女朋友就被朝霞的三个问题给问住了。听了姚远的翻译后，她兴致盎然地看着朝霞，夸张着表情跟姚远说，你们村里有哲学家呀！姚远趴她耳朵上说，就一傻瓜，天天坐这里，逮谁问谁，别理她，赶紧走。女朋友扭头看着朝霞，往前走。朝霞哪里容她，更大声更急切地问，你是谁？你咋里来？你咋里去？看她急切认真的样子，女朋友决定理理她，她走回来瞅着朝霞说，我是我，从该来的地方来，到该去的地方去。朝霞忽闪着眼睛琢磨这个与众不同的答案。三秒钟后，她快乐地眨眨眼说，你不是你，你是姚远搞的对象，你从姚远呆的地儿来，到姚远家里去。女朋友趴姚远耳朵上说，谁说她傻，她多聪明啊。女朋友蹲下身，跟朝霞说，你真聪明，我是姚远的对象，相亲相爱的对象。她扭身拉了姚远的手，和他掌心相扣，给朝霞看——看了吗，相亲相爱的。朝霞捂着嘴，咪咪地替她害臊。女朋友说，你以后用普通话问问题好吗？那样谁都听得懂。朝霞抿嘴笑着点头。

你是谁？

你——是——谁——？

你从哪里来？

你——从——哪——里——来——？

到哪里去？

到——哪——里——去——？

朝霞学着她的腔调，小声说了一遍，捂嘴咯咯笑。女朋友竖起大拇指说，真棒，以后就这么说啊。朝霞使劲点头，脸上泛出灿灿的粉红。女朋友站起身跟姚远说，她天天坐这里也晒不黑呢，真是人面桃花。姚远哈哈一笑说，在你眼里什么都是美的，快走吧，家里等着呢。女朋友用和姚远相扣的右手朝朝霞摇动，用朝霞的腔调说，姚远的对象到姚远家去了。朝霞听了，仰脸放声大笑，久久不止。姚远和女朋友在朝霞的笑声里走到家，还听见朝霞在笑。女朋友擦擦额头上的汗说，第一次在别人的笑声里走路，这感觉好奇妙。不过，她的笑声真是好听，清脆，悠长，起伏，像银铃摇动，飘飘扬扬。朝霞的银铃摇动，时断时续地飘扬了一天。这天，月村的人都笑了，被朝霞的普通话逗笑了，也被她的笑感染得笑了。原本不愿搭理她的人听见她不同于以往的问话，也会愣一下，笑着回她——嘿，换新名堂了！朝霞就在他们的惊讶里笑得花枝乱颤。大家说你看她笑得。说完也跟着笑。

都二天下午，姚远和女朋友返程，女朋友不等朝霞开口，就把三个问题还给她。朝霞第一次被人问，愣住了。看热闹的孩子在边上起哄，说呀，你是谁呀？你从哪里来？到哪里去？说呀，不会了吧？

朝霞突然高声哈哈一笑说，我是我，我从这里来！到这里去！一个七八岁的女孩捂了耳朵说，哎呦，哈哈得跟夜猫子似的。女朋友说，你不是你，你是斯芬克斯的化身。朝霞笑得欢欢的——我是我，你不是你！哈哈哈，我不是我，你是你！哈哈哈……

银铃摇荡，清脆、悠长、起伏，飘飘扬扬，女朋友感慨地对姚远说，人生的美好，该是笑着来，笑着去吧。

从这天起，月村人开始叫她斯芬克斯，他们喜欢上了朝霞的笑，他们和他们外村的亲戚也有了招惹她笑的答案。他们省略了自己来去的真实地点，也不再说是谁的表姐大舅之类。

你是谁？——我是我。

你从哪里来？——我从这里（那里）来。

你到哪里去？——我到这里（那里）去。

这样的回答，像宝藏门前的魔咒，总能开启朝霞欢笑的阀门。只有刚刚开始相亲处对象的人，不喜欢遇见朝霞。朝霞每每看见成双成对的人，就会用姚远女朋友的腔调喊——相亲相爱搞对象！喊得人脸红脖子粗。人家脸红了，朝霞又会教人家——搞对象，要手拉手！最吓人的是，她可能会亲自动手来教。

不知什么原因，姚远的女朋友再也没来过月村。姚远女朋友，好像是专门来和朝霞对一次话，开掘她闷藏已久的笑，让月村人知道坐在村口的傻姑娘，除了问三个固定不变的问题，除了每天被寻来的母亲打着骂着拖拉回家，还有如银铃摇动的笑声。

三年后，姚远带回来一个新女友。新女友早知道姚远老家村口坐着一个外号叫偏沉的傻瓜，患单侧巨乳症。等朝霞问她的时候，她只是翻眼皮斜瞅了一眼，目光落在朝霞的胸脯上。没有得到答案的朝霞朝着姚远的背影提醒他——这个不如上回那个相亲相爱的好！

据说姚远的新女友因为这句话成了前任——她有深重的处男情节，姚远从认识她的那天起，就装处男，装从未恋爱过的纯洁青年，差点就糊弄过关了，被朝霞一句话给毁了。姚远一家子进出村，都不再正眼看朝霞。朝霞锲而不舍地问，他们锲而不舍地装听不见。朝霞自己得出答案，姚远一家子都聋了。太可怜了。朝霞把这个重大的发现告诉每一个进出月村的人。朝霞觉得聋子听不见可怜，要是不跟他们说话他们就更可怜——她就更起劲地朝他们喊话，凑得更近，声音更大。

朝霞是村南头刘老师家的女儿，排行第三，上有一个姐姐一个哥哥。朝霞的哥哥姐姐很争气，都顺利地考上了大学。一家子出两个大学生，这在20世纪九十年代中期的月村是很少有的。成色本该十分的骄傲与自豪，因为朝霞打了折扣。五折不到。朝霞，本是寓意希望、朝气、美丽、前程等，被一个残疾的肉体罩住，如一团曙光被破布烂麻缠捆。它不再仅仅是个名字，还是坨蜷缩着长了刺的记忆——初得婴孩时的欢欣和期望粘黏在上面，格外锥心。每个周五的晚上，被学生的健康聪慧塞满了脑海的父亲，回到家，看浑浑噩噩的朝霞，人就有一种从高处跌落硬地摔了屁蹲儿的感觉，里外都疼，半个屁股蹲在马扎上，翘着马扎后蹬，皱眉哑着苦辣的白酒……醉了，就一遍遍念叨——朝霞，唉，朝霞唉。朝霞二十二岁那年，她的爸爸，乡中学的民办教师，在转公办教师眼看就要成功的当口，死于肝癌。

朝霞不明白爸爸为什么不再按星期回来。她坐在村北头的路口，在三个问题后面加了一句和她爸有关的。

你是谁？你见着我爸了吗？

你从哪里来？我爸怎么不和你一起来？

你到哪里去？你见了我爸让他回来！

谁都不愿听她后面追加的那句，不吉利，更没法回答。月村一带的人都知道生者要是见了死者的灵魂是极其糟糕的。甚至会丢命。终于如人们担心的那样，出事了。那是个冬天的中午，朝霞的远房大爷，骑了自行车出村的时候，看见问问题的朝霞坐在带雪的石头上，怕她冰坏了身子，就安慰她说，回家等你爸去，我保证见了他就让他回来。小鬼扒口，一语成谶。这个大爷在距离月村不足三公里的地方被拖拉机车斗刮住了车把，车轮从他的头上碾压而过。

她天天坐在那里说着让大家去见他爸找他爸，不就是见鬼找鬼么。

晦气。晦气。

这不是咒人死是啥？！

......

  全村的人都生气了。他们去找朝霞妈。朝霞妈打着骂着拖拉着，把朝霞弄回家，在门后安了锁。进门锁。出门也锁。朝霞倒没什么抗议的举动，她扒着大门的门缝，看路过的人，问他们你是谁？你从哪里来？你到哪里去？隔了一道门，人们有了视而不见的理由。偶尔的，会有一两个孩子来看朝霞，用树枝子从门缝里伸进去戳她，被她攥住时，双方就来一场小规模的拉锯战。不管输赢，双方都兴致盎然。直到一天中午，东邻家的男孩输了，或许是朝霞用力拽树枝时，把他的手拉疼了，气急败坏的孩子唱——偏沉渴了去买水，四分钱买不着，偏沉就这么渴死了，四分渴死，四分渴死。朝霞用一只眼从门缝里寻看着她的战俘，骂他——你是吃屎长大的，哈哈哈，吃屎长大的没有劲还乱放屁。

  从这天，朝霞不再喜欢斯芬克斯的外号。对这个称呼不再产生任何反应。得不到回应的人，会嘲弄地说她，嘿，长脾气了。

  被锁了半年的朝霞，重新走出家门时，基本上戒掉了坐村北路口出题的爱好。她有了新的爱好。

  串门。

  把朝霞从家里解放出来的是她的嫂子。嫂子生了双胞胎，想让婆婆帮忙带孩子。朝霞妈又做不到真撇了朝霞任由她自生自灭，哺乳期的嫂子只得带着孩子回到乡下。嫂子没有想到朝霞会对她的一双儿子万般热情，需要喂奶的时候，她学着嫂子的样子撩起衣服，用那个巨大的乳房去凑宝宝的脸，需要端着宝宝撒尿拉屎时，她也抢着抱。吓得嫂子面如土色。气得朝霞妈拿着鞋底追着她打。挨打的朝霞拉着脸，一动不动地低头挨着，眼睛却依然喜滋滋地斜瞅着小宝宝。没办法，朝霞妈每天等朝霞一睁眼，就塞给她俩馒头，让她出去耍去。毕竟，人就像物件，废了的再废些也不打紧，完好的却经不起磕碰——出一点纰漏就成了残次品。这个家，再也经不起残次品的折磨。

没有人知道朝霞的心里埋藏着什么，人们只是在她与众不同的举动里，知道她又添了新的毛病。她喜欢去有宝宝的人家里，看。前探着头，专注而饶有趣味地看。遇到不忍心驱赶她的人家，她能静静地看上一天。仿佛，孩子是她从未见过又不敢轻易动手碰触的珍稀玩具。她痴痴地瞅着人家的孩子，努力地缩着想抱孩子的手。她的母亲和嫂子已经让她牢记——伸手就会挨揍。尽管如此，最后的结果还是免不了被孩子的母亲撵走。用话撵不走，就用手推出门去。因为，那些母亲总是要解了怀喂孩子吃奶，这时朝霞就会跟着撩起自己的衣襟，双手捧出巨大的乳房。这给了很多女人看她大奶子的机会。女人们解了好奇的瘾癖之后，就会生出复杂的厌恶，尤其是男人在跟前的时候。那么巨大的一个奶子，明摆着是个诱惑，女人都想摸摸……去去去，去边去，想奶孩子你自己生啊，找个光棍子，脱光腚，睡上一觉就生了。女人撵着，推着，也帮她指出了道路。

对于谁是光棍子，朝霞和村里人一样清楚。

朝霞最先去的晃悠家。晃悠是光棍里长得最漂亮的。晃悠年轻的时候，很多人都感叹他白白浪费了一身好皮囊。晃悠在家里的时候少，多半时间都在晃悠中，遇到能捡了卖钱的塑料瓶之类的，也会塞进后背上的尼龙袋子里。晃悠每次看见朝霞坐在他家门口，都用脚踹她——远远的，远远地去！朝霞被踹了几次就知难而退，改去搬不动家。

搬不动倒是喜欢女人，何况朝霞论天地瞅着他，他也明白睡睡她是可能的，但搬不动还是忍着没下手。一是他还不到四十岁，还没老到非睡个傻瓜才能了却残生的地步，何况他张志豪也是不缺胳膊腿不少鼻子眼的，只是阴差阳错错过了娶妻生子的最佳时期。但还是会有机会的，上个月表姐就给介绍了一个寡妇，虽然后来寡妇又反悔了，但他坚信还会有别的寡妇。其实，没有寡妇，也还有母羊。母羊比傻瓜好，不用操心她吃穿，最多扔上把干草就能打发。只是，搬不动没忍住捏捏那个巨大奶子的冲动，毕竟那是独一无二的，是哪个寡妇和母羊都没有的。搬不动朝朝霞伸出手去，朝霞抓住他的手。搬不动以为她要反抗，拿眼盯着她，快速地在心里掂量——来硬的合不合适。朝霞把他的手将开，把自己的手放上去，掌心相贴，红了脸说，相亲相爱搞对象。搬不动抽了手说，从哪里学这一套恶心人的。他一下撩起朝霞的褂子，惊叹道，好家伙！朝霞发愣的瞬间，他快速地托了托，捏了捏，揉了揉，抓了抓，之后，跟朝霞说，你要是再正常点，娶你倒是怪赚的，等于娶两个，要大的有大的，要小的有小的。你别打我主意，我是不会要你的，韩家庄的寡妇我都看不上。搬不动看眼摸过朝霞乳房的手，咧嘴一笑说，我告诉你有个人准能要你，大包袱，你去大包袱家坐着瞅他去。去去去，快去，你在我家待久了，你娘再怀疑我，快去。

朝霞被搬不动推出家门，听着搬不动闩门的声音，站稳身子，呆了一会儿，然后朝村北头路口走去。她没有去大包袱家。她知道大包袱有病，眼里有箩卜花，不好看，她不想要个长大了眼里有萝卜花的孩子。

大包袱他娘的灵柩被抬起的时候，旱了一春的天突然落下雨来。送葬的人虽喜欢这场雨，但也多了些格外的忙乱。悲痛中的大包袱折回屋找了塑料纸蒙在母亲的棺材上，又翻出雨衣来给朝霞披上，嘱咐搀扶她的两个远房侄媳仔细些。

朝霞嫁给大包袱前，不管是她家的丧事，还是村里的，朝霞妈都不允许她跟着送葬队伍出村。村里的坟地远，周围又都是树林，她要是经常往那里跑，可有的找了。

按照风俗，父母死了，儿子儿媳必须要到坟地去扫墓穴，帮父母安家。朝霞和大包袱虽没领证，但她是大包袱的老婆，是大包袱和他娘都认可的，村里人也认可的。

当婆婆的棺材放进墓穴里，困扰朝霞好多年的问题终于解开了。原来那些被抬出去的人都到土里去了。朝霞四下里张望着，无数的坟头，在雨里像一个个大斗笠似的，分不清哪一个是爸爸的，也不知道哪一个是爷爷奶奶的，但她脸上浮现出窥破秘密后的窃笑——原来人是从他娘的肚子里长出来，最后到土里去了。

埋葬了母亲的大包袱，对朝霞格外上心，虽是粗茶淡饭，一天三顿饭按时做着吃。有一个习惯没有因为母亲的离世而改变，那就是要在饭前去找朝霞回家。刚结婚那阵，大包袱很烦这个程序，尤其烦找到她以后，她跟跟跄跄紧跟着他，有时还紧紧地抓着他的手，不停地喊大包袱哥大包袱哥。一声接一声，像卖豆腐的敲梆子，提示大家——我来了我来了快来看快来看。大包袱四十年的人生经验告诉他，残疾人，本就受人笑话，凑一堆儿就成了别人嘴里的笑话。偶尔受人笑话，像偶尔遭遇坏天，刮阵风下阵雨。活成别人的笑话，却如同待在晴不了的天里。一段时间后，大包袱慢慢总结出了规律，他的厌烦淡了，心里开始泛起酸鼻子的温暖。原来，凡是朝霞大包袱哥大包袱哥叫得欢的时候，她正常的那侧胸前必然藏着好东西。是她在娘家不舍得吃的，或者是她偷出来的。朝霞欢叫着大包袱哥跟着他进了家门后，就从怀里拿出藏着的东西，茶叶、烟卷、包子、肉、鱼等。这时的朝霞，脸红红的，像打猎归来的猎人，兴奋地展示自己的战利品。展示完，就会反复说，大包袱哥喝，大包袱哥吃，娘喝，娘吃。有一次，朝霞从怀里拽出一件褂子给大包袱娘说，娘快穿上，娘褂子破了。大包袱娘哭了。她哭着对朝霞说，好孩子好孩子，娘这辈子馋闺女，想不到真就有闺女了。大包袱娘就在那天对大包袱说，朝霞心里明镜一样，她就像四五岁的孩子，没有什么心眼，但心善，也知道谁对她好，她该对谁好。大包袱抽着朝霞从娘家偷来的烟卷，瞅着院子里刨食吃的鸡，频频点头。

怀了孕的朝霞更喜欢串门，到那些有孩子的人家里，或坐在街上孩子们常聚耍的地方，笑眯眯地瞅孩子。她不再撩起衣服试图给孩子们喂奶，她知道等她肚子里的孩子长大了，会出来吃她的奶。她知道自己的奶子最大，装的奶水最多，孩子吃不完再给大包袱哥吃。想到大包袱哥喜欢像个孩子一样吃她的奶，她就乐得如银铃摇动，笑声飘扬。

朝霞偶尔也会到娘家门口呆呆地坐着，路过的人问她，偏沉想你妈了？

嗯，想我妈了，我妈去城里给哥看孩子了！朝霞把妈妈的去向喊得跟唱歌一样。

朝霞妈妈是在朝霞结婚两个月后去城里的，也就是朝霞偷了她的褂子去给大包袱娘的第二天。那天，本就风闻大包袱娘俩对朝霞不错的她，发现朝霞乳房下面那片湿疹没了，那可是好多年都治不好的痼疾，城里的女儿和儿子捎回来的药膏也抹过，土办法也用过。朝霞妈问怎么治好的，朝霞说，娘天天把奶子撩起来，扇扇子，抹香灰。朝霞妈妈听了，在心里直念弥陀佛。挑了二十多年的担子终于找到了平和地。

朝霞怀孕和大包袱娘突然去世的消息传到城里时，朝霞母亲晴朗了半年的天，又阴云密布。做梦都想不到大包袱娘那么硬朗的人会突然死去，六十露头，太年轻了。她走了，家里就等于没了老保姆，朝霞肚子里的孩子将来就没人帮着照料，最终还得落自己头上。哎，自己也老了，孙子都照看不过来，怎么有多余的精力……万一孩子再随了朝霞或者大包袱……朝霞母亲不敢想下去，眼看着那付担子又要重新挑到肩上，里面还装进了多余的沙石。朝霞的哥哥姐姐态度坚决地反对朝霞把孩子生下来，他们说不能再让母亲受二茬罪。他们更不想受罪，人活着都想活个轻松，哪能明知道是累赘还扛到肩上。母亲百年之后，朝霞就是他们的累赘，这是没办法的事，但总得想办法阻止累赘变大、变多、变沉。必须给她做掉！这没有什么好犹豫的！他们态度坚决。

母亲还在犹豫，朝霞喜欢孩子，看见孩子眼神都直勾勾的。

喜欢就必须有吗?! 我还喜欢银行呢！哥哥说。

大包袱要是不同意怎么办？母亲又想出一个阻绊。

又没有结婚证，根本就不是合法夫妻，他没资格不同意！

毕竟朝霞在人家里呀。母亲瞅着儿子一筹莫展。

那还不好办么，就说先把朝霞接回家给她养胎，然后偷偷拉到城里做掉。他不同意能咋着？

要做就做彻底。姐姐挤了下眼。哥哥点点头。

朝霞第一次坐上了轿车，第一次进了城。她惊奇地趴在车窗玻璃上，看呀看呀。

这是什么？

那是什么？

这么多人？

他们都是谁？

他们都从哪里来的？

他们都到哪里去呢？

朝霞的问题一个接一个。开车的哥哥，坐车的妈妈和姐姐一言不发。

朝霞问，你们都聋了吗？

哥哥勉强回答说，没有人知道别人从哪里来到哪里去，就像别人不知道我们从哪里来到哪里去一样。

朝霞哈哈笑着说，我知道我们从哪里来到哪里去，我们从月村来到哥哥家去，去看宝宝！我肚子里也长了宝宝，等我的宝宝长大了出来和你家的宝宝一起玩。哥，你告诉你家宝宝，他们都是从妈妈的肚子里来的吗？

朝霞母亲长叹一口气，不自觉地把手捂在肚子上，眼里起了雾，孕育三个孩子的记忆被翻出来。

哥哥想起两个孩子知道妈妈肚子里有个他们曾住过的小房子，非闹着要再回去看看，常常把脑袋抵在他妈妈的肚皮上，不由得乐出了声。他心情好起来，回答朝霞说，告诉了。

那你告诉他们，他们死了，都要到土里去了吗？

正在回忆的母亲听见这晦气的话，惯性地一巴掌扇过去，会不会放屁?! 不会就别张嘴！母亲呵斥着，歪了脖子瞅着儿子的侧脸，安慰说，别跟她一般见识。

朝霞拉着脸，重新趴到玻璃窗上说，打我我也知道人死了就住进土里，永远住在土里，土里有他们的新家，他们再也不回原来的家了。爸爸进土里了，我婆婆也进去了。

决定给朝霞打胎，虽是个板上钉钉的事，没什么犹豫，可毕竟是个窝心事，朝霞母亲心里堵得跟塞了油抹布似的。想到老伴早死，自己一个妇道人家要承受这么多事，心里委屈；又觉得打朝霞那巴掌太重了——半个脸都红了，心里愧疚。两股痛拧一起，顶得她老泪纵横——这是哪辈子做了孽呀？撂下我一个，守着这烂摊子，不死收不了摊，哎，死了也收不了摊，闭不上眼……在母亲的哭诉里，哥哥姐姐的眼里也有了泪，他们安慰母亲说，不是还有我们吗，这不是正帮你收拾么。

朝霞听见他们抽腾鼻子，她扭头看看，又抱着头趴回到玻璃上。她不哭也不再看外面，她闭上眼睛。她从小就知道闭上眼的好处——什么也不看，就只剩自己，自己抱着自己的头，鞋底抽着都不像睁着眼那么疼。她不明白母亲为什么动不动就哭，她又没挨打。从小就知道再哭还打的朝霞，不再挨打的办法就是不再哭。不哭。直到不会哭。大包袱哭他娘的时候，她发现自己的心被揪着一搋一搋地疼，疼得她差点哭了，但她还是没哭出来。

朝霞不知道，她其实还会哭，在一个星期之后，她将疯狂地大哭一场，为她失去的，为被蒙骗的。

根据家属的要求，医院帮朝霞进行了彻底的处理，他们处理了胎儿，处理了她的输卵管，还处理了她巨大的乳房。

本着既然无用就无需多此一举的原则，哥哥姐姐在大夫征求是将乳房全部切除还是保留一部分，进行塑形的手术方案时，他们选择了最省事省钱的前者。

　　昏睡了几天的朝霞，在大夫结论刀口已经长好的那天，才被撤掉镇静药，清醒起来。清醒了的她，刚开始特别快乐，她发现妈妈和哥哥姐姐都围在床边，有鸡汤，有苹果，还有香蕉、牛奶。他们都笑呵呵的，他们笑她就跟着笑。她笑着说，原来检查孩子还有鸡汤牛奶喝，有苹果香蕉吃！哥哥把手里削好的苹果塞给她，说要上班去。姐姐也站起来跟着走。母亲知道儿女都在躲避，她自己躲不过去，又不知道如何应付，不由得跟出来，想到楼梯那里跟他们再合计一下。他们刚站定，就听朝霞尖利惊恐地嚎叫——我的奶子呢?! 我的奶子呢?!

　　想躲的躲不了，三个人匆忙奔回病房，只见朝霞光着上身，已经撕掉了右侧胸膛上的绷带和纱布，刀口像巨大的死蜈蚣一样横趴着。我的奶子呢? 怎么没有了?! 怎么没有了?! 我的奶子去了哪里?! 朝霞看见母亲和哥哥姐姐，朝着他们跟跄过来，伸着手，一脸的急切。仿佛，她失去的就在他们手上，他们伸出手来就能还给她。

　　哥哥催促母亲，赶紧给她穿上衣服，像什么话。他看见临床的产妇已经惊恐地抱紧了孩子。母亲拿了衣服，和姐姐一起往她身上套，母亲呵斥说，再喊就更不告诉你了！坐下，穿衣服！朝霞乖乖地后退到床沿坐下，仰起脸问，我的奶子哪里去了？我要把它再长上去，把它再长上去！

割掉了！扔了！母亲拽着朝霞的胳膊往袖子里塞，脑子里浮现出朝霞的奶子被割下放在一个脸盆里的情景。满满的一脸盆，奶头在正当中朝天撅绷着，乍一看跟个暴怒的眼珠似的，让人心里发悚。大夫说，按规定要给家属看看，这是切下来的乳腺，十六斤，没有发现病变。

奶子怎么能割掉扔了？我要用奶子喂宝宝！朝霞说着从母亲和姐姐之间的空隙里瞅着邻床的产妇，她正把奶头凑近宝宝的嘴巴——小嘴碰到奶头，一下含住，不哭了。朝霞想到自己的宝宝，摔了母亲和姐姐的手抚摸肚子，本就苍白的脸顿时阴如死灰，宝宝呢？她用手撑着床，快速地躺下，用手摸肚子——原来的时候，她这样就能摸到宝宝，鼓鼓的，有时还一动一动的。

摸。再摸。

不见了！不见了！宝宝也被他们割掉扔了！朝霞的心一阵剧烈的痛，比大包袱哭娘时痛上千倍，不是一拽一拽的，是钉子插到脚心里拔不出来的疼。疼得她喘不动气。她死灰着脸，哆嗦得话都散了——宝——宝——呢——宝——宝——呢——宝——宝——去——了——哪——里——？

看母亲和哥哥姐姐都不说话。你们都聋了！你们都聋了！骗人，说检查孩子，就把我的奶子和孩子都割下来扔了！你们怎么不把你们的奶子和孩子割下来扔了？！为啥割我的？！朝霞放声大哭。邻床的产妇，吃力地抱着孩子去医生办公室要求调房间——哭得真是伤心欲绝，太可怜了，我看不下去。再说我天天抱个孩子对她也是个刺激。

母亲发现二十七年里所有灵验的招都失效了——打、呵斥、劝、哄、骗、给吃的，统统不管用，都止不住朝霞的哭。不管用也得劝，也得哄。母亲说，因为奶子和孩子都不好，都有病，大夫才给割掉了。姐姐跟着重复。哥哥也跟着重复。朝霞抱住头，用胳膊夹住耳朵，不听不听不听，骗人骗人骗人，本来是好好的啊，大包袱哥就说她的奶子好，搬不动也说好，还有好多个人说好来着。她的宝宝，在她的肚子里，她知道它是好的，它一动一动的，跟青蛙在水里蹬腿一样，怎么不好呢?! 她抱住自己，不听，不看。

世界又只剩她自己了。一个失去奶子和孩子的自己。要是知道会这样，她就一直抱紧自己，那样他们就没办法割她的奶子和孩子。朝霞哭着抱紧自己。一直。一直。好处是把同屋的病人都哭跑了，他们家人晚上陪床时，能舒舒服服地躺床上且不用交床位费。

两天后，一个新住进来的病人，止住了朝霞的哭。她是个子宫癌患者，要把零部件全部清理掉。当她知道那个抱头哭个不停的女孩是因为做了流产时，她说，闺女别哭了，还能再怀，你这么年轻，不用担心，肯定还会再怀上孩子的。女人的肚子，就像土地，只要不荒不废，有种子就长芽。她不知道朝霞的土地虽然肥沃，但已被剥夺了孕育种子的权力。

女人的话止住了朝霞的哭。她安静下来，她想起是和大包袱哥睡觉睡出来的孩子，只要大包袱哥还在，她就能再睡出孩子来。

哥哥办好出院手续，就在出病房的瞬间，朝霞想起一个问题——被割掉的奶子和孩子，扔到哪里去了？她要把它们带回月村，让它们住进土里去。

你有事没事?！扔了就是扔了，扔垃圾场了！哥哥气得皱了眉——一家子什么不干，光顾你了！赶紧走，再不走，不管你了。母亲也劝着，找不回来了，赶紧走，看看，看看，走路轻快多了，原来把肩膀都拽斜了。

朝霞回到了月村。哥哥的车一直开到家门口。母亲把朝霞弄回屋里，锁了门，站门口和儿子商量怎么跟大包袱解释的时候，她的小叔子走来跟她说，大包袱锁门走了，好几天了，朝霞，人家是不可能再要了。朝霞母亲叹口气说，再回到手上是早晚的事，不要就不要吧，也省了费口舌。朝霞哥哥说，那你就在家里照顾她，我那边再想办法。他发动了车，急急而去。

原来，朝霞在县医院里哭个不停的时候，她的事就随着哭声传开了，在整个外科系传着，甚至引发了一场争论——智障患者个人的意愿要不要尊重。大包袱姨家表嫂的女儿在医院里当护工，听说了朝霞的事，琢磨着一侧长了巨大奶子的人毕竟少见，就到了妇产科循着哭声到朝霞的病房门口瞅了瞅，又跟其他的护工聊了聊天。她打了电话给家里，让父母赶紧到月村报信。

大包袱一听朝霞在县医院就愣住了。不可能啊，明明说接回去给上营养的呀！

表嫂说，表弟啊，这家人太不地道了，怎么说她也是你媳妇，这么大的事不和你商量，骗了回去，偷偷给割成残废，扎都结了，孩子打掉了，奶子也割了！

大包袱腿一软，倚着墙蹲了下去，他仰着头呆呆地看着表嫂。表嫂说，没有错，大姨送葬那天我闺女来见过朝霞，她专门去看了，抱头坐床上嚎个不停，但一看就是她。表弟，你得自己长心眼，等他们回来再送给你，你要还是不要？你得想明白要一个废人，无亲无故地伺候一辈子值不值。我家里炉子上还煮着地瓜，我得赶紧回了。

表嫂的炉子上没有煮地瓜，她只是不忍心看大包袱的眼。那只好眼，和她进门时比，完全失了神彩，跟个磨了多年的玻璃球似的。那只坏的，不但磨了多年还碰掉了瓷，带着玻璃的茬刺，让人看了心里扎得慌。表嫂回忆着大包袱知道朝霞怀孕后，瞬间漾满了光的眼，跟个小太阳似的，看着都暖烘烘的。太欺负人了，太欺负人了。表嫂边骑车边自语。

大包袱离家出走了。大包袱走得轰轰烈烈。走得异常决绝。

表嫂走后不久，大包袱发出了狼嚎一样的动静。邻居们纷纷跑去看。嚎了半天后，大包袱站起身，抓过一把铁锹，见啥打啥，锅、碗、瓢、盆、水缸、鸡、狗、树、凳子、马扎。一通狂打后，大包袱用流着血的手，抹了抹脸上的汗，锁了门，出村而去。尾随着看的人说，大包袱去了他娘的坟上，给他娘嘣嘣地磕了一大堆响头，估计这辈子是不会回来了。

回到月村的朝霞失掉了两项功能——躺下睡觉和笑。人们看见朝霞，试图再用以前的三个问题来逗她笑，她呆呆地看着说话人的嘴巴，跟睡着了一样木然无觉。而且，不管暑寒，朝霞睡觉都只用她在医院病床上痛哭时的姿势，头垂在膝盖上，两只胳膊抱紧头。有时，见她睡沉了，母亲就把她扣在头顶的手指头掰开，把她放倒。但也就在她倒下的时候，清醒过来，用惊恐的眼神瞅着母亲，然后一骨碌爬起来，重新抱紧自己。她母亲在夜里的眼泪和叹息越来越多。她只能在夏天的夜里，尽着劲给她扇风；在冬天的夜里，不时地醒来给她往上拽滑落的被子。她流着泪祈求上天，让她长寿，让她伺候死这个缺心眼的孩子，别让她落别人手里受罪，别让她拖累另两个孩子，让她把烂摊子收拾利索再走。

白天还好过，只要天气不是太恶劣，朝霞就会到大包袱家门口蹲坐。她哪里也不去，就在那里守着。她母亲打过、骂过、锁过、哄过，都不管用，只能由着她。她还是偷了家里的东西藏到怀里，去给大包袱。只是没有了那侧巨乳，她的衣服不用穿肥大的，姐姐和嫂嫂替下来的衣服都合适她。瘦衣服藏不了东西，一眼就能看出来。开始，朝霞妈会给她拽出来，或打她让她抬手抱头的时候掉出来，但那样之后，朝霞就会有好几天不理她，夜里给她盖被子时，她从梦中醒来的眼神也格外慌张。只能罢休。好在大部分东西，她抱出去后都能抱回来，只有比大包袱家门缝更瘦窄的东西，被塞进去糟蹋了。朝霞像门神一样守着大包袱家，问每一个路过的人——

你看见大包袱哥了吗？

大包袱哥到哪里去了？

大包袱哥怎么还不回来？

有时候，村里女人心情好的时候，会和她聊聊天。

你褂子里藏着啥？

不告诉你。

你给我吃呗。

不给，给大包袱哥吃的。

大包袱不在家，你就给我吃呗。

不给，等大包袱哥回来吃。

……

村里的女人没用多久就总结出了和朝霞聊天的禁忌——千万不要提她的奶子和孩子，更不要说大包袱不回来的话，否则朝霞就会抱着头嚎哭个没完没了，跟受了天大的欺负一样。

日子一天天过去。

一月月过去。

一年年过去。

月村人习惯了朝霞在大包袱家门口，像前些年习惯她在村口。人们会告诉在村里问路的人——你走到门口蜷蹲着一个女的那户人家，再拐弯……人们也慢慢有了固定不变的答案回答她固定不变的问题。

没看见。

他到城里去了。

快回来了。

下地的女人有时也会摸出根黄瓜或一个小西红柿一小把豌豆角给她。偶尔的，她也会把怀里的东西掏出来给路过的小孩子。每个人都不说朝霞在等大包袱，他们说她给大包袱家站岗。如果哪天没有看见她，他们路上遇到别人或回到家里，就会说偏沉今天没去大包袱家站岗，八成是病了。他们路过村卫生室的时候，有忍不住的就会伸头进去瞅一眼，验证自己的想法。

朝霞没嫁给大包袱之前，人们在村北头路口看不见朝霞时，想验证她是否生病，是不用进卫生室瞅看的，那时候卫生室的主人刘立志和他老婆都不让朝霞进屋挂水。因为朝霞那个大乳房下有一片常年不愈的湿疹，溃烂散味。屋外墙上有个木橛子，他们把朝霞的输液瓶挂在那里。

也就是在那里，朝霞产生了跟大包袱相亲相爱搞对象的决心。

当年，搬不动摸完朝霞的奶子后，鼓动她去找大包袱，朝霞没去，她不想生一个眼里长花的孩子。但就在那年初冬，朝霞患了严重的感冒，她母亲给她钱让她去卫生室打针。朝霞瑟缩在露天地里挂吊瓶时，被大包袱看见了。大包袱问她，天这么冷，你怎么在露天地里打针？朝霞说，擀面棍儿不让我在屋里。

擀面棍儿是大夫刘立志的外号，他因为先天没有左手，左胳膊像根擀面棍儿而得名。好在他脑子聪明，读了卫校，回村开了卫生室。找了个双手齐全但腿有残疾的老婆。两口子一人有健全的腿，一人有健全的手，合在一起也就把健全人能干的事干成了。

大包袱进卫生室看见里面空荡荡的，就来了火气，平日里遭受的白眼和笑话都化作了替朝霞打抱不平的激情，他瞪起眼，啪啪地拍着桌子问擀面棍儿——别人欺负她也就罢了，人家齐全，没残坏，你两口子怎么能欺负她呢？欺负她不等于欺负咱们自己吗?！她是傻，可她也是个人，她的身子也是骨肉的，不是木头水泥的，也怕冷怕冻！她病了来你这里打针救命，不是让你下眼子看的！就你俩这心肠，怎么当得起大夫?！擀面棍儿媳妇解释说，不是下眼子看她，是她身上有味。大包袱扯着脖子喊，谁身上没味？我看你俩口子身上快没人味了！大包袱骂完还不解气，指着擀面棍儿的鼻子说，你小子干这种缺德事，我问问你爹去，是他教你的还是你自己学坏的。表叔你别生气，我不对，我不对，我马上把她弄进屋来。擀面棍儿说着就和老婆到屋外，一个举瓶子，一个扶朝霞。擀面棍儿的爹是大包袱爹的姑表侄，大包袱教训擀面棍儿是有资格的。

朝霞第一次感受到被人保护，第一次知道大包袱这么好，高烧着的她，清醒地下定了决心，和大包袱相亲相爱地搞对象，和大包袱生孩子，生个和大包袱一样的孩子！

　　从那后，朝霞天天去大包袱家，一坐一天，乐呵呵红扑扑地瞅大包袱。大包袱娘看出了门道，几经琢磨和劝说，才把大包袱的心思劝活——傻是傻点，毕竟能暖个脚说个话，孤苦一个人的日子不好受啊，娘过了几十年知道那滋味。如果能生养儿女，咱就赚了。得到了大包袱的默许，大包袱娘就托朝霞的婶子提了亲。

　　大包袱离家三年后的秋天，在外省的一个建筑工地上，大包袱遇见了搬不动。可以说是救了搬不动。搬不动在和同伴抬水泥时，悄悄把捆绳往对方那边挪。对方是当地人，又有同伙，对搬不动大打出手。大包袱赶过去看热闹，认出搬不动，援手相救。

　　当晚，大包袱和搬不动在路边小摊喝酒，喝完一瓶的时候，搬不动说，人真是怪，明明觉得活着没意思，还不舍得死。大包袱跟着感叹，好死不如赖活着，老祖宗早都说过了。搬不动说，你知道晃悠死了吗？大包袱惊讶地说，晃悠死了？不知道啊，我这三年没碰见过咱村的人。他怎么死的？搬不动说，谁也不知道他怎么死的，蜷缩在钟家村的一个路沟子里，具体死了多少天没人知道。大包袱长叹口气说，可怜啊。他想到自己和搬不动，以后可能都是这样的下场，不由得落下泪来。搬不动眼里含着泪，紫红着脸说，晃悠比起我来算幸福的，我都预见到自已将来比他还惨。大包袱说，我琢磨了，咋着也不能像他。不等他把话说完，搬不动抢着说，像他还好呢，死得不受罪，何况他还有条忠心耿耿的老狗，那狗比人都强，跟着他，守着他。他死了，狗还到村里找东西叼给他，就是因为有人发现狗叼了东西不吃，一个劲地往坡里跑，跟着看，才发现晃悠死了，晃悠身边有七八个干馒头烂饼子，都是狗叼去的……呜呜呜……你也活得比我强，比我强多了……就他妈的我活得最可怜，最不受这个世道待见……搬不动想起那个甜言蜜语跟他过了一个月，在一天晚上说出去撒尿再也没回来的寡妇，卷走了他所有的积蓄，他恨恨地骂，不如狗，不如狗。

大包袱拍拍他肩膀安慰他说，咱俩是席上滚地上，都一样不受待见，趁现在还有力气干点活，挣口吃的，攒点钱，小打小闹的病能进个医院，治不了的，就买瓶子敌敌畏灌下去。

搬不动抹把脸，擤了擤鼻子说，你比我强多了，你比晃悠也强，你比姚远也强，姚远你记得吧，姚富贵那个读研究生的儿子，在单位里受排挤给神经了，他老婆竟然卖了房子领着孩子带着所有的钱走了，来了个活不见人死不见尸，姚富贵只得把儿子接回咱村里，你，大包袱，你比很多人都强你自己不知道．……

大包袱瞪起那只好眼，生气地说，你这不是埋汰我么，你们可怜，不受待见，难受，但你们都有过好时候呀，就我从小眼有病又没爹……大包袱难过起来，用他粗粝的手掌擦眼泪。

搬不动说，可是你有偏沉！偏沉待你的那情分是这个。搬不动举起大拇指给大包袱晃——你说你从离开家没遇见过咱村的人，那你肯定不知道偏沉怎么待你，今天我就给你说说——偏沉让她娘他哥弄城里流了孩子割了奶子，这你知道，可你知道吗，她从回到月村就天天蹲你家门口等你，天天怀里揣着好吃的等你，见谁都问大包袱哥去了哪里呀？他什么时候回来呀？三年多了，天天如此。蹲的不会走了，还爬着去等你，比晃悠那条老狗还强，呜呜呜……

什么?! 大包袱在马扎上趔趄了一下，心里如万针扎进……他眼前浮现出朝霞怀里揣了东西，欢喜地一声声唤他的样子——大包袱哥，大包袱哥……大包袱抱住头，呜咽着说，我不知道啊我不知道啊……

次日晨，大包袱把搬不动介绍给自己的工头儿，嘱咐他不要耍奸磨滑，又把自己的生活用品留给他，然后就往火车站赶。他坐在火车上，脑子里回响着搬不动的话——蹲的不会走了，还爬着去等你。这句话跟锥子一样，锥得他的眼干不了。他不时地擦眼，捏裤腰里的口袋，那里藏着他三年来干建筑小工攒下的钱。他要回家去，给朝霞治病，陪着她一起活。

颠簸了两天两夜的大包袱在县城下了车，先到商店里买了一辆三轮车和锅碗瓢盆，他要重新把日子过起来，要再像以前一样，一天三顿做饭给朝霞吃。既然她不会走了，必定就需要一辆三轮车拉着她。

遇见大包袱的人，都颇为惊讶——大包袱?! 啊，宝海，宝海你回来了?! 哎呀，你可回来了! 大包袱在月村坑坑洼洼的土路上，蹬着枣红色的散发着油漆香味的三轮车，拉着锅碗瓢盆，丁零当啷，每遇见人他就按按手刹，慢下车速，呵呵两声算是回答。他知道那句——你可回来了，不是他们的期盼，是为朝霞。他低头瞅瞅自己的脚，再抬头瞥一眼家的方向。他不知怎么和三年不见的乡亲聊天，不知该说啥。也没啥可说的。流浪的人，除了心酸，想家，出苦力，还能有啥? 好在人们也不多问，只是告诉他，这个点儿，朝霞肯定去你家门口站岗了。

喜欢看热闹的人，没有急事的人，干脆跟着大包袱一起走。大包袱在三轮车上蹬快了不合适，蹬慢了也不合适，只得下来推着车。听人们说些关于朝霞的话。

朝霞正往大包袱家的门口爬。那侧被割掉奶子空闲出来的胸膛，放着昨晚妈妈包的菜包子。自从需要爬着走路后，经过几次怀里的东西掉出或挤烂后，朝霞想出了这个办法来保护食物——她把东西放到刀疤那里，用绳子在下面把衣服扎住。

看见朝霞的瞬间，大包袱的嗓子眼被一团散不开的疼给堵得死死的，想喊喊不出，他浑身哆嗦着想喊停她——别爬了，我回来了!

有人喊朝霞，朝霞，你看谁来了？

朝霞抬起头，发现有很多人向她走来，她问，你们从哪里来？你们知道大包袱哥去了哪里？

你仔细看，仔细看，这是谁？！

朝霞把头再扬起些，把目光集中到人们指给她看的人脸上。大包袱哥——！朝霞的脸瞬间朝霞满天，光辉灿烂！她试图站起身，她可不想让她的大包袱哥看见她爬在地上。她摇晃着站。全身被喉咙里的那团疼痛涨得呆木的大包袱，意识到她会摔倒，终于喊出了声，别摔着！随着话语出口，大包袱的四肢也活了起来，他蹿上去，架住她。

大包袱哥，大包袱哥，这里有包子，可好吃呢。朝霞忙着解身上的绳子。大包袱再也控制不住，顾不得脸面，一把把朝霞抱在怀里，呜呜大哭。

看的人，都跟着抹泪。人们劝大包袱和朝霞，别哭了，回来了，见到了，比什么都好。他们帮着打开大包袱家的门，帮着收拾荒芜破败的院子。朝霞紧抱大包袱不放开。大包袱小声说，再也不会走了，你松开，我收拾收拾东西。人们笑着打趣道，我们帮你收拾，你就安心让她抱着吧，朝霞，抱紧了，别让他再跑了。朝霞果真手上就加了力气。大包袱脸红红的，跟醉酒一样，呵呵地笑。

朝霞更是欢喜，看着那么多人在她的家里，她禁不住问，你们从哪里来的呀？

人们回答说，从我家里来的呀。

你们到哪里去呀？

到这里去呀。

哈哈哈，朝霞的银铃摇动。

到这里来干啥呀？

到这里来看朝霞抱着大包袱不松把儿呀。

哈哈哈，银铃摇动久久不止，铃声悠长飘扬。

傍晚，大包袱去跟朝霞母亲说，他已经接朝霞到家里，让她放心。回来看见姚远的母亲端了个小铝锅站在他家门口，她说，我炖的骨头汤，给你和朝霞端了些来。大包袱家和姚远家没有亲戚关系，虽是同姓，因为出了五服，几乎从没有过来往。姚远母亲手里的骨头汤，一时成了大包袱的难题，不知道该推辞还是该坦然接下。看大包袱犹豫，姚远母亲说，没别的意思，就是个心意，姚远得了病跑了老婆，两年了没说过一句话，没露出过笑模样，天天木呆呆的。今天，我拽着他出来走走，散散心，遇见你回来，看见你和朝霞，这孩子竟然说话了……一直嘟囔说——真好真好，脸上也跟晴了天似的。我琢磨着，他不知道头脑里哪根神经打了结，你和朝霞碰巧给他解了？不管怎么着，我都该来谢谢你。咱们离得不远，以后你做饭有不会的地方，或你出去朝霞需要帮着看顾的时候，你就说，我帮你。

大包袱琢磨片刻，跟姚远娘说，你回去跟姚远说，人活着，难免有些人负了咱，有些事伤了咱，可也有人宝贝咱，不管是父母还是别人，只要有人还稀罕咱，咱就得好好活。

姚远母亲点着头说，哪天我领姚远来，你和他说，你说的他能听进去。

半年后，朝霞死在了春天的夜晚。人们循着大包袱的哭声来，一起帮着大包袱给朝霞准备了葬礼。朝霞死于气臌病。大包袱半年的呵护和温暖，无法祛除她先天的不足和后天的磨难。她的肚腹里充满了无法消除的气，最后涨破而死。大包袱捶着棺，哭着问，你走了让我怎么活下去？有人劝他，走了就不用你伺候了，不用拖累你了。大包袱的回答让二十年后的人们还记忆犹新——我喜欢伺候她，我喜欢她拖累我呀！

大包袱活了下来，再也没有外出，他把朝霞埋在他的自留地里，干活的时候，他就跟她说，他正在干啥，地里种着啥，发芽了，结果了，用了多少肥，收了多少粮……不干活的时候，他也过去转悠一圈，在朝霞墓碑前的台阶上坐着抽颗烟。有时他也会叹息说，感谢老天给我了个好身板，能一直来看你。

朝霞的墓碑是她死后五年的祭日，姚远从外地赶回来给她立的。墓碑上刻着——你在的时候，喜欢问人三个问题：你是谁？从哪里来？到哪里去？有人说你是月村的斯芬克斯，其实你是人间的天使。你从磨难中来，到人的灵魂里去。你用至纯至净的爱医治人世间的爱无能。感谢你来过。

原载《中国作家》2018 年第 8 期

《小说月报》2018 年第 10 期转载

鬼魂只在夜晚游荡

李 祯

　　杨阵是我在沣镇认识的第一个朋友。2005 年的冬天，我父亲的养殖场频临倒闭，母亲更是厌烦了院子里挥之不去的粪便气味。在他们接连争吵了数夜之后，父亲把全部家当塞进了去往沣镇的卡车。那年，我十一岁，杨阵比我大两岁。我坐在沣镇中学五年级二班最后一排的座位上，胆怯的如同一只老鼠，他主动跟我说话，问一些关于我的基本信息。我们就此认识了。

　　这是我第一次出远门。起初，我当作是一次旅行，就像电影中演的那样，人们在一个地方呆久了，难免需要换个地方。我兴奋极了，还没出发之前，就催促父亲快点收拾行李。他好像没有听到，一个人站在院子里抽烟。门前挂着盏 100瓦的白炽灯，强烈的灯光照得院内宛如白昼，反而把父亲衬托得越发渺小。我不知道还有什么可留恋的，难道他在这个穷乡僻壤的小镇生活了三十多年还不够吗，我可不想一辈子被人嘲讽是卖鸡蛋的。我想快点前往沣镇，为了让父亲抓紧时间，我故意搬着一件件东西在他身旁经过。后来，我们家在沣镇扎根，麻店镇成了故乡。这是我没有预料到的。

刚来的几天，我被围绕沣镇的群山吸引，很想爬上去登高远眺。其实，那只不过是一些不足五百米的丘陵。有必要交代一下，沣镇位于鲁中山区与华北平原交界处，而我出生的麻店镇，四面都是一望无际的平原。所以，即使是丘陵，我也很想爬上去，像古代的诗人一样把酒当歌，再赋诗几首。我要求父亲陪我爬山，他无暇顾及我。一到沣镇，他就开始筹备包子铺的开张。包子铺进展的并不顺利，为了选一处良好的地理位置，父亲带着母亲逛遍了沣镇的大街小巷。他面临着两难的选择，要么靠近主街区，但是租金昂贵；要么开在稍远的地方，又怕生意不好。最后，父亲忍痛拿出大半的积蓄，包子铺才得以坐落在沣镇人流量最密集的十字路口。每天，陶瓷厂的工人还没出发之前，包子散发出的猪肉葱花味透过蒸笼早已飘荡开来。母亲则整天愁眉不展，唉声叹气，时不时还莫名其妙冲我发火。我很失望，他们不陪我登山，也没有伙伴来找我玩。街道上有那么多人，却没有一个是我认识的，我感觉被遗忘了。我整天望着街道，一望就是两三个小时，累了，就揉揉眼睛，继续望下去。有时候，我期待能在街上发现什么惊喜。比方说一位麻店镇的熟人——杜学栋，或者一只误入马路的兔子。在麻店镇，我经常跟杜学栋去田地里逮兔子。可是，除了一辆辆货车呼啸而过，带起漫天尘土。等着尘土慢慢落入地面，街道清晰起来，你会发现心里所想的一无所有。没过几天，我对沣镇的好感消耗殆尽，就哭喊着回家，回到麻店镇。

杨阵比我早一年来到沣镇。他问我哪来的？我告诉他，麻店镇。他很兴奋，好像见到了亲人一般。他说，我老家在你镇子东边，马尚镇你知道吗，就隔着一条与路。起初，都是杨阵在说，内容基本上都是他们镇子上的旧事。他问我知不知晓。我盲目地点了点头，其实，我一概不知。他叫什么，都还没有搞清楚。

我并不想结交这位同学，又不好开口赶他离开，我尽量装作洗耳恭听，思绪却飞到了麻店镇。我回忆着在麻店镇与同学们干过的勾当，就连打过我的语文老师张德荣，我也在课本上默写了好几遍他的名字。见我没有做出同样夸张的反应，杨阵的脑袋耷拉下来，一时不再说话。我不可能继续扮演一位倾听者，对于这位热情的老乡，我必须及时有所回应。我考虑着询问他几个有关家乡的问题，只有家乡才能再次让他滔滔不绝。我绞尽脑汁，才发现除了那些玩伴，自己对家乡竟然一无所知。杨阵默默地走掉了，我们第一次的碰面有些不欢而散。

我来到沣镇中学上的第一堂课是一节语文课，老师是位四十出头的女人，圆脸、短发，带着一副银边眼镜。只是望了她一眼，我就为自己今后的学习生涯捏了把汗。她的表情庄严肃穆，我感觉面对的不是一个人，而是一幅遗像。教室门口离讲台大概有一米的距离，她的双脚还没等踏上讲台，学生们已经回到了各自的座位严阵以待。语文老师还是朝着教室的各个角落扫视了一圈，确定没有漏网之鱼之后，才布置这节课的内容——习字。当她的目光停留在我的位置的时候，我听到了女同位急促的呼吸声。

我闹了个天大的笑话。我看着课文后面的生词，漫无目的地练习，写完一个字就向窗外张望片刻。窗外有一家陶瓷厂，由于相隔甚远，我只能隐约看到厂房的轮廓。最醒目的要数那根高高耸起的烟囱，白色的烟雾顺着烟道喷薄而出，流淌速度却很慢，慢得几乎静止不动。我小叔就在这家陶瓷厂上班，每到11：40，他会骑着那辆从二手市场买来的自行车，准时出现在校门口。我看了看挂在墙上的钟表，离他到达还有一个多小时。突然，我感到背后有人，笔不小心掉落在地上。我已猜到是语文老师，但出于本能的反应，还是歪转脑袋看了一眼。她只是轻轻对我一瞥，我立马就缩回了脑袋。当我再次拿起笔，准备在方格本上写上几个汉字的时候，手指已经不听使唤。我受到了她特殊的照顾。我走上讲台，按照她的指示，胆战心惊地写下了三个字。刚写完第二个字，我听到身后传来一阵笑声。我脸涨得通红，还是勉强把最后一个字写完。没想到，笑声更加肆无忌惮。我困惑地盯着黑板，又检查了一遍，还是不知道自己错在何处。"倒插笔"，不知台下谁喊了一嘴，才解答了我的疑惑。我站在讲台上，站也不是，走下去也不是，活脱脱成了一个地道的蠢货。

你说，我该怎么办？我心里出现了两个选项：A. 忍气吞声；B. 摔门而出。在我还犹豫不决的时候，杨阵站了起来。他冲着语文老师大喊了一声，闭嘴！杨阵应该也没看清刚才是哪位同学给我解疑答惑的，因为他说完这句话，就愣愣地指向了语文老师。语文老师被这个举动搞昏了头，一时竟然显得有些尤辜。我很感动，杨阵把注意力全部吸引到了他身上。等着语文老师反应过来，她表现出一位老师应有的风度，轻轻对杨阵说滚出去。杨阵冲我使了个眼色，就走了出去。我可以看出他很是得意。刚走到教室门口，他又灰溜溜地走回了座位，顺带着捎上了语文课本。

绝不要因为这个举动把杨阵误以为是好学生，他考试都没有及格过。我跑去走廊感谢他，他把语文课本塞进了我的怀里，然后，我跟随着他来到走廊拐角。他说，翻开看看。一副很期待的样子。他的课本残缺不全，从前往后数，最起码少了十几页。我看到一头公驴隐匿在字里行间。五年级语文课本的封面是闰土在西瓜地里拿着钢叉飒爽的英姿，之所以强调这点，是因为他笔下驴子更加传神。尤其是它的老二，健硕挺拔，黑色的液体喷洒了一地。杨阵咧着嘴，刻意拖长声音，咯咯的直笑。他是在模仿周星驰，仅从声音方面考量，模仿的相当蹩脚。他就像是一个喘不上气来的病人，急需一个氧气罐。我真担心他一下子抽过去。本来没什么可笑的，看到他这个样子，我随即干笑了几声。没想到，他倒严肃起来，一本正经地质问我，你笑什么？这听起来像个哲学问题，我无法作答。他能告诉我，他在笑什么吗。当然，我不至于傻到再去质问他。我默不作声。他揪起我的衣领说道，你知道我忍你好久了吗？我也不知怎么了，想起这几天待沣镇的委屈，眼泪瞬间夺眶而出。等着他说完下一句，你长得真是太帅了，眼泪想收回去已经不可能了。杨阵乱了手脚，一个劲地翻动课本，试图用他的画作平复我的心情。我趁他不注意，用手背把眼角慌忙擦拭了一番。他把课本翻到最后一页，又从头开始翻起。除了夸赞他的画工了得，我还能再做些什么呢。

很快，我和杨阵熟络起来。他这人除了绘画了得，其他一无所长。学习成绩一塌糊涂，长得倒是结实，皮肤黝黑，但也仅限粗胳膊短腿。他自认为很幽默，讲一些令人尴尬的冷笑话。由于他身体特征的原因，没有人敢当面拿他怎么样，有也只是背地里说三道四，骂他是条外地狗。经过上次的波折，我逐渐摸索出一个对付他的窍门——对他和对他的行为视而不见，置之不理。其实，这主要得益于他与我们语文老师连番作对总结出来的经验。杨阵再怎么闹腾也变得自讨没趣。

拉着我结伴去厕所撒尿是他另一大癖好。起初，我陪着他，毕竟，我只有他这么一位朋友。后来的有一天，我想到了他的大作，顿时尿意全无，二话不说就冲出了厕所。等到他再次邀请我撒尿，我会委婉地拒绝，要么就是照着他的屁股来上一脚。我下脚很轻，轻到只做一个飞踹的动作。他慢慢向后躺去，好像挨了一枚枪子。

有一天，我站在校园中的一棵杨树下等他，他还没有现身，也只有他能把一泡尿撒得那么长。这是冬天，树下的叶子比树上还要茂盛。我看着枝头挂着的几片叶子，基本上都是呈半死不活，一副摇摇欲坠的姿态。睹物思人，我想起了杜学栋，想起了麻店镇，不知道他过得还好吗？我已经在沣镇待了三个月，还是没能融入进来。在穿着上，我就被排斥在外。沣镇重工业发达，吸引了大批外来打工者。为了给儿女一个美好的未来，他们好像忘记了现在。不论是从住宿吃饭还是穿着基本上维持在凑合的水平。我就是他们儿女中的一员，看着母亲在集市上给我买的盗版衣服，与同学们交流，我都没有半分底气。本地的学生一身名牌运动服，光鲜亮丽，总让我感觉他们的衣服能在太阳底下发光。男厕所的学生全部走光了，杨阵才提着裤子走出。他一边用手在鼻翼附近扇动一边说，我刚刚在厕所放了个屁。你猜怎么着？回教室再说。我拽起他的胳膊，赶去班里上课。我不想迟到，本节课的主人可是语文老师。他推搡开我，指着跑向教学楼的人群，他说，你看看，他们全跑了。杨阵哈哈大笑。我没再搭理他，一个人飞快地向教室跑去。

还是晚了。语文老师已经在黑板上写下了课文的题目。她看着我，一句话也不说。仅凭她眼角的余光，我就认识到了所犯错误的严重性。随后，她朝我摆了摆手。我正准备回到座位，杨阵风风火火地赶来了。他上课从来没有这么积极过，所以我不知道他是不是故意的。我只感觉背后挨了一掌，紧接着，我差点一个跟头栽倒在地。同学们笑得前仰后合，连语文老师嘴角也挂起一丝微笑。天哪，为什么闹笑话的总是我，为什么没有人考虑考虑当事人的感受。我很难过，可是没有人能懂，就像没有人能够回答我这个问题一样。语文老师收起微笑，表情庄严肃穆，又变成了一幅遗像。她说，出去。我不知道是说我还是杨阵。杨阵大踏步地走回了座位，我却站在原地进退两难。我可怜巴巴地望着语文老师，希望能够博得她的同情。她看都没我看一眼，转过头，接着开始书写板书。我感受到了她强行压抑的怒火，她的手在发抖，字也写错了。突然，语文老师抓起讲台上的粉笔盒，朝着杨阵扔去。粉笔盒没有击中他，在他前排的座位坠落而下。杨阵一个劲地笑，并且，还逗自己的同位发笑。除了他，班里没有一个人是想笑的。大家惊恐万分，纷纷把脑袋垂得越低越好。语文老师面如死灰，死死地盯着杨阵，他才捂住了嘴巴。不知过了多久，班里才重新响起粉笔在黑板上轻快的摩擦声。

我太笨了，早知道，我就应该走出去了。走廊仅与我一步之遥，我僵立在原地，两只脚只敢在鞋子里伸缩。最起码在走廊中，我能稍微活动活动。杨阵倒悠然自得，屁股紧挨着座位，好像这样还不够舒服，他慢慢地把一只脚抬离地面，放在了课桌之上。我有些不忿，朝他竖起了中指。没想到，这个动作正好被我们的语文老师看到，她立马叫我滚出去。这一次，她说得明确、简洁，我不得不走了出去。我依靠着墙壁，却一点儿也舒服不起来。不久，教室里传来了语文老师的咆哮声。我还没见过她如此愤怒，就算站在教学楼外也能够听得清清楚楚。我们这帮外地生成了她口诛笔伐的对象。我们不洗澡，搞得教室里臭气熏天；我们学习成绩不好，拉低了班里的总成绩。我听着语文老师无可奈何的控诉，不由地用手使劲挠了挠脖子。她说得在理，我已经一个多月没洗澡了，一触摸脖子，就感觉像是在给一根丝瓜刮皮。你再说一遍。虽然没在教室，我也能想象到杨阵当时怒不可遏的样子。他最讨厌别人说他是外地生，每个外地生都讨厌，可是，大部分都选择了忍气吞声。但是，杨阵是个例外。其他班级的两位老师被吸引出教室，他们始终没有走近，隔得远远的，伸长着脖子观望。除了注意到我，也没看出究竟。我低下头，很想告诉他们与我无关。他们看着我不怀好意地笑了，不知道是笑我，还是笑教室里的杨阵。

在与语文老师大吵了一架之后，杨阵就跑了，我理所当然地成了罪魁祸首。语文老师命令我写一份检讨。我不知道要检讨什么，就把上课迟到、倒插笔、不洗澡，只要是不良习惯全都写了进去。这要比作文难写，为了写得近乎合理，我绞尽脑汁，熬了整整一夜。等着天色稍亮，厨房里传来打砸锅碗瓢盆的熟悉韵律，虽然我已经习惯，却不敢把检讨书拿给父母签字。包子铺生意不好，几乎消耗掉家里的全部积蓄，父母为此争吵不断，我不想火上浇油。起初，我们店请来的师傅是姑父同村的一个小伙。这个小伙二十出头，在麻店镇最有名的军民包子铺当了两年学徒，主要负责调制包子馅。他手艺不错，做出来的包子鲜香多汁。可是，他只擅长调馅。在包子铺开张的第一天，我小叔领来一大批厂子里的工友。你们随便吃。小叔就是这样说的。对于包子铺的开张，他比父亲还要高兴，表现得更像是一位阔绰大方的老板。当冒着热气腾腾的蒸笼端到他们面前，他们看到被捏得奇形怪状的包子的时候，小叔的脸都绿了。后来，我父亲专门在人才市场雇来一位大厨，专门负责捏制包子皮。大厨和小伙分工合作，包子才焕发光彩，秀色可餐。在父亲请客的前提下，小叔又带来一批工友。他们太能吃了，一笼笼包子刚刚端上桌就消失不见，我都没看清他们吃下去的动作。他们吃得油光满面，笑嘻嘻地看着小叔，期待着下一笼包子的出锅。小叔的工友还是没有再次光顾包子铺。相比于他们食量惊人的胃，包子实在太小了，他们根本不舍得自己掏钱。然而，包子铺的生意就是指望沣镇的工人。父亲变得整日愁眉苦脸，我理所当然成了全家的希望。他们盼着我学业有成，考上一所名牌大学。所以，我乖乖地把检讨书装进书包，准备让杨阵代我父亲执笔签字。

没想到，过了一个星期，我才又见到杨阵。那一天，小叔照常送我去学校。在距离学校还有几百米的时候，他突然使劲地踩踏车蹬。车子左右晃动，加速地向前行进。怕被他晃下，我双手紧攥着他的衣角不放。眼看就要撞上校门口的人群，他才把脚伸向了地面。他把车子随处歪在墙角，朝着校门口停放的奔驰车走去。他和路边的几个学生家长打量着这具庞然大物，嘴里还嘟囔道，这个鬼地方竟然有人开得起这玩意儿。与我小叔的载具相比，它确实太大了。奔驰车横卧在门口，我只能绕过车身才能进入校园。那一天，我们班分外热闹。一个个同学争论得面红耳赤，有人说，这是杨阵父亲的车。大部分同学根本不信。杨阵是外地人，家里怎么可能那么有钱。要我是本地人，我也不愿承认，这相当于是对本地居民的公然挑衅。我的同位突然把手举到了空中，她说，我亲眼看见的，就是杨阵父亲的，我还看见一个司机给杨阵打开了车门。我的同位性格内向，平常在班里连个屁都不放，所以，她的话显得分量十足。说完，任凭别人再怎么追问，她也不肯开口。一拨同学就来向我打听。我告诉他们，去问杨阵。他们垂头丧气，四散而去。我却高兴坏了，恨不得立马见到他。虽然，我全然不知，但为有杨阵这么一位朋友而感到沾沾自喜。

杨阵终于出现了，比过往看起来干净许多，头发刚洗过，衣服也是崭新的。只是，整个人看起来没有一点精神气。还没等我起身欢迎，校长抢先一步来到教室，我不得不回到座位。他跟杨阵说了一通废话，大概的意思是如果在班里不顺心可以随时找他之类的，那些只有长辈才好意思说出口的客套话。杨阵点了点头，刻意绕到我的身边，他把书包塞进了我的桌洞。他告诉我里面有个好东西，才跟随校长而去。

我不知道杨阵说的好东西是什么。包里有三样东西，打火机、《英雄本色》DVD和他的语文课本。我翻来覆去地观察着这三样东西，看累了，就模仿他在课本上画驴。我没有一点天赋，画不出具体的实物。有时候，即使画出来一个东西，也不晓得画的是个什么玩意儿。杨阵走后，又隔了一周的时间，他才算彻底回归。我的意思是，他再也没有隔三差五地来上学。在这期间，我可被气得够呛。班里传出一个谣言，杨阵在办公室把他父亲给揍了。我站在讲台上跟他们解释，我的朋友不是这种人。我的唾沫都说干了，他们就是不信。他们让我拿出证据，我能有什么证据呢，我又不在场。他们见我不说话，高兴得都快要蹦到了桌子上。这里面要数班长说得最起劲，他是我们班公认的怂货。他说，在送作业的时候，他瞧见了。杨阵的父亲训斥了他几句，杨阵就动起手来。杨阵动手要打的是语文老师，却被他父亲教训了一顿。他就跟父亲打了起来。我在心里暗暗记了下来，等着杨阵归来，我要跟他好好谈谈，把班长污蔑他的话全部告诉他。到时候，他们一个个吃不了兜着走。还没等我向杨阵开口，语文老师就单独找我谈了谈。我的成绩不错，在我们班，总名次稳定地维持在三到五名。起初，语文老师想要挑拨我和杨阵之间的关系。给我离他远点，他会耽误你的。她就是这么跟我说的，是用命令的口吻。我不得不服从，朝着她像个孙子似的疯狂点头。可是，等到杨阵再次出现在我的面前，我疯狂地跑上去，终于给了他一个热情的拥抱。松开，松开，你这样会让人误会的。他在调侃我，我很开心，朝着他的屁股就是一脚。我只有杨阵一个朋友，失去了他，我只能望着街道发呆。至于语文老师的话，我哪还有心思考虑。

我和杨阵倚靠着学校的院墙。院墙和教学楼挨得很近，大概一米的距离，我可以清晰地看到一楼的小学生在干些什么。拿来了吗？杨阵说。说实话，我有点紧张，这一片狭小的区域是学校里不良青年的聚集地，地上随处可见的烟头就是最好的证据。我总感觉是在干不正当的勾当，哆哆嗦嗦地把书包递到他的面前，就匆忙地跑去教室上课。你上哪儿去？杨阵说，一把拉住了我。我说，上课啊，再不走，就迟到了。他说，不慌。那一天，风大得出奇，他的头发竖起，直立，轻易吹成了毛寸。我说，太冷了。说完，我往手上呵气，见他没有反应，我只好把手插进兜里。杨阵拿出《英雄本色》的 DVD。他口中的好东西就是这盘光碟，我有些失望，耳畔不免回荡起语文老师的教诲。我胆战心惊，站在寒风里瑟瑟发抖，生怕被语文老师撞个正着。杨阵在我眼前晃了晃说道，看过吗？我说，废话。杨阵长叹了一口气，他对我说，我从来不会逼朋友去做不想做的事。我有我自己的原则，我不想一辈子被人踩在脚下。要是你想走就走吧。他朝我摆了摆手，一副很惋惜的样子。他这么一说，我倒不好意思走了。见我不走，杨阵激动起来，从口袋里掏了根牙签叼在嘴上。见过吗？他说。我摇了摇头。我有我自己的原则，我不想一辈子被人踩在脚下。他又重复了一遍，我才知道他是在模仿周润发。我看了看手表，按照我跑步的速度，现在走还来得及。回班里再聊，我说。我刚刚拽起他的肩膀，他就冲我嚎了一嗓子。我吓了一跳，立马松开了他。疼，他说。杨阵挽起袖子，裸露出一只缠绕着密不通风绷带的胳膊。他长叹了一口气说道，唉，被你发现了。我问，怎么弄的？杨阵的胳膊只能左右移动，看起来像是扭了扭腰。他说，很结实吧？还没等我回答，他的胳膊肘结结实实地捣在了我的腹部。我哼唧了一声，就蹲在了地上。杨阵用另一条完好无损的胳膊拉起我，一时显得洋洋自得，他说，我还没用力呢。他对这条缠满纱布的胳膊显然很满意，自称是麒麟臂。纱布上面用铅笔画满了图案，纱布下面围绕着层层石膏，整个校园里再也找不到比它更结实的武器了。我朝他骂了句脏话，问他到底是怎么回事。他说，我跟我爸打了一架，他不是我的对手，就开车撞了我。现在他再也不敢对我动手了。一阵寒风冲着我们迎面吹来，吹动着他衣角猎猎作响，他把这条胳膊指向太阳，看起来像个悲壮赴死的壮士。

我逃了整整一节语文课。语文老师见不到我的人，就打电话通知了我的家人。等着回到班里，我还不知道这个对我来说简直可以称为噩耗的消息。语文老师端坐在讲台一把木制的椅子上，她早已等候我多时。为什么说是等候我，因为杨阵，她连看都没看上一眼。一见到我，她立马站起，像个斗鸡似的朝我扑了过来。我脚都软了，要不是身体靠在了教室门口的墙壁，很可能直接瘫倒在地。她的脚尖停在了讲台的边缘，怒气冲冲地质问我，我是怎么跟你说的？我低着头，整个人都懵掉了。我也不知道怎么跟她来到了办公室。等着我反应过来，电话话筒拉扯着长长的线头早已递到了我的面前。老师，我知道错了。我保证，再也不敢了。我强行压抑住内心要爆发的山洪尽量表现得唯唯诺诺，以博取她的同情。见她没有任何反应，我急了，一股脑儿说尽了各种好话，到最后都有点语无伦次了。我逃课的事是绝对不能让我父母知道的，希望她能够深明大义，放过我一马。可是，没有任何商量的余地。到了办公室，她把电话摆在我的面前就不说话了。我可怜兮兮地看向办公室里的其他老师，有三男一女，他们只是向我报以同情，并没有实际做些什么。有一位年轻点的男老师见我看他太久，不好意思地低下了头。没有人肯开口替我求情。请让我再次重复一遍，没有任何一个人。最后，我接过了话筒，手心里全是汗。刚拨通号码，我喊了声妈，我妈立马哭了。我不知道语文老师是怎么向我妈说的，我妈以为他的儿子失踪了。我咬着牙，愣愣地看着语文老师，她依旧板着一张死脸。一想到我们家如今的处境，我的眼泪也簌簌地落了下来。

天色昏暗，低沉。校园里，那棵老杨树枝头上挂着的几片叶子也被狂风卷落到了地上。老师、学生，还有学生家长陆陆续续地走光了，我的小叔还没有来，他应该是去喝酒了吧。不过，这倒好，一想到回家，我就迈不开步子。我蜷缩在墙角，浑身不舒服。杨阵从小卖部走了出来，点燃一根烟，放进了我嘴里。他说，要下雪了。是啊，要下雪了。可是，对于我来说，下不下雪又有什么关系呢。我狠狠地嘬了口烟，胸膛里感觉被人划了一刀，鼻涕眼泪立马都出来了。杨阵说，慢点吸，慢点吸。他拍了拍我的背，随后，朝着天空吐了一个漂亮的烟圈。他给我演示了两遍抽烟的动作，我才得以把烟吸进肺里而不被呛到。他说，好受一些了吗？我朝着他点了点头。杨阵又递给我一根烟，我很熟练地就点上了。自从走出办公室，我脑壳里的东西就被挖空了，左大脑、右大脑、大脑皮层全部消失不见。我只能机械地识别抽烟这个再简单不过的动作，一根接一根地拼命抽烟。烟盒中还剩下两根香烟，我再要去拿的时候，杨阵制止了我。他说，你这是要抽死自己啊。他不给，我就去他手里夺。杨阵把烟盒连同里面的香烟攥作一团，扔向了自行车车棚。我终于找到了可以发泄的对象，嘴里大喊一声"啊"，就朝着杨阵扑去。他说，你他妈疯了吗，就朝着我挥了一膀子。我躺在了地上，顺便来回翻滚了几下，好像把自己搞得越惨就越舒服。我替你报仇。他说，朝着我伸出了那只完好无损的手。我握着他的手站起，刚起身，我一把把杨阵推倒在地。你他妈这是恩将仇报。杨阵朝我喊。我没搭理他，灰头土脸地扬长而去。

我回到了家。天彻底黑了，没有星星，还阴风阵阵。街上各种小吃店的招牌亮起，老板、老板娘站在门口，声嘶力竭地叫卖着，温州烤鸡、塞子肉，诸如此类的熟食。很快，他们的叫喊就被呼呼的风声吹散。大部分工人急着往家里奔去，很少一部分人停下车子，买一两样东西也匆匆离开。我逆着人群，路过一家家小吃店，往我家的包子铺走着。我成了包子铺唯一的顾客。包子铺大门紧闭，招牌暗淡无光，枯黄的树叶混杂着垃圾堆积在蒸包炉旁。蒸包炉锈迹斑斑，看起来更像是一件镇宅的器物。我在门前犹豫了几秒钟，才叫了声妈。屋子里没有开灯，桌椅板凳与漫无边际的黑暗融为一体，我什么也看不到。我又等待了几秒钟，意识到家里确实没人之后，才匆忙走进屋子。他们是不是出去找我了，我不由地担心起来。我用手摸索着桌面，急急忙忙地朝着里屋挪动，一时都忘记了打开灯。我停了下来，脚尖轻轻地落在地面，生怕发出一点动静。可是，已经晚了。母亲注意到了我，她隐匿在黑暗之中，脸上展露出一丝笑容。泪水浮在她的脸颊，还没有完全消散。她说，回来了？我朝她点了点头。对于我在学校逃课的事情，母亲没有深究。她变了，变得面目憔悴，再也没有力气训斥她不听话的儿子。我心里却分外难过，都不知道该如何安慰她。可能母亲觉得在儿子面前流泪有些许尴尬，以做饭为由，她走去了厨房。

我回到了卧室，重新打起精神，认真温习功课。期末考试快要来临，我下定决心考取全年级第一，回报我的父母。也只有这样，父母才能笑逐颜开。他们已经好久没笑过了。在我做完数学习题的时候，父亲回来了。刚到家，他就和母亲争吵起来。我忘记了他们吵架的原因，一件微不足道的小事，他们就能吵得你死我活。归根结底还是因为我们穷。最后，实在没有什么可引发争吵的内容，我逃课的事就成为他们矛盾的焦点。他们互相埋怨对方没有尽到作为一位家长的责任，随之而来的是打砸锅碗瓢的声音和母亲的哭泣声。

我走出了家，风停了，粉末状的雪花飘洒到我脸上，转瞬即化。我感觉身体滚烫，一颗复仇的心驱使着我不断前行，我要报复语文老师，没有她，就没有今晚发生的一切。不知走了多久，我绕到了沣镇中学。我看着近在咫尺的校园，中间隔着一扇大铁门，想进去都难，更别提报复语文老师。学校空无一人，安静极了，只有雪花簌簌落下的动静。我想到了杨阵，有他在该多好，我就有办法了。我没有手机，也没有杨阵家的电话号码。于是，我决定亲自去找他。我依稀记得他在草稿纸上画的草图，沿着学校往东走，路过一家陶瓷厂，右转进入昌国路，再步行一公里，他家的小区就在沣镇最大的小区对面。当然，我不想白来一趟，朝着铁门狠狠的踹了两脚。铁门吱嘎吱嘎地哀嚎了两声，竟然向我敞开了怀抱。我的脑袋里突然冒出一个想法，拿起一块砖头，直奔五楼。我来到五年级二班，木门上紧扣着一把铜锁，我掂量着手中的砖头，朝着临近走廊的一扇窗户砸去。空荡荡的教学楼里传来一声清脆的响声，听起来美妙极了。我纵身一跃，翻进了班级。我一口气把教室的所有窗户敲了个粉碎，确定没有一块是完整的之后，才把手中的砖头扔掉。雪下大了，呼呼刮进来，霎那间，讲台、桌面、地板上雪白一片。我看着自己的杰作，心里痛快极了，就欢快地走下了楼。等着刚刚走到教学楼出口的时候，我撒腿跑了。我竟然撞见了一个鬼。我和他迎面相对，互相被对方吓了一跳，他冲我尖叫了一嗓子，我就撒腿跑出了学校。

大雪铺天盖地地下了一夜，整个沣镇笼罩上一层厚厚的白色，出行尤其困难。我的思绪被这场突如其来的大雪堵住了，变得愚钝而麻木；对于同学们热烈争论的话题，是不是杨阵报复性地打碎了我们班玻璃的事，全当没有听见。我开始刻苦学习，不再逃课，不再迟到，把字写得方正，尽量地做一名品学兼优的学生。杨阵也不再打扰我，在雪还没有消融之前，他就转学了。之后，他也没有联系过我。很快，期末考试来临了，我的父母终于喜笑颜开，我可是考了第一名。

只有我知道那不是杨阵干的，那是一只鬼。

原载《山东文学》2018 年第 8 期

海　怪

米荆玉

一

　　在我为数不多的前女友里，孟晓璐有两个特别之处：她是唯一一个蛤城本地的女孩；她是唯一一个分手后还保持密切联系的女孩。我几乎每周都要去她家，更准确地说，去找她爸爸吃晚饭，偶尔也跟晓璐碰面。是的，在分手之后，我跟孟晓璐父亲——我的前准岳丈之间的互动更紧密了。我常常跟孟大爷一起值夜班，在一间远眺栈桥海面的办公室里，两个人盯着海面，聊关于海怪的事情。

　　孟晓璐是个漂亮女生，漂亮这个词不足以包裹她，她的脸是甜美和天真的混合物。我第一次见她，立刻明白过来，这可能是我最后一次跟漂亮女生恋爱的机会。我早就听说，跟蛤城本地的女孩谈恋爱是不明智的。像我这种疏懒的人，本来就不擅长打起精神应对爱情，何况本地女孩总要配套本地的父母、叔伯、姨舅，更是难以招架。所以六子给我介绍晓璐时，我第一个反应是拒绝的。六子不断央求："没办法，我老板见了你之后很欣赏，说他的表侄女还是单身，责成我必须做媒。"六子在一个文化公司上班，他老板最新的兴趣是郎窑红的高仿瓷器，我看在六子的面子上在《蛤城晚报》写了篇吹嘘的文字，几次饭局下来，也不知道我这个黄胖、虚软的高龄单身怎么入了他的法眼。

我特别擅长跟女生第一次见面。干了这么多年娱记，我发展出一套结合了含含糊糊的暗示和明确无误的细节的话术，能够让女生在第一次见面勾起无穷的好奇心。总之，孟晓璐被我的八卦库存迷住了。

如果硬要说孟晓璐的缺点的话，只有一条：眼睛没有神采。这是一双温和明亮的眼睛，女生的眼睛常常会说话，然而她的眼睛是哑巴，只能输送视觉，无法传递更深的需求。在我们第一次接吻后她就强调：不要碰我的眼睛。她小时候动过角膜手术，本地医院糟糕的手术水平让她落下了毛病，她的眼睛对任何接触都过敏：包括柳絮，包括飞沫，包括雨水和手掌的触碰。其他方面她都是一个普通的蛤城女教师，整洁、实际、理性，对直男的容忍度高，不喜欢文艺范，对八卦和厨艺比较感兴趣，啤酒酒量奇大但不喜欢喝，跟我的媒体人圈子毫无瓜葛，这点尤其让我喜欢。

在我们见面第四个礼拜，中间人传话过来，晓璐的父母要见我。蛤城当地女生的父母很保守，这么快进入见面环节，这出乎我的意料。在情人节后的一个夜晚，我稍事整饬，带着礼物来到了晓璐家。他们家的房子位于团岛的一个高处，能看海，而且能看栈桥。说来栈桥很奇怪，蛤城的风雨云雾，都以栈桥为界。栈桥往市区那边往往朗月风清，而往团岛这边总是雾气氤氲，很是邪门。我简单地认为，有一只妖怪藏在团岛，道行千年练得吞云吐雾。至于这妖怪到底是龙是鱼，是虾是蟹，我觉得应该是蛤蜊。蛤城人嗜吃蛤蜊，《酉阳杂俎》里说："蛤蜊，候风雨，能以壳为翅飞。"看来这蛤蜊不仅是海物，也是飞禽，修炼个千年道行不在话下。在海妖的呼吸氤氲里，团岛这边的楼宇都分外湿润，每次我在晓璐家楼下扶墙小便，都会误会自己手掌上湿漉漉的内容。

我常常有种错觉，眼前经历的人生，自己早已在某个平行世界里经历过一遍。孟妈妈像是我在前世里亲近多年的岳母，门刚推开，她就接近一百摄氏度的热情来招待我。老旧的纯色餐桌看上去分外开胃，我一口气吃了柑子、草莓和我平生仅见的甘甜的蓝莓，还好都是我擅长的水果。热菜还没上桌，厨房摆出来的凉菜已经让我受宠若惊了：酱猪蹄、酱牛肉、松花蛋和白菜海蜇，都是我乐意清盘的菜色。准岳母很大度地接受了我的梨形体型，"这孩子胖了点，很喜人。"然后愈加拼命地炮制锅里的热菜。

厨房里还在忙活，只听防盗门上钥匙作响，准岳母喊了一声"老东西回来了"，岳父进来，是健朗结实的新鲜中老年，把锈色的外套挂起来，一起欣赏岳母的晚饭：当地特色的红烧鲅鱼，用蒜薹做底料，西红柿酱调味，非常可口，这才明白过来食堂大师傅的鲅鱼简直是暴殄天物；干烧排骨，柔嫩松软，汤汁黏手，胶质丰富；萝卜丝炖虾，萝卜丝竟然吃出清甜的海鲜口感；螺片大头菜，这绝对考验厨艺，螺片要薄脆鲜嫩，大头菜要稍带焦糊感，真真绝配。晓璐家用的是上世纪八十年代那种折合式的老款餐椅，我晚餐吃到中途，就不得不以虚蹲马步的方式来减轻对高寿餐椅的凌虐了。

吃饭当然不止是吃饭，中途聊起"小潘在报社做什么采访的"，我的回答当然很标准："主要负责文化领域的采访，什么演唱会啊交响乐啊，都是我负责，下次有想看的演出就找我拿票"。"现在有房子了没有？""在西镇那边按揭了个小公寓，还没交房。现在在四号大院那里租房。"孟大爷也很健谈，他说自己本来是电气工程师，现在退休了，当个看海的。蛤城海滩有很多海参池子鲍鱼池子，看海的就是管理这些池子，驱赶小偷，每天喂鱼食的人物。我就问："您看的是鲍鱼还是扇贝？"他笑了："我看管的是海怪。"

岳母说："老东西开玩笑的，快吃饭吧。"

对白基本上顺顺当当，饭后喝了两轮崂山绿茶，我就告辞了，没想到，孟老爷子要下楼送我："我正好上夜班，咱们顺路。"

一路上聊的话题很正常，就是我的房子问题。孟大爷指着从万县路到冠城路一带的老房子，感慨万千："从前晓璐的姥爷是开酱园的,在潍坊大大的有名,现在的笏园酱菜,就是她姥爷的产业。笏园酱菜开到了蛤城,这三条街的老房子,都是酱园工人的宿舍,免费住。没想到,隔了两代人,三条街的房子都给了别人,买房子还买不起了。"

我第一次听说晓璐的家世。"晓璐姥爷就没留下些什么古董字画聚宝盆什么的传家宝?"

"就留了一栋老楼,在万县路二路车站牌旁边;晓璐舅舅是个二流子,靠老楼的房租生活。"

说着话孟老爷子的"单位"到了,我吃了一惊,这地方以前多次路过。这家海丽旅馆不是什么大牌,旅馆总计五层,二三四层是房间,顶楼是老孟的经理室,底楼很大一部分给了蛤城唯一一家同性恋酒吧"憋醒",在圈子里大大有名。我刚入行那年约一位刚走红的漫画家采访,不小心约到了这家酒吧,被画家愤然拒绝,闹了一个大笑话。憋醒正门装饰着一片衰草和向日葵花盘,太过惹眼,很容易忽略掉旁边的小侧门——小侧门进去,才是海丽旅馆的前台。前台姑娘不怎么待见孟经理,简单打了个招呼,专心看手机视频。

孟邀请我去五楼经理室坐坐,以我两百二十斤的体重考虑,我决计不愿意跟楼梯较劲。不过老孟很认真地看着我,"小潘,你很有灵性。我很多年没带人上五楼了,五楼不仅有海景,还有蛤城这个地方最大的新鲜光景看。我觉得,你今晚看到的东西,不是你的命运到了,而是我的命运到了。"

我不好推辞的,只好跟着老孟爬楼。爬楼最能看出一个人的筋骨，老孟上楼的步履简直是个小伙子，轻盈又有弹性。我爬一层多一层的沮丧，楼道里的挂钟没个准，爬三楼的时候指针在九点半，爬到四楼，指针就在十点一刻。进了经理室，我虚汗都出来了。尽管清明节气还有点春寒，我还是倒了三四杯大桶水，一饮而尽，凉意从左胸兵分两路下去，肺跟胃都惊了一下。

海丽这家专做穷游年轻人生意的旅馆，拿出五楼这么大的面积做经理室，这做派透着一股蛤城大爷随心所欲的脾性。五楼的设计像一把折尺，长的这一截分三四个房间，散放着一次性杯子、抽纸、多余椅子等物资。短的这截正对着大海，团岛这边高楼四栋，包含一家银行总部、一家轮胎厂总部、一家热电厂大楼和一栋最新的商业住宅。四座楼就这么巧，一点没挡住孟大爷的视野，反倒跟海丽构成了半个圆弧，一起直面万顷波涛中的栈桥回澜阁。

孟大爷示意我到窗前坐下，两个真皮沙发中间放着一个德生收音机，孟大爷调出一个交响乐普及讲座节目来，然后不急不慢给我泡茶。这片海我从三点钟方向看了七八年，从进单位第一天开始就看熟了。然而在十二点方向看去，回澜阁煞气腾腾。已经是月底，海上这片月惨淡里带着戾气，照着这片海像是柏油般重浊，碎银般的光亮一遍遍淘洗着，像是谁在海里揉碎金粉。上楼之前，我胡乱猜测会看见渔船，看见海豚，看见抛尸的黑帮；不过看着如此细碎翻涌的海，我觉得这些猜测都很无聊。

"咱们在这看什么呢?"身上的汗退了下去,我掏出手机,已经快十一点半了。

孟大爷仰惬在沙发里,把脚翘到窗台上,微微吹着茶水说:"海怪。"

海怪涉水而来;一如廉价日本卡通片里的想象,他遍身古铜色,披着月光银,肩背塌陷,身形猥琐,身量与回澜阁高矮差不多。粗略形容,他有老年人谢顶后的糟糕头型,白萝卜似的躯干上宽下窄,虬曲的双臂披着一层鱼鳞,推动一波波的海浪,半露在海水里的大腿类似解剖学上的牛蛙腿,刚劲野性。我一直看不清他的面孔——或许不是看不清,而是理性上接受不了。他的头部像是一整块巨大的蛤肉,脸上长着一对腮囊,左右膨出的部分应该是眼睛,对于一个喜旺牌猪头肉的爱好者,我可以偷懒地说,他的眼睛就是经过焖烧后的死猪眼,黑与白呈现凝固的对称,没有一丝转动的神气,却构成了一个完整的圆形视野。在月光下,他好像在呼喊,是一只裂头蚴头颅张开的无声呼喊,左右两扇蛤肉露出滚动着月光的银丝。这不是一个有着暴雨雷鸣伴随的波塞冬东,也不是塞壬形状的或者美人鱼形状的海妖,他的举止像是我在火车站里常常遇见的底层劳工,在多年的希冀和绝望间反复捶打过,透着对自然法则的生动冒犯。他的双臂搅动海水,惊起了一片鱼儿,在他身前形成一片跃动的鳞光。

孟大爷说:"海怪送鲅鱼来了。"

我被惊奇包裹住了,一瞬间感官呆滞,脑子还在运转。

虽然是午夜，栈桥边还是车流不断，回澜阁也不乏乘兴而来的游人。可是这车流、这人流都没有看到海怪，鲅鱼搅动得海面近乎沸腾，这些游人对着鱼群大呼小叫，却对海怪选择性失明，徒劳地拍摄黑黢黢的海水或者自拍。海怪耐心地等待着，不断撩起鱼群，远处高楼射来几道探照灯光，光柱本已是强弩之末，仍然轻易穿透海怪的肌肤，在海面上形成光剑劈开滚滚雾霭的视觉效果。

"这几栋楼上都有高人，都在看海怪。"孟大爷指点着光柱的来源。

小小的团岛是蛤城突入海里的一部分，这些年开发迟滞，视野好的高楼屈指可数。我大致明白过来：周围银行总部也好、电厂大楼也好，都是有心人看海怪的据点。问题是，为什么这么多人对海怪视而不见？这个海怪到底在等什么？藏在团岛这些高人又在看什么？

海怪献鱼的场景没有延续很久，鱼群渐渐四散逃逸，海怪也慢慢地返身，推开水面，隐入深海。孟大爷喝了半缸子茶，海面都平静了，我还没整理好思路。他慢悠悠地说："你一定不是第一次遇见海怪了，可能你不记得了。你也不是第一次遇见我了，不过你也不记得了。今天带你过来，我觉得你的命运到了，因为你再次遇见海怪，就是海怪的人了。"

我装深沉的本领完全破产，嘴边只有一个问题："你真的是晓璐的爸爸吗？"

孟大爷笑了。

我有点恼羞成怒了，"你头一次看见海怪的时候，没觉得不可思议吗？没觉得违反科学吗？"

"看见海怪的人，都是不相信海怪的人。你的问题我也没有答案。"孟大爷说，"没有答案的事，才是真实。"

二

一早来到报社，我打开内部检索系统，从 1988 年第一张报纸开始，检索关键词"海怪"。还别说，在 1995 年 9 月的一张报纸上，我检索到了一篇图片新闻，来自编辑部的老摄影孙德利，题目是"海怪冲上田横沙滩"。黑白照片并不是太清晰，不过分明能看到一只类似海豹般的生物死在海滩上，周围是破烂的渔网和"买柴油找刘胜"之类的涂鸦。内文说的是"田横岛渔船码头出现'海怪'尸体，部分腐烂无法辨认，海洋研究所专家称是儒艮，外界的猜测属于迷信"。

孙德利对这篇报道还记得，"其实不是我拍的，是田横岛的通讯员拍的，他叫郭岭秀，那些年他不断给我寄照片，说是田横岛有海怪。这张照片是唯一清晰的实物，其他照片都是夜景，他的机器又烂，根本看不清楚。"

"我怎么看这张不像海怪，像是海豚？"

孙德利嗤之以鼻，"哪有什么海怪，其实这就是海牛，学名叫儒艮。以前蛤城有个球队叫海牛队，后来人家说，海牛这个动物性情太闷，一点不凶猛，难怪海牛队成绩一直很差，叫个鲨鱼队、叫个河马队都比海牛有杀气。所以，后来球队不叫海牛了，改叫蛤城电缆。"

从1995年之后，海怪在我们报纸上出现的频率开始增加，我简单检索了一轮，基本上海怪两三年出现一次，都是图片新闻，腕足二十多米的巨大章鱼、腐烂了一半的深海生物、搁浅后腐烂的鲸鱼……没有一个像我见过的有四肢、有面孔、有类似眼睛的器官。这些朽烂的海洋生物来到蛤城，就为了死在沙滩上，成为孙德利不断进化的相机的祭品。

我大胆猜测，海怪应该是1995年第一次出现在田横岛，引起了当地通讯员郭岭秀的注意。然而不知道为什么，海怪突然厌倦了小岛，一路跋涉到灯火辉煌的蛤城，在这里开始他的献鱼仪式。至于这个仪式的目的，第一个见过海怪的郭岭秀应该有很大的机会懂得。推想起来，当年他第一次看见海怪，却发现别人都看不见，于是他拼命拍了一堆照片，洗印出来却没有海怪的影子，想找孙德利探讨，孙德利只当他是想成名的疯子。

"这个老郭的电话你有吗？"

孙德利摇了摇头："岛上当时没有手机信号，连座机都没有。你找他？田横岛本来就不大，三五百口人，一个郭岭秀很好找。"

我跟孙德利漏了口风，说想去找郭岭秀，一起拍海怪。孙德利哈哈大笑："你去找吧，田横岛马上要祭海了，非常热闹。你去就算找不到海怪，起码看看祭海，长长见识。"

孙德利至少十年没到田横岛了，这里远不是三五百人的小岛，常驻人口大约涨了十倍，一个祭海仪式，官方说法来了十五万游客。进出小岛靠一条四车道的大桥，海祭期间，买卖干鲜海货的岛民占据了左右两条车道，堵在路上的司机也不生气，索性下车买点特产，这就导致后面的堵车更加严重。打了几通旅馆电话我就明白，想在海祭期间住进酒店是不可能的了。我停下车，在卖金钩海米和卖干海带的摊子间给二辉打了个电话，不敢说上岛找人、找海怪，就说上岛看祭海，想找个睡觉的民宿。

二辉是我医学院的同学，老家就在田横岛上。他在大学食堂里保留着岛民的骄傲，从来不吃食堂的海鲜，觉得那些散发着腥臭味道的鱿鱼、偏口鱼和蛤蜊辱没了"海鲜"二字，"这算什么虾虎肉？"他愤怒地指点着我的餐盘，"虾虎肉应该是黄亮亮、带着红彤彤的虾籽，你这不是虾虎，是塑料袋。"我不断点头，赞同他的愤慨。我吃过他从田横岛带来的螃蟹酱，油黄的色泽、清鲜的味道配上方便面简直是绝味，不时还能吐出一两片洁白的螃蟹壳来，堪称大学里口腹之欲最满足的回忆。

毕业后二辉留在医学院里当助教；多年未见，电话里的他还是很豪爽，"上了岛你就不用管了，我的堂哥留在岛上，我马上给你安排，保证最好的位置。晚上就睡我老家，我把父母搬到市区了，岛上的房子现在堂哥住着。"他笑着说，"上学的时候你没吃过田横岛的海鲜，这次让你吃个够。"

二辉在岛上的势力果然不小。堂哥开着无牌的桑塔纳来接我，拉着我穿过岛民们组成的三四道隔离线，送我进了祭海的核心区。祭海仪式充满了传统仪式的趣味：长长的码头上摆好了供桌，供桌这边是祭海渔民，那边是待发的渔船。在鞭炮和锣鼓的吵闹里，岛民们开始献鸡、献鱼、献猪头，演员们开始跳大秧歌，渔民们忙着挂网，一边在船头插上各家心仪的黄旗，旗上标志了各种姓氏或是虎贲等花纹。一阵炮响，万船齐发捞海去。我的直觉是，海怪如果喜欢这样的祭海仪式，他得是多么乐观、多么接地气、多么有本地意识的生灵啊。而我那晚看到的，明明是一只阴郁、无语、悲苦和无处倾诉的怪物，在大海的挤压下想要寻找一些人类皈依和慰藉。

从遇见海怪那夜开始，我整夜做噩梦，梦见自己走在最憎恶的路线上：一段横跨海峡的两千米左右的海堤，堤上长着滑溜溜的青苔，而且海堤没入水中二十厘米，两边是恶毒的深海，而海怪不知道在左边还是右边。我战战兢兢地往前走，梦见海怪如同沸腾的气泡般出现在我手边。孟大爷说，我不是第一次见过海怪。问题是，到底在哪个现实的年头，我见过这个强大又内敛的生物，我为什么忘记了？

大而孤独的月亮啊……我渐渐沉入梦乡，白天看见的祭海仪式沉下去了，从我的脑海里挤压出更多的回忆来。我想起来，我曾经用手指划过这种海堤上的青苔，当时我是在栈桥上，我睡在那里，睡在露营帐篷里。和我在一起的有很多人，有一个我暗恋的女生也睡在那里，她叫吕婧。我想起来了，在午夜睡深的时候，我听见了海怪的召唤。梦境里海怪出现在回澜阁旁，他在召唤我，用一片沸腾的鱼群交换我这个祭品。我在睡眠里仍然有意识，死命抵抗海怪的召唤。这时我注意到，身边还有两个人响应了这种召唤，一个是睁着无神的大眼睛的吕婧，另一个就是吕婧的男朋友二辉。我们三个站在月光下的回澜阁前，直面高大、猥琐的海怪，他无言地举手召唤，身边是一群沸腾的鲅鱼。

忽然间我惊醒了，在二辉的老房子卧室里，月光劈头盖脸撒下来，我嘴里泛起新鲜的胆汁的苦味。我想起来，1998年暑假前的周末，是我花了十多年要忘记的往事。当时医学院户外活动社组织探险，一群人去崂山北九水寻找清代道士隐居的山洞，傍晚回到市区，社长建议大家露宿回澜阁，给大一生活留下一段难忘的回忆。那一夜大家睡得很沉，除了我的怪梦，其他人都没有什么特别的记忆。然而第二天早上，吕婧不见了，她的帐篷空荡荡的，二辉跟社长找遍了周围的公厕、网吧、小旅馆，还租快艇在海面上搜寻了两个小时。跟吕婧睡同一个帐篷的女生很委屈，她睡得简直跟失忆了一样，根本不知道吕婧的去向。大家惊奇地发现，回澜阁上多了一片死鱼，不是这个季节的常见渔获，倒像是海员从游轮上打到的新鲜货色。满地鱼鳞里散落着几个脚印，应该是吕婧留下来的。她跳海了吗？

我当时手足冰冷。我记得在梦境里看到吕婧和二辉，而且我用潜意识在推吕婧——我并没有用手，也没有用语言，我只是用意识在推动她，让她成为最靠近海怪的那个人。在攻击的同时，我清晰地感觉到来自二辉的意识推动，他的意识攻击尖锐而且锋利，但我的意识也很粗韧，接着可怕的事情发生了，他发觉无法推动我，然后转过来跟我一起推动吕婧。吕婧的意识防御像蛋壳般脆弱，我能感受到，两股意识轻松地推动她，她虚软地向海怪滑去，直至落到海怪虔诚摊开的手掌里。

然而这是我的梦境！难道说我的梦境成真了？

事情越闹越大，辅导员和年级主任闻讯赶来，医学院也紧急通知吕婧的奶奶——她的父母早就去世了。警方帮助学校搜寻了一个星期，终于宣布，吕婧真的失踪了。

这次事件后果很惨痛：户外社解散，社长被开除了，他回到老家，参加隔年的高考，结果开除的处分抹不去，等了两年后才有专科愿意接收他。我们当天的成员被反复询问，那个一起露营的女生也退学了。让学校大大松口气的是，吕婧的祖母已经有老年痴呆的迹象，学校赔了三十多万之后，这件事就此算了。我想学校是不肯放过我的，五年后虽然我顺利毕业，但没有医院接收我，我全凭爱好去了报社上班；而二辉在解剖实验室当了三年苦力研究生之后，才当上了助教——在医学院里，这是最没有前途、最不挣钱的岗位了。按照天赋和手感来说，他本可以做一个名满天下的外科医生，不应该接受这种歧视，然而他忍了下来。

一瞬间我仿佛抓到了什么联系，又似乎在极力摆脱这个联想。终于在吃早饭的时候，我就着白酒吃了一盘子软壳蟹，带着酒意问表哥：二辉的父亲是不是叫郭岭秀？

表哥给我筛酒：是啊，他连这个都告诉你了？

三

台风来的那一晚，民警来我家敲门："你们四号大院是危楼，别在家里呆了。有亲戚投亲戚，有旅馆住旅馆。"我撑着伞出了家门，想去单位沙发凑合一晚。看着路对面波浪没过了栈桥，十几个游客在没过脚背的海水里尖叫胡闹，突然想起了海丽旅馆。两周没过去了，孟大爷今晚也应该在看海怪吧。

自从田横岛回来后，我明白了孟大爷为什么说我以前见过海怪。我有点畏惧他，也顺带有点畏惧海丽旅馆。我好像经过一个冒着青烟的香炉似的，我知道它不是神龛，但是觉得那里有神明在下凡。

其实我更加畏惧的是和晓璐的感情。田横岛的那个梦让我迷迷糊糊想起了吕婧的模样，我记得她脸庞大体的轮廓，像是一个很甜美很天真的样子，我越是往这张脸上增加细节，越是发现她长得跟晓璐太像了——那双没有神采的眼睛，那张带着温柔神气的面孔。奇怪的是，孟家妈妈不知道为什么对我很满意，在一个阳光美好的下午，我半推半就地跟晓璐一起买了婚戒，全程孟家妈妈拍板决定。当晚自然又是一顿温馨美好的家宴，孟家妈妈说："我不是楼上楼下的俗人，我嫁女儿，彩礼不要多，万里挑一就行了。什么六万六、八万八、十万挑一，没有必要，只要你俩互相喜欢，万里挑一就行了。"

有天晚上我严肃地反思了一下：我到底爱不爱晓璐，我到底要不要和她结婚？这两个答案都是含糊的；我天性黏糊，不过我知道，结婚这件事不是儿戏。一方面，婚戒已经买了，准丈母娘在彩礼方面给出了最大的诚意；这时候让我先说出分手二字，简直要我的命。最后我打定主意，就是晓璐了。我喜欢她，超过目前喜欢的任何人，超过吕婧之后遇见的每个人；这即便不是爱，但跟爱的气味和性质差不多。

有了这个决定，我就大着胆子继续跑到五楼跟孟大爷混。五楼的海景绝佳；从半空中俯看，栈桥像是蛤城的阳具，尖端膨大的部分，就是回澜阁的所在。这个回澜阁不像是镇压海兽，也不像是妈祖的祭坛，本地人很少登楼观赏风景，而外地游客虽然爱来凑热闹，却不甚理解这个阁楼的功用。这个阳具更多的是摆设作用，海怪选择在栈桥回澜阁来献祭，只能说他很复古、很传统。

用孟大爷的话说，海怪是一个被废掉的神明，没有人在乎。

台风来的这一夜，回澜阁前的海水并没有汹涌，而是被半空中的大气压所搅动，形成令人窒息的气旋。这气旋一路膨胀，让我的呼吸被压缩到类似高压氧舱般的感觉：刺激、鲜活又充满对肺泡的炫耀性攻击。海面上的浪在慢慢长大，嚣张地互相撞击，形成令人恶心的白沫。雨很狂野，然而水面无动于衷，像一个冷血的前妻直面无能的前夫。凝视着暗青色的水下，我滋生出最狂放的想象——海怪本应该是海底的神秘生物，现在这只应该是族群最后一只了。在厌倦了海底永恒的孤独之后，他浮上海面，开始近距离接触他的崇拜者。田横岛那些乐观的渔民所祭祀的，就是海底这个神武的生灵；但是这个生灵厌倦了那种岛民式的崇拜，跑到蛤城，来享受现代城市的香火。问题是，这些城市居民已经离弃了旧神，而旧神也无法带来现代人想要的神性满足。他只能在偶然的、万中无一的机会里，在意识中触碰我、二辉和吕婧这样的倒霉蛋。我们这些灵性通透的人，本应该是他的祭司来着——早期的文明崇拜里，祭司常常是神明用来果腹的职人。上次我和二辉好险逃脱一劫，这二十年海怪苦苦等待的，到底是我和二辉，还是另有其人？孟大爷这么多年窥淫癖般窥视，又是为了什么？

可能是因为台风，孟大爷还没来上班。我给他带了一个新买的望远镜，一边调试一边从五楼望向回澜阁。夜灯下回澜阁被一条条雨影鞭笞，湿气氤氲。孟大爷突然出现在视野里，接着又被雨伞遮住，然后出现了一个背旅行包的女生。孟大爷一手擎着伞，一手指点远处的风浪。我猜也猜得到他的说辞：你今晚看到的东西，不是姑娘你的命运到了，而是我的命运到了。女生长了一张干练的脸和湿漉漉的眼睛。很多傻孩子来到蛤城第一眼就要看见海，把蛤城特有的腥臭当成海的鲜。这女孩并没有交出所有的信任；暴雨让世界安静了，她望向虚空的大海，青色胶质的浪头从四面向回澜阁包围，让旁边这个老头说的话更像是话剧舞台上的疯语。不过她没有退缩，在背行里她遇见太多类似的怪人。回澜阁正面的雨开始减弱，五楼望去，海怪像是从泥浆里升起来，他重浊而虚弱，头部的裂缝更深，身形被涣散的意志勉强归拢，他虚弱的手臂无法驱赶矫健的鲅鱼了，只是虚晃着驱赶零星的游鱼。然而这个女孩感觉到了，她看见了海怪，巨大的惊吓让她呆住了！孟大爷不断示意她闭上眼睛，"闭上眼睛看得更清楚"。我不知道该对着窗喊些什么，只看见她渐渐闭上了眼睛，孟大爷也随即闭上眼睛，并肩面对着海怪。

我也闭上了眼睛。

暴雨仍然是暴雨，水面仍然是水面，回澜阁前有孟大爷和湿漉漉眼睛的女生，还有我和十多个我不认识的人。我们看着海怪，意识里大家合力在推送这个女生，而我一个人在拉拽她——没有用，她像在冰面上一样滑到海怪面前。我看得清清楚楚，她好像是第二个吕婧，只是年轻了二十岁。我放弃了徒劳的拉拽，拼尽所有的力气，跳起来单拳重击海怪的脸颊。

海怪仍然是半实体半虚影的感觉，我的一拳轻得像个屁，只让他略微晃了晃脑袋，他的注意力放在女孩身上——双手托起她，伸出舌头舔了舔她的面庞；这动作毫不淫秽，更像是依恋。女生没有大叫，没有呼救，她只是眼睛没有神气，没有聚焦，她的意识像蛋壳般被大家合力击碎了，剩下的是一个肉身的她，被完整地吞了下去。海怪并没有餍足，也没有饥饿，吞吃没有给予他从精神到肉体的振奋，他死去的眼睛扫过这群人，转身入水。

剩下的人齐齐看着我，一个老板模样的人哼了一声："我早就说了，海怪是不能靠文化人喂养的。"

我醒了过来，仍然站在五楼的窗前。脚趾间有点胀痛，在右脚第四第五趾间，有个硬物硌得生疼。我脱下鞋，摸出了一颗淡黄的牙冠，是海怪的磨牙。那一拳看来不是笑话。

四

晓璐的亲戚不多，按照礼数，订婚前起码得去看望一下两个舅舅；大舅在江西，多年未见；小舅倒是离得很近。正要去拜访，小舅消化道老毛病犯了，住进了第三人民医院。我买了些营养品，跟晓璐一起去探病。这家医院我呆过两年，非常熟悉。我尤其喜欢它大理石的地面，跟其他医院新换的地面相比，这种青色带麻点的大理石凉爽宜人，让我这种胖子也能一身清凉地过夏天。等电梯时还遇到了实习医生时期的导师胡乐，听说我亲戚在住院，胡乐特意把小舅的病例调出来重新验看了一遍："没什么问题，就是别吃海鲜了，也别吃粗粮。你这个亲戚肠壁太薄了，加上有痛风的病史，未来的生活质量不会太高，要注意养生。"

晓璐先我一步进了病房，接着出来招呼我。小舅长得像是起皱的孟家妈妈，眉眼间带着骄傲的神气。他一点不和蔼，先问："你是蛤城医大毕业的？干记者这行有什么出息，为什么不干医生？"我赔笑说："也干过一阵子医生，太辛苦了，赚钱少不说，熬到副高职称简直比登天还难。记者这行比较轻松。"小舅冷笑："你马上四十岁了，四十岁的记者太没出息了吧。"

晓璐赶紧替我说话："小潘这一行挺好的。当医生风险大，动不动就惹官司。当记者工作轻松，领导说了，下一步就提拔小潘当主任。"

小舅闻了闻："你这人是不是不洗澡？怎么一股子海味？"我有点莫名其妙，暗中冒火，不过对方是病人，我也不好说什么，"舅舅"（"别，我们还论不着"）"孙叔叔，我问过普外科主任了，您的肠壁有点薄，平时不能吃玉米什么的；最好多吃汤菜。这边医生有好几个熟人，我打过招呼了，肯定会用心照料您。"

小舅打发晓璐去二楼商店买个暖水袋："胖子你留下别走"，小舅支使我把病床摇成半躺，"我知道你跟老孟在干什么，我年轻的时候也跟他去过。"他打量我一会，"你差不多不可救药了，我跟你说，海怪这个东西已经把我姐姐全家快搭进去了，不能再这么下去了。你趁早离开晓璐，我姐就这么一个女儿，你要是真喜欢她，就别害她。你要是不喜欢她，赶紧离她远点。"

我没想到这病夫是这么个厉害角色，蛤城男人里有一类尖锐又实际的汉子，不忌惮把最强烈的鄙视直接说出来。在小舅的逻辑里，我确实应该滚蛋："就算我想离开，你有什么办法让晓璐也死心呢？恋爱不是我一个人谈的，分手也不是我一个人说了算的。"

小舅说："你放心，我不让你为难。我来当这个坏人，你配合就行了。"

从医院出来，我赶紧去机场接机。周末有个演出，找了个当红的旅法钢琴家关大师担任独奏，我算是交响乐团的宣传外包，也替乐团跑跑腿，接送一下音乐家。这个钢琴家跟乐团合作很是激情澎湃："拉赫玛尼诺夫是真正的英雄，斯大林早就想干掉他，他就是坚持呆在苏联不走！"他咣咣咣谈了一通拉赫玛尼诺夫，接着谈了一段斯特拉文斯基："斯特拉文斯基就是个懦夫，早早逃离苏联，跑到欧洲功成名就，庸俗。"接着谈了一首普罗科菲耶夫："普罗科菲耶夫是个钢琴天才，可惜，美国人不识货，这个天才差点饿死。还好他跑到日本，发现了日本的音乐，才有了这么伟大的钢琴协奏曲。"

这个钢琴家比较有素质，排练不管顺利与否，他都不乱骂乐手。拉赫玛尼诺夫的作品很难，他跟乐团说不通的时候，就请指挥过来，"详细讲讲我的意图"。这时候他透过窗户看着大海，一脸苦闷地抽烟。中场休息时，他的助理过来问我："关大师很喜欢你的链子，想问问你在哪儿买的。能不能让给我们？钱不是问题。"我偏了偏头，从门缝看了看指挥休息室里的钢琴家——他正在吃盒饭，吃相很是朴实。我诚恳地说："家传的东西，不能卖。"助理回了休息室，一会出来找我，塞了两千块钱："关大师真的喜欢你的项链。"我赶紧推辞，坚持不卖，助理说，"你误会了，关大师知道你不卖，这钱是买你的 T 恤衫的。大师说，买不到项链也得结个善缘，离你项链最近的就是 T 恤了。"

我光着上身走出排练厅，看门大爷乐了："嗨，胖子，怎么光着出来了？这一身好肉。"我回敬他："我这出来试试温度，团长说了，要拍一组乐团夏季巡演宣传照，全团半裸，你就等着看光景吧。"

在车里找了件备用衣服，顺势放倒座椅睡了个午觉。交响乐团的大院里四面清风，七窍都在风声里呜咽做声。在盛夏的骄阳里，我也闻到自己散发着一股子海味。远眺海天一处，我看见海怪在那里嬉戏，他四周鲅鱼群在鱼跃、冲刺，一群白点子在他头顶旋转，那是贼鸥闻到了他的腥气，流连不走。清风披拂，我感觉身上投射出一道虚影，映在天海相接处与海怪一起随波起伏。

夏天还没过去，我跟晓璐莫名分手了。先是我接到一个电话，一个硬邦邦的男声说："你别缠着晓璐，晓璐很烦你。别以为你是报社的就了不起，我分分钟把你打趴下。"我还在莫名其妙，晓璐又打过来："有个男的缠着我，我实在受不了了，就说了你的电话，你就说我们还没分手。我不能就这样让小舅摆布。"

孟家妈妈单独约我出来，把婚戒还给了我。我很抱歉，她很大度："其实我们也有错。老东西太喜欢找什么海怪了，我弟弟本来就不喜欢，后来你也迷上了海怪，我弟弟就更生气了。他非得给晓璐介绍个银行经理。"

　　我赶紧点头："我明白，是我的错。这件事不怪孟伯伯。"想了想我补充了一句，"麻烦你跟银行经理说一声，我换电话了，让他别再骚扰我了。"

　　转天我就跟孟大爷一起出海了，我们合租了一条船，花了一千五。本来海钓都是约五六个人，船老大跟孟大爷很熟，就任由我俩折腾。船开出去大约三个多小时，来到一片海岬。我们扔下鱼杆，下船一起找海怪。孟大爷是个业余军事爱好者，他观察海怪这么多年，画了无数张海图，挨个海岛寻找，试图找到海怪藏身的地方。这个海岬看起来很舒服，有湿滑的、指甲无法抓住的海巉岩，有海水呼啸澎泓的洞穴，洞穴间互通声气，黑暗幽深的地方连潜水员都不敢冒险。我们试图寻找海怪的脚印，或者他打滚晒太阳的痕迹，或者是他吐出来的受害者遗骨、遗物，这种探险需要耐心，还好海岬不大，而我最担心的是船老板把我们当疯子，偷偷扔下我们跑掉，这地方可没有手机信号。

　　照例毫无收获，我们回到船上，请船老大带路找个水深的地方，看能不能钓几条石斑鱼——每个船老大都有私藏的海钓地点。孟大爷松懈下来，也跟我道歉："你跟晓璐的事，我也有很大责任。"我赶紧请他打住，是我自己面对晓璐没有情感上的能量了，跟海怪无关。男女之间，有动能也有势能。动能是靠荷尔蒙助推的，势能是靠人情关系助推的，现在我俩之间属于纯粹的静止状态，还谈什么感情就太牵强了。

孟大爷说，蛤城人其实很奇怪，像自己的小舅子一样无赖，他们一边吃着海鲜，一边拒绝讨论任何跟海怪有关的话题。蛤城人不喜欢石斑鱼，喜欢的是鲅鱼。这种偏好也有海怪的影响。整个蛤城的风俗，其实就是一套给海怪献祭的仪式残迹。比如说，田横祭海仪式，是海民给海怪的献礼，而海怪的回礼，是清明时节的鲅鱼群，是他远赴万里之外，辛苦赶回来的。从前的渔民跟海怪关系很密切，海怪不待见石斑鱼，石斑鱼长在深海里，单独活动，零星几条石斑鱼再好吃，不如鲅鱼鱼群来得实在，更像是丰收的样子。很多蛤城的鱼获本地人不喜欢，只能卖到南方去，这也是受海怪的影响。

我从未入海这么深，大海是冷体动物，天空中阳光普照，海面像是一层皮肤，大海在皮肤底下涌动，吸啜住这艘小船，莫名地感觉阴冷。或者孟大爷说的对，我灵性通透，在这四面海水里，我感觉不是我在钓鱼，我自己倒像是一个饵，鲜香四溢扔在海中央，被孟大爷用来钓海怪。手里一紧，鱼上钩了。鱼杆迅速弯了下去，我赶紧拽住，孟大爷过来帮我抓住线轴，船老大说，这么大的劲头，这鱼竿撑不住的，放弃吧。孟大爷不死心，跟我一会放线一会紧线，两个人一起费力气，船身有点摇晃，孟大爷朝船老大喊了一句："等会鱼竿撑不住，你帮我们割线。"

船被拽着向前飞驰，海水被光滑地劈开，海怪涌了出来。他像是比吃掉背包女孩时年轻了一百岁，身形潇洒而灵动。船身扬起又落下，而海怪继续飞驰，他像一个透明的灵体，裂开的头颅也明显愈合了大半。在他的拉拽下鱼线急速绷紧，坚持了不足十秒钟就"铮"地绷断。我的鱼杆也干脆脱手，虎口被震得裂出血丝。望着他疾驰向大海更深处，鳞甲闪烁着暖人的光芒，我觉得七窍像是被大风吹透，自己也变成了一个乐器，像一个空心的稻草人一样，在摇晃的海风里满心和乐。这边船长稳定住船身，回头补了一句："我早说了吧，你这鱼杆撑不住大鱼。"

那天我们还是钓了六七条鱼，黑头、鲈鱼都有，还有条小沙鲹，石斑鱼就没影儿。孟大爷带我去了一个小酒馆，让老板做了一锅杂鱼饼子，加了几个海裙菜、海蜇皮凉菜。老板长着渔民标准的酱色脸，他过来喝了几杯啤酒，送了孟大爷一盆蛤蜊扇贝虾虎小海鲜。老板说："这几年小海鲜丰收，海蜇都成灾了，鱼群却越来越少，尤其鲅鱼，今年市场上已经卖到了三十块钱一斤，稍微大点的鱼就两百多块钱。没良心的贩子都说自己卖的是本地鲅鱼，其实都是浙江来的外地鲅鱼。"孟大爷说："这说明祭海没有屁用，海怪也赶不来鱼群了。我现在吃鱼都得一条条活钓。"

正说着，电视上来了一条新闻：一条鲸鱼在渤海湾入口那边搁浅了，专家说可能是迷路的原因。三天前渔民发现了这条鲸鱼，渔政部门试着把它引入深海。结果这条鲸鱼昏了头，没几天又折回来了。专家对这条鲸鱼的处境不乐观。孟大爷说："看看，海怪招不来鲅鱼，把鲸鱼给引过来了。"老板说："招惹了鲸鱼，海怪得小心遭报复。鲅鱼一直是鲸鱼的主食，现在鲅鱼少了，鲸鱼都吃不饱，海怪还想从鲸鱼嘴里抢食，惹恼了鲸鱼可不是闹着玩的。"

入夜，从五楼望过去，栈桥下海水一片死寂；远处隔着小淖岛天空异彩纷呈，妖异的粉紫色光柱摇动，一会儿变成了亮黄色，像是如来的神掌捂住了一盏宝莲灯，不时传来砰砰哄哄的巨声。有人说是黄海船厂在造新船，我猜是海怪在跟鲸鱼鱼群打架。我想象海怪英伟的身形在鲸鱼间穿梭，不断暴打青黑色的鱼头，而鲸鱼巨大的鱼鳍扫过，藤壶在海怪的鳞甲上划下深刻的伤痕。海怪身上不断绽出七色光，那是信仰之力的治愈和加持，让翻涌的海水也多了一层绚烂。然而鲸鱼们的战术很是凶狠，他们巨大的尾巴横扫，制造出排山倒海的巨浪，夹击海怪；海怪的灵体颤动，鳞甲碎裂，仍然拼力撕开一只鲸鱼的脑壳，在包围圈里打开巨大的缺口——被鲸鱼围攻的鲅鱼群从缺口逃脱，在海面上高高跃起，追逐突然来临的自由。

持续的围攻，海怪已经左支右绌了。一只铁黑色鲸鱼从海底蹿出来，咬住海怪的大腿，接着另一只咬住了他的胸膛。他们把这只英伟的生灵撕开，抛入深深的海底。泥沙泛起，搅散了海怪蓝色的血滴。在轻盈而结实的泥沙底下，沉睡着无数的蛤蜊。

五

要我说，蛤城基本上没有秋天，有的只是噩梦般的夏天，还有夏末无尽无望的延伸。直到砰地一声，冬天踢开门。在这个没完没了的夏末，孟大爷慢慢把他的人脉交给了我，我认识了一些热衷海怪的人，记下了一些海岛的位置，熟悉了各个滩头涨落潮的日期。在海丽旅馆五楼，我们谈海怪越来越少，更多的时候谈出海计划，谈钓鱼心得。

晓璐的新恋爱谈得很顺，周末常常有约会。难得有一次碰见了，她问我："你上次说的那个女明星，到底怎么骗到富二代的？"我告诉她，这件事其实是某个异想天开的小模特想出来的妙招，她整容整得酷似女明星，包裹密实跟两个富豪（而且是楼上楼下）分别春风一度。加上事先调暗的灯光和调配得当的妈咪，让这个骗局圆满成功。

晓璐笑得很开心得"我说呢，明星怎么能那么便宜。"我追了一句："你们房子买哪儿？要不我在楼下也买一套。"

她作势踹我一脚。

我常出没孟家，跟晓璐未婚夫也终于见面了，他是个高大、明朗的男生，与电话里的冲动莽汉的形象不同，相处下来发现，他聪明大方，对我抱有强烈的优越感。从第一面开始，他就认定我这个死胖子从身材到学历、从收入到职业都处在劣势。我不失时机地恳请他赞助几场音乐会演出，或者为交响乐团的室内乐乐季冠名，他大包大揽地表示，会跟银行老总汇报一下这个事情："我们银行也重点关注本地的文化事业，去年蛤城新年音乐会就是我们冠名的。"有了这个空头许诺，他对我更加放心了。

我去当那个婚戒的时候，当铺的人说，只能给四千块钱，"你这个戒指用得太久了。"他退回了我的原始发票，"原价一万九是没错，就算是全新的，也就能当六七千。"我很纳闷："这枚戒指有人用过了？我怎么没看出来？"

当铺老板耐心地指给我看："看看内部的磨痕，这姑娘戴了起码两三个月了。"

我摩挲了一下那圈白金，闻了闻戒指上幽暗的香气："四千五吧，四千五你拿走。"

封海期结束了，从田横岛到沙子口，渔船纷纷出发。今年的鲅鱼大丰收，渔民们大概已经有七八年没见过这么好的鱼获了。本地最有名的团岛鱼市上摆满了修长的大鱼，一条条白牙森森，线条优美，肌肉强劲。最漂亮的大鱼跟我差不多高，湿漉漉的鱼身上点缀着碧绿的海菜。渔民们吆喝着，争论着，七手八脚地拉扯着，市场里满是尖锐清新的鱼味。

在鱼市里，我意外碰见了蛤城电缆队的新闻官老栾。老栾以前也是报社的体育记者，后来跟球队玩得来，成为球队的副领队兼发言人。蛤城电缆队这三年成绩很差，已经降到了丙级；我们聊起来时他说，球队老板今年六十岁了，但对外还是宣布要过四十八岁生日。老板前几天梦见了海牛，队名可能还是会改回来。毕竟叫海牛的日子球队虽然不凶猛，但成绩也不丢人。

我说："要改，不如改称蛤城海怪队。"

老栾说："是啊，这样打亚俱杯的时候碰上日本横滨奥特曼队，就是真正的打怪之战了。"

我大笑："亚俱杯？想得美。"

国庆节那天，晓璐大婚，我作为娘家好友去了，包了两千八的红包。孟大爷牵着她的手走上红毯，我热泪盈眶。我爱过很多女生，被更多的女生拒绝过。这个眼睛没有神采的晓璐是我最爱的，她就是一个简单的幼儿园老师，本地大学毕业，英语四级，父母健在，家世清白。孟大爷可能早就把她献给海怪，然而海怪吃剩下的，才是一个本原的晓璐。蛤城最多的是糊涂人，很少的是明白人，只有晓璐是蛤城唯一一个幸存却不自知的幸运儿。可能我哭得太用力，银行经理顾不得表演深情款款，一直怒目紧盯我。我只好提前退席。

转过年来，我在黄岛遇见一个人，他是做海捞瓷的，从八十年代到现在，把黄岛周边的渔村扫光了，积攒了一仓库的收藏。政府在厥山景区给他两层楼，他开了一个海捞瓷博物馆。在沉睡深海千年的瓷器上，我看到了海怪的形象。他被烧化在一个大瓮的中间，头顶是鱼群，脚下是波浪，对着琼楼仙山崇拜。这个博物馆主说，他真的见过海怪，前几年他在建设银行总行的楼上有个办公室，每到春夏，他都会半夜起来看海怪，还装了一个大功率探照灯。

旁边新闻网的记者小声说："这是不是个彪子？"

我小声附和："是啊是啊。"

我还是每周去一次五楼，大多在周六。喝茶，听着关大师的音乐讲座，两个人、两架望远镜——我的眼力也越来越不济了。从晓璐的婚礼算起，已经四个月没看见海怪了。我们隐约知道在等待什么，但是也不是特别急切，毕竟两个人加起来一百多岁了。

有一个晚上，关大师在节目里讲了一首冷门的曲子：英国作曲家 Hubert Parry 勋爵的《第五交响曲：一对幸福的海妖》。他说，这支曲子旋律很美，合唱也很庄严，不过标题是错的。海妖不是一对一对的；在语法意义上，海妖是一个死亡与重生接续的生物。所以这首曲子真正的标题是：《被祝圣的海妖（亡）父（圣）子》。

在一个春雨霏霏的晚上，雨丝落在海面上，海面虚弱地拍打黝黑的石墙，汽车光柱扫过雨丝，远远的一团黑影踩着海水蹒跚而来，我端详了许久，大海仍然是铁青的、阴毒地来回拍打，好像浪和浪不配拥有彼此似的。渐渐地，黑影的轮廓清晰了一些，这是一只稚嫩的海怪，却异常的高大，肤色淡青，神色迷茫。他顺从了本能的召唤，来栈桥寻找人生第一次献祭。海面上鱼群乱跳，在激烈的、无声地朝着海怪呼喊。他努了一下脖颈，低下头来，海风穿过他裂头蚴式的脑袋，鼻子咻咻地喘息。我闭上眼睛，跟许多人一起簇拥到海面上，身边孟大爷也极力伸出他的手，试图触摸海怪柏油色的鳞甲。然而今天谁都没有准备祭物，只有我，一边抵抗着四面八方的意识拖拽，一边勉力伸出手，把那颗老海怪的牙齿伸向新海怪：选我吧，我的神，选我吧，选我。

原载《青岛文学》2018 年第 8 期

《小说选刊》2018 年第 9 期选载

冰冻的十字

冷　火

　　我他妈就这么在这寒冷的大冬天里狂乱地跑着。没有方向。没有意义。我一点也感觉不到冷，在强大的西北风里，我心向南方。想到南方，我低头看了看下身，看了看下半身穿着的裤衩。这条裤衩是我从南方旅游时买回的纪念品。曾几何时，伟大的导游说服了我，让我以一万两千八的高价买了这件集保健功能与翡翠装饰于一体的天价内衣。导游说以后升值前景一片光明，我这趟是财富之旅。一想到价钱我就自然而然地将裤衩提升为了内衣。内衣，雅。裤衩，俗！我又跑了几十步，转眼忘记了价格，内衣再次沦为了裤衩，眼下，在这寒冷的大冬天里，只有这条裤衩与我相依为命。我叫它裤衩，这样我们没有距离感。我是个俗人。

　　身后是医院大楼，眼前是医院广场。大楼小得可怜，广场大得出奇。来的时候我就注意了，这医院建在了一片荒芜地带，具体一点描述是削平一座山头，盖了一座小楼，然后再用院墙圈起来。这是大山深处，这里的山都是光秃秃的，和我一样体毛并不茂盛，在这样的地方住进了这样的医院，我的状况可想而知。所以我必须跑。于是，我瞬间找到了跑的灵感和意义。

我必须跑。我的计划是这样的，跑到墙根，然后翻墙而过。不过这墙似乎也太高了。翻墙？NO，NO，NO。这是不可能的。趁着跑，我得转变一下思路。我记得大门往左几百米有个小屋，那里住着一个打扫院子的大爷。平时我和大爷还算有点交情，一同抽过几颗烟，聊过几次天。抽完烟，大爷习惯在鞋底子上摁灭，然后将烟屁股捏在手里。而我则是直接扔到地上踩一脚。大爷会说，"唉，唉，这是搞的哪门子，我可是打扫尾声（卫生）的，你要晓得尊重别人嘚（的）劳动成果，耗（好）不耗（好），耗（好）不耗（好）嘛！"我点点头，表示下不为例，却总轮回下次。要知道，抽烟是习惯，灭烟也是习惯，习惯成自然，存在即合理。这是自然哲学，大爷不懂，我也不跟他废话。我抽烟的年头不短了，最初是在高中。那时觉得抽烟帅、另类，可以吸引女同学，我标榜自己的个性，我表现个性的出发点其实很简单，去掉"个"字就可以了。我觉得，烟不仅得抽得帅气，灭起来更得威风。为此，我经常和烟友同学们开展热烈的交流研讨。大家认为与其在抽上表现，不如在抽完后多动脑筋。可以潇洒地一弹，也可以故作深沉地一抛。我很直接，选择了一丢一踩，俗是俗了点，却不做作，我是个直接的人。不过，直接的人，也遇到过窘况。有一次，我叼着烟小解，烟呛眼，我将烟夹在指尖继续尿，不小心尿到了烟上，烟不体面地灭了。

我的天！我居然还有时间思考这些与逃离无关的闲篇子撒尿烂事，摆在我眼前当务之急的是选好通道！我打算跑进大爷的小屋，我知道小屋有个后窗，从屋里砸烂玻璃跳出去不失为一个伟大的计划。想着想着，我加快了脚步。西北风在我耳边呼呼地为我加油助威，我光着大脚板在雪地里冲刺起来。近了！更近了！耶！终点！门锁了！大爷，你大爷的不好好地在屋里看电视，瞎转悠什么！

不得已，我更改了线路。我得往相反的方向跑，我记得在院子另一边的高墙上有个豁口，虽然豁口离地面不低，但好过没有。跑到那里我可以用牙齿在墙面上啃出一排凹槽，然后沿着这些坑坑洼洼边啃边爬。我的牙比钢铁还硬，平时开啤酒瓶子也就是一个微笑。啃墙应该问题不大，毕竟我是一个失去了感觉的人。

提到感觉，这得先说一说我的职业。我是一个古筝演奏家，曾经在很多国家进行过访问演出。小时候，我的梦想是成为一个烤羊肉串的，因为烤羊肉串的人可以想吃多少就吃多少，想撒多少孜然就撒多少孜然。曾几何时，学校门口那个散发着无限诱惑的烧烤槽子和那把用来扇火炭的破扇子是我心底的圣物，至于那个烤串的中年人则更是我心中顶礼膜拜的先哲，他在满世界的诱惑中超然物外，破扇头巾，周郎赤壁。就这样，我的不满足使我日后成为古筝演奏家。两毛五一串，每周吃两串，我能满足吗？所以，当父母将我送到亲戚家时（我三大爷是位音乐老师），在琳琅满目的乐器中我毫不犹豫地在古筝前面坐了下来。它，太像一个羊肉串烤槽了。在我眼里，筝弦就是一串串的肉串，我太陶醉了，情不自禁地拨弄了两下。三大爷竖起了大拇指说，"好，有天赋！这看似随意的几下，其中却深藏着一种激烈的情感。这孩子有出息。"

三十年，整整三十年的苦练和演奏生涯造就了我，直到我失去了感觉。我失去感觉是从身体上开始的，先是指尖。指尖发麻，手麻，手臂麻，看医生，说是颈椎压迫神经，也可能是尺神经炎，我吃了维生素 B12 和甲钴胺，我烤电，没有任何用处。后来不麻了，不麻之后就是身体整个没有了感觉，不痛也不痒。我很郁闷。我他妈这不就整个一未来战士 T800 吗？再往后我心里的感觉也没了，我时常不知道自己要干什么，就像今天刚跑那会儿，完全没有方向和意义这俩概念。失去感觉的我住进了医院，鬼知道怎么又转到了这家鬼医院。在这里，很多人称大夫为"大夫老爷"，叫护士"护士姐姐"，毫无疑问他们的精神是有问题的。而我则不然，我的精神完好无损。精神与感觉是两码子事，就像古筝与烧烤槽原本就互不相干。我认为我的无感可能与地沟油有关，我从一篇报道上得知有个学生常年吃小摊食品吃出了绝症。我对照自己，似乎也是某种不治之症。我还觉得无感与转基因食品有联系，具体是哪种联系我没研究过，反正都是一种变异。总之，精神齐备的我不该待在这里，我必须逃离！逃离！

即便在这里衣食无忧，还有胸部挺拔的护士姐姐，我也必须逃离！逃离！对了！我想起来了！我就是看了护士姐姐那本书的封皮才有了今天的打算。书叫《逃离》。我问护士姐姐是谁写的，护士姐姐说是一个获奖的老娘们儿。我认为护士姐姐看这本书是有原因的。也许她也想着逃离，从大夫老爷的淫威下逃离。我曾无意中瞥见大夫老爷拍过护士姐姐的屁股，后来我也模仿过一次。我"啪"地拍了一巴掌，她也"啪"地拍了一巴掌，在我脸上。这里不公平，为什么大夫老爷能拍，而我就不能拍？他的裤衩有我的值钱吗？不公平，一万个不公平！

想到不公平，我含泪加快了脚步，由于感觉不到冷也感觉不到滑，我的奔跑极为迅速。渐渐地，我沉醉于奔跑之中。时间在奔跑，地球在奔跑，一切都在奔跑，"RUN，RUN，福瑞斯·甘！"我在奔跑的快感中舞蹈，借着强大的动能我偶尔会跳一下，跳起来后让两个脚后跟优雅地对碰一小下下，我是天鹅湖里的王子，雪场就是舞池。这一会儿，西北风完全喝醉了，东倒西歪地发起了酒疯，你他妈和老子狂什么？看我不把你撞个四脚朝天！我的皮是盔甲，你的风刀子连痒痒挠都算不上！要是给我点油再给我点盐，我铁定会把你煎了！看我不吃你的肉喝你的血！哼！

怀着满腔怒火我终于跑到了墙根。先前我一直闷头跑忘了看墙头，此刻墙头齐刷刷地站着，像一列庄严的卫兵。哎？

那个打瞌睡的新兵蛋子哪去了？那个豁口呢？补上了！新水泥！怎么办？怎么办？我快速思考着对策。正当我抓狂的时候，远处闪现了几个身影。糟了！是大夫老爷一号、大夫老爷二号、大夫老爷八号。

大夫老爷一二号由他们的地位决定。大夫老爷八号由相貌而定，他留着八字胡。大夫老爷一号是个年纪最大的老头子。大夫老爷二号是拍护士姐姐屁股的那个。大夫老爷八号是留八字胡的这个。他们齐齐向我冲来，期间大夫老爷一号滑倒了，他被白大褂包裹着像是一个雪球。他翻着个向我滚来。我怕雪球越滚越大将我压扁，我立刻重新开跑。

"喂，你快停下！你疯了！""快，快，快停，会出人命的！""你们快抓住我，我停不下来！我都快晕死了！"

在大夫老爷二八号狂跑一阵用脚踩住滚动中的大夫老爷一号之际，我狂奔出了几十米。我听到他们在喊"田野疯了！疯了！""快，多叫人堵他！"

他们喊了我的名字。田野。田野就是我，我就是田野。我是一个困在方格囚笼里的十字。我十岁的时候被老师关进过小黑屋，我的心在那一年曾被囚禁。老师惩罚我是因为我的暑假作业。整整一个暑假我都在疯玩，作业只写了第一页和最后一页。交作业时老师拿着作业本抽了我几下，他说我嘲笑他的智商。他把我关进了一间小黑屋，放学时我被遗忘在那里。那一天全家人满世界地找我，后来找到了学校，校长蹬着二八自行车去老师家询问。老师拍了下脑门，想起了我。老师坐着校长的二八自行车返回学校。门开了，我无比怨恨无比惶恐地看着他们。父母说老师做得对！这个混蛋孩子没治了，没治就该这样治他。关得好！关得妙！感谢老师授予的管教之道！在他们形成的共识里，我感到了莫大的委屈。后来我实施了报复，我偷了家里十元钱，吃了二十串羊肉串。咬牙切齿地吃！我把校长的自行车撒了气，我把老师……我原谅了老师。在复仇的最后一刻我原谅了老师。后来在读《基督山伯爵》时，我感动得稀里哗啦。不要搞错，我是为自己而感动。我觉得自己很伟大，我像埃德蒙船长那样宽恕了最后的仇人。现在想想，其实我也不该仇视老师，在那个年代，我的老师还是很温和的，作业本抽得并不疼，关小黑屋其实也不是什么要命的惩罚。换作我，面对那种敢于嘲笑自己智商的学生，我一定会……算了，我还是继续跑吧。

"田野加油！加油田野！""加油田野！田野加油！"

咦？是谁在喊？哦，是老杆子和铁蛋。老杆子又老又瘦，铁蛋圆滚滚的。他俩站在二楼阳台上拼了老命地为我加油鼓劲儿，像燎了毛的猴子呲牙咧嘴上蹿下跳。我对他们竖起了中指，他俩是真有毛病。老杆子看我竖中指以为我想要烟抽，他从楼上扔下了一包红塔山。他真傻得可爱。我打算最后再深刻地记一下他们，等我一会儿跑没了影，从此就该天各一方了。

老杆子在进来之前曾遭遇过交通事故。一辆小轿车拐弯时剐倒了他，他不知该如何处理，只是凭感觉认为该和司机做个交易。司机被人支了招，带老杆子去医院时顺便为他做了前列腺彩超和直肠指检，事后称老人家讹他，检查就是证明。司机发了朋友圈，引来了广泛的声援。老杆子魔怔了，逢人便讲自己的遭遇还挽裤腿让大家看那块结痂，看他人品的印记。来到这里后，老杆子很快和病友们打成了一片，大家都爱听他讲疤的过去，百听不厌。

铁蛋就是在听老杆子讲疤时同他义结金兰的。他俩是疤友。铁蛋的疤在脑袋上，不知道的还以为是斑秃。这疤形成在多年前，至今已经有一段历史了。多年前，当铁蛋站在屋顶上对抗挖掘机时，没站稳摔了下来。脑袋破了，屋子扒了，人也傻了。因为他曾是钉子户，身体黑胖结实像个铁蛋，所以学识渊博的大夫老爷一号还为他取了个非同凡响地称呼，但丁。我知道但丁是个有名气的外国人，擅长作曲，古典名曲。我觉得我与这位同行在当下浮躁的社会里有些同命相连，他的古典名曲似乎无人问津，而我的古筝艺术也早被流行速食音乐挤出了人们的耳孔。唉，算了吧，现在的小伙子和大闺女们怎么可能再对 2500 年前的战国古风感兴趣呢？算了吧，算了吧。我别瞎操心了。

哎？我的思想怎么又跑远了？我得快跑几步，不然我的思想跑远了、跑没了，我就光剩壳了。于是我继续狂奔起来。天上突然降下了鹅毛大雪，雪降得也太快了，这才几分钟就没过了腿肚子。我听到大夫老爷们在后面用对讲机呜哩哇啦地喊叫着，他们打算对我围追堵截，远方已经出现了几个移动的黑点。坏了，这样下去我铁定得遭到埋伏。情急之下，我灵光一闪，一个猛子扎到了雪里。我像一条鱼在雪里不停地游着。我潜雪。哈哈，这下他们彻底没辙了。

雪温柔地包裹着我。我是一粒种子，安睡在吉祥的棉被里。如果我放弃了逃离就此安睡，那么来年我将长成一棵参天大树，我的朋友们可以凭借着我的身躯跃出高墙。算了，我别做白日梦了。他们有斧子，我的成长会被齐刷刷地劈断。我还得逃。我在深雪里继续游着、挖着，雪咯吱咯吱地笑。这声音很好听，有一种特殊的质感，可惜我感觉不到凉爽，遗憾啊。我深深地拥抱它们，让它们凝聚一起，变得无比坚硬无比光滑，也不知过了多久我在雪底建成了若干条四通八达刺溜滑的隧道，我于其中自由穿行，成为雪底王国的领主。这里应有尽有，饿了，我吃雪，渴了，我喝雪。尘世里的声音传不到这里，对讲机、老爷们的呼喊在雪底深处全都没有了声迹。我倍感愉悦，倾尽全力建造着自己的乐园。累了的时候，我会在冰冻天窗里看太阳，我仰躺着，无比惬意。啊！天生我材必有用啊！对着太阳，我用手中斟满了雪酒的冰杯，对日豪饮。我饮下雪酒，歌声穿破冰层响彻天空。我重拾了技艺，我制作了冰筝。我在面板上刻下漂亮的云纹和夸父逐日图，我崇拜夸父，他是我精神与力量的图腾。指尖的感觉回来了，我托、劈、挑、抹，我按、滑、揉、颤。我的头发就是这隆隆筝弦，它由气血而生载负着我的愤怒我的思索我的意志，在无尽而旷古的音韵里无言奔跑，逐日追风。一曲终了一曲又复。我悲怆豪壮，我心如明镜。沉静中，我心怀感恩。我开悟，没有感觉正是所有感觉的源头。有无相生啊有无相生！我微笑，我自在逍遥。

自在够了我继续跑。我生命的意义就是跑。在雪上那会儿，我的跑是意志追捕感觉，在雪下嘛，是感觉冲击思考。"观众朋友们，观众朋友们，看！感觉又挥拳了，连续的右勾拳！连续的右勾拳！漂亮！上勾拳！思考正在读秒，思考拳手还能起来吗？不行了不行了，教练扔出了白毛巾，无教练对他的弟子非常了解，非常了解。"我一边跑一边在脑子里看拳赛，凭着感觉，我知道了我是这广阔的、深厚的、纯粹的、冰雪世界的心脏，我不是冰脑我无需思考。我只管跑，动起来，心脏，这就对了。跑让我再次更深地开悟，当然这与思考无关，仅仅是感觉。站在四通八达的雪道前，我感到动起来的我不仅是心脏，还是细胞，我是冰雪的心脏，我是冰雪的血细胞，我收缩舒张，我把我循环在一条条冰雪血管里。只要我跑，冰冻的巨人就会苏醒，就会站起了。我看到了思考，他鼻青脸肿地正在打坐，他在极点，并不因输了拳赛而颓然。一旁，无教练正在为他抹碘伏，有一瞬间我认为他是故意输的，思考要想自我升华就必须历经磨难，世俗与看客的目光对他而言都是烟灰。

这样想着，我掏出冰烟抽了一口。舒爽的凉气在身体里蔓延，另一种跑。我弹了弹冰烟渣子，继续抽，继续看思考打坐抹碘伏。我熄灭冰烟丢在地上，踩了一脚，把它踩平，这是自然哲学。我很惬意，也满足。

我本应就这样继续逍遥下去，可狡黠的大夫老爷们却用水枪浇灭了我的美梦。他们挖开雪底通道，往里面灌水，不停地灌水，雪底世界不断坍塌，渐渐化为冰水混合物。雪呻吟呼号，冰前徒倒戈，我抗争，但无济于事，冰雪巨人患了偏瘫，只能眼睁睁地看我在冰洋里奋力挣扎。浮木上，大夫老爷们嘿嘿笑着，纷纷甩出钓钩，比赛钓裤衩。为了保护天价内衣，我只得下潜，不顾一切地下潜。水里挤满了冰，冰像音乐会现场狂热的摇滚青年，拥挤搂抱不留缝隙。我越游越慢，我的世界逐渐缩小逐渐凝固，逐渐变成了一片完整的冰原。最终，我在这凝结的、坚硬的冰冻里失去了行动能力。既然动不了，那我就索性伸开双臂，让自己成为一个十字。大夫老爷们开始狂欢，他们相互挎着胳膊，在冰面上跳水兵舞，转圈，踢腿，弹膝盖。大夫老爷十二号滑倒了，皮鞋飞了出去，像一只黑鸟"嗖"地出了高墙。

我被他们用切割机和吊臂取了出来。在正方体的冰块里我像耶稣那样站立着。我是一块冰冻的田野。这一次我不会让心再被囚禁。我的心迎着太阳放声高歌。

咿耶／咿耶／因为我的病就是没有感觉

咿耶／咿耶／快让我在雪地上撒点野

咿耶／咿耶／因为我的病就是没有感觉

"砰砰，砰砰砰！"车窗外传来了持续的拍打声。"喂，喂，哥们儿！你傻了还是怎么了？这他妈都等俩绿灯了！"一张胖脸贴上了车窗。我吓了一大跳，游离的意识瞬间返回了本体。我急忙调小了 CD 音量，崔健的声音一路渐弱直至消失。不远处，一位戴着墨镜的交警用手指着我正大步走来，他的指尖像箭一样射中了我。我连忙按开车窗，惶恐地送上笑脸。窗外，车鸣声连成一片，闪烁的绿灯不停向我勾动着手指。

我一脚油门，迅速逃离了身后那片此起彼伏的轰鸣。

原载《青岛文学》2018 年第 10 期

道别记

杨　奇

我得到的都是侥幸，我失去的都是人生。

——摘自《等风来》

一

这初冬午后的阳光亮是亮，热度却是大打折扣。要不那些走在光里的人怎么会把身上的衣服裹得紧紧的？这亮光打在窗前光秃的树枝上，大部分落到地上的草丛里。草尖发黄了，顶着一层黄色的落叶，显出几分破败。黎落英不懂那些惜春伤秋的词句，但见这幅情景心里不免悲凉，忍不住叹息了一声。

徐雅子的声音就是在黎落英这一声叹息之后传过来的：如果从这里跳下去，头着地的话还行，分分钟的事；如果脚着地的话，死不了还得弄个终身残疾，可就得不偿失了。

黎落英打了个寒噤，扭过头错愕地问徐雅子：你说啥？

徐雅子将一只耳机从耳朵上扯下来，眼睛离开膝盖上的平板电脑，望着黎落英说：其实这个想法我早就有了，只是还没付诸实施罢了。

你？黎落英蹙了下眉头，正要开口，徐雅子朝她伸出手做了个"打住"的手势说：别劝我。你别忘了，你不是我妈，我们不过是病友而已。

黎落英被噎住了，许久才回过神来，然后叹了口气说：好吧，我不劝你，我劝我自己。

这就对了嘛。徐雅子拍了拍手里的平板电脑，一副很满意的样子，继续说：你不能死，你得好好活着。

黎落英心情突然好了许多。要知道来到这里这十几天，徐雅子可从来没对她说过这样的话，甚至都没露过这种欢快的表情。她的脸一直阴着，表面荡漾着一层白气，给人一种很不好的感觉。而现在，这层白气被窗口射进来的亮光覆盖了，变得金灿灿的。

那你呢？黎落英笑了笑。

我嘛？徐雅子沉思了一下说，我跟你不一样，我了无牵挂。

这话说的。黎落英摇摇头说，谁在这个世界上都不是单蹦个，怎么可能无牵挂……

怎么又扯回我身上来了？徐雅子不高兴地打断黎落英的话，脸上那层金光也瞬间消失了。

黎落英自知无趣，便不再说话了。徐雅子说得没错，不过是病友而已，自己有什么资格管人家？

这时候徐雅子又说，其实你的病比我轻多了，也好治，你现在主要是心病，就是放不下的东西太多，放下了你的病就好了，这是我从书上看的，你可以试试。

怎么试？黎落英一脸的疑惑。她总是不能第一时间听懂徐雅子的话，这让她很苦恼。

比如跟那些你牵挂着的人道个别啊啥的，具体我就说不上来了。徐雅子摇摇头，将那只摘下的耳机重新塞进耳朵里。

道个别？黎落英一边重复着徐雅子的话一边默默地折身回到自己床上。待她躺下的时候，徐雅子已经哼起了歌。黎落英现在知道了，那首歌的名字叫《等风来》，是最近刚上映的一个电影的插曲。她以前从没听过这首歌，可现在也能跟着哼哼了。

二

也不知道这个徐雅子有什么魔力，只要她说出什么话来，黎落英就觉得特别有道理，心服口服，她甚至因此而觉得自己活得太失败了，很多事情——尤其当今社会一些最时尚前沿的东西——自己简直一窍不通，那些从她嘴里说出来的电影明星啦、流行歌曲啦、新上映的电影啦她更是闻所未闻。还有就是关于这个"乳腺癌"，按她的说法竟然分好几个等级，有的等级能治好，有的等级会死人，还有哪些明星得上了治好了，而哪些人却死在了这上面。她以前只知道这是女人常得的一种癌，得了就会要命——迟一天早一天的吧。

当然对于徐雅子的话她也并非完全赞成的，还是比如这个乳腺癌吧，按她的说法，自己得的这个就属于最低的等级，只要动手术切一下，根本没有生命危险。她徐雅子得的却是最高级的，根本没有手术的价值了，除了等死基本无事可做了。她就不这么认为，她有她们小区的韩姐为证。

韩姐是小区里的"高级人物"——这是黎落英下的定义，要模样有模样，要出身有出身，要家世有家世，老公是市政府某个要害部门的一把手，她是市文化局的退休干部，能歌善舞，经常出现在各类演出的舞台上，是小城里响当当的人物，可几年前的某一天突然就被查出了乳腺癌。不过她很乐观——黎落英觉得这是表面上的，见面还是嘻嘻哈哈的，给人解释说医生说了病能治好，只要挨一刀就跟正常人没什么两样了，她甚至还给人普及起了乳腺癌的相关知识。其实一开始黎落英跟小区里的绝大多数人一样是相信韩姐的话的，可转年后不久她的病就复发了，还转移了，结果新的年没过人就没了。所以当徐雅子说她的病能治好的时候，黎落英是无论如何不相信了，她甚至还想拿韩姐的例子驳斥她，但最终还是放弃了，她觉得那样做太残酷了。

在跟徐雅子同处一室的这一个多月里，虽然谈不上对她有多了解，但有一点是肯定的，就是打心里越来越喜欢她了。不过她一直努力地控制着喜欢的程度，不让它发展壮大，因为她已经逐渐摸清了徐雅子性格的两大特点：敏感、喜怒无常，她必须谨慎对之，否则恐怕连病友都做不成了。而现在好像突然出现了一个一百八十度的大转弯，徐雅子不仅主动跟自己聊天，还向自己提建议，她突然有种雨过天晴要见彩虹的感觉……

呀呵，心情不错啊，竟然哼起歌来了？随着一身粗重的关门声，丈夫梁金生的声音随之而来。

要不是梁金生说，黎落英还真没注意自己啥时候跟着徐雅子哼起了歌。被打断后，她依旧闭着眼睛，身体没动，没做出任何回应，这在以前是绝无可能的。确切地说，在这近三十年的婚姻生活里，丈夫是她的天，是她的全部，对他她只有言听计从，甚至顶礼膜拜。她从来都认为，这场婚姻，丈夫赔了，自己赚了。赚了就得知足，就得拿东西去偿还，比如尊严。可是这个想法在不久前——确切地说是在认识徐雅子之后发生了变化。那是她跟徐雅子认识后的第一次长谈——其实也就十几二十分钟吧，徐雅子对她说了一番关于女人要如何生活的话，归根到底就是一个意思，要为自己活。徐雅子还一针见血地指出她得病就与这个有关系。听着徐雅子的话，黎落英感觉面前有个什么无形的东西突然坍塌了，她看到了一个跟过去完全不同的世界。

我知道你也不想生病，可也不要这样气鼓鼓的嘛，我心里也是不好受的，我知道这些年我对你态度不好……

丈夫又开始絮叨这番话。这番话现在就好像变成了一份讲话材料，一直挂在他嘴边，需要了就拉出来重复一边。黎落英实在听不下去了，就打断他说：我没生气。黎落英本想口气硬一点儿，但声音出来后还是软绵绵的，就好像不受她控制一样。

丈夫愣了一下，噗嗤一笑说：没生气就好嘛。然后就打开保温桶，用勺子舀起一勺汤，吹了吹，朝黎落英嘴边递过来。

黎落英迟疑了一下，还是张开嘴把汤接住吞了下去，然后起身抓住勺子说：我自己来。

丈夫没有坚持，双手解放后一屁股坐在床边拍打着腰说，这一天到晚把我忙的，浑身都疼。

心头掠过一丝心疼，但转瞬即逝。黎落英继续喝汤，并发出比较大的声响，以此来掩盖心里的局促。

"食不发声"是早些年丈夫给她立下的规矩。其实她从小以来从没想过吃饭会有什么规矩，直到嫁给丈夫之后她才发现自己吃饭的方式（使劲咀嚼、粗声喝汤等，其实她生活的那个小山村里的人大都是这样的，而且有过之而无不及）简直是肆无忌惮。丈夫吃饭时候姿势正，小口嗫，这让她无地自容。自觉性加上丈夫的白眼，慢慢地她也学会了"食不发声"。当然丈夫的规矩还有很多，比如笑不露齿、轻拿轻放、物归原地等，她都慢慢学会了，倒是后来丈夫随着年龄的增长把这些规矩逐渐抛之脑后，变得越来越粗鲁了。有时候她就恍惚，觉得丈夫跟自己发生了乾坤大挪移。

看到黎落英没任何回应，丈夫脸上掠过一丝失望，摇了摇头，又叹了口气说，亲家说了，医院环境太差了，还是先不让孙子来了。

黎落英顿了一下，说，不来就不来吧，儿子都不是自己的了，别说孙子了。

其实她也想叹一口气的，但被她使劲咽了回去。她觉得此时此刻那一声叹息就像一把钝刀，没什么杀伤力也没什么存在的意义了。

丈夫抬起脸，讪笑着说，没事，你还有我呢。

丈夫的笑容明显有些讨好的意思，当然也夹杂着一些尴尬和凄凉，里面有让黎落英感觉到同病相怜的东西，也有让她失望甚至愤怒的东西。

她又喝了几口汤，将保温桶放到了床头柜上。丈夫抬着头看了看里面，大声说，你还没吃肉呢？

黎落英摇摇头说，没胃口。

丈夫正要开口，那个男人推门进来了。男人脸上带着微笑，很有礼貌地跟丈夫点了点头，丈夫也跟他点点头，脸上的肌肉却僵住了。

丈夫站起身，局促地看了看四周，突然发现救命稻草似的提起脚边的暖水瓶说，我去打热水。丈夫出去了，黎落英知道暖水瓶是满着的，她知道丈夫也是清楚的，只是都不愿意说出来。

3

黎落英闭上眼睛。丈夫把尴尬丢给了自己，她得把自己变成一团空气。

男人小声地跟徐雅子说话，然后是打开保温桶的声音，再接下来就是男人吹汤和徐雅子喝汤的声音。两人都不多言，配合默契，像一对寻常父女那样。

男人的真实身份是丈夫先看穿的。那应该是黎落英住院的第九天上，男人第二次来。那时候黎落英跟徐雅子已经成了可以随意交流的熟人，黎落英已经从心里开始喜欢这个安静漂亮的姑娘。男人要走，徐雅子出去送他。两人走后，丈夫突然给她使了个眼色，问道，知道他俩什么关系吗？

黎落英不明所以地朝门口看了看说，能是什么关系？父女呗。

等她回过头来时，却看到了丈夫猥琐的表情，她立刻恍然。但她并不想接受这个答案，有些愤怒地说，别在这里胡说八道。

你看他看那姑娘时候的眼神，色眯眯地，哪像个父亲？丈夫胸有成竹地说。

她本想用"这种事情也就你能看得出来"来抢白丈夫，但想一想还是算了，这会让她回想起当年丈夫那段让她不堪回首的出轨往事，倒不是她害怕去回忆，而是觉得没必要了。

戳破了徐雅子的秘密，黎落英倒生出几分愧疚感，就好像自己做错了什么，以至于接下来一段时间跟徐雅子说话都有些不自然。徐雅子到底还是感觉出来了。于是在几天之后，也就是在另一个男人来过之后，徐雅子告诉了她一切。

原来这第二个醉醺醺脏兮兮的中年男人才是徐雅子的父亲，他游手好闲身无分文，他来医院不是关心徐雅子的病情，而是来跟她要钱的。临走时他翻走了徐雅子外套里所有的钱，还抢走了她的手机。

徐雅子的住院费、衣服、手机等几乎所有的东西都是第一个男人提供的。他是个有钱的有妇之夫，他跟徐雅子是通过某个网上交友软件认识的，他们的关系已经维持了快两年了。他们每周见一次面——徐雅子住院以后依然是这个频率。男人离开前都会给徐雅子留下钱或者她需要的其他东西。说起来，这个男人对徐雅子真是好，既有父亲那样的好，也有男人那样的好。黎落英因此从心里对这个男人有了好感，以至于丈夫想说他坏话的时候她都会横加制止。

那次长谈之后，黎落英跟徐雅子的关系有了突飞猛进的发展。她甚至将她揽进怀里哽咽着说，你要不嫌弃的话，就做我的干女儿吧。

徐雅子却冷静地推开她说，不必了，我们还是做病友吧，感情对我来说都是负担。

尽管极为失落，黎落英还是尽量微笑着点了点头。

后来，徐雅子还向她谈起了新上映的一部叫作《等风来》的电影。她说电影她不喜欢看，但喜欢里面的歌，并把其中的两句歌词一个字一个字地念给她听。小学文化的黎落英向来对文字迟钝，但却神奇地将那两句只听了一遍的歌词牢牢地记在了心里——

我得到的都是侥幸，我失去的都是人生。

黎落英的思绪被男人突如其来的手机铃声打断了。男人看了看手机屏幕，很警觉地走进洗手间里。男人的声音忽高忽低十分错乱，但黎落英大体听明白了是怎么回事。而徐雅子则保持着刚才的姿势默默地喝汤，好像对男人的声音充耳不闻。不出所料，男人出来后表情变得极为慌乱——也或者是焦虑甚至是恐惧。他有些上气不接下气地低声对徐雅子说，家里有事，我得走了。

对了，近期我可能不来了，你照顾好自己。转身的时候男人又补充了一句。

徐雅子"嗯"了一声，继续喝汤。但男人出门后，黎落英看到徐雅子的身体一下塌陷了下去，手里的汤都洒在了被子上。

男人一出门，黎落英像是要追赶他似的，急忙爬下床穿好鞋子，快速地出了病房。

你干嘛跟着我？在下楼梯的拐角处，男人突然停住脚步转过身。

黎落英急忙快速地刹住脚，但由于惯性使然，她的身体还是做出了朝前冲的样子，几乎要撞到男人的后背了。

你不能就这么走了……黎落英忍着心里的慌乱说。

那又怎么样？男人很不友好地反问道——还好只是不友好，并没有其他什么。

我是说，你得再来，像以前那样，要不你会……害了她的。黎落英慌不择言，好在把意思都表达了出来。

男人深吸了口气，旋即抖出一个笑脸，说，我知道你，你对她很好，她还说要认你做干妈呢。我不在的日子就请你照顾一下她吧。

可是……黎落英才说出两个字，男人已经消失了。

黎落英突然觉得恍惚得厉害，她的身体摇晃了一下，被旁边一个人扶住了，那人关切地问：大姐，你没事吧？

黎落英对对方报之以感激一笑，说：我没事。她回转身体，朝病房走去。

再走回来，腿却变得格外的沉——"灌了铅"大概就是这个意思吧？不光是腿沉，头也昏沉，连带着眼神也昏昏的。楼道迎面墙上是几个女明星裸着上身倡议保护乳房的公益海报，原本上面的人都笑翩翩的，但现在黎落英觉得她们笑得有些诡异，或者说根本不是在笑，而是在哭。

迎面走来一个护士，带着职业的警觉性问她：黎姐你不舒服吗？

黎落英知道一个肯定回答会带来多大的麻烦，急忙笑着朝她摇摇头说：没事没事，很正常。护士松了口气说：你手术安排在后天，得注意休息。黎落英急忙应了一声。护士走了，黎落英的脑子清醒了许多，心情也松快了不少——应该与那一笑也有关系吧。

走到病房门口，黎落英的心又提了起来。她从门玻璃上朝里看了看，徐雅子正闭着眼躺在病床上，耳朵上塞着耳机，一根手指有节奏地敲打着肚子上的平板电脑。她的状态要比自己想象得好，黎落英把提着的心放下来，推开了门。

黎落英没有去病床，而是走到衣柜跟前，快速地换下病号服，穿好外套。尽管她把动作做得极快极轻，但在转身的时候还是听到了徐雅子的话。

祝你好运！徐雅子歪过头，微笑着望着她。

黎落英心头一热，但她没让想哭的情绪酝酿成功，而是同样微笑着望着徐雅子说：想吃啥，我给你买回来。

麻辣烫吧。徐雅子做了个鬼脸。

黎落英本想说"换一个吧，医生不让吃"，但想了想还是做了个"OK"的手势说：没问题。

四

站在医院外面的街边上，黎落英的大脑跟眼前熙攘的人流车流一样，飞速地运行着——她在寻找可以道别的人。很快她就发现了，自己的人生实在过于简单了，真正值得去道别——或者说是说说心里话的人并不多，不过这样也好，简单、不累——人生至此，不就求它俩吗？于是她裹紧外套，一头钻进了人流中。

黎落英打了一辈子工，跳了一辈子槽，要数干得最长的就是这金都宾馆了。而黎落英的城市人生就是从这金都宾馆开始的。当年金都宾馆属于政府招待所，来这里吃饭的都是政府机关干部。黎落英经本家亲戚介绍来这里当服务员，因为长相出众被来这里吃饭的梁金生看上的。谁（包括她自己）也没想到在政府当秘书的大学毕业生会跟一个酒店服务员开花结果，可是人生有时候就是这么奇妙，最后她还真成了梁太太。当然结婚后梁金生（还不是因为面子问题？）就让她辞了这份工作。

人生不仅奇妙，有时候还是很无情的。谁都没想到一直顺风顺水的梁金生会突然（正值旺年）走下坡路，几次工作变迁之后，他竟然从市政府办公室调进了一个闲职部门，前进的仕途戛然而止。加上孩子越来越大各种开销越来越大，日子一下拮据起来。黎落英也只好终止了在家相夫教子的安稳日子，出来找工作。因为啥也不会，她只好再次进入了宾馆服务行业。而此时金都宾馆已经改制成了私人企业，生意红火，但是她不想回去，梁金生也不让（还是因为面子问题）。好在街上宾馆酒店多了起来，她就去应聘。为了日子好起来，她是抱着"另敲锣鼓重开戏"的决心去的，结果几年下来，因为各种各样的原因，她竟然跳槽成了惯性（其实这也是这个行业的通病），把整个小城的宾馆餐厅几乎都干了个遍。儿子上大学那年，她（包括梁金生）终于意识到了问题的严重性，决定去一直敬而远之的金都酒店应聘。梁金生拉下脸皮找过去的老关系疏通了一下，她成功进入了酒店后厨当了一名面食工。不得不说，金都酒店才是她应待的地方，这不，她一呆就是七年。这七年来，在其他地方遇到的困难和烦恼在这里一样也不少，但是黎落英成熟了（其实就是圆滑了），再加上骨子里对金都酒店的感情，忍一忍就都过来了。七年下来，她把酒店当成了第二个家，而酒店对她也是有感情的，这不，住院期间，酒店领导还特意送去了花篮和慰问金，表明她是一个有组织的人，这让她着实感到了温暖，所以她才把金都酒店当成了告别仪式的第一站。

没错，当黎落英站在金都酒店高耸入云的大楼前面的时候，心头真升起一种带着温度的庄重感，当然其中还夹杂着无限的悲凉意，她知道这一别就永远不会回来了。

尽管带着口罩，门口的保安小罗一眼就认出了她，上前来给了她一个大大的拥抱。黎落英摸着小罗被寒风吹裂的手，差点掉下泪来。小罗反倒安慰起了她，说以她开朗的性格不可能得病，肯定是医院误诊，还劝她赶快出院回来工作。

看来自己得病的事全宾馆都知道了，这样一来她反而轻松了，原本打算走后门的，她改变了决定，就在前门大厅里光明正大地走进去。于是她摘掉口罩，昂首挺胸，遇见熟人就打招呼，想跟她寒暄的就停下来多说两句。这一路下来她蓦然发现，自己在宾馆里还是蛮受欢迎的，而且还颇有些地位，尤其是那些入职不久的年轻人，甚至对她点头哈腰，这让她身体里凝固了很久的血逐渐有了流动的感觉，等她走到后厨门口的时候，她甚至都觉得后背开始冒热气了。

　　门开着，马丽红正背对着她揉面，双肩一耸一耸的，不知道的还以为她在哭。黎落英这辈子遇到的对手不多，马丽红算一个；她打心眼里讨厌（甚至说痛恨）的人也不多，马丽红是唯一一个。马丽红比她稍早一点来这里工作，跟她同一个工种——面食工，手艺跟她也不相上下（都比其他面食工强好几倍），于是两人的竞争就此拉开帷幕，这一争就是七年多。七年以来一直是马丽红占上风，她受的领导表扬最多，出的差错最少，也在领班的竞争中将她彻底打败，所以虽然黎落英表面对她和气，其实心底里恨透了她。马丽红自然深谙此点，所以背后没少对她使刀子，去领导那里告黑状，拉拢同事孤立她。当然她黎落英也不是吃素的，散布马丽红（马丽红是离异单身）跟厨师长的绯闻、将一截纱布塞进马丽红负责的蒸包里等等都是她干的，看到马丽红为此被厨师长的老婆揪住头发打得满地找牙、因为顾客投诉而被扣掉了半个月的工资等倒霉，她简直睡觉都能笑出声。但是马丽红是何等的精明，她知道这都是她在背后搞鬼，却对她更加亲热，黎落英知道她是在酝酿更大的阴谋。只是她还没来得及施展，黎落英就住院了。

　　黎落英本已经下定了决心带着善意走这一圈的，但是当看到马丽红的背影的时候，她才发现这善意对谁都行，除了她马丽红。自己得病跟她马丽红也有关系（是她让自己在工作中遭遇了那么多的不快乐），现在她统治了整个面食部，睡觉一定会笑出声来的。想到这里，她感觉身上的热气倏然消失了，恨不得扑上去朝她后背上一顿猛捶。

马丽红突然转过身，呆了有那么几秒钟的时间，然后猛地朝黎落英扑过来，将她一把搂进怀里，头趴在她肩上抽抽搭搭地哭了起来。黎落英有些发懵，她为什么这么热情？为什么哭？之前她一直在哭还是新哭的？在接下来近一个小时的时间里，黎落英找到了答案。这几十分钟的时间里，马丽红抽抽搭搭地说的都是以前从未对她说的话，都是只有女人（确切地说是体己人）之间才会说的话。最终她明白了马丽红的意思，她是说她身边不能没有她黎落英，她跟她争是因为心里比她黎落英还苦，黎落英有老公孩子，生活比她幸福，她最受不了这些，所以才处处难为她的。她甚至还说得病的应该是她马丽红。

从金都宾馆出来的时候，黎落英心里感到几分庆幸，庆幸得病的不是马丽红，否则她可能早从那扇窗户里跳下去了。同时她望着宾馆直入云霄的尖顶，突然有了一种想再回来的奇妙的冲动感——

可是，我还能再回来吗？

五

市化肥厂家属区，这是黎落英要告别的第二站。这里已经破败得不成样子，泥泞的巷道，歪斜的院墙，裂纹缠身的房屋，要知道当年这里的繁华程度可是市中心都无可匹敌的。那时候化肥厂是市里的纳税大户，养活着几千号人，一天到晚机器轰鸣，大卡车络绎不绝，这里有自己的商场、酒店、宾馆甚至电影院和舞厅。不光这里的人，就是梁金生和他那些头头脑脑们也没少来这里寻欢作乐。当年就是在黎落英的撺掇下，梁金生利用关系把她弟弟安排进了化肥厂工作，原本以为端上了铁饭碗——不，是金饭碗——就一辈子无忧了，可仿佛就在一夜之间，化肥厂倒闭，弟弟下岗，一切都没有了，连带着整个家庭都变成了大风中的蜘蛛网摇摇欲碎。前两天弟弟刚给她打过电话，说他老婆已经向法院提交了离婚申请书。现在黎落英都不敢来了，来一次一个样，一次比一次不堪，她害怕有一天来了会发现这个家已经不存在了，想要在心里留个念想都不成。

但是今天不同，她是来道别的，与它在不在没有多大关系，哪怕它人去房空或者变成一片废墟，她只需要站在废墟上来一个简单的告别仪式就可以了。当然情况并不能恶化得那么快，衰败归衰败，废弃的厂房还在（好像还有个别车间在坚持生产），破败的家属区还在（即便拆除也得需要漫长的时间吧），路上还能碰到有人从某个胡同口钻出来，甚至还有某个商贩的叫卖声从某个角落里传出来。这让黎落英乱跳的心逐渐稳了下来。

走到弟弟家门口，她没有立刻推门进去，而是先听了听里面的动静。有说话声，她暗自松了口气，再听，是弟媳的声音，听不清说什么，也没有人回应她，像是在自言自语，但这声音却给了她一些底气。推开门，看到的也是她全然没料到的景象——

年近八旬的患了失语症的老妈正半躺在门前被阳光覆盖的竹椅上，双目紧闭，一动不动，俨然一尊雕塑，当然这尊雕塑不是全然不动的——或者说是毫无生气的，它在动，它有生气，动的是它后面的一双手——那生气也与它没有关系，那是弟媳正在有节奏地为老母亲捶打着双肩，那自言自语声也是从她的唇边发出来的，那絮絮之声应该是在诉说某些往事，但不细听的话倒像是在低吟浅唱……

黎落英眼窝一热，转身便离开了。从破败的家属区出来后，黎落英特地回头看了一眼，她脑子里突然蹦出一句话：破败或许是一种永恒之美。她不知道这话合不合逻辑，也不知道跟徐雅子那句是不是有异曲同工之妙？

六

这是一座在整个小城里数一数二的高档小区，这是黎落英要告别的第三站，也是最后一站。在这里有山有水有亭台楼阁，还有什么书画一条街、旅游纪念品一条街、小吃一条街等等，建筑都是仿古式的四合院式独栋别墅。明明是个住宅区，却被挂上了"3A景区"的牌子，而且还有一个很古怪的说法叫"旅游地产"。这里开始大兴土木的时候，黎落英是嗤之以鼻的，她觉得小城就这么点人，而且大都居有定所了，这里哗啦一下盖了这么多房子，卖价还死贵，不赔本才怪呢。可是后来她就傻眼了，据说这里的房子还没等开盘就被疯抢一空。当时梁金生还怼她：你觉得都像你一样没钱？

黎落英没把这话往心里去，有钱没钱的这些年不都一样过来了？更何况自己家又不是没房子住，那些别墅再好跟自己也没关系，可她万万没想到，自己有一天还真跟这里扯上了关系，而且还成了她一块天大的心病——确切地说，她生病的根儿就在这里呢，因为这里住着她的亲家一家。

她的男亲家是小城里响当当的人物，当年也曾跟梁金生一样在政府机关上班，后来辞职下海。接下来他的履历跟那个年代所有辞职下海的的人差不多，搏击风浪勇立潮头，赚了个盆满锅满，据说这个旅游地产项目就有他的股份。虽然同居一城，但是对黎落英（包括梁金生）来说亲家都是遥不可及的人物，他们从没想过有朝一日会跟他攀上亲戚，直到有一天上大学的儿子领着亲家的女儿进了门，他们才知道，原来两个人从高中时候就谈起了恋爱，而且两人都已经下定了非对方不娶不嫁的决心。

黎落英（包括梁金生）自然没意见，他们是怕人家姑娘家有意见。好在儿子与姑娘郎才女貌蛮般配，亲家满意。儿子与姑娘大学毕业后双双进了亲家的公司上班，然后是结婚生子，一切顺风顺水。等到一切尘埃落定后，黎落英才发现自己犯了一个足以懊悔终生的错误。

儿子结婚对方没要房子，反而送了一套，她暗暗松了口气，并不禁有些沾沾自喜，觉得自己终究没成劳碌命，结果发现便宜了一套房子却把儿子搭进去了。儿子一家跟亲家楼前楼后的住着，结婚之后就很少回家来了，来一趟就像串门，放下东西就走，而自己去一趟儿子家更像是走亲戚，站不是坐也不是。尤其是有了孙子之后，姥姥姥爷围着转，自己成了局外人，横竖插不上手了。孙子着实可爱，可就是不跟自己亲，来家一趟不是嫌脏就是嫌冷嫌热吵着要走，黎落英的病就是在这个时候坐下的。突然感觉整个世界啥都不是自己的，未来还看不到希望，整天郁郁寡欢，能不得病吗？

　　等站在儿子家门前的时候，黎落英想好了，啥也不说，就是看看孙子，看完了就走，不回来了——永远不回来了。可没想到的是，儿子家没人。她只好硬着头皮去亲家家，结果也大门紧锁。立在地上，抬头看着远处即将垂落的太阳，她竟一时没了主意。没有人，那这个别怎么道呢？她有些计划被打乱的无措感，但也没有办法，那就只好先把那件事往后拖一拖了。她临时决定回家一趟。有了这个想法后她倒自责起来：再怎么说，那里可是自己生活了二十几年的地方，道别的话也得有它一份吧？

七

　　黎落英万万没想到，家里竟然四敞大开地热热闹闹地搞装修。一开始黎落英以为自己走错了，可怎么会错呢？这扇门她合着眼都能摸进来。更让她感觉不可思议的是，装修工人不是别人，而是儿子媳妇和亲家两口子。他们全副武装忙得不亦悦乎。

你们……这是在干嘛？黎落英有些恍惚——她不确定这是不是跟自己的病情有关系。

儿子从凳子上跳下来，撕下口罩，先给黎落英一个大拥抱，接着问道：妈您怎么回来了？我爸呢？

快说，你们在干嘛。黎落英有些怒不可遏。他们四个人都在笑，她感觉自己原来是他们的一块笑料。

儿子止住笑，深吸了口气说：既然您看到了，我们就不瞒您了，我们想把家里好好收拾一下，让它来个大变样，等你出院后给你来个大惊喜，这可是医生帮我们出的主意呢。而且医生还说了，装修工不能请别人，要我们亲自动手……

你爸知道吗？黎落英打断儿子的话，不等儿子回答，她自言自语地说：他怎么可能不知道呢？保密工作竟做得这么好，可真够狡猾的……

从家里出来，走下那段雨雪天经常让她摔跤的下坡道，黎落英突然捂住肚子，扯开嗓子大笑起来。

八

医院里完全一副如常的模样，匆忙的医护人员、沉默的病人、内心焦灼但尽力克制的病人家属，以及淡粉色的主色调和空气里弥漫的淡淡的消毒水的味道，总之没有什么反常，但一路走着的时候，黎落英却产生了一种陌生甚至奇特的感觉——感觉自己不是这里的病人，而是一个来探望病人的家属，只需稍待片刻就会离开的——她手里提着的麻辣烫饭盒似乎更加证明了这一点。要知道以前她可从来没这种感觉，她甚至一度因为遥遥无期的出院时间而放弃了离开的打算。

黎落英推开病房门，眼前的情景着实把她吓了一跳：徐雅子正站在窗户跟前，半个身体探出了窗外。黎落英把手里的麻辣烫丢在地上，尖叫一声冲了上去，一把抱住徐雅子，跟她一起滚到了地上。黎落英大口喘着粗气，徐雅子的身体在她怀里微微地抖动着，但她嘴里却发出一串尖细而琐碎的笑声……

这时候梁金生端着饭盒走进来，看到地上的两人大吃一惊：你们咋了这是？

徐雅子止住笑，捂着肚子说：她以为我要从那里跳下去呢！

一听这话梁金生咧嘴笑了，说：那怎么可能？刚才我们聊了半天，开心得很，雅子说了，从今天开始就认你当干妈，认我当干爸，我们有了个女儿，高兴吗？

这还用说？黎落英一把把徐雅子搂进了怀里，又叹了口气说，只是那麻辣烫吃不了了，妈再去给你买啊。

原载《山东文学》2018 年第 10 期

紫雾山谷

陈　融

数十年前弥漫鲁南山地的那场紫色大雾，将军相信它还弥漫在自己大脑深处。

上周，将军回了一趟莲城老家。他已二十年没回去过，那是他最后一次回家乡了，那次返乡后仅过去一年多时间，将军便在京城家中走到生命尽头。

将军返乡，本是个大新闻事件，他却极力劝说当地市委保持低调。参观莲城抗日战争纪念馆，是活动中必须的一项，在莲城，上点年龄的人都知道，将军的威名就是从抗战时期传扬开来的。当玻璃橱窗里一本封面发黄、有暗淡樱花图样并有暗黑疑似血迹的日本造笔记本进入将军视线时，将军先是没什么反应，过了一会他开始心跳加剧，情绪激动，他认出了这个日记本，当初，是他从一个日本兵手里缴获过来的。五十年了，将军从没想到，自己会在家乡的抗战纪念馆重新见到当年缴获的鬼子日记罪证。年轻的讲解员自然不了解眼前首长和这本日记的渊源，就连一边陪同的书记市长也不知晓，人群中不断生出感叹唏嘘声。将军的某些记忆刚刚激活，就被接下来进行的其他活动打断了。不过，那次连他自己都感到奇怪，是他主动搜寻记忆，而不是记忆一路不停歇地追赶他。

将军已经很老了，这种年龄只适合回忆、怀旧，事实上一直以来，将军并不太喜欢回忆自己的从军战争经历。当面对众多稚嫩或尚年轻的面孔，他最想说的一句是过好你眼前的平凡生活。但很显然，人们并不满足于这句话，他们想知道将军当年是如何的勇敢机智、指挥若定。"战争是残酷的，我冒着敌人炮火浴血奋战，九死一生。"将军不想重复这样的陈词滥调，只把自己当作一个战场上的幸存者。几十年中，那些比他勇猛、比他有智谋、比他有作战经验、比他有指挥才能的无数首长和战友，早已灰飞烟灭不存一丝一毫，他又如何慷慨激昂大谈自己的战功？将军授衔仪式结束后，有人替他打抱不平："齐师长，你怎么也该是中将吧，这少将有点委屈你了。"他摆摆手，淡然说："比起那些死去的战友，我们现在得到的已经太多了。"

几十年来，将军的部下一拨拨地动员他写回忆录，有的甚至给他找好了作家，他只管讲述就行，他一一回绝。将军不喜欢写战争回忆录，除了因为他觉得自己很普通外，还有两个原因，首先是他经历的大小战役太多，从和国民党反动派打到抗战打日本鬼子，抗战胜利后又打解放战争，最后打到抗美援朝战场，战役多到数不清，因而他经常把一些小战役的地名和敌方部队弄混，这样的回忆录岂不误人后代、贻笑大方？其次，将军在淮海战役中头部受过重伤，一旦休息不好或思虑太多时，头疼便加剧，这也严重降低了他的记忆能力，近几年他的记忆尤其差。

客观地说，如果不是在家乡的抗战纪念馆重新见到那本樱花日记，恐怕将军也不会想起那场雾，虽然平生他只见过那一次紫色的雾霭。

1939年夏末的一个夜晚，将军那时是一个连长。鲁南绵延纵横的群山中，他带领连队狙击日军、掩护团部转移到东部隐蔽山区，战斗持续数个小时，他负了伤，最后也不知自己怎么昏迷躺倒的。偌大山谷一片静寂，只有"唧唧"萤虫不知人间愁苦地鸣叫着。他从昏厥中醒来，感觉到了天地间的静和黑，丝丝细雨落在他脸上，他张开嘴，努力咽了两口雨水。一具沉重的身体压在他身上，想必也死去数时了。他左手臂负伤，使不上劲，尝试用右手推开压在身上的尸体，却还是动弹不了。想到团队早已转移，他心头一阵释然。细雨伴着他在疲累中继续睡去，这次，他似乎像睡在自家园地中一般安恬，还梦到了少年时的自己，和几个伙伴在村中戏耍。连长再次醒来雨已经停了，是黎明时分。他摸摸自己的胳膊腿都还在，枪也在。连长这时又有了力气，他推了几下，身上的尸体歪到一边，他趴近了看看，原来是三班班长秦柱子。柱子的眼睛还瞪着，他伸出手合上柱子的眼睛。或许，就是因为柱子伏到他身上，他才躲过了鬼子的子弹和刺刀。连长心里忧虑重重，昨夜一场恶战，不知有几个战士能突围出去。身边的战友在每次战斗中都会死去不少，更替之快令连长觉得生命并不真正属于他们，而只是借寄在他们这一具具躯体之上。左手臂又疼起来，原来一直没顾上包扎。他用右手掏出一卷纱布，用力缠住伤处。

连长握着枪坐起来，这才发现山谷山岗、山林里到处弥漫着紫红色的雾，尸横遍野，他现在还分辨不出哪些是自己战士哪些是敌人。刚开始他以为是错觉，揉了揉眼睛后再向四处望去，仍是紫红色的雾在涌动、飘荡，像凝干又飘散开的血液，他忍住了一阵干呕。他想，这真是奇怪，自己待过的战场也不少了，还从未见过紫雾。等再见到儿子，他要把这场雾描述给他们听。连长的大儿子十二岁、小儿子九岁，一年多没见他们了。想到两个儿子，连长脸上露出了笑意。

他开始回想昨夜的战役。天一擦黑，他带领连队埋伏在这条东西方向小山岗，他在山岗北侧打头阵，三连在他对面南侧山岗殿后。说是一个连，其实也就四五十人。与此同时，团部带领伤员和武器悄悄转移。山谷并不深，只能算一条矮矮的山坳。时值夏末秋初，山地上的蚊子饥饿难忍，对着好不容易见到的人群实施疯狂叮咬。他对战士开玩笑说，怕你们打瞌睡，蚊子专门来咬你们提神。大半个月亮升起来，山上山下被月光照得清凉如水。大约两个时辰后，侦查员跑到他身边说，鬼子来了，看来势头不小。他说，通知各班，做好准备，机枪手瞄准目标，我开第一枪后，连队全面进入战斗。进入山谷的鬼子没料到两边山上都有伏击的八路军，从两侧山上滚下的大石头，把他们砸得晕头转脑，乱作一团。然后子弹机枪密集地扫射下去，连长在山地就听见鬼子的一片嚎叫声。但是随着敌方后援部队继续挺进，一部分日军端着机枪企图往山坡上冲。他对战士们喊道，对准目标打，节省子弹炸药，尽量拖延时间。日军伤亡虽不少，但他们兵力黑压压源源不断补充进来。射光了子弹的战士最后和冲上来的鬼子拼起了刺刀，连队损失惨重。日军少佐山野见持续时间已经不短，疑心前面还有八路军合围他们，遂把大部队撤离出山谷，只留山上一部分士兵和八路军拼战。越来越多的战士倒下。连长的左小臂被刺了一刀，他顿觉疼痛钻心。在他稍一恍惚之际，一个鬼子端着刺刀再次冲向他。旁边一个战士奋力把连长推到一边，自己却被鬼子刺刀戳穿。连长怒火腾起，挥舞手中的刺刀，疯狂刺向山上的鬼子。

紫雾渐渐淡了些，连长可以看到周围了，寂静像死亡一般渗进他的毛孔。他右手持枪站起来，谨慎地迈开脚步，巡视着凄惨的战场。突然，他发现在他不远处有个鬼子兵背对他坐着，从那还传来轻轻哼唱声。日本兵也没想到除他之外还有活人，当然更没发觉有人正在朝自己走近。连长把枪放进胯盒，端起一把刺刀，缓缓向鬼子走去。这时，他看清了，这残存的鬼子正在一个本子上写东西。妈的，死到临头了，还写日记，写昨夜杀了多少中国人吗。他在心里骂道。直到他站到了身后，鬼子仍在很投入地写着，还没发觉。他朝那个千刀万剐都不解恨的后背举起了刺刀。

年轻的二级士兵长崎酉至，趁战场上难得的一会儿清静，掏出怀里的日记本。他刚刚醒来，记不清是被中国军人打昏迷后醒来还是睡着后醒来，昨夜一场恶战却是真的。这是他离开日本后打得最吃力的一场仗。樱子早就对他说过，他不是从军的料，如果不加入这场战争，那么他现在应该是和樱子一起在大学美丽的校园里、操场上。他母亲和樱子都不希望他去中国战场，但父亲却极力怂恿他这个长子到中国建功立业，并主动给他报了名。无论是谁都不可能违逆父亲的意志，他性格虽优柔寡断，却以顺从父亲为尊。今天是他离国第一百天，凌晨在中国鲁南群山中见到的这场紫雾，令他万分惊奇，他忍不住掏出日记本，"樱子，一场战斗结束后，这一刻天地间真静寂啊，真希望能永远这样静寂下去，让我尽情给你写信，想你。昨夜，中国军人打得很凶猛，发现战场上只剩下我还活着，真是奇迹，我要设法尽快找到部队。听少佐说，下月我们要开赴济南，到了那个大城市，我就可以给你寄信了，想念一个人的滋味甜蜜又绝望。樱子，这是我有生以来第一次看到紫色的雾，满山谷山岗都是，诡异得无法形容，只是不知这紫雾是凶还是吉。希望它能保佑我平安"。封面印有淡粉色樱花的日记本是樱子送他的赠别之物，他也不是每天都记，有时间了就写上一页或一段甚至一句，什么内容都有，他在中国的见闻，战争记录，自己的感受。

当长崎酉至满意地写完日记，最后一次转过脸时，一把由他大和民族制造的刺刀正正中中地从后背穿透他胸下，一个满脸血和泥的中国军人站在他身后，与漫天的紫雾相配极了。长崎酉至脸上露出嘲讽的一抹微笑。刺刀在他身体里拧了几下才拔出，长崎知道这是他们日本士兵对中国人惯用的方式，现在轮到自己了。他歪倒在地，彻头彻尾躺在自己刚刚描述过的紫雾的无边幕帐里。

连长拿走了长崎的日记本。如此漂亮的日记本被染上了几滴血，连长觉得怪可惜。后来，他把这本记有鬼子罪证的日记交给了团长，团里有个懂日语的大学生给大家逐一翻译口述了日记内容。再后来，连长就不知道日记本的下落了。

莲城抗日战争纪念馆馆长罗慧明静静地听将军讲紫雾山地和日记本的故事，是将军参观纪念馆后的第二天下午。昨天，由于陪同将军的领导太多，罗慧明只对将军说了一句"两年前的初夏，一个远道而来的客人说她认识这本日记的主人。关于日记本的故事，我希望能单独向您汇报"。将军会意点头，对她说："我明天下午没活动，你三点钟到莲城宾馆去找我。"

将军对罗慧明的讲述深感意外。"两年前的 6 月初，抗战纪念馆来了一个满头银发的老年女士，说日语，在翻译和亲属陪同下参观。当看到那本樱花日记本时，老人的目光死死盯着它，不肯再向前走。她通过翻译对讲解员说，她应该认识这本日记，认识本子的主人。她希望能通融下，让她看下日记扉页。讲解员做不了主，给我打电话，我恰好在馆里，赶紧带着我们的日文翻译过去看看。女士保养得不错，情绪很激动，自称叫樱子，这次专程来鲁南旅行，已经参观过了好几个抗战纪念馆。刚才突然看到这本日记，如果它真是一个故人的遗物，那么这趟中国之旅她就没有白来。她想印证一下，当然更希望看看日记内容。我把橱窗里的日记翻到扉页，只听到樱子发出一声尖细叫声，脸色煞白如纸，我们的翻译和她带来的翻译同时念了出来：樱子赠别长崎酉至留念。樱子掩面而泣。我把他们带到休息室，樱子情绪平复下来后说，实不相瞒，这次我就是专程来寻找长崎遗物的，明知道没什么希望，还是不甘心。1939年冬，她和长崎家人得知了长崎在中国鲁南战场阵亡的消息，山野少佐特意告知他们，长崎是被中国军人活埋而死的，并要他们永远记住这份耻辱。听到这里，我打断她，厉声训斥道，真是信口雌黄、颠倒黑白。活埋、奸杀无辜、活体细菌试验，这样惨绝人寰的事情恰是你们日本人独一无二的发明。你看过那么多纪念馆，日本人对中华民族的戕害，天地都为之哭泣，请问你有何感受。你不是想看日记内容吗，那就请你一字一字地认真看。报请上级同意后，我让馆里复印了一份日记交给樱子，她一边看一边哭泣。最后，她站起来，再三向我们鞠躬，说，对不起，非常对不起。"

将军接过罗慧明递到他手里的翻译日记，说："想不到两年前来参观的樱子真是长崎酉至的恋人。慧明同志，你做得非常好，让她自己看日记内容，事实胜过任何堂皇的谎言。"

罗慧明皱着眉头，思忖了一会说："将军，那个樱子提到一个细节，说长崎当时被你们抓住当了俘虏，后来被活埋，活埋长崎这事无论如何我不会相信。可是在您刚才的回忆中，您是发现了他直接把他刺死了，如果是这样，那么尸体就应该在山上。而樱子说的又是怎么回事呢？我也是革命烈士后代，或许我不该问，毕竟这也不是什么关键问题。"

将军摆摆手说，"没关系，有疑问正常，毕竟过去了50年，让我再想想。"他嘴里喃喃念叨着俘虏？长崎？随后闭上了眼睛。

罗慧明这时后悔了，将军年事已高，是自己多嘴了。

过了一会，将军睁开眼睛说："现在再仔细想想，是有个俘虏。在那个飘紫雾的山地清早，情况应该是这样的，我和那个长崎是战场上双方唯一幸存的人。我发现了他后端着刺刀缓慢靠近他，他当时正在樱花日记本上写东西，没注意到身后有人。刺刀刚要刺向他，这时我突然想到团长以前对我们说过，如有可能抓个鬼子活口对我们了解敌人战略战术更有价值，因为团里有个大学生懂日语。我想，这不正好抓个俘虏回去吗？我把刺刀尖刃抵住日本兵背部，他缓缓转过头，满脸惊恐，稚嫩得像个孩子，估计比我大儿子也大不了几岁。看着我手里雪亮的剑刃，长崎本能地把枪扔到地上，高举起双手，做出投降状。本来是想把他一剑刺死为快，现在我示意日本兵走在前面，顺手抓起他掉在地上的日记本，用刺刀顶住他腰部，慢慢离开紫雾山地。我一路向东寻找团部，当走进一片密林时，忽然听见有轻轻脚步声。我赶紧示意长崎蹲在树后，别发出声音。过了一分钟，我听见一阵熟悉的口哨，是自己人，这时从几棵大树后面猛地窜出几个人，是三连白连长他们几人。白连长说，老齐，找你找得好苦，刚才我们去你们战场看看没你人，估计你突围出来了，所以就在树林里候着呢。你弄个小鬼子回去干吗。我说团长不是说过吗，如果抓个俘虏回去对我们有用啊。白连长说，新的团部离这还有老远一段距离呢，路上情况很复杂，万一遇到日本兵，这个鬼子在这一叫喊，我们都完了。我想他说的有道理，那就把这小鬼子处理掉吧。看着前面高举双手的长崎，我迟疑了一秒后把刺刀猛地向前刺去。长崎一声呻吟后转过头，眼睛里流出最后的绝望。大家刚要离开，我说，把他扔在这不妥，万一日本军追踪而至，岂不等于给他们划好路线了吗，得把他弄到别处去。三连李班长迅速跑出去，几分钟后他回来说，南边不远处有个断崖，我们可以把他扔下去喂狼。我和白连长相视点点头，大家架起小鬼子抛下断崖。然后迅速赶往团部新址。"

将军说完，又闭上了眼睛，看上去有些累。罗慧明赶紧站起来说："没想到首长的记忆力还这么好。您今天累了，好好休息下吧，我就不打扰您了。"

将军说："记忆力越来越差了，经常颠三倒四，我很久没回忆这么多东西了。关于那个紫雾山地和樱花日记本的故事，等我又想起来什么再告诉你。"

罗慧明笑着跟首长握手告别："能听您讲战争故事，是我的荣幸。"

回去的路上，罗慧明心里的疑问依然存在。将军在同一个下午的回忆出现两种版本，紫雾山地和樱花日记本无疑都是确凿的，将军第二次的回忆中也出现了俘虏，但长崎的死法仍是争议点。两年前樱子来到纪念馆，口口声声说长崎被八路军抓住做了俘虏，被扔进一个土坑活埋掉，因为日军最终找到了他的尸体。这句话罗慧明出于某种顾虑刚才没告诉将军，当时罗慧明厉声斥责了樱子，虽然她丝毫不相信活埋一说，也明白这是日本军国主义用来激发国民仇恨、继续侵华的诡计，但她毕竟缺乏证据，无法还原真实历史。她曾经向莲城抗日战争纪念馆第一任馆长询问过日记本来历。老馆长只说日记原来存在县档案馆，因为成立了抗战纪念馆才把和抗战相关的物证移交过来。罗慧明也曾经去档案馆了解情况，得到的信息是新中国解放初这本日记就转到了县档案馆，至于是哪个部队哪位将领转来的不清楚，因为档案馆最初的负责人已去世多年。这件事一直被罗慧明当作一个谜一个心结，每当想起总无法释怀。昨天将军到来，无意中提到他和樱花日记本的历史渊源，令她心情阵阵起伏，突然看到了希望。那个谜看来已揭开边角，很快就将还原真实。可将军的记忆现状又令她担忧，下一次将军的回忆会是怎样的？究竟哪种记忆才最原初真实？

按照常理，作为一个在中国犯下罪行的日本士兵，无论他以哪种方式死去，都死有余辜，不值得为这事穷本究底，但罗慧明偏偏是一个凡事注重细节、不习惯绕过疑惑的人，更何况樱花日记本现存在她任职的纪念馆里，而缴获这本日记的恰是她莲城籍将军，这些事连接在了一起，迫使罗慧明非要弄个水落石出。当然，她的更大用意是要让樱子知道长崎死亡的真相。

四十六岁的罗慧明在莲城抗日战争纪念馆已经做了十二年馆长。当初在她面前有两种选择，一是去乡镇当副镇长，再就是去莲城抗日战争纪念馆当馆长。周边人都劝她选择副镇长，她听了只是笑笑，超乎别人意料地选了莲城抗日战争纪念馆，她愿意到纪念馆研究那段历史。十余年中，罗慧明阅读了大量二战史书，特别是亚洲二战史，阅读之余也写了不少研究文章，发在专业文史刊物上。罗慧明对二战史的研究兴趣和她的家庭出身不无关联。很小时她就知道日军侵华对家庭造成的灭顶之灾，是父亲一生的噩梦，每年 8 月 15 日这天，父亲都要在家中倒几杯酒祭奠父母亲人。她的祖父为保护藏在地窖里的游击队员与八路军，与祖母、大伯二伯同时死在日军的大扫荡中，年仅十四岁的父亲因在县城薛家油坊做学徒才幸免于难，从此成了一个孤儿。

一连多天，罗慧明的心思都沉浸在紫雾山地和樱花日记本上，却理不出什么头绪。她不知道，与此同时，已经回到北京的将军多天来也在思虑这件事。将军本不喜回忆战争年月，但那本日记既然是由他缴获而来且又存放在家乡的抗战纪念馆，当然就和他关系重大，如果连他自己都记不起事件经过和结果，就没有人能知道这段真实历史了，当时的白连长等见证人没一个还在世上。对于樱子所说活埋一事，将军断然否定，认为是对自己和八路军的严重歪曲。但他费力思考，回忆内容基本还跟上次对罗慧明馆长讲的差不多，并无新内容，将军开始痛恨自己的脑子和僵死的记忆，他甚至因此增添不少烦躁。不仅记忆力差，近来他感觉身体也很容易疲惫。这时他还不知道，在自己肚腹内，一颗有毒肿瘤的种子刚刚裂变。

半个月后，在自己的手提包侧兜里，将军翻出罗慧明馆长交给他的长崎日记翻译。上午，将军无意间看了央视一期节目，解密抗战时期从日军那缴获来的日记，根据日记内容，破解一些历史迷案。看完这个节目将军感觉对自己启发太大了，他想，是呀，自己为何没想到从长崎的日记入手呢？他决定一则则看，一句句分析，不放过任何蛛丝马迹。长崎在离开日本第四天写道："中国真是一个地大物博的国家，只是大多数国民相当愚钝，否则我们日本军队怎么可能长驱直入呢。"第十五天，"樱子，或许你无法想象，今天是我第一天杀人，心里相当恐惧，还有恶心感。我身边的日本军人许多有杀人快感，甚至成瘾，这让他们单调的战争生活有了乐趣。可我没有，我对自己充满厌恶，很显然我成为不了战争英雄。

樱子,你会因此看不起我吗?"在第四十三天,长崎写了两句话:"今天住在县城,他们都去了慰安所,拉我去我不去,遭来他们一顿狂浪的讥笑。我向你承诺过不去慰安所,不会忘的。"第六十七天长崎是喝酒后写的:"今天对一个叫古桥的村子进行了大扫荡,少佐接到举报称该村有隐藏的游击队员和八路军。共计杀了135个平民,男女老少都有,包括婴儿,我们用机枪扫,用刺刀挑穿他们的肚肠,放出狼狗咬死几个壮年男人,血流满村。可我们杀了那么多人也没撬开村民的嘴巴。缴获的物资自然非常丰富,今天吃了很多猪肉、鸡肉,很久没这么奢侈地吃过了,晚上还喝了酒。他们异常兴奋,可是我说不出来自己为什么不像他们那么快乐。"在第八十九天的日记里只有一句:"樱子,在战争中我也不知道自己会变成什么样的人,比如变成杀人狂。想想,这才是最可怕的"。第九十四天:"对中国的战争或许并不像我们当初想的那么容易,中国的百姓看上去木讷,骨子里却坚韧得很。不知道仗打到哪天才算胜利,要占领全部中国,我看这实在太难了吧。"第九十七天,"最近八路军好像越来越熟悉我们的战术,相反,我们开始觉得被动。今天少佐传达上面指示,天皇子民焉能做支那人俘虏,命令如遇不利情况要尽快脱身,如不能脱身应立即成仁,绝不能有辱天皇尊严。我们几个末等兵都猜测军中有人被中国军队俘虏了,所以上级才如此震怒,但又不敢问,只祈祷自己别落入中国军人手里。"

将军把日记看过两遍后,对其中两则内容感到分外震惊,一是第六十七天长崎记述的古桥村大屠杀，老百姓为掩护游击队员和八路军抗战付出了巨大牺牲。对那次鬼子大扫荡，将军当然记得，老百姓掩护的八路军就是他所在团的战士。当时得到消息后，团里不少战士抱头痛哭。将军感到一阵熟悉的心痛，不由得握紧了右拳，好像回到年轻时，那时他一旦握紧拳头就预示着做好准备去打仗了。另一则第九十七天的日记，将军直觉和长崎死亡有某种对应关系，他把这一则接连看了几遍，按照日记推断，在紫雾山地那天早晨，长崎即便做了俘虏也是缓兵之计，他怎会甘心被一个八路军压着去共军团部？他必然在路上想要有所行动，如果行动不成，那么他会做什么？想到这里，将军似有所得，感觉脑中透进不少亮光。

这个夜里，将军的梦一个接着一个，他在各个战场穿梭不停。其中一个场景，是他在紫雾山岗游荡，发现一个小日本兵还活着。日兵立即举手做投降状，他心下窃喜，正想抓个活的俘虏交给团长呢。他用刺刀压着俘虏一路向东寻找团部，走进一片密林时，恰好遇到三连白连长他们。白连长指着日本兵说，弄他回去有这必要吗。这离团部还很远，一路上各种情况难以预料。万一遇到日本兵，这家伙叫喊起来，我们不全都完了吗，还是赶紧处理掉吧。他觉得白连长说的有道理，看着前面的长崎，刚要把剑向前刺去，却见长崎猛然转过身向他扑来，一张瘦脸上充满了不顾一切的向死之状，当然也有惊恐和绝望。口中吐出一大口血后，长崎跪倒在他面前。他被这个梦霎时惊醒，长崎那张脸好似还晃荡在眼前。将军睡不着了，这时脑子和记忆无比清醒，他倚着靠枕坐了许久，心头升起难以名状的兴奋感。

早上一上班，罗慧明就接到了市委让她去北京参加学习的通知，明天报到，后天正式开会。罗慧明想，这不正好趁开会去拜访将军吗，然后把自己对紫雾山地事件的推断讲给将军听听。她拿起办公桌上的电话，拨打将军家的号码，一个工作人员说将军正在和几个以前的老部下聊天，要不要让将军接电话？罗慧明赶紧说："不打扰将军谈话了，请转告将军，他家乡莲城抗日纪念馆的罗慧明后天去北京开会，会抽时间去拜访将军，有事向他汇报。"

一个星期前，罗慧明还深陷紫雾山地的迷雾中。抗战胜利纪念日即将来临，上次将军在馆里参观之际，市领导就提出，今年的纪念活动，抗战纪念馆要重点给市民和学生讲将军和樱花日记本的故事。另外，剧团也可以根据故事内容编排一出戏，让更多群众了解历史，接受爱国主义教育。昨天，剧团的张团长向她要故事内容准备编排剧本，她解释说将军的记忆出现了小岔口，她尽快弄清后整理出来。放下电话，罗慧明心里一团焦虑，和樱子那年来参观后的情绪很相似。那个周六晚上，她和爱人一起散步时脑子还想着这事。走过抗战纪念馆外墙时，她爱人高长水转过头问道："看你最近有点心不在焉，好像有心事。"罗慧明说："一桩迷案在没弄明白之前，能不伤脑筋吗？"高长水说："哦，那不妨说来听听，看看我能当半个参谋吗。"高长水在莲城党校任副校长，曾在中央党校进修过两年，党史理论水平相当高。

罗慧明把樱子来纪念馆参观和将军对樱花日记本的回忆，细细讲给高长水后说："我很清楚活埋一说是不成立的，但真实情况怎样，将军的回忆尚不能准确复原。日记本存在馆里，我是纪念馆的负责人，目前需要急切地查清这件事，可是半个多月来思路也没进展。你认为我偏执和小题大做吗？"高长水一直默默在听，他说："原来樱花日记本还有段不寻常的故事啊。你当然不是偏执和小题大做，还原历史真实是你的责任义务。也许是旁观者清吧，我给说说自己的认识和看法，这个迷案其实算不上太复杂。推理通常有两种途径，正向推理和逆向推理，很多时候两种方式结合起来分析案子更精准快捷。就以将军的回忆为例，这是正向推理，然而当正向推理在某些环节遇到障碍推不下去时，可以换为逆向推理。可从樱子那的结论入手，逆着向前推，即使推得并不完全正确，在这过程中也能得到不少启发。我和你的判断一样，长崎不可能被活埋。首先这不符合八路军的原则，再者，将军他们几人刚经历过夜间恶战，体力严重透支，想想活埋一个人需要挖多大的坑？需要挖多久？需要手上有什么工具？而将军他们在处理掉长崎后还要火速去寻找团部新址，他们有什么理由去做挖活人深坑这样费力的事情？所以活埋只能是个伪命题。就因为你被这个伪命题套住了，才导致思路僵死。再看埋字，不同的组合产生完全不同的词组和词义，掩埋是不是也是埋的一种方式？现在姑且不论长崎是被刀刺死的、砍死的还是怎么死的，掩埋他的尸体是必须的。万一日本军追踪而至，岂不等于给他们划好路线了吗，得把他弄到别处去。这句话不是出自将军口中吗。再结合樱子所说长崎的尸体最终被日本兵发现，这就可以初步判定，长崎的尸体肯定被埋得很浅，如果是用树枝树叶掩埋，就比较容易发现，况且将军他们是在进了一个密林后才处理掉长崎的，树枝树叶这些无法埋深的东西正符合树林的地理位置特点。日本军国主义者将掩埋偷换成活埋，一个字天壤之别，他们的意图很明显，樱子被他们欺骗了一辈子不就是证据吗？另外，建议你仔细看看并分析下长崎的日记，结合日记内容或许你还会有更多惊人发现。"

听高长水分析完，罗慧明停下来看着他，惊奇地说："你真行啊，经你这么一分析，我有茅塞顿开之感。回去就仔细看日记内容。"

罗慧明发现长崎第九十七天的日记内容对本案最关键："最近八路军好像越来越熟悉我们的战术，相反，我们开始觉得被动。今天少佐传达上面指示，天皇子民焉能做支那人俘虏，命令如遇不利情况要尽快脱身，如不能脱身应立即成仁，绝不能有辱天皇尊严。我们几个末等兵都猜测军中有人被中国军队俘虏了，所以上级才如此震怒，但又不敢问，只祈祷自己别落入中国军人手里。"里面反复出现的俘虏令罗慧明恍然大悟，她揣测长崎被俘后的心理活动，是想办法逃脱还是甘心被押送到八路军部队？当然有一线可能长崎也要想法逃脱。她甚至做了一个大胆推断，长崎之所以乖乖向将军投降，是因为对方也只有将军一人，他觉得自己或许还能施点诡计逃脱。但当他们进了密林后，隐藏在此的白连长几人一出现，令长崎顿觉毫无逃生可能，彻底绝望。这时，即便将军不处理长崎，长崎也要想办法自了。至于长崎怎样自了的细节，罗慧明还没想象出来。然后，将军他们对长崎的尸体进行掩埋，恰巧不远处有块凹地，他们就把长崎扔进去，随后胡乱在树林里弄些树叶树枝什么的将尸体掩盖住。几天后来巡查的日军发现了长崎，便趁机做文章对长崎家人说他被共军活埋。

这样的思路算不算清晰明了？罗慧明问自己。但只有和将军核实后，樱花日记才能有个真正了结。在反复看过日记后，她内心疼痛难忍，喉头数度哽咽。

几天后的下午，趁不开会罗慧明敲开了将军家的院门。罗慧明的第一印象是将军比上月见到时更显憔悴。寒暄几句后，将军说："我猜罗馆长一定有了最新发现。"罗慧明笑说："我猜将军的记忆一定也复原到最佳状态。"将军笑了几声说："虽然想得我头疼不止，不过还是很值得。你先说说你的思路，看看咱俩是否不谋而合。"罗慧明于是把结合日记内容自己做出的推断细细讲来，将军一边听一边点头。讲完后，罗玉明说："虽然我想到了长崎有可能会自了，但细节我却推理不出来。"将军赞道："罗馆长的分析能力真了不起。我把日记仔细看了几遍后,在那个夜里做了一夜打仗的梦。其中就有在紫雾山地的情节,长崎被我押到一片密林,恰好遇到白连长几人。白连长不同意将长崎押往新团部,让我赶紧结果了长崎。就在我即将用刺刀从背后去刺他时,长崎突然转过身用力向前扑来,刺刀穿过他前胸,他口中吐了一大口血,跪倒在我面前。就在这时我醒了,记忆彻底明晰,后面的事情就如你分析的一样,附近有个不深的洼地。大家为了赶时间就把长崎拖进去,用树枝树叶茅草简单掩埋了下。然后我们迅速去找团部,一路上倒没碰见日军,说真的,我还挺后悔没把俘虏活口押回去。不过,从长崎日记的心理来看,他怎么会甘心当俘虏呢,一旦看不到逃脱可能,他随时会自己撞到刺刀上。这件事就这么简单,假如我的记忆没在半路出问题的话。"

罗慧明说:"幸亏您上个月回趟家乡,否则,这本日记就成永久之谜了。"随后她把今年抗战胜利纪念日的活动内容汇报给将军,将军说:"樱花日记虽然在馆里存放数十年,但它背后的故事至今才明了。仅以古桥村大屠杀为例,我还是看了长崎日记才明确知道,那一次就牺牲了我们 135 个老乡。至今心痛难以平复。"说着,将军用手捂住胸部。

罗慧明咬了咬下唇,停顿了一会儿,对将军说:"长崎的死亡真相我会通过樱子带来的翻译转告给樱子,她被蒙蔽了一辈子,最需要知道真相的应该是她。"将军点点头。

将军亲自把罗慧明送到院门外。时值黄昏,西山上方的天空中，云霞绚烂如锦，这平常的景致，在他们眼中，竟是一派庄严肃穆。

　　走到院墙拐角，罗慧明回头看见将军还站在门前，看上去是那么瘦弱。她朝他再次挥挥手，心想，刚才幸而没告诉将军，自己的身世和樱花日记里的第六十七章有关。古桥村大屠杀，罗慧明过去是从父亲那里知道，却从没想到，有一天自己会在一个日本兵日记中，看到亲人和一百多个村民残遭屠戮的记述。古桥村在抗战胜利后改名为新村，后来的年轻人几乎没人知道它以前叫古桥，不过，罗慧明记得。

原载《解放军文艺》2018 年第 10 期

湖水冰凉

乔洪涛

一

回来的第二个早上，还没起床，我就被他堵在了家里。不知是他"守株待兔"时时等我回来，还是谁走漏了风声，反正这一次我是逃不了；其实，这次我也没打算逃，只是我没想到他来得这么快。

我就是想问问，那天具体是什么情况，那时候你咋想的。他说。

我已经五年没回家过年了，这次回来，是因为我和李冰要结婚了。订婚的时候，我们没有回来。爸爸妈妈从乡下来到我工作的这儿，两家人吃了一顿饭，就算订婚了。

这一次，是李冰非要回来看看，我也觉得是该回来一趟了。她从小在城里长大，没到过农村，农村对她来说，一切都很新鲜。

你打算啥时候带我回你家看看？你不会是你爸妈捡来的弃婴吧？

她已经问了我好多次了。

这一次，沉默了一会儿。我答应了。

我决定要面对他。

在这之前，每到过年，我都心惊肉跳。妈妈从老家打来电话，告诉我，过年的时候不要回家。她说，你自己在外面保重就好，不要牵挂我们。透过听筒，我听见了父亲的叹气声。妈妈继续说，春天，我和你爸再去看你。你安心就是。

结了婚再说。妈妈说。结了婚你再回来。

李冰是我在一次年会上认识的，李冰是个好女孩。我们认识了三年了，我想娶她。

可是，我不确定，我心里能不能过去那个坎。但我必须解决掉以前的一些事，搬开我心里的那块石头，我才能把我的心房打扫得亮亮堂堂地接纳她。

昨天是年三十了，我们回来，我没提前给爸妈说。下车的时候，本来天色不晚，我带着李冰又逛了一圈小县城，把几家超市逛了个遍，又装模作样地和她一起给爸妈买了些年货，直到天擦黑了，我才和她打车回来。我可不想还没进家门，就被她知道，李冰还不知道这件事。

我们一进门，爸妈就吓了一跳。

你咋回来了？妈妈开门的时候，好像是遇见了鬼。

等我和李冰进了大门，妈妈伸出头去四下张望了一下，就赶快把大门关上了，她还不放心，又牢牢地上了锁。

爸爸从堂屋里出来，他明显地苍老了。看见我，他并没有那么吃惊，他接过我和李冰买给他的年货，嘟囔了一句话，虽然声音很小，我还是听清了。

他说，该来的总要来，躲也不是办法。咱又没有错。

虽然妈妈很意外，我感觉到她还是很高兴，她指挥着爸爸去挂灯笼。两个大红灯笼，分别写着"吉祥"和"如意"，爸爸把它们挂在堂屋门前两侧的屋檐下，并且拧开了电门开关。红色的光晕瞬间就覆盖了整个小院。还没有消融的白雪堆在院子里，像一个小山。李冰兴奋地去用手抓雪，还拿出手机自拍，要发朋友圈。她让我过去揽着她的肩，我只好过去，紧紧地搂住了她的肩膀，那一刻，我觉得我真的很爱这个女人。我不想失去她。

妈妈忙着去下水饺，又指挥爸爸去重新炒菜。我们进家的时候，他俩已经吃完了。正坐在家里看电视。餐桌上摆着两碟没吃完的水饺，没有炒菜。

后来，爸爸还从柜子最里头掏出来一瓶好酒，那本来是留着给我结婚的时候喝的，可是爸爸今天把它掏了出来。他亲自给我们每个人都斟满了酒盅，他其实还不到六十岁。

吃完饭，我又陪李冰玩了一会儿雪。她是南方人，自小没见过这么大的雪，就这么一点儿残雪，她就高兴得像个孩子。她把小山似的雪重新铲下来，堆成了一个雪人。妈妈拿来橡胶手套，她不戴，一双手攥着白雪冻得像十根红红的胡萝卜。

我堆的雪人漂不漂亮？她把自己的红围巾给它围上，还给它戴上了绒线帽子。

她堆的雪人实在不敢恭维，我故意没说话。

她抓一把雪塞进我的衣领里去。我凉得跳起脚来。

后来，我们又在雪人跟前拍照合影，她双手合十，说要对着雪人许愿。

傻瓜，雪人会化的。我说。真是个小傻瓜。我抱紧她，吻了吻她凉冰冰的唇。

我看见妈妈在屋里抹泪。

晚上睡觉的时候，虽然妈妈把炕烧得滚热，但屋里没有暖气，她还是不停地打颤，我把她冻得冰凉的小虾一样蜷缩在怀里的身体紧紧抱住，直到好好做了一场爱，她才暖和过来。

她伏在我怀里幸福地喃喃自语，说她第一次见这么大的雪，第一次住在农村的土炕上，第一次……后来，她问我到底爱不爱她。

真是个小傻瓜。我拧一下她的屁股，她咯咯咯咯地笑起来。

明天咱们去滑冰吧。她说。

我困了。我把她从身上推下来，让她平躺下，给她掖了掖被子。

她忽然又翻过身来，趴着看我，看了有一分钟，然后一本正经地问我：你告诉我，要是我和你妈妈同时掉进湖里，你先救谁呀？

我的心脏疼了一下。

呸呸呸，大过年的，不许说不吉利的话。睡觉，睡觉。

我转过身去。

二

第二天上午，我打算带着李冰去白浮图。白浮图是一个寺院，也是一个人。从前的一个和尚，因为通体都是白色的，被称作白浮图。和尚坐化后舍利子埋在了塔下，这塔也就有了灵光，寓意吉祥，当地的人逢年过节都过去烧香，据说烧香许愿很灵的。

刚吃完早饭，还没出发，门吱地一响。他来了。一开始，我真没认出他来。我还以为是一个讨饭的叫花子，乱蓬蓬的头发，胡子也长。直到他推门进来，走到院子里，母亲奔过去把他拦住，和他嚷嚷起来，我才看清是他。

你咋又来了？快走，快走。妈妈向外搡他。

我就是想问个事儿，问完我就走。他嘟囔着。

爸爸从厕所里出来，站在那里不说话。

我就是想问问，阿木过得好不好？我就是想听阿木说说，给我说说那天具体是啥情况。他等着我说。

李冰没见过这样的情况，吓得往我身后躲。

他是谁？他要干啥？

没事，没事，就是我们村上的一个疯子。你先去里屋歇着。爸爸对李冰说。

他走进来，在我面前坐下。

妈妈叹口气，把李冰喊出来，说，让他们说会话，我领你去雪地里转转，看看咱们这里你喜欢不喜欢。

一听说去看雪，李冰高兴地拉着我要往外走。我拿下她的手，说，你们先出去，我一会儿就去找你们，咱们还得去白浮图呢。

他弓着腰站起来，冲李冰点了点头，眼睛里闪耀出一丝光芒。

等他们出了门，父亲对他吼起来。

你别来添乱了好不好？！早就给你说清楚了，公安也都做了笔录，你要问你就去派出所问去，好不好！

我制止了爸爸，给他倒了一杯水。

他欠起身接过去，又坐下。

我就是想问问，当时是啥情况，你那一会儿是咋想的？

我，我脑子一片空白。啥也没想。

你是咋出来的？你俩都出来了，咋把她留下了呢？

我的头隐隐疼起来。

我的喉咙发紧，喘不动气，好像有一双手箍住了它。我有一种溺水的感觉。

……对不起，叔叔。对不起。

她不会游泳，你们上来后，就没想过再下去帮帮她？

……

我的头要炸裂了似的，我站起来，浑身冰冷，周围的空气也凝固了似的，我像被冰封在了一个巨大的容器里。

爸爸扑通跪下了。他哭起来，跪在那里。呜呜呜，呜呜呜。我还是第一次见他哭，他呜呜呜呜地哭起来像个孩子。

饶了孩子吧。求求你了，饶了孩子吧。爸爸呜咽着。

他没想到会是这样，有些紧张，急忙站起来，去拽爸爸。

老哥，你别这样，老哥。

爸爸顺势抱住了他的腿。

到此为止，好不好？都五年了，到此为止，好不好？难道要把孩子逼死才好？

不，不，我不是逼孩子，我就是想问问，那一会儿，他俩有没有帮帮她。她怕冷。你想想，那得多冷。我放心地让她跟着他出去，他回来了，她却没有回来。她那时候一定想喊爸爸，她张着嘴，喊的一定是爸爸。我恨我自己，恨我为什么没能在那个时候赶过去。

他也哭起来，他蹲下去，抱着爸爸呜呜地哭起来。

快走吧，你。爸爸冲我说。

我逃也似的跑出去，把院子里的雪人撞了个粉碎，我爬起来再跑，一步迈出家门，朝空旷的雪野跑过去，我一刻也不要再待下去了。

我觉得我还是面对不了。

三

白浮图也落了雪。落了雪的白浮图才真的是白浮图了。好几年没来，寺院并没有什么变化，看塔的老和尚好像也并不见老。唯一变化的是，又多了一个小和尚。小和尚看起来年纪不大，二十四五岁的样子，还戴着眼镜，眉清目秀的。

李冰很好奇，问他咋就想着做了和尚。

那小和尚也就一五一十作了回答。原来，他是河北人，大学没读完就辍学了，出来云游。早些年，他就听说我们这里有一个坐化高僧白浮图，没想到他竟然真的来到了这个寺院。来到这里，住了一段时间，老和尚待他很好，又因为年纪大了，想留他在这里做住持。他也喜欢这里，就答应了。

白浮图距离我们镇上不远，沿着湖边走，三公里的样子，爬上一座叫中山的山，白浮图就建在中山上。所以，白浮图还有个名字叫中山寺。

李冰又问他为何年纪轻轻学了佛学，有没有过女朋友。

他脸竟沉了一下，唱了个"阿弥陀佛"，再问就闭口不答。

我和李冰也不再追问，都知道万事都有个因由，既然他不愿意说，别人也不便问。他递给我们两炷高香，我和李冰把香点燃，一起给白浮图上香。

李冰嘴里念念有词，我也默默许了心愿。

这是我第一次上香。

自小就听父亲说白浮图的故事，白浮图在我们这里圆寂，而且埋了舍利子，这白浮图就成了文物。

来寺庙大殿里上香的人不少，还有一些熟面孔，我怕被人认出，也不想再待下去。我说，这里人太乱，我们去山上看看吧。说完拉了李冰往外走。

出了寺，我和李冰选了一条僻静的小路上山。中山并不高，但是很有特色。特色在于，它不像一般的山，而是一座方山。也就是说，一般的山，越往上越尖，到了顶峰，就是个山尖了。但方山不这样，方山的顶部是平的，一个四四方方的小平台，我小时候常过去玩。

有一次，还在山顶上捡了一块石头，石头里还有虫子的化石。我把石头拿给生物老师看，老师说这是三叶虫化石。三叶虫我们在书上学到过，这种虫子距今生活在五六亿年前的寒武纪的远古海洋中，那时候这里还是一片大海。我们踩着的这片山顶，那时候还是海底。

这才真是"海枯石烂"呢！老师最后感叹说。

我把那块化石送给了我们班的班花刘晴。我自己不敢，让我的发小张朗替我送过去的。和化石一块送过去的，还有我写的一封信，信上只有四个字：海枯石烂！

这一次上山，我本来还想着再捡到一块化石，送给李冰。但是下了雪，很多人迹未到的地方雪还没有融化，许多石块都埋在雪里，像岁月掩埋的许多往事。我们并没有捡到三叶虫化石。我们在山顶的观湖亭站了一会，看到山脚下有一片偌大的镜子似的东西亮晶晶的在反射着阳光，闪我们的眼。那是镜湖。

今年的冬天很冷，镜湖结了冰。我们朝远处看，看到远处隐隐约约有一个黑影在上面走着，其他，连只鸟儿也看不到。

山风吹过来，还是冷。

我的头又隐隐疼起来。

因为没找到三叶虫化石，不能向李冰证明我的"海枯石烂"，这让她有些失望。

我们下去滑冰吧。她说。

我们拍了几张照片就下山了。

四

下山的时候，接到了张朗的电话。

他说，听说你回来了？

嗯。回来了。

咋就回来了？他找你了吗？

嗯……嗯。

你在哪里？听说女朋友也回来了？晚上见个面吧。我有事给你说。

我在白浮图。正往回走。

怎么去的？步行吗？那我开车去接你们。

算了，不用。

等着我。

下到山门的时候，我看见了张朗的车。这几年，张朗混得不错，高中毕业后没考上大学，他跟着表哥承包了一个工程。如今，他也是一个有些实力的包工头了。从他开的车就可以看出来。

我给他介绍了李冰，也给李冰介绍了他。李冰伸出手来跟他握手，他冒出来一句：像。还真像。

李冰问他像啥？他迟疑了一下，笑着说，像个电影明星。

李冰笑起来，说，张朗你还挺逗。

我没说话，直接坐在了副驾驶位置上。

沿着镜湖大堤，张朗的车开得很慢。到了镜湖大桥上的时候，张朗把车停了下来。

下来看看？他说。

我们都下了车。

站在大桥上，透过栏杆，南北都是看不到边的镜湖。以前的时候，桥上没有栏杆，如今加固的铁栏杆高过了我们头顶。

张朗掏出烟来，点上，我也抽了一支，红红的火头，让人觉得暖和了一些。

桥南不远处，一个穿黑色羽绒服的男人，挥舞着铁镐，正一下一下地凿冰。

那是在干什么？

打湖冰。张朗看我一眼，有些意味深长。

打湖冰？我们下去看看吧？李冰要转下桥去，被我制止了。

那个人直起腰来，朝桥上张望了一下。啊，原来是他！

我缩回身子："天太冷了，还有风。"

我转身，钻进车里。

走吧，回家。我说。我的声音有点发颤，天太冷了。

张朗没说话，把烟狠狠吸了一口，扔进湖里，发动汽车。

回来的路上，我和张朗都没有说话。李冰在摆弄她的手机，她已经发了五个微信朋友圈了，这次发的，是拍的打湖冰的那个人。

我关上了手机。

晚上的时候，我和张朗喝了一杯。妈妈早早插上了大门，我知道，她是担心他再过来。但我内心却仿佛有一种隐隐的期待，我甚至很想尽快再见到他。

我是不是真是他妈的疯了？

李冰早早上了炕，坐在炕上看电视娱乐节目，妈妈坐在一边陪着她，她买来了瓜子，两个人一边磕一边说着话。

爸爸已经在那屋里睡下了。

我和张朗又喝了一杯。

一直就那样？

嗯。五年了。

找过你吗？我不在的时候。

经常来找我，来找我我就陪他喝一杯，抽支烟。

他到底想知道啥？

张朗埋下头去。过了一会，他小声啜泣起来，他一边哭，一边呜咽着说，你说，木哥，有时候想想，还真他妈不想活了。这个坎，我心里过不去。

造孽的是我，你别太自责。我开车去喊的你们。我说。

唉，也别说谁喊的谁了。我就懊悔那时候，我咋就脑子短路了呢？我是最有可能拉她一把的，我在后座，看见在副驾驶上，她的保险带卡住了。

我的头像炸了一般，嗡嗡作响。一股溺水的感觉，再次袭来。我睁开眼，周围全是冰冷刺骨的湖水，我在拼命挣扎、呼救，可是我喊不出来。我手脚乱蹬，最后一刻终于浮了上来。

是她给我买的那件新羽绒服救了我，我拉着拉链，冷水浸泡下去的时候，羽绒服鼓起来，仿佛有一股力量，在把我往上拽。

我伸手去抓她，拽了两次，都没拽动，那个时候，我害怕极了，我觉得我要死了。我一松手，我就上来了。

耳朵边全是咔擦咔擦铲湖冰的声音。

"我就是铲个空，让她透口气，你想想，她得多冷，多害怕呀……"

我的头要炸了。

五

李冰的单位要开工了，我没有跟她回去。我告诉她，有件事，我需要冷静冷静。

是关于她吗？她突然问。她不傻，她肯定看出了什么猫腻，或者听说了什么。

我愣了，摇了摇头，又点了点头。两行泪从我眼里流出来。

她抱住了我。

我觉得我该做点什么。哪怕是，我和张朗一块过去，陪着他一块打湖冰，或者听他说点什么。我总不能就这样跑掉，我已经躲得太久了。

你的确应该做点什么，按你想的去做吧。我等你回来。

李冰离开的时候，眼睛里亮晶晶的。

那个噩梦，让我天天失眠的噩梦，已经五年了。我真的无法原谅自己，我明白张朗告诉我的，他说，很多次他真想再把车开进那一片冰湖里去。但是后来，他都忍住了。他觉得，她也不想看到这样的结局。

是的，我也觉得，她也不想我们这么干。

六

但是，我们总该干点什么。

七

"我就想问问，那时候你俩有没有下去帮她一下的想法？她多么怕冷啊，那湖冰太冷了。我每年都铲开湖冰潜进去待一会儿，那水太冷了，我都受不了，她怎么能撑得住。我就是想让你俩过来给她说一下，你们曾经也想救她来着。阿郎、阿木，拜托你们了啊。"

八

我和张朗决定了。

每次年底回来，我们都会去那里陪他打湖冰，然后，陪他下去待一会儿。

我们还决定，每次回来过年，我们都去白浮图那里敲木鱼。

原载《当代小说》2018 年第 11 期

在树上游泳的鱼

邢庆杰

一

林子里几乎透不进阳光，偶尔有一束光线透过树叶重重叠叠的阻挡，照在一尺多厚的落叶上，映出一个模糊的光斑。风一吹，树叶舞动，那光斑便忽而消失了，又忽而显现了。空气新鲜得有些甘甜，还夹杂着一丝儿落叶那种潮湿腐败的气息。一只啄木鸟飞快地啄着树干，发出急促的鼓点。

老宁踩着他走了几千遍的那条蛇形小径，开始了一天的巡视。小径上的落叶都被踩实，在积了一尺多厚的落叶之间，更像一条小小的、干涸了的河道。林子里原来并没有路，是老宁日复一日的巡视，走出了一条"S"形路线，沿这个路线走一个来回，林子里有什么异常，他都能发觉。老宁每天的巡视，已经和护林关系不大了。林子里这些大树，多是杨树和柳树，还有少部分的刺槐、榆树，树都极粗，大多数一个人搂不过来。这么大的树，即使偷着伐了，也运不走。林子四面都是五六米宽的排水沟，沟里有两米多深的水，沟外又是庄稼地，唯一进出林子的路，就在老宁栖身的那个树屋旁边。算起来，已经有五六年没有丢过树了。老宁每天的巡视，主要是看一遍他的鸟窝，沿着"S"的小径，一路上有九个木板做的精致鸟窝。

老宁其实并不老，还不到四十岁，只是他经常好多天不刮胡子，不理发，他头发逢乱、胡子拉碴的样子，说六十都有人信。老宁小的时候，可是个清爽的孩子，两只眼睛晶亮，他上学学习好，放学后干活还利索。只是，有些淘，没事就爱上树下河，摸鸟蛋、逮鱼虾，在河边上挖土灶，烧地瓜、豆子、嫩玉米吃，有时也烧鱼虾和蚂蚱，经常吃得嘴边上一圈小黑胡子。那时候，这片林子还是一片苗圃，只有林子周围一圈是大树。没事的时候，老宁就常长在树上，他在树上看书睡觉，撒尿也不下来，像是一只大鸟。有时夜深了，他还没有回家，那他多半是在树上睡着了，他守寡多年的娘就围着这片林子，一棵树一棵树地找，边找边骂他。他听见了，也不吭声，悄没声息地从一棵树上哧溜下来，他娘就随手捡起地上的树枝追打他：小私孩子，看看你的褂子裤子，还有鞋，又磨烂了……村里大多数人却很喜欢他，他嘴甜、机灵，能逗人开心。尤其是他家后院的林家婶子，逮住他，就让他喊娘。林家婶子三个女儿，老大小雯和老宁是同年，又在一起读了小学读初中，关系很铁。林家婶子的丈夫在煤矿上班，常年不回家，家里有什么男人干的活计，就请老宁来帮忙。有时老宁正忙得满头大汗，林家婶子忽然就揪住他的耳朵问，好儿子，给俺当上门女婿吧，过几年就把小雯嫁给你。逢这时，少年老宁心里就美滋滋的，像吃了甜点。

二

为了让鸟儿也有邻居，老宁将九个鸟窝分成了五组，除了第九个鸟窝是单独的，其余的八个鸟窝，都是两个在一起，相距不过五米，窗口都背阴朝阳。

他踩着吱吱响的小路，来到第一组鸟窝下。两只灰尾巴喜鹊正在鸟窝出口的木板上跳跃，出口处有两只小小的脑袋探出来，唧唧喳喳叫得正欢。它的左面，住的是一对黑喜鹊，他知道，雌鹊正在窝里孵小鸟，雄鹊经常外出觅食。他用手轻轻拍了拍鸟窝下面的树干，鸟窝里顿时探出了一个又黑又亮的脑袋，冲他欢愉地叫了一声。他听得懂，鸟儿在问候他，老宁你好！

哦，这是第六代了。老宁自言自语。不知从什么时候开始，老宁喜欢自言自语了。刚发现这个毛病的时候，他吓了一跳，自己是不是魔怔了？那是上一届村长最后一次来看他，告诉他，村里换届了，林家婶子的三女婿金浩当了村长，他要去乡里当科技副乡长了，副科级呢。

副科级走后，他冲着他的背影说，副科级算个鸟毛，我老宁是巡视员，听金浩说，这是正厅级哩，比县长大老多哩。

金浩是老宁和小雯的初中同学，后来做了林家婶子的三女婿。

你以为你怎当的副乡长俺不知道？林子外围的那几百棵老榆树，个个都能当大梁用，你说是全卖给乡里了，可钱呢？大家伙一毛也没见着，你这是用全村兄弟爷们的钱买官呀……

他越说越快，越说越生气，一口气把憋在心里的话全说完了，副科级的背影已经像火柴盒那么大了，他才吃了一惊，我这是说给谁听呢？

三

这九个鸟窝里，最让老宁放心的，是第二组。两个鸟窝住的都是猫头鹰，一边是一只，另一边是两只。猫头鹰只在晚上出来，村里人都管它们叫"夜猫子"，视为不祥之物，从来没有人招惹过它们，所以，老宁从来不担心它们会受到祸害。老宁晚上看望过它们几次，它们爱站在鸟窝旁的高枝上，瞪着一双灯笼般的绿眼睛四下探望，胆子小的，真会被吓到。

小雯害怕猫头鹰。

十五岁那年的暑假里，一个傍晚，他和小雯在树下捡柴禾，忽然小雯妈呀一声就扑在了他的怀里，身体不住地颤抖着。他清晰地感觉到了小雯胸前那两砣柔软的东西，一股不可抗拒的冲动，使他的手探了进去。小雯没有拒绝他，只是不断地指着他的背后，惊恐地叫道，夜猫子夜猫子……

老宁在地上捡起一块坷垃，嗖地一声投了出去，猫头鹰凄惨地叫了一声，飞走了。

小雯惊魂未定，老宁乘机解开她的上衣扣子，痴呆地看着她那两只精巧的奶子。后来小雯打了他一下，嗔道，看够了没？老宁这才不舍地收回目光。

小雯说，你看了我的，就不许再看别人的。

小雯说这句话的时候，双颊升起了朝霞般的红晕，这红晕映着夕阳，说不出的好看。

现在，老宁每想起小雯，就想起她带着夕阳和红晕的脸蛋，还有，那精巧的乳房。

四

昨天下了一场不大不小的雨，树林里的空气有点儿潮湿。小路的低洼处，还有少许的积水，一些粗粗细细的蚯蚓，就在积水里乱爬着。老宁小心地绕着它们，挑着没有水的地方走路，转到第三组鸟窝这里，竟出了一身的汗。这里有三个鸟窝：两个木制鸟窝里，一边住的是两只斑鸠，另一边住着一对相思鸟。在相思鸟的上方，在更高的树杈上，还有一个乌鸦自己筑的鸟窝，在下面看，足有十印锅那么大，这样大的鸟窝，在这个方圆百里平原上最原始的林子里，也不多见了。

这片林子还是拇指粗的幼苗时，老宁十五岁。那时，林子周围的大榆树上，有很多鸟窝。老宁数过，是九个。

那天下午的大雨来得太过突然，刚刚还是烈日炎炎，晒得人直冒油汗。一阵阴风吹过，天就黑了，葡萄粒大的雨点就密集地砸了下来！暴雨持续了足有一个钟头，停下来时，已经是后半晌了，天空湛蓝如洗，没有一丝儿的云彩，日头像个新鲜的蛋糕挂在西天，撒下金黄色的光芒。

傍晚的时候，老宁的娘拧着眉毛对他说，柴禾都湿透了，黑下的饭做不了，吃个凉馍吧。

老宁出门，正遇上小雯。

小雯说，柴禾都淋湿了，俺娘叫俺出来找点干柴禾。

老宁说，你回家等着吧。

小雯一喜，你有柴禾。

老宁狡黠地笑了笑，回家等着吧。

小雯疑惑地看了他一会儿，又看了看湿漉漉的柴禾垛和遍地的积水。

老宁打回来两大捆干柴，一捆扔在了家里，另一捆送到了林家婶子那里。

林家婶子和小雯都吃惊地把眼睛睁得老大，小雯说，你太能了，从哪儿弄的？

老宁得意地笑了笑，不说。

老宁的娘除了吃惊之外，还对另一捆柴的去向耿耿于怀，那一窝狐狸精，给你灌了啥迷魂药？

夏天雨水多。每次雨后，老宁总能弄到干柴禾。

等小雯通过跟踪盯梢，获知老宁的秘密时，林子边缘的九个鸟窝，已经被他端了八个。鸟窝上的树枝都是干透了的，雨后，经过短时间的风吹日晒，就是上好的柴禾。

获知了这个秘密后，小雯把老宁最后送给她家的那捆柴禾扔了出来。小雯说，你端了小鸟的家，你让小鸟住哪里？刮风下雨怎么办？冬天下雪下雹子怎么办？你太坏了！你是杀人凶手！

说完这些话，小雯就再也不理老宁了。

五

每次走到第四组鸟窝这里，老宁都要在树下歇一下。第四组住的是一对戴胜鸟，一对画眉鸟。画眉鸟本是南方特有的，这两只画眉，好像是被人放生的，因为它们才来的时候，老宁怎么吓唬，它们也只是往一边的树枝上跳一下，并不逃远。画眉鸟窝的树下，有一根突兀出地面的树根，有房檩那么粗，正好作凳子。这棵树，位于老宁踩出的"S"形小路的外围，靠近林子的边缘。林子边上，葬着小雯。村里的规矩，未成年的孩子夭折，是不能进祖坟的，随便找个地方一埋，还不能起坟头。埋小雯的时候，老宁在旁边的树上作了记号，待人们快要忘记这件事的时候，老宁给小雯起了一个直径三尺多的小坟头。

老宁的秘密被揭穿后，小雯再也不肯和他一块儿上学放学了。老宁在路上遇见她，喊她，她像聋了一般。

这年夏天，老宁和小雯都初中毕业了，老宁考上了县一中，小雯考上了地区卫校。

在这个漫长的暑假里，老宁一心想着和小雯修好，他甚至和村里的二木匠学起了木匠活儿。

他对小雯说，等我学会了木匠，有了钱，就做一些小房子，挂到树上，让鸟儿住进来。

他说这句话的时候，发觉小雯的面色柔和了起来，后来，还笑了。小雯已经十六岁了，她笑起来的样子已经有了女人般的妩媚。

老宁的娘说不行就不行了。林家婶子帮老宁用牛车把她拉到县医院，第二天就拉了回来。医院的一个老医生看了她拍的片子说，回家养着吧，想吃啥给她买点儿啥，没几天可活了。

当天晚上，老宁的娘想吃鸡蛋。老宁找遍了家里的所有地方，也没能找到一个鸡蛋。这几年村里有人养肉食鸡，引起了鸡瘟，家家户户都不养鸡了。以前，村里人一直是拿鸡蛋换钱的，现在不养鸡了，却还没养成拿钱买鸡蛋的习惯。老宁去林家婶子那里讨借，林家叔叔有时从矿上回来，会捎点鸡蛋、肉之类的吃食。可巧，林家婶子家也没有鸡蛋了。

从林家婶子家里出来，老宁犯了难，天这么黑了，到哪里会弄到鸡蛋呢？

老宁漫无目的地顺着村路走着，他不想现在就回去，不想让娘失望。娘虽然脾气不好，但一个人把自己拽大也是很辛苦，自己已经长大了，快要能回报她了，她却要走了。老宁走着走着，走出了一脸的泪水。

鬼使神差，老宁走到了林子边上，走到了那个仅存的鸟窝下面。老宁脱下鞋，上了树，爬到了鸟窝的出口。两只喜鹊听到动静，都飞了出来，愤怒地鸣叫着，围着这棵大树盘旋。老宁把手伸到鸟窝里，掏出了六个带着体温的鸟蛋。

老宁双手捧着鸟蛋，兴冲冲地赶到家里时，娘已经咽了气。

老宁嚎啕大哭！

哭声引来了很多人，林家婶子和三个女儿也都来了。

当天晚上，村里专管红白喜事的一班人马就凑齐了，一切都不用老宁操心，全都办得妥妥的。

老宁的娘是三天以后下葬的，就在这天下午，小雯出事了。

小雯竟然爬上了一棵大树，那棵大树上，有一个硕大的鸟窝。

小雯的两个妹妹都在现场，她们说，姐姐要把老宁掏的鸟蛋放回去，她上树的时候没事，等她把鸟蛋放进鸟窝里，往下退时，一失足落了下来。树枝挂住了她的裤腿，使她的身体在空中倒了过来，头朝下摔在了兀出地面的树根上……

六

小雯的坟上干干净净的，没有一棵杂草，老宁不允许任何草长在上面。

在坟的南边上，老宁种了四棵松树，现在都已经像海碗那么粗了。在正午最热的时候，浓密的树荫笼罩着小雯的坟头，小雯在里面，不会热到。

埋葬小雯的那天，来了一大群鸟儿，黑的、白的、灰的、花的；乌鸦、喜鹊、燕子、布谷、斑鸠、戴胜、鹞子……它们像一片彩云，在小雯的上方盘旋着，鸣叫着，久久不肯离去。

老宁知道，鸟儿们这是在对小雯致歉。这个报应，应该是他的，却因了什么差错，错报到小雯的身上。

老宁辍了学，在家种地、学木匠。村人都为他惋惜，金浩多次上门劝他，表示愿意支援他学费，他也摇头不语。后来，原先看林子的老光棍朱拐子死了，看林子的事儿，就落到了老宁头上。村里这看林子的活计，似乎一直是由光棍承担着，也只有光棍，才能没黑没白地盯在那里。

这片林子，其实就是当年的苗圃，苗圃废弃了，最后的一批树苗留了下来，就长成了数千亩的树林。老宁接管时，树都长得半搂多粗了。因这片林子成了当地一景，乡里的县里的头头们经常带人来参观，所以，村里一直没敢打这片林子的主意。老宁接了这活计后，在林子唯一的出口，搭了一个树屋。那棵老榆树，粗得一个人抱不过来，但此前遭受过一次雷击，树被拦腰斩断，后来树干的周围长出了密密的树枝，像一把大伞。老宁就在这伞的顶上，固定了一层厚木板子，搭建了一个严严实实的小木屋。刮风的时候，小木屋会随着树晃动，但因主板固定在了粗大的树干上，再大的风也吹不走它。

老宁搬进树屋后，伐了两棵枯死的榆树，把它们拆成板子，就开始在树屋下制造鸟窝。他先画出了图纸，然后做好了拆，拆散了再做，足足做了一个月，才做出一个满意的鸟窝。整个鸟窝，没用一颗钉子，所有的木板都是用榫卯扣起来的，板子之间的缝隙全部用蜂蜜封得密不透风，他不敢用胶水，怕鸟儿嫌弃那种味儿。鸟窝的顶是尖的，供鸟儿出入的洞口上，做了一个翘檐，下多大的雨，也进不了水。鸟窝内，铺了一层厚厚的干草。

做好第一个鸟窝，他先拿给小雯看了看，问她满意不满意。当天晚上，小雯就来了，小雯高兴地说，鸟窝我看了，挺好的，就是出口缺少个门，冬天鸟儿会冷。

第二天，他用了一整天的时间，为鸟窝设计了一个小木门，比出口小一圈儿，用折页固定在一边，门很轻薄，鸟儿从外面轻轻一顶，门就开了，进去后，门自动合上；在里面轻轻一顶，门也能开。为了让鸟儿进窝前有个站脚的地方，他又在出口下面安上了一个巴掌大的平板。做完后，他又把鸟窝拿给小雯看了，这次小雯开心地笑了，脸上又浮起了两抹红晕。

有了样品，老宁就没黑没白地干了起来。每天，他除了吃饭睡觉巡视林子外，其余时间都是在制造鸟窝。为了节省做饭的时间，他买了很多馒头咸菜，每顿都是两个馒头一块咸菜，就着白开水喂进去。

两棵枯死的榆树全部用完，正好做了九个鸟窝。

老宁用粗树枝绑了一架简易的梯子，将这九个鸟窝挂在了他事先选好的树上。

挂完鸟窝的这天晚上，老宁又梦见了小雯。他和小雯结伴上学，小雯一路上蹦蹦跳跳的，见他不高兴，就在他身上打了一下，然后咯咯地笑着跑向远方。老宁忧伤地看着小雯，他知道这时候离小雯死的日子不远了，小雯却还浑然不知。老宁叮嘱自己，千万不要醒，就永远停留在这个时段吧……

七

老宁掏出打好的烧纸，放在小雯的坟头，然后找了块拳头大小的坷垃，压在纸上。都二十多年了，每年的清明和七月十五，老宁都会来给小雯压"坟头纸"。小雯刚走的那几年，林家婶子怕老宁这样下去会毁了自己，有意将二女儿小霜嫁给她，小霜也有那个意思，就主动来接近老宁，老宁直接地拒绝了她，小霜一气之下，外出打工了，至今没有回来过。林家婶子的三女儿小霞大学毕业后考上了乡里的公务员，和金浩结婚了。金浩已经是个青年企业家了，当年他没考上学，就回村办了个棉花加工的企业，企业很红火，他也很有能力，现在已经是新任的村长了。

老宁告别了小雯，沿着弯弯曲曲的小路，走向第九个鸟窝。

　　昨天撒在地上的小米和玉米，都已经吃完了。老宁找出藏在一边的梯子，立在树干上，爬了上去。这是第几十次近距离观察这个鸟窝了？老宁已经记不清楚了，这一次，他仍然失望了，鸟窝仍是空的。

　　老宁把九个鸟窝都挂到树上后，像开店的老板盼房客那样，盼着鸟儿们来他精心制作的巢中安家。

　　每一次来到鸟窝下，老宁都满怀了希望，大气也不敢出，心紧张得像擂着一面小鼓。

　　但时间一天天过去了，一月月过去了，一直过了一年多，所有的窝内都无鸟光临。

　　老宁沮丧极了，伤心极了。他知道，鸟儿已经不相信人类了，它们把他精心制作的小窝当成了陷阱。他来到小雯的坟前，哭泣着向她诉说自己的失败。长时间的身心疲惫，老宁歪倒在小雯的坟头上，睡着了。到了半夜，老宁听到耳边不断有人在叫他，起来，快起来！他睁开眼睛一看，是小雯，小雯伸手拉他起来。明亮的月光下，小雯的两只眼睛水波流动，嘲笑着看他。他太熟悉她的这种眼神了，调皮又带有讽刺的意味，每逢他做了什么不好的事儿，她就拿这种眼神看他。小雯说，这么大男人了，遇点事就知道哭，就不能想想办法？老宁说，还能咋想？鸟窝做得连我都想住进去，鸟儿就是不买账！小雯说，很简单的，鸟儿是要吃东西的，你给它东西吃它就来了。老宁脑子里豁然一亮说，对呀，我咋没想到哩？还是小雯聪明。说着话，老宁就想抱抱小雯，却抱了个空。睁开眼睛，他竟然在自己的树屋里。

老宁去乡街上买了一袋子小米、一袋子玉米。他把这两种粮食掺在一起，撒在鸟窝下面的空地上，还在鸟窝出口的平板上、鸟窝内的干草上撒了一些。这样投放了几天，他发现，撒到地上的，全部被吃光了，而撒在出口和窝内的，基本都没有动。但他并不着急，只要鸟儿肯吃他的食，就好办。他坚持着投放了一个多月，投放量一天比一天少，后来，就停了下来。几天后，他惊喜地发现，出口上的米粒都不见了，但窝内的还在。他扛着梯子，每天都爬上九个鸟窝所在的九棵树，在鸟窝的出口处撒上米粒。偶尔，他会看到，有各种鸟儿跳跃着在出口处享受美食。几个月后，他觉得差不多了，就在各个鸟窝里放上了足够一对鸟儿吃一周的粮食，然后停止了投放。

第一个惊喜来自一对戴胜鸟，它们住进了第四组的一个鸟窝。老宁的高兴，不亚于当年他考取了县一中。作为奖赏，他在戴胜鸟的窝下撒了很多米粒。当晚，他又把这个好消息告诉了小雯。小雯对他说，这只是一个开始，会越来越好。

老宁又观察了其他的鸟窝，有的粮食已经吃光，但没有鸟住过的痕迹，他及时补充上粮食。有的粮食还在，他又在出口处的平板上撒了少许米粒。

真如小雯所说的，情况越来越好，隔一段时间，就有新的鸟民搬进鸟窝。在那对戴胜鸟搬来后一年多的时间里，有八个鸟窝住上了鸟民。但令他遗憾的是，第九个鸟窝，始终没有招来鸟儿。他用尽了一切办法，都没有什么效果，后来，他甚至用网捉了两只喜鹊放进去，关了好几天，两只喜鹊却不吃不喝，再关下去，就有死亡的危险，他只好打开出口，眼睁睁地看着两只鸟儿兴奋地钻出来，箭一般射向高空。他心生疑惑：难道这是命？当年，他拆了八个鸟窝，上天就只收他的八个鸟窝？多一个功德也不肯给他？他不服输，十多年来，始终没有终止对第九个鸟窝的眷顾。

八

转完了一圈，老宁沿林子边的水沟往回走。

通常，他是按原路返回的，他总看不够他的那些鸟窝。

但是，他很快要跟这片林子告别了，他要到处转一转，走一走。

前几天，村长金浩来找过他。告诉他，这片林子保不住了。

金浩是老宁比较佩服的人，他经常周济村里的穷人，还在村里铺了一条通往县城的路。再加上和林家的这层关系，所以，他说的话，老宁信。

金浩说，这是县里的规划，这一片已经划成经济开发区，要建厂，地已经卖给开发商了，乡里都不敢吭声，村里就更扛不住了，土地毕竟是国有的。

林子周边的这条沟，就像旧时城池的护城河，让盗伐者望而却步。沟里的水曾清澈见底，最深的地方足有两米，天长日久，水草茂盛，鱼虾成群，吸引来众多的垂钓者。这都是很久以前的事了，现在，沟里的水已经变成了浅绿色，还漂浮着些许泡沫，散发着说不清的气味。

水面上经常漂浮着大大小小的死鱼，有鲫鱼、鲢鱼、草鱼、鲤鱼、黑鱼、河汊、嘎鱼、黄鳝等。最近，老宁每天都抽出一点儿时间，用网抄子打捞死鱼，然后把死鱼当作肥料埋在树下。昨天刚刚捞过，今天的水面上又浮上来不少，看来，这条沟里的鱼要绝种了。老宁打算回树屋拿网抄子。刚走几步，一条小鲫鱼从水里跃了出来，落在他脚下的草丛里，还一下一下不屈不挠地蹦跳着。老宁用脚轻轻一驱，将它踢回水里。不想，那鱼入水后像进了油锅，立马又蹦了上来。老宁想，这条鱼真有灵性，知道在水里也是死路一条，投奔我来了。他双手捧起这条不足二两的小鱼，慢慢向树屋走去。

晚上，老宁忧伤地对小雯说，这片林子保不住了，恐怕，你……

小雯打断他说，那你就带我走吧，到一个安静的地方去，我喜欢有鸟语花香的地方。

老宁说，我走的时候，一定带着你。

九

施工队进驻林子的那天早晨，五合村起早的几个人同时看到，在老宁的那个树屋上，飞起了一只大鸟，随即，有成千上万只鸟儿跟随它一起飞到了林子的上空，向远处飞走了。

过了几天，人们才发觉，老宁不见了，和老宁一起失踪的，还有那些鸟窝和成群的鸟儿。

施工队在这片林子里，始终没有见到一只鸟。

后来，发现了一个用木板做的精致鸟窝，里面装满了清水，一条鲫鱼，悠闲地游弋。

原载《湖南文学》2018 年第 11 期

入选《中国当代文学经典必读·2018 年短篇小说卷》

忐 忑

高建刚

楔 子

我们家住 5 楼。房子 1985 年所建，共 6 层。隔音差，楼上楼下、左邻右舍，说话、咳嗽、打呼噜，甚至解手都能听见。尤以男女床上弄出的声音最扰人。自己听，尚有兴趣，与妻听也多有意味，若青春期的儿子也在，那就尴尬了。只好打岔，找话与儿子说，儿子却食指竖唇——嘘，听，什么声音？不知他是真傻还是装傻。我常抱怨，楼上楼下、左邻右舍，等儿子睡了再出声不行？不分昼夜，真是劳动模范！

我在家总是小心翼翼，低声说话，生怕人听见。说私密话更是声小，诸如家里的收支，远亲近邻的复杂矛盾，儿子在学校的不良表现等。一次，我从外面回来，想把在单元门口遇见几个警察和一辆 110 警车的事告诉妻。妻当时正在厨房端着一砂锅刚做好的山药炖羊排，我几步凑到她耳边，刚一开口，不知背后有人的她，惊叫一声，砂锅失手落地，陶片、羊肉、山药、枸杞、汤水四溅……惹得妻埋怨了好长时间。

楼　上

楼上夫妻，耳顺之年。夫高大貌凶，瓮声瓮气。妻肥硕强悍，嗓音尖厉。常闻夫妻吵架，脏话不堪入耳，伴有重物坠地的闷声，接着是厮打，接着鬼哭狼嚎。我与妻常心惊肉跳，不知该去阻止，还是忍着。第二天一早，夫妻在家联袂合唱"妹妹你大胆地往前走"之类的歌曲，高亢之音透过天花板，不绝于耳。不多时，夫妻有说有笑，相挽下楼，出单元门，向小区大门走去。我与妻向其背影抱拳行礼，自愧弗如。偶有上下楼时相遇，壮汉笑容憨厚，搭腔温柔友善，礼让三分，路宽六尺；悍女腼腆笑颜，轻言细语，客气有余。每次我与妻都百思不得其解。

听他们吵架，得知，壮汉没工作，生活支出皆靠悍女退休工资。吵架多因钱起，或账目不清，或来路不明。悍女在纺织厂工作，下岗多年，工厂早已倒闭，终熬到退休年龄，退休工资每月不过2000多元，常捉襟见肘。后来听说，厂区开发房地产，厂长一干人赚得盆满钵满，资产都归了个人，下岗职工没分得一分钱。他们上访过，去政府门前静坐过，皆一无所获。悍女跟壮汉吵架常提此事，骂他不是男人，不敢去厂里闹，闹的人都得了好处。为别的事吵，都能听见壮汉壮烈的对抗，唯此事，听不见壮汉一点声响。

打得最凶一次，我听出壮汉蹲过号，因何进去，不得而知。后来听知情人言，壮汉 20 世纪 80 年代在即墨路自由市场经营服装，有去收他保护费的，被他几拳打瞎了一只眼，由此蹲号。那时，他俩正热恋中，悍女还是窈窕淑女。壮汉为取悦恋人，进货多以恋人喜好为主，似今日"淑女屋"之类。结果多有滞销，经营日渐惨淡，终随蹲号化为乌有。悍女不负壮汉情义，狱外苦等 5 年，出狱即婚，且生了龙凤胎。

其女婚后随夫移民美国。夫先是做美甲生意，后来做装潢，最终开了中餐馆。育有三子。因照顾孩子忙不过来，壮汉和悍女轮流赴美，帮看孩子。楼上静，即其中一人去了美国；反之，人已回来。

一次，悍女去了美国，壮汉留守。楼上静若无人。深夜，妻儿都已熟睡，我也关灯入寝，忽闻楼上有沙沙脚步声，黑暗增强了听力，能听出是俩人拥在一起挪步的声音，一人是软底拖鞋，一人是硬底高跟鞋。这引起我的兴趣，我跟着俩人的脚步一起挪到南卧室，来到妻正酣睡的床边，听见头顶床垫弹簧承重的声响，然后是床的榫卯发出有节奏的轻微摩擦声。我屏息敛气，心跳加重，身体敏感处也在萌动。然而再没听见后续的声音，安静至极。

第二天晨，我与妻耳语此事，妻说，不可能，你想多了，人家夫妻恩爱，你又不是不知，肯定听错了。我说，这与夫妻恩爱有啥关系？妻板脸说，什么意思？你是说，性与恩爱无关？我与妻还是第一次触及这种话题。不再答话。

那年夏天，壮汉赴美，悍女留守。楼上安静。那天清晨却闻楼上悍女在声讨，喊冤，啼哭，跺脚，摔物。以为壮汉已回。细听方知是她一人在吵，跟地球另一面的壮汉视频吵，激烈之势不逊现场。

一天下午，我一人在家，开空调，光脊梁，只穿内裤，在书房闷头写这篇小说。有人敲门，以为是快递福柯《不正常的人》到了，一激动，来不及更衣，就去开门。却是楼上悍女，穿黄色丝绸连衣短裙的庞大身体堵在门口，几乎没有缝隙。这样的年纪，这样的体格袒胸露背，很是出眼，与她娇羞的表情也不是很搭。她说，晾晒的衣服落我家晾衣架上了，是否可以取。我说稍等，这就取，转身要去南卧室阳台，顺便穿件衣服。她说，哎，我去吧，你不方便。说着，她踢掉脚上的拖鞋，赤脚去了南卧室，熟门熟路，似曾来过。她路过床边毫不掩饰地打量了一下床，饶有意味地一笑。我站在卧室门口，见她拉开纱窗，推开塑钢窗，探身撅起臀部。我忽然感到此人的一连串动作，像是在表演，尤其黄色丝绸裙紧裹的臀部几乎占满了窗口的瞬间。我看着她夸张的动作，担心她会失去重心坠楼。她从晾衣架上取了什么，攥在手里，用一只手把窗复位，攥东西的手挡在胸前，转身时，双手移到背后，一副女孩躲猫猫的表情。我看看她，再看看只穿内裤的自己，好像俩人关系不一般似的。我说，好了吗？她说好了。就往外走，眼光似乎不放过卧室里的一切。经过我身边时攘东西的手又转至前面。我隔着老远目送她。出门时，她说谢谢，添麻烦了，回头以复杂的眼神看我一眼。我说不客气。待她把防盗门关上，我过去轻轻关上木门。接下来的时间，我一直在想她手里攘着的东西是什么，什么衣物让她如此神秘兮兮，什么衣物如此之小，一只手就能攘住，不露丝毫。想必应是内裤。但内裤也不见得一只手就能藏住，何况悍女之肥硕，内裤不会太小。不过也难说，想起朋友说女人裤衩的段子：过去是扒开裤衩找屁股，现在是扒开屁股找裤衩。虽粗俗了些，却是事实。转念想，也许她手里空无一物，是借故窥视我们家卧室来的。平时，我们在床上发出的声音她听见了，感到好奇；抑或是对我的诱惑。不，不可能，正如妻所说，我想多了。

回到书房，继续写小说。妻回来了，抽着鼻子，问谁来过。我答，没人来过。妻说，香奈儿，我好久不用了。我想告诉她刚才发生的事，终未开口。女人的嗅觉太灵，我没有闻到一点香水味。就在这时突然断电，电脑关机，这是近期第 N 次断电。电业局维修者起初以为是故障，但检查不出问题，他说，真是见鬼了，你们单元太邪乎了。结论是人为，非故障。后来，据说断电是为制止地下室一个刚搬来不久的邻居，不分昼夜干木工活。初不知其做什么，只闻电锯、电刨、雕刻机之类刺耳声和刺鼻的油漆味。后得知，是做一个个瘆人的小木匣子——骨灰盒。许是业务量剧增，致其加班加点。谁愿意挨着整日发出制作骨灰盒声音的邻居。故，不知谁常以断电方式表示不满和警告。我见过这邻居，黑瘦高挑，眼窝深陷，满嘴吸烟黑的牙。然而我也是受害者，首次断电导致我丢失近万字。这些文字是写一个大学教授穿着缝了多个内口袋的衣服到书店偷书，把书店偷垮和一个亿万富翁在超市偷各种食品的故事，以及写一个妇科男医生以性爱方式给痛经女人治病，治愈数以千计的痛经妇女，许多妇女成了"回头客"，有的甚至赠锦旗表示感谢。后来，该医生被老婆举报，以职务之便收受妇女贿赂。我边发牢骚，又得损失几千字；边起身去把断电的冰箱等电源开关都关掉，以免损坏电器；边想着如何回答妻的提问。妻继续问，谁来过。我说想起来了，煤气安检人员来过，用仪器检测了煤气管道装置，我们家是安全的。妻瘦削的脸笑了，再没有问谁来过。

楼　下

楼下夫妇七十多岁。夫姓牛，个矮，相貌慈祥，脸色红晕，头发全白，戴金色眼镜，一年四季戴各式礼帽，待人笑意浓，常年去海里游泳。妻姓吴，瘦高个，脸打粉底，淡妆胭脂，皮肤粗糙，染褐色卷发，常年穿花长裙，高跟鞋，形体保持不错，一脸严肃，唯对夫有笑脸。据说年轻时为舞蹈演员。

吴多年前即成寡妇，牛丧妻后娶之。起初，牛的儿女不同意这门婚事，只应允俩人同居。相互照应，账目分开。如此，吴的子女则不同意。自己的母亲成了保姆，伺候一个老头，这不是贱嘛。达不成一致，俩老人也怕邻居说闲话，交往受限，各自在家闷闷不乐，给子女脸色看。为此，牛的儿子专程从澳洲回来和妹妹商量如何应对父亲的婚事。那天，也许牛不在家，他们嗓门较大，对话听得一清二楚，儿子说，咱爸老了，越来越离不开人，得有人照顾，找个保姆每月还得二三千呢，再说，哪能找到这样真心对咱爸好的保姆。女儿说，也是，保姆太难找，好的不多，干不了俩月就得换。儿子说，咱爸的工资拿出来，他们一起花，财产分清楚了，就让他们结婚。女儿说，小点声，这房子不隔音。后面的话就听不清了。

后来，夫妻俩形影不离，尽显恩爱。此情此景牛的女儿看不惯。按说父母感情深厚，爱之深，情之切，感同身受，内心应视为榜样。然而母亲刚一去世，尸骨未寒，父即续弦，且欢天喜地。女儿胸闷难受，暗骂男人没个好东西。转念想，自己和母亲的心愿不就是让父亲有个幸福晚年，既然老父如此快活，就从了吧。之前，她和哥哥把父亲名下房产过户给自己，父母合攒的存款也由自己保管。

牛的女儿闺蜜与我妻是同事。同事说，牛的女儿过去送父亲的生日礼物是蛋糕和好酒或礼帽和毛衣之类，现在给父亲的生日礼物是伟哥。从父亲心满意足地接受礼物，逢人便夸女儿孝敬看，女儿送他心坎上了。于是父亲节、五一、端午、国庆、春节（除清明外）几乎所有节日女儿的礼物只有伟哥了。

同事还说，牛夫妇过得很好，性生活和谐，这把年纪还能每周一次，妇还叫床呢。妻不信，同事说闺蜜亲口说的，是她亲耳所闻。还说他爸坚信性生活对健康至关重要！他爸还打远洋电话秘授在澳洲的儿子铁蛋功。妻问我信不信。我摇头。信也不能说信，得给自己七十多岁留点后路吧。妻说，难道那床上的声音是他们发出来的？我说不可能，这把年纪，经不住那样折腾，骨头就断了。

牛行路姿态确实不像七十多岁老人，上楼梯一步两磴，下楼梯小步跑。见到我就拍我的肩膀说，腰板挺直，加强锻炼啊，要运动，生命在于运动，不要整天趴电脑上。在一次阴雨天，我开车路遇牛，把他送回家的路上，我说，牛伯伯，您这么健康，可有秘笈传授？牛说，有啊，当然有，给我个邮箱，让外孙女发给你。

当晚接到一封邮件，主题是看不懂的外文。本不想打开附件，以为与牛说的邮件有关，便打开附件，有个链接，点开还是看不懂的外文。想到牛的秘笈让外孙女转发，应不是我感兴趣的铁蛋功之类。也就不再关心它。然而不多时，电脑死机。无法热启，只好冷启，却不能运行。我意识到，中病毒了。体检、木马查杀、电脑清理、系统修复，都无用。写作只好中断。第二天，在走廊与牛的外孙女擦肩而过，她捋了捋男式短发，斜我一眼，一副志得意满的样子。

吴老太过于自私，我们一有点动静，就来敲门，那天砂锅刚一落地，还没收拾，她就来敲门了。穿紫色碎花长裙，紫色高跟鞋的吴老太站在门口，假发似的一头褐色卷发裹着一张两腮凹陷的脸。

吴老太说："真准啊，就落我头顶上，什么东西，往地上砸，要吓死我啊，这把年纪经不住这样折腾。"

我一愣，"经不住折腾"难道我与妻的对话让她听见了？

我说："吴奶奶，"

"我还没那么老。"

我说："吴阿姨，"

"你说。"

"对不起，我们不是故意的，是不小心，"我指着散了一地的砂锅碎片和山药炖羊排汤说："您看，就是它。"

"打破砂锅了?!"

妻说："嗯，问到底吧。"

"年轻人，要与人为善，做什么事，要想着，下面还有个老大不小的阿姨。"

临出门，她说："你们俩是不是在南卧室睡?"

"是啊，阿姨，您怎么知道?"

"我们也在南卧室，能听见的。"

我和妻看着老太的背影，若有所思，面面相觑。

还有一次，六楼夫妇正在酣战，锅碗瓢盆，桌椅板凳一股脑倾泻我们头顶。吴老太急敲我家的门，并喊，出人命了? 再不开门，我打 110 了啊。我一开门，她冲进来，说别打了，三更半夜还让不让人睡! 我说阿姨，你听——楼上已经开骂祖宗八辈，吼叫，哭喊，重物坠地声……听见了吧我说。她没说话，掉头就走。我以为她能去楼上，她却悄悄回了家。

左 邻

左邻夫妻，三四十岁。妻姓梁，娇弱漂亮，说话嗲声嗲气；夫姓刘，温文尔雅，戴近视镜。不知做何生意，开一辆黑色宝马，经常出差在外，应酬多，常后半夜回来。有时能听见夫妻俩压低声音争吵和妻弱声的哭泣。夫一回来，妻养的德国牧羊犬就吼叫不停，估计全楼的人都被惊醒。夫养的暹罗猫也趁开门出来喵两声。德国牧羊犬棕黑色皮毛，英俊逼人似狼。暹罗猫瞪着一双蓝眼，聪明好看像狗。梁与"狼"感情深厚，形影不离；一个皮肤白皙，一个粗犷黄黑，一弱一强反差恰到好处。有时感觉"狼"是梁的"主人"。夫妻俩结婚多年一直没有孩子。不知是丁克族，还是另有隐情？妻说，一定是丁克，想要孩子还不简单，男的不行，人工授精；女的不行，试管婴儿，而且双胞胎、三胞胎、四胞胎，甚至性别任你选，有钱就行。我不苟同，据我判断，梁喜欢孩子，想要孩子。儿子小时，她常送零食给儿子，诸如薯片、雪饼、虾条之类。像变魔术，不论在哪里，见到我和儿子总能从她的粉色酷奇包里掏出几样零食给儿子，并蹲下亲蹭儿子的脸，发出爱怜的猫叫似的声音——叫阿姨。有一次，被妻撞见。妻说，好儿子，还给阿姨。她拽着儿子的胳膊，把手中那袋膨化虾条往梁的手中还，儿子却不松手。一来二去几次不成，妻笑着，拿住儿子的手暗力使小手松开，塞到梁手中。教儿子说，谢谢阿姨。儿子不说，想哭的样子。她牵住儿子的手，边走，边回头说，好儿子谢谢阿姨。没走几步就令儿子把嘴里的吐出来，并小声说，膨化食品，以后不能吃这玩意儿。我能看出儿子已经哭了的背影。妻始终没看我一眼，剩下我和梁立在那里。梁朝我身后喊了一声"哈利"，一只"狼"喘着粗气奔跑过来，蹭着我的腿，一声不吭站在我们之间。我觉出自己的腿有点打颤，一直盯着它，不敢动。我看一眼妻儿的背影，心里催他们快离开，怕梁使个眼色，"狼"扑向他们。梁看出我的心思，俯身揽住它，蹲下跟它并肩而立。梁把手中一袋虾条往天上一扬，虾条随风撒了一地，她说吃吧。"狼"像吸尘器一样，地上的虾条瞬间不见了，被风吹走的，也被它一一追上消灭干净。梁看看我，意思是，怕什么，她最心爱的哈利都可以吃。妻却理解成，狗吃的东西给孩子吃，这是多么恶毒的侮辱。

"狗东西，太欺负人了。善有善报，恶有恶报。"回到家，妻恼怒地说。

"她怎么不敢当着我的面给？"妻换了一身家居服，咄咄逼人问我。

"小点声，都能听见。"

"膨化食品的害处，难道你不知道？自己不喜欢孩子还要害别人的孩子。"

"人家喜欢孩子，还给过书呢。"

妻嗓门更大了，"什么书？"

"《安徒生童话》《格林童话》《木偶奇遇记》，还有几米的书。"

"你怎么不早说？正版盗版？"

"都是正版吧。""这些书我们家都有，把她送的找出来！"

我知道，现在找出这些书，肯定就被顺出窗外了。为了平息她的怒火，我说，都跟报纸一起当废品卖了。妻在沙发上喘着粗气，余怒未消。我继续给她消气，说，男不养猫女不养狗，他们家都沾上了。妻像是从未听说，好奇地问为什么？我说男不养猫，是怕猫扑向男人的会动之物，当成老鼠吃掉。女不养狗，是怕狗跟女人发生那种关系。哪种关系？妻问。我说，男女关系呗。妻明白了，说对。一看就不是正经人。我也说对。妻说，到此为止，下不为例。我说，你也小心点，别让"狼"给咬着。

从此，妻出门，总要趴门镜上看"狼"是否在门口，不在，才敢出门。有时让我送她出去，挽着我的手臂还时不时回头看。

这只"狼"听见声音就叫，不分昼夜。四楼吴老太、六楼壮汉分别去他们家理论过，吴老太说她睡不好觉。壮汉说他老婆听见狗叫就心跳。要求主人把狗处理掉，否则就报警。刘邻居跟公安很熟，一报警，小梁和"狼"就去外面躲几天。吴老太、壮汉无可奈何。

后来壮汉女儿带着三个儿子从美国回来探亲。壮汉儿子也在。楼上一时间热闹非凡。那天兄妹俩领着三个孩子下楼玩耍，到了5楼，正遇小梁牵着"狼"出门，"狼"千不该万不该这时候狂叫，三个孩子的惊叫声像三只小号达到最高音。壮汉女儿以美国方式，找来律师，一纸诉状，起诉维权。"狼"确实不见了。小梁也不见了。

壮汉女儿回美后，"狼"和小梁又回来了。我发现小梁常无精打采地陪着"狼"在院里转悠，表情阴郁，眼无神，一副怅然若失的样子。

右　舍

右舍夫妻，夫姓郭，烧伤病人，全身百分之九十八烧伤，只剩头皮和生殖器完好无损。从脸面看不出年龄。自报五十多岁。妻为续弦，已过而立之年。长发披肩，面善貌美，不像来自凡俗人间。用郭邻居的话说，是上帝派来拯救他的。

我还记得多年前的火灾那天，正是子夜，我听见女人尖叫，男人大吼的声音，起初以为是楼上壮汉和悍女吵架。后来听见男人喊救命，同时也闻到了起火的烟味，心里一惊，起床冲出门去。好在右舍防盗门栓能伸进手去拉开，木门几脚就踹开了，郭邻居已烧得一丝不挂，晃荡着出门，扶住我，瘫坐在地上。我在他身上泼了几盆冷水降温。120急救车的担架抬他时，臀部完整一张皮粘在水泥地面上。没人敢想他能保住性命，并且活到现在。而他闯过了二十多次手术的鬼门关，也挺过了面对可怕的毁容和肢体残疾这一关。据说在美国，出于人道主义，烧伤百分之九十以上，不再施救。所以，美国的大面积烧伤治疗水平远落后中国。郭邻居作为被成功救治的罕见病例，还在国际医学学术会议上以论文的形式宣读交流。郭的前妻接受不了丈夫的现状，离婚而去，儿子也随母亲回了娘家。

邻居们不理解，郭邻居有何魅力，烧残至如此程度，竟有如此美人肯于嫁他，而且一鼓作气给他生了三儿一女。于是各种议论，大致如下：一曰，郭邻居烧伤前一表人才，伤的只是表面，内在魅力不减当年；二曰，郭邻居钱财之富有，难以估算；三曰，郭邻居性能力超强，在其他器官残疾，唯有生殖器完好无损的情况下，其能力不可想象，看看那些孩子便是明证；四曰，郭邻居前世修来的命，美女为上天所赐。

据说郭妻中医无师自通，多有偏方。自制的橘色烫伤药膏，郭邻居易伤的皮肤，一有损伤，敷上即好。她还用偏方为邻居们治好了不少疑难杂症。一次我的脚踝崴伤，脚不敢着地。她亲自配药，并妙手给我敷上，第二天脚踝不肿，呈青墨色，落地即能行路。此后我多次脚崴伤，妻打趣说，你是故意的吧。郭妻干脆把偏方告诉我，我牢记于心：栀子粉10 钱、白酒 5 钱、老面少许、蛋清少许。郭妻还有偏方治不孕不育，她跟小梁表达了自己可以让她怀孕生子的心意。小梁却指着自己的太阳穴说，她是这儿的病，治不好的。

我看着郭邻居一个比一个高的孩子，想起床上的声音，不由得笑了。我对妻说，人家在床上是为了生育后代，延续生命。我们是为了娱乐、玩耍。妻说，谁跟你娱乐、玩耍，我们是怕管计划生育的砸我们饭碗，不敢生。

左邻那只德国牧羊犬，见了谁都狂叫，见了楼上壮汉，尤甚，那劲头，若不是主人牵着，就会扑上去撕扒着吃了。唯独见了郭邻居，一声不吭，眼看别处，嗓眼里发出示弱的叫声。不知郭邻居哪一方面把它震慑住了。一次"狼"自己待在单元门口，不知小梁人在何处。我与妻外出，开单元门正与"狼"相遇，"狼"以为遇袭，狂吼着欲攻击。幸好郭邻居从外面回来，喝声制止，并疾步以身护之，解了危境。

郭邻居烧伤前是乐团首席小提琴，烧伤后，双手残疾，改吹奏口琴。他吹奏口琴，能唤醒金属的灵魂，产生令人心颤的乐音。那乐音有时像手风琴，有时像黑管，有时像萨克斯，有时像巴松，有时像提琴，像个小乐队。我很愿意听他在家为妻和孩子们吹奏口琴，愿意听孩子们在妈妈的带领下鼓励爸爸的幼稚的掌声。我常听的一曲是《梁祝》，他吹奏《梁祝》时，左邻的"狼"都很安静。四楼的吴老太也不嫌吵了。楼上的壮汉和悍女也停止了"战争"。唯有暹罗猫不时发出哀怨的叫声。

郭邻居逢年过节总要登门送礼以报救命之恩，我婉拒时说，你悠扬的口琴声就是最好的礼物。

陌　室

我每天写作之余，坚持锻炼 1 小时，疾步走和做操，让血管里的血循环流畅，以保身体健康，精力充沛。以前锻炼是在户外，最近雾霾重，街上行人大多戴口罩，甚而戴防毒面具。这阵势，我着实不敢出门。我们家从南到北近七米，来回疾走 50 分钟没问题，余下 10 分钟做操。走了这么多天，算了一下，该走到济南了。

在家锻炼虽不算标准的有氧运动，但有诸多好处，躲过雾霾的害处不必说，比如不会与心气不顺的路人发生摩擦而影响心情。也不会因汽车粗野的喇叭声或蛮横地夺路而上火动怒。在家里运动对自己不必有任何约束，甚至裸体都行。不过，我想得也太单纯。没出几天警察就来敲门了，要我管理好自己，是个正常人的话，就不能不顾公共道德的约束，裸体运动。我刚要辩解，警察掏出手机把视频放给我看，虽然有些模糊，但确实是我在裸体行走。警察说，你也不用去猜是谁举报，谁录的像了。你的对面这么多窗户，谁都能看见。年纪也不小了，做个正常人，别影响邻居孩子的成长。过后我才知道，是对面 5 楼的一个少妇看到我裸体运动这一幕，录下视频并举报的。

我在想，要是反过来我看到她的裸体，结果会怎样？我就成了偷窥的色狼。

几天后，我把窗帘拉得严严实实，继续锻炼，裸体疾走，我愿意一丝不挂，感受汗水从头发，从脸上，经脖颈、肩膀与前胸、后背的汗水汇合一起，通过小腹、臀部、大腿流向小腿、脚踝，那种痛快淋漓的感觉，那种无拘无束的自由。

锻炼结束，我回到电脑前继续写作这篇小说。这时有人敲门，我从门镜看到是楼上悍女。这人总是在我最不该见人时出现。她似笑非笑，一副知道有人在看她的表情，门镜把她变矮变胖了。她还穿着丝绸连衣短裙，只是由黄色变成绿色。我没开门，一是因我赤身裸体。二是若她进来，妻就会闻到她的气味，我跳进黄河也洗不清。见我不开门，她说，他们家电视黑屏了，她一个人在家，不会摆弄。我想说，电视怎么会黑屏，除非断电。话到嘴边又咽回去，我要做家里无人状。她似乎知道我在，我想说什么。她说有电的，红灯还亮着。我返身进了书房，想继续写作，已无心情。我穿上衣服，回到门口，从门镜里看到她还在。真能看见我似的，她又说，电视正播放她最喜欢看的梅兰芳演唱《贵妃醉酒》，太想看了。我还是没有出声。我想不通，她到底想干什么。

第二天，楼下吴老太来敲门，说我整天在他们头顶唰唰地走来走去，有时候像老鼠打洞，有时候像铅蛋滚来滚去，还让不让人睡觉。说本以为我在南卧室锻炼，就把床搬到东卧室去。结果没几天，你又从南卧室去了东卧室锻炼。这不是故意折腾人嘛?! 我解释说，本来我在南卧室锻炼，忽然想到楼下伯伯和大姨在南卧室，会影响你们休息，就转到东卧室去了。怎会想到你们又去了东卧室。

妻回来了，我把吴老太的事说给她听。她说这就像我们，开车时嫌行人不好，故意与我们作对。做行人时，又嫌司机不好，故意找我们麻烦。我说，很有道理。

有人敲门，妻开的门，一位女煤气安检员笑意盈盈站在门口，穿灰色制服，胸前佩戴有照片的服务牌证。妻回头瞄我一眼。

安检员说，打扰了，检查一下煤气。她穿上鞋套，进了厨房，打开橱柜，把黄色仪表探进黑暗处的煤气表装置。又在煤气灶装置周围测试一遍。说，软管老化，该换新的了。妻说，不会吧，刚换了没几年！安检员说，可能是质量不过关吧。最好是换换，易出危险啊。她把一本带表格的本子放在餐桌上，请签字。妻故意夸张地嗅了嗅鼻子，用后脑勺看着我，过去签了字。安检员说，煤气不是香水，闻不见的，要是能闻见，就没有煤气中毒，煤气爆炸的了。我心话，安检员，快走吧，真够啰嗦的。

送走安检员，妻说，没有香水味啊。

我说，也许是楼上邻居的。

妻说，知道墨菲定理吧？

我说，谁不知道。

妻说，给说中了吧。

我说，假作真时真亦假，无为有处有还无。

正尴尬之际，对讲门铃响起，我接起话筒，是顺丰快递。我知道福柯《不正常的人》到了。

尾　声

那天周末的上午，因昨夜刚下过一场雨，空气清新，院子安静。突然，隔壁传来女人撕心裂肺地喊叫，听上去格外瘆人——哈利，哈利……是左邻小梁在喊她的德国牧羊犬，像喊逝去的亲人那样痛入骨髓。然后是嚎啕痛哭。

邻居们都趴在窗口张望着。

我对妻说，难道"狼"死了？

妻说，谁知道呢。

到了下午，还能听到小梁嘤嘤的哭泣。邻居们议论说德国牧羊犬是毒死的。

又过了几天，听说小梁从她丈夫三十层楼的办公室跳了下去……

一天深夜，睡梦中听见有猫叫，开始以为是院子里的猫，但越听越不对劲，叫声来自床下，一声紧似一声，叫魂似的。妻蜷缩被中不敢动。我开灯起床，脸贴地板跪伏着看床下，一双蓝眼在黑暗中闪烁，叫声冤得让人怜爱。引它出来，不出。这时听见了敲门声，觉得一定与猫有关，就跑去开门，是暹罗猫的主人刘邻居，显然他也听见了猫叫。彼此点头示意。我让妻蒙好被不要紧张，后者也快步来到卧室趴下，一起看着床下——猫不见了，来无踪去无影。温文尔雅的刘邻居摘下眼镜，用长袍睡衣的一角擦满头的汗，近视的眼球瞪得大大的。他找来一根木棍用力敲打床下的地板和墙面，仿佛在探找一个黑洞，暹罗猫一定是钻进黑洞里了。

我站起身来，拍了拍他的肩说，算了吧，别找了，也许是幻觉，邻居们都被敲醒了。

他跪在那里一动不动。

原载《中国作家》文学版 2018 年第 11 期

沉　鱼

李官珊

　　他说要把她活埋。土层是忠实的仆人，它厚厚的暗褐色嘴唇不动声色，能吞下所有，血肉、辉煌、悲伤，所有的秘密。它会长出一季又一季面目雷同的植物，这些植物也是沉默的。能发出声音的物种来自天空，或是海洋，那些声音清脆悦耳或者姿容优雅，它们来自东南西北，不同的方向，不同的节气，它们有不同的颜色，能听懂同类的声音，听不到地层深处。地底下的声音，一点点地腐烂，长出沉暗的斑点，随着自身重量的消逝反倒越发沉重，越沉越深。土层早就准备好了，从她出生的那一时刻，这场准备就同时开始。她手心里有一道被提前精心雕琢的纹路，记录着通向这里的路径和距离。有二指长吧，这条线段有二指长，之前是她必须要走过的路，之后，也是。线条在某处呈现断崖的凌厉，这是给她提前规定好的悬崖，高耸入云。她出生时带着一团暗红腥臊的胞衣，这是她的第一件外套，叭的一声掉在草地上。周围旺盛的虫鸣蓦然安静下来，有许多正沉迷于爱情的昆虫产生了莫名的怒气，它们围拢过来。几条长年出没在荒草间全身枯黄的野狗闻到了让内心躁热的气息，它们拖着被口水浸得分外柔软的舌头疾驰，掠过受惊的各色生灵。夜色里闪现出一道道流光，灰尘在光线里飞动，还有奔跑时的脚步声喘息声，一起把野地的小路翻卷起来。她的出生就是野地里的一场狂欢。她的身体被分割完毕，甚至没有发出完整的啼哭。这些片断进入了不同的生命体，从肠胃进入血液，然后，舒缓地布满掠夺者的身体，仿佛成为它深情的一部分。而多年之后，她出现在她应该出现的溪水边。水里出现了一条等待她浣洗的可以让一个利欲熏心的男人充满温情的薄纱，一条等待她绾系的可以终结一个强大的王朝的绳结。水中没有她的倒影，夭夭的桃花之间隐隐闪过一抹血色，飘动着果实的芬芳、武器上的铜锈、泪水里的盐以及许多光怪陆离的味道。这是条透明的纱，与河水同色，不细心看，会以为她在用河水洗涤河水。其实，这条纱原本也是不存在之物，就像她一样。她在纱里寻找着，纱也在她身体里寻找着，它们彼此打开，互为镜面。她看到，自己游走在各处的身体，它们在枯骨中，在花朵里，或者在一个陌生人的身体上，一一呈现，颜色各异，仪态万千，她寻找着自己完整的样子，希望借助一种力量，把这么多凌乱的东西组装起来，给它穿上一件可以呈现倒影的衣服。她长着逼人双目摄人心神的容颜吗？

这是从一朵初绽的芙蓉花里借来的，所有的鱼和鸟见到这朵花都要低头让路，纷纷钻进自己的肠子里把自己弄窒息。倾国的祸水，他们后来才想起来，原来就藏在一枚花骨朵的水晶杯盏里，这杯浓浓的浆汁多么香醇，可以迷醉春风三十里，而在迷醉之后还可以当作理由长期为自己免罪。她有时捂着胸口，那里拼接后的伤痕发出尖利的疼痛，她眉头轻蹙，走路时步履摇动像是风行水上，后面的女人们看得发呆，也捂起了自己的胸口，扭动起身体。她走到溪边，纱在她的手上游走，绵绵不绝，她沐浴在纱光之中。这条纱和河流一样长，和她的身体一样长，她正把自己一丝丝地剥开，耐心地撕成一条条比阳光还细的丝。她无处不在，与河边的砂砾混和均匀，遍布在那个男人必然要经过的路边。吴王，你的水晶杯已经斟满，你的免罪理由也已经想好了。

他的马蹄声哒哒地近了，一个王者，向着自己命运飞奔的速度总是异于常人。

如锯齿般排列有序的宫殿后面，有一处散发着浓重灾难味道的柴房。这味道目前被马粪味和柴火味遮掩着，还有一个如老玉明灯般高高挂在卧具之上的猪苦胆。披头散发衣不蔽体的一个年轻男人正低垂在自己制造的秽物中。他是一个被打败的人，从前的越王，当下的越囚。他拥有强大的囚者天赋，这甚至比王者天赋更适合他的个性。铺在身体下的柴草横七竖八，没有梳理，带着陈年的土粒和石块，里面爬着蛀虫，还有啮齿动物的巢穴。他没有衣服，身上挂着的布条是吴王忠诚的侍从担心他形体中某处震撼人心的部分被后宫佳丽们偷窥所以强行给他捆绑上的。他和院子里的狗吃一样的食物，用一样的餐盘，吃完了还要用粗粝的舌头舔上三到五遍，直舔得黑色瓦盆泛着皎洁的月光。他唯一的消遣就是在劳作之后，把大汗淋漓的身体扔在柴草中，享受那枚猪苦胆。本来的翡翠色，慢慢加重，墨玉一般。这枚猪苦胆一直没有皱缩，它被充满渴望的舌头反复舔舐，鲜嫩得像是刚出生的猪崽，半夜会发出呜呜的叫声。囚者在叫声中，两目突然打开，炯炯如电，柴屋里立即布满利器的味道。利器藏在他的身体里，在肉体深处，在他的血管里流淌，锋利的青铜使他的血管发着幽幽的光，遍布全身，他整个人就是一件剑戟。他在微光中绷直了身体，只有在年夜时分他才会如此舒展一下，身体比白天伸长了一倍，柴草床铺上盛不开，于是，手或脚便伸进墙壁里面，伸到隔壁。隔壁，旧臣老范接过一双布满树皮老茧的手或脚，为他修剪塞满污垢的长指甲。他的指甲长得极快，每一天都要长出寸余，闪烁着兵器的光泽。他试着抓一条狗，竟然把狗皮抓了下来。这是他体内的利刃按捺不住向外生长的出口，他盯着指甲时，会看到它们扭动着生长的模样，发出兵器出鞘的脆响。他拼命劳作，希望以此磨损这些让他过早暴露心迹的部件。他试图在宫殿的青石板、柱子或是台阶上磨指甲，可是会留下清晰的抓痕，于是，他就把指甲伸进一口枯井。井下散落着一些碎石，碎石下面是一些早年间被扔下去的女人，这些女人一律拥有动人的颜色，并自认为曾经拥有吴王的爱情，在碎石之下仍然为旧事激动不已。她们天天把石块吞进肚子里又吐出来，用这种方式念经，祈祷那个男人长命百岁，以便让各色人等有机会多杀他几回，让他死得各种各样地难看。她们的声音经久不息，每往里面多扔一个人，声音就多一分嘈杂，每多扔一些碎石，就多一些凌乱。囚者关注她们已经好久了，每天都会多扫一些树叶盖在她们身上，再加一些尘土，让她们与自己体色相似，好似情侣。他把手伸进去，马上就被她们捉住，他也同时捉住了她们，抓住她们积攒在世间的怨恨。只需一会儿功夫，她们就把他的指甲咔咔咬去，然后，她们变得更加贪婪，就咬他的手，边咬边哀声哭泣，像一群发情的老鼠。所以，他经常被咬伤，流出淡绿色的血液，其实，这不是他的血液，是她们的，她们是把自己咬伤了。磨指甲是一项需要掌握节奏的事情，最好的办法是找老范。老范手里有工具，是他用来绾头发的骨簪。这枚骨簪比青铜还要锋利，用一位老者的骨头制成。这件事的来龙去脉，只有囚者自己清楚，他曾用这种骨头制作了一批奖品，赐给他信任的臣子。这位老者以前也是他信任的人，但是有一天，这个人全身上下散发出谋杀的味道。囚者熟悉这种味道，他自己身上就经常会散发出这种体味。他注视着老者，惺惺相惜地捏了一下他长满寄生虫卵却依然有力的手，然后，就吩咐人把老者制作成骨簪。如果佩带者心生怨念，它会发出光来，这种光，只有囚者自己能看到。他每天都会注视臣子们的头顶。

战争，王者总是渴望战争。越王的身体，遍布箭矢的风声和铁骑的喊叫，而与此同时，吴王，这个喜欢用女人垒砌水井的人，也发出同样饥渴的咆哮。他们需要相互成就，渴望吞食彼此的身体，从此不分你我。成王败寇。

宫室里，志得意满的吴王被朦胧的薄纱笼罩。纱线从野狗的嘴里出发，经过开满鲜花的春风，经过鲜血淋漓的情节，经过心机重重的帷幔，终于到达这里。越囚安然叹了一口气。指甲长得更快，自带加速的风声。夜晚，老范在修剪时，发觉囚者接连几天都只伸来手，没有伸过脚来。他轻叩墙壁，用女人耳语般的声音提醒囚者，我王，足下铁甲今安在？囚者哼了一声。旁边的一条狗忽地站了起来，伸出舌头，向地上看了一眼，囚者的铁甲已经长成树根盘踞，并向地面扎去。我王，我王，老范声音更加柔美，如母亲呵护婴儿。囚者低低地说，不必，快了。老范把从前剪下的囚者铁甲一一排列，演算着八卦，脸上露出惊异之色。

吴王病重，囚者亲侍汤药，三天三夜伏身于榻侧，目不交睫。吴王眼睛里犹疑的余光在囚者身上扫来扫去，扫起了一层灰尘。众多医者，唯有囚者炮制的汤药喝下去有效，吴王听到肚子里发出满意的鸟叫一样的咕咕声。囚者脸上呈现出驯化之色，眼睛里温情荡漾着一只只绵羊，膝盖柔软如泥。他亲自照料吴王排秽，每倾倒秽物之前，都要俯身上去，细嗅多次，如陶醉于花丛，最后还要尝上一口，久久回味不绝，脸上呈现出渐浓的喜色。我王，上天照拂，身体安康。这种事情，就连近侍和妃子们都没有做过，他们当中有一二人想效仿，但是表情做不充分，脸色憋得青紫似乎中了天下奇毒，手忙脚乱身体抽搐如同待宰的牲畜，让吴王心下好生羞愧，进而生出怒气。吴王反复看着囚者，这张脸单薄如刀背，眼睛细小如线头，鼻子带着调皮的鱼钩。

纱帘之后，一张芙蓉的脸蛋此刻正在轻轻地浮动。它脱离身体浮游在各种秘密之间，洞悉事物的内部，并按被指定的方式对它们进行重新摆布。在自己可以用躯体的力量让吴王迷乱甚至放弃对权柄的把控这样一段时间内，她要观看一系列事件的进程，一干人等命运的重新梳理。那个坚持说话梦里也不住嘴的大臣好像叫伍子吧，他漆黑的头发一夜间被忧愁漂白，忧愁原来是白色的，如此洁净冰冷。他的眼珠最后像旗帜一样高高地悬挂在城门之上，在阳光下闪烁着盲人眼球那雪亮的光，好像这双眼睛是城市自己长出来的，顾盼生辉，城门的面部有了生动的表情。在失去眼睛等待其他刑具的这段时间，他空洞的眼窝经常有风刮过，风不断开凿，让空洞更深，失去眼睛反而洞察分明。每一阵风都会在他面前呈现出一幅场景，他看到卑鄙的刑具一件件地向他走来，一些人的内脏被晾晒起来灌制香肠，一些人的皮肤被制成声音浑厚的乐器，一些人被赶进风沙深处，还有一些进入水下，一些身体的部件没有被悬挂，也没有被掩埋，成群毛色油亮的野狗正在吮吸着丰润的嘴唇。所有让吴王不愉快的人，都被风刮走，刮得干干净净，一根毛发都没有留下，连那口长年嘈杂的枯井也被重新掩埋了一遍，上面建起一座七层空塔。塔身呈现出耀眼的猩红，里面没有任何供奉也没有台阶，这座空塔是枯井向地面上生长的部分。底下的声音被引诱着，爬出地面，刚刚发出嘶鸣，就被蚊蝇叮住，每只衔了一小口，把这最后的爱情与怨恨分享净尽。从此她们的声音夹杂在蚊蝇的嗡嗡声中，再也无法从中脱身，以至于后来的某天，吴王在自己的宫殿里仿佛听到有一群女人在叫，我王啊，我心，我王啊，我肝！他四顾时发现有几只苍蝇正向他面前的甜食扑来。地面因为洁净呈现出宽广的底色，吴国的土地仿佛一下子空闲了许多，边界似乎也扩大了。吴王把战图卷在宽大的袍袖里，然后，连这件衣服一起丢在一堆未及处理便已长出绿色蛛网的公文里。宫室内的乐声一阵紧似一阵，佳肴的味道也越发离奇，闻起来不再是寻常的人间五谷。到处冒着海底翻腾起的咸腥气，空中飞动着亮晶晶的鱼鳞，地下匍匐着鸟类细碎密集的爪印。一个云游者从此路过，他衣衫褴褛，趿着麻鞋，唱着谁也听不清楚的歌。他远远注视着蒸腾起甜美热气的宫城，摇着头，高声唱了一曲，一边唱一边用脚给自己打着拍子。伍子隔得远远的，却听清了他唱的歌，每一个字都听得清清楚楚，比站在跟前听得更真切。吴国，要亡啦！他仰头长叹，这是个高人，他比我看得更远，他看到了吴亡，看到了越亡，看到了一切的亡相，每一个人的命数。云游人向伍子投来温暖而悲凉的一瞥，走远了。

不远处，是伍子的母国。一个国王迷恋纤若游丝的腰杆，在披垂的柳条下春心荡漾。后宫的女子把腰勒紧，只留下一根脊骨粗的圆周，连大肠的位置都没有预留，所以她们一概不能进食，喝下去的水会全部倒流，像喷泉一样。她们全部成了水一样的女子，有风吹过时，她们中总有些人会飘动起来，像云朵一样自由自在地消失在蓝色的尽头。而那些白白净净哼哼叽叽的文官，生殖器早被切割完毕，全部纳入后宫之中，与宫女混搭着居住，他们的腰稍微粗一些，不会被风吹到天上去，像是等待收割的水稻一样随风起伏。而那些天生虎背熊腰的武将，中止了对肉类的咀嚼和肠胃的蠕动，智慧大增，四散奔逃，去深山老林投奔他们虎或是熊的近亲。驻扎在边境的武将则闻风而动，把某块布片胡乱挂在一根竹竿上，坐地称王，一时间，边界上出现了二百多个王，然后，相互之间开始了旷日持久的战争。在这些纷乱之中，伍子愈加清晰地看到，自己最后被封在一条小牛皮口袋里，扔进江水。这条小牛从出生时起就准备当成沉江包裹，被喂食了大量的胶原蛋白，因而这包裹打得滴水不进。伍子隔着厚厚的牛皮听到外面水声的喧哗，空洞的眼前长年游走着一模一样的仿佛自己把自己反复生出来再不断死去的鱼虾。

吴宫内鼓乐正酣犹如夏夜暴雨前的雷鸣，美人全身披满华丽的锦绣。布匹上的花朵带着香气，鱼鸟瞪着水蓝的眼珠，人物腰肢轻扭，它们动作细微，没有声音，喉咙都被紧致的针脚牢牢地钉住。如果仔细观察它们的口型，会发现它们在说话，表情随着面料的抖动而变化。这些比云彩还要柔软的丝绸来自蚕农、纺工、绣工和鞭打他们的官吏。鞭打的数量和衣料所用丝线的数量相比，要更胜一筹。为表示对宫庭的忠心，鞭打者会在鞭子上缀上亮闪闪的铜片，挥动起来有乐器一样的节奏，常见的铜器泛着青黑色，而这些铜是鲜艳的，透着明亮的血色。衣料被繁复的织造工艺和经久不息的悲鸣浸染，穿在身上格外飘逸脱俗，它自己会突然哆嗦起来，碰到风就想凌空飞舞，特别适合炎夏穿着。如果在冬天观看，会发现布面上结着一层青白的冰，用手去摸，寒气会把手粘住。美人正在这些布料的宜人凉气里跳舞。吴王把大殿外的整条长廊底下挖空，铺上一层檀木，在木板相接处连缀着鼓皮。鼓皮材质不同，音色各异，牛皮鼓粗犷雄浑，羊皮鼓柔美舒缓，鱼皮鼓听上去有海洋的辽阔，而人皮鼓，声音就又各不相同了，奴隶的鼓声卑微低沉像是窃窃私语，战俘的鼓声包含着无处倾诉的怨气和乡愁，有一面大些的鼓是一个敌国的首领，声音听来有王者的霸气和凌厉。吴王每每听到这个声音时，脸上的肌肉不自觉地绷紧，皱纹堆积。吴王一直感觉美中不足的是缺少一面撼人心神的人鼓，它应该饱含深沉的关切和执著的爱意，以及为王者献身为犬马的热忱和肝脑涂地的忠贞，一定不是来自奴隶，也不是来自敌国，而是自己身边的近臣。想到这里时，他的面前就闪现出伍子那修长的手指。伍子年岁渐长，但手指的皮肤依然鲜笋一般白皙柔嫩，让人浮想联翩。美人在鼓面上跳舞，浣纱女纤柔的足部，准确地击打着节奏。她脚上挂着一圈圈精巧的铜铃，每个都有细小的裂口，里面装着豆粒大的铜丸。青铜与鼓声呼应，吴王身体颤抖，目光迷离，酒杯倾斜，整个宫殿都颤抖起来，酒气、花香裹在灰尘里遮蔽着阳光。阳光所及的另一侧，越囚已重新回到王位，王服摆在面前，陈年的花纹因为镶嵌了黄金和宝石而光泽不灭，他用剪刀在上面刺出破洞，又放在鼠窝里让那伙磨牙的小崽子们畅嚼一番，硌坏了它们的乳牙。他长年穿着这件王服，连睡觉时也不脱下，里面迅速成为虱虫的乐土。他不让人洗涤，不让人修补，甚至不让人靠近，连女人都不允许，囚性竟然发展成瘾，他经常会在众目睽睽之下，从容地从狗食盆里捞起一块骨头，饭后，会端起盘子反复舔舐那脆薄的盘底。他的一位夫人为此忧思过度，自行了断，希望尽快转世嫁给别人。吴王听闻此等花边新闻后哈哈大笑，被反流的食物呛得打了三天响嗝，直吃了一筐柿饼后才勉强压住。

突然某天，越囚回来了。为了这天，他准备了十年，给吴王的臣子们送去成山的珠宝、成车的美人以及建筑华丽宫室所需的巨木奇石。越地征集本国的能工巧匠，编成乌云一样的队伍，送到吴国去施工，修建越来越讲究的宫舍和墓穴。墓穴建得比宫舍更华美舒适，建成之时，吴国臣子对这些宏伟的墓穴无不充满敬畏和渴望，恨不能当天晚上就去试睡一下，好好清点陪葬的女人奴隶和物品数量。越地的山林都被砍成了秃顶，江河流满污浊的泥浆，美人和牲畜列队走在通往吴国的路上。这些口腹之欲让吴国君臣的眼睛里充满不断膨胀的贪婪，更多的疯狂被释放，他们已成为自己的深渊。多嘴的伍子已经被投江，他的眼睛在城门上悬挂着，时间久了，慢慢干枯。吴王最宠信的近臣成了大喜子。大喜子爱好办喜事，过几天就要操办一场宴会，届时本国想要进步的官员和那些害怕被拉去沉江的官员都要意思一番。那些拿不出像样东西的官员就会在精神上多表达一些，比如送几卷自己题写的赞美诗，或是现场赞颂几个时辰。越王送的礼最重，水里的珍珠翡翠，地下的黄金玛瑙，最后就差凤凰麒麟没送来了。大喜子得到了大家的鼓励就把这些宴会不断办得推陈出新，专门聘请了一帮人负责筹备。后来，越王每天都会收到大喜子的请柬，有时一天收好几件，分为早餐帖、午餐帖、晚餐帖和消夜帖，后来还加了上午茶点帖、下午茶点帖和后消夜帖，有一次还加了夜半赏月美食帖。越王问近臣，他到底有多少孙子需要庆生啊？近臣说，他光老婆就娶了二十几个，仍在不断娶，还有一些藏在外面的，另外还喜欢打野食，正式儿子就有一百多，还有一些野儿子，另外还有些干儿子，听说近来有许多大臣都在申请当他的干儿子，排成了很长的队，需要从中抓阄才能产生。越王叹着气说，那就让织作坊多准备一些小孩子的衣服吧。近臣又说，他捎来口信了，说长途劳顿不必那么麻烦，要表示的话的，折成金银也就是了。然后，笑了一下，说，其实，听说他从来不把这些东西给孙子们，连小衣服也不给，自己专门弄了一个柜子盛那一堆送来的长命金锁，积攒够了就拿去化成银水打成金块，别说孙子，就是给他老母庆生，所有的东西，老太太也没得，每每在后院里跳着脚骂，做完寿就要病一场，后来就死了。大喜子哭得很伤心，他是真心难过，因为老母的寿辰是收礼最多的，老太太一死就少了这个进项。在给老太太办丧事时，他又收了一大笔，整夜整夜地在屋里数钱，发出雨点一样的声音。后来给老太太置了个漏风撒气的薄皮棺材，从外面都能看到里面躺着的人，只穿着一层薄麻衣，勉强遮羞，连像样的衣服也没舍得做。老太太虽然人死灯灭，但是气色很好，比活着的时候那种枯柴模样还滋润，怒目圆睁很是精神，看来怒气还能让人容光焕发呢。越王听罢，哈哈大笑起来，一边笑一边抹眼泪，叫着，好人，好人，天公怎的这般长眼造出这等人才来助我，真乃天助我越！这时，吴地上一群群喜欢吹打逢迎的人如雨后的狗尿苔纷纷滋生，整个朝堂上弥漫着渐浓的尿臊味，在越因灭吴之前，吴国的身体已经开始从里面腐烂。曾经熊熊燃烧的火焰被见缝插针的潮湿味道一点点吞蚀，最后火焰里都是臭哄哄的湿气，它已被充足的贿赂掏空了真正的财富，不堪一击。

此时的越王正在和臣民一起劳作，他穿得比囚时稍微好了一些，换上常人的麻布衣服。他经常走进某个农户，为他们主办婚礼，看望他们的孩子，有时一天要看望多人，来回奔波。越地所有的孩子，都给予荣耀和照拂，生男会奖励酒和狗，生女会奖励酒和猪，猪比狗肉多实惠，所以说生女得到的荣耀更大。母亲们都以生女为荣，女子得到更多奖励是因为她们长大后还可以再生若干孩子。越王希望一夜间街头就涌出满满的孩子，过几天就会变成一队队披甲勇士。他比关注宫内女人更关注自己的兵力，这些未来战场的仆地者现在正在摇篮里发着迷人的微笑。最后进攻的时刻终于到来，越王像妻子一样亲自给几位注定要战死的猛将一一整理战袍，擦去他们因感动而流出的眼泪，提前安排好他们负伤后的照料方案以及殉国后的丧事规格，他说自己会亲手给他们疗伤，像前几次战事一样，亲口吸吮伤里腥臭的脓血。在战场上，他搬出了祖传的看家本事，让排成长队的奴隶们高声叫喊着冲在前面，他们已被允诺，只要完成使命就会让家小恢复自由。奴隶们全身赤裸，多年未洗澡的身体气味冲天，他们手里只拿着一把短刀。吴国兵士一时看得呆怔，笑了起来，看啊，这些被愚蠢点燃的可笑囚徒。奴隶们冲到近前，站住了，一起仰起头看着天空，仿佛要集体起飞，吴国兵士更是好奇。随后，这些奴隶把短刀架在自己脖子上，身体用力一扭，就像一片被收割的庄稼一样倒下了。血流成河，吴国兵士目瞪口呆，不自觉地向后退去。就在这时，响起了越国进攻的战鼓和吴国的丧钟。

吴国灭了，像吹熄一盏灯。吴王被捉后，出现了多种版本的故事。有人说，越王用了对待囚者同行的仁慈对待了他，既没让他做牛马住柴房吃苦胆，也没让他尝粪便，而是把他洗得干干净净的，给他送上各色美食吃下，指定了一块比囚室大些的地方让他待在那里以成就自己的美名，但吴王还是死了。有人说是自杀，有人说是处决。还有人说，越王差人把他用调料养好，送到厨房和青菜一起剁成肉丸子，自己一个人慢慢地吃，蘸着椒盐，一连吃了许多天，吃得肉食长出绿色和红色相间的毛，他最后闹起了肠胃，这才把剩下的食物埋到那位守活寡的先夫人的墓地，希望以这种分享殊荣的方式完成自己的爱情。这样，吴王就死了不止一次，只不过，被当作食物的死法无从查考，无法知晓是与哪种青菜和的馅料，是用瓦盆放清水煮还是用文火烤。越王此时想起了后宫的女人，其实，他以前也没有忘记。那些年宫内经常发生强奸案，为此处死了很多疑犯，但对那些受害的宫女，并不做处理，而对她们生下的孩子，也给予充足的照拂。越王不露声色，夜里露出黄牙会心一笑，那些疑犯是早就想处理掉了，给自己担一下罪名也算是臣子的本分。他本可以像一个真正的王那样，公开凌辱他掌控区域内的女人。她们从出生直到死亡都要无条件接受这个义务，这是她们的荣光，他这样认为，她们也这样认为，所有人都这样认为，这件事就成了天经地义。但是，就是这样完全可以光明正大去做的事，他却要像贼一样偷偷摸摸，而对自己的正式夫人，则连碰都不敢碰一下，以至于她们都在角落里长满苔藓，一一腐烂。吴王宽大的阴影长年笼罩，均匀地覆盖在越宫之上。在没有力量让对手彻底毁灭之前，当一个囚者是最吉祥的事情。囚者捂着被不明肉团撑坏的肠胃，感叹吴地的富庶，竟然把一个王养育得这样硕大肥美营养丰富。这块肥肉以前占有的太多了，而且享有了我越地最美的女人，这本来是我的，他凌辱了我的女人。

这个女人还活着，依然拥有天下顶尖的美貌，心灵不强大的人如果敢于对视她的眼睛会被击倒甚至昏迷。这些年间，天下竟然没有生出与她争锋的颜色，这是一千年才会出现一次的彗星。她骑着水晶扫帚骄傲地飞过天空，迅速划碎一切。她是越囚的神灵，同时，是越王的耻辱。越王这一夜在睡榻上辗转反侧，被月亮照耀得难以入睡。他已住回原来的宫殿，把吴宫里适合搬运的物品聚集在这里，他要铺十床绸缎褥子，挂十层锦罗，一顿摆十席大宴，吃不掉的全部扔掉，不准让狗吃。以前那些狗全部杀掉，它们曾经目睹过自己与它们争食的场景，有几只还向自己狂吠过。他把这些狗全部杀掉，给臣子们每家送去一条完整的狗，同时附着说明书，狗肉可以吃，狗皮可以做褥子，狗骨可以泡酒，狗头骨可以挂在墙上再插上几根鸡毛当摆件，唯独没有狗眼。这些狗的眼睛都被提前挖去了，这是越王的嗜好，他用了长达数月的时间，把全国的狗眼珠吃掉。他在白天一边吃一边仰望着阳光充足的日空，夜里一边吃一边仰望着星光繁盛的夜空。自从他成为越王，太阳和月亮分外明亮，星光也格外璀璨，这是征服者的眼中才会出现的光，站立于千万白骨之上，一声叹息便人头滚滚波涛翻涌，让天地移位让日月星辰改道。各地都来报告粮食喜人的长势和各种突然出现的祥瑞，有人看到了麒麟，有人看到了凤凰，有人看到了七彩祥云，有人看到了女娲造人。事物随着被激活的想象力变幻着各种奇异的形态，以至于全国人均看到凤凰五只，超过了家里养的鸡的数量，报税官正在演算数据准备让大家纳凤凰税以弥补越宫最近猛增的支出缺口。越王今天纳了一批新妃，昨天那一批刚刚办完就职手续，明天那一批正在匆匆向宫殿赶的路上，后天那一批的通知也已下发。纳妃官不是一个官职，而是一个机构，有总长一个，副长一百余人，小队长一千余人，每人还都领有数目不等的办事人员。他们把越国的村庄像切饼一样划分成经纬纵横的条块，然后，每个条块都有一个小队长负责，把区域内的女人挨家挨户进行查询登记造册。每个人都要登记年龄、身高、体重等等。对身高，以越宫前的一根小木柱为标准，如高于木柱的写高三寸，低的写低半头；对体重以越宫里的一头成年母猪为标准，如重的写一猪半，轻的写猪半加一条后腿，有一个体重最轻的写着半个猪头；对肤色则以粮食为参照，有的写精米色，有的写糙米色，有的写米糠色；最为关键的容貌一项，则让纳妃官根据有利于入宫的要求自由发挥，有的写四肢粗短肥头大耳有福气之相兮，有的写胸器垂地哺育三儿有生子之利兮，有的写头发披雪牙齿摇落可省宫饭兮。纳妃官有工作任务和考核指标，完成之后有提成，完不成轻则挨鞭子，重则把自己的妻女送去充数，最重的还会丧命，所以工作起来分外卖力。越国内自此熙熙攘攘，人们相见多面有喜色，一人说，我家二姑昨进宫了，另一人说，我家三奶奶也进了，还一人说，我给老母也报了名，听说里面吃得好。多个臣子反映说民意要求再多选一些人进宫，尤其不能歧视长相丑陋和年龄大的女人，这样能解决很大的民生和赡养问题。他们把奏折写得长长的拖在地上，从宫门一直拖到殿内，走路时不免相互踩踏，于是两人就怒目以对，本想动手扇对方一个耳光，但念及身份地位，便引经据典开始对骂，不时遣小童回家去搬古籍回来翻阅以便应对有据。越王听到半截，就要上前来给他们拉架，最后实在不耐烦了，就让内侍领两个女人过来，给他们一人发一个，如果他们让自己生了气，就让内侍过来，把他们反剪着双手捉住，亲自给他们一人踹上一脚。

女人啊女人，选了这么多女人，把越国的女人全选遍，也把征服国的女人全选遍，又接收了几个友邦的女人，竟然无一人可以与她相比，无一人能让越王放下她，哪怕仅仅一个晚上。他在宫殿内宴游玩乐，通宵达旦，彻夜难眠，双目周围长出一圈浓密的木耳。他突然想起了老范曾经说过的话，是第一次见她之后，老范说，我王，如此绝色千古难求，一人可抵江山。其时，他水波不兴的内心蓦地一动，竟然起意要带她逃走，到一处风景宜人之处，居家住屋，养上两只鸡，一条狗，和一群孩子，生活的幸福滋味定然胜过玩弄这带血带刺的江山。而老范的眼里，何尝不是熊熊燃烧的欲火，远远地就能闻到皮肉烧焦之气。老范也一定如此想过，之所以没有带她逃走，估计是因为家小在宫里当人质。两人对望半晌，心知肚明，却谁也不肯说些什么，都莞尔一笑。浣纱女入吴宫时，囚者清晰地听到自己内心的不甘与反悔，这条毒蛇这时才完整地孵化出来，而此后每每听到她清雅的歌声夹杂着吴王的淫笑，毒蛇就会再长出一张嘴来，嗜咬着囚者的身体。我的女人，比江山还值得去死的女人，由我亲手送给了敌国的王。现在，他拥有了敌国的江山和其间所有的女人，包含这个女人，她活着而且仍旧美艳，声音仍旧像是小姑娘一样，脸色恬淡而无辜像什么也不知晓。你知道吗，美人，因了你，亡掉了一个富足之国连同那个骁勇善战的首领，因了你，地面突然长高，那是新埋下去的战俘们用怨念顶起来的，他们就站在地底下，你知道吗，你救了我，却是我难以磨灭的耻辱，那每天都要长出一个脑袋来的毒蛇相互纠缠让我的内心充满刻骨的愤怒与憎恨。你为什么没有变老变丑或是死掉，无论哪一种也比现在要让人畅意，无论哪一种，也可以把拯救王者的荣耀给你甚至给你修一座世代享受无知者热情供奉的祠堂。

老范仍旧陪伴在左右，他手里握着越国的重兵。与以往不同的是，他不再多说话，如果不是越王追问得紧，他就一直沉默。他的回答模棱两可，像是根本没有回答，近来又说自己患了牙疼不便说话，天天捂着肿胀的腮帮子。而同样陪伴左右的老臣老文则要爽利得多。但这爽利有时也带着刀锋，就拿纳妃这件事吧，老文就颇多说辞，一会儿说为江山社稷天下苍生计要保重身体，一会儿说酒色误国玩物丧志要汲取教训，一会儿又说供应紧张民生艰难要压缩开支。做为王，自己弄个女人之类的事还要你管吗？于是越王就分了一车挑剩下的女人给老文送去，同时配送了自己后宫研制的特效滋补药物以示恩宠。没想到，老文全给退了回来，说自己家里供奉有限，养不了这许多人口。这就着实不识抬举了，什么意思，你充当先贤圣人以显出本王是好色之徒吗？越王感觉当胸给人打了一闷棍，扭头就看到宫内空荡荡的厅堂内有一个古旧的柜橱。里面摆着一套精美的镂花酒具，专门赐给臣子使用，酒用鸩鸟的羽毛滤过，喝过后会就地羽化得到至乐解脱。老范在一边看着越王的脸色，把捂着腮帮子的手移开一点，含糊地说这老文呀，估计是身体衰老的原因，自顾不暇，见女色如见虎也，边说边呵呵地笑，似乎这件事情很幽默。越王听了老范的解释，只得强压怒火，受过伤害的肠胃立即不适，一会儿就要排一团臭气。老范立在身边，越王暗示他可以站得远一些，但是老范不为所动，巍然屹立，神情悠然。越王心下敬佩，但转念就想起自己在吴宫伺候生病的吴王那一段，看老范这心机重重的眼神，简直是自己的嫡出。同时又想起，自己在吴宫当人质时所用的计策都是老文所出，他当时是守国大臣，其实就是代理国君啊，那是一言九鼎连上奏都不必。他给自己出了七条计策，自己只用了三条就把吴给灭了，这个人还留下四条呢，足够把一个国再灭一遍多点。

老文这个人机心颇重，总是能想出让人拍大腿的妙招，就拿那次越国大旱来说吧，本来把自己愁得茶饭不思，但老文却风轻云淡地笑着说天助我也，这样正好有理由到吴国借粮。现在，两国正在蜜月期，以吴王的骄傲恐怕难驳这个面子，而在平时，这是断难开口的，粮食是一国的命根，岂是说借就借的。果然，粮就借来了。转年，越地大丰收，吴国来讨粮，老文早就把最好的粮食挑选出来，恨不得每一粒都要用手仔细捏一遍以保证质量，粮食颗颗饱满晶莹透着甜香。吴王看过自然满意，就把这越地的粮食发给臣民以做良种，第二年，却是颗粒无收，吴国举国上下陷入饥饿。灾民在还没有饿死之前把所有力气用于到处奔跑乞讨或是抢掠搏杀。宫内的粮食所存不多，吴王把粮食分出小份，给亲近的妃子们和近臣一些，把剩下的大部分存起来给自己准备着。饥饿的臣子们围着成堆的珠宝玉器转圈，有时会用牙齿去咬那鲜润的宝物。吴王到处求助，遭到一致拒绝，这是他想象中的，天下风气向来如此。各个诸侯国正盼着这样的事情发生以便自己从中渔利，他们已开始筹备如何趁火打劫，纷纷把战图摆到桌案之上，查看风向天象，正在考虑找哪个托辞出兵更合适，可选的理由很多，比如昏君误国人人可征讨之或是国事有违天命替天行道云云，让史官好好记下，自己修改几次用以留存青史，以让后世为自己发动的战争赞美不绝。各国中，唯有和越国的关系可以借粮，越国果真没有拒绝，只是粮食一直在运输的路上。越国把粮食装好，挑选了一批老牛拉车，这些老牛走两步就会吃一会儿路边的野草，走三步就会大小便，若是受了呵斥就会待在原地任谁也拉不动，挨了鞭子就会向后退几十步。它们一直在路上走着，从灾难发生起就开始行走，直到大批灾民饿死，这些粮食仍未离开越国的都城，而出了都城，还有越地广阔的田野。如果越王后来不指令它们回来，这些老牛这辈子都会在运送的路上了。吴国人身体饿空，眼睛都饿出绿色来了，晚上会发出绿莹莹的光像是许多飞舞在空中的珠宝。连一些存粮不多的贵族都饿死了，终于住进了梦寐以求的华丽墓穴。而正是此时，越国客气地通知，两国之间要换个口味，切磋下武功。吴国大败，从此就趴在地上再也没有站起来过，直到灭亡。原来，老文是把粮食提前煮过的，煮出香气，又放在麻布上晒干。这件事，吴王一直也没有想到，只怪自己遭了天谴，他至死也没悟透一条老狐狸的套路。

越王坐在红木镶玉的王位上陷入对往事的沉思。自从灭掉吴国拥有了广袤的国土，他就恢复了一个王者的尊容，经常会以一种深沉的姿势坐在那里思索。他越想心内越是寒意凛然，不断有冷风从暗处向骨头缝里钻。越王吩咐近侍给自己找来棉坎肩披上，侍从们一见连忙自己也找出棉服穿上。当时天气炎热，来奏事的臣子们都穿着轻便潇洒的绸衫，一见这情景，连忙扭头回去找棉服，一时城内棉花脱销，一夜间价格翻倍。老范在一边看着，左手捂脸，右手悄悄伸进棉服内，把扣子解开，一会儿，又用右手捂脸，左手伸进棉服。越王用眼睛的余光看得分明，老范一会儿捂左脸，一会儿捂右脸，他到底哪边牙疼？过了几天他就探明，老范的脸肿不是因为牙，而是因为手。他每天清早出门前，都要照着自己的脸叭叭打上一番直打成青紫才罢手，原来，他是打肿脸装牙疼从而安心当哑巴。越王这次肠胃直接翻江倒海疼挛不休，腹泻加呕吐，直到绿色的胆汁从嘴巴里吐了出来。他发觉自己吃了多年猪苦胆之后，身体内部的各个器官都变成绿色，随便哪一个部位都可以分泌出旺盛的胆汁。他再次拿眼睛盯着那个橱柜，里面的酒具虽然长时间未用，但保持着洁净，以便随时可以取用。鸩，是一味良药啊，他心里说。他突然宣布要处死那位被弃置在角落里的浣纱美人，沉鱼，沉鱼，他说，以后，她的名字就叫沉鱼。人们因为要活着才取名，而为她取名，是因为要死。

对沉鱼，就用对付战俘的方式，坑杀，挖一个坑，把人推进去，然后埋掉，就这么简单。整个过程见不到血，人是活着被推进去的，也听不到叫喊，人的喉咙里早被灌满泥土或是蜡，有的甚至还会把嘴缝起来。选择的地点就是她歌舞的吴宫，而任命的执行者就是老范和老文。老文来了，一路小跑而来，嘴巴微张，不断翕动，果然是想来劝谏寻衅的。老范没来。老文刚想说话却发现，这里有两个提前挖好的深坑，却没有见到沉鱼，越王倒是来了，侍从待在远处，脸一律转向外面。越王今天的打扮是从前在吴宫做囚者的样子，看来很是亲切。囚者拍了拍老文的肩膀，问，范公昨天晚上是不是到你家去了？老文惊诧地说是啊大王，您怎么知道？囚者笑了起来，说，他是不是说我这个人不可靠，让你快点跑，而他已经跑了啊？老文更加惊诧地说是啊大王，您怎么知道？然后，老文的汗突然流了下来，低声说，范公是这样说的，但我不信。囚者问，他到底是怎么说的？我想听听。老文声音颤抖着说，他说的全是胡话，说大王只可共患难，不可共富贵，说大王天生刻薄相，脖子细嘴巴尖，不是大恶就是大奸。越王只是笑，说，然后呢，他到哪里去了？老文说，他只说要腰缠万贯泛舟江湖，谁知是哪个江哪个湖，不知浪到哪儿去了。此时，越国的强兵正在各个通关路口搜查。越王微笑着听老文把话说完。半晌过去，有人来报，老范没有从任何关口走。老文这时已经说得唾沫枯竭头昏脑涨，想向大王请辞。越王亲昵地说，文公啊，我的老伙计，你和范公文治武功，是助我复国的肱股重臣，是我的左膀右臂，没了你们我就是一个腌了酱汁等待下锅的四方肉块啊。说着，流下了眼泪。老文一见，立即陪着流眼泪，向越王跪伏下去说了一番只要越王需要自己就愿意肝脑涂地诛灭九族之类的官话。于是，越王借着他的话说了下去，说现在就是尽忠的良机，就像当年只有把吴国的猫全弄死才能让沉鱼的心疼病痊愈，我这病的药引子没那么麻烦，你就是一味，另外，你在为我尽忠的同时还能顺手做点兼职，你看我为你想得多么周到，你不是还剩下四条复国计策吗，吴王正在坑底下等着听呢，还有，我这身囚服就赐给你陪葬，这可是我最珍贵的收藏，正夫人下葬时都没舍得给，这就算是对你多年襄助的报答。老文听着这番长篇大论，未发一言，跪在那里仿佛就地定住。他仰起脸来凝视，脸上呈现出受到强烈震惊后莫名其妙的怪异神色，嘴角向上咧着，猛然看去像是在笑。越王说完，就把衣服脱下扔到坑里，发出金属坠地的咣当声。他赤身裸体地向后走去，没再回头。那些等在远处的奴隶们听到指令向这里奔来，速度比闻到肉味前来争食的野狗还要迅捷。越王一边走一边低声说，可惜我那一个坑浪费了，挖得这么讲究，多少人力啊，现在国家这么困难，多少钱啊！本来这身衣服是要撕开给你俩一人一半的，这下便宜老文了，这个老家伙，可真是个难得的好人。身后，除了一群奴隶埋土的声音，没有传来任何声响。老文喉咙里没有给灌上东西，也没有被缝上嘴，却一声也没有发出，他的嗓子被惊慌失措的内脏吞掉了。他最后仍是跪着的，他想要站起来的时候发觉膝盖位置空空的，用手一摸，里面没有骨头只有上好的五花肉，他记得自己没受过膑刑，一直在纳闷膝盖是被什么东西搞掉的。很快就埋好了，又在上面搞了精美的绿化，然后收工，奴隶们聚集在一处，等着承诺的工钱。这时越王让另一批奴隶前来，把刚才埋土的那伙奴隶埋到另一个坑里。大家从此以为这里埋的都是奴隶，长出的草也是奴隶的荒凉模样。越王有空时仍旧会自言自语，可惜了这么个好坑，便宜这些奴隶了，那是老范才配得上的坑啊。

迎面走来一个人，衣衫褴褛，趿着麻鞋，边走边唱，和越王擦肩而过。越王觉得这人似乎见过，是在哪里见的，却想不起来，再一回想，却又想不起他的模样了，像是路过一阵风。他停了下来，转身向后面看去，那人的背影渐行渐远，歌声更加清晰入耳。越王听清了，唱的是一个故事，关于一个隐忍者的恐惧与渴望以及最后的疯狂与寂灭。他想向歌者问点什么，就向背影追去，背影却越来越小，最后，穿入宫墙不见了。他是什么人，怎么会进入宫墙，是刺客还是冤魂？越王厉声呼唤左右前去追捕。他们一脸茫然，除了面前的宫墙，他们什么也没有看到。他们去拆宫墙，拆了一段什么也没发现，就又按王命向前拆去，前面不远就是那座空塔。侍从们问要不要把塔也翻开看一看，此时塔内隐约传出欢笑声，是一群蓝绿色的女人发出的。越王只觉心里一阵灼痛，嘴里喷出一口鲜血。

沉鱼仍旧活着，模样愈发鲜润，看样子想活到五百岁。她的生命并不是随着时间直线向前走，而是像波浪一样一段段的起伏，至少容貌是这样。她会慢慢成熟，但过一段就会重返青春，再重新开始成熟。现在，她就恢复了少女的形态，以至于越王看到她时产生了错乱的时空感，仿佛是昨天刚刚把她从溪水边带回来，正在纠结要不要放弃王位，带她私奔。他下意识地叫了声给我准备两匹快马吧，四周一片沉寂。摆放焐酒的橱柜刚上了一遍新漆，光可鉴人，这酒具最近用得颇为频繁，越王终于把自己不想看到的人全部赶到吴王那边。越王的宫庭通宵达旦地欢歌，王在盐一样的月光下彻夜难眠，他被腌制得通体洁白，皮肉处处都发出失水的嘶鸣。沉鱼，沉鱼！他终于狠下心来，向自己内心盘踞的一万多条蛇投去注视，王的眼神里飞着刀枪剑戟，正视它们才会战胜它们。他终于命令侍从，把那个女人，拖进我的寝宫。他把声音拉得悠长充满不可忤逆的权威，其实是为了掩盖群蛇狂舞时剧烈的颤抖。难道不应该吗，吴宫别的妃子全部进过自己的寝宫，有的成了自己的夫人，有的成了蝼蚁的食物，他用一己之力完成一个国家对另一个国家的强大征服，强迫自己走向一个又一个臣服于他的宫殿。其实，自己只想走进一个宫殿，那个宫殿就在自己的宫室之内，但这么久了，他没向那里走过一步。那里散发着从春初到秋末所有可见的花香，流淌着人间天上所有能找到的蜜，却也掺杂着不可救药的毒。欲望与耻辱，悔恨与愤怒，并无清晰的边界，使得这片空气里弥漫着让人生畏的情绪。他再次提高了声音，喝斥着侍从，拖，要拖！于是，她被捉住双脚像砍倒的树一样拖进了寝宫，身体布满划痕，脸上一片凌乱，但是那双眼睛依然清澈见底，她此时的容貌仿佛刚开始发育的少女。他突然哭了起来，他听到自己内心群蛇纷纷溃散的哀鸣，原来就是她，一切都是她。我们跑了吧，跑得远远的，离开这些可恶的人，这些有罪的事，我们一起泛舟江湖，他喃喃着扑到这棵枝叶散乱的树上，像孩子一样哭泣起来。他在哭泣里找到了自己，并迅速从孩童发育成人，终于想起了一件渴望已久的事情，王的寝宫里理所当然的事情。但是，情况出现了逆转，他竟然无法完成这件轻车熟路的事情，而且，从此之后，他失去了用男人的力量征服的惯性。那群隐匿的蛇尖声笑着，咝咝地从未知处返回，它们这次四散而去寻到了滋补长得更加野蛮疯狂，它们带着报复的快意演练着一出出嘲弄的戏剧。越王突然想起邻近的楚王，那个因为迷恋细腰最终被蛇群驾驭的倒霉蛋，他最后被后宫前庭里盘旋的细腰们缠住了脖子，可以呼吸但不能进食，最后饿死了。他看了看自己收藏的鸩羽，挑选了一枚最完整的，在自己的嘴唇边画着图案。杀了你，就是杀了我自己，但，我还是要杀了你。

选择什么样的方式，这是个问题。越宫秘制的鸩酒味道奇香，足以让一个纤纤女子在终结前飘飘欲仙，眼神迷离，她会忘记一切，她会忘记我的。还是挖个坑吗，地底下离吴王太近，那样她就离我更远了。也不能把她做成可口的菜肴吃下去，尽管肚子里白天黑夜都在发出渴望的声音，那是旺盛繁衍的爬行动物妄图操纵宿主的嘶鸣。看来，只能采用吴王厚爱伍子的方式，要到越地最适宜家畜生长的地方找到一张鲜嫩的小牛皮做成合身的口袋。越国这样的地方很多，天下太平六畜兴旺，王的征集令一下，紧跟着一队队小牛排着队向宫殿赶来。这些小东西和赶他们的人一样并不知晓越王要做什么，王也许要给每天都会出生的孩子庆生，也许要给每天都要新纳的妃子庆婚，或者给每天都要杀掉的奴隶庆转生，总之应该是与一件喜庆的事相关联。这些小牛拥挤在宫门外狭窄的街道里，把四处街道都堵满，到处洋溢着牛粪味。有专门的人负责挑选，这些人是从纳妃官里产生的，只要被选中，就官升一级，以示挑选小牛比选妃享有更大的尊荣。

于是坊间就有了许多闲话，有人说越王做梦，自己的母亲转世成为一头小牛，王是在选母亲呢，有人说越宫正夫人位置一直空着，纳妃宫这么用心，恐怕与此有关。后来，闲话传得越发色情，关乎人畜之恋的版本越来越离奇。这时，越宫传出消息，中彩的小牛已经选出，它正在被催肥，等长出新膘，就要给沉鱼美人享用。人们一时没反应过来，又想到沉鱼与小牛的故事上去，这时一个老者突然拍了下掉光头发的脑袋，说，我知道了，这是要投江啊。自此，越地的江边陡然热闹起来，有许多人改行做了渔夫，就为有机会一赌沉鱼美人的芳容。据说，沉鱼一笑，王者失其国，富贾失其财，许多什么也没有的人于是心里欣慰，自己一无所有，什么也没的失，但有人说，你还有命呢，福浅之人会当场毙命魂飞魄散。越是恐怖越是渴望，越国更加熙熙攘攘。几天之后，果然有一队威风的仪仗从宫门走出，华盖下坐着已消瘦成一张纸片的越王，后面紧跟着一个华盖，披着薄纱，随风轻扬，再后面，是已故小牛贡献的牛皮口袋。他们浩浩荡荡，穿过人烟稠密的街市和无数聚焦的目光，一路吹弹着喜庆乐曲向离宫庭最近的一处江水而去。江岸人群拥挤，江面渔船如织，水下潜行着一些耐力好的年轻人，这场看上去像是闹剧的刑罚正在有条不紊地进行。薄纱华盖下传来嘤嘤的哭声和微微的抖动，从隐约透出的影子看，里面的人应该是被绑住了，坐得像木偶一样端正。然后，这个影子就被一张小牛皮盖住，哭声也听不到了。有奴隶先向江面撒花，然后，拉车的奴隶向前跑动，把车子拉到江边，迅速松手，人往两边一躲，车子借着飞驰的惯性整个掉落江中。人群发出哗哗的惊叫，江面涌起白浪，许多双手从四面八方向车子伸去。越王命令一边的近臣，就在这里，他就在这里，你可盯仔细了，找不到他，你知道后果。近臣头如捣蒜，扭头喝令手下准备动手。有穿着甲胄的兵士从人群后冒了出来，手持利刃箭矢，江中驶来一队官船。呐喊声起，箭镞纷飞，一时间，许多船只被击沉，江面血色翻涌哀号阵阵，江岸上的人四散奔逃相互践踏又是一片哀声。水面上慢慢浮起被射击成箭猪模样的人，把他们捞上来时，血已流尽，身体僵硬，只是眼神依然灵活。越王独立江边志得意满，老范啊老范，你的可抵江山的美人你精于算计的脑袋你洞穿世事的眼睛，都在哪里？你还是算不过我，看不透我，一样你也别想得。忙碌半晌，兵士把伤亡者一一核对后，负责的近臣脸色越来越阴暗，最后，走到越王面前，未开口泪先流了出来。他张了几次嘴，都没有张动，索性一扭头跳进江水里，一个浪花过后就消失了。越王狐疑地看着一个侍从。侍从说近臣是被大王的威仪吓成了失心疯，因为，没有找到那个逃走的罪人。什么，老范竟然没有出现，他是算计好了，我用的美人只是一个短命的宫女，而不是沉鱼，他算计好了，我动用了一万水陆精兵，他算计好了，我会思念他如此深重纵然他化身为鱼虾逍遥水上我也不会相忘于江湖。越王眼前一黑，栽倒在地。几天后，他清醒过来，得知，那个扔进江里的美人也失踪了，水下没有，附近没有，到处也找不到。他立即想到老范，看来，老范算计好了，把人捞走后一起逃得干干净净。但这个挫败反而让他笑了起来，老范啊老范，你把那牛皮口袋揭开，把纱巾打开，看到一个陌生的得了传染病的女人心下是何等况味，你还是被我算计到了。越王一直也没发现自己的自作多情，原来只有他才是痴心的情种。

传遍越国的投江消息老范也知道了，消息是会飞的，天上有这么多无聊的鸟。但他人没在越地，而且根本没有想到要回去冒险。他又想玩了，老范悠悠地说，我可不是老文，不喜欢玩没意思的东西。他一边说一边观赏着自己富可敌国的资财，他的后院完全按皇宫样子建造，只不过上面覆盖着村民们常用的茅草。每个屋子里都养着一位如花似玉的妙龄女，她们来自不同的国家和民族，拥有不同的相貌肤色和价格，彼此之间语言不通，全靠老范进行翻译。因为老范贪图物美价廉，她们大多来自未开化的区域，没有受过教育的熏陶，更别说如沉鱼那般接受入宫前的集训。她们生活习惯粗俗，彼此之间用咒骂进行交流，如甲女见了乙女走过来会说贱人，而乙女则回了一句蠢猪。老范会对甲说，她说的是姐姐你今天很养眼，甲撇了下嘴说，她就应该这样，然后老范会对乙说，她说的是想请你吃饭，乙扬了扬眉说，我可不稀罕。这些女人天天互相骂不绝口但相安无事，从未发生争吵。但是纵容女人的老范也有严格的家规，那就是不能到院子外面去，不能向他打听事情，不能过问他的行踪，也不能谈论院子外面的话题。如果违犯，他自己倒也不动手，只是把这个女子交给其他女子，让她们看着办。她们积攒的嫉恨像炸窝的蜂群嗡嗡地围拢起来，看着办的最后，一般不会留下活口，连完整的身体都很难留下，所以，女人们见了老范除了享受特权咒骂别的女人，从不说别的事情，连天气也不谈，虽然院子里也有一方天空，但那应该是院子外面的事情。这天，一个新买来还不知道家规厉害的女子听到了外面关于沉鱼沸沸扬扬的消息，想问关于沉鱼的事情。老范笑了笑，说，没什么好说的，红颜祸水。那她被越王投江了吗？女子因新近受宠胆子格外大。也许还没有，也许已经投了了，早晚会的，老范漫不经心地说，同时眼睛里掠过一阵寒风。女子识趣地闭了嘴。后来，时局平稳，江边出现了一系列以沉鱼名字招揽客人的美食店，生意兴隆。据说沉鱼果然被投江，是秘密进行的，不知是越王的命令还是新晋的正夫人的命令。公开即使进行，也没人能认出她来，当时她的生物钟已经重回原点，身体缩成一个球，脸上有一种近乎赤子的呆傻。不久之后，饭店就沿着江岸蔓延开来，人们踩着被血水浸透而又被江水冲洗干净的江岸，蜂拥而至。美食中有一种贝类尤其惹人喜爱，名字叫沉鱼舌头。一些酒客贪婪地咀嚼着这让人心猿意马的食物，眼睛里注满淫荡的口水，对饭店的老板赞不绝口。老板化名姓朱，其实就是老范，这是他新上的一个美食街项目。他安然走过养满沉鱼舌头的水池边，砰砰的脚步声如同钱币滚动的巨响。此时，歌声从江面而来，仿佛来自江水本身。在一叶牛皮做的小舟之上，有一朵七彩耀眼的芙蓉花养在一个瓦罐之中。它的色彩每一时刻都是不同的，而从每一个方向看到的颜色也都不同，把经过的江水也照耀得亦真亦幻。旁边是一位看不清容貌的云游者，褴褛的衣衫随风飘摆，麻鞋脱下，吊在胸前。人们看着他，却听不清他唱的是什么。老范侧耳听了半天，若有所思地叹了口气，把门关上了。唯江上清风山间明月取之不尽用之不竭，云游者唱道，这歌声从人群头顶掠过，越过天空的边缘，在千年后的一双耳朵里响起时，吴地、越地，以及争斗已久的各个诸侯所在之地，已更换主人和名字多次了，只有沉鱼，一直叫沉鱼。

原载《青春》2018 年第 12 期

《思南文学选刊》2019 年第 1 期选载

逍遥游

钟春香

一

付建涛找到我这里，本是意料之中。他是张晓婉的丈夫，我是张晓婉的闺蜜，张晓婉出走，他不找我找谁。但我真不知道张晓婉的下落。付建涛鼻子一哼，眉毛吊起来，吼道：不信！你们在合伙骗我！他在我的房间里风一样的穿梭、寻找，连阳台外面都仔细看了。

此时是 2016 年 4 月 6 日，清明节刚过，花开的香气自窗外涌进来，我和付建涛都闻到了春天的气息。在如此美好的春天里，付建涛一脸阴郁，眉头紧皱，为找不到他的妻子而发愁。据付建涛说，这是他们第二次做生意赔本后张晓婉觉得没有混头才出走的。但她去了哪里，会不会自杀？付建涛问我。我嗤地一笑，你和她混了这么多年，还不了解她，谁死她也不会去死！她可能只是不想见你，躲起来了。

那你肯定知道她在哪里！他叫嚣起来，在我面前拉一张凳子坐下来，胳膊肘支在桌子上，不走了。我给他倒了一杯水，他气呼呼地一饮而尽，手掌拍了一下桌子，你交不出张晓婉，就得留我喝酒！他逼视着我，耍赖了，我知道他刚刚在别处喝了酒。付建涛就是这么一个怂样子，醒时胆小如鼠，连个屁都不敢放，醉了才敢胡吆喝。此刻我重新打量他：一米七左右，七十公斤，头发白了三分之一。他是个小有名气的诗人，但为了生活又不得不去干一些粗活儿。因张晓婉的原因，他混迹于我们这帮油腔滑调的文人之中，但奇怪的是他又对我们深恶痛绝，常常暗地里声讨我们。而我们自然不肯放过他，常常当面耻笑他配不上美女作家张晓婉，而张晓婉对跟屁虫似的付建涛更是讨厌，所以故意不给他做饭洗衣，任由他叫花子一般在街上晃荡。就拿今天，他上身穿一件旧败的灰蓝夹克衫，下身是一条皱皱巴巴的黑色运动裤。见我打量他故意将磨得起毛的袖口抻开给我看，你看看，张晓婉就让我穿这样的衣裳，挣得钱她都拿走了，也不给我买件新衣裳！

我嗤地一声，没忍住笑了。说实话，我看不起这样的男人，这两年他们根本没挣到钱，倒欠了一屁股债。但我这一笑却让付建涛哭了。他像个孩子一样坐在我的对面一次次喝酒抹泪，没完没了。他知道凭我们三人的关系，我是不会撵他的，他也好像赖上了我，之前我一撵他，他就说，谁让你当年将张晓婉介绍给我，我不赖你赖谁！

这话听着好无理，但我不和酒鬼计较。现在付建涛已喝掉了我面前的一瓶白酒，又用食指敲敲桌台，示意我把酒给他续上。我给他续酒的时候，无意中碰着了他面前的花生米碟，我说花生米没有了，我下去给你买。说着我起身迈步，但他却猛地抓住我的手，两眼可怜兮兮地望着我，姐，再借我一万块钱吧，我保证能够东山再起，不让你和张晓婉失望！

我恨恨地抽回手，钱当然没借他。我关了房门，走了出来，留下他在身后叫嚣了好一阵子。要搁以前，我会借给他，还会鼓励他好好干，但实践证明，他的能力真不敢恭维，那么多钱投进去，竟没有赚回一分钱，而他还有一个致命的毛病，见了人还爱吹：我又在街南开了一个公司，连某某局副局长都入了股，你不入？到时候分红没你的份，你可别眼红！人家就问，某某局副局长年底分红分了多少？他伸出一巴掌，努着嘴说，这个数，整整这个数，五万！你入不入？人家掩嘴笑，不信，等我再打听打听。一打听不要紧，他的老底浮出水面。

走在街上，我突然就理解了张晓婉。这么多年，她和付建涛分分合合，而真离婚她又没有胆量，只有靠一次次出走做徒劳的逃离。街上的桃花开得粉红烂漫，一朵又一朵，带着芬芳，从我眼前倏忽而过，像我们那些美丽的过往。张晓婉是我们这个圈子中公认的才女，写诗写小说，出版过几本诗集和长篇小说，也算著作等身，又加上人长得漂亮，性情又浪漫，所以别人一恭维她，她就晕头转向，特别是面对那个梳着大背头、一脸讪笑地夸她的吕主编，她就会失去把控。

吕主编年过五旬，依旧身形修长，风度翩翩，脸部线条也柔和，特别是一笑，是那种很有女人气的味道，但最卓尔不群的，是他眉宇间的桀骜和淡漠。他想热闹的时候比别人更爱说笑，但他的热闹是瞬间可以被收起的，他细长的眼睛里立马就能射出拒人千里的光。一次笔会，他和我们一帮女作者炫耀他的大牌衣履，我们都嘲笑他，只有张晓婉没有。张晓婉上前摸着他的名牌西装，赞不绝口。就是那一次，吕主编夸了张晓婉的小说，并炫耀似的挎起了张晓婉的胳膊。

没过多久，张晓婉对我说，吕主编要调我去南城呢，还说要给我再出几本书！说这话时，她还在我们当地农业局上班，农业局工作清闲，所以她才写出一本又一本的书，而我就在她隔壁水利局工作，工作也没什么事，就将她的书推荐给我远在北京的表哥。表哥是书商，让他来替她做书也比较放心，但表哥却打来电话，说我做还不如你做，这样我能带带你，增加一些收入。就这样我和表哥将张晓婉的第一本诗集《我与非我》推出去，给她的稿酬虽不多，但比那些自费出书的强很多。后来我们又推出她的长篇小说《局内人》，卖得很火，给她的稿酬很多，我也算没白忙活，确也有了那么一点儿收入。但让人生气的是，张晓婉总怀疑我克扣了她的版税，言语里总带出讽刺，一着急我就说了伤她心的话，如果你看着吕主编好，就让他给你出书，再不要来找我！

撂下这话，我后悔了好几天，以为她再不来找我。但某一天黄昏，她又在我单位门口截住了我，大大咧咧地说要请我吃饭。这我当然会答应。张晓婉是那种幼稚到骨子里却偏要摆深沉的女人，让人可怜、可气，又可笑，但这也正是我喜欢她不忍拒绝她的原因。再说，我们的友谊可以往上追溯到南城技校，当时我、张晓婉、付建涛都是文学爱好者，在一个叫"逍遥游"的文学社团里相识。"逍遥游"顾名思义，就是我们这些人都要有"鲲鹏"大志，都要做"无己""无功""无名"的逍遥之人。秉承着这样的理念，张晓婉和付建涛相爱、结婚，而我也在风浪里摔打，变成了现在这个样子。有这样的友谊基础，所以张晓婉永不会对我记仇，但她接下来的话，却让我惊到了：今晚上吕主编做东，说要聘我去南城当编辑，你也替我掌掌眼！我当即奚落她，怎么可能？弱智，没心眼，老油条文人的话你也信！不会是耍你玩骗你上床吧？但令我想不到的是，她措辞强硬，且逻辑性很强地反驳了我：我请问你，你有什么资格诋毁一个喜欢我的文友？莫不是你妒忌了吧？怪不得这么多年没有男人喜欢你，除了拒人千里之外，还把所有人当坏人！不得不承认她一刀子戳到了我的痛点，前夫是我一个单位的同事，本来眼皮子底下再怎么也不会出事，但他还是和我的另一名女同事发生了关系，这让我不得不选择离婚。我气呼呼地回身想走，但一抬眼却见到吕主编正笑容满面地向我们走来。

我的眉眼和嘴角往上不自然地一拉，僵硬地笑着和吕主编打招呼。在进入这个圈子之前，表哥曾叮嘱过我，文界水很深，你一抬腿一动嘴说不准就碰着谁，你以后的事情就不好办喽。吕主编已风度翩翩地走过来，握着我的手打着官腔说，你的这位蜜友张晓婉可是跟我经常提起你，你可是当地有名的文化人，对她的帮助很大呀，我替她谢谢你！再有这次让张晓婉约你，我是想借你一臂之力，通过你表哥把我们的《南城文艺》推到京城去啊，为了文化的发展，你怎么能推辞不见我呢？

茶上来的时候，吕主编捏起一支烟，吸了一口，淡青色的烟圈自他的鼻孔缓缓喷出。张晓婉望着他出了一会儿神，突然以沏茶的名义走到他身边问：你不是说你们《南城文艺》缺编辑吗，还招人吗？吕主编当然知道她说这话的意思，耸耸肩，伸出左手打了一个清脆的响指，当然喽，缺你这样的人才啊。吕主编是一个部门的负责人，有点权力但也不是多么大，对于调动人员这样的大事能不能办到，真是不好说。我记得他当时一下子转移了话题，夸奖起张晓婉的白色连衣裙，说她穿着那件白色连衣裙，像仙女下凡一样亮瞎了他的眼。而推杯换盏之间，他也再没有说起让我帮忙将《南城文艺》推到北京去，我知道在他这种人的心里，是有些看不起我们这些小城女人的，既然看不起怎么又会将说过的话当真。接下来在我看向他想问他话时，他端起面前的青瓷茶碗，轻啜了一口茶，但却不小心喝到一根茶梗，他哎呦了一声愤愤地将茶梗吐到纸巾上，团了团仍在垃圾桶里，昂着头瞟一眼远处的侍者，这叫什么茶啊！但接着又朝我们回过头来说，什么样的地方有什么样的茶，不计较了，别耽误我们说话。

后来，我们说的什么我都忘记了，只记得那天张晓婉一个劲儿地给吕主编倒酒，自己也频频举杯，直喝得满嘴胡话，两腮泛红，脚步踉跄，不得不搭起"黄瓜架"离去……

再后来，就有一帮文人说张晓婉和吕主编好上了。

二

我回来的时候，除带了付建涛吃的水煮花生米，还将回家探亲的北京表哥带了回来。表哥说，像付建涛这样的人我见的多了，我跟你去，他不敢再赖着你，也不敢把你怎么样。

我当然知道付建涛不敢把我怎么样，但左右邻居都是长眼睛的，尤其像我这样的单身女人，唾沫星子还不得把我淹起来。我总觉着像付建涛和张晓婉这样的夫妻是不会选择离婚的，离婚是需要勇气的，尤其像我这样带着一个孩子的。但付建涛对张晓婉的爱，我真不敢恭维，简直到了变态的地步。后来张晓婉向我哭诉，你知道吗，每次出差付建涛除了检查我的手机，还让我将内衣一件件脱掉，像狗一样嗅闻上面是否有异味……我真想死，受不了啊！我扶着她啜泣的肩膀，安慰她说，付建涛对你可能是真爱吧，像我在外游荡多久都没人管，也是一种不幸啊。

这话说了没多久，我就听人说两人在闹离婚，张晓婉执意要离，但付建涛说什么也不离。此时他还没抓到张晓婉和吕主编相好的证据，表面上也摆出一副不相信外界传言的样子，在我们面前他对张晓婉惟命是从，但张晓婉就是不给他好声气，嚷得他像孙子似的。周日吕主编来我们这里，顺便约了我、张晓婉和其他几个文友一起喝茶，但我们刚到茶室，付建涛就尾随而来。张晓婉立刻就埋怨起我来，说一定是我将消息透漏给了他，他才会找到这里！为了洗清自已，我气呼呼地让付建涛向众人展示他手机上的通话记录，同时我也将自己的通话记录公布于众。文友中有人说张晓婉你这样做有点过了，她不听则已，一听又委屈地抹开了眼泪，还不是她（她指着我）给我做的好媒，让我嫁了这么一个衰货！我一听又急了，要不是当年你俩千次万次地撺掇我当你们席面上的媒人，谁会倒了八辈子血霉管这档子事，再说你们好与不好与我何干？张晓婉的脸羞得更红，病了样大口喘着气。还是吕主编有度量，他风度翩翩地从人群中走出，笑得脸摊成了面饼，隔着老远就热情地握起付建涛的手。

付建涛一把甩开他的手，说，什么脏爪子，摸我干嘛！我早就听说张晓婉喜欢你了，是男人就和我去外面单挑！吕主编轻松地拍拍双手，真跟着付建涛走了出去，这有什么了不起，单挑就单挑！

据说那天付建涛领着吕主编去了莫愁湖畔。阳光普照绿树掩映中，两人没有头破血流，倒是付建涛对吕主编讲了他和张晓婉的恋爱史，最后还恳请吕主编为他指点迷津，告诉他张晓婉为什么会移情别恋？吕主编嘿嘿两声，耸了耸肩，接着就发挥起文人的口才来，男人优秀必然招蜂引蝶，这怪不得张晓婉。再有，你呀，别只沉醉却不知"生长"，年轻人，你要懂得生长，不要拒绝生长，而且婚姻里的成长是互相和共生的！你要像我，有钱给女人精致的生活，她自然会爱我；你要像我，懂浪漫每天过得像诗，有梦就有爱情幻想，你说女人不爱我？付建涛醍醐灌顶，本来想要跳湖以表殉情，但面前突然就劈开一条通天大道，使他身不由己地踏了上去——他颤抖地握住吕主编伸过来的那双已有老年斑的手，滋味复杂地看他的大背头在阳光里闪闪发亮。

吕主编回到茶室的时候，我们已喝了两盏茶。他为自己的英明决策（刚才我们要求和他一起去外面被他一口回绝）和与众不同的口才而陶醉了好一阵子。他拍着张晓婉的肩膀，轻飘飘地说，解决了。但他说得越轻飘我们就越好奇，特别是文友中的女士们，都抬起一双秀目紧抿着嘴唇等待他的下文。很简单，他又说，桌子下面他的手却不安分，放在了张晓婉的膝盖上。张晓婉又像刚才那样喘了一口，袖着手正不知哪里放时，吕主编的手却伸过来，紧紧地握住了她的小白手。

于是，一切皆大欢喜。后来听说付建涛在吕主编的指导下开了一家小书店。而他爱吹牛的毛病就是从此时培养起来的。后来他的书店关了门，又开了文具店，文具店也关了门，这才走投无路，知道锅是铁打的了。

付建涛从桌子上抬起他的鸡窝头，见我手里拎着花生米，还将一个男人领来，酒一下子醒了一半。表哥深谙文化圈里的人和事，自然对付建涛看不到眼里，但碍于我的面子，他向他做了自我介绍，并告诉他，文化事业不好做，你还是改行吧。此时，付建涛的酒已全醒，不再向我闹着要张晓婉，而是规规矩矩地坐到我和表哥的对面。

三

一周后，出走的张晓婉却奇迹般地回来了。

不知道为什么，张晓婉这次回来却有点炫耀的意思。她约了我们一帮文友在最有名的东来顺饭馆吃饭。她点了饭馆里最有名的海鲜菜——海参宴，又点了许多特色菜，要了两瓶海之蓝白酒和十打啤酒，看她的样子，明明是憋着劲往大里花。付建涛也在，他很少说话，只是时不时伸手握握张晓婉的手，告知我们张晓婉失而复得的艰辛。有人告诉我，付建涛在电视台打了寻人启事，又联合张晓婉的亲友，才在青岛将她找到然后将她带回。张晓婉今天穿了一件嫣然牌孔雀蓝旗袍，旗袍本来就为凸显女人身材而生，又是名牌，自然精致到领口和滚边，而她身材生得又好，脸蛋也没得说，又施了薄粉，遮住了因出走所带来的悲伤，眉眼虽笑得失了真，但眼波流转，黑瞳仁里映满了亮星星。面对这样的张晓婉，我们个个被恹得酸水横流，但表现出来的却是捏着旗袍的绿滚边，打量她旗袍领里的美颈，一边热情地问这问那，一边想象她跟什么样的人在一起。但奇怪的是，任何人都没有提吕主编，就好像他从没有出现过。

等菜端上酒也斟上，席面上出现了片刻宁静。还是张晓婉清了清嗓子，抬了一下藕似的臂膀，挥着她的小白手，笑着说，喝啊，大家怎么不喝酒？哦，对了，喝酒前忘了给你们讲故事当下酒菜了。我这次去了青岛海滩，在海滩上晒了七天大太阳。你们也知道我所在的农业局那间办公室不朝阳，背阴，平时潮得能滴出水来，我是真向往阳光了，所以就给自己放了假，去了海边……但这样却吓坏了付建涛，他满世界里找我，我也挺感动的，所以也主动让他找到我并跟他回来了。她说得滴水不漏，有人已冲她鼓起掌，接着噼里啪啦的掌声像下雨般哗哗啦啦。我们说，回来就好，回来好好过日子吧。张晓婉点点头，嗯，我打算和付建涛东山再起，一起再做生意。

她的话，又吓着了我。但我看别人都在恭维她，也不好意思出声。张晓婉留了下来，过了很长一段消停的日子。不久之后，张晓婉和付建涛还真就在迎宾路盘下一处门店，上挂"茶语·艺香"的牌匾。直到开业，我都不知他们这门店是做什么的，上前一问，张晓婉偷偷告诉我，我们这里是举办艺术沙龙的地方！

沙龙？我更加搞不懂了，谁来入你的沙龙啊！

看我皱着眉，一副不开窍的样子，张晓婉说，我们上面有人，是吕主编帮我们联系的。

又是吕主编。我好像懂了。

"茶语·书香"很是风光了一阵。付建涛逢人就说，他和张晓婉承办过多次当地或者市里的艺术沙龙，连市长和省长都去过他们那个阳春白雪的地方，他们现在不光有了钱也有了名，整天过着养生喝茶陶冶情操的神仙生活……但说到最后，他会抬起头，继续吹牛，说如果我们入股合伙，年底分红可达到10万。在说服我们入股合伙的时候，付建涛和张晓婉会一唱一和，像在我们面前秀恩爱，但也更像我们要是不入会损失很大，以后会哭着闹着求他们。付建涛略带沙哑的嗓音，类似宣言，更像恫吓，你们会出名的，会轰动的，来和我们一起干吧！你们现在不决定，到时后悔都来不及。此时，我觉得付建涛相当陌生，更有一种不好的预感提醒我，他走得可能是一条不归路。

为了见证他和张晓婉的辉煌，那次省里名作家来我们这里，吕主编在"茶语·书香"举办文学沙龙的时候，我们都到了场。张晓婉那天又穿了她从青岛回来时的那件孔雀蓝旗袍。身穿旗袍的她，自然和我们这些土包子不同，又兼能说会道，妩媚婀娜，要么扭着她的蜜桃臀，风过拂柳般走过大堂的人群，要么婷婷玉立在吕主编身边，俏笑嫣然，眼波流转，周到细致，滴水不漏。而付建涛和张晓婉不同，那天他穿了一件藏蓝色的旧中山装，衣服前襟第二个纽扣处还有一块亮油渍没有洗掉。那天付建涛就穿着那件有油渍的藏蓝旧中山装，陀螺一样拿凳子摆桌子忙得团团转，大家正襟危坐的间隙，我曾拿眼睛四外找寻他，想让他换掉那件衣服，但奇怪的是，我却没有发现他。

此后他们又承办过几次吕主编安排的文化活动，都说付建涛和张晓婉赚大发了。发了的他们从穿衣打扮举止言行到会客见友人情往来都发生了变化，最显著的变化是两人都不和我来往了。

四

过了腊月，雪多了起来。

张晓婉在一个雪夜突然不期而至。在这之前，我已有大半年没有见过她了。她里面穿着睡衣睡裤，外罩一件大红羽绒服，面容憔悴，头发蓬乱，我开门时她扶着我的门框两眼红肿地喊我姐姐。我将满身雪花的她拉进屋，但她还没有在沙发上坐定，就问我，你知道吕主编被双规了吗？

不知道。

她的眼神是破碎的，脚步是踉跄的。全城人都知道，你怎么会不知道，她的眼睛充血般瞪着我。我说我真不知道，你知道离婚后我一个人带女儿，还有工作，没有时间打听这些事。

我知道你看不起我。突然她就低下头去，望着自己的脚尖，我是一个不光彩的人，吕主编在上头调查他时供出了我，现在大家都知道，你为什么不知道？

我不知道该怎么开导她。她呜咽着说，我与付建涛走在一起就是错，后来将错就错，但我很想逃离，要不是可怜他和顾忌老同学你的面子，我早就不回来了。

我很想问你不回来去哪里，和谁在一起？但话到嘴边，还是没有说出口。突然她目光炯炯地望着我，眼角的一滴清泪瞬间滑落，砸在我们相握的手背上。她说，我知道你想说什么，你最好还是不要开口，当年我们的"逍遥"，并不是真正的"逍遥"，那是一个莫须有的名头，我们举着这个莫须有的名头，错过了自己的幸福，被某些看不见的东西绑架了。

窗外大雪纷飞。就要过年了，街上零星挂起了红灯笼，已有喜庆的味道了。此刻吕主编在我的头脑中却一片空白，我想不起他真实的面容，就连他的笑都是假的。而后来他与张晓婉且歌且舞导演的这一出又算什么，为什么他们要这样活着？那个雪夜张晓婉留宿在了我家，奇怪的是，付建涛也没有来找她。和我并排躺在床上的时候，张晓婉突然拥抱了我，她说，不知怎么我的心里很空，我很怕这种感觉，总幻想自己有垂天之翼，扶摇直上是不罢不休的逍遥之梦。我简直不可救药了，但我就是这样的人，只要有人给我织梦，我就会身不由己地跟着他去。

果然，不久后"茶语·书香"关了门。张晓婉已不知去向。被债主们追赶的付建涛常常深夜来敲我的门，我将御寒的衣服和一些吃食偷偷从门缝里递给他，他朝我咧嘴一笑，说，不知怎么就混到这步田地，还不如去死！我劝他，好死不如赖活着，说不定张晓婉还会回来找你。他摇摇头说，这次我不打算让她找到我，当然她也不会回来，我的心，已经——碎了！

他说"碎了"的时候，我发现他的眼睛里闪烁出晶莹的泪光。

之后不久，我听说付建涛逃到了北京。在北京成了一个有个性的游吟诗人，经常以"逍遥"为笔名，写一些"至人无己，神人无功，圣人无名"的神仙道语。

一次，从北京回来的表哥无意中和我谈起诗人逍遥，说北京人也不知怎么了，都喜欢上了求仙问道的诗，逍遥写得那是什么呀，诗集竟然能够畅销。我告诉他，"逍遥"就是付建涛，付建涛经过人生大风大浪，他笔下的"逍遥"，是真正的"逍遥"！

不会吧。没想到表哥一下子皱起眉头，你说的"逍遥"，不是付建涛！付建涛被债主们追到北京一栋高楼上，跳下来摔死了！

怎么会呢，说着我将付建涛邮寄给我的《逍遥集》摆到了表哥面前。表哥拿着那本署名"逍遥"的《逍遥集》，摩挲着，说没错，就是这本书！但付建涛已经死了啊！你不信，看看报纸上的这则报道。

当他将一张一个月前的报纸推到我面前的时候，我一下子惊呆了：付建涛的身份证号和他那张没有被摔散的脸，证明死者就是付建涛。

夜色不知什么时候漫了过来，将我和表哥一起淹没。我们突然无语，大脑瞬间一片空白，只听到夜鸟拍打树梢的声音。

原载《四川文学》2018 年第 12 期

唢呐悠悠

雨影儿

天刚蒙蒙亮，周大福就起了床，昨天接了一个大单，有些兴奋也有些紧张。他把要吹的曲子捋了一遍，然后誊写在纸张上当点歌本。一切准备就绪后，他仔仔细细洗了脸，又拿起剃刀对着镜子刮起了胡子。

这时，"当当当"有人敲窗子。周大福喊一声，谁啊？开了门，并没有看见人，耳朵里传来一声巨大的干咳声，随后一口黄痰重重地吐在院墙上。周大福骂道，这是哪个肺痨鬼？话音刚落，周大福赶紧笑眯眯地说，三老爷，啥事让您一大早来我家？村支书说："串儿住院了，县医院，难产，你快去看看。"

听到女儿串儿因为难产住进医院的消息，周大福的心里咯噔一沉，脸抽搐了一下，手里的唢呐差点掉在地上。

老伴杨玲花急坏了，她在屋里晃来晃去，嘴里一边念念叨叨一边收拾东西，准备去医院，周大福把她收拾的东西一脚踢出去好远，说："不许去看她。"

杨玲花边哭边重新整理衣物，说："难产会要命的，我可怜的串儿。"

周大福重重地朝地上吐口唾沫，用一种让人不寒而栗的眼神瞟了一眼杨玲花，顺手把杨玲花整理的衣物扔出门外。接着，他不顾杨玲花的哭喊将她锁在家里，自己提溜着唢呐去了白事现场。

办白事的这家死了九十八岁的老娘，是喜丧，孙男娣女老老少少来了三百多号人。这些人按血缘关系的远近，分别穿着红、白、蓝等不同颜色的孝服，从大门口到屋门口分层次守灵。场面很宏大，却一点也不悲伤。大门外设了点歌台，孙男娣女轮流点歌给老太太送行。周大福干红白事二十多年，这是他第一次经历这样铺张大办的丧事，按理说他应该很兴奋，点歌的越多他收入的就越多，可是今天，因为串儿的事，周大福吹唢呐老是走神。心不在焉地吹了一曲《亲娘》后，他不得不跟主家说了声对不起，独自一人来到了村头山坡上的那棵大柿子树底下，满脑子都是串儿第一次去上中专时的样子。

那是一个柿子树上挂满青柿子的季节，串儿扎着羊角辫，穿了一件果绿色上衣，一路上在他前面蹦蹦跳跳，让他骄傲极了。串儿从小活泼又乖巧，在村里第一个考上了中专，多少人向他投来羡慕的眼光。有人说他上辈子积了德，有人说他这辈子有福气，有人说下辈子投胎做他这样的人。他为此扬眉吐气，几年前的那次大手术让他失去了干重体力活的能力后，他第一次舒展开了眉心，内心的喜悦和躁动过了小半年才平息下来。他觉得有一个将来不再用体力干农活就能吃饱饭的女儿，他自己吹唢呐都有了非同一般的文化意义。

可是现在女儿未婚先孕，连杨玲花都不知道让女儿怀孕的男人是谁，这让他在乡亲们面前很没有颜面，三老爷那口重重的黄痰像钉子一样刺疼他的心。他无法想象村里其他人知道这件事后的反应，他想找个地方躲起来，可是躲哪儿都会被人认出来，方圆几十里，谁不认识他这个走南闯北的唢呐手啊？周大福心乱如麻，脑子里一团浆糊，手不由自主地颤抖起来。

串儿是多么讨人喜欢的女孩子，咋就做出这种伤风败俗的事情来？周大福想不明白。但他很快理清思绪，他不怪三老爷小瞧自己，是自己教女无方啊。

一阵微风吹过来，周大福感觉清醒了不少，他俯视远处的村落，一种强烈的陌生感和距离感向他袭来，恍若隔世一般。他不知道怎样去面对村里的老老少少，他害怕被人指指点点，害怕被人戳脊梁骨。

不争气的串儿啊，你让老爹怎么有颜面见人？

周大福倚在柿子树干上，从来没有感觉这么无助和孤独。他抬手将唢呐送进嘴里，悠悠的唢呐声在山坡上荡漾开来，穿过密密麻麻的红柿子树，在村子上空弥漫。

恍恍惚惚中，周大福看到村子的方向跑过来一个人。一种无法言说的烦躁感从心底升起，周大福把唢呐从嘴里抽出来，狠狠地朝地上吐了口唾沫，准备朝另一个方向走去。不曾想一个急促的声音传过来："大福叔，快，快，串儿没了，串儿没了。"村里的小无赖石头顺着唢呐声跑过来，气喘吁吁地告诉周大福，串儿大出血，死了。

周大福愤懑的脸一下子抽动起来，眼睛眨个不停，鼻孔一张一翕，嘴角上下蠕动，整个身子蜷缩成一团，心脏好像不再跳动了。不知过了多久，他才回过神来，嚎啕哭着，抱着唢呐向山下跑去。

按村里的规矩，在外面咽气的人不能进大门，串儿被放在了大门外的一张床板上，一动不动。周大福想打串儿一个耳光解解恨，可一直在颤抖的手伸出去一半又折回来，"啪啪啪"打在了自己脸上，接着他倒在地上哭晕了过去。

三老爷对着周大福又是掐人中又是拍打脸，一番折腾后周大福缓过气来。三老爷把周大福拉起来说，怂孩子，光哭不是个事儿，串儿不能埋在祖坟，你还是去找找那个人吧。

周大福坐上了去中专学校的车。一路上，串儿的身影老是在他眼前浮现，几个片段过后，他才明白过来，为什么最近半年多串儿一直没有回家也不让他去学校看她。

进了学校的大门，看着远处宿舍楼侧面墙上绿油油的爬山虎，周大福觉得自己的脸烧烧的，一方面想快点知道有关串儿的真相，一方面又担心串儿的同学认出他来。他把手里的编织袋举到头顶上，做出挡太阳的样子，好遮住自己的脸。一路上左顾右盼，心神不宁。好不容易走到串儿的宿舍楼道口，他却不想从前门直接进去。他转过身子，像做贼一样，心虚地踮着脚跟走到楼后，隔着窗玻璃看串儿的床。

绣着百合花的白色被罩板板正正地覆盖着叠得整整齐齐的被子，绣着荷花的白色枕头顺着床头摆在床单上，一切都是周大福熟悉的样子。这个绣花的被罩和枕套是串儿刚考上中专时他陪她到县城百货大楼买的，那是串儿第二次进城，是为了买东西进城，而不是像第一次那样陪他在县医院住院，串儿的脸上乐开了花。串儿喜欢白色，她说白色象征纯洁和神圣。

一位留着短发的女同学推开宿舍门进来，周大福赶紧把头缩回去，不一会儿他又小心翼翼地探出头朝宿舍里看看。那位女同学先爬上串儿的床，用床刷把串儿的被罩和枕套扫了一遍，又把自己的床扫了扫，抬头放床刷的时候，眼里浸满了泪水。隔着模糊的泪水，她看到了没来得及躲闪的周大福。周大福认出这个女孩是串儿最要好的朋友秀娟，他的脸又开始发烧。他觉得秀娟一定也认出了他，不然秀娟不会立刻从宿舍跑出来。

周大福想悄悄走开，可他在拐角的地方看到秀娟朝另一个方向跑去了。要在以前，周大福肯定会大喊一声丫头把秀娟叫住的，可这次他没有，他甚至感谢秀娟没跑过来见他。不过，看着秀娟远去的背影，周大福觉得有些不正常，秀娟为什么见了他就跑，一定是觉得串儿的事情太丢人了吧？周大福的脸又一阵发烧，心里再次感谢秀娟跑开了。只要秀娟不在，别的同学都不认识他，这让他心里好受了不少。

午时的阳光透过法国梧桐茂密的枝叶泻下来，斑驳的树影投在周大福的脸上，还是有些刺眼。一群同学有说有笑地从他面前走过去，他看不清他们的脸，也幸好没有人认出他来。

他在宿舍楼的拐角处愣了一会儿，感觉得进串儿的宿舍，收拾一下串儿的东西，好看看有什么线索。

宿舍里还有两个扎着马尾辫的女生，正在床上对面坐着聊天，一个说真可惜，一个说她是我的偶像。周大福听着这些七零八碎的谈话，想起串儿的死，那么不清不楚地，脸蓦地红了。在两个女同学的注视中，周大福不知道说什么好，好半天他才调整过自己的情绪，说，我来拿串儿的东西。

女同学麻利地将串儿的东西收拾好。周大福没再说话，他弯下身子提起被子扛上肩，又屈膝把塑料袋摁进塑料盆，一只手端着默默地走出了串儿的宿舍。

想着女同学们还在上学，而这是自己最后一次来串儿的宿舍，周大福眼里浸满了泪水。串儿帮自己做家务，埋头补习功课的镜头像放电影似地在脑海里闪现。他不相信串儿会做出如此出格的事。可是现在，串儿实在是太让他失望了。他警惕地屈肘用衣服抹了一下眼泪，生怕被人看到自己的狼狈样。

他多想快点走出校园，可是串儿的事还没有解决，不能无果而归啊。他不知道从哪儿寻找线索，只是感觉秀娟可能知道真相，还是得找她聊聊，便朝秀娟跑的方向走去。

还没走出多远，周大福就听到了前面的楼角处传来痛不欲生的哭诉声。是秀娟的声音，周大福熟悉这声音。虽然有半年多的时间不见串儿和秀娟了，但串儿上中专一年级的时候经常带秀娟到家里玩，每次周大福到学校给串儿送东西，秀娟总是和串儿一起陪他吃饭，送他坐车。

周大福卸下身上的东西，顺着哭声的来处走过去，看到了秀娟的背影。秀娟的整个身子正随激烈的抽泣上下弹动，周大福的心一阵狂跳。他盯着秀娟看了一会儿，想着还有人跟自己一样为串儿流泪，他的眼睛又湿润了。他想，串儿还是有人疼的。看秀娟哭个没完，周大福擦了擦眼泪，走上前拍了拍秀娟的肩膀，说，好孩子，别哭了，串儿不值。

秀娟漠然地抬头看了一眼周大福，哭得更厉害了。她毫不顾及自己的形象，任眼泪和鼻涕顺着嘴巴一起流下。周大福愣了一阵儿，又拉了拉秀娟的衣袖，说，别哭了，孩子，你这样哭让叔看着心疼。

秀娟停下来，用力抹了一把眼泪，忽然朝着周大福大喊，不许你说她不值，她值，她值！说完，又是一阵撕心裂肺地哭喊。

周大福没有想到秀娟与串儿的感情这么好，眼里再次盈满了泪水，说，好孩子，别难过了，她做的事丢人，叔谢谢你不嫌弃她，谢谢！

秀娟听了这话，扑通一声跪在周大福面前，朝着周大福磕了三个响头，说，叔，对不起，请你原谅我。

对不起，这话咋说呢？

叔，对不起，对不起，串儿的事都是因为我。你打我，你骂我吧。你打死我吧。

秀娟说着，抬手"啪啪啪"几个巴掌就抽在了自己的脸上。

到底为啥？

因为我，都是因为我。早知道串儿会这样，不如我死了算了！都怪那个志愿者，都怪他多管闲事！都怪他！

秀娟越说越激动，越说声音越大，完全不顾及这是在校园里，随时会被过路的同学听到。

孩子，慢慢说，那个志愿者是怎么回事？

那天我跟串儿去敬老院帮王奶奶搬家回来，可能是太累了，对面一辆车开过来，我们反应太慢。我把串儿推开的瞬间，那个志愿者把我推开了。我跟那个志愿者还有串儿都住进了医院。

后来呢？周大福知道串儿和秀娟一进中专就当了志愿者。

后来，我活了，他死了，串儿也没了。

这跟串儿的事有什么关系？

要不是因为他，串儿不会这样！秀娟有些激动，声音大得吓人。

那个志愿者跟串儿谈恋爱？

他是个孤儿，是个白血病患者，串儿不知道哪根筋不对，莫名其妙地喜欢上了人家，还说要给他生孩子，再让孩子给他作骨髓移植。叔，你看看，串儿是不是很固执，这是多么大的事啊！我从一开始就不支持她的。

该死的，串儿才 17 岁，他就——

那个志愿者是熊猫血，一直到最后都没有找到血源。据说，他的白血病是因为一次献血过多引起的。

一次献血过多，献了多少？

600CC。

周大福的表情再次复杂起来，他想起了几年前自己的那次大手术，也是因为没有匹配的血源，他差点没命，是一个志愿者一次给他输了 600CC，他才转危为安。也是 600CC，该死的 600CC！

600CC？

周大福忽然觉得事情好巧合，问，这个志愿者多大？叫什么名字？

李泽曦，21 岁。

周大福周身的神经一下子紧张起来，他猛地抓住秀娟的衣服，问，串儿什么时候认识他的？

串儿说是因为您的一次手术。

我的手术？串儿，串儿，我的好孩子，是我害了串儿！

周大福只觉得天旋地转，眼前一片漆黑。

秀娟说，叔，串儿怕你担心，一直不让我告诉你，你别怪我，也别怪她。

周大福的嘴唇颤抖着，从胸腔里挤出几个字，说，叔不怪你，谁也不怪。说着，他像是想起了什么，大喊着串儿的名字，发疯似的跑回了家。

院子里聚集了很多人，是的，院子里聚集了很多人。村子里就是这样，哪家有红白事，整个村庄的人都会来看景儿，遇到蹊跷事，邻村的人也会来不少。围观的乡亲们看到周大福回来，一边窃窃私语，一边自觉闪开一条路，好让周大福过去。

周大福顺着人群缝隙来到大门外搁放着串儿的床板前。看到"串儿之灵位"几个字，周大福心疼得不行，他把灵位抱在胸前，紧紧地，许久不放下。

围观的乡亲为之动容，也跟着抹起了眼泪。

三老爷从人群中走过来，压低了声音问，找到了？

周大福跟魔怔了一样，反应缓慢了很多，许久才抬起泪眼看了看三老爷，终究没有说话。

三老爷急了，说，怂孩子，啥时候了，就知道哭，哭能顶个屁用！

人群中一阵骚动。乡亲们都在观望周大福下一步怎么做。

周大福顾不得那么多，他现在只心疼串儿，看着串儿，他放声大哭起来。三老爷拉他几次，他都不起来。三老爷很无奈，抬头看看西边的太阳，愤愤地说，哭吧，落了太阳我看你咋办。说完，三老爷转身想走，周大福一下抱住三老爷的腿，说：三老爷，串儿没给我们周家丢脸，我要给串儿大办，她没有地方可去，您就答应我，把她埋在村头的柿子树底下吧。

三老爷认认真真端详了周大福一眼，抬头眺望了一下远处的柿子树，使劲摇了摇头，又轻轻点了点头。

周大福给三老爷磕了三个响头，三奶奶她们便开始给串儿缝制凤冠霞帔。

串儿在穿上新娘装的那一刻，安安稳稳入殓。夕阳落下前，村头的柿子树下突起了一座新坟。

乡亲们相继离去，周大福蹲下身去小心翼翼地整理新坟上的每一抔土，就像给熟睡的婴儿整理衣被。一阵微风吹过，周大福打了一个寒颤。他捡起唢呐，坐下来，使尽全身的气力吹起了《大悲调》。

原载《天津文学》2018 年第 12 期

柳先生的正骨膏

青霉素

  郏镇东大街新开张的药铺叫汉春堂，坐堂的先生姓柳，人称柳先生，从东北躲战乱来到郏镇。柳先生擅长骨科，跌打损伤脱臼骨折手到病除，据说，他熬制的外敷膏药叫正骨膏更是神奇，无论多严重的骨折，经柳先生手法复位后，贴上正骨膏再竹片固定，少则十日多则一月，断骨愈好如初。外人说伤筋动骨一百天，这话在柳先生这里就成了无稽之谈，柳先生治骨病不需一百天。

  日本人攻打郏镇的那天，一颗炮弹落在颜老爷的家里，三间大堂屋成了废墟，颜老爷正在前厅伺候他的花树，震得昏了过去。半日后醒过来，他看到养在莲花缸里的那株花树，如小臂粗的树干被炸断仅连接着一部分树皮，颜老爷两眼一黑又昏过去。那株树是儿子从国外留学带回来的，儿子的喜好，颜老爷视为珍宝，儿子和他的部队在台儿庄和日本人决战时，壮烈殉国，老人把儿子的一捧骨灰埋在树根下，更是视树为生命。

现在儿子的树被日本人毁了，颜老爷像被挖了心一样。他失魂落魄地在院子的残垣断壁间转圈，不知如何是好。许久，他一下子想起柳先生，救人的命和救树的命都是救命，也是心急乱求医，柳先生成了他救命的稻草，一路跌跌撞撞来到柳先生的药铺，全不顾大街上枪弹横飞，见到柳先生颜老爷扑通一声就跪下了。

柳先生来到花树前，小心地扶起来，把断茬对齐捏实贴上正骨膏，周匝固定木棍。三日后，树叶竟振作起来，十日后，树叶重新泛绿，一月后，树干断处长好了。

颜老爷一脸泪痕，紧抓着柳先生的手说："你救了我儿子也救了我啊！"

郏镇沦陷后，病人挤满了柳先生的药铺，断胳膊断腿的病人很多。这天，柳先生在药铺里配药，心里默念着药方，川续断十钱，右手去药匣抓药，放进左手的戥子里一称，正好。继续一味味抓药，骨碎补十钱，藏红花十钱，岷当归十钱……

汉春堂的大门哐当一声开了，听声音不是手推开的是脚踢开的，一群日本兵涌进来，后边还抬着一个嗷嗷乱叫的军官，候诊的病人吓得四处躲藏。

翻译官提着手枪走近柳先生，说："听说你医术高明，请你为少佐先生治伤，伤愈后重赏，说着指指乱叫的日本人，少佐先生率兵进山剿匪，被八路的地雷炸伤，两条腿骨头断了。"

柳先生一怔，然后缓步上前，看看担架上那张被疼痛扭曲的脸，认识。郏镇沦陷后，这个日本人牵着一条凶犬，在大街上咬死咬伤人不计其数。

柳先生指点把病人放到诊床上，然后双手在断腿上拿捏，病人忽然疼得又叫起来，日本兵哗哗地拉枪栓，黑洞洞的枪口一起对着柳先生，柳先生好像没看见，继续接骨，修正碎骨后外敷正骨膏再竹片固定。一条腿整好换另一条腿，有条不紊。

"好了，隔日过来换膏药。"柳先生说着直起身去洗手，不再说话。翻译官放下大把银元，日本兵抬着那个日本少佐走了。

隔日，翻译官抬着那个日本少佐来换膏药，又放下大把银元。

又隔日，那个日本少佐被抬过来换膏药，翻译官又放下大把银元。

这些日子，柳先生的药铺里来治病的人越来越少，以致门可罗雀。

半月后，日本少佐是挂着拐杖来的，两个日本兵扶着，见了柳先生露出一脸笑，不住地说："你的，良民大大的!"柳先生也笑，只是不多说话。日本少佐换完药走了，当然还留下许多银元。

柳先生听到大门口哗啦一声响，出门看，是颜老爷把他的莲花缸摔碎在柳先生的门口，还把莲花缸里的花树嘎吱一下拦腰折断，丢在地上扬长而去，街上好多围观的人，也转身散去。

一个月后，日本少佐自己走着来的，翻译官跟在后面抱着一坛子酒。柳先生和日本少佐已成了熟人，最后一次换完药开始喝酒，喝酒的时候，推杯换盏很是热闹，一坛酒喝光还没尽兴，柳先生提议翻译官再去拿一坛酒来。

翻译官抱着酒坛子回来时，日本少佐躺在地上已经死了，直挺挺的，面目狰狞，胸口插着一把刀，深入刀柄，污血满地。

柳先生在院里正给颜老爷的那棵花树换药，莲花缸换了新的，缸里的花树折断处周匝固定着木棍，花树枝青叶绿一派盎然。

刑场上，翻译官问柳先生：“你当初为什么给少佐先生医伤？”

“我是医病的先生，不能坏了先生的名声。”柳先生说。

“那你干嘛又杀死他？”翻译官追问。

“我是中国人，不能坏了中国人的名声！”柳先生脱口而答。

原载《小说月刊》2018 年 4 期

《小说选刊》2018 年 5 期转载

中篇小说

人间四月

方　如

一

　　艾波尔，翻译成中文是四月，是一个中国女孩儿的英文名。

　　这女孩儿曾是我在伦敦时的一任房东。不是那种先租一整套房，再将每个房间分别出租，以赚外快的二房东。四月是那房子的真正主人——胡先生的女友，她代表胡先生处理一切房东事务。

　　胡先生是个台湾老头儿，五六十岁的样子，头发倒没怎么见白，却谢顶谢得没了几根儿。据说还患着类风湿，腿脚不利索，偏偏性子又急，加上面目表情永远冷冻冰凉，以致人前来去常比比划划、声势浩大的他，就仿佛永远都带着一副要滋事扰民的架势。

但那其实只是表象，只要相处稍久，便会发现，胡先生这人其实很好说话。尤其待女孩子，甭管多难商量的事儿，只要有个女孩儿肯过去娇娇嗲嗲跟他讲上三两句好话，他那张沟壑纵横的老脸，立马就会像风过沙洲，三刮、两扫，转瞬间便能舒展成一马平川。

胡先生是我们那时住的那栋三层小楼的主人。他本人只住二楼一个带卫生间的大套间，其余全租给我们这些在伦敦求学的中国学生。他喜欢说，之所以如此，是因有激情，喜欢跟年轻人在一起，说他每每一见到我们，便仿佛重返了自己的年轻时代。

"某某某，你们知道的吧？原来就住我楼上，那家伙读书时就好热闹，进进出出总是吆五喝六，后来怎样？果然给他出落成政界名流！"

"谁谁谁，你们都听说过吧？其实他年轻时很苦的，寒门学子，只是为人极好，凡事总有人帮衬，我都不止一次借钱给他呢，现在好了吧？人家早身家过亿，成了名副其实的商界精英……"

据胡先生自己讲，他是一九七零年代末到英国留学，当年读的是名校伦敦大学玛丽皇后学院，学的是戏剧艺术。想必那段时光，一定饱含着他此生最为辉煌煊赫的记忆，以至如今但凡逢年过节大家凑到一起聚餐，甭管什么酒水谁下肚，很快便会如电流般迅速注满他全身。脸红脖子粗后，胡先生是连坐都坐不住的，总得一次次踉踉跄跄站起。

那一刻的他，便会在转瞬间脱离日常，仿佛巍然屹立于戏剧舞台中央，正被一束炫目的追光灯自上而下打着，整个人显得中气十足，很快就会朗朗念出许多当年曾与他同窗，后来陆陆续续返回台湾的同学名姓，逐一把人家的过去现在、家里家外、花边、八卦，爆料个没完没了。

他讲的那些人，我一概不知，以致听过即忘。再后来，每每见他如此，便见怪不怪，只笑眯眯环顾左右而言他。

但那时的在座中人，倒也不乏听他这醉汉酒话，直听得瞳孔放大，目光闪亮，以至主动跟他去搭腔问讯的。这样的人，多半是刚来英不久的学生。

不过，此类场景中，最让我难忘的还是四月。

四月的表现，如今想来我还历历在目——她并不挨胡先生坐，可她的目光停停落落总绕着他，而她那张脸庞窄窄、下巴尖尖的锥子脸儿上，五官时而皱巴巴凑成一团，时而又努力纠结着各自散开。她一定也希望自己能像我们大多数人那样处之泰然吧？但那实在太难，每每到后来，她不是把头深深埋下去，长时间地保持沉默，再不就是愤然起身离开那餐厅。

我听比自己早来的房客们讲，最初大家不知四月和胡先生的事时，便是四月自己在胡先生酒后的不正常表现，让隐情慢慢大白于天下的。

这说法儿我信，因为四月和胡先生的外在，实在相差太大。

据他们讲，四月那年有二十八九岁，已来英国十多年。

可哪儿像呢？单薄瘦小的四月，哪有一点成年人的模样？你如何会想到用那种关系，把她跟胡先生这样一个人联系到一起？

二

那是 2008 年秋天，我经历了第二次婚姻的失败，离婚手续一办妥，便突发奇想，立意重返校园。

刚刚熬过那么多恐怖的，一个人独处，头脑中一念地狱、一念天堂的夜晚，重返校园读书这念头一冒出，便再无法遏止。很快我就跑出去申请好了学校，继而急不可耐地四处打听找房子。

有天偶尔听一个住富咸路南肯辛顿车站附近的同学讲，她租的房子顶楼有个小房间正招租，我便央那同学帮着去问房东。

房东便是四月，是她主动给我打来电话，约好时间上门去看房。

去前我已大略听那同学讲了些四月的事，但那天真到了那里，却见等待自己的，竟是个白皙、瘦弱、文文静静的女孩子，我的心，便也软下去不少。

不过四月那天表现实在不佳。

她始终板着一张脸，无言领我上到三楼。站在那间空着的小房间门口，等不及我开口表示房子是否中意，就兀自一项项亮出价格。那小小的，顶多十五平的单人间，她把条件摆出一大堆。

"租金每周九十镑，跟你同学一样呀，也包水电。不过现在得要先交三百磅家具家电押金，这个当然会写进租房合同，合同正常解除才能退的。再有就是，房租一交半年，住不满半年也不退。另外，要是你今天就定下来租，先交一个月房租好吧？要不我可没法儿给你留……"

那段时间我没少看房、见房东，哪遇到过如此苛刻的条件。我越听越火，仰起脸，眼睛一眨不眨地瞪她，开始她还能继续讲话，后来渐渐闭嘴收声，站在那儿，就那么一言不发地跟我脸对着脸互相瞪了会儿眼睛。

最后到底还是她先把目光错开，脸也偏向一侧的墙壁，脖子倒还梗着，眉毛也依然高高挑起，声音却早没了底气，只轻飘飘从嗓子眼儿挤出一句："就这条件，爱住不住的呀。"

"我记得你们这儿的房东是位姓胡的先生吧？"我偏过头继续去捕捉她的目光瞪她，还刻意加重语气："我这人租房子，向来只跟房东说话！"

"不要操那么多心好吧？告诉你，这房子，我就说得算的！"这下她再不看我的眼睛，只瘪了嘴，一边轻声讲着话，一边噔噔噔径自下楼去了。

出门我就给我那同学打电话："小丫头片子，"我说，"她是要租房子，还是要找人打架？惹得我一大早就生了一肚子闷气！"

同学似乎也很吃惊，她并不知道自己那里的租房条件已变成了那样:"你真看好了没有啊?要是真看好了,我就再去帮你问问胡先生。"同学安慰我。

房子我倒谈不上有多中意。事实上,从小到大我就没住过那么小的房间,站在那房子门前时,我的情绪非常复杂。然而真要想马上找一个距中心城区那么近,去学校交通也方便,对住在那儿的那个同学印象也还不错的地方,折腾了那么久,我还真就没遇到过比那更合适的。于是,我就一边请那同学帮我问,一边继续找房。

这期间,那同学没少跟我讲四月。

她说我不该小瞧四月,说四月才不是小毛丫头!同学告诉我,据她们那栋楼里住的时间最久的一位山东大哥讲,他们那儿先后住过不少国内去的所谓留学生,胡先生明里暗曾跟许多女学生暧昧过,最后却全都一拍两散。只有如今这个四月,着实厉害,不但公开跟胡先生同居在了一起,还让胡先生彻底跟太太闹翻,损失了在路易沙姆的另一处房产,赔给太太和一对儿女,方办妥离婚,赢得四月登堂入室,在众人面前,以女房东自居。

但同学说,她也感觉四月开出的租房条件过分,只是不清楚为什么她跟胡先生把好话说了一次又一次,原本很好说话的胡先生,最后也不过应了句——"我帮你再商量商量四月吧"。但这显然是托词,话说过好久,再没见胡先生有任何下文。"估计没戏了,"同学讲,"搞不懂四月又在打什么鬼主意。"

我倒没特别惦记那里，可找房找得我心力交瘁。后来我搬去了地铁六区，跟一些印巴学生住一起。没多久，楼上搬进来一对讲法语的黑人情侣，只要一回来，他们就会把音乐开得很大声，然后二人激情四溢地腻在厨房里，煮那种又长又绿的大香蕉，在那每每熏得我简直要背过气去的香蕉气里折磨了近一周，有天晚上，我突然接到同学电话："你猜怎样？"她听上去也满腹狐疑地跟我说，"四月今天竟主动来问我，你那同学是不是还要租房？"

　　三天后，我搬进了他们那栋房子。

　　我当然签了合同、交了押金，却并没一次性缴纳半年房租，那是我自己争取的。跟我谈条件的当然也还是四月，她当然也还是横眉冷对。而我，本来在去之前已做好准备，打算将这霸王条款单挑出来，跟她好好理论一番。不想她竟连机会都没给我。我刚一言及此，她直接就点了头："这个可以不交的。"她面无表情地把脸扭向一边，从始至终没看我一眼，见我半晌无言，方又道："就为这个？再没别的了吧？"

三

　　我跟四月起初相处很不好。当然，如今回头看，这可能也仅仅只是我的主观感觉。因四月待那栋楼里的所有房客均如此——见面从不主动说话，说话从没个笑模样，一天到晚耷拉着脸，好像那整整一栋楼的人都欠她钱似的。我讨厌年纪轻轻的女孩子就有张那样的脸，以至背地里跟同学讲起，总称之为"寡妇脸"。

"'寡妇脸'一天到晚早出晚归，有时一连几天都不见人影儿，不像只靠傍老头儿为生的啊。"我说。

"当然不是，"同学朝我摇头，"四月在唐人街干中文导游，你要想出去玩，找她准没错。她看上去那么高冷，其实遇事挺帮忙的。上次我爸妈来，我就托她找的旅行社。我妈回来跟我讲，问了一起去的人才知道，真省了不少银子呢。"

"哦，这么说她已经能赚钱自立了，傍老头儿这种事儿，又算哪一出啊？"

"为赚钱吧？你隔壁的那个山东大哥在这儿住的时间最长，知道的事儿也最多。我听他讲过，胡先生为什么要让四月出面租房子？那其实是惯例，像四月这样跟胡先生有不正常关系的女孩子，不少都干过这种差事。按胡先生自己的说法，是他不喜欢跟低头不见抬头见的人谈钱。但其实把这类事外包给这样的女孩子，也是为了补贴她们，给她们赚外快的机会。像四月，她要是比胡先生给的低价多租出钱来，都是可以揣自己腰包的。"

"哦，"想到第一次见面时四月的可憎嘴脸，我忍不住摇头叹气，"咳，这小丫头，还是傻，钱就真那么有用吗？"

"就是，就是。"同学和四月年龄差不多，却是国内读完大学出来的，显然认同我倚老卖老的金钱非万能论，她一叠声附和我，还撇嘴笑道："四月年年都回国度假，每次都大包小裹买礼物，平时吃穿用度也根本不像个穷人，开始我还真没想到，她竟然也那么没志气！"

可就在那之后不久。有天傍晚，我站在阳台上打理我的盆栽，一抬头，竟撞上一同出门的四月和胡先生。

暮色四合的楼间草坪里，走着一个身材魁梧、步履蹒跚的老头儿和一个瘦瘦小小、闷头走路的年轻东方女孩儿，他们并没并肩同行，胡先生在前，四月在后。胡先生兴兴头头的样子，边走边起劲地挥舞双臂，肩膀一趷一趷时高时矮、起起落落，还不时停下来，回头跟四月讲什么。四月却一直垂着头，无精打采，慢吞吞跟着他、跟着他，始终保持一步左右的距离……他比她老那么多！他块头大得足以装下她！他一伸手简直轻易就可以把她捏碎……那情景骤然间刺痛了我，让我觉出残忍——生而为人，困在这异国他乡，活着，谁没有自己的艰难？只觉胸口一阵比一阵强烈的闷闷、钝钝的疼，腿一软，我扶着栏杆一屁股坐到地下，眼里的泪慢慢涌了出来，又慢慢干了。那天，打量他们让我念及自身。后来，直到月上中天，我依然独自在阳台上垂泪枯坐。

自那以后，我再没叫过四月"寡妇脸"。

慢慢地，我开始越来越能享受到住在那楼里的好——公用的卫生间、厨房、饭厅，你能切切实实感受到自己生活在拥挤的人群里，有燥热喧腾的人气儿，有每天按部就班的过日子的节奏，让你不知不觉地就能渐渐融入当下、忘掉过去。

当然与此同时更好的还有：那份燥热、喧腾以及节奏，还都那么恰到好处，对你绝不构成负担。因为你很清楚，周围所有的人都在忙，忙自己的事，对别人没有过多探究的热心和耐心。挤在这样的人群里，你根本无需谄媚、看人脸色、委曲求全。赶上有空、有兴致，随时你都可以进到公共空间，和在那儿的任何一个人随便搭上句话，碰上有兴趣的话题，甚至可以借题发挥、嬉笑怒骂。但只要不开心，只要没兴致，随时你都可以闭上嘴，只要闭上嘴，你就能迅速彻底地把自己跟周围人群隔开，这阻隔严实、便捷，就像那扇随时可以顺手关上的自己房间的门。

如果不是因为发生了后来的事，我想，四月和我，一定会像那栋房子里的大多数人一样，永远都被阻隔在彼此的房门之外吧？

四

那件事发生在我在那栋楼里住了半年后。

是个周末的晚上，那段时间我一直如此，一到周末，雷打不动要熬很晚，只为跟尚在国内的女儿通个电话。

夫妻离异，最不幸的是孩子，不仅孩子会这样想，更会如此想的还有孩子的母亲。作为母亲，我想女儿，每天都在盼着那一周一次的长途电话，却也越来越感觉到打电话带给自己的折磨。一度我还尝试过跟女儿视频聊天，后来到底又将之调整回打电话。是我太敏感？还是女儿已一天天长大，我们之间的关系正变得越来越复杂？反正每次通完电话，我的情绪都非常糟，由此引申出来的恐怖联想更是无穷无尽——女儿不开心吗？她一直对我当初执意跟她父亲离婚，并很快远嫁他乡心存怨怼吗？怎么现在她一说话就喜欢绕圈子，讲话的语气也越来越小心翼翼，变得越来越让我陌生？她如今长成了这样一个懦弱的孩子，是因为她的父亲对她管教太严吗？她那个由小三越位升级而来的继母，又待她如何呢？他们都会如何跟孩子提起我？还有周围那么多亲戚朋友，是不是女儿周围所有的知情者，都在传递给她这样的信息——她亲妈没大脑，太冲动，不懂忍辱负重，把好好的家、孩子拱手让位给小三，自己草率远嫁异邦，并迅速自食恶果……

心事重重放下电话，我打算去趟厕所就上床睡觉。谁想我们这层的卫生间竟关着门，里面灯也亮着，我于是不得不跑去一楼用卫生间。

那晚一楼餐厅坐着那个据说在那楼里住得最久的山东大哥。他刚下夜班回来，在煮宵夜。见了我很兴奋，主动告诉我说，他老婆这两天就要来陪读了，他正忙着到处找双人间，很快就要搬走了。我替他高兴，少不了陪他感慨一番他竟已在那楼里住满五年，而来伦敦也已八年这个事实。

等再回到顶楼，却见厕所里还是有人。顶楼仅俩房间，分别住着山东大哥和我，他明明就在楼下，谁会在后半夜跑这儿来上厕所？按捺不住好奇，我过去敲了敲门："谁在里面？"

里面很快传来冲水声，水声响过，才有慢吞吞的答话传来："姐，是我呀。"

我有些愣，四月？四月和胡先生住二楼大房间，自带卫生间。自打搬进那楼里，我几时见过四月上来用这个厕所？再说了，这小丫头什么时候叫过我姐？不止她，那栋楼里就没人有这种习惯，大家不拘大小一律都是直呼对方英文名。

一阵疑惑，随即又闻到股腥咸的气味，我不免担心起来，"你没什么事吧？"俯身门上，我压低嗓子问。

"肚子疼，头晕，没事儿……"里面传出来的四月声音很弱、很小，还飘飘忽忽的，让我很有些放心不下，正待继续敲，"要不，你帮帮我好吧？"耳边再次传来四月的声音，紧接着，门被她从里面打开了。

我看到四月下身只穿了件薄薄的黑色内裤，已褪至腿下，想必是撅起上身开门，此刻正迅速后退，可就那么一动，地面已长长地甩出一条暗红的血迹，我眼尖，一眼又看到座便器里也淋淋漓漓满是黑色的血。"怎么了？"我一句惊呼未及出口，尾音已被四月朝我猛烈晃动的手势硬生生压成耳语，于是赶紧回头先把卫生间的门关好。

"我吃了药，打胎……"小小的卫生间里，我简直是跟四月挤在一起，好在她蹲在座便器上，不过自上向下去看她的脸，我更觉得惨白、恐怖。

"啊？医生让吃的吗？"

"不是，唐人街，中药房……"

"不要命了你！"我用手去摸她的头，凉凉的，汗津津的头，软软的已抬不起来的样子。"上医院，赶紧上医院，"我说，"胡先生呢？"

"他下午刚走，三天后才能回来，不上医院好吧，姐？"四月皱眉俯身去按住肚子，嘴里疼得嘶嘶啦啦，"不就是需要全排出来吗？"

"可你出了这么多血啊……就你这体质……还这么晚了……"我已慌得不能自已，直打哆嗦，却见四月还在犹豫，心里的火顿时抑制不住地横窜出来："我女儿都十岁了，你知不知道？我不比你懂？"朝她咬牙切齿一阵低吼，我都有些不好意思了，赶紧开门跑出去。

那是我第一次在异国他乡遇上此类状况，慌得实在不知该如何是好，幸好想到楼下还有经验丰富的山东大哥。

我们后来是被救护车拉去马斯顿医院的。

路上我再次跟四月提起胡先生："听我的，这种性命攸关的事儿，你不能不跟他讲，他有责任。"我说。

"这事儿不能让他知道的呀。"四月却直朝我摆手，讲话的语速很快，声音却很低，还有些哑，她热热地趴到我耳边说："好姐姐，帮我保密好吧？"

那天上车后，她说什么都不肯躺下，只软塌塌伏在我怀里，张口闭口叫我姐姐，让我很不适应，更搞不懂，这种事儿有什么不能让胡先生知道的？但我并不想知道她太多私事，过了好一会儿，我才敷衍了一句："所以你才趁他离开之后服药。"

"我也是知道药物流产很可能不安全，才去你们那儿上卫生间的呀，要不，要不就算我死在卫生间里，也不会有人知道的呀……"四月突然喊出来，声音哽咽，我知道她一定是哭了，却佯做不知，只下意识隔着棉大衣把她搂得更紧了。

"姐姐，"四月突然目光闪亮地抬起头看我，"我早就知道你是好人，因为你是当妈妈的，你有女儿！"

她的话猛地扯拽出我的眼泪，我赶紧把脸扭向窗外，不想被她看到，这个小丫头！我一阵心酸，却不由得感慨她的聪明，她这句话彻底点醒了梦中的我，那会儿其实连我自己都还没意识到，从一开始我就怜惜她、疼她，正是因为她那楚楚可怜的样子，总让我想起自己远在国内的女儿。出国那年，我女儿七岁，刚上小学。"妈妈你不要妮妮了吗？妈妈你一定要去那么远吗？妈妈要是这次妮妮能选上班干部，没办法告诉你怎么办？"

那是我最后一次见女儿，女儿皱着眉头想来想去，最后说出口来的麻烦全来自她自己。但现在，她马上就要升入中学了，每每通电话，她再也不主动同我讲学校、家里、同学间的事儿了，除了回答我的问话，她最经常讲的话是："妈妈你好吗？妈妈人家都说，你们那儿总下雨，下得人心情都不好，妈妈你不会也总心情不好吧？妈妈你真像他们说的那样又离婚了吗？是那个老外不要你了？就像当初，你不要我和爸爸了一样……"

在这世上，女孩子无论怎样总不免要沦为弱者。就像四月，她那一刻表现出来的，自以为是的聪明和坚强，只会越发让我觉出世事的残忍，觉出自己对她越来越深的担忧和怜惜。强忍着心底一浪一浪袭来的酸楚，我一遍又一遍地默默告诫自己：到此为止！就到此为止！这显然是个太过复杂的女孩儿，我没能力帮她，绝不可以跟她走太近。

但四月显然并不知我的顾忌，她双手握拳都抵在肚子上，疼得不时弯下腰去，却也一直没停下断断续续跟我说话："姐姐呀，我一直……一直都想跟你解释……解释租房的事儿呀。可一直找不到……机会……你不要再生我的气好吧？租房……是我不好，我成心难为你，其实，主要是我不想……不想让原来住那房子里的……托尼走，我要想当好人，就必须得想办法，不让那房子租出去呀……"

"好了，好了，四月，"我拍拍她后背，"别说话了，你现在最需要的是休息。什么好人和坏人的，不要胡思乱想。"我轻抚她的肩，她太瘦了，伏在我怀里，尖尖硬硬的肩胛骨不时耸起又落下，硬硬地硌着我的手，让我心疼。

"你不信任我？姐姐，"她却猛抬头看我，那涌动着无限失望、感伤、欲言又止的目光让我一阵心悸，但我赶紧挪开视线，没敢再去看她。

自此我们都沉默下来。后来，直到她住进医院，我去照顾她，我们之间都没再讲过那么多的话。

五

胡先生是在四月住院三天后回来的。

据我那同学讲，胡先生是去参加了他女儿的大学毕业典礼。刚回来时，还得意洋洋拿给大家看他和穿戴着学士衣帽的漂亮女儿合影，不想竟被告知四月已住了院的消息，同学告诉我说，胡先生当时的表现显然是非常非常惊讶，不过倒也没说什么。

我见到胡先生时，他已是在厨房里煲鸡汤了。

"多亏你啊，真得好好谢谢你，我不在，四月小产的事儿。"那天我放学一进门，就见高高大大的胡先生从厨房里一瘸一拐晃出来，朝我展露他那难得一见的笑脸，主动过来招呼。

我却被他讲得尴尬。

四月流产，连同学我都没告诉，对所有人，我只讲四月因贫血发生眩晕。哪想胡先生竟如此这般当着一楼餐厅那么多人大鸣大放讲出来？好在那些人听了，非但没任何反应，还知趣地一个个都相继走开了。

"四月现在叫你姐姐，是不是？"胡先生叫住了也往楼梯那儿走的我。

"是啊，"我一笑，"她就是个孩子。"

"很黏人的小孩子呢，"胡先生也咧嘴笑，"知道她叫我什么？爹地，哈哈哈。"

我没笑，脸一阵发热，心里有气，这样的私房话，由他这么个糟老头子红口白牙地对我这样一个单身中年妇女讲出来，算什么呢？他可以为老不尊，难道就不觉得对我有失尊重？我拉下脸，兀自继续拾阶上楼。

"而我呢，我叫她娘子，娘子这两个字，你知怎么讲？"

胡先生却仿佛一点儿都没察觉到我的不悦，站在楼梯口，他仰脸皱眉向上看着愕然转头的我，脸上满满的，全是平日最常见的凶巴巴的严肃，"敬她，如娘；爱她，如子。"他这话讲得非常慢，声音虽不高，却一字一顿，很郑重。

我一时愣了，不觉早停了脚步。那是我第一次听到这种说法，这种男女间的态度，让我由不得不正视起胡先生来。

"可现在看来，四月并不识我对她的敬，那么，爱，也就无从谈起了。"

胡先生还在讲话，却并不看完，而是颓然低头良久，方有哽咽的声音自他喉咙里慢吞吞挤出，且边讲，边转身一扭一扭回了厨房，不再理我了。

后来得知四月出了事后，我常想起胡先生的这番话。

像胡先生这个年纪的人，在人群里跌跌撞撞活那么久，什么样的人没遇到过？什么样的事没见识过？想来，他一定也有自己看得来、看不来的人和事。而对四月背地里做的事，他也未必就不知道，却始终睁只眼闭只眼，从未发作。直到最后，我听胡先生讲过的，关于四月最为严厉的抱怨，不过也只上述这些。

六

"我们老王有话，胡先生这儿啊，就像个收容站，不知搭救了多少落魄得差点儿要露宿街头的小闺女。可惜那些小闺女，全跟四月一样没良心，只要翅膀一硬，一个个扑棱扑棱全飞了……"

讲这话的是山东大嫂，她来时，正赶上四月卧床休养，胡先生照顾她，楼上楼下跑不停，这情形被大嫂看在眼里，很是鄙夷。

山东大嫂跟大哥一同来我房里，送了些从国内带来的食品。没坐多久，大嫂便眉飞色舞讲出这番话来，接着再聊，便弯弯绕绕再也离不开评判胡先生，态度很有哀其不幸、怒其不争的志士派头儿。

"不过胡先生也不值得同情，他那是愿打愿挨，怨也只能怨他自己好占便宜，他也不想想，现如今这些小闺女的便宜，是那么好占的？哼，可这话说回来，这还不全是你们男人的傻？你们这些男人啊，哪一个不这样？在这种事儿上，跟个没头苍蝇似的，就见不得有缝儿可叮的蛋！"

大嫂后来不知为何突然话锋一转，直接把矛头对准了自己丈夫，这下可彻底惹恼了山东大哥，他顿时臊红了脸，愤然起身，低头呵斥道："你啥时候跟人学的这么能扯老婆舌了？看来以后啥话我都不能跟你讲……"

"我说啥了？啊？你心虚啥？咋好事儿你不往自己身上揽呢？让人家评评理，当年你说走，抬脚就走，扔下我一个女人家，又是老人、又是孩子，家里家外地忙，我容易吗？现在倒好，跑这鬼地方来，难道说个话都得要看你的脸色？"大嫂说着说着已哽咽失声，但长长地伸出来的手指，却次次都无比精准地直抵自己丈夫那红红的鼻子尖儿。

好在山东大哥能屈能伸，很快就坐了下来，压低嗓门儿讲了阵小话儿，夫妻二人不久即草草告退了。

当然，无论胡先生，还是山东大嫂的那些说法，四月本人应该都是不知情的。

四月被胡先生汤汤水水调养了一阵儿，很快便又生龙活虎地在人前来去匆忙。表面看来，她跟从前没任何两样。还是一天到晚拉着脸。不过我记得很清，就是自那之后，四月开始称呼我为姐的——人前，淡淡的；人后也并不甜腻。想必敏感、又好面子的她，一定也早察觉出了我对她的刻意回避吧？但她却并未因此放弃对我表达亲近。

时不时地，她会拿些小纪念品、食品来敲我的房门："姐，这个可以寄给你女儿的，小女孩儿肯定都喜欢。""姐姐，游客送我的秋林红肠，都给你吧，听人说你们东北人最喜欢这种俄罗斯风味的肉食。"

那年春节，四月回国休假，带了好大一包的酸菜给我："我才知道跟我妈一起练瑜伽的阿姨竟然是沈阳人，是她告诉我这个牌子的酸菜最地道。"

后来，时隔多年，每每想起当年四月曾一个人跋山涉水走那么远，在限重的行李里，为我装那么多、那么沉的家乡菜，我都非常非常愧疚。

如今我已记不得四月是何时第一次进到我房间来的，却还清清楚楚地记得，在那段时间，她在我那房间里讲过的那些话。

"姐姐，生孩子的时候你多大呀？是不是很疼？要是将来有一天我结了婚，我可不想生孩子呀，尤其不想生女孩儿，诱惑那么多，危险那么多，要承担的后果也那么多……不过，姐，你别笑我呀，我可能只是说说，要是将来我结了婚，那一定是遇到了自己真正喜欢的人了呀，生个孩子，也就顺理成章吧？

"你别看我现在总看闲书，不爱学习，其实我小时候学习可好呢。我都获过全国作文比赛二等奖的呀，真的，刚来伦敦的时候，我有篇写对伦敦印象的散文，还登在一期留学生杂志上了呢。编辑都特意给我回了邮件，说我写得好，让我以后多多赐稿。你别不信的呀，姐，等哪天我找出来给你看看好吧？

"结婚哪是我一个人能说得算的呀？结婚很麻烦的，亲戚朋友都来观礼。胡先生那种人哪行，跟他结婚我倒是可以合法留在这儿了，可怎么带他回上海呀？亲戚朋友还不得把我笑死？我宁愿像现在这样，花钱交学费，续我的学生签证。

"基本上年年我都回家，不过每次都不轻松的呀，不单是花钱的事儿。我父母已经离婚了。以前我什么话都爱跟我妈说，这几年却越来越少了，可能因为长大了吧？当然也可能是因为她跟我爸离了婚的关系。我妈是那种特别好强的女人呀，当初，就是我妈非要送我出来留学的。

"我不是没想过要回国的呀，我都去参加过好几次国内的招聘会呢。可你知道的，我十七岁就来英国了，除了上学，就是打短工，没任何办公室的工作经验呀，想找我父母所希望的那种高级白领的工作，几乎就没可能。我觉得我爸妈发现了这种情况，对我回国也不再那么热心了。

"当然留在这儿也不容易，之前我不懂，2000年夏天，还有2007年冬天，我都想过，再不回来了，签证都没去续，所以搞得现在合法居留记录不连贯，没办法申永居……姐，你不知道我这些年为了身份，花了多少钱呀！旅行社一起打工的同事都笑我，说我辛辛苦苦攒的钱，不是交了学费续签证，就是交了律师费申永居……"

我现在都清晰地记得四月给我讲这些话时的神情——目光空茫，语气淡淡的，带着怅惘，有一句没一句的。哪怕我有一个语气词的回应，都会搞得她神色慌张，戛然而止结束话题。但也有些时候，她就坐在我对面，话讲着讲着讲成了自说自话，越说越流畅、越说越恣意张扬，连脸上的五官表情都随之生动起来。

我于是想到，就像主动送我那些旅游纪念品和食品一样，四月一定也是想把自己的心事、秘密，作为礼物，郑重地都交给我，用以表达亲近和信任。这就跟送那些礼物一样，送出之前，相信她未必就不花心思、动脑筋，可当着我的面和盘托出时，却每每故意表现出轻松、随意，漫不经心的样子。

但那时的我，最怕跟人走近。深恐知人太深，要自讨苦吃。无论是接受四月的礼物，还是听她的讲述，我其实都觉得非常有压力。

捱不过，不得不接受，我就回赠些小东西给她，听她说话，则尽量保持沉默，不插话，更不探究。而平日里，我对她讲出的话，充其量也只是："年纪轻轻的小丫头，又那么瘦，干嘛总穿成一身黑？"再不就是："虽然打工没时间去上课，书总得看看吧？那么贵的学费你都交了，别一有时间就去租那种风花雪月的中文小说看，那不是浪费时间吗？"

"四月，你要清楚，胡先生可不是糊涂人。他对你不错的。"——唯有不止一次情不自禁讲出口的这句话，我深知是越界的。

可四月对它，就跟对我干涉她饮食起居一样丝毫不以为意。"切，难道我待他还坏吗？"她每每撇嘴一笑而过。

七

四月和我之间关系的变化，同住那一栋楼里的人想必都看在了眼里，但对此有反应的，只有我那同学。

"从你不叫她'寡妇脸'开始，我就知道，早晚有一天你会跟她握手言和。"有次下课结伴回家的路上，同学主动同我提起四月。

"小丫头片子，"我初听并没在意，只是笑，"你闲心还真不少啊。"

"哪里，主要是像你这样有经历的人，对有些事儿自然会比我们这些一直出校门进校门的学生，看得开些。"同学很认真地辩解。

这下我笑不出了。"你不是说我没立场，好坏不分吧？"一紧张，迅速蹿高的声音，连我自己都被自己吓了一跳。

"不是，不是。"同学似乎也被我的反应吓着了，她把脑袋摇晃得跟个拨浪鼓似的，老老实实交待，"其实，其实这是你们隔壁那个山东大嫂跟我说的，当然了，我自己也这么觉得……"

这下我彻底没了笑意，再没说话，我只呆呆坐在行驶的地铁里，心空空落落地悬着，嗡……嗡……随着地铁毫无方向感地起起落落。要下车的时候，我脑子里，突然冒出那个念头——是的，如今，我房间的门已不再是我想关就能严严实实关上的了，这地方，恐怕我是住不久了。

欢送山东大哥夫妇离开，胡先生很是慷慨，他邀请我们全体房客，去女王路那家皇朝总店吃早茶。

说请早茶，胡先生却直拖到将近十一点才带着我们出发，乘地铁辗转来到了正值用餐高峰的餐馆。赶上周末，排队等座的人非常多，好在胡先生已预先订了位。我们鱼贯而入，一路频频四顾，只见满眼金碧辉煌，高档装修黑黄两种主色调，中外食客着装举止都颇有派头，就连来往穿梭的服务生都衣着笔挺，气宇轩昂……于是便有人打趣："嗨，胡先生，这似乎不是我们该来吃饭的地方哦。"

"要不我会让你们穿正装？"胡先生只是笑，兴致很好，一坐下，就边翻餐单，边伸手过去，搭在坐在他一侧的山东大哥肩上，还对我们大家解释："我老胡开了一辈子餐馆，自然知道全伦敦哪家点心最好吃，要请客，自然要捡最好吃的馆子啦，是不是，老王？"

老王也笑。那天请客，山东大哥是由头儿，作为房客，被房东如此隆重欢送，一贯节俭、从不轻易占人便宜的山东大哥都没了他平日里分分角角都得掰扯得清清楚楚的做派，显得很是沉稳宽厚。

"大家虽都是学生，一心向学，但出来这么远读书，总得多见见、多尝尝，这样心底里才有格局。格局这东西不好讲，全看各人造化，如云似水、水流云在……"胡先生那天开场开得很风光。且一直跟山东大哥彼此亲亲热热以老胡、老王互称。

想必是受他们情绪感召，大家竟也纷纷效仿，各自高语低言、称兄道弟。算上胡先生和四月，住那楼里共八个人，有一个赶上有事未参加，加上山东大嫂，一桌恰好凑齐八个。这些人年龄大抵相近，也就没人细论深究，只让显然年长出大家许多的胡先生、山东大哥、大嫂以及我，脱颖而出，转眼间成了众人口中的胡大哥、王大哥、大嫂及姐姐。

和以往在一楼餐厅聚餐，最后直聚到胡先生起立高声重话当年，山东大哥不时喊出带有浓郁鲁西南特色的英文单词、俗语，众男生嘤嘤嗡嗡起哄、女生们唧唧咋咋闲聊，最后演变成乱哄哄闹剧一场截然不同。那天，在皇朝，酒水没点，小菜精致、服务生威严，大家不约而同都比平日端庄了许多。

只是后来聊天时，聊出了些状况。

"老胡，记得你第一次在皇朝请客的情形吗？简直就像昨天。"山东大哥笑道。

胡先生也笑，却斯斯文文腆起脸，显露出少见的困窘。我有些奇怪，却见胡先生低了头，脸瞬间红了，嗫嚅半天，方嘀咕出一句："当年的荒唐事，不要再提啦……"

"怎么能说荒唐呢？胡先生，你这不到底修成正果，身边有了四月吗？"

山东大嫂也跟着笑，但她笑盈盈突然插上来的话，却让很多人脸上没了笑意，尤其四月，四月朝山东大嫂瞪过去的大眼睛里，满是几乎要喷薄而出的愤怒。

大哥脸上也挂不住了，但碍于众人，只狠狠瞪了大嫂一眼。他这一眼可比四月有效得多。大嫂当即没了动静，直至席散，除了咧嘴随众人笑，我没见她再出过一丝动静儿。

这种时候，胡先生就显得比我们老到许多。我注意到，胡先生把自己的手轻轻抚到挨自己坐的四月背上，但也只那么轻拍几下，一句话没讲，就算过去了，他依然还在以请客者的身份转移话题、活跃气氛，他正色道："我老胡这楼里，前前后后住了多少留学生啊，可你们知道吧？这么多年，我一个广告没打过，房子却一时没空过，都是学生介绍学生，住久了，大家都成了朋友，朋友的朋友自然也就是我的朋友……"

这倒是真的，众人纷纷点头，还附和着说起这个、那个、走的、来的，一时气氛很是温馨、融洽。

哪想，一楼住的那个刚来不久的小女生突然朝胡先生诡异地一笑，道："我还听说，这楼里来来去去的人，都是自己情况有了变化才离开的。这么多年，只有一个是让你胡大哥撵走的，那是去年秋天，有个叫托尼的男孩，是不是？据说他还是四月的关系户呢，大义灭亲啊你，胡大哥，牛！"

我有些愣，很快想到四月流产那次也跟我提到过这名字，是的，四月曾说，她成心不想把房子租出去，只为了留住托尼。

果然，我也很快发现，自己身边，因那女生此话一出，空气瞬间紧张下来，尤其胡先生和四月，都在那儿表情复杂地互相瞪视。

到底胡先生反应快，他很快便向众人道："不一样，不一样的，托尼跟你们大家哪一样？在我这儿住的人，哪个不是本本分分出来读书的？哪像托尼，通宵达旦就知道打电玩，连课都不去上。道不同，不相为谋……"

"不是吧？"我那同学竟也插了话，声音不高，表情却极认真。她瞪着大眼睛直视着胡先生道："托尼走，不是因为她嫂子来闹事儿吗？那天下午，托尼嫂子来闹时，我就在房间里，全听到了，不过是没好意思出来……"

我能感觉到坐在自己身旁的四月猛地哆嗦了一下，扭过头，只见四月一只手还按在餐桌上，另一只手却捂住脸，把头深深地埋下去了，那长长的黑色直发随之散落下去，越发显得瘦瘦小小的她，楚楚可怜。

再抬头面对自己同学那一脸无辜的表情，我突然冲动起来，那一瞬间，我在我同学那张可爱的娃娃脸上看出了一丝冰冷的杀机，甚至我都怀疑刚才那个最先提托尼的小女生，是否也跟我那同学一样，是故意装出很傻、很天真！

虽不认识托尼，以及托尼嫂子到底为何上门闹事儿，但弱小的四月激起了我的不平，我实在受不了这些，我无法自已地生起她们的气来，凭什么呢？我想，你们到底都从哪儿来的那么多道德上的优越感？凭什么就可以这么残忍？你们让四月这样一个小丫头当众出丑，居心何在？！

"是的，多亏托尼嫂子来，我才知道他打电玩的事儿，托尼还是个孩子，作为房东，我失职……"

耳边胡先生还在费力解释，我却忍不住直接伸手拍开了桌子："哎，哎，哎，"我很不客气地仰脸瞪着那俩小丫头，冷冷地道，"你们都哪来那么多闲心？纠缠这些没格局的事儿干嘛？咱今天出来干嘛来啦，胡先生？"转而我又插嘴去打胡先生的岔儿，"继续讲有格局的事儿不好吗？我还急着听你们刚才讲的广式早茶的典故呢，怎么不接着讲了？我还想知道呢：为什么用手指轻敲桌面，就代表感谢？"

八

那天晚饭后，四月又来到我的房间。她送了本杂志和几张打印稿给我。"姐姐，我找到我从前发表的那篇文章了，还有一篇，是后来写的，给你看着玩儿。"

"哦，"我接过那杂志和打印稿，一边翻一边朝她笑，"我一定好好看哈，四月，像我这种理科生啊，在你这样的文艺青年面前，简直就土包子一个。"

"什么呀，姐姐，我算什么文艺青年呀，我写得不好，还怕你看了要笑呢……"

我看出四月的表情很不自然，似乎并不喜欢多谈文章，便想到她可能只是心烦，才来找我聊天。然而这么久，她几时空手来敲过我的门呢？想必这些文章也跟那些小礼物一样，只是托辞。

果然，进得门来，四月便红着脸，很激动地抓住了我的手，"姐姐，"她刚一开口，已潸潸泪下，"为什么你从来都没问过我，我是怎么跟胡先生走到一起的？"

"我，我这个人对别人的私事没兴趣。"有些猝不及防，我觉得很窘，只一边试图拉她坐，一边低声道："谁没点儿不开心的事儿呢？凭什么都得要讲给别人听呢……"

"姐，"四月并不在意我的窘迫，她还沉浸在自己的伤感里，她不肯坐，只死死抓紧我的手，抽抽噎噎道，"我今年二十九了呀，虽然没法儿跟你比，可我总觉得自己也算经历过一些事儿的人了。我相信自己直觉的呀，姐，我知道，这满楼里，就只有你，才是个真正的好人！"

"傻丫头，"我递毛巾给她，"再别这么说话了，啊？人哪是可以简单地用好坏区分的，你现在觉得我好，保不准哪一天……"

"不会的，不会的，"她急急地打断我，再次高声强调，"姐，我知道你好，对我好的！我做错事，你总给我留面子的，还记得吗？上次在马斯顿医院，那个老太太大夫骂我，你什么都没说的呀，可我知道，你肯定相信她说的对，其实我也早想跟你承认的，我不该跟医生撒谎，之前我的确是做过流产手术，十八岁，我来英国的第二年秋天，回国找我小阿姨帮忙做的……"

"连我妈后来都知道了呀，不过她只后悔不该那么小送我出国。我觉得我爸更了解我，我一直记得那次因为流产回家，我爸对我说的话。我爸说：你真的喜欢那个人吗？还是觉得他比你大，成熟，让你觉得可以依靠？我爸说的没错，这么多年，我谈了这么多男朋友，都比我大，可是他们哪一个是可以依靠的呢，呜呜呜……"

那个晚上，我再次成为四月眼底心中的好人，可我这个好人当得战战兢兢。后来主动打断了她的倾诉。四月走后，我再度失眠，翻来覆去想的更多的，还是自己，我知道自己得赶紧出去找房子了，这儿显然已没法儿再呆了。

但想立刻就找一个各方面都满意的房子哪那么容易。我甚至都想，实在不行，就先回离婚时法院判给我的那个小公寓去。但那公寓已被我租了出去，还有一个多月才到期，房客已联系了我续租，因存了这心思，我一直拖拖拉拉拿不定主意。

九

就在我又到处打听要找房子期间，我见到了四月生前的最后一个男友——单先生。

单先生四十出头的样子，戴一副细长的黑框眼镜，人长得白净斯文，话不多，讲话甚至还带几分羞怯，尤其人多的场合。可像他这样一个人，却是做地接导游的。

他在晨光熹微的夏日清晨，开一辆白蓝相间，照明灯还都亮着的空荡荡的大巴车，缓缓驶过空寂无人的街道，朝我们而来。人还在车上，还隔着厚厚的车窗玻璃时，他便朝我们咧嘴笑，点头。然后，跳下车，由四月介绍给我们，依旧只咧嘴笑，点头。

那已是距四月流产近半年后，就要放暑假了，同学提议一起出去玩玩，就去请教四月有无合适线路。不想她大包大揽："好的呀，好的呀，你们跟我跑一趟就好了。我这一趟带八天六晚的散客团，走牛津、史特拉福、湖区、苏格兰、约克再回伦敦，正好一大圈，你们先跟我浮光掠影跑一趟，看看自己喜欢哪儿，以后再安排深度游，好吧？"

从决定了跟四月出游，同学就不时跟我嘀咕说，沾了我的光。那天一早，单先生真来接了，上了车，我俩这蹭车的，便自觉把前排座椅留给游客，远远去到最后一排落座，刚坐下，同学便附在我耳边嘀咕道："这个姓单的我见过，他就是托尼的哥哥。"

"托尼?"我一惊，一时仿佛又坐回到那尴尬的，欢送山东大哥的早茶餐桌旁。

同学倒淡定，那会儿早没了上次欢送聚餐上的尖刻，只笑眯眯同我解释："就是以前住你房间那个小男孩儿，在我们这儿住的时候，他刚来伦敦不久，还在牛津街读语言呢。"

"哦。"我点点头，没再接腔儿，却对这单先生和四月，格外留意起来。

单先生看起来脾气很好。大巴车接上我们，一路先直奔酒店，接上一群从国内来的游客，四月哇啦哇啦嘴巴一刻不停忙着点名，和带队交涉住宿餐饮标准和景点自费项目细节。单先生则始终无语，只是很长眼色地闷头帮这个拖行李，帮那个放背包。游客里不乏横眉冷对、盛气凌人者，对他大呼小叫，他一视同仁，只是朝四面八方不住咧嘴笑、点头。

车一发动，四月便站起身，开始为众游客介绍行程安排、沿途风光。同学便也在我身旁嘀咕开了这位单先生。原来单是陪老婆来的伦敦。他老婆从国内医院考的国际护士来英好多年了，单自己从前在国内似乎是做眼科医生的，来的年头貌似并不久，却很快把自己的弟弟托尼也办了出来。托尼却不是念书的料，只迷恋打游戏，住哥哥家，跟嫂子闹掰了，一个月没到，就租房去了我们那儿。

"去年中国年的时候，一起在那栋楼里住的我们几个凑份子去唐人街吃东西，遇到过这位单先生，托尼给我们大家都介绍了，说他哥哥做导游的，不过，我可真没想到，原来竟是跟四月一起搭伙?"同学低声跟我讲着,无论语调还是表情,都貌似大有深意。

当晚我们住曼城,进了房间我先去洗澡,一出来,见同学还懒洋洋歪在床上,一脸得意地朝我坏笑道:"猜,四月今晚跟谁一起睡?"

我心底隐隐有不快,只不屑地哼了一声,道:"别老操心别人的闲事!"

同学却愤而起身,情绪激动地跟我大吵大嚷起来:"你知道什么!我去查了呀!都要把我给气死了!她真的是跟那个托尼的哥哥住一起啊!你说说四月这个人,她真是把我们所有中国女生的脸都给丢尽了……"

当晚我也没睡好,也开始生起四月的气来。一个人肯把自己腌臜龌龊的隐私和盘托出,她哪儿来的勇气对我讲,是因我让她有这勇气吗?因为她认定我也是同她一样的腌臜龌龊的人?现在想来,我对四月的仇恨,就是从那晚开始萌芽的。

事情发生在我们回到伦敦后,是中午,我们一路风尘仆仆先奔一家中餐馆午餐。"吃了饭你们再回吧,反正回去也得吃饭,这餐就算我给你们送行。"

四月一路招待我们很周到,临别挽留得也依依不舍,"你们回去就可以好好歇歇了,我还得带他们再在伦敦市区转两天呢。"她撇嘴自怜。

"以前我总觉得当导游好,可以到处跑着玩儿,这次跟你出来才知道这一行也真不容易啊，四月。"同学捏了捏四月的手，话讲得很恳切。

"没有的呀，没有的呀，"四月却不同意她如此讲，"我真不觉得有多累，因为我一直喜欢当导游呀，可以认识更多的人，知道更多的事儿，多好呀，我很喜欢的！"四月俏皮地甩甩长发笑了——这倒是真的，我也发现了，四月出来带团，明显比在宿舍显得开心，然而这到底是工作带给她的，还是那个已有家室的单先生带给她的，还不好讲。那次出游，因早早便知道了她跟单先生的关系，我的心一直绷得紧紧的，始终没能真正开心起来。

吃饭是游客最容易摆谱儿、抱怨的时候，尤其那会儿旅程已近尾声，这边嫌座位挤得没地方放背包，那边又嫌团餐翻来覆去总那么几样……

"您先坐下呀，先都坐下呀……"四月在人群中鱼般摇摆去地穿梭，走走停停安抚这个，恭维那个，还没忘记特意安排我们跟她一张桌坐下。

餐馆老板一口标准的京腔儿，仿佛跟四月、单先生都很熟的样子。小菜刚上，饭还没真正开起来，他就带了一个高个子中年女人朝我们这边走来。

四月听老板讲有人找，一回头，哪想脸上已狠狠地挨了那女人一大嘴巴。

餐馆老板也懵了，反应过来赶紧帮忙去拖那女人，那女人具体情况我如今已记不清了，却还清楚记得她自始至终都镇定自若的举止，只一把就推开了虚张声势拉住她的餐馆老板，不紧不慢再次走到四月面前，厉声道："你不会已经不记得我是谁了吧？"

餐馆陡然间安静下来，我和同学紧张得都站起来了，单先生刚才去了卫生间，这会儿正巧回来，很秀气地一边走一边用张餐巾纸擦自己满手的水，及至走近，见到那女人，"家慧。"他慌得只含含糊糊地叫了声儿，便只会不住抬手去扶自己的眼镜了。又是水，又是餐巾纸的碎屑，琐琐碎碎全粘在他脸上，搞得他很狼狈，不过更让他狼狈的还是他老婆的一声怒吼，那女人怒目圆睁，朝自己的丈夫当胸就是一拳："单滨，去年秋天你怎么跟我保证的？啊？那是放屁吗？你还算男人吗？还不赶紧给我滚回家去！"

她这最后一句话讲得又快又响，打雷般震得单先生猛一哆嗦，继而便皱着眉头看了会儿地面。"走，走，回家，回家。"他好半天才像回过劲儿来似的，一边低声嘀咕，一边用双手死死地拖着自己老婆往外走。他老婆倒没抗拒，磕磕绊绊一路随他走，只把上身扭着，高高仰起的脸始终朝向我们，冷冷地一路不停地朝四月喊话："谁不知道你是个什么货色！小小年纪就这么不要脸！不是已经跟个台湾老头儿住一块儿了吗？怎么还在外面勾三搭四偷人家老公？我早听托尼说了，连单滨都清楚你不是什么好东西，要不上次我敢上门去教训那个台湾老头儿……"

"才没有，不是的，我不是……"四月本来是瑟瑟索索满脸惊恐地望着那女人远去的，现在突然听到这么一句，嘴一瘪，终于哇地哭出了声，但还是边哭边反驳，直到人家夫妇俩彻底走远，才双手捂脸趴到了餐桌上。我见她伏在那儿，肩膀一直颤抖着耸动，却隐忍着没发出一声，当下心中也有些不忍。

十

一屋子的游客起初还安静，没一会儿就边吃吃喝喝，边嘤嘤嗡嗡抗议开了。"导游，什么时候走？有个准点儿没有？干这一行，你们就得遵守这一行的职业道德！"一个始终挂着文明杖，其实一路游山玩水始终健步如飞的老先生，后来疾步过来，用文明杖猛烈敲打开了餐厅地面。

那时我们已被餐馆老板让进单间，四月一直软软伏在我怀里。

餐馆老板见了便过来问："下个景点去哪儿？四月，要不要我先开车帮你把游客送过去？你也赶紧联系下公司吧？看看能不能再派个司机来。老单这家伙也真够可以的，竟然把手机都给关了……"

"主要是我不会开车，要不四月你跟姐姐先回去休息一下？我帮你带着这些人，等新的导游来……"我同学也自告奋勇。

"不用，不用。"四月慢慢抬起头，用一直攥在手上的毛巾，三下两下抹净了自己的脸。她只让老板帮她把游客先送去大英博物馆，对我们，非但不用帮忙，反而抱歉我们这送行的一餐没能吃好。然后，她很快退到一旁，条理清晰地给旅行社打开了电话。我在一旁冷眼看着，突然意识到，或许这并非她第一次遭遇如此尴尬，我的心，很快又变得复杂起来。

"谢谢你呀老李，你这店，也正是饭点儿，赶紧忙你的吧。刚才老张说他正好在附近，可以马上过来。"四月打过电话，又谢绝了餐馆老板的帮忙。老板也替她松了口气："那好，那就好，"接着又嘀咕几声，"咳，老单这个人啊，怎么能这样？把这么一大摊子的人，全撂给你这么个小姑娘……"

"不要怨他好吧？摊上那么个母夜叉老婆，啥人能有好办法？"

说这话的是四月，那会儿她突然讲出那样的话来，真是让我又惊又气——她有什么资格这样贬损人家的老婆？破坏人家的家庭，被人家这样当众羞辱，难道她心里就一点儿没有愧疚？我真气不过，脑子嗡地一声，简直觉得四月已经成了我女儿的后妈。"怎么能这么说话呢？"我尽量压制着自己的情绪，走上前去，拍了拍四月那套着窄窄黑连衣裙的小肩膀。

"少教育人好吧？"我一点也没防备四月竟突然翻了脸，她回头一把扒拉开我的手，尖着嗓子道："我当然没你聪明的呀，你聪明得都能靠嫁老外来换绿卡，我就是混得再惨，也混不到你那一步！"

"你说什么？你说什么？"我简直气疯了，又是摇头，又是张嘴，却哆哆嗦嗦只会反反复复讲这一句话——这个小丫头，这个阴冷、恐怖，像魔鬼一样的小丫头啊，她什么时候从哪儿知道了我的事儿呢？她怎么就可以把那些我自己都不堪回首的往事这样当众抖搂出来，来羞辱我？我的心怦怦狂跳，慌乱间我看到，在自己周围，同学，还有那个餐馆老板，都在看我，目光里的表情有震惊、狐疑、高深莫测……那一刻，我觉得自己简直一刀宰了四月的心都有了！但我并没有，我努力地让自己的情绪稳定下来，慢慢地清了清那会儿已干得仿佛点火就能着的喉咙，努力地一个字、一个字清清楚楚地对四月说："哦，其实，我也是现在才想明白的，这么说来，去年冬天你在医院流产流下来的，就是这个姓单的孩子？怪不得你不让我告诉胡先生呢……"

只觉眼前一黑，然后突然啪地一下，我赶紧朝后躲，却没能完全躲过，睁开眼，我才知道，刚才是四月抓起桌上的一杯残茶在泼我！泼得我脸上、衣服上全是茶叶沫子，这真是反了天了，她这个小丫头，她简直欺人太甚了！我上前一步，死死扯住四月的长头发，硬生生拽得她朝我扭过呲牙咧嘴的脸，然后稳稳、准准、狠狠地朝她脸上，扇了一个大嘴巴！

四月立即哇哇哇地尖叫起来，同学和餐馆老板也跟着喊，手忙脚乱地都过来拖我们。我倒是一声没出，混乱中倒挣扎着又在四月脸上抓了一把，撕打中，我听到四月一直在断断续续地哭喊："我一直当你是好人呀，我对你那么好，呜呜呜，我还叫你姐姐的呀，呜呜呜……"

<h1 style="text-align:center">十一</h1>

不错，那就是我最后一次见到四月了。当晚我就住进了附近一家小酒店。然后，将近一个月后，我卖掉了自己名下那套小公寓，把家搬到了莱斯特。

莱斯特是座大学城。城里中国人很少，可也就是在这儿，我认识了如今的老公，他是南京人，跟我同龄，工作多年，突然又跋山涉水来这异地他乡读什么社会学博士。

"我们都是在情感上有过过失的罪人，幸运的是命运还给机会，我深信，你我都不会再辜负……"学理科的我，在自己四十三岁生日的晚上，被一直颇有文艺范儿的先生这两句没掉书袋、不溜光水滑、镶金缀银的表白彻底打动，以致痛哭失声。最终在跟他经历了三年多的大争小吵，分分合合之后，再次走向了婚姻。

而四月后来的事，我却是直到最近才知道的。那是因为今年夏天我回国时，在首都机场候机，遇到了多年未见的山东大哥大嫂。

此次我回国主要是为接女儿。前夫如今已有了自己的儿子，当初离婚时跟抢宝贝一样跟我抢的女儿，如今复习一年也没能考上大学，且正值青春期，一天到晚一味跟他死杠，早成了让他身心俱疲的包袱。于是，经婆母多次斡旋，我最终得以挑担上肩，成功将女儿带回自己身边。

"哎，那边有俩人，你认识他们吗？他们怎么总看你？"

那天，在机场，是我女儿先发现他们的，我顺着女儿的指点抬头去看，竟撞上山东大哥友善地朝我微笑着的脸，以及一旁山东大嫂脸色略显怪异，但显然要比山东大哥显得热情得多的笑容。

我们大呼小叫地坐到了一起，聊现状，聊过去，聊自己，也聊彼此都认识的熟人。

"真太巧了，我们也就是这次回国前，去唐人街订票时遇到了胡先生，也是好多年没见了。"

"胡先生好吗？他还住富咸路那里？"

"哪儿啊，他不早把那栋小楼卖了吗？难道你不知道？我们还是听你那个同学说的呢，好多年了，也是有一次回国，在机场遇上的。她早回国工作了，难道你们没有联系？"

我笑笑，没接他们的茬儿，只问："胡先生复婚了？"

"你看，"山东大哥诡异地笑了，"肯定你同学跟你说的吧？要不你怎么会知道？"

"你怎么就那么肯定胡先生一定跟他前妻复了婚呢？"本来一直是以她为主跟我讲话的山东大嫂，刚才被老公抢去一句，面色不悦，这会儿更是一脸阶级斗争，"人家她同学当时不就是说，胡先生卖那栋楼，是为了帮他女儿开餐馆吗？难道提一句胡先生前妻了？"

"哦，对，对，那倒是，倒是。"山东大哥不好意思起来，又跟我解释，"其实也不一定是复婚了，也许胡先生只是跟他女儿女婿一起生活。"

过了会儿，山东大嫂突然亲热地拉过我的手，很认真地问道："你懂不懂签证的事儿？听说英国那边有政策，只要合法签证满十年，都可以申请居留，可还有人说，这政策早没了。"

我抬起头，迎上山东大嫂热切的目光，我倒是真希望我能懂，但我却只能让她失望了。沉吟片刻，我勉为其难地对她说："这个我真不懂，不过你们可以问问四月的啊。她平时跟律师打交道多，就算不懂，也可以托她帮忙问的。"

"啊？"大嫂一脸惊诧，嗓门也跟着大了起来，"你真的是什么都不知道啊！四月早死啦！天呐，看来你那同学说得真对，当时你那么急着搬走，就是想断绝和那房子里所有人……"她说着，像不小心咬住了舌头似的，表情痛苦地止住话头，同时开始警觉地、猜疑地上下打量我，继而又去打量坐在旁边的我的女儿。

我女儿很敏感，被人那样看，很不爽，她先是嗯嗯啊啊企图通过清嗓子来提醒人家，效果不佳，就挑衅地瞪了山东大嫂一眼，然后一把将手上正看的网络小说蒙到脸上，双腿也直直地朝下一伸，半仰在那儿，彻底不再搭理我们了。

"四月是2009年底出的事儿，我也是那次遇到你那个同学听她讲的，后来还去查了新闻……"山东大哥叹了口气，想给我解释。但他的话只讲到一半，早被大嫂截了过去。

大嫂比比划划表情丰富地告诉我："你都不知道，可惨了，报纸上都说了，警方认定四月是自杀。你别看四月那小闺女干干巴巴的，倒挺抗折腾的。警察说她肚子里又怀了孩子呢！嗯，让我算算，嗯，四月出事儿，你搬走，哎呀，都不到半年呐……他爸妈后来都到伦敦奔丧来了。原来四月也是父母离婚那种家庭出来的孩子，挺可怜的。哎呀，他爸妈哭的那个样儿啊，报上登了张那么大的照片，采访了好多人，都在说目前小留学生真是个问题，也有些认识她的人出来装好人，说什么四月其实为人不错之类的，都在那儿跟着瞎掺和呗。四月是什么人？她就是那种典型的小坏闺女，你说是不是？还有比咱这些住在那栋楼里的人更了解她的吗？警察和媒体估计也都是不愿意多管，要是真肯去查，只要查到胡先生那楼里去，挨个儿跟咱几个聊聊，多少事儿不都得真相大白？只可惜你没赶上，上次你同学还说呢，她说四月的事儿，那栋楼里，不会有人比你知道得更多……对了，你同学还跟我说，四月怀的就是那个托尼哥哥的孩子，还说是你说的，是吗？"

"你们刚才说的，死了的，那是个什么人？"上了飞机，女儿问我。我女儿如今已极少主动跟我说话，那会儿突然金口一开，我简直都有些受宠若惊。

"是个女孩儿，她来英国时，比你现在还小两岁呢，跟你一样，她也是先得考雅思，再申请读大学。"

"哦，"女儿点点头，似乎更有兴趣了，"那，那个女孩儿，真有刚才那个女人讲得那么坏？"

"坏?"我能感觉到自己又开始哆嗦了，是的，那会儿我正心情复杂，就像无法接受四月已不在人世这消息一样，我实在没想到，就在这个时候，在我感觉自己的内心无比虚弱、疲惫之时，作为母亲的考试，却又要开始了。可怜巴巴地看着自己的孩子，过了半晌，我才结结巴巴地说道："妮妮，妈觉得，这世界上的人，真的是不能简单地用好坏就可以分得清的。没有人从一开始就想当坏人，但每个人，包括我们自己在内，却都有可能会做坏事。当你遇上困难，或者遇到诱惑，当你被误解、被辜负、被伤害，原本是要做好人的你，很可能，就会去做坏人才会去做的事……"

　　"你这人怎么回事儿？跟你聊个天怎么这么费劲?"女儿到底又发怒了，她忍无可忍地狠狠白了我一眼，便扭头看窗外去了。

　　直到下了飞机，女儿都再没主动跟我说上一句话。

　　但那天，那长长的十几个小时的旅途中，我的心，却塞得满满的，全都是要向女儿讲述的冲动，对四月，我不但有懊悔，有思念，更有不解。百感交集沉浸在这样的情绪里，让我觉得，自己身边的女儿和四月变得越来越密不可分，这种感觉让我特别恐怖。因为我清楚，就像我并不真正了解四月一样，如今，我也并不真正了解自己的女儿了。

　　回到家，一安顿下来，我做的第一件事，便是打开电脑，新建一个文档——我打算一点点用文字记下自己眼底心中的四月，还有四月和我的故事。

我希望自己能早一点如实写下四月的故事，希望我的女儿——虽已来到我的身边，却总让我感觉依然还跟我海阻山隔的女儿，她能尽早看到。

当然，关于四月，若女儿想更多了解，其实，我手上还有另一篇文字。

那是一沓打印稿。记得当初四月把它送给我时，是跟一本中文的留学生杂志一起，那杂志出版于 1997 年，上面有一篇四月写的文章，讲述她初来伦敦的见闻，那时的她，对周围的一切都充满了新奇和喜悦。记得那篇文章四月署的是她自己的本名——苏媛。

但那本杂志如今我已找不到了，我手上仅剩下这篇打印稿，标注的时间是 2007 年 12 月，距那杂志上的文章恰好隔了十年。十年前那个十七岁的上海女孩儿苏媛，已成为二十七岁，寓居在富咸路胡先生那栋出租公寓楼里的四月，那时的她，正独自一个人，在一点点地学着让自己坚强起来。

十二

记下生命中难忘的日子，留给将来回首时的自己

四月

本来，这次回国前，我已经把想留下的东西都打包带了回去，不想留的也都送了人。整整一栋楼的人都知道：这次回国，我是不会再回来的了。

可有什么办法呢？拖了这么久，我还不是又回来了？

这些天，我一直闷在房间里，饿了，或想上厕所，都得先把门打开一条缝儿，听一听，确保厨房没人，楼道大厅也没人，才敢做贼般灰溜溜跑出去，再赶紧回来。就怕遇上人，就怕有人问：四月，你怎么又回来了？或者，四月，国内这阵子工作不好找吧？"

闷在房里，时时刻刻我都在琢磨怎么避开别人。可我又如何能避得开自己呢？

这段时间做的最多的事就是睡觉。看着看着电视睡了，上着上着网睡了，吃得太饱，恹恹的，想睡。饿了，头晕，身体发虚，也想睡。

只有睡着的时候才是最轻松的，什么都不用去想，去面对。这段时间，每天我都昏昏沉沉的，觉越睡越多。有天早上，突然醒了，躺在那儿不想起，我仰脸望着天花板琢磨该如何度过这一天，突然一个念头冒出来，天，我这么爱睡觉，这是不是就是在盼着死啊？死，难道不就是永远不再醒来了吗？

被这个突然冒出来的念头给吓着了，我一骨碌就爬起来，不能，千万不能，我才二十七，还这么年轻，从十七岁离开家到伦敦，我自己一个人趟过了多少沟沟坎坎啊，不都挺过来了吗？我怎么可以这么没出息呢？

赶紧起身收拾了一下自己，我就那么漫无目地跑出了门。

外面很冷，也没地方去，胡乱逛了一气，路过肯辛顿车站，我上了一辆公交车。

车刚开起来的时候，有个短头发、背了个大挎包的东方女孩匆匆走过，她穿得很单薄，却并不觉得冷似的，路过我们这俩车，还偏头朝我这边甜甜地一笑。我四下看看，奇怪她在跟谁笑？后来看着是她斗志昂扬一路疾行的背影，才想到，或许她并没有具体的微笑对象，不过只是觉得开心，笑容就像盛得太满的水一样溢出来了。

想到这些，我又变得难过起来，因为，她太像刚来伦敦时的我了！

那时的我，跟她一样，也总是一天到晚斗志昂扬的，看哪儿都新鲜，一有时间，就跟同学相约一起出门逛街、逛公园、博物馆、电影院……那时遇上难过的事，我就会告诉自己说，只当是锻炼，很快就会过去；后来遇人不淑、时运不济，也总能鼓励着自己，吃一堑长一智，一切都会慢慢好起来。

但现在的我，为什么就不能了呢？

我承认自己这次是有些具体的麻烦。钱的事，迫在眉睫。新学期的学费马上就得交了，签证也得赶紧续，可我的银行账户里，交上学费，就没多少钱了。这次回国，跟爸妈赌气，他们谁给的钱，我都没拿。现在知道后悔了，就我这样没几文钱的银行账户，怎么寄文件给内政部去续签证呢？

图清静，我上到双层巴士的顶层去，坐在那儿琢磨，这次该去找谁借钱呢？想来想去也没个准主意。想想自己以前也不是没遇到过这样的问题，却从没像这次这样，这么心灰意冷，这么绝望。

这是为什么？我当然知道，跟自己终于彻底断了回国的念头有关。我知道我一直在回避去想，真留在这儿，将来该怎么办呢？至少现在，好像一点前景都看不到的啊。

冬天的大太阳透过车窗晒进来，晒到我身上，车厢里又开着暖气，没一会儿我就懒洋洋地摊开手脚仰靠在座位上了。出来是对的，我想，至少不犯困。而且没一会儿就能忘了自己的烦心事儿，只顾贪婪地盯着窗外。

窗外那么多的人，老老少少，有居民、观光客，不同的肤色、不同的表情……我为每个路过者的表情着迷：他们有的洋洋得意，走起路来头发一甩一甩地特别带劲儿；有的则显得很沮丧，垂头丧气，拖着腿脚一步一挪；还有人在边走边讲话，对着同伴，或举着手机。有个高个子亚麻色头发的白人男孩儿，腰杆笔直，步子也直直地走成一条线，他就一个人，却不时伸出直直长长的手臂比比划划地打手势，他在干什么？我在行驶的车里扭着脖子追着看，才发现原来他带着耳机呢，是在打电话，还是听音乐？

那段日子，我迷上了跑出去到处乘公交车，每天都像上班一样早出晚归，着迷于去看形形色色的人在大马路上来来去去。有一次，我看到有个穿棉大衣、披着米黄色纱丽的印巴女孩在一边走一边哭，哭得很伤心，用手捂着嘴，头和肩膀都一上一下地抽搐着，哭得我的泪都要下来了。还有一次，一个黑人老太太牵着一个看上去只有十来岁的黑女孩儿过马路，老太太似乎很生气，缩脖举手，表情很丰富，情绪也很激动，一刻没停地似乎在教训那女孩儿，女孩儿则理都不理她，仿佛一句话都没听见似的，只顾偏着头，睖着亮亮的大眼睛，把扎了一头小辫子的大脑袋转来转去，东张西望……我的眼泪又一次不争气地下来了，她还小，我想，她还不懂，其实，能被自己的亲人那样管着、教训着，是多么幸福的事儿啊！

那么多的陌生人让我着迷，也让我浮想联翩，到后来，我越来越觉得自己傻，其实有什么大不了的呢？谁过日子，不都是被自己心底虚虚实实的念头蛊惑着，很多事情或许并没有太大不同，不同的只是自己心里的想法而已。

就像我，现在觉得看不到前景，没希望，是不是太矫情了？谁能一辈子永远充满希望地活着？活下去才是最重要的，是不是？我这会儿觉得活得累，是不是只能怨自己不好，是自己想得太多了？

就在那段时间，有天晚上，我从外面回来，一进门，迎面就看到房东胡先生，正坐在一楼饭厅里自斟自饮。

"来，四月，坐会儿。"他举起酒杯跟我打招呼。

我跟他解释说我很累，想上楼休息了。

住到胡先生这栋楼里，我是通过一个同学的介绍。当时她要离开伦敦退房子，而我之前房子的房东要装修另租，我便接续了同学跟这儿的合同。来前就听那同学说过些这胡先生的风流韵事，知道这老头儿花花心思很多，所以那之前我很少跟他讲话。

"你有没有考虑过做导游？内地来的旅行团这两年越来越多，唐人街的旅行社接单都接不过来……"

"我又没驾照，不会开车，旅行社不要我这样儿的。"我打断了他，却听他说："我有些旅行社的朋友，改天我可以介绍几个给你认识。"

"还有，你知道的，我岳母身体不好，我太太一年多都没回来了，一直在普利茅斯照顾老人，你们住的这栋楼，就我一个人打理，可我还有餐馆的生意呢，所以，我就想问问，你有没有兴趣帮我当房产中介？当然了，我们可以商量一个彼此都能接受的提成额度。"

我停下脚步，听见他还在那儿一刻不停地说着："住在这房子里的人，时间久了，都是我的朋友，如果需要帮忙，四月，你千万不要客气。我知道这段时间里，你心情一定都不好，如果当我老胡是朋友，愿意跟我讲讲吗？"

我后来坐了下来，陪胡先生喝了几杯。再后来的事儿我就不记得了，但胡先生特别喜欢同我说起那个晚上的事情，他说，他总是忘不了，那个晚上的我，一直笑一直笑，好像开心得不得了的样子。

我不喜欢听他讲那个晚上，以及后来那么多的跟他在一起的晚上，每当他又提起这些，我就会很烦。记得有一次，我还冲他发了火，朝他吼："你懂不懂？一个人，不管开心还是不开心，笑，那可是需要经常练习的！"

记得我这么讲时，胡先生突然瞪大了眼睛看着我，愣了好半天，才一本正经地重重地朝我点头，最后甚至站起身，竖着大拇指，用仿佛在朗诵诗歌似的声音对我说："四月啊，四月，我老胡这辈子从没看错过人，你这个女孩子，你的的确确是好样儿的呀！"

在这打印稿的最后，还有一行用钢笔手写的汉字，一笔一划写着周正、端庄，想必那该就是四月本人的笔迹。

她这样写道："姐姐，我的好姐姐，我一定要告诉你，你就是我此生遇到的为数不多的真正好人！今天，在皇朝酒店，我更加确信了这一点！感谢你一直以来对我都那么好！感谢你始终顾及我的体面，从没主动问过我：我是怎么跟胡先生，走到一起的呢？"

原载《北京文学》2018 年第 1 期

《小说月报》2018 年第 2 期转载

绿化树

王方晨

一

杜佑铭的局后面，是一条污水河。

D市政府规定，河岸的绿化属于两岸的单位。杜佑铭的局在河岸上呈长条形，很多人就认为杜佑铭的局吃亏了。别的单位，按人头算，每人只栽两棵树即可，而在杜佑铭的局，人均需栽九棵树才能将局里所负责的区域栽满。杜佑铭却不觉得吃亏，多栽几棵树还能累死？杜佑铭对斤斤计较的人没有好感。事实上为这每人九棵树，他可没少费脑筋。栽了死，死了栽，一转眼过去了两三年，河岸上的树仍然稀稀拉拉，半死不活。杜佑铭什么办法也都想过了，开始时是全局出动，责任不明，再后就将责任落实到科室，不料科室里净是些老好人，推诿扯皮，落实跟不落实一个样儿。

杜佑铭在本局的得力助手柴会卡的提醒下，遂以人头为单位，不多不少，每人九棵分摊下去，从局长到普通群众，无一例外。群众积极性倒是调动了上来，树却照样死。春季造林，雨季造林，每年至少两次，从群众腰包里掏出的钱就有八九十块，杜佑铭想想这也不是办法，而柴会卡也没更好的招儿。

春雷一声震天响，某某年龙抬头那一天，市政府突然下达了开明的决议，从这个春天起，河岸的绿化带统统收回到市政管理部门，但要经市政统一验收。验收的标准也并不苛刻，两条，一是树要活，二是不缺苗。

现在天气虽然转暖，但万物尚未苏醒，时不时从遥远的西伯利亚袭来一股寒流，要看树活不活，可没那么容易。这得就近看，从灰暗的树皮下隐隐透出绿意的肯定不是死的，还有一些枝头残留着枯叶的，十有八九也是活的，而要判断那些半死不活的树，就得动手了，用手指甲刮破一些树皮，才能看出来。搭眼看上去，那些死树跟活树没什么区别，都是挑着不多的几根枝杈，或者干脆一根独秆儿，不少人都不愿意承认自己的树是死的。补栽树苗的钱要自己掏腰包，谁能乐意呀！

大家不约而同地产生了一种侥幸心理，那就是希望自己负责的树能够瞒过验收官员的眼睛。怎么才能瞒过验收官员的眼睛呢？也不算太难，只要让死树看上去有些像活树也就可以了。但怎么才能使死树像活树呢？

各有各的聪明才智。有人将树身涂上泥土，以遮蔽树皮的枯皱，有人汲来很脏的河水，在树身上淋一遍，使它发暗，效果也相当不错，还有人从别的树上摘来枯叶，巧妙地悬挂在死去的枝头，看上去倒比活树还像活树。对这些做法，杜佑铭不太了解，柴会卡也是睁一只眼闭一只眼。

在局里有一个平时表现得并不太聪明的小伙子，叫宁小虎，却猛地想出个聪明绝顶的主意。

宁小虎负责的九棵树，死了七棵。老实人都在那里把树拔出来，重栽，或者做一些不伤大雅的手脚。唯有他，歪着脑袋转来转去，瞧瞧这个，瞧瞧那个。

柴会卡问他，你怎么不管你的树？

他就很狡黠地一笑，大家都认为他有什么好主意了，停下来要听他说说，他却笑而不答。柴会卡警告他，后天就要验收了，如果只有他的树验收不合格，后果将由他自负。柴会卡还给大家鼓劲，说这是最后一搏，只要验收合格，以后这些树死活就不用大家管了。那宁小虎神秘莫测，在大家眼里反而像个白痴，但谁也没料到他竟能想出那么绝妙的主意。他返回到空无一人的办公室，不大工夫就用现成的绿漆和废塑料做了十七八枚维妙维肖的假树叶。当天，这些假树叶就被他挂在了那些死树的枝头。杜佑铭、柴会卡对此事一无所知。

杜佑铭这几天里一直忙着到市政府开会，柴会卡没能及时觉察到，那是因为他对大伙儿信任，那天他在宁小虎从河岸走开后也离开了，一直到验收团来检查，一天半的时间里，就没想到再去河岸上看看。

二

验收团浩浩荡荡地来了，局里上上下下忙着接待，杜佑铭也没出门。

远远地朝河岸看去，那些树排列得整整齐齐，仿佛等候检阅的士兵。

杜佑铭心情振奋，意欲亲自带领验收团去验收，大伙儿一阵推让，验收团长一再地说，老杜的局，咱还信不过？这话当时杜佑铭也没别的想法。验收团离去，杜佑铭左思右想，总觉得哪里不对头。无意间又朝河岸望去，就有了新发现。影影绰绰，就看到河岸上浮着一抹绿色的烟雾。

这天天气很冷，早上起来水还结了冰。杜佑铭越看越疑心，叫来柴会卡，说，树木发芽了吧。

柴会卡也凝眉细看，河岸上的树木几乎全是灰蒙蒙的，只有这一抹绿色，不能不让人疑心。但柴会卡也没想到有人会使这种以假乱真的招数，就按自己的猜想来解释，那里地热，树木发芽就早。

杜佑铭想一想，有道理，但心里的疑团仍旧没有消除，就忍不住离开原地，走了过去。

杜佑铭随后也就看到了那些假树叶。

杜佑铭打起哆嗦来。天气很冷，他打哆嗦该不奇怪吧。

但他打哆嗦并不是因为天冷，而是因为他身上发热。

一团冲天怒火，在他心中熊熊燃烧，这是谁干的！

柴会卡想都没想，就肯定是宁小虎。

这只能是宁小虎的树！

三

事情一错再错，当时杜佑铭如果能够按捺住自己的火气，让柴会卡把那些树叶摘下来也就罢了，但杜佑铭简直气昏了。

而且，杜佑铭又想到了一件事，验收团的那句看似平常的话重新在他耳边响起来。老杜的局，咱还信不过？在这句话里包含着多少对他的信任和尊重呀！杜佑铭不相信验收团竟如此大意，来验收了竟连现场也不走进去。验收团之所以这样，最终是要给他面子。言下之意，他现在已不仅是一局之长了，他还是一个快要退休的老人。最近的机构改革会议上，明文规定科级五十二岁，局级五十五岁，厅级五十八岁，俗称二五八，一刀切。杜佑铭今年虚岁五十六岁，正好处在二五八一刀切之列。

验收团哪里想得到，过多的礼节反而让人感到不自在。杜佑铭就感到很不自在，他怒气冲冲地赶回办公室，柴会卡寸步不离，就等着他一声令下，把宁小虎叫过来，劈头盖脸给宁小虎一顿好训。他哪里知道杜佑铭真实的心境呀！

杜佑铭坐在桌子后面，沉着脸孔，攥着两手，半天也没说句话。柴会卡也不敢多言，他知道自己多少也担着责任。

他是全局公认的杜佑铭的得力助手，在局里举足轻重的办公室主任，本应该早有察觉，但他失之于对群众过度信任，把关不严，才给了某些人可乘之机。他心里这么想着，脸上就不禁流露出愧疚的神色。这时候杜佑铭已慢慢回复了正常，像是什么事也没发生一样，摆手让柴会卡离开。

柴会卡心里一热，想到这是尊敬的杜佑铭局长在宽慰他呀。但他虽有万分的感动，也没表现出来，就轻手轻脚地走开了。

回到自己的办公室，他蓦然想到了这样的话，人之将死，其言也善，鸟之将死，其鸣也哀。一种日薄西山的感觉笼罩着他的全身，他无法祛除心头盘踞不散的忧伤。这样，他们才又犯下了另一项严重错误。第二天，他们才从本地的报纸上看到。

那是一则摄影新闻，黑白照片上是一棵小树，枝头悬挂着唯一的叶片。若没有照片下的文字说明，谁也看不出那是一片用绿漆画出来的假树叶。

他们都没想到昨天会有一个摄影记者在用猎狗一样的鼻子，鹰隼一样的眼睛在街上捕捉新闻时，被那抹早来的绿意吸引了过去。

世上没有卖后悔药的，他们也并不后悔，但他们是羞愧的。

杜佑铭的局在某某年初春不幸蒙羞。本来过不了半年，杜佑铭就可以功德圆满地从他热爱的并为之付出了大半生的工作岗位上退下来了，但现在，杜佑铭清楚地感到自己绝没有言退的权利。

这天本来安排了一次全局中层领导会议，时间到了，柴会卡来叫他入场，他拿着茶杯走到门口，却又站住了。

"这个会就由你来主持吧，"他对柴会卡说，"我还有别的事。"又怕柴会卡疑心，就补充道，"刚才祈书记打来了电话，让我过去。"

柴会卡答应着，看上去像是相信了。

杜佑铭坐车出了局，柴会卡就去主持会议。

四

中层干部们济济一堂，你一言我一语地议论宁小虎弄虚作假的事，柴会卡来了也不停下来，但他刚说了一声"杜局长临时有事"，会议室里就变得鸦雀无声，简直连根针掉在地上的声音都能听得见，以致他也打住话，哑口无言起来。就这么静了两三分钟，才听得"嗡"的一声，又响了。

"杜局长安排了，"柴会卡接着说，"今天的会由我来主持。"但他有些感到说不下去，屈辱像是一座大山一样，向他压来。

很显然，他受到了大多数中层干部的轻视。他强压着心头的怒火，不动声色地看了看坐在窗下的两位副局长，他们微微闭着眼睛，一脸幸灾乐祸的表情。

"周局长，"柴会卡突然谦卑地对他们说，"我没什么经验，这个会还是由您主持吧。"

周局长欠一欠身子，摆手说："不敢不敢，杜局长安排的。再说，你也主持过不止一次了。"

"我真的是没经验。"柴会卡愈加地谦卑了，两条胳膊支在沙发的扶手上，这就使他的双肩形成了两座山形，他的脑袋像是深深地陷在了山坳里。"我……"他吞吞吐吐起来。

很多人都相信他会站起身，走到周局长跟前，但他突然坐端正了。

"好吧，"他说，"恭敬不如从命。"他说，"我首先要做一下自我批评。在植树造林这件事上，我把关不严，就给宁小虎这种人钻了空子。我辜负了领导的信任，给我们的局造成了不好的社会影响。在这里，我请求局里给我进行严肃的处理，同时请求对宁小虎同志给予严厉的批评教育。然而，这种不光彩的事发生在我们的局，是不是还说明另外一些问题呢？说明什么问题，我希望诸位好好想想，既要从社会环境方面想想，也要从自身想想。"

会议室里重又安静下来，中层干部们一起注视着柴会卡，那两位局长虽然没把目光转向他，但显然是在注意倾听。大家都在等待他继续说下去，他却不再坐着了。那一霎他变得万分沉着。

"既然领导给了我主持会议的权力，"他果断地说，"我宣布，散会！"

他走出了会议室，径直回到自己的办公室，拿起电话："喂，你好，商河路派出所吗？我找裘益甘……"

五

杜佑铭的司机季国庆不知道杜佑铭要去什么地方，很小心地问他，他就轻轻摆一下头，示意他朝前开。他坐在车座上，一动不动，脸上也没什么表情，像是车里根本没他这个人。季国庆不敢多问，就只顾朝前开去。但一条街再长，也总有走尽的时候。季国庆不得不再次询问，杜佑铭所做的表示依旧是：朝前开！

这个季国庆跟了杜佑铭最少有十个年头了，基本上摸得清杜佑铭的习性，但这一回，他困惑了，他也不敢多作猜想，仍旧只顾朝前开。就这样，他们在城里兜起了圈子。整整一个上午，就在城里转来转去，而杜佑铭的坐姿简直没有什么改变。车子匀速行驶着，突然，季国庆发现宁小虎骑着自行车赶过来。宁小虎上半截身子几乎伏在了车把上，季国庆蓦然想到，街上起风了。这个城市春季多风沙，可季国庆在开车的时候并没注意到街上正刮着大风。现在宁小虎骑车的姿态让他想了起来，再看别的逆风骑车的男女，也大多把上半截身子伏在车把上，好像肩头拉着一条沉重的纤绳。那些顺风的人却显得悠游自在，看上去比乘坐在高级的小轿车里还要舒服。季国庆差不多要嫉妒起来，但宁小虎已经从他们的车旁骑了过去。

"回家。"杜佑铭突然开口。季国庆相信他也看到了宁小虎，低头看一下表，发现的确已到了下班时间。他把杜佑铭送回家里，才要往自己家赶，却收到了一个短信。

"请回局，柴。"

季国庆也不耽搁，急忙忙返回局里，见只有柴会卡一个人待在办公室里。季国庆来了，柴会卡就迎上去说："走，到派出所接一个人！"

他们出了局。路上，柴会卡又问季国庆上午送杜佑铭去哪里开的会，季国庆随口说："D宾馆。"

柴会卡却沉思起来，季国庆悄悄打量着他，欲言又止了几次，才说出口："柴主任，你听我说句不当讲的话。杜局长为我们局，也是为革命事业工作了大半辈子，什么样的风浪都经受过了。这一次，也许是最后一次，可千万不能让退休这件事打趴下啊！"

"你的意思……"

"我们得想办法劝劝他，一定要他想开点儿。"季国庆说，"他应该知道，退了休也不是不中用了。"

柴会卡不吭声。

季国庆索性说："柴主任，你也不是什么外人，我也不再隐瞒什么了。今天我们可没去D宾馆，而是开着车在街上转悠了一上午，杜局长总共没说三句话。看着他的那个样子，我心里那个难受劲儿，唉，别提了！"

季国庆这么真诚地说着，而柴会卡就像没听见，季国庆心里就暗暗有些不高兴。他是知道柴会卡的来历的，柴会卡原来只是乡镇上的一位小学教员，连个像样的有正式工作的老婆都找不上。要不是杜佑铭帮他，他还在学校里苦熬呢。杜佑铭早年曾经当过中学校长，虽然没对柴会卡耳提面命过，最终也算是有些师生之谊了。就靠这层关系，柴会卡才得以调入杜佑铭的局。起初杜佑铭也并没想到要对柴会卡刻意培养提拔，但后来发生了一两件事足以说明柴会卡是个不可多得的人才。

六

第一件事，当时有位副局长分裂局党组，三天两头到市委告状，诬蔑杜佑铭任人唯亲，在当局长的三年里，总共调入十二名与他有亲朋关系的女职工。这位副局长特意强调调入的职工俱为女性，可谓司马昭之心，不言自明。杜佑铭身正不怕影子歪，立场鲜明，谁闹就让他闹去！有句话说得好，多行不义，必自毙。搬起石头砸自己的脚，杜佑铭就等着看他们出乖露丑。可是那位副局长愈加得不像样子了，不光动摇了市委领导对杜佑铭的信任，还在局里豢养了一批忠实于自己的死党。这死党的头目叫汪勇士，本来停薪留职在社会上开装修公司，这时候仗着有人给自己撑腰，又跑回局里，充当炮弹。就连传达室的半聋老头子也都知道了那位副局长已给汪勇士许了愿，一旦倒杜成功，最起码也要给他一个副处级调研员当当，一不小心就能当上副局长。这汪勇士是那种狗窝里搁不住油饼的人，副局长才不过这么说一声，他就信以为真，似乎已有了强大的权力，反过头来又分封自己的部下，名单都列了出来。杜佑铭本来沉得住气的，那汪勇士却以为他良善可欺，多次在公共场合对他出言不逊，仿佛他才不过是个三生两岁的小孩，但杜佑铭仍然沉得住气。

忽然有一天，杜佑铭发现自己成了孤家寡人，身边只有季国庆一人还算靠得住，每天负责他的接送，暗暗接受着副局长那伙人的侮辱。开会的时候他从主席台上望下去，发现几乎人人都远离了他。他简直没有心思讲话，就让那位副局长一个人喋喋不休。副局长也坐得远远的，仿佛他是个麻疯病人。副局长神采飞扬，杜佑铭黯然神伤。他已经在考虑自己要不要明智地向市委提出辞职了。他的目光直勾勾的，那位副局长假惺惺地让他补充时，他才猛地醒过神来，这时候就发现自己的目光一直盯在柴会卡身上。柴会卡坐在人堆里，脸上似乎还带着笑呢。他觉得自己再也沉不住气了，他一下子就站了起来，大声说："柴会卡，你坐到前面来！"

众人都愣住了，也都瞪大眼睛注视着。柴会卡朝左右打量了一下，又没事人似的坐端正了。杜佑铭已经意识到自己的失态，颓然坐下，兀自摇着头。

"不用了。"他衰弱地说，"不用了，你坐在那里吧。"他借口身体不舒服，从会议室里走了出去。

但会议还没散，气氛也更热烈了。汪勇士已经坐在了主席台上。那位副局长觉得自己有说不完的话，他滔滔不绝，他要展望美好的未来，他要抒发自己为革命事业奋斗终身的豪情壮志，他要增强每个革命同志为社会主义事业而奋斗的信心和勇气。汪勇士插不上话，就一个劲儿地对柴会卡竖大拇指，手指上的金戒指在会议室里一闪一闪。

很快，市委就派下来了专门调查组。出于慎重，市委祈书记亲自率队。那天局里早早就忙活起来，汪勇士指手划脚地吆喝着一帮人洒扫庭除，会议室里纤尘不染。

上午九点十分，祈书记驾到，就见杜局长和其他的副局长一起迎过去。祈书记实际上对谋反的副局长不熟识，就只看住杜佑铭局长。不料在杜佑铭向祈书记伸出手去的同时，那位副局长快走两步，一下子跨到了祈书记跟前，紧紧把祈书记软绵的手握在了自已手里。祈书记脸上没显出什么，而杜佑铭已经知趣地退后了一步。

在副局长的引领下，祈书记一行人向会议室走去。副局长也没留心柴会卡怎样靠近了祈书记，他还以为柴会卡是要搀扶祈书记一下，因为会议室门前有两阶设计得不符合人体科学的台阶。但是柴会卡把手里的一张纸交给祈书记，就退到了旁边。当时副局长哪里知道，这张纸决定了他在这个局里的命运。这是一张分封部下的名单，是柴会卡从汪勇士那里搞到的。

很快市委的决定下来，充分肯定了杜佑铭上段时间的工作，并将那位副局长调出，重新调回一个姓周的副局长。那一天简直成了汪勇士那伙人的末日，汪勇士站在院子里，大声叫骂着："狗！狗！一窝子狗！"也没谁理他。

杜佑铭坐在办公室里，静听着。突然，院子里骚动起来。

他赶忙站起，从窗子里往外一看，汪勇士正发疯地踢打着地上的一个人。有人半真半假地扯着汪勇士的胳膊，使得汪勇士频频得手，地上的人被踢得哎哟叫唤。杜佑铭认出那是柴会卡，就探出头去，喊道："汪勇士，这还了得！"

汪勇士也不怵他，却住了手，梗着脖子瞪他一眼，跺跺脚，走了。

柴会卡被送进医院。群众一致要求严肃处理汪勇士的暴行，杜佑铭考虑再三，想要听听柴会卡的意思。而那柴会卡躺在病床上，绷带下面只露出一双眼睛，却还要张口说话。杜佑铭从那模糊不清的语音里尽力分辨出这样的意思："打就打了吧，我怎么能跟那种人一般见识？"就把杜佑铭心疼得，恨不得抱住这小伙子大哭一场。但他只责备他："你怎么就紧着他打？"

还是那句话："我怎么能跟那种人一般见识？"

这两件事其实是一件事。像这种能够坚持原则，又能忍辱负重的人，在当今利欲熏心的社会，还多不多？应该不应该予以重用？

七

两年以后，柴会卡被提拔为局办公室副主任，副科级。

柴会卡上任，局办公室工作马上改观。接连两年，年终局机关科室工作评比中，柴会卡都被群众全票评选为先进个人。

第三年，柴会卡晋升正主任，正科级。而局里的工作更是日新月异，屡受市委市政府表彰。在本市的报纸上，对杜佑铭的局的报道随处可见，同时在电视新闻上，出镜率也为兄弟局的领导艳羡不已。明眼人都有一个发现。

起初对杜佑铭的局进行报道时，大照片上常常是杜佑铭，左右两旁则依次为周副局长、陈副局长、纪检书记，小照片上才是柴会卡和其他科室的一些负责同志。后来就变了，柴会卡也挤上了大照片，与周副局长分侍杜佑铭两侧。

某某年10月13日下午，某地一代表团来访，与杜佑铭的局交流××事业的发展经验，参加会谈的只有周副局长和柴会卡。在局会议室里，代表团长坐在杜佑铭和柴会卡之间，周副局长反被安排在一个不显眼的角落，还有一张龟背竹的叶片像只大巴掌似的，挡住他的半边脸。

某某年11月2日，杜佑铭在家中书房会见本市著名画家黄白宾，陪同会见的也是周副局长和柴会卡。——这个场景被电视台的一个专访节目披露。

某某年元月25日，这是一个值得纪念的日子，虽然这样说有点损，但还得这样说。这一天，周副局长突发感冒，迎风流泪，眼红得像只兔子，鼻涕也明显增多。澳门某代表团来访，杜佑铭说你说什么也得参加会见。周副局长就用手帕捂着鼻子说，杜局长，恕我顶撞您一次，我说什么也不能参加！这样，陪同参加会见的只有柴会卡一个人。照片登在第二天的报纸上，就引起了一个人的注意。这个人就叫裘益甘。

裘益甘从派出所打来电话，张口就说："恭喜恭喜！"

柴会卡听了比有人打他耳刮子还不舒服。他不是那种喜欢事先张扬的人，就像现在，一直到季国庆把裘益甘从派出所灰暗低矮的小平房里接到辉煌壮丽的大明宾馆，他也没告诉季国庆要干什么。

八

裘益甘是柴会卡的小学同学，两人相熟得很。柴会卡冷不丁提出请客，派出这么好的车来接他，又选定了这么好的宾馆，就一定有什么非同寻常的事情。裘益甘是个急性子，两人刚一落坐，就忍不住催他："有话快说，有屁快放！"

但柴会卡却无法一下子将话说个明白。"这个……"他反而支吾起来。

"该不是你真的晋升了正处级吧？"裘益甘猜疑，"怪不得你突然请我。你是想让你这个小学同学看看，你这个小学同学混得不如你吧。"

"哪里哪里。"柴会卡忙说，"你是谁呀，人民警察！群众的生命安危全在你们手上哩。"

裘益甘歆歆而笑，随手把帽子摘下来。"我有言在先，派出所有规定，不准中午喝酒。我不能故意违犯规定。咱只以茶代酒吧，你尽管叫些不常吃到的特色菜就行了。"他说着，撸撸袖子，做出了大嚼一番的架势。

柴会卡有意迟疑着。"这顿饭不是好吃的，你得先说你一个普通的人民警察能办多大的事。"他狡黠起来。

裘益甘朝他瞪着炯炯有神的大眼睛，半天才郑重地问他："你这话是真是假？"

柴会卡点点头："当然是真的。"

裘益甘坐端正了。"那我告诉你，大到栽赃陷害，小到……我都能做。"他冷静地说。

"我非常怀疑你是怎么溜进公安队伍里来的。"柴会卡直言不讳。

但裘益甘没什么表情。"我有一个比喻，"他说，"人的胃就像一条口袋，一听到有好吃的就张开了。你让我的胃张开了这么长时间，就等于让我的胃活活受罪，因此，我不准备替你利利落落地办事。你得再请我到大明宾馆吃两次，或者五次。"

"那很容易，"柴会卡爽快答应，"别说五次，十五次我也请得起。这大明宾馆就是为咱开的，刚才你坐的车子也是咱的。现在我不兜弯子了，我要你办的事就是，帮我改一下户口……"

"你该不是想犯重婚罪吧。"裘益甘忙问。

"我家庭生活已经很幸福了，"柴会卡扬起脖子，说，"我想请你改一下别人的户口。"

这时候季国庆才如梦初醒。他简直对柴会卡佩服得无体投地。他以为裘益甘没听懂柴会卡的话，就插嘴说："请你改一下我们杜局长的户口，最好减到五十岁。"他看一眼柴会卡，"我看杜局长还真不像五十岁的人。杜局长保养得很好。"他又转向裘益甘，"这样，杜局长就又可以多干五年了，其实杜局长至少还能为我们局呕心沥血五十年！"

九

下午，柴会卡分明从杜佑铭身上看到了一个衰弱的耄耋老人的形象，他感到难受极了，有心劝慰杜佑铭一声，却不知从何处开口。

回到自己的办公室，犹豫再三，要拿起电话告诉杜佑铭自己正在为他做什么。他有百分之七十的把握，像这种更改户口的事他已经做过一次。他的弟弟当时高考复课了三年，也没考上，还不死心，又去复课，但又自以为年纪太大，在同学跟前面子上不好看，就让他哥哥到户口所在地把年龄改小。柴会卡没费吹灰之力，就给弟弟减了三岁，第二年弟弟如愿以偿，考上了当地的师范学院，很有一份年少有为的荣耀。现在柴会卡又开始盘算下一步该做什么。

杜佑铭的组织档案在市委组织部，柴会卡还没有能力渗透到那里。但他相信，总会有办法的。说不定杜佑铭就有办法，但柴会卡总是顾虑杜佑铭知道后会阻止他。杜佑铭是国家的一位高级干部，久经考验的革命同志，他要认同他的做法，不免有些徇私舞弊的嫌疑。即使他睁一只眼闭一只眼，也与一个光明磊落的政府官员相去甚远。但你以为柴会卡做这样的事就能坦然处之吗？在与裘益甘没正经地说那些逗趣的话时，在两人以茶代酒，杯来盏往时，谁能看得出他心底的痛苦！杯子里的茶其实就是健力宝，健力宝多甜呀，多顺口呀，但在柴会卡的嘴里简直又苦又涩。但他仍然咬着牙往肚里咽，每每举杯都有一股大义凛然的劲头。一顿午饭，就喝了两箱健力宝，虽然与吃下去的锦食美味混合在了一起，一旦站起来，还能听得出肚子里咣当咣当响。这发出圆润的响声的，是什么？可以毫不夸张地说，是苦水。

柴会卡携带着一肚子的苦水与裘益甘告别，在来局里的路上，那种杀身成仁的感觉就渐渐明确了。为了杜佑铭的局，也是为了革命事业，柴会卡甘心糟践自己。柴会卡一个人的德行受损，只要杜佑铭的局能够继续兴旺发达下去，就万分值得！

柴会卡思前想后，最终还是决定不让杜佑铭得知这一切，虽然他也想到了，如果杜佑铭能够亲自出马，会比他孤军奋战效果好得多，他毕竟只是一个小小的办公室主任，别看在本局势力大得不得了，出了门，谁还把自己当成一盘菜？瞧瞧裘益甘，才一个普通民警，就能那个样子对他称兄道弟，没上没下。如果他不是办公室主任，而是局长，准许裘益甘那样不恭，他也得思量思量，即使他们是小学同学，即使柴会卡不是好摆架子的人，他也应该有所收敛。柴会卡恨不得裘益甘马上就把他托付的事给办下来。杜佑铭忧心忡忡的神态一再地出现在他的眼前，他越来越不好受了。

这时候，电话响了。柴会卡拿起电话："喂。"

"你让人草拟一份通知，全局组织讨论污水河绿化问题。"杜佑铭吩咐，语气里已听不出有丝毫颓伤的意味了。

柴会卡精神一振，马上答应了，叫来办公室副主任曹佩奇，说："绿化问题，简而言之，就是宁小虎弄虚作假问题。这要挖出思想根源。"

曹佩奇自作聪明："依我之见，就是责任心不强。"

柴会卡一皱眉头："全局每个人都要挖出思想根源。"

曹佩奇副主任就不作声，赶忙出去起草通知。

柴会卡精神真的好多了，他头一次感到空气里充满了春天的气息。从窗子里一望，外面亮堂堂的，像是有一张网细密得把灰暗和浮尘全部过滤干净了。他有了走出去让阳光照耀一下的冲动。于是，他离开办公桌，向院子里走去。但没想到一出门就碰见了局工会的副主席龚建东。

十

龚建东是个大胖子，一说话就气喘，他还一说话就带笑，一笑就喘得厉害，喘得厉害又好像笑得厉害。他一个人在那里笑就仿佛有一百个人在笑似的。杜佑铭的局还没有一百个人，柴会卡碰上他就像碰上了全局的人。全局的人都黑压压地站在那里，也都在笑着。这全局的人还大都不知道有一份要求职工狠挖思想根源的通知即将传达下来。

"哈哈哈，柴会卡！"龚建东说，笑着。龚建东没有说别的什么。

柴会卡看着他。柴会卡看不见自己的脸色,他是那种红扑扑的大脸,跟杜佑铭的脸一样油光发亮,但这时候却忽然变得灰暗起来,像那种死树的树皮,但一刹间又发白了,像一块冰雕,晶莹剔透。又一忽儿,变得像串紫葡萄,又一忽儿,变得像颗苹果,跟一个小孩子的脸差不多。他的脸就这么瞬息万变,但龚建东就像根本没看在眼里。只不过是在一天前,龚建东在局里难道不是一个最会看人脸色的人吗?柴会卡意识到了人世的险恶,现在龚建东还只是对自己直呼其名,用不了半年,甚至不等杜佑铭退休,他就敢朝自己脸上吐唾沫,假如自己不小心摔倒了,他肯定还会再踏上一只脚。

柴会卡陡然认准了一个小人的狰狞面目。他内心坚定起来,于是,他的脸色不再变了。他觉得自己的威严像一股飞沙走石的大风,凶猛地刮向龚建东,只要眨巴一下眼的工夫过去,龚建东就会在他的威严下粉身碎骨。但龚建东转过身,摇头晃脑地走开了。

柴会卡不禁呻唤一声,踉跄起来。

"柴主任。"有人叫他。

他站稳了,发现是曹佩奇副主任手里拿着一份打印稿,站在他的跟前。曹佩奇已经把通知拟好了,柴会卡低头看了看,眼里只是一片浮光乱闪,但他仍旧说"不错"。他想尽快从每个人面前离开,也忘了去晒太阳,就返回自己的办公室。

十一

杜佑铭的局在某某年龙抬头过后的第六天，亦即农历辛巳年二月甲子日，公历三月二日，星期五，开始了全局范围的形势教育活动。按计划，这样的活动要持续一个星期，也就是到下个星期四，农历辛巳年二月的庚午日，公历三月八日，星期六星期日也被排上了学习日程。学习日程人手一份，人们细细一看，既没提宁小虎在污水河两岸绿化问题上弄虚作假的事，也没提挖思想根源，而办公室那位曹佩奇副主任早早露出口风，说是局里要挖思想根源了，有思想问题的人得事先做好准备。曹佩奇是局里公认的好人，大家都能领会他的好意，也都相信他，再说通知的草稿也是他拟出的嘛。但是谁都没想到，在确定这份草稿时，杜佑铭和柴会卡的思路渐渐明确了。

柴会卡把草稿从曹佩奇手里接过来，就去了杜佑铭局长办公室研究。怎么能叫挖思想根源活动呢？太生硬，也不正规了。杜佑铭面露不满意。

局里的人都知道，星期五是局里雷打不动的党员学习时间。柴会卡就提醒杜佑铭，顺理成章，将党员学习扩大到全局人员学习，最好就叫全局形势教育活动吧。杜佑铭非常赞成。杜佑铭心里非常明确：出于保护同志的目的，教育活动中坚决不允许提到宁小虎弄虚作假的事，这次活动并不针对哪个人，也就等于说，这次活动针对任何人，你柴会卡思想上有问题，我思想上也有问题，周副局长、陈副局长、纪检书记、龚建东主席、曹佩奇副主任，以及宁小虎，思想上都存在着这样那样的问题。柴会卡连连点头称是。两人周密安排了一下活动日程，具体如下：

星期五，国际形势教育；

星期六，国内形势教育；

星期日，本局形势教育，因考虑到大多数青壮年职工要在周末好好过过夫妻生活，出于人道的原则，只安排下午学习；

下星期一，主要交流学习心得；

下星期二，人人都要说出自己的一项或几项优点；

下星期三，人人都要说出自己的一项缺点，如果哪个学习积极分子非要多说，就本着自愿的原则，多者不限；

下星期四，进入实质性阶段，对局里的工作提出合理化建议，并表示自己要怎样做，写出个人学习总结，以此为将来自己行为的见证。

活动结束了，但形势教育并没有结束，形势教育还要一点一滴地汇入日常的生活和工作中，这将是一个十分漫长的过程。

杜佑铭感叹道，什么时候本局全体职工都能把无私奉献、爱岗敬业当成一种自觉行为，我杜某人也就可以放心引退了！

柴会卡把这样的研究结果带回办公室，又要曹佩奇整理成文，曹佩奇刚在电脑前坐下，有人就告诉他下班时间到了。

局里的人都走光了，曹佩奇也没动地方，当他将通知整理妥贴，已到了晚上八点。他家也没回，赶到柴会卡家里，柴会卡看后又要带他去杜佑铭家里，他的神情就很畏怯，说，我还从没踏进过局长的家门，我怕自己什么都说不好。柴会卡心里鄙夷他，说，你只带两个耳朵就行了。

曹佩奇就带着自己的两个耳朵，把杜佑铭和柴会卡的交谈全都听了进去。

十二

根据杜佑铭提出的修改方案，曹佩奇又赶回局里，发现电脑忘了关上，就像电脑在等他似的。他坐下来，两眼紧瞅着屏幕，沉浸在里面。修正完毕，也没看天已到了什么时候，就拨通了柴会卡的住宅电话。

"柴主任，我……"

话筒里响着巨大的喘息声："你他妈的有没有一点主见呀！"

电话咔嗒挂断了。

曹佩奇愣了半晌，才哧的一笑。"有主见？嘿嘿嘿……"他自言自语起来，"有主见？嘿嘿，有主见？嘿嘿……"声音渐强，最后成了大叫："我操你妈——！我操你妈'主见'！"

他听到了深夜的回声。他还听到了另一种声音，那是无数的男人和女人在乐此不疲地亲热，他自嘲地笑了。柴会卡为什么就不能行房呢？他干扰了人家的私生活，人家冲他不耐烦，活该！在星期二的晚上十一点五十分，曹佩奇有力地搧了自己一个大嘴巴，"叫你妈犯贱！"接着把通知从电脑里输了出来，然后又在复印机里复印了八十八份，杜佑铭的局有八十七个人，剩下的那一份可供备档。

曹佩奇几乎一夜没睡，一上班就把通知交了上去，柴会卡也没再说什么，随后下发到了各科室。职工们一看就松了一口气，都认为曹佩奇谎报军情，平白使大伙儿担了一回惊吓。

十三

宁小虎的科室有七人，最初听说局里要开展挖思想根源活动的时候，六个人轮番走到他的跟前，歪头瞧着他，什么也不说，只咧开嘴，"嘿嘿，嘿嘿"地笑。宁小虎心知肚明，他虽早有准备，也架不住人们总这样"嘿嘿"地对他笑呀，就终于发言了："改革开放时代了，都加入 WTO 了，全球化了，谁怕谁呀！我弄虚做假了，我破坏植树造林，美化祖国了，顶多砍我的头！"

那科长听了，一口沉痛的语调，说："我本来有心帮你开脱的，只怕到最后爱莫能助。唉！官儿小啊！人微言轻呀！跟杜局长走得远呀！没学过溜须拍马呀！"

宁小虎一梗脖子，还是那句话："大不了砍我的头！"就提前从办公室走了。

同事们齐叹："唉，别看他嘴硬，但他回去肯定睡不好觉，更别说过性生活了。"

同事们只说对了一半，宁小虎的确像曹佩奇那样没睡好觉，但宁小虎却过了性生活，而且不仅一次，而是三次。就在柴会卡与老婆亲热之时，他已经在过第二次了。过完第二次他还是睡不好觉，辗转反侧到了凌晨三点，他老婆已经睡熟，正在梦中飘行，像一个仙女儿。

"胆大猴头！"她被弄醒了，的确在像一个遭到冒犯的仙女儿一样呵斥着，但他不由分说，爬上去就要过性生活，他老婆却又呼呼睡了过去，在梦中像一个仙女儿一样快乐——有的人就是这样，在心烦意乱时倒热衷起房事来！

十四

宁小虎过完了性生活，躺在床上像是条抽了筋的狗。他来上班，同事一看，眼圈发青，眼珠充血，脸上皮肉松弛，就知道他夜里没睡好。

现在，同事们都对他说："宁小虎，你该放心了吧。国际形势教育结束后，什么也别想，回家好好睡一觉！你这样下去，到不了下星期二，就能变成熊猫了。你该不会真想变成国宝吧。"

十五

某某年初春的国际形势错综复杂，杜佑铭局里的人都知道，但没想到错综复杂到这种程度。在整个教育过程中，很多人都止不住咆哮起来。中午下班后，继续留在局里参加讨论的人占全局总人数的百分之八十七，那些还有心回家吃午饭的只是一些女人，但人们相信她们回到家也是吃不下去的。这些贤惠女人回家，只是为了给她们的丈夫和孩子做饭，然后神情严肃地看着他们吃掉。说不定她们也已经在跟自己的丈夫孩子讨论起来，这样一家人也就都会吃不好了。但不吃饭是不行的，留在局里的人从街上买来了盒饭、速食面，聚在办公室里，一边草草地吃着，一边热烈地讨论，连个瞌睡也顾不得打，两个半小时的午休时间就过去了。

下午人们激愤的情绪仍然没有冷静下来，学习中的争执当然是难免的，但真理不辩不明，发生争执的同时，双方都能得到进一步的认识和提高。这样到了下午六点半，国际形势教育活动就结束了。

今天的下班时间推迟了半小时，下了班人们仍像上午一样不愿从局里离开，但大多数人是必须离开的，这样滞留在局里的人只占全局总人数的百分之二十七。那些回到家里的人还不住地打来电话，或者相互打电话讨论。

到了晚上八点半，局里就只有传达室的老李头了。

十六

整个白天的时间老李头的眼睛都处在警惕状态，这时候巴不得合上一下，但电话仍旧冷不丁打了来："美国到底要干什么？"

老李头来了精神头儿，一板一眼地分析道："美国到底要干什么呢？上月二十八日美国新总统布什向国会提交了总额达三千一百八十九亿美元的某某年财政年度国防预算，在这项国防预算中，美国国防部可得到三千一百〇五亿美元，比某某年财政年度增加一百四十二亿美元，其余八十四美元中大部分将用于美国能源部的核武器发展计划。据美国政府官员透露，在军费预算中，将至少有十亿美元用于发展美国国家导弹防御系统，从而使用于该系统的资金总额至少达到一百三十七亿美元。另有二十六亿美元用于军事研究和发展。布什上台后就主张以'实力求和平'，表示美国将建立一支'无可匹敌'的国防力量，以保护美国及其盟国在全世界的利益。我认为，美国再次大幅度增加国防开支的目的，是要进一步谋求军事战略优势，巩固其全球霸主地位！"

　　老李头是编外人员。老李头没被安排参加局里的国际形势教育，并不等于说老李头没权利了解国际形势，或不了解形势。杜佑铭局里的人都应该知道，自己看到的报纸首先是要送到他手上的。他虽没有擅自拆包，但仍然第一个把报纸的主要内容看得差不多。那打来电话的人原有些对老李头卖弄卖弄的意思，没想到老李头平时不显山不露水，内心却卧虎藏龙，听完后就只有说"啊呀，李大爷"的份儿了。

　　"啊呀，李大爷！"电话里的人说，"赶明儿我得跟你好好聊聊。"

　　老李头受到鼓舞，也就不敢走开。他等待着第二个类似的电话，第二个类似的电话果真就在十五分钟后打来了。总之这天晚上老李头接到了差不多十个这样的电话，他自己也拿起话筒，向乡下老家的一个朋友，也就是一个村长，打去了电话，两人对目前的国际形势交流了看法。

通话结束后，老李头本想脱裤子睡觉，不料心里就像猫抓了一样难受，裤子也不脱了，歪在床上，像年轻的情人似的，两眼直盯着电话机，一盯就是一夜。

在如此错综复杂的国际形势下，杜佑铭局里人睡不好觉，当然是在情理之中的事。第二天来参加国内形势教育，那十个给老李头打过电话的人对他细细一打量，似乎第一次发现老李头长得高鼻大眼，天庭饱满，地阁方圆。在办公室里，都说："喃，传达室的那个老李头，哪像个看门儿的？"说着就连连打呵欠。同事们也都打起了呵欠，但国内形势教育开始了。

十七

经过一整天的国内形势教育，谁还敢说以前自己对国内的形势是了解的？全局的人又迎来了一个不眠之夜。那些计划跟妻子或丈夫在星期六好好交媾一番的人都取消了主意，因为不安像块石头一样，沉重地压在了每个人的胸口。星期日上午，也只有少数人补充了一下睡眠。下午的时候，几乎人人都像条红眼狼。

"本局形势教育结束后，"不久，在由曹佩奇执笔的某某年初春全局形势教育总结中这样写道，"广大干部群众增强了紧迫感，为继续开展好这次活动打下了坚实的思想基础。"

但是接连三个夜晚睡不着觉，人的情绪就无法得到稳定的保证，更何况还有四天没睡过一个安稳觉的。曹佩奇是局办公室副主任，身为领导干部，理应以身作则，所以倒能按捺得住，看上去也显不出什么。宁小虎接连四天没睡好觉，神情就有些不对头。他似乎忘了自己是这次教育活动的始作俑者，——按一般人的理解，这次活动虽然没有提到他一个字，但他总归脱不了干系，星期一到了局里，就呵欠连天。打呵欠也没什么，很多人都打呵欠，但他不该拿着一摞学习材料在自己膝盖上摔摔打打。

另一个四天没睡过一个好觉的人是个常年失眠症患者，实际上他不仅四天没睡过好觉，他睡不好觉快有二十年了，这时候却迁怒于人，星期一到了局里，毫不客气地指着宁小虎的鼻子说："都是你引起的！"

要是宁小虎有些涵养倒也罢了，关键这个宁小虎不识时务，人家只不过说他一句，就非要人家再说清楚不行："你再说一遍！"

那位失眠症患者根本不示弱："怎么，我说错了吗？不是你引起的还能是谁引起的？"

"你再说一遍！"宁小虎这是在警告他了，但他仍不在意，又说："某某年是新世纪第一年，大家过得好好的，你他妈的不老实，画出几张假树叶挂到树上，让人曝了光，把我们局的脸面全丢尽了，现在你还抵赖呀！"

宁小虎就说："我宁小虎也不是不尊重老人，但对你这种老人尊重的办法，只有拳头！"

"什么？我是老人！?"

那人用指头点着自己的鼻子，质问道。他毫无疑问已被宁小虎的无礼激怒了。

"哼，你以为自己还有百八十年的阳寿啊！"宁小虎不屑地说。

这句刻薄话该有多大力量，从他的对手朝他怒目而视的姿态上就能看出来。他的对手一刹间几乎背过气去，姿态像石头一样僵硬。但宁小虎不吃这一套，也与他怒目而视。在场的人都怕了，劝也不敢劝，似乎一劝倒使他们真地动起手来。忽然，两人都像只狮子一样，浑身摇动起来，特别是宁小虎的对手，简直让人听到呼呼的风声，这就像他的怒火被水浇了一下，又猛地蹿上来。

眼看一场火并就要发生，柴会卡进来了。

"你瞧你瞧，"大家都把他当成了和平大使，一起对他说，"说着说着就吵起来，怎么能为一句话伤了和气？"

柴会卡自认为自己有主持公道的权力，就问明了缘由，笑着说："大伙儿说得对，和气生财，年轻同志谦让一下，老同志也谅解一下，都回到自己座位上。杜局长一再强调，这次活动不针对任何人，年轻同志和老同志都不要多心。"

宁小虎知道在局里打不起来，就垂下了手，但还是一脸不服的神气。那老同志也很知趣，扭过头去，嘴里低低嘟囔着，"谁是老同志？"渐渐地也消了气。后来在会议室交流学习心得时，还主动说："认清形势的意义非常重大。我把认不清形势当成失眠，当然了，也可以当成便秘。睡不成觉，拉不下屎来，就容易导致动气。好比我跟宁小虎同志，前世无冤，后世无仇，说话就翻了脸，还不是被失眠闹的！实际上这认不清形势的危害还不仅如此，假如没有柴会卡同志的规劝，说不定就把头打破了。所以我说，认清形势是十分必要的，认清形势的意义也是非常重大的。"但他突然住了口，一脸被痛苦折磨的样子，也不顾是在会议室里，嘴里狠狠地咒道，"他奶奶的，我怎么就睡不着呢！"情绪显然又波动起来，而且更可怕的，这种波动立刻像大火一样，蔓延到在场的每个人身上。

接下来发生的事只有上帝才能弄明白，大伙儿不约而同地把目光转向了宁小虎。杜佑铭局长和柴会卡主任不是一再强调过嘛，这次活动并不针对任何一个人，但大伙儿还是鬼使神差地又紧紧看住了他。眼看着他的胸脯剧烈地起伏起来，柴会卡不得不加以正确引导："宁小虎同志也谈谈吧。"

他的口气平淡，可是大伙儿眼里的意思已经非常明确了。会议室里没有声音，而一声充满怨怼的吼叫却分明在空气中响了起来："都是你引起的！"

"宁小虎同志的感受一定少不了，"柴会卡把脸转向大伙儿，声调没有什么改变，"大家也同样。"他沉静地说着，众人不由一惊，就像看到秦始皇转世，李世民再生，朱元璋重现。他没有什么动作，只是看着大家，却是那样地具有王者风范。

"那是那是。"众人一迭声地附和道。会议室里的气氛只不过刚刚有了些不利活动进行的苗头，就被柴会卡不费吹灰之力地排除了。

总的来说，会议室里的小形势与喜忧参半的国际、国内形势相比，是一片大好。不是小好，是大好！

十八

谁都知道局工会副主席龚建东常年便秘，也谁都知道他是个超级马屁精。龚建东察颜观色的本事在局里屈指可数。在星期一学习心得交流过程中，龚建东就准确地捕捉到一种信息，那就是杜佑铭退休之日为时尚远。但杜佑铭的确是某某年腊月十五出生，这是说的农历，因为他那靠租种土地为生的父母没能给他记住腊月十五是公历的什么日子，就把阴历的日期当成阳历用了。龚建东不怕麻烦，推算了一下，这年的腊月十五也就是某某年元月六日，也就是说，按公历计算，杜佑铭处在"二五八一刀切"之外。好悬啊！就差这么一丁点儿。世上的事最怕认真二字，只要认真起来，杜佑铭就非常有资格再为革命工作奉献一届，而按国际惯例，这一届也就是五年。即将入关了嘛，这五年一届的国际惯例更得遵守了。

但话再说回来，即使杜佑铭退下去，人们有什么理由怀疑柴会卡不被提升为副局长，或者更重要的职务呢？柴会卡是寻常人也？

　　龚建东左思右想，出了一身冷汗。他承认自己是有些操之过急了，他对柴会卡表现出了不恭，连他自己都否认不掉。也就是上星期四，他还对自己的心腹说过，这个柴会卡，只要换了领导，头晌换的，下午就得把他给撸了。还有杜佑铭的那伙狐朋狗党，一个也逃不了！他相信心腹是不会把这句话说出去的，但谁又能保证心腹就绝对的忠诚？况且，收了这心腹也有五六年了，他又给过他什么好处？顶多是分发戏票时给他多发一张，或者发他一张位置好一些的。

　　这天夜里，他理所当然要睡不着了。他老婆还以为这是让便秘给折腾的，就提出要给他抠出来。老婆已经给他抠过很多次了，但他还是怕脏了老婆的手指，自己拿了开塞露到卫生间里，手从腹股沟插下去，却忘了干什么，蹲了一会儿又回来了。上了床还是睡不着，肚子却饿了。他知道半夜吃东西会增加肥胖，也会加重便秘的痛苦，但他就是想吃。他的消化能力太好了，已经成为他的苦恼。他忍着，后来真的忍不住了，就乘老婆睡熟之际来到厨房，把剩下的半只烤鸡吃个精光，还喝了一瓶啤酒。在吃的时候感到非常幸福。这样又是烤鸡，又是啤酒的，他过的是多么美好的日子呀！一个人升了天堂又能怎样呢？可是吃过之后就该受罪了，肚子里难受，又睡不着，躺在了舒适的床上，却比躺在悲惨的地狱里还不如。

熬到天亮时，他觉得实在撑不住了，他老婆就让他向局里请假。但他立刻像听到了一声恐吓，连他老婆都觉得自己身后藏着一名恶人，止不住回头望了望，当然背后什么人也没有。

在去上班的路上，他才想到今天的活动内容。他要当众对人说出自己的一项优点，他有什么优点呢？他很随和，他很团结同志，他能吃能喝，他消化能力无人能比，都像是优点。他觉得自己的优点三天三夜说也说不完，但又像一项优点也没有。他非常责怪自己一夜没睡，为什么不趁机把这件事给细细想一想！到了局里，脑子里还是一片空白。

十九

现在不用多说了，搭眼一看就知道昨夜人人都没有睡好觉。

龚建东副主席断定别人没睡好觉肯定是因为别人都在夜里考虑过自己的种种优点。整个局里的人唯有他没有想过这个问题，把想都没想一下自己优点的人投到不知在夜里想过多少遍的人堆里，岂不违反了公平竞争的准则？

龚建东身子猛地一歪，他可没意识到旁边的是一个女人。那女人发出了一声骇人的尖叫，没去扶住他，反而一下子跳开了。会议室里的人都呼啦站了起来，相互询问着，抻长了脖子要看究竟，这回就只能把站在后面的人给挡住了，而且人人都动不了。你要知道这会议室长有八米五，宽则只有四米五，总面积三十八点二五平方米，来参加会议者八十七名，人均零点四三九六六平方米，但这还不算沙发和桌椅。等在有限的沙发椅子上坐满后，剩下的人也就只有硬塞进去，挤得像筒沙丁鱼罐头。现在人人都站了起来，会议室的空间就显得更小了，仿佛闷罐车。见有人倒下，人人也都是着急的，但都无法向前。情急之中，就又听到了柴会卡冷静的声音："都坐下都坐下！"

一阵稀里哗啦的响动过后，能够坐下的就都坐下了。这样，每个人都看清了晕倒在沙发里的龚建东副主席。他几乎躺在了那位女领导干部的怀里，那女干部掏出手绢擦着他头上的汗，人们听她问道："你怎么了，龚主席？"

龚建东虚弱而痛苦地朝人们看看，人们什么也没能听见，不是因为吵闹，而是因为他什么也没说，一丝羞惭而又无可奈何的神色从脸中掠过，很多人都看在了眼里。

实际上龚建东是打算如实相告的，但他突然想到这是一个女人在询问他，而且也差不多可以说是被这女人搂在了怀里。他不好意思起来。

这时候，昨天那位跟宁小虎发生冲突的人就开口道："不用问了，龚主席便秘得很厉害！"

那女人听了，虽没有说什么，神情分明是有些厌恶的，拿手绢的手也微微朝后一抽。没人怀疑只要大家都转过身，她就会马上把这手绢丢掉。

"拉不出屎来跟睡不好觉，同样让人难受。"那位失眠症患者又说。

龚建东这时候似乎好一些了，就从那女人怀里坐起来。"谢谢，"他对那女人说，然后以钢铁般坚强的意志忍受着来自腹股沟里的痛苦，又面色从容地转向大家："继续吧，别因为我耽误了局里的活动。"他的样子还像从前一样，但每个人都相信肛门附近的痛苦正残忍地折磨着他。每个人都要被他的坚强感动了，果然，活动并没有马上进行。

柴会卡向杜佑铭侧着身子，两人悄悄商议着什么。周副局长、王副局长、纪检书记离得他们那么近，都没能听到。

"请龚主席回去休息吧，"柴会卡对龚建东说，又吩咐季国庆，"你把龚主席送回去。"

季国庆答应一声，就从人堆里站了起来。

而龚建东马上一脸的慌张，仿佛人家并不是送他回家，而是将他押赴刑场。他连连摆着手说："不必了不必了，学习这么重要，我哪能……我哪能……柴主任，你说我哪能……难道这不是一个很好的受教育的机会吗？我哪能……啧！"

剧痛又像利箭一样穿过他的身体，射在他的脸上。他不说话了，他咬紧牙关，脸上的肌肉轻轻搐动着，像是无数交错在一起的琴弦，在一根看不见的手指拨弄下，发出了低沉的痛苦的音乐。但他端正的姿势仍然没有丝毫的改变，就连他自己也想到了一个人，一个英雄，那就是大火之中的邱少云。他听到了火焰啵啵的声音，火焰卷着浓烟，一次次地猛扑到他的身上，舔噬着他的皮肤。

无疑，他很快就被烧焦了，这样，他自己也燃烧了起来。忽然，他受到了自己的感动，因为他断定如果一个人被烧到连自己焦黑的皮肤也燃出火苗时，就准已呜呼哀哉，或者无知无觉，丧失神智了。但他没有。

他还活着，感觉敏锐地活着，焦黑的燃烧的皮肤下面，是一颗活人的心脏，是一只消化能力超强的还在不停蠕动的大胃。这也就等于说，他死了也没有脱离痛苦，而且是一千倍于受火刑的痛苦，应该是最为难熬的痛苦。就从这一点来说，他认为自己比邱少云还要伟大。那些丧命火中的布鲁诺呀、贞德呀，向秀丽呀，都没法跟他比。

二十

事实证明，我们的工会副主席龚建东先生不光具有一个超强的大胃，还有一种更加超强的耐力。这时候，他的神经猛地松动了一下。他想到了这是不是他的一项优点呢？他差点张口说话了。还好，他及时地克制住了自己。他不想张扬出去。而他不事张扬，是不是也可以列为一项优点呢？他的答案是肯定的。一瞬间，他列举出了自己的好几项优点，但他都没有说出来。有这么多优点的人即使不说出来，也有资格为这些优点高兴。于是，他就高兴起来，有了些飘飘然的感觉，但身子还是静止不动的。

会议室里的每个人都闻到了一股浓浓的肉香，甚至能够分辨出哪是烧头发的气味，哪是烧指甲的气味。他们还听到了轻轻爆裂的声音，并且肯定这是燃烧的骨头所发出来的。最初的时候人们还没能想到这是龚建东在燃烧，人们怀疑气味来自临近街上的一家烤鸡店，一家烤鸭店，和那些烤羊肉串的火炉。突然，人们发现会议室的窗户一直就是紧闭着的。某某年初春的天气忽冷忽热，这几天就冷到了摄氏零度左右，天空阴沉沉的，欲雪不雪。

气味只能来自会议室内部。但只要朝龚建东看一眼，谁都不会否认他是在受炮烙之苦。万恶的便秘呀！但谁也替不了他。他们也只有向他投去同情的钦敬的目光。整整一天，他们给予他的，也只有这种目光了。下班时间到了，他们才又蓦然一惊。看龚建东的神情，是已经到了很高的境界，就像练武功的人，提升到了所谓武侠的最高境界，静而不静，动而不动，言而不言，忧而不忧，喜而不喜，活而不活，死而不死，等等。但众人才这样想时，龚建东却有了强烈的屁意，以为便秘的痛苦即将缓解，不料那屁却又回去了，狗咬尿脬，空欢喜了一场，而且也没能再回到那种境界里去。他重又是那个被严重的便秘所折磨的男人了。

柴会卡又在招呼他上杜局长的车回家，他轻轻呻吟着，正欲"恭敬不如从命"，就看见一个人在角落里暗暗朝他使眼色。他便忙谦逊地对柴会卡说："我自己走吧。"柴会卡不好勉强他，只好随他去了。他不易被人觉察地跟那个给他使眼色的人走在了一起。

"杜佑铭退不了。"那个人小声说。两人并没有相互转过脸去，在别人看来就像他们根本没有说话。他们都在看着前方。

"你怎么知道？"

"我去派出所查了，派出所还有错？杜佑铭是共和国的同龄人，最少还有一届的干头。"

"这不更好吗？论政策水平、工作能力，杜局长都是佼佼者，这样的好领导，得让他干到一百岁！"龚建东说。

两人各走各的路。龚建东轻叹了一口气，就像便秘不知不觉间消除了似的。他朝那个人看去，见他已经跨上了自行车，正朝大门口骑去。那人就是他在局里的心腹。

二十一

告诉谁，谁也不信，这天晚上最难受的不是别人，而是柴会卡。柴会卡在这两天里失去了很多次机会，他总有时间跟杜佑铭局长独自待在一起，但他总是欲言又止。回到家里，他甚至拨通了杜佑铭家的电话，还没等对方拿起话筒，就又挂断了。从晚上八点起，他拨了挂，挂了拨，光算听到震铃声的就有五次。他也是有老婆的，他老婆见状就说："这是给谁的电话？看把你小心的！"

他也不想瞒她，就吐露了心底的苦恼："我的那个同学衮益甘，说话没个正经，倒是个靠得住的人。我只不过给他打了声招呼，他就把杜局长的年龄改小了，减了整整五岁！"

他老婆没容他说完，就打断他："杜伯伯知道没有？"

"还没有。"

"那还不告诉他！"

谁知柴会卡却叹了口气，说："我看没这么简单。在办这件事之前，我就没敢跟杜局长商量。他要知道了，非得训我不可。"

他老婆不以为然："哼，我倒觉得他会高兴也来不及呢。"

他却直摇头，仍是面露难色。他老婆就推测道："别看我没跟大人物打过多少交道，但我很会揣摸大人物的心理。有时候你别光注意他表面上的反应，他要真的不高兴，并不一定张口训你。如果你把这件事告诉他，他训了你，证明他心里是高兴的。你又一回给他立功，他不可能忘了你。"

柴会卡冷笑道："你这是什么奇谈怪论！我听着那些大人物倒像一只只老狐狸了。"

"可不。"

柴会卡还是没有勇气拿起电话。他老婆再催他，他就说："算了吧，我这么一遍遍拨杜局长家的电话号码，肯定打搅了他的休息。我这么晚再打过去，很容易被他疑到我头上，倒像我在骚扰他。"他站了起来，伸伸懒腰，"睡觉！明天再说。"

这时候已是晚上十点多钟，他老婆也困了。夫妻二人更衣上床，可他老婆千不该万不该忽然想起什么来。"会卡，我还是觉得不妥，"她说，"你拨杜局长的电话，杜伯伯没能接到，他要在意起来，肯定会被惹得睡不好觉。杜伯伯这么大年纪了，你怎么忍心？我看这也算是一件大事，晚一点儿给他打电话，他也能谅解的。我记得那一回你出差回来，都十二点了，还给杜伯伯打了电话，也没听你说过什么重要的事。"

柴会卡仔细一想，老婆说得很有道理。他翻身坐起来，心里感到非常不安。他老婆还以为他就要下床了，但他只是坐在那里发愣。总之，他还是缺乏勇气。一方面是他没勇气拿起电话，一方面是杜局长在家中不停踱步的情景在他眼前联翩闪现，几乎让他认为这是他一生中受到的最大的难为。后来他扑腾一声躺下来，但眼前还是杜局长不住地打量电话机的情景。他知道杜局长家有两部串线的电话，一部在客厅里，一部在卧室里。而杜局长几乎忘了卧室里也有一部电话。杜局长也是有老婆的，他老婆一遍遍地催他睡觉，但他总想着这个给他打电话的人是谁，打电话是什么事情。看样子只要电话铃声一响，他就会马上扑上去，激动地把话筒拿起来，动作比羚羊还快。柴会卡这时候想到的就是这个。可他还是没勇气。

整整一晚上，他就处在犹豫不决的状态中，他要能睡好觉，那就见鬼了！

二十二

这样，柴会卡就像龚建东没能想一想自己有什么优点一样，也没能想一想自己的缺点。按照规定，局里的每个人都应该在星期三说出自己的一项缺点的，杜佑铭也不例外，当然柴会卡也不能例外。不过这天的情况有些改变。

在过去的几天里，基本上是由柴会卡主持活动。今天不同了，局里这么多人，都有同一个感觉：这杜佑铭局长比在场的任何人都更显得年富力强。那周副局长、王副局长、纪检书记等与杜佑铭坐在一起，差不多成了爷爷辈儿的了。

杜佑铭说起话来声音洪亮，容光焕发，腰板儿笔直，动作有力。这就是说，他已经不像人们记忆中的杜佑铭那样了。在人们的记忆中，杜佑铭总是正襟危坐，不苟言笑，莫测高深，任何一个胸有城府的大人物都是他的那个样子。但现在，他仿佛回到了年轻时的岁月，人们也仿佛看到了他年轻时代的迷人风采。周副局长、王副局长、纪检书记等等跟他相比，不仅显得老朽不堪，还像一只只丑陋的令人恶心的癞蛤蟆，围在一只大红冠子公鸡，或一匹骏马、一头大象周围。

而柴会卡曾经自以为继承了杜佑铭的衣钵，这时候也免不了自惭形秽起来，似乎浑身上下都是屎。他想到了自己纯粹就是只推粪球的屎壳郎，自己纯粹是条钻臭屎的蛔虫，自己纯粹是头在猪圈里打滚的臭猪，纯粹是条在地上舔屎吃的野狗。他还想到自己就是软体动物，被泡在一摊肮脏的黏液里面。最后他就想到自己是一种让地瓜生炭疽病的病菌。他无话可说了。

实际上，杜佑铭局长无形中成全了他。他用不着说话了。

杜佑铭局长本身就是一场庆祝节日的盛大烟火，少放几只爆竹也减低不了多少节日的欢乐气氛。柴会卡无精打采，像只哑炮，在沙发上静静地坐着，谁也不知道他在想什么。

果然如杜佑铭、柴会卡最初所料，局里还真有不少学习积极分子，规定让每人说一条缺点，有的人却非要多说。多说两条就罢了呗，却说起来不散伙，同时还说得痛哭流涕。像龚建东，那样子简直就是痛不欲生。

这些积极分子无疑占用了大家的时间。中午下班前，杜佑铭估计要每个人都把自己的缺点说完，一天的时间根本不够用。他只不过这么默想了一下，就有眼光明亮的人看出了他的心理，一起提议，牺牲中午午休，饿着肚子也要人把缺点说完。如今生活水平提高，谁肚子里也不缺油水，饿上一顿，能饿死你！杜佑铭却心疼大家，怎么能让人饿着肚子呢？那位龚建东就及时发话了："都掏三块钱，咱们去街上买盒饭，同志们边吃边说。"立刻就得到了杜佑铭的首肯。

二十三

在机关工作的人都有一份误餐补助，以往几乎也没误过餐，但误餐补助照拿，这一回要大家拿三块钱吃盒饭，合情合理。

盒饭买了来，刚开始怕有不郑重的嫌疑，都不肯下箸，支着耳朵听人说缺点。过了十二点半，肚子就不答应了，心想，都不吃，杜佑铭局长好意思吧哒吧哒地吃吗？自己饿了肚子不要紧，让杜局长也跟着饿肚子，那谁过意得去！自己饿肚子只是自己的事情，而杜局长饿肚子，或者带累杜局长不能按时吃饭，万一饿出了毛病，那可是全局发展的责任呀！——吃！

大伙儿不约而同地埋头吃起来，杜局长也吃起来，当然，轮到谁检讨自己的缺点，谁就在人们的吞咽声里检讨好了，谁也不用担心没人在听，大家的耳朵也还在支着，甚至比没吃饭时支得还长，像只驴耳朵，但比驴耳朵要敏锐得多，基本上等于兔子的耳朵。

午休时间就这样被杜佑铭的局充分地利用了。从十一点半到下午两点整，两个半钟头，就解决掉了十五个人之多。而下午两点整刚一到，柴会卡的神情就猛地一振。别人也能感觉得到的，此时的柴会卡好有一比，那小豆芽芽钻出了泥巴，第一次展露在了明媚的阳光下，那个美呀，那个幸福呀！

又好有一比，在美丽的花朵里，肥胖的雌蕊受了精，紧密的子房细胞正处在急速分裂的前夕，勃勃生机在有限的体积内奔突、冲撞。

二十四

总之，柴会卡跟上午比较，真是判若两人。他跃跃欲试地等待着杜佑铭的目光转向他，他虽然不敢自许为学习积极分子，他也并不打算多说几条缺点，但他相信，这一条缺点的陈述所体现出来的精彩，绝对地冠压群芳。他有十成的把握。可是，活动继续到现在，第一次出现了波折。宁小虎不是刺儿头，但宁小虎不大聪明，突出表现为，不识时务。

二十五

笨人就是这样，该多心的他不多心，不该多心的他反而多心起来。

全局那么多人，都能主动地踊跃地检讨自己的缺点，为什么就你不行呢？再说，让你讲优点时，你怎么就顺从地讲了呢？常言道，人无完人。斯大林也只能三七开，给你一九开，行不行？就算你百分之九十九点九正确，行不行？那还有百分之零点一的错误呢，连这点错误都不想承认，我看你是老虎屁股摸不得！你很完美，是不是？你很完美，你怎么三十多岁了，还仅仅是一个普通的小职员，连个芝麻大的副科级干部都没混上？你怀才不遇，这个社会埋没了一位超级人才。依你这么说，那些知名科学家，那些大学教授，那些商海弄潮儿，那些作家、艺术家，都不是人才了？你很完美，你是神仙吗？你是神仙，你飞一个给大伙儿看看。你变一个，给大伙儿开开眼。你也不用飞到星星上去，你只要能飞两米半高，也可以了。你也不用变狮子老虎，你变个兔子，也不用非常像一个兔子，只变出兔子的短尾巴，怎么样？你飞，飞不了两米半，你变，变不出兔子那样短的尾巴，你还逞什么能！让你说一项缺点，你想当积极分子就多说两句，不想多说，也不过是一句话，啰嗦点儿就顶多是七八个字的事，可他没等大伙儿把目光转向他，就像被戳了屁股的老虎，猛地咆哮一声，站了起来。他眼里射出熊熊烈火，逼视着会议室里的每一个人。应该说逼视每一个人是不可能的，但他那种极其愤怒的样子却给了每一个人受到逼视的感觉，当然包括杜佑铭局长、柴会卡主任、周副局长、王副局长、纪检书记、龚建东副主席等人。他的目光是那样可怕，使每个人都由不得惶悚起来，胆小怕事的人裤裆里还悄悄滴哒出了几滴尿。话又说回来，宁小虎有什么可怕的呢？日本鬼子比他厉害吧，不也被赶出了中国？蒋介石也比他厉害吧，不也被赶到台湾去了吗？这样，宁小虎的愤怒就忽然变得非常滑稽了。他要再不乖乖地坐下，真要惹得人们捧腹大笑了。但是，在人们眼里变得异常滑稽的宁小虎没有坐下，他怒气冲冲地叫道："姓杜的，别给我兜圈子了！你们都别给我兜圈子了！你们给我兜了这么大的圈子，不就是想让我给你们承认错误吗？哼，我告诉你们，我弄虚作假，你们砍了我的头算了！通过这种方式要我给你们承认错误，那是妄想！我还要告诉你们，你们只是一帮……"

柴会卡忍不住打断他："宁小虎同志，我们不是一再强调过吗，这次活动并不针对……"

"你们只是一帮……"宁小虎憋得脸色通红，他反复地说着，"你们只是一帮……"他在试图找到一个适合的词汇，但这个词汇就像一粒小米，遗失在一大堆黄沙里。

"坐下坐下。"杜佑铭一点也不生气，他和言悦色地安抚宁小虎，"你误会了。"

"伪君子！"宁小虎终于喊着说了出来。但他就像仍不解恨似的又说，"污水！废气！沙尘暴！电脑病毒！白色污染！烂菜帮子！一堆狗屎！"舌头简直像把剁菜刀。

这样的话在每个人听来都很不好听。杜佑铭拉下脸，其他人也都跟着拉下脸来。人们站起身子。种种迹象表明，人们也都生气了。那宁小虎还在拧着脖颈，嘟嘟囔囔。宁小虎开始从人堆里往外挤了。宁小虎长得五大三粗，虎背熊腰，又在愤怒之时，要不是人们实在无法挪动位置，早闪开一条道，放他走了。他这样没轻没重地往外挤，被撞到的人无不呲牙咧嘴起来，但都把呻吟声留在了齿缝里，这就使得会议室里一时间悄无声息，仿佛成了存放蜡像的仓库。

忽然，一声大叫石破天惊："宁小虎，你个二半吊子，你以为组织上还治不了你了！"

只见局工会副主席龚建东一下子从沙发上跃起来，高高地越过人们的头顶，扑到宁小虎身上。那宁小虎劲儿虽大，也被冲击得打了个趔趄，幸好他即使想摔倒，也不可能。他的脑筋来得比别人稍慢一些，就任凭龚建东副主席像只皮球一样地悬挂在了自己的脖子下面。那龚建东副主席还在说着："哼哼，你真以为治不了你了。"

宁小虎反应了过来，他要把悬挂在自己身上的赘物弄掉，这在平时根本不被当成一回事，他轻轻一拨拉，就能把龚建东拨拉掉。也不必用整整一只手，他一根手指头就能把这件事给办了。但现在，他使了很大劲儿也没起作用。似乎龚建东的力气也挺大，实际上是借助了众人的力量。他被宁小虎拨拉得肋骨生疼，但他顾不了这些。他没能被宁小虎拨拉掉，也使他产生了更大的勇气。他的声音也就更大了："宁小虎，你想跑是不是？老和尚做梦娶媳妇，你想得也太美了！你以为你不想说，我们就撬不开你的嘴了！"

　　龚建东不是说着玩儿的，谁都能听得出来。宁小虎心眼儿不多，但宁小虎也听了出来。龚建东说着，就腾出一只手去抠宁小虎的嘴，宁小虎堂堂男子，岂容别人对他做出这样的举动？但他也不能张大嘴，卡咪，把龚建东的手指咬掉！毕竟是一个单位的同事，把人家的手指咬下来总的来说是有些过分。宁小虎要避免羞辱还有一个办法，那就是马上告饶，然后回到座位上，说出自己的缺点。

　　但要宁小虎告饶，比骆驼钻过针眼还难。宁小虎其实也不是非常蠢笨，脑子一时间转得飞快。他也似乎看见自己的脑子像股龙卷风，卯足了劲儿地往上盘旋。忽然，他感到自己的体重越来越轻，脚尖儿只不过稍稍一用力，就让他弹了起来。也可以说，他飞了起来。他携带着肥胖的龚建东副主席，一点一点地升高。所有人都睁大了眼睛，这宁小虎该不会真的是神仙吧。

　　事实证明宁小虎并不是太笨，他连自己只能飞升一米半高的自知之明还是有的。在他的头颅刚刚接触到会议室的屋顶时，他知道自己也不可能再飞了。这时候他的身体仍旧很轻，但龚建东很重。

龚建东无力的双臂无法支撑自己沉重的躯体，就扑通一声，坠落下来。而那宁小虎在天花板下非常巧妙地一屈身子，趴在了人们的头顶上。

宁小虎一刻也不耽搁，马上向会议室门口匍匐着爬去。但见众人不堪重压，形成了一片人头的波涛。那宁小虎在这汹涌的波涛里忽上忽下，颠簸不已。这时候就连杜佑铭和柴会卡等领导同志也都站了起来。他们屏住了呼吸，瞠目结舌地注视着这惊心动魄的一幕。

可是，宁小虎突然不见了，而人头也渐渐不再涌动。宁小虎就像一艘触礁的航船，沉落在人们的脚下，没有谁能弯下腰去，将他擒住。并不算太大的会议室里有这么多人，动一动都是很困难的。当然宁小虎一旦沉落，也绝无重新站起身来的可能。

一个不祥的念头使杜佑铭猛地打了个寒颤。这样闹不好会出人命的！宁小虎即使有这样那样的缺点，也不能把他踩死呀！杜佑铭非常着急，却说不出话来，只是一次次地朝门口指着，柴会卡并不能领会，比他还要着急。但他还是讲不出话来，柴会卡竟误以为他要自己守住门口，以防宁小虎逃脱。正要吩咐处在门口的季国庆把门锁紧，才意识到杜佑铭指的是门口上的"安全出口"几个字。但是杜佑铭已经能够说话了。

"疏散！"杜佑铭叫一声。

柴会卡一个箭步冲上去，把愣在门后的季国庆推到一边。他打开了门，就示意人们有秩序地向门口靠拢。好在这时候人们也镇静了许多，除了一些女同志还在一惊一乍地呼叫，都有意挺直着胸脯，像一根根栽在地上的木桩，这也是怕将宁小虎踩在脚下。那离柴会卡最近的一个人正要顺从他的手势退出门去，却突然一跳。

人们的下肢部分总是有些空隙的，谁能料到宁小虎竟学钻人裤裆的韩信侯，从那些林立的下肢之间钻了出来。宁小虎一弓腰，就直起了身子，差一点儿把那个跨着他的脖子的人掀翻。他也顾不得拍拍手上的土，就朝门口冲去。

宁小虎有着多大的劲儿啊！柴会卡是个胖子，论体重也不比他轻多少，他就一下子把柴会卡从门内像一床棉被似的，给顶了出去。通的一声响，柴会卡重重地撞在走廊的墙壁上。同时又听得哎哟一声呻唤，就只剩下宁小虎"噔噔噔"跑下楼梯的脚步声了。

二十六

柴会卡被摔得太厉害了，他躺在地上，半天也没动一动。很多人都涌出会议室，但大家都站在那里观望，没有一个人上前扶他。为什么？关键是大家被吓愣了。人们没想到宁小虎会有冲撞柴会卡的举动。等大家反应过来，宁小虎早跑得没影儿了。柴会卡还是没动静，杜佑铭局长一脸的难过劲儿，眼里似乎掠出了一道泪光。他第一个走到柴会卡跟前，那柴会卡只用眼看着他，嘴唇紧紧闭着，那是怕自己呻吟出来，他就知道柴会卡这下摔得不是一般的厉害。他转头吩咐一声，人们便抬起柴会卡，要去医院。

杜佑铭跟在后面，柴会卡的一支胳膊从人们的身体之间无力地耷拉下来，给人一种已死掉的假象。杜佑铭的心里一遍一遍的念叨着，会卡，你不要死！会卡，我的好学生，你千万不要死！我的好同志，好部下，你怎么能死呢？你不能死，你要活得好好的，我把你当儿子看待。你就是我的儿子！

他觉得自己是那样的脆弱，从来没有过的脆弱。这样的情感体验陌生而又强烈，几乎使他变了一个人。他的脚步踉跄，有些追不上了，其实他的速度飞快，他只是有些恍惚罢了。所以，一旦稍微清醒一些，就发现自己仍旧走在柴会卡的身边，人们就要把柴会卡往车上抬了，可柴会卡一下子抓住了车门。他还不能说话，两只眼睛像在搜寻着什么。

"刘出纳！"龚建东正一迭声地喊。

就见局财务科的出纳员刘翠玲手拿一只鼓鼓囊囊的小包，颠颠地跑过来。但柴会卡并没有松开自己的手，他的眼睛还在搜寻着什么。只有他自己心里知道，他希望不能因为自己而中断了局里的学习活动。等他确定了局会议室的方向，他就直勾勾地朝那里看着。

"上车吧。"龚建东催他。

他看着那里，摇摇头，急得什么似的。

杜佑铭已经看出他的心理，他故意拉下脸来，厉声说道：

"柴会卡，我命令你马上上车！"

柴会卡还要坚持，杜佑铭就伸手在柴会卡脸上摸了一下。也许可以说是打了一下，含义一点儿也不明确。说摸呢，动作有些重。说打呢，又有些轻。反正他做了一个暧昧不明的动作，柴会卡就顺从地躺到了车上。

学习活动当然被中断了。柴会卡在车上也觉不出特别的痛，因为有杜佑铭守在身旁，他全身上下热乎乎的。他一次次地从眼里流露出对杜佑铭的感激，但杜佑铭总是把脸转过去。

龚建东也在车上，龚建东突然全身僵硬了，只有嘴角轻轻搐动，而且越来越搐动得厉害，被马蜂蜇了似的。坐在前排的年轻出纳员刘翠玲回头一看，吓了一跳，下意识地藏起小包。里面装了足够在医院支出的钱。但她又猛地觉得自己可笑了。她把龚建东当成什么人了？龚建东是抢匪吗？耳朵里却听，哇！龚建东咧开大嘴，嚎啕大哭起来。

龚建东涕泗滂沱，一会儿工夫就把衣襟溅湿了。

他这么哭着，惹得车里的人都转头看他，也没谁问他为什么哭。

车子一拐，进了医院大门，龚建东擦擦眼泪，不哭了。

检查证明，柴会卡的确被摔得很厉害。这使得杜佑铭等人暗暗庆幸当时他是背对着走廊的墙壁，如果面朝墙壁，那就不仅仅是皮下组织挫伤了。总之，没摔折骨头就算万幸。

龚建东在门诊楼里跑上跑下，根据杜佑铭吩咐，找熟人把入住病房的手续办妥了，可是柴会卡说什么也不愿在医院里停留。杜佑铭只得又板起脸来，命令他。这一回他竟对抗起来，继续推托。

"不碍事的，不碍事的。"他反复地说着。

杜佑铭脸上的神情仍未缓和，那龚建东忙说："柴主任，我就斗胆把你的缺点说出来吧。你看你这局办公室主任当的！处处都怕花钱。这世上还能在哪儿找到你这样的红管家？刘出纳，你说说，哪儿还有柴主任这样会过日子的红管家？"

刘翠玲千伶百俐地摇摇头，表示赞同。

杜佑铭也不好再命令他了。买全了药，看着那些医生、护士都忙着换下白大褂，准备回家，就知道下班时间到了。龚建东也要亲自送柴会卡回家，杜佑铭却不上车了。他们谁也不能理解杜佑铭的心情。杜佑铭不上车，柴会卡也过意不去，从车里探着头，还要请杜佑铭上来。杜佑铭就说，我要在街上走走。又催他们快回家。他们也只好把他丢在了医院。

二十七

天空开始灰暗，又有了凉意。杜佑铭的家离医院并不远，柴会卡、龚建东等人做梦也没想到，杜佑铭朝着与家相反的方向走去了。

杜佑铭的心情非常不好。他有意避开别人也无非是想大哭一场，但他没有哭，没有眼泪，他只是一再地叹气。天色很快就变暗了，他不断地把叹息遗落在身后，也没有谁认出他是一名局长。就这样，他几乎走出城去。

城外很黑，大地仿佛一个广大无边的湖泊，而城里的道路最终都要中止在湖岸上似的。他没有再朝前走。他坐在一条还蒸腾着阳光余热的石凳上，静静地凝视着那黑暗湖面上的粼粼波光。忽然他觉得自己不存在了，他融化在了茫茫夜色里，伴着那种隐隐的波光，四处飘荡着，永远也不会消失似的。也就是说，他跟永恒连接在了一起。

刹那间，他却重又感到了自己的身体。这已不是刚才的那个身体，这是一个庞大的也是永恒的身体，因为它包括灵魂，都已经渗透进了永恒。最后，他站起身来，再一次朝着那古老的大地一望，果决地向城里转过面孔。

杜佑铭突然出现在了柴会卡的家中。

柴会卡趴在床上，脸上倒没显出什么，但他的老婆却受宠若惊，忙不迭地端茶送水，浑身上下没一处不痒，对杜佑铭客气得什么似的。

杜佑铭神色平静，仿佛刚从远古走来，也仿佛刚从未来返回。

"小柴，"杜佑铭轻轻地说，"我不能不埋怨你一句，你怎么能那么傻呢？宁小虎要跑，随他跑好了，可你偏要拦他。你躲开他，也不会受这份罪。"

"可是……"柴会卡激动地望着杜佑铭，他尽量抬高着上半身。

杜佑铭示意他重新趴下。"安心养伤吧，"杜佑铭又安慰他，"记住了，以后再不要这么实心眼儿了。这个缺点一定得改。"

柴会卡只觉眼窝一热，泪水哗地下来了。"杜局长……"他哽咽着。

"好了好了。"杜佑铭语气温和。

"局长……"柴会卡还是泣不成声。

杜佑铭又转向他的老婆："这几天请你对小柴照顾得更好一些。我代表全局职工谢谢你了。"

柴会卡老婆忸怩着说："你看杜局长，那还不是应该的！"一边却向柴会卡使眼色。

杜佑铭准备离开，却发现柴会卡似乎有话要说。"有什么要求，尽管提出来。"

"杜局长，"柴会卡已经不哭了，"我……"

"你就说了吧。"他老婆催他。

"我……"他又吞吞吐吐了一阵。"杜局长，我就说了吧。"不知为什么，脸上蓦然一红，像是害羞一样。"杜局长，请你千万不要生我的气。"

"我不生气。"

"前几天，我瞒着你做了一件事，"柴会卡艰难地说道，"我擅自改了你的户籍。我找人把你的年龄改小了整整五岁。"

杜佑铭面无表情。

柴会卡不由一慌，就忙加快了语速。"杜局长，我真的希望你能在局长的岗位上再奉献几年，"他说，"我不止一次想过，你会再为我们局工作二十年、三十年。我也知道你不放心就这样退下来。但现实就是这样。我不得不想出这个更改年龄的办法来。可是我也只能做到这一步，我不认识组织上的任何人，无法再更改一下您的组织档案。如果您能……如果您……"

"不要说了！"杜佑铭摆手制止了他。

杜佑铭面朝着墙壁，过了好大一会儿才转过脸来，对着他的老婆。夫妻两人仍旧看不出杜佑铭脸上是什么表情，他们听到自己的心跳得非常厉害。

"快休息吧。"

杜佑铭的声音很低。

"杜伯伯……"柴会卡的老婆胆怯地叫道。

杜佑铭慈蔼地望了她一眼。

"天不早了，快休息吧。"

杜佑铭离开了柴家。

二十八

"我敢打赌杜伯伯没有生气！"柴会卡老婆说。

"那是因为我受了伤。"

"不！你就是不受伤他也不会生气。"柴会卡老婆仰着脸，歪着头，思索着，"杜伯伯像是早就知道了。"

"我又没告诉他……"

"你想想他在局里有什么表现？"

"他，他很高兴……"

"我敢打赌他早就知道了！"他老婆高声说，可她又不禁疑惑起来，"他应该显得很生气的。他心里高兴就该装着脸上生气。可他……他怎么会不显得生气呢？"她在竭力挽救着自己业已受到无情颠覆的理论。这种理论难道不适用于她所万分爱戴的杜佑铭局长吗？难道杜佑铭不是狐狸精？他不是狐狸精，他是什么？猪精？驴精？骡子精？她这么想着，就仿佛看见户外的黑暗里，有一种神奇的形象变化不穷。

柴会卡把她的困惑看在眼里，悄悄抿嘴一笑，但疼痛马上袭上心头，就止不住"哎哟"一声。他老婆抚摸着他肥大的屁股。老婆的手掌像块速效消疼膏药，摸上去就不大疼了。过了一会儿，他老婆又蓦地想起一件事。"季国庆怎么没跟过来，杜伯伯该不是自己走来的吧。"她猜测道，但没等柴会卡答话，就十拿九稳地肯定："杜伯伯一定是自己走来的！"

柴会卡也才想了起来，也便又一次隐隐地受到了感动。

"这会儿，杜局长该到家了。"他自言自语似的说。

"我没看出杜伯伯生气……"他老婆却又歪起头来说。她的疑惑是那样严重，不消说，这个晚上她是绝对睡不着觉的了。

但是杜佑铭没有回家。虽然夜已渐深，杜佑铭仍旧走在了通往市委祈书记家的路上。他的脚步匆匆，却有一股说不出的坚定意味。他可是再也不想耽搁下去啦！

二十九

第二天，人们等到了八点半，还没见杜佑铭局长来上班。

局里的周副局长、王副局长、纪检书记等高层领导，都背靠沙发，一动不动，像是睡着了。人们都渐渐有些急躁，突然之间才发现整个会议室里人人都在喧哗着。这在过去的几天里几乎是不敢想象的，只有宁小虎那样的二百五才敢恣意妄为，不管不顾。而现在，似乎人人都有了大声交谈、吵嚷的权利和自由。他们仿佛走进了小学教室，而且也一个个变成了嗓门尖利的小学生。

会议室里顿时人声鼎沸，差不多能把屋顶掀掉。但即使如此吵闹，也没能影响到周副局长、王副局长等领导的假寐。看他们的样子，好像他们真的睡着了。

"嘘——"超级马屁精工会副主席龚建东站起身，把手指竖在嘴上，示意人们静息下来。

所有人都看着那几位领导，谁也没理由怀疑他们真的睡着了。周副局长的嘴角往下撇着，使他的脸上呈现出了一种深深厌恶的神情。那王副局长却在响亮地磨牙，像在吞吃一种美味而耐嚼的东西。纪检书记分明是在格格地低笑呢。

的确没有理由怀疑他们睡着了。而睡意却是那样的容易蔓延，人人都在座位上打起了呵欠。好像这一天过后，就是长达一千年的失眠，人们毫不迟疑地进入了梦乡。一时间会议室里鼾声四起。

龚建东也难耐困乏地坐下来，缩起肩膀，猝然垂下了硕大的头颅，几天来第一次沉沉入睡了。

这时候却有一个人突然睁开了眼，他就是好心的办公室副主任曹佩奇。他仍旧是困倦的，但他强打精神，竭力撑开着粗涩眼皮，用随身带着的手机拨通了宁小虎家的电话："喂，宁小虎……"

"我做了假树叶，要杀要剐随你们！"

是不是？宁小虎这个夯货绝对不可能在家里闭门大睡！显然他的神经在曹佩奇打电话之前一直绷得紧紧的，他没能听出曹佩奇的声音。

"快上床睡一觉吧，小虎。"曹佩奇希望宁小虎能够冷静一下听听自己是谁，但困意是那样厉害，使他昏昏沉沉，口齿不清，而且还使他感到呼吸急促。"杜局长没来，柴主任在家养伤，今天的活动总会补上的，将来有的是时间……"

"要杀要剐……"宁小虎仍旧没能理解曹佩奇的好意。

但曹佩奇重又被凶猛的睡意攫住了。

"睡吧……"他含糊地说着，眼皮一碰，就那么突然地睡着了，仿佛一块石头，扑通，坠进沉寂的水潭里。

原载《江南》2018 年第 2 期

《小说选刊》2018 年第 4 期转载

月亮舞台

刘玉栋

一

　　眼前的世界让我瞪大眼睛。有一条闪光的路通在我的脚下，不远处，是一轮巨大的明亮的圆形舞台，一个手拿话筒、戴着礼帽、穿着燕尾服的小丑正朝我招手。我刚踩上闪光的路，便如同通了电似的，脚下立刻变得轻飘飘，不用劲儿，就能向前轻松地走，跟踩在云彩上一样。突然，下面响起哗哗的掌声。我紧张地朝下面看，可是下面黑乎乎的，什么都看不见。

　　小丑突然说话了："欢迎庄帅同学来到月亮舞台！"

　　啊，月亮舞台？我仔细看，这明亮的圆圆的舞台，确实就像一个巨大的月亮。

　　说话间，我已经站在小丑身边。

小丑说："庄帅同学，你来到美妙的月亮舞台，给大家带来了什么节目？"

我面红耳赤，急得不知道说什么好。我脚下软绵绵的，几次都差点摔倒。我歪扭着身子，好不尴尬。

小丑笑呵呵地说："庄帅同学，你会舞蹈吗？"

我摇摇头。

"唱歌？"

我摇摇头。

"朗诵？武术？小品？相声？"

我一个劲儿摇头。

小丑皱了皱眉头，说："那你为什么来到月亮舞台？"

可是，我也不知道啊。我都快急哭了。

小丑说："那么，庄帅同学，你到底会什么呢？"

是啊，我到底会什么呢？

台下传来无数人哈哈的笑声……

我一下子睁开眼睛，原来是一个梦。阳光穿过玻璃，落在课桌的一角。中午时分，同学们大都趴在桌子上休息，教室里静悄悄的。

这个莫名其妙的梦，让我怅然若失。我走出教室，站在阳光下面，梦中的寒意才如同丝线似的，被慢慢抽走，又如同从月亮上回到人间。

我们的学校在小镇的西边，一旁就是高高的鬲津河大堤。离上课时间还早，于是我走出校门。我慢慢地爬上河堤，河堤上全是高大的树木，到处都是柳树、刺槐、杨树和椿树，葱葱翠翠的，鸟儿追逐鸣叫，在树叶间穿梭。堤坡上遍布着野草和灌木，叫不上名来的野花开得到处都是，红的、黄的、紫的、蓝的，在正午的骄阳中，开得照样鲜艳。白蝴蝶和红蜻蜓在野花间飞飞停停翩翩起舞。

我最喜欢站在河堤上向下看，天地宽阔，小镇的轮廓尽收眼底。南边的湖水像一面镜子，泛着白玉色的光泽。东边和北边则是一望无际的玉米地，玉米地的顶端，夏天的枣树林像一片鹅黄色的云彩。我把目光往回收，看小镇的十字路口和街道房屋，我看到街道上跑着的汽车、三轮车、电瓶车如同卡通片里的游动模型，特别好玩儿。当然，我最想看到的是十字路口东侧的那棵大柳树，因为柳树下面有奶奶的摊位。我能看见那棵大柳树，却看不清奶奶卖东西的摊位。

我也看不到我们家的房子。我的家住在镇子的最北头。

奶奶说，这里原来叫雾村，后来改成了雾镇。当然，镇子自有镇子的好处，五天赶一个大集不说，就是平时，两条十字交错的马路上，也是人来人往。镇政府、派出所、邮政所、储蓄所、税务分局……好多单位都位于马路的两侧。超市、五金店、理发店、家具店、手机店、小旅馆，还有各种小饭馆，一个挨一个。小饭馆里烟熏火燎，钻出来的却是各种香味儿，让人肚子咕咕直叫。

每天早晨，我和奶奶一起出门。我背着书包，推着奶奶的三轮车。三轮车里装着要卖的东西。我说奶奶，我先走了。

奶奶笑着点点头。我飞身登上三轮车，撅着屁股在前面骑。我把三轮车骑得飞快，来到大柳树下，总是喘着粗气等上半天，才看到奶奶走过来。奶奶在柳树下摆摊儿，我背着书包去上学。下午放了学，我再回到奶奶摆摊的地方。

不管从我家到学校，还是从学校到我家，都要穿过小镇最繁华的十字路口。我喜欢十字路口的欢腾热闹。下午放学回来，我都要在路口上站一会儿，看到车水马龙的样子，我的心情便好得不得了。站在奶奶面前时，脸上就会露出灿烂的笑，蹬着三轮车往家走时，浑身都是劲儿。

我正瞎琢磨着，上课的预备铃响起来。我急忙沿着河堤往下跑，跟头骨碌的，还狠狠地摔了一跤。这一跤摔得好，把那个梦摔跑了。我有一种刚从梦中醒来的感觉。但我想，等晚上回到家，我还是要跟奶奶讲一讲。我从来没做过这么奇怪的梦。

可是下午放学后，我来到大柳树下面，却没有看到奶奶。奶奶的三轮车也不见了。我的心禁不住一沉。是不是奶奶的老胃病又犯了？如果不是天气的原因，在我放学之前，奶奶很少回家的。少有的几次提前回家，都是因为犯了胃病。去年春天，妈妈和妹妹刚离开家的那段时间，奶奶的胃病犯得最厉害。有一次奶奶好几天都没有出摊，她躺在床上，疼得哎呦哎呦地喊。

奶奶说："帅帅，你按按奶奶的胃。奶奶的胃里隆起一个硬硬的大疙瘩，嘣嘣直跳。"

我摁着奶奶的胃，果然是这样。我快被吓哭了，说："奶奶，咱去医院吧。"

奶奶笑笑说："傻孩子，没事的，奶奶这是老胃病，忍两天就好了。"

奶奶说什么都不肯去医院。我知道，奶奶是怕花钱。不过，老鲁爷爷也说，奶奶的胃病不会是什么大事，好多老年人都有的。我最相信老鲁爷爷的话。老鲁爷爷住在前街。我爷爷活着的时候，他们是最好的朋友。现在，老鲁爷爷成了我最好的朋友。没事的时候，我就跑到老鲁爷爷家看他制作根雕。老鲁爷爷的根雕，可是全县都有名的。

虽然我相信老鲁爷爷的话，可我还是为奶奶的身体担心。

我沿着胡同朝北走。从奶奶摆摊的地方到我家，中间要穿过一条马路。这条马路就是老鲁爷爷住的前街。老鲁爷爷家那古色古香的房子，在夕阳的照射下，青砖灰瓦也被镶嵌上了灿烂的金边。我的脚步慢下来，犹豫片刻，禁不住拐一个弯儿，朝老鲁爷爷家走去。

老鲁爷爷家的门是敞着的。老鲁爷爷穿着一件白汗衫，正坐在一把老藤椅里抽烟。夕阳把他分成了两半，一半是金色的，一半是深色的。我一看老鲁爷爷的样子和额头上的汗水，就知道他是刚完成一件作品。因为他花白的头发下，皱纹是舒展开的，满脸的安详和满足。果然，老鲁爷爷一看到我，马上高兴起来，竖直身子朝我招手："帅帅，你来得正好，快过来看看。"

我跑过去。老鲁爷爷指着桌上的根雕说："看看它像什么？"

根雕是崭新的，清漆泛着亮亮的光泽，散发着一股淡淡的油漆味儿。我绕着它转了一圈儿，说："我看像羊妈妈带着两只羊宝宝。"

老鲁爷爷一听，呵呵地笑了，说："帅帅眼力不错啊。我正在犯愁，如果给它起个名字的话，叫'三羊开泰'好呢，还是'母子情深'好呢？"

"当然是'母子情深'了。"我不加思索地说，"你看羊妈妈这不正扭着头舔羊宝宝的后背嘛，另一只羊宝宝紧紧地靠着妈妈的后腿。"

老鲁爷爷不断地点头，说："讲得好讲得好，帅帅，晚上在这里吃饭，奶奶给咱们炖排骨。"

我说："不了爷爷，我只是路过门口，才进来看看你。我还得去看奶奶呢。今天奶奶撤摊早，是不是她的老胃病又犯了？"

老鲁爷爷忙点头说："那就快去吧，有事跟我说。"

我离开老鲁爷爷家，呼呼地往家跑，边跑边想着老鲁爷爷刚才说的话，心里乐滋滋的。汗水涌出来，把我的校服都湿透了。

我打开家门，院子里静悄悄的。红彤彤的晚霞落在墙上，有几只麻雀呼的从枣树上飞走了。果然，奶奶的三轮车就停在枣树下面。我多么盼望着一进门就看到奶奶在墙角的饭篷里做饭啊。可是……

我推开屋门，喊一声奶奶，接着走进里屋，看到奶奶躺在床上。

听到我进来，奶奶睁开眼说："没事的帅帅，奶奶犯了老胃病，过一会就好了。奶奶给你五块钱，你去张家包子铺买几个肉包子吃吧。"

奶奶一说肉包子，我的肚子里禁不住"咕噜噜"叫起来。可是我说出来的却是："奶奶，我一点都不饿，我先去做作业了。等你好一些，咱们一块儿下面条吃。"

奶奶叹一口气，没再说什么。我半点做作业的心思都没有。我放下书包，来到院子里，抬头看看天空。晚霞中，朵朵的云彩如同盛开的花。我被吸引着，沿着梯子，爬上屋顶。坐在屋顶上，西边的鬲津河大堤看得更加清晰。

妈妈和妹妹春妮正在河那边一个叫道口的村庄里。妈妈带着妹妹嫁到那边去已经一年多了。平时，奶奶不让我去找她们，说那样对妈妈和妹妹都好。奶奶是好心，我明白。还好，妈妈有时候来镇上赶集，会到学校里去找我，给我送一些好吃的东西。当然，我和妹妹也有约定的。星期天的时候，我会穿过鬲津河大桥，到道口村头的小桥下面等妹妹来说会话儿。

上个星期天，妹妹春妮见了我，扬着笑脸告诉我："哥哥，过了这个暑假，我也要上学了。妈妈已经给我报了名。我也跟你一样，背着书包，成为小学生了。"

是啊，妹妹已经六岁多，也要上学了。

我捧着妹妹的小脸说："哥哥送给你漂亮的新书包和文具盒。"

"真的？哥哥真好！"妹妹高兴地蹦起来。

这话我可不是说着玩儿的，一种饱满的情愫塞在我胸间，满满的。是的，我要买雾镇最漂亮的书包和文具盒送给妹妹。

当然，这一天晚上，我没有把那个梦讲给奶奶听。

二

是的，我们家里只有我和奶奶。我和奶奶相依为命。

可是原来，也就是两年前吧，我们家还是那么热闹。爷爷奶奶、爸爸妈妈，还有我和妹妹。吃饭的时候，我们紧紧地坐在一起，有说有笑。有时候，爸爸和妈妈会因为争论一件事而面红耳赤，我和妹妹则为了抢一块肉而相互斗气。

爸爸跑运输，开着能拉几十吨的大卡车跑遍了全国，每次从外地回来，总是忘不了给我和妹妹带回一些好玩的东西。爷爷是个木匠，平时在家里做一些桌椅板凳，每逢雾镇大集，爷爷就拉着它们到集市上卖。赶集回来，也总是买一堆好吃的东西，烧鸡呀酱牛肉啥的，所以，我和妹妹总是盼着赶集的日子。那时候，奶奶还没在大柳树下摆摊儿。

有时候，爷爷带着我，晚上去老鲁爷爷家串门。两个老人坐在院子喝茶抽烟，天南海北的，讲一些特别有趣的事情。我坐在小板凳上，听得入迷，眼睛盯着夜空里眨巴眼睛的星星和雪白的月亮，觉得这个世界又大又奇妙，大得无边无沿，奇妙得令人激动向往。

快乐的时光总是短暂的。事实就是这样，两年前的这个时候，爸爸开着大卡车在高速公路上出了车祸，再也回不来了。一开始，我什么都不知道，只是感到家里的气氛怪怪的。爷爷和妈妈说出去办事，好几天都没回家。奶奶呆愣愣地坐在一个地方，半天一动不动，眼睛红肿得像铃铛，只有妹妹饿哭了的时候，她才想起给我们做饭。

我还是在同学口里听到爸爸出事的消息。有一天，我们班个头最高的田磊磊把我拉到一边，搂着我的肩膀头说："胖墩子啊，你怎么还来上学？"

我是长得胖了些，我承认。所有的人都喊我胖墩子，即便是不在学校里，除了家里人和老鲁爷爷叫我帅帅外，整个雾镇认识我的人，都喊我胖墩子。我并不在意，可我讨厌田磊磊跟我说话的口气。

我说："我为什么不能来上学？"

田磊磊说："你没心没肺啊！你爸爸出车祸了，连命都没有了，你还来上学呀你。"

我一下子愣在那里，想到爷爷和妈妈出去了好几天还没有回来，想到奶奶怪怪的样子。我蒙了，心里空荡荡的，肉和魂儿都被挖走了似的，一上午也不知道怎么过去的。中午我没在学校吃饭。一放学，我背起书包便往家走。拐进胡同口，离老远，就看到我们家有人进进出出的。看到人们脸上悲戚的表情，我的腿一下子软了。

果然是爸爸出事了。

安葬完爸爸，爷爷一下子老了。他整天愁眉苦脸的，拿着烟卷的手在不停地颤抖，木匠活不干了，桌椅板凳不做了，集市不赶了，老鲁爷爷家也不去了。妈妈和奶奶也是泪水涟涟。大家谁都不愿意说话。妹妹春妮还小，不知道发生了什么事，整天跟在我身后问："哥哥，爸爸怎么还不回来？"有一天，我实在忍不住了，就告诉她："爸爸死了，爸爸不回来了。"妹妹一听，哇哇大哭起来，边哭边喊道："哥哥坏哥哥坏！爸爸会回来的！"我觉得，妹妹尽管小，似乎也知道爸爸不在了，她只是用这样的方式发泄出来。果然，妹妹哭过以后，就再也不提爸爸的事了。

爷爷是在那年夏天的一个黄昏离开我们的。正是暑假期间，我和几个小伙伴在前街玩耍。一辆救护车从我们身边呼啸而过。没想到，救护车停在了我们家门口。爷爷患的是心肌梗塞，被拉到县里的医院，就再也没回来。

好了，我实在不愿意说这些事儿。可是，这些事儿过去了好长时间，我还是不断地想到它们。

至于妈妈改嫁，那是没办法的事情。因为爸爸出事，我们家欠了不少债。妈妈说：谁能帮她还上这些债，她就嫁给谁。后来，鬲津河那边的拐子伯伯愿意还债。妈妈就带着妹妹嫁了过去。

现在，我们家只剩下了我和奶奶。自从爷爷死后，奶奶就开始在大柳树下摆摊儿。那些袜子手套、针头线脑的赚不来几个钱，倒是有时候，奶奶自己做的布老虎能卖上一个好价钱。每次奶奶卖了布老虎，都会给我买些好吃的回来。可是，奶奶自己的身体不好，却舍不得花钱看病。

三

日子一天又一天地过，总算到了期末考试。考最后一门课的时候，我做完卷子，盯着窗外走神了。铃声一响，吓得我一哆嗦。我把目光从窗外的篮球架上拉回来。

监考的老师说："大家停下来，该交卷了。"

我这才意识到，考试终于结束了。一种幸福感马上在我心里荡漾开来。我反应极快，抄起卷子便走向讲台。书包早已经被我挎在肩上。十几分钟之前，我就把所有的题做完了。我不敢保证做得好，因为我从来就不是一个优秀的学生。可是我不想早交卷，我害怕同学们的冷嘲热讽。

我来到教室外面，觉得空气中都有一种轻松的味道。

"胖墩子。"有人在后面喊我。

是甄帅。我没回头。可是，他突然从后面掐住我的脖子，说："交卷前我叫你，给你抛了那么多媚眼，你为什么不理我？"

我说："我没听见，也没看见，我走神了。"

甄帅说："哼，你就是不想让我看你的卷子。"

我正想让他松开我的脖子，却又有一个人跑过来，一把拎住了我的耳朵。不用说我也知道是大鹏。大鹏的手上总有一股臭脚丫子味儿。

"别人看你的卷子你不让看，小茉莉看你的卷子你倒是痛快得很。"大鹏咬牙切齿地说。

小茉莉是我们班上最漂亮的女孩。小茉莉坐得离我远不说，学习比我好得多，怎么会看我的卷子呢？

我知道他们是在逗我玩儿。今天我心情好，毕竟考完试了，我知道他们的心情也不错。他们跟我逗着玩玩也没什么不好。可他们总是喜欢动手动脚。

他们架着我朝前走。一点不错，他们的样子就像架着我似的。快到校门口时，甄帅的双手突然松开我的脖子，嘴里还发出"呀呀"的叫声。我侧脸一看，原来是田磊磊站在一边，甄帅的一只胳膊正被他拧在身后。

田磊磊是我们班个头最高、力量最大的男孩子。他爸爸在镇上开了一家健身中心，所以他练的胳膊上全是肌肉。

"松开。"田磊磊一脸严肃地跟大鹏说。

大鹏马上松开我的耳朵，那股臭脚丫子味儿立刻就消失了。我盯着比我高出半头的田磊磊，觉得他就像一个英雄似的。

田磊磊说："你俩贴在胖墩子身上，知道像什么吗？"

甄帅和大鹏大眼瞪小眼，满脸雾水的模样。

"整个一动物世界，两只猴子吊在一只狗熊身上。"说完，田磊磊自己兜不住了，哈哈大笑。甄帅和大鹏发现田磊磊只是闹着玩儿，也跟着笑起来。

看着他们都在笑，我也笑了。笑是一件多么让人高兴的事情啊！

突然，田磊磊指着我的后背说："嗨，你们看，胖墩子衣服上画的是什么？"

甄帅说："是恐龙。"

大鹏说："什么恐龙，是乌龟。"

田磊磊说："像恐龙，也像乌龟。谁画的？画得太差了。"

他们用手指头戳着我的后背，争论不休。我的汗水一下子冒出来，心如同被什么东西扎了一下。我才不管什么恐龙啊乌龟的。我心疼的是我的校服。除了上学，我从来不舍得穿我的校服。这件短袖的白色校服，我尤其喜欢，每天放学回家后，我总是把它洗干净，挂在晾衣绳上，看着亮晶晶的水珠滴下来，闻着一股淡淡的肥皂香味，心里特别舒服。是谁这么可恶，在上面给我画上什么恐龙啊乌龟的呢？

小茉莉背着书包走过来，她皮肤雪白，眼睛又黑又亮，留着齐眉的刘海，漂亮得如同仙女下凡。他们三个都不戳我的后背了。

甄帅眼睛盯着孙小莉，指着我的后背说："小茉莉，你看看，胖墩子衣服上画的是恐龙还是乌龟？"

孙小莉眼盯着前面，好像压根没看到我们几个似的。她步伐优雅地走出校门，她昂着脖子，风把她的头发吹得飘起来。

趁着他们发呆，我也跑出校门。我害怕他们再追上来。可是，他们不但没追上来，连喊我都没喊。我回头看一眼，掠过"雾镇中心学校"的牌子，看到他们三个懒散地晃悠着身子，一副无精打采的模样。

我沿着街道，快步朝前走。我拐进一个胡同，看看前后无人，于是放下书包，迅速地脱下衣服。衣服上什么都没有。没有恐龙，没有乌龟，只有汗水留下的印记。

我明白了，他们三个是在捉弄我。可我一点都没有生气。

没有毕竟比有好。

我穿上衣服，背起书包，沿着胡同，朝家的方向走去。

时间接近中午，阳光垂直。额头上全是汗水，肚子里开始发出"咕咕"的叫声。想到奶奶温在锅里的饭，我心里猛地涌起一股喜悦。不管怎么说，暑假马上开始了。我抬起腿，一脚把一粒石子踢出去好远。

四

白花花的太阳威力十足。上午还不到十点，几只狗跟约好了似的，已经趴在马家酱骨店旁边的屋檐下，伸着长长的舌头，哈哧哈哧地喘着粗气。我已经绕着雾镇转了大半圈儿，汗水湿透了背心。我站在酱骨店门口歇了会儿，闻着酱骨店里飘出来的香味，跟那几只狗一样地喘粗气。

早晨，我蹬着三轮车来到大柳树下，帮着奶奶摆好摊子。奶奶的摊子上多了雨伞和遮阳帽，手套和袜子都变成了丝的，还有塑料拖鞋、太阳能手电筒和布老虎。我把它们摆得整整齐齐的。

奶奶笑着说:"还是放了假好,不用急慌慌赶着上学了。"

我说:"奶奶,我们老师说,不管干什么,都要认认真真的,不能含糊。咱把摊子摆得漂亮,只有好处没有坏处,你说是吧?"

奶奶使劲儿点头,说:"上学就是好啊,跟老师学会了知识不说,还学到做人的道理。帅帅,要好好学习,奶奶一定供你上大学。"

我咧嘴笑了。我想告诉奶奶,我学习成绩一般般啊。奶奶可能是看到了我拿回家的奖状。昨天,我刚把"品德优秀学生"的奖状拿回家,可那不是"三好学生"奖状啊。奶奶并不知情,高兴得不得了,给我做了好吃的炸酱面。我也不想跟奶奶说太多,只是一口气吃掉两碗炸酱面,不过,吃完后我就后悔了。我爬到屋顶上,盯着布满晚霞的天空,揉了半天肚子。

对于我来说,学习可以努力,多吃一碗炸酱面也不是问题。问题是,怎样才能挣到钱呢?在妹妹面前,我可是夸下了海口。明天就是七月一日,暑假正式开始了。我也想有一个全新的开始,来完成我的梦想和计划。

这时候,一只黑狗爬起来,因为它看到酱骨店的门开了。一个矮矮胖胖的男人走出来,双手端着一个盆子,来到屋角一个垃圾桶前,把盆里的脏水倒进桶里。我想,他应该是店老板吧。我稍稍犹豫一下，便走上前。

"叔叔，你店里，有没有适合我干的活儿？"

这个男人一听，把眼睛瞪了瞪，仔细打量我一番，龇牙笑了，说："有肯定有，刷刷盘子洗洗碗的，咋会没有呢？可是，我可不敢用你啊，你还是个孩子。这样的事咱可不干。"

我看到那只黑狗，伸出舌头舔了舔男人手中的盆子沿。男人说完，便扭身进店了。黑狗舔了一下舌头，也扭身回到屋檐下，重新趴在伙伴的身边。

我站在太阳地里愣了半天，汗水沿着脸颊淌下来，流进嘴里。我咂摸一下嘴唇，咸咸的。为什么大家都说我太小呢？我年龄是不大，可是我个头儿不矮，壮壮的，身上有的是劲儿，别说刷个盆子洗个碗的，就是力气活儿，我也能干得了。

是不是人家都嫌我胖呢？想了想，又觉得不像，饭馆里那些端盘子择菜的婶子大娘的，可比我胖多了。唉，问了好几家饭店啥的，反正人家都不要我，有什么办法呢？我抬起腿来，把脚下的一段木头块儿踢出去。木头块儿正好砸在那只黑狗身上，黑狗蹦起来，抻着脖子朝我叫了两声。

眼看又要回到十字路口时，我突然想到我的同学田磊磊。田磊磊的爸爸开了一家健身活动中心，就在镇政府大院的后面。我能不能到那里看看呢？那么大的摊子，肯定需要干杂活的人啊。对，就找找田磊磊，让他跟他爸爸说一说。毕竟是同学呀。想到这里，我身上猛地来了劲儿，扭过身来，便朝镇政府的后街走去。

田磊磊家的健身中心就叫磊磊健身中心。要不平时，田磊磊表现的总是那么酷呢，从这个健身中心的名字就看得出来，田磊磊在爸爸的心里是多么的重要。

我走进健身中心的门。屋里开着空调，凉爽多了。门口旁边是一个椭圆形的吧台，里面的橱柜里摆着一些啤酒饮料和香烟。一个头发染成棕色，长的像一只鸟似的年轻女人站在那里，她说："小伙子，你找谁？"我歪了歪头，一时不知道说什么好。

一个瘦瘦的穿着花衬衣的男人走过来，他一只眼一眨巴一眨巴的，是个"咯嘣眼"。

"小胖子，问你呢，找谁？"咯嘣眼没好气地说。

"我找田磊磊。我是他同学。"我怯怯地说。

我有点害怕"咯嘣眼"。但是，"咯嘣眼"一听我是田磊磊的同学，马上就龇开了牙，说："里面，磊磊在里面的健身房。"说着，还朝里面指了指。

我穿过几个台球案子，朝里面的屋子走去。嚯，里面的屋子好大，田磊磊正站在屋子中间的一块橡胶垫子上，赤裸着上身，一手举着一个大号的哑铃。他的周围全是健身器材，跑步机呀自行车模样的东西，有几个胖胖的人正在不同的角落里锻炼着身体。田磊磊看到了我，躬下身子，慢慢地放下哑铃。

"磊磊，你的身材好棒啊。"我讨好地说。

"哈，看拳。"田磊磊举起拳头朝我砸过来，不过，拳头马上在半空中停住了。他一龇牙，笑了。他是跟我闹着玩儿。我也笑了。

"胖墩子，你怎么来了？"

"我、我有点事儿，来跟你商量商量。"我挠着头皮说。

"有事跟我商量？"田磊磊有些疑惑地问着，脸上露出怪怪的笑容。

我使劲儿点点头。田磊磊说一声好吧，然后甩手把汗衫搭在肩上，带着我走出健身房。他走到吧台前，指了指冰柜，那个女人马上从冰柜里拿出一支牛奶雪糕递给他。田磊磊拿起雪糕，又指了指我。长得像鸟似的女人看我一眼，犹豫一下，不太情愿地掀开冰柜，又拿出一支雪糕来，直接扔在吧台上。我一点都不在乎，抓起雪糕，就跟着田磊磊来到台球案子后面的破沙发上坐下来。

"说吧。"田磊磊哧溜哧溜地漱着雪糕。

"磊磊，咱们暑假开始了，你能不能跟你爸爸说说，让他在健身中心，给我安排点活干。"

"胖墩子，你，找活干？"田磊磊举着雪糕，瞪着眼盯着我。

"磊磊，我家的情况你也知道。我奶奶有老胃病，我想挣点钱，陪她去医院查查身体。我妹妹过了暑假要上学了，我想送她个新书包呢。"我小口咬着雪糕，低声跟磊磊说着。

田磊磊猛地站起来，说胖墩子啊，你在这里坐着，先等我一会儿。接着，他快步穿过几个台球案子，朝墙角的楼梯口走去。我想，他肯定上楼找他爸爸去了。

过了一会儿，田磊磊下来了。他边朝我走，边摇了摇头。我心里一下子紧张起来，禁不住站起身。田磊磊来到我跟前，又把我摁在沙发上坐下，说："胖墩子，我爸说不行，你太小了。你来我们这里干活，是违法的事情。违法，懂不懂？"

我一下子愣住了。我说人家怎么都不要我呢，原来是这样啊，是人家不敢要我呀。这可怎么办呢？我急得眼泪都要出来了。磊磊皱着眉头，能看得出来，他也在替我着急。

"胖墩子，你再等我一下。"

说着，田磊磊把冰糕棍扔进墙角的垃圾桶，肩膀头一扭扭的，又朝楼梯口走去。接下来的几分钟，我觉得是那么漫长。磊磊是有办法的，磊磊是有办法的……我心里默默念叨着。但是我和田磊磊并不是特别亲密的同学。今天田磊磊能这样帮助我，早已经出乎我的意料。

我正胡思乱想着，田磊磊出现在楼梯口，一边打着响指，一边吹着口哨，满脸的轻松。我腾地站起来。

田磊磊走到我面前，把嘴巴放在我耳朵旁，低声地说："我老爸答应了，从明天开始，你过来就是了。"

"真的！"我兴奋地蹦起来。

大鸟姑娘和"咯嘣眼"都在看我。我赶紧捂住嘴巴。

"但是，"田磊磊依旧声音低低地说，"我老爸说了，你不是过来干活的，你不是我们健身中心的员工，你就是我的同学。记住没有？你的身份就是田老板的儿子田磊磊的同学。

你就是天天过来玩的。不管谁问你，你都要这么说。"

"可是，我必须得干活啊。我……"

"我知道，"田磊磊狡黠地笑了笑，说，"有我在，我老爸不会亏待你的。再说，我们这里也没什么累活，无非就是打扫一下卫生，倒倒垃圾，替人家摆摆台球，帮员工买买盒饭啥的。"

田磊磊说着，我一个劲儿点头。

我说："磊磊，你真好。"

"谁让咱们是同学呢。"田磊磊说，"不过，这半个月，我不能来陪你玩了。明天一早，我就跟着爷爷奶奶旅游去了。你等我回来，咱们一块玩儿。"

接着，田磊磊领着我，转遍了健身中心的角角落落，又把我介绍给健身中心的员工们。

田磊磊说："这是我的同学，大家叫他'胖墩子'就行了。我们老师布置了一个作业，就是让我们在暑假里进行社会考察和实践活动，我和'胖墩子'一组。从明天开始，'胖墩子'要天天来我们健身中心，大家有什么工作，尽管交给他，正好让他多干点活儿，减减肥。"

鸟姑娘和"咯嘣眼"他们都笑了。我的脸涨得通红，也挠着头皮笑了。

啊，我的第一份工作，终于有了着落。

五

那天下午，我给妈妈打了电话。我说妈妈，我放暑假了。妈妈让我去她那里玩两天。我支吾着说，我们有社会实践的作业，我已经跟同学约好，去一家健身中心进行社会实践。我只能这么说，我不能把真实的想法告诉妈妈。

我听到妈妈在电话里轻轻地叹一口气。我忙说，妈妈，我会去看望你和妹妹的。不知道为什么，我一听到妈妈叹气，心里就特别慌张。我想，天底下最困难的事情，也许就是如何才能让妈妈快乐起来。

还好，我总算有了一份工作。我当然也不会把真相告诉奶奶。我跟奶奶说了同样的话。奶奶只是嘱咐我注意安全什么的。奶奶总把我当成什么都不懂的小孩子。

夜里，我躺在床上，辗转反侧了好长时间，才进入梦乡。我做了个特别好玩的梦。我梦见一只大黑狗，好像就是白天在酱骨店门口遇到的那只大黑狗，它生了一窝小狗。那些小狗又萌又可爱，到底是几只呢？我数啊数，就是数不过来。后来，小狗越来越多，高兴的我合不拢嘴。我一下子醒了，似乎还能听到自己的笑声。

窗户上已经爬满阳光。我看看表，还不到七点钟。我伸个懒腰，从床上爬起来。因为健身中心九点才开始上班，所以，我可以从从容容地洗脸刷牙吃饭，然后陪奶奶到大柳树下，替奶奶摆好摊位。

就这样，我来到健身中心时，还是早了。我坐在健身中心门口的台阶上，等了半天，才看到"咯嘣眼"一边剔着牙一边晃悠着身子走过来。我站起身。他掏出钥匙开门的时候，似乎才发现我。

"呦，胖墩子，你还真来什么'考察'呀。"咯嘣眼叼着一根牙签说。

"我不是来考察的，我是来干活的。"

"干活？这里哪有你干的活。"

"我，我什么活都能干啊，打扫卫生，给你们买饭什么的，我都能干。"

"咯嘣眼"这么一说，我心里有些紧张，我怕他今天再变了卦。田磊磊可是已经离开了雾镇。

"咯嘣眼""哗啦"一下拉开卷帘门，"扑哧"一声，有些不怀好意地笑了，说："好，既然你是来干活的，那就听我指挥了。"

进来健身中心，"咯嘣眼"吹起了口哨，他打开音响，快节奏的音乐立刻响彻屋子里的角角落落。接着，他提着扫帚和簸箕朝我招手。

"胖墩子，过来，把器材室、台球室、后院的乒乓球室和楼上的淋浴室、更衣室、办公室，仔仔细细地给我打扫一遍。"咯嘣眼眨巴着眼睛，咧着嘴，一副皮笑肉不笑的模样，"听清楚没有？"

我一边接过扫帚和簸箕，一边不住地点头。我心里很高兴，咯嘣眼能分给我活干，说明他接纳了我。

"要先打扫器材室，有一些固定的会员，会在十点钟到来。"

器材室里有些闷热，还没干活，就要出汗了。昨天我来找田磊磊时，空调是开着的。这时候，可能还没到开空调的时间。不管那么多了，对我来说，多出汗是有好处的。

围绕着宽大的房子，分布着十几台运动器材，它们的样子怪怪的，全是大家伙。我看到它们之间，它们和墙皮之间，有星星点点的垃圾。烟头、糖纸、水果核、瓜子皮、小纸团儿……如果仔细看，这些细碎的小东西还真不少。既然我现在干的就是这个活儿，我可不嫌它们多。

我撅着屁股，呼哧呼哧地，干得很认真。没想到，有些器材的下面，还藏着破报纸、旧杂志和一团团棉絮状的灰尘。我压住扫帚，尽量不让灰尘腾起来。很快，汗水湿透了衣服，我不停地伸手抹掉脸上的汗珠子，使劲儿甩在地板上。

"咯嘣眼"进来过一次，他嘎嘎怪笑两声，说："胖墩子，汗出得不少嘛。磊磊说对了，这是帮你减肥啊。"

"咯嘣眼"的声调阴阳怪气的。我不理他。我专心打扫卫生，心想，比在学校里，可是累多了。还好，总算打扫完了。扫出了整整一簸箕垃圾。我挺兴奋的，很有成就感。我想，今天打扫干净了，明天就省劲了。

"咯嘣眼"走进来，背着手，一本正经的样子，抻着脖子到处看了看，点点头说："还不错，再拖拖地板，器材室就算搞定了。"

　　说着，咯嘣眼打开墙角处的台式空调。我到卫生间涮拖把的空儿，屋里已经有了凉意。我拖完地板，站在空调前，享受着徐徐凉风的抚慰，黏腻腻的汗水悄然消失，简直爽歪歪啊。

　　有两个客人说笑着走进屋。我提起拖把，离开器材室。鸟姑娘站在吧台后面，和"咯嘣眼"正说着什么可笑的事儿，面颊笑得通红，像极了一只刚下完蛋的母鸡。他们看到我走过来，立刻止住了笑声。

　　"胖墩子，器材室打扫完了，还有台球室；台球室打扫完了，还有乒乓球室；乒乓球室打扫完了，还有二楼淋浴室……""咯嘣眼"眨巴着眼，挥动着手，跟说山东快书似的。

　　"我知道了。你已经跟我说过一遍。"我打断了咯嘣眼的话。

　　"对了，以后你听我俩的就行了。我是你张叔，她是你王姨，记住了吗？"

　　"什么呀，胖墩子，你得喊他张经理才对，你听我的没错。"鸟姑娘嗲嗲地说。

　　"哦，叫啥都行，叫啥都行。""咯嘣眼"立刻龇出大牙来。

　　鸟姑娘哈哈笑起来，说："哎呦，叫啥都行，你啥时候改的名？"

　　听鸟姑娘这么一说，我也禁不住笑了，心想，还张经理，还王姨呢，哼，我早就给你们起好名字了——"咯嘣眼"和鸟姑娘。我越想这两个名字越形象，等磊磊回来后，我得私下里跟他说说。

不过，我没管鸟姑娘叫王姨。我叫她王姐。鸟姑娘一听，脸上立刻就灿烂起来。她咯咯地笑着说："太好了，胖墩子，叫王姐就对了，还是你有眼力，我哪有那么老啊，这姓张的没安什么好心。"

这一天上午，我打扫完所有房间的卫生，已经到了吃午饭的时间。我还没来得及喘一口气，就看到"咯嘣眼"朝我招手，"来来来，胖墩子，去金嫂子米饭铺拿四个十五块钱的盒饭，就说是磊磊健身中心的，记账。"

鸟姑娘说："是五个盒饭。"

"咯嘣眼"说："怎么五个呢？"

鸟姑娘说："人家胖墩子不吃了。"

"咯嘣眼"嘿嘿笑了，说："哦，我寻思胖墩子减肥不吃饭呢。好了好了，五个盒饭。"

外面好热。我顶着日头，拐过路口，向左走不远，就是金嫂子米饭铺。米饭铺很小，是一个四十多岁的女人开的，但在雾镇还是小有名气的。我说我是磊磊健身中心的，要五个十五元的盒饭，记账。

这个白白胖胖的女人一边乐呵呵地盛着盒饭，一边跟我说话："我怎么不认识你呢？那里的人我可都认识。"

我说："我是磊磊的同学。我们放暑假了。我是过来玩儿的，也不全是玩儿。我可能要天天过来，我们的暑假作业有社会实践课。我这是在社会实践啊。"

不知道为什么，我一见到这个女人，就觉得她亲切，所以说起话来特别放松。

女人说："呦，学校里的名堂可真多，都放假了，还不让孩子歇着。"

盒饭准备好了，女人递给我。

我犹豫一下，问道："你就是金嫂子吧？"

女人一听，哈哈地笑起来，脸都笑红了。我以为我说错话了，急忙提着盒饭跑出米饭铺。可是，我觉得金嫂子就是她。

六

一眨眼，我在健身中心干了五天，天天重复着一样的工作。我很自觉，知道自己干什么活儿，根本不用"咯嘣眼"操心。不仅如此，我还给健身中心增加了乐趣，不论是员工还是客人，他们遇到我，总会跟我开几句玩笑话。他们无非说我胖胖的黑黑的什么的。说深说浅，我从来不烦，都是笑脸相迎。鸟姑娘说得好：自从胖墩子来了后，健身中心比原来有趣多了。

不过，"咯嘣眼"见不得我闲着。上午我当然闲不着。下午，我稍一闲下来，他就让我守着台球案子给人家摆台球。没有客人的时候，他还让我陪他打台球。开始我不会打，他光取笑我。可是他不知道，这些都是我乐意干的差事。我总是乐呵呵地，干得劲头十足，比如打台球吧，没过三天，我就打得有模有样了。有一次我赢了"咯嘣眼"，他朝我吹胡子瞪眼的，有些急。我说我不是故意的，下次我肯定不赢了。可是一不小心，接下来我又赢了一次，"咯嘣眼"气得差点把杆子摔断。我心里可高兴了，心想：不是我打得好，是你打得太臭了。

"咯嘣眼"真是可爱极了。还有一些有趣的事儿，应该讲一讲，比如健身中心的开放时间是上午九点到晚上九点。需要我待到晚上九点吗？第一天刚来的时候，这个问题一直缠绕着我。我又不好意思问人家。于是下午五点多时，我还站在球桌旁等着给人家摆台球。

"咯嘣眼"突然走过来问我："胖墩子，你怎么还不回家？"

我挠着头说："我、我可以走吗？不是九点才下班吗？"

咯嘣眼的眼睛急剧地眨巴着，说："你个胖墩子，你还把什么考察当真了。你个小毛孩子晚上待在这里干什么？快走吧。"

我一听，心里跟吃了冰淇淋一样爽。说实在的，如果待到九点回去，我还害怕奶奶不放心呢。

我使劲儿松一口气，心想，"咯嘣眼"，这个张经理还真不错啊。可是后来我才意识到，"咯嘣眼"不让我晚上待在那里，是为了省一个盒饭。因为每到五点多钟要准备晚饭时，"咯嘣眼"就过来撵我。想一想也是，一个小毛孩子，人家凭什么免费让你吃两顿饭呢？

现在，健身中心只有一个地方还对我充满吸引力，那就是磊磊爸爸——田老板的办公室。田老板的办公室在二楼最里面，总是锁着门，显得很神秘。我望着那个总是锁着的门想，田老板的办公室里面是什么样子呢？可是，别说办公室了，就是田老板本人，我还没见过一面呢。

鸟姑娘说："老板每周只过来一次，他的生意多着呢，他还有一家好大的体育器材加工厂。他太忙了，每次到我们这里来，主要是为了休息。"

鸟姑娘又说："哦明天，明天他可能会来的。"

鸟姑娘这么一说，我心里有所期待。

可是，晚上妈妈打来电话，说明天她要包茴香苗猪肉馅水饺，让我务必去道口村吃水饺。我不好再说什么，只好答应下来。

第二天上午，我来到健身中心，用最快的速度打扫完卫生，这才跟"咯嘣眼"说："张经理，卫生我打扫完了。今天我家里有事，我能不能先回去？"

"不行！怎么能说走就走呢？""咯嘣眼"咧着嘴说。

我一听，脑瓜子"嗡"了一下，眼泪差点淌出来。

"咯嘣眼"哈哈地笑起来，跟鸟姑娘说："哎呀，你看人家胖墩子，人家只是来什么实践的，还把工作先干完，还一本正经地跟我请假，比咱正式的员工都自觉。"

我这才意识到，"咯嘣眼"是跟我闹着玩儿的。于是，我也傻呵呵地笑了。这是"咯嘣眼"第一次夸奖我。不过，他这样的形式夸奖人，真让人心惊肉跳，一点儿都不好玩。说实在的，我多么盼望在我干活的时候，能碰到田老板。有磊磊在，我倒不是怕他把我这个小胖子忘了。我只是想，当我拿到工钱的时候，他心里明白，这钱确实是我的劳动所得。

走出健身中心，我一身轻松。我手里提着奶奶给妈妈和妹妹准备的遮阳帽，一蹦一跳地朝鬲津河大堤走去。爬上河堤，满目翠绿，高大的树木下面，还有酸枣、荆条、紫穗槐等灌木，脚下踩着野花，耳朵里塞满了蝉和鸟的叫声。我穿过长长的水泥桥，来到河对岸。再次翻过高高的河堤时，我发现了一些荆条和刺槐的树根被废弃在堤坡上。

我高兴地差点蹦起来。

这些可都是好东西呀！它们是制作根雕的材料啊。

老鲁爷爷曾经开着三轮车带着我，田间地头的到处转悠，寻找的就是这些东西。

我歪扭着身子跑过去，如同发现了宝藏似的，根据老鲁爷爷教我的那些判断树根好坏的知识，我真的找到了三四个不错的树根，它们长得歪歪扭扭、怪模怪样的，丑得不能再丑，但在老鲁爷爷眼里，它们是制作根雕最好的材料。用老鲁爷爷的话讲：闹不好就会出来一件艺术精品。老鲁爷爷的话我有些似懂非懂，我不太明白什么是艺术。老鲁爷爷时常鼓励我说："帅帅啊，哪天你自己做一件，你爷爷是个优秀的木匠，你肯定差不了。"我只是不好意思地笑笑而已，却不敢有这样的打算。

我手里提着树根，来到道口村边的小桥上时，妹妹春妮突然从桥下窜出来，嗨地喊一声，她这是想给我一个惊喜啊。春妮嘎嘎地笑个不停。我把遮阳帽给她戴到头上。

我说："这是奶奶送你的。"

春妮说："奶奶真好。我想奶奶了。"

春妮在前面带路，高兴得又蹦又跳。见到小伙伴，便自豪地跟人家说："这是我哥哥。"

来到妈妈家，妈妈正坐在那里擀面皮，看到我来了，便朝我笑了笑。我说妈妈，这是奶奶送你的遮阳帽。妈妈说，整天风吹日晒的，还要什么遮阳帽啊，既然拿来了，就放下吧。

妈妈跟我说着话，擀一会儿面皮儿，再包一会儿饺子。我真想帮着妈妈一块干，可这些活儿，我都不会干。我站在那里干着急，妈妈看出来了，跟妹妹说："春妮，跟哥哥去院子里玩吧。"

春妮领着我来到后院。接近正午的阳光砸在我们身上。我和春妮的脑门上全是汗水。蝉声从两棵枣树上传来，此起彼伏。后院里种的全是蔬菜，西红柿、黄瓜、小白菜、韭菜、茴香、豆角、南瓜、小葱……哇，真是什么菜都有。

"这是妈妈种的吗？"我问春妮。

春妮使劲儿点点头。

"妈妈真是太厉害了。"我禁不住说。

春妮告诉我，拐子伯伯在一家厂子干活，每天天黑才回到家。家里所有的活儿，都是妈妈一个人干的。

妹妹这么一说，我的眼眶子一热，突然就模糊了。我不敢再跟妹妹说话，我害怕妹妹看到我的眼泪。我走到院墙根下，那里种着一长排秋秸花，长得比我都高，正开得鲜艳，有白色的、有粉红的、有深紫的，黄色的花蕊上，有蜜蜂和蝴蝶飞来飞去。妈妈真是一个爱美的人，种了这么多蔬菜，还不忘种上一排漂亮的花。

我猛地想起老师教给我们的知识，便问妹妹："春妮，你知道这叫什么花吗？"

妹妹龇牙笑了，大声说："秋秸花。"

"我们这里都叫秋秸花，它还有一个学名，也就是它正式的名字。你知道吗？"

妹妹瞪着大眼，摇了摇头。

"蜀葵。"我说，"多好听的名字啊。"

春妮又使劲儿点点头，说："跟妈妈的名字一样好听。"

春妮说得太好了，正是我心里想的。

我们沿着菜畦走着，走遍了院子的角角落落。春妮就像一个小导游，指指点点、比比划划，向我介绍院子里一切好玩的东西。

这一天，我跟春妮玩得真高兴。吃完香喷喷的水饺，春妮拉着我看她的图画书，听她背唐诗、唱儿歌。春妮的小嘴巴甜甜的，一口一个哥哥叫着。我的心如同浸在蜜水里。但再不舍得走也得走啊。太阳斜挂在西天上，我提着妈妈带给奶奶的水饺，离开道口村。妹妹还是送我到小桥上，一副恋恋不舍的样子。

七

早晨脖子落了枕，又疼又别扭，我支棱着脑袋在院子里走了好几圈儿，还是不舒服。一夜的好梦算是白做了。勉强吃几口饭，我把三轮车骑到大柳树下，没帮着奶奶摆摊，就慢慢地朝健身中心走去。

鸟姑娘正在看手机，抬头见到我，急速地朝我招手："胖墩子，来来来，快看看。"

看她的兴奋劲儿，一定是好玩的东西。可今天，我一点儿好奇心都没有。我捂着脖子，慢腾腾地走到她身旁。

"快看，磊磊发的微信，在国外拍的照片，棒棒哒。"

照片上，田磊磊穿着一件海军蓝横条纹的 T 恤，正挥舞着手中的旅行帽，朝我们灿烂地笑着。背景是埃菲尔铁塔。原来田磊磊去了法国，太牛了。

"还有呢，"鸟姑娘拿手指划着屏幕，说，"看这张，后面是叫什么宫来？"

"卢浮宫吧。"我说。

"对对，卢浮宫。你行啊胖墩子，还知道卢浮宫。"

我心想，在鸟姑娘眼里，我是不是又傻又呆？过了暑假，我就上六年级了，难道连卢浮宫都不知道吗？我不想再看下去，我还得干活呢。我抄起扫帚和簸箕，走进运动器材室。

我满脑子里都是鸟姑娘手里的手机。奶奶倒是有一个手机，但只能打电话发短信，别的什么都不行。我知道鸟姑娘用的叫智能手机，有一个叫微信的东西，对我来说还是个迷。可我知道微信的厉害，就像田磊磊似的，在法国拍的照片，摁一下就跑回中国来了。我的同学们中，没有手机的不会超过五个人。这五个人中，包括我。

我做梦都想拥有一部智能手机，当然也只是做梦。

"胖墩子，你半天都没动地方，在做梦啊？"

"咯嘣眼"突然出现在我面前，看来他盯我半天了。

"确实在做梦啊。"我嘟哝一句，加快了扫地的速度。

一上午，我干活都是慢吞吞的，也快不起来，右边的脖子别别扭扭，一直被一个人拽着似的。平时一个小时干完的活，今天到了买饭的点儿，才算勉强干完。我洗好手，领了"咯嘣眼"的旨意，这才走出来，去金嫂子米饭铺买盒饭。

没想到一出门，猛烈的阳光射在身上，我猛地觉得舒服多了。今天啥都不一样，真是怪怪的。平时最可怕的毒太阳，现在却变得亲切无比。在太阳底下，我慢慢地朝前走，似乎想把这片刻的舒服留住。今天一上午，用奶奶的话讲，叫丢了魂儿。是不是太阳一晒，魂儿就回来了呢？胡乱想着，金嫂子米饭铺就到了。

已经排了长长的队。

两个小伙子从里面走出来，每人手里提着一个塑料袋，里面装着几个盒饭。他们嘻嘻哈哈地说笑着，看样子比我大不了多少。他们把盒饭放进电瓶车后面的一个白色塑料箱子里，骑上电瓶车便各奔东西了。我知道他们是送外卖的。

那个白白胖胖的中年女人已经跟我很熟了。我知道她就是老板娘。确实有人喊她"金嫂子"。她总是乐呵呵的，一边跟顾客说着话，一边娴熟地盛着各种菜和米饭。她总是把饭盒塞得满满当当。顾客接过盒饭，没有一个不是呲着牙笑的。她一见是我，眼睛便眯成了一道缝，说："小胖来了。"她把几份盛好的盒饭装进塑料袋里，然后拍着最上面的那个盒饭说："你吃这份，这份瘦肉多。"我心里暖暖的。

心里一高兴，落枕的脖子也好多了。吃完盒饭，"咯嘣眼"抹抹嘴说："胖墩子，来来来，打两杆子台球。"

中午这段时间，客人少，"咯嘣眼"总是让我陪他打台球。实际上，我也愿意打。当然，如果是跟别人打，就更好了。"咯嘣眼"毛病多，一边打着台球，一边嘟囔个不停，污言秽语的啥都说。

"你个小兔崽子，你不听话，我就戳你，我非得把你戳进去，我戳死你……"

你听听，这就是"咯嘣眼"！

今天呢，可能是我脖子不舒服。我甚至打错了球，替"咯嘣眼"打进去一个，把"咯嘣眼"高兴得差点蹦起来。

危险总是潜伏在你背后。我用的那个台球杆子，顶上的橡皮头磨损得厉害，下面的金属圈儿露出来一点。我一杆子没打好，没打在球上，戳在了台球案子上，只听"嗤啦"一声，案子上的绿色台布，撕开一个长长的三角口子。我吓坏了，愣在那里。

"咯嘣眼"也愣了一下，紧接着，他把杆子一扔，一下子扑在案子上，大声叫道："我的天哪！我的天哪！"

"怎么了怎么了？"鸟姑娘也跑过来。

他俩个趴在台球案子上，大眼瞪着小眼，一惊一乍的，跟天塌下来似的。

"口子这么大，看来得换新的了。"鸟姑娘叹着气说。

这时候，"咯嘣眼"才想到我。他扭过身子，指着我说："胖墩子，有你这么打台球的吗？健身中心开了好几年，也没发生这样的事。你知道这台球布是什么做的吗？羊绒，这叫羊呢子！你知道有多贵吗？你赔得起吗？"

我确实吓坏了。我脸涨得通红，站在那里一动不动。

"好了好了，别说那些没用的了。我先用胶带粘粘，先凑合着用。台球布肯定得换了。"

鸟姑娘说完，跑到吧台后面，拿来一卷透明胶带。"咯嘣眼"趴在案子上，用手使劲抻着台布，鸟姑娘手巧得很，先是这边粘一道，接着又是那边粘一道，然后拿手掌拍了拍，说一声好了。这样，台球案子上就出现了一个大大的透明的X号。

"难看死了，"咯嘣眼朝我说道，"我真想一杆子抽死你。"

"是你叫我打的！"我不知哪来的劲儿，猛地就喊了一嗓子。接着，我的眼泪淌下来。

"咯嘣眼"没想到我会有这么大的劲头。他愣了愣，似乎才意识到是我的反抗。他一下子窜到我跟前，劈头盖脸地说："你走，你走吧，别再让我见到你，这里不需要什么考察啊实践啊啥的，这里更不需要一个胖墩子！"

鸟姑娘跑过来，一把拉住"咯嘣眼"，说："他不是磊磊的同学嘛。"

鸟姑娘一拉，"咯嘣眼"更来了劲儿，他挥舞着胳膊说："我才不管他是不是磊磊的同学呢！"

我再也控制不住自己，已经"呜呜"地哭出声来，快步走到门口，摔门而出。

八

我不想再去健身中心。一个星期，算是白干了，就真的当社会实践吧。我实在不想再见到"咯嘣眼"。

第二天早饭后，我陪奶奶来到大柳树下摆好摊位，又回到家中。我提着那天捡来的几个树根，朝老鲁爷爷家走去。老鲁奶奶正在院子里浇花。我忙喊奶奶，问爷爷呢。老鲁奶奶撇撇嘴，朝南屋指了指。

老鲁爷爷正坐在桌前，手里拿着小刀，给一个刚去好皮的树根剔朽。剔朽就是把树根上腐烂的部分剔掉。我喊一声爷爷。老鲁爷爷扭过头，一看是我，笑了。他放下手中的小刀和树根，又摘下老花镜放在桌上，抖了抖围裙上沾着的木屑，说："帅帅啊，来坐。"

我坐在桌前的长条板凳上，把装着树根的塑料袋放到爷爷面前，说："爷爷，我前天去看妈妈和妹妹，在河堤上看到一些树根，我挑了几个回来，你看看有用吗？"

老鲁爷爷又戴上老花镜，拿出树根，举到眼前，一根一根仔细看，边看边说："不错不错，是荆条根，根须很完整呢。你看，怪模怪样的，还有不少节疤呢，是些好材料。"

老鲁爷爷这么一说，我心里美滋滋的。能帮老鲁爷爷做点事儿，我高兴极了。

"帅帅，在家做暑假作业？"老鲁爷爷问。

我挠挠头发。该如何回答老鲁爷爷的问题呢？我不能说去健身中心干活的事吧。

老鲁爷爷没等我回答，便继续说道："帅帅，你去看妈妈和妹妹，遇到了这么一堆好材料，说明这是缘分。正好放了暑假，不妨你自已制作一件根雕试试？"

老鲁爷爷这么一说，我的脸腾一下红了。我没有任何准备。

我吞吞吐吐地说："爷爷，制作根雕，我，我怎么能行？"

"怎么不行呢？我说行就肯定行。"老鲁爷爷哈哈笑了。

老人家突然来了兴致，扭头朝院子里喊："老伴，生火。"

只听老鲁奶奶在院子里答应了一声。我心里纳闷，这个时候，又不做饭，生火干什么？老鲁爷爷笑眯眯的，把正在剔朽的树根和小刀放在盘子里，提起我带来的树根说道：

"来，到院子里来。"

阳光早已是白花花的了。老鲁奶奶的额头上闪着亮晶晶的汗珠，一见老鲁爷爷就说："大热的天，跟帅帅在屋里说说话多好，非得这时候煮这些烂树根。"

老鲁爷爷只笑不答。老鲁奶奶没有办法，只好手里拿着一张报纸来到院子东侧的墙角处。这里有一间草棚，草棚下面是锅台和锅灶。老鲁奶奶蹲下来，熟练地点燃报纸，放进灶膛里，引燃了里面的一团干草，又向里面续进两段树枝，顺手拉开电动风葫芦。这时候，老鲁爷爷把一盆清水倒入铁锅。

我站在锅台前不知所措，看着爷爷奶奶忙忙活活，心里很是过意不去。以前，我倒是见过他们用这个大铁锅煮树根。但今天，他们这是为我在忙。

"奶奶，我来烧火吧。我会烧火。"我想帮着奶奶干点活儿。

"帅帅，让奶奶烧火。今天你的任务是，记住我说的每一句话。"老鲁爷爷一本正经地说。

老鲁爷爷把装着树根的塑料袋递给我，说："把树根放进锅中的水里。"

我拿出树根，把它们一根一根放入水中。看着水中泛起的一串串气泡，我心里也莫名地泛起一些东西。我突然对制作根雕变得渴望起来。

这时候，老鲁爷爷又从南屋提来半袋子白色粉状的东西，抓了两把撒进锅中。

"知道这是什么吗？"老鲁爷爷问。

我摇摇头，心里想，会不会是洗衣粉呢？

"是漂白粉。"老鲁爷爷说，"放漂白粉是为了除虫杀菌。"

我明白了，使劲儿点点头。

"根雕是艺术品，是供人们欣赏的，制作的每一步都马虎不得。"老鲁爷爷表情有些严肃地说，"找到好树根以后，第一步就是放进锅里煮上半小时。为什么要煮呢？是防裂呀。想一想，好好的艺术品裂了一道缝，那还叫艺术品吗？同时，必须要做好防虫防菌处理，再好的根雕艺术品，也是木头啊。你知道，木头是最怕虫子细菌的。"

原来是这样啊！以前只是喜欢看老鲁爷爷在做某一项工作，却不知道为什么要这么做。今天，看来老鲁爷爷这是真的要教我做根雕。

汗水湿透了我的衣服。我站在锅台边上，认真地听着老鲁爷爷的话，一动也不敢动。

"好了，让奶奶烧上半小时的火。我们到树下等一会儿。"

我跟在老鲁爷爷身后，随他来到不远处的葡萄架下面。我们坐在竹编的小椅子上。老鲁爷爷掏出一支烟点上，深深地吸一口。他微抬着头，目光盯着蓝蓝的天空，轻轻地叹口气说："时间过得真快啊！一眨眼，你爷爷走了快两年了。"

老鲁爷爷这么一说，我猛地想起两年前的那些夜晚。爷爷和老鲁爷爷，就是坐在这里谈天说地的。他们说的话，我有的能听懂，有的听不懂。可是我喜欢听。我记得我盯着天上的星星和月亮，对他们说的那个外面的世界，充满了向往。

"帅帅，你可能不知道，我和你爷爷同岁，从小就是好朋友。"老鲁爷爷抬着头，目光盯着葡萄架，说道，"我们像你这么大的时候，一块儿跟着村南的丁木匠学做木匠活。那个丁木匠人倒是不错，但是光知道每天让我们干活，就是不教给我们真本事。我们跟他学了三年，锯啊锉啊凿啊刨子啊，我们用得滚瓜烂熟，可就是不会自己完成一件像样的农具或家具。你爷爷老实，除了干活，啥都不说。我不行，我找了丁木匠好几次，每次他都是笑呵呵地说快了。我一气之下，就参军去了。后来我才知道，我这一走，你爷爷也沉不住气了，也跑了干别的去了。"

"又开始翻你这些老皇历。"趁烧火的间隙，老鲁奶奶给我们端来几块西瓜。

老鲁爷爷并不答话，他拿起一块西瓜递给我，继续说："我到了部队里，首长问我们会什么技能，我说木匠活算不算，首长笑了，说当然算了。于是我就进了部队的木工房。没想到，我锯啊刨的这么一干，老班长两眼放光，立刻喜欢上我了。我成了木工房里活儿干得最漂亮的一个士兵。后来，因为我有技术，转了志愿兵，吃上国家饭。这时候，我才想到我的师傅丁木匠。我才理解他的良苦用心。不管学什么技艺，没有扎实的基本功是不行的。"

老鲁爷爷沉浸在回忆之中，手中的香烟快燃到头了，这才想起来吸上一口。

我听得认真，老人的故事总是这么迷人。

我禁不住问道："爷爷，那你什么时候开始制作根雕的呢？"

老鲁爷爷笑着说："那是后来的事了。我在部队里一待就是十年，但部队不是家啊，铁打的营盘流水的兵嘛，我转业到了咱们县林业局，分配到东风农场。老场长也是个转业军人，对我不错。他喜欢根雕，我这才学着做根雕。林场嘛，树根多，也有时间，嚯，那可真是尽了兴。"

哇，原来是这样啊！我听得入迷。

老鲁爷爷继续讲："那时候做根雕，就是喜欢做，觉得好玩，哪知道还是艺术品啊。记得当时做过不少很棒的根雕，谁喜欢谁就顺手拿走了，现在想想，太可惜了。我正儿八经地做根雕，是在退休以后，这几年，才真正重视起来，因为国家重视了，各地政府也重视起来。这不今年，县文化局还给我申请了非物质文化遗产的传承人呢。"

老鲁爷爷越说越高兴，长长的眉毛都动了起来。老鲁奶奶走过来，说煮的时间差不多了。我看到奶奶的额头上全是汗水，后背上的白布衬衫也湿透了一大片。我连忙站起身，给奶奶搬过一把竹椅子。奶奶坐下后，我又给奶奶拿过一把蒲扇来。

"帅帅真懂事。"老鲁奶奶没忘夸我一句。

老鲁爷爷点点头，说："帅帅啊，所有的艺术品，都是一种创作，是要受到保护的。所以，你将要制作的这件根雕，它是属于你的。它制作过程的每一步，都必须是你自己亲手完成。当然，我会在旁边指导你的。过一会儿，你得亲手把树根捞出来，把它们放到太阳下，晒上几天。到时候，你再过来，把它们放到清水里泡上几小时，爷爷再教你如何去皮、剔朽。好不好？"

我使劲儿点点头。老鲁爷爷这么一说，我心里猛地升起一种庄重感。

九

告别老鲁爷爷，我回到家中，躺在床上，想到属于自己的第一件根雕作品，心里激动半天。不用说，这个上午我是快乐的。可是，我一想到健身中心，心里还是特别郁闷。整整忙活了一个星期，一分钱没挣到。挣不到钱，怎么给妹妹买书包和文具盒？

想到这些，我身上的汗就冒出来。

不行，我还得想办法去挣钱！

我来到院子里，在两棵枣树间来来回回地走个不停。到处都是知了的聒噪声，吵得人心神不宁。我想啊想，绞尽脑汁。哪里需要我这样的人呢？两只麻雀飞过来，落在枣树上，又叽叽喳喳地飞走了，好像在商量着什么事情。我想，我连麻雀都不如。麻雀还有个伴儿商量事情，我能跟谁说说心中的秘密呢？

肚子里咕咕叫起来。抬头看天，太阳直直地挂在头顶上，已到了吃午饭的时候。突然，一股饭菜的香味在我脑子里升腾起来，那是金嫂子米饭铺的香味儿。我倒不是馋金嫂子家的饭菜了。我是想到了那两个送盒饭的少年。他们好像比我大不了几岁呀。他们能送盒饭，我为什么不能呢？

　　我有些激动。奶奶热在锅里的饭，我也不想吃了。我拔腿便走出家门。

　　来到金嫂子米饭铺附近，我躲在远处仔细地看了看买饭的人，我怕碰到"咯嘣眼"。要是碰到"咯嘣眼"，可就尴尬死了。我躲在一棵树下，等到买饭的人慢慢地变少，这才走进米饭铺。

　　白白胖胖的金嫂子看到了我，龇牙笑了，说："小胖啊，刚才健身中心的人已经把盒饭拿走了。"

　　我摇摇头，说："我，我不是来拿盒饭的。"

　　"我，我，"我挠着头皮，脸涨得通红，支吾着说："我找你说点事儿。"

　　"找我？"金嫂子瞪大了眼睛。

　　我点点头。后面又来了买饭的。金嫂子喊了声小翠。一个女孩子跑过来。金嫂子说："来，你给客人盛盒饭。"说完，就跟着我来到外面。

　　"阿姨，"我说，"我可以这样叫你吗？"

　　金嫂子笑着点点头。

　　"阿姨，我叫庄帅，大家都叫我'胖墩子'。你也叫我

'胖墩子'就行。我想问一问，我能不能帮你送盒饭呢？"我终于说出这句话。

"送盒饭？小胖，哦胖墩子，你才多大啊。"金嫂子笑着问我。

"我十一岁了。我个头不矮了。"

"才十一岁。为什么要帮我送盒饭？"金嫂子脸上满是疑惑。

我盯着金嫂子慈祥的面孔，觉得她是一个可以让我说实话的人。于是我把心里的话像倒豆子似的都跟她说了。我们家的变故，我的真实想法，我在健身中心的遭遇……金嫂子一边听，一边不停地点头。

听我讲完，金嫂子叹息一声，眼圈儿突然变得通红。她顿了一下，说道："可是，你年龄太小，送盒饭肯定不行。路上车多，一旦有个什么闪失，阿姨可负责不起。胖墩子，你看这样行不行？你来阿姨的米饭铺，可以在厨房里帮帮忙，搬搬菜、择择菜、洗洗菜啊啥的，反正干一些你能干的活儿就行。怎么样？"

我连忙点头。我说："阿姨，你放心，我肯定能干好的。"

"即便是这样，阿姨让你来干活，也是不符合规定的。"金嫂子想了想说，"这样，胖墩子，从明天开始，你叫我三姨。明白吗？"

"三姨，哦，我明白。我不会乱说话的。我是个听话的孩子。"

"胖墩子，放心，三姨不会亏待你的。"金嫂子笑了，露出白白的牙齿。

十

暑假第九天上午九点，我来到金嫂子米饭铺。见到金嫂子，我张嘴叫了声三姨。金嫂子笑着点点头，然后把我领进后边的厨房里。

好家伙，厨房比前面的店面还要大。只不过被一排炉灶和大大小小的锅碗瓢盆占去了一半的空间，地面上又摊着一堆堆的蔬菜，所以就显得空间小了。有几个人正在里面忙活着。金嫂子喊道："大家停一停，都过来一下。"

我站在金嫂子身后，看到几个人晃悠着身子凑过来。一共有四个人，一个男的三个女的。男的四十多岁，红脸膛，他的腿脚有问题，走路一拐一拐的；三个女的中，有两个年龄跟男的差不多大，一个又高又瘦，一个又矮又胖，还有一个，就是我昨天见过的那个叫小翠的姑娘。三个年龄大的，都拿眼睛看着我，只有小翠，眼珠总是看着别处，一副愤愤不平的模样。

一看站在面前的这四位，我差点乐了。难道，这就是全镇有名的金嫂子米饭铺的几位员工？

金嫂子把我向前推一把，扶着我的肩头说："这是我一个姊妹的孩子，放暑假了，在家里闲着没事，过来给咱帮几天忙，大家叫他'胖墩子'就行。你们说，他胖不胖？"

只有小翠高声地应道:"胖。"

三个年龄大的都嘻嘻哈哈地笑了。可是,小翠喊胖的时候,眼睛还是盯着别处。她怪怪的样子,让我心里直纳闷儿。

"这位是咱们的厨师,你叫吴叔吧,"金嫂子指着那个男人说:"这位瘦的呢,是刘姨,胖的是张姨,小的呢叫翠儿。都认识了吧?"

我点点头。

"胖墩子,他们让你干什么,你就干什么;他们谁忙,你就帮谁。好不好?"

"三姨放心。"我爽快地说。

接着,大伙各就各位,开始忙碌起来。我站在厨房中间,有些不知所措,手脚不知道往哪儿放。没有人吩咐我干什么活儿。金嫂子呢,已经回到前面店里打扫卫生去了。吴叔打开了排风扇,厨房里马上充满唔隆唔隆的声音。

只见吴叔,逐次打开那一排煤气灶,并且把火控制到最小。每一个煤气灶上,都蹲着一个大号的砂锅。吴叔尽管是瘸子,但做起活儿来却利落得很。我特别好奇,便往瘸腿吴叔的身边靠了靠。瘸腿吴叔正掀开一个砂锅盖子,嚯,一股肉香扑面而来。我明白了,这里面盛的正是著名的金嫂子酱肉。

"都是酱肉吗?"我禁不住问道。

"有酱肉,还有酱豆腐、酱排骨、酱鸡蛋、酱面筋、酱茄子、酱辣椒……这一排酱伙,就是金嫂子米饭铺的秘笈呀。"

瘸腿吴叔并不看我，倒像是自言自语。

哦，原来是这样。我的口水都要淌出来了。

"吴叔，这些都是你做的？"

"那当然。"瘸腿吴叔瞥了我一眼，满脸的自豪，脸膛似乎更红了。

"胖墩子，别光说话，过来择菜。"瘦瘦的刘姨喊了我一声。

我忙答应。瘦刘姨和胖张姨正坐在小板凳上择菜，她们嘻哈地笑着，说着什么。我来到她们身边，蹲下来，抓起一把芹菜，学着她们的样子，笨手笨脚地开始择菜。

一把菜没择完，小翠手里提着两个不锈钢盆来到我们身边，说道："先别忙着择菜，你先把择好的菜放进盆里，每样菜一个盆，都端到水池边，接好水泡上。"

小翠说这话时，眼睛盯着旁边的刘姨。我以为她是说给刘姨听的，所以没接她的话，而是低下头继续择菜。这一下可把小翠惹恼了，她用手指着我，大声地说："难道你是聋子吗？"

我呆愣地问刘姨："她是在跟我说话吗？"

刘姨和张姨哈哈地笑起来。她们笑得前仰后合，攥着菜的手还不时地抹着眼睛，她们笑出眼泪来，一时都无法说话了。小翠更加生气，她把两个盆子咣咣地扔在我身边，气撅撅地走了。

刘姨终于笑够了，说："小翠的意思就是让你把择好的菜放进盆里，端到水管那里，接上水先泡上。"

可是……我想跟刘姨说，她说话时，眼睛看的是你呀。

我当然没有说。我怕刘姨误会。于是，我急忙站起来，按照小翠的吩咐，把不同的菜放进不同的盆里。不就是这个盆里放韭菜，那个盆里放菠菜嘛，这些我明白。我又把它们一个个地端到水管处接满水，然后一字排开。我直起腰，看着自己的劳动成果，感觉很满意。

小翠好像故意跟我过不去，她从外面进来，看到这一排接满水的盆子，接着就气炸了："有你这么接水的吗？你不知道节约用水吗？花的不是你家的钱是吧？"

小翠扭着脖子，眼珠子一翻一翻的，声音很大。

我的心一揪一揪的，不知道如何是好。我瞅瞅瘸腿吴叔。瘸腿吴叔正专注地切着葱姜蒜末，跟没听见似的。我看看瘦刘姨和胖张姨，她们正盯着我们呵呵笑。

我走到瘦刘姨和胖张姨跟前。

"我错了吗？"我问她们。

"小翠的意思是，让你少接水，水没过菜来就行了，你接满了，浪费了。"瘦刘姨说。

原来是这样啊！我想了想，小翠说的对啊。老师不是一直教育我们要节约用水吗？

我来到小翠面前说："小翠姐姐，是我错了。我下次一定记住。"

小翠没理我，而是扭着身子提来一只水桶。我马上明白了小翠的意思，忙端起泡着青菜的盆子，把多余的水倒进水桶里。小翠朝我竖了竖大拇指，可是，她的眼睛还是看着别处。不管怎么样，我总算得到了小翠的认可。

帮着小翠洗好几盆青菜，我看到瘦刘姨和胖张姨面前还剩下半捆芹菜。我又来到她们身边，坐下来帮着她们择菜。

"胖墩子，你多大了？"胖张姨问我。

我想了想说："我十三岁了。"

我撒谎了。我怕她们说我太小。

"十三岁，不小了。你看小翠怎么样？"胖张姨朝不远处的小翠努努下巴。

我不知道胖张姨什么意思。她是问我小翠多大？还是问我小翠好坏呢？

我不知道。我只好什么都不说。

"小翠十六岁。对啊，女大三，抱金砖。胖墩子啊，我看你和小翠还挺般配呢。这样，我们给你做个媒吧。"瘦刘姨说话跟爆豆子似的。

我的脸腾一下红了。我把头夹在两腿之间，半天不敢抬起头来，手里的芹菜都被我给择烂了。看我这样子，瘦刘姨和胖张姨哈哈大笑起来。

"胖墩子啊，我们是跟你闹着玩儿。就是小翠愿意，咱也不能愿意啊。"胖张姨说。

"对啊，胖墩子，你不知道，"瘦刘姨把嘴巴伸到我耳边，低声说，"小翠是个斜眼。"

小翠是斜眼！哦，我这才恍然大悟。我终于明白，小翠跟我说话时，为什么眼睛总是看着别处。

是我误解了小翠。无法把目光落在想看的人身上，该是多么痛苦。

我把择好的芹菜放进盆里，端到水管前接好水。小翠过来要洗，我说："小翠姐姐，你歇一会儿，我来洗。"

小翠的眼珠盯着别处，笑了。我知道，此刻，她看的是我。

十一

这里的环境可比不上健身中心，除了午后的一两个小时之外，很少有闲着的时候。大家忙忙活活，说着笑着，却没有一个人偷懒耍滑。金嫂子脾气好，跟谁说话都是细声慢语，用奶奶的话讲，就是菩萨心肠。所以，工作虽然累点忙点，但我的心情很好。

这一天中午，我提着半桶脏水，穿过前面店堂，来到路边上，把脏水倒进下水道里。我并没注意那些排队买饭的人。当我倒罢脏水，直起腰，扭身往回走时，却发现面前站着一个人。

"胖墩子，你小子怎么又跑到这里来了？"

是"咯嘣眼"！他正龇牙咧嘴地盯着我，一只眼不停地眨巴着。我可不想理他。我提着水桶，想绕过他往门口走。"咯嘣眼"却伸开胳膊，挡住我的去路。

"胖墩子，我可是找了你好几天啊。你小子听我说，明天回去吧，好不好？这地方又脏又累，在这里干什么。健身中心多好，轻轻松松的，还可以打打球。"

我低着头，一声不吭。我能说什么呢？既然已经在这里干上了，我是绝对不能回去的。

"胖墩子，你小子这么犟呢？磊磊快回来了，你不回去，你让我怎么跟他说呢？"

哦，是这样。我终于明白了。咯嘣眼怕的是磊磊！

"放心吧，"我抬起头，说，"前几天发生的事儿，我一个字都不会跟磊磊讲的。"

"那就好那就好。""咯嘣眼"龇着牙，连连点头。

"张经理，是我不好，是我不小心戳破了台球案子，我如果赔得起，我会赔的。"

"不要这么说，都过去了。"咯嘣眼摆着手说，"好了，你忙你的，我买饭去了。"

我提着水桶，站在路边上，愣了半天。是啊，磊磊快回来了。

快到中午一点的时候，客人越来越少了。我们开始吃饭。我发现一个有趣的现象，越瘦的人越能吃。我们几个人，饭量最大的是瘦刘姨，其次是小翠。她们能吃，却不长肉。我羡慕死了。我不是不能吃，是不敢吃。

我吃饭快，总是第一个吃完。

金嫂子说："胖墩子，多吃点。"

我摇摇头说："三姨，我吃饱了。"

瘦刘姨说："这孩子，是怕吃胖吧。"

胖张姨说："怕什么胖墩子，你不是真胖，你这是奶胖。"

小翠说："你们真是的，吃饱了就是吃饱了，还让人家再吃。"小翠也不抬头，吃得喷香。

这时候，金嫂子接了一个电话。转过身来对我说："胖墩子，十字路头的春明旅社 207 房间要两个盒饭，你跑一趟吧。"

太好了。我正不想听他们唠叨呢。

来到春明旅社，找到 207 房间，门没有关。有两个瘦瘦的男人正坐在屋里说话。他们说的都是南方话。我一句都听不懂。最吸引我的还不是他们的口音，而是桌上摆着的那一排排的小瓷罐罐。

那个年轻一点的，大概有三十多岁，他把钱递给我，看到我好奇地盯着小瓷罐，便用南方普通话跟我说："有好虫送过来呀，价格好说啦。"

说完，又顺手递给我一张名片。我接过名片，不好意思再看，就走出房间。在楼道里，我边走边看名片。名片上印着一个人名：陈社会。我一看，禁不住笑出声来。怎么叫这样的名字呢？这些南方人，连名字都是怪怪的。名字的上面还有几排小字，印着什么蟋蟀协会一类的文字。

我突然明白了。

这些南方人是来收蟋蟀的。蟋蟀也叫蛐蛐。我们雾镇，蟋蟀自古有名。我听爷爷说，雾镇最有名的蛐蛐叫红牙青。雾镇红牙青打遍全国无敌手，曾经拿过全国冠军的。所以，每年这个时候，都有一些外地人来雾镇收购蛐蛐。

可是，我并没有专门逮过蛐蛐，只是跟老鲁爷爷一起找树根时，见到过很多蛐蛐。老鲁爷爷说，两尾的是雄蛐蛐，三尾的是雌蛐蛐。老鲁爷爷还说，只有雄蛐蛐好斗，所以，能卖钱的，全是雄蛐蛐。

我边想着边朝大柳树走去。离好远，我便看到奶奶的身影。奶奶坐在马扎子上，背靠着树干，垂着头，睡着了。前面一米见方的摊位上面，铺着一块透明的塑料布，四个角被砖块压着，风一吹，有一个角上的塑料布便扬起来，像是在朝我招手。

我跟奶奶说过好多次，让她摆一上午摊就行了。中午回家好好休息，下午天热就不要出来了。但是奶奶不听，她是舍不得少挣那几块钱。可是，大中午的，街上走动的人都少得可怜，热风把人快烤焦的感觉，只有知了在不知疲惫地叫，这个时候，谁会来买东西呢？

我来到奶奶跟前，放轻放慢了脚步。可是，奶奶还是醒了。

"哦帅帅啊，中午饭吃过没有？"奶奶抹了抹嘴角上淌下的口水说。

"奶奶，我吃过了。"

奶奶点点头。奶奶的脸晒得黢黑，皱纹横七竖八地刻在上面，像老枣树的树皮似的。

"对了帅帅，上午你妈妈打电话了，明天她来镇上办事，顺便把春妮带来，跟你玩一上午。"

"真的奶奶，太好了！我明天不出门了，我要陪着春妮玩儿。"

无论如何，也要跟金嫂子请上一天假。金嫂子知道我有个小妹妹，那天，我可是把什么都跟金嫂子讲了。

十二

第二天一早，我们刚吃罢饭，妈妈就骑着电瓶车，带着妹妹春妮走进家门。春妮喊着奶奶，一下子扑进奶奶怀里。奶奶一撇嘴，泪便淌下来。

妈妈跟没看见似的，她带来好多自己种的蔬菜。

"帅帅，来，把这些菜提进屋里去。"妈妈说，"你和奶奶吃不了，就给老鲁爷爷送些去。"

"好的妈妈，你放心。"

黄瓜、茄子、豆角、辣椒、西红柿……这可都是妈妈自己种的呀。

妈妈放下春妮，就到镇上办事去了。奶奶在枣树下面放上一张小桌，切开一个大西瓜。西瓜又甜又脆，我们佮啃了半天，肚子都喝饱了，也没吃上一半。

春妮笑着说："奶奶，这个西瓜太大了。"

奶奶说："这是奶奶昨天在十字路口，专门给宝贝孙女买的。奶奶用车子拉回来，中间歇了好几歇呢。"

我们都笑了。我说："奶奶，我一会儿跟春妮去给老鲁爷爷送点儿菜，你看妈妈种的菜多好啊。"

奶奶说："好，你们去老鲁爷爷家，我去买肉馅，中午给你们烙肉饼吃。"

我提着菜，带着春妮穿过胡同，来到老鲁爷爷家。老鲁爷爷和老鲁奶奶正在院子里晾晒衣服。我和春妮一走进院子，老鲁爷爷和老鲁奶奶都把眼睛瞪了起来，他们几乎同时说："这是春妮吗？长这么高了。"

我说："奶奶，这是妈妈自己种的菜，给你们送来尝尝。"

老鲁爷爷说："太好了，这肯定是有机蔬菜。"

老鲁奶奶接过菜说："你妈妈来了？"

我说："她放下春妮，到镇上办事去了。"

"这个可怜的人啊，"老鲁奶奶摇摇头说，"真坚强。"

"帅帅，来来，看看你晒好的树根。"老鲁爷爷呵呵笑着说。

我和春妮跟在老鲁爷爷身后，走进南屋。老鲁爷爷拿过一个篮子，说："帅帅，你的树根在这里。你什么时候有时间，想去皮，得先让清水泡上几个小时。"

几个树根躺在篮子里，跟我刚拿来时相比，完全变了样子。如今，它们结实、干净、晶莹剔透，躺在篮子里，像几个安静的孩子。

"爷爷，今天下午可以吗？"我难得今天闲着。

"可以啊，那你去院子里，接上半桶清水，把树根泡上。"

我提起篮子，来到院子里的水管旁，把一个干净水桶放在水管下面，拧开水管。

春妮紧跟着我，她指着篮子里的树根问："哥哥，这是什么？"

"这是树根啊。这还是那天我去看你和妈妈的时候，在河堤上捡到的呢。"

"哥哥，树根做什么用？"春妮扑闪着黑眼睛问我。

"我要做根雕啊！你看爷爷的屋里，摆在架子上的，全是漂亮的根雕。那都是爷爷用树根做的。爷爷是根雕艺术家。我要跟着爷爷学做根雕呢。"

"真的呀，你太厉害了哥哥。"

"哥哥不厉害，爷爷才厉害呢。"

水接好了。树根一共四个。我把三个小点的放入水中。春妮看着一串串冒起来的气泡，咧开嘴笑了。我拿起最大的那个树根，递给春妮，说："你看看，这个树根，像什么？"春妮接过去，端详片刻，龇牙笑了。

"像什么动物吗？小鸟？"

春妮笑着摇摇头。

我有些失望，说："好吧。把它放进水里吧。"

春妮捏着树根，轻轻地放入水中。树根在水里转了两圈儿，落入盆底，又漂起来。春妮突然说："像我们幼儿园里跳舞的孩子。你看，举着双手，扭着身子，单腿点地，是不是？"

跳舞的孩子？春妮的感觉好奇怪呀。我怎么没看出来呢？

我把水盆端回到南屋。老鲁奶奶拿来了点心和巧克力。春妮羞答答的，不好意思要。我说："快吃吧，奶奶都拿来了。"春妮这才接过一块巧克力来。

我领着春妮，看架子上的根雕。什么"黄雀捕蝉""鹰击长空""龟兔赛跑""母子情深"啊，春妮可喜欢了。我说："这些都是艺术品，只能看，不能摸。"春妮连忙点头。老鲁爷爷和老鲁奶奶听了，只是呵呵笑。我下午还要过来，不能耽误老鲁爷爷工作啊，于是，我和春妮跟两位老人告辞。

老鲁奶奶说："奶奶给春妮做什么好吃的？"

我说："奶奶买肉馅去了，烙肉饼。"

老鲁爷爷说："你奶奶烙的肉饼可好吃了。我吃过。"

老鲁奶奶说："一只老馋猫。"

我们一听，都禁不住笑起来。

可是，老鲁爷爷说得一点儿不错。奶奶最拿手的就是烙肉饼。春妮说，奶奶烙的肉饼是天底下最好吃的肉饼。我赞同。这天中午，春妮一口气吃了三个。我呢，吃了四个，不敢吃了。尽管奶奶一个劲儿让我再吃一个，可是，我坚决没吃。

妈妈回来了，一看就饿了，竟然也吃了四个。妈妈笑着说："哎呀，好长时间没吃到奶奶烙的肉饼了。"

当然，最高兴的就是奶奶了。我们吃得越多，她越高兴。

我好多天没看到她这么高兴了。可是，没有不散的宴席。刚吃完饭，妈妈和妹妹要走了。刚才还高高兴兴的奶奶又抹起眼泪。妈妈头也不抬，装作没看见。

十三

第二天上午九点，我来到金嫂子米饭铺。

小翠正在扫地。我说："小翠姐姐，我来扫吧。"小翠没有理我。我伸手想接过小翠手里的笤帚。小翠推了我一把，鼻子好像还哼了一声。我稍稍愣了一下，小翠的脾气我还是琢磨不透，我并没有多想。可是我还是觉得今天的气氛有些不一样。胖张姨、瘦刘姨，还有瘸腿吴叔，他们好像都没有跟我说话。我就像一个多余的人。我站在厨房中间，挠挠头皮，心想，我只是昨天没来上班罢了。可是，我已经跟金嫂子请假了呀。

我坐在瘦刘姨和胖张姨身边，跟她们一块儿择菜。

瘦刘姨干咳了两声，说："胖墩子啊，平时听你喊三姨，多亲热啊，跟亲的似的。"

胖张姨嘿嘿地笑起来，说："人家这孩子，别看长得胖，心里可会来事了。"

我一听，觉得不对劲儿，她们说话的口气不对呀。

瘦刘姨说："胖墩子，你跟我说实话，你妈妈跟金嫂子到底认不认识啊？"

胖张姨又嘿嘿笑起来，说："这孩子还挺会抱大腿的呢。"

我不知道怎样回答她们。我只好什么都不说。我似乎明白她们话中有话。

胖张姨说："这几天啊，俺们还真相信了你是金嫂子的一个外甥呢。还想介绍小翠给你当媳妇，闹了半天，你和金嫂子八竿子打不着啊。"

我低着头，脸烫得要命。

瘦刘姨说："胖墩子，听说你在磊磊健身中心干过几天，闯了祸才跑到这里来的。是不是真的?"

听瘦刘姨这么一说，我一下子明白了，肯定是趁我不在，"咯嘣眼"跑过来说的。

"咯嘣眼"怎么能这样呢? 我腮帮子嘟嘟着，跟一只生气的大青蛙似的。一上午，我一声不吭，只是拼命地干活，如同一个上了发条的机器人。

从十一点半开始，我一直盯着外面排队买饭的人。我恨透了"咯嘣眼"。我要当面问问他，我已经离开健身中心了，为什么还要说我的坏话? 我站在厨房门口，不停地朝外张望。我等啊等，已经十二点半了，还没有看到"咯嘣眼"的身影。这时候，买饭的人渐渐地少了。我想，今天"咯嘣眼"可能不过来了。想到这里，我有些失落。可是，那股气还是堵在心口，见到什么都想咬上一口。

突然，"咯嘣眼"出现在门口，他吹着口哨，晃悠着脑袋，看上去心情不错。我一下子撩开帘子，迎着"咯嘣眼"走过去。我一把攥住他的手腕子。"咯嘣眼"一看是我，便咧嘴笑了。他还没来得及跟我说话，便被我拉到外面的树下面。

"胖墩子，你干什么，用这么大劲儿？"他使劲儿抖了抖手腕子。

"你知道我背地里喊你什么吗？'咯嘣眼'！知道了吧，'咯嘣眼'！"我咬牙切齿地说。

"你，你这孩子，怎么没大没小呢？""咯嘣眼"眼皮子不停地哆嗦着。

"谁没大没小了？你还好意思说。你这么大了，为什么还在背后说人家坏话？"

"我，我什么时候说人家坏话了？""咯嘣眼"还装出一副很无辜的样子。

"你说了，就是你说的！"我觉得非常委屈，眼泪刷地淌下来。

这时候，可能是听到了我们争吵，金嫂子从店里跑出来。有几个过路的人也停下来。金嫂子站在我们中间，问怎么回事？

"胖墩子说我说了他的坏话。我这么大的人了，什么时候说过他的坏话？"

"就是你说的！你昨天来买饭的时候说的！"我不依不饶。

"咯嘣眼"一听，更急了。

"你无理取闹、胡搅蛮缠，我，我昨天根本就没过来买饭！金嫂子可以作证，昨天是小王过来买的饭。""咯嘣眼"都变结巴了。

我一听，有点傻了。小王就是鸟姑娘啊。难道是我弄错了？我看到金嫂子点点头，心里更毛了。我一时不知道说什么好了，只有眼泪哗哗地淌。

"你说，我这么大的人，我能说你什么坏话？""咯嘣眼"脸色也变得苍白。

"好了好了，胖墩子，快回屋里去。有话慢慢说。"

金嫂子连说带拽，把我拉回到店里，推进了后面的厨房。

一场风波总算平息了，可我心里却更加难受。我是不是冤枉了咯嘣眼？我最怕的事情就是冤枉好人。我站在厨房里，不停地抹眼泪。

大堂里没了客人。大伙准备吃饭。金嫂子把我们几个召集在一起，让我们站好。金嫂子站在我们面前，脸色从来没这么难看过。

"你们说说吧，刚才到底是怎么回事儿？"

大伙都站在那里，没有人说话。

"都不说是吧？好，啥时候弄明白了，啥时候吃饭。"

金嫂子生气了。我第一次看到她生气，还是因为我。我心里很不安。我想说点什么，可是我说什么呢？

"哈哈，一上午，我忙得跟拉磨的驴似的，什么都不知道。你们好好琢磨吧，我在门口抽支烟。"瘸腿吴叔哈哈笑着跑到门口去了。

"胖墩子不诚实，张姨说，他根本就不是你的外甥，前几天他还在磊磊健身中心干呢，是闯了祸才跑出来的。"小翠肯定是饿了，先沉不住气了。

"昨天，我，我也是听那个小王姑娘说的。都怨我，乱传话。"胖张姨支支吾吾地说着，脸上红一块白一块的。

"我就知道这里面肯定有事，要不，胖墩子不会这么冲动的。胖墩子的事情我都知道，三姨也是我让他喊的。我只是想告诉大家，胖墩子是个好孩子。"金嫂子每一句话都说得很慢，但掷地有声，"好了，大家忙活了一上午，吃饭吧。"

怎么会是鸟姑娘呢？如果不是胖张姨亲口这么说，打死我也不相信。

这顿饭吃得沉闷，没有人说话，平时最爱说话的瘦刘姨也卡了壳一样，变得一声不吭。我呢，饭没吃几口就不想吃了，心里想得最多的就是冤枉了咯嘣眼。

要不要给"咯嘣眼"去道个歉呢？我心里七上八下的，很是不安。心想，世界上好多的误会，是不是都是这个样子呢？

十四

事赶事，这话一点不假。没过两天，我又出事了。

那天快中午的时候，镇南科技园区的一个工地上打来电话，让送过去二十份盒饭。外面送外卖的小哥暂时回不来。本来，金嫂子让瘦刘姨和小翠骑着电瓶车送过去。可是，瘦刘姨正在清洗小黄花鱼。于是，我自告奋勇，要求带着小翠去送盒饭。

小翠斜楞着眼睛说："你会不会骑电瓶车？"

我把胸脯拍得啪啪响，说："你就放心吧。"

我说得不错。我骑着妈妈的电瓶车带着妹妹玩过。电瓶车最好骑，比自行车和奶奶装货的三轮车好骑多了。所以，我胸有成竹。

小翠坐在车子后面，一手提着十个盒饭。

金嫂子说："慢着点儿，一定注意安全。"

"放心吧。"我说一声走喽。

小翠的身子前后一晃悠，还咯咯地笑了几声。

电瓶车可能是金嫂子的，小巧、漂亮，骑起来舒服极了。天气很热，我迎着太阳，脸快晒掉皮了，身上突突地冒汗。小翠戴着遮阳帽，还一个劲儿喊热。我突然明白，瘦刘姨为什么不愿意出来送盒饭了。我像是发现了一个巨大的秘密似的，忍不住哈哈笑了两声。接着一拧车把，电瓶车速度变快起来。

小翠在后边喊道："慢着点儿。"

我说："快点有风，凉快。"

电瓶车很快就要驶出镇子，再往南不远便是科技园区。我可能是被太阳晒晕了头，也可能是被正午的阳光耀花了眼，更可能是把电瓶车骑得太快了，反正当我看到前面那块横着的砖块时，已经来不及躲开。我只是下意识地向外一打把，但前轮还是轧上了砖块。我觉得身子猛地一颤，两手脱离了车把，然后听到小翠的一声尖叫。

过了片刻，我睁开眼，发现自己躺在路旁的水沟边上。眼前全是野草。太阳依然挂在头顶，只是镶上了金边儿。我晃晃脑袋，突然看到小翠正在低头瞧我，一副居高临下的样子。不知道为什么，这一次，我似乎看清了小翠的眼珠儿。

"胖墩子，你没事吧?"小翠的声音细细的，有点儿颤抖。

我慢慢地爬起来，胳膊腿儿的都活动了一下，好像什么事儿都没有。

"没事儿，你呢?"我问小翠。

"我只是打了个滚儿，遮阳帽都没掉下来。"一向都是凶巴巴的小翠，此时反而温柔了。

"盒饭呢?"我一下子想起了盒饭。

小翠指了指水沟。我看到两个塑料袋子还漂浮的水面上。

"这，这可怎么办?"我一下子傻了眼。

"哎呀，胖墩子，你腿上有血，胳膊上也有。"小翠的眼斜向别处，却看清了我腿上胳膊上有血。

果真有血。我右侧的膝盖和胳膊肘上都被划破了一片。看到血，我这才觉到疼。一觉得疼，我再也无法控制。我"呜呜"地哭起来。倒不是因为疼，是因为我又闯了祸。

"先别哭，咱们得赶快回去呀，人家工地上还等着吃饭呢。"

小翠说得对啊!我顾不得腿上胳膊上的血。我抹着眼泪，来到歪在路旁的电瓶车前。我赶紧把车子扶起来。车筐摔瘪了，车把上的橡胶皮裂了。我拧一下钥匙，还好，车子竟然还没事。

小翠说:"我来骑吧。"

我点了点头。这次没逞能。

小翠骑得很慢。我坐在后面,一边忍受着火辣辣的疼痛,一边想着那二十个盒饭。三百块钱哪!我如何跟金嫂子交代呢?并且,还把电瓶车摔成了这个样子。想到这些,我的眼泪便不停地往下淌。前几天惹得大家不愉快,本来是想好好表现一下,这一下可好,又丢人现眼了。

我怎么这么笨呢?

我们回到米饭铺。小翠停下电瓶车,噔噔地跑进去。我站在外面。我不想再走进米饭铺。金嫂子正忙着,听小翠一说,急忙跑出来。看到我这个样子,她一把抓起我的胳膊,上下看着,不停地问没事吧。我低着头,不敢看她,只是低声说没事的。金嫂子叹一口气,说佛祖保佑,没事就好。

金嫂子走不开,她让瘦刘姨陪我去对面的诊所包扎伤口。

实际上,伤口一点都不深,只是医生用碘伏消毒时,疼的我龇牙咧嘴。

瘦刘姨训斥我说:"怎么这么不小心呢?净给你三姨添麻烦。"

我一直低着头,不管瘦刘姨说什么,我一句话也不应。

医生给我包扎好后,笑着说:"只是擦破了皮,过几天就好了。再说,这小家伙肉多皮厚,这点小伤算不了什么呀。"

瘦刘姨一听,笑得咯咯响,说:"对啊大夫,你不知道,我们喊他啥吗？我们都喊他'胖墩子'。他比头小猪还壮实呢。"瘦刘姨笑的声音和说话的口气都有些夸张。

从诊所出来，我径直朝十字路口的方向走去。瘦刘姨在后面喊我："胖墩子，你不回米饭铺了？胖墩子，你不吃饭了？"

我没有回头。确实，我不想再回米饭铺了。金嫂子对我这么好，可我光给她惹事儿添麻烦的。我对不起金嫂子。

我边走边自责。看吧，在磊磊健身中心，我戳破了人家的台球案子桌布；来到金嫂子米饭铺，更是麻烦不断，这一下可好，摔坏了人家的电瓶车，还浪费了二十个盒饭。我赔得起吗？我不但没给人家帮上多大忙，还让人家陪着提心吊胆。我一分钱没有，我怎么陪人家金嫂子呢？

又笨！又胖！

我不停地骂自己，心里失落极了。

十五

奶奶回来的时候，我还躺在床上。整整一下午，在电风扇嗡隆嗡隆的声音中，我睡了一觉又一觉，全是乱七八糟的梦，一会儿钻进长长的隧道里，怎么走都走不到头；一会儿陷入泥泞的黑泥中，拔不出脚来……

听到奶奶开门的声音，我心里好紧张。我害怕奶奶看到我的伤。可是，我的腿上胳膊上缠着那么多白纱布，又是炎热的夏天，奶奶能看不到吗？

我正琢磨着。奶奶推门走进屋，看到我躺在床上，奶奶说：

"帅帅,今天回来的早啊。你那个社会什么课,该上完了吧。"

我伸个懒腰,从床上爬起来,故作轻松地说:"奶奶,真让你说对了,放假两个多星期,我们的社会实践课结束了。"

"总算结束了,赶快在家好好歇几天吧。"奶奶拿毛巾擦把脸,一下子发现了缠在我胳膊上和腿上的白纱布,"哎呦"一声便跑过来,说:"帅帅,这是咋了?"

我向旁边躲了躲,笑着说:"没事的奶奶,我同学骑自行车带着我,摔了一下子,擦破一点儿皮。真的,你看看。"

我说着,又是挥胳膊又是踢腿的,给奶奶打了一通拳。尽管我的肉皮疼得火烧火燎的,但我笑得咯咯响。

奶奶说:"好了好了,这么不小心。记住,可别沾水。"

"知道了奶奶。"我说,"我想吃凉面了。"

我转移了话题。中午没吃饭,也确实饿了。果然,奶奶一听我想吃凉面,高兴地说:"好啊,咱就吃凉面。"

饭后,奶奶在屋里看电视。我爬着梯子上了屋顶。我喜欢坐在屋顶上看天空想事情。今天晚上的月亮特别大特别亮,我想起爷爷曾经给我讲过的那些关于月亮的故事,什么玉兔啊嫦娥的,可有意思了。不过,我们老师说,月亮是地球的一颗卫星,上面什么都没有。如果人上去,会处于失重状态,只要轻轻一用力,就会飞起来。我听了特别高兴,心想哪天我一定到月球上去,试试飞起来的感觉,该是多美啊。此时,远处的几颗星星眨巴着眼睛,像相互逗趣的孩子们。可是,我心里却没有它们那么高兴。我有些伤感。对,伤感。因为我的笨而伤感。

在这个世界上，也许只有一个人不说我笨。那就是老鲁爷爷。是啊，老鲁爷爷赏识我、夸奖我，还教我制作根雕。

我想起妈妈和妹妹走后的那天中午，时间不到两点，我已经坐不住了。我走出大门，穿过胡同，来到前街。午后阳光炙热，街上难见人影，就连树叶也变得无精打采。我站在阳光下，皱着眉头，似乎是第一次感觉到孤独。学校里那么多同学，此时此刻，他们都干什么去了呢？

当我推开老鲁爷爷家大门的时候，老鲁爷爷正神采奕奕地坐在葡萄架下面，手里摇着蒲扇，桌上放着一杯刚泡上的绿茶。

老鲁爷爷刚刚刮过胡子，穿着一件白色对襟的棉布短衫，显得特别干净整洁。我跟在他身后，走进南屋，看着桌头上摆着一个长方形的棕色塑料盘子，里面放着长长细细的小刀子和小铲子。

"帅帅，你把树根捞到盘子里，开始去皮吧。一定要小心，不要伤到里面的木头，因为所有的木质都是有纹理的。纹理本身就是很美的图案。"

老鲁爷爷说得真好。我把那个最大的树根从水里捞出来。心想，跳舞的孩子，就从你开始吧。

以前，我见过老鲁爷爷给树根去皮，他拿刀的姿势，老花镜后面的眼神，我记得清清楚楚。刀子在他手里跟活的一样，轻轻点几下，拨一拨，整块的树根皮就掉下来了。此时，我也学着记忆中老鲁爷爷的样子，坐在板凳上，眼睛端详着树根。可是，当我拿起刀子，看了半天，也不知道怎样下手。

老鲁爷爷指着树根说："看到树皮上这些本来就有的裂缝了吗？用刀刃沿着一个裂缝轻轻地划，来回划，对，多划几下，然后把刀刃放在里面，再左右使劲儿拨几下，直到树皮松了、开了，对，再拿刀刃贴着树皮和木头间的缝隙，小心翼翼地划拨。对，就是这样。"

老鲁爷爷这么一指点，我立刻开了窍。只是我笨手笨脚的，汗水一会儿就淌下来。

老鲁爷爷说："不着急，这是细活儿，要有耐心。"

我费了九牛二虎之力，用了一个多小时的时间，总算剥完了这个树根的皮。我长嘘一口气，拿给老鲁爷爷看，老鲁爷爷点点头，说："不错，再用小铲子，把一些挂着的皮屑轻轻刮一刮就行了。"

老鲁爷爷又说："过一会儿，你把去好皮的树根带回家，放在桌子上，仔细看，起好名字，你再来找爷爷。好不好？"

是的，那几个去皮剔污的树根我拿回来了，就放在床头的桌子上。天天睡觉前，我都要看几眼。其实我心里已经有谱了，只是因为白天要去干活儿，没有仔细想。

那四个树根，只有两个可以用。一个是最大的那个，就是妹妹春妮说像幼儿园里孩子跳舞的那个。我得说，春妮的感觉真好。它真的越看越像一个跳舞的孩子。两条上扬的枝条如同孩子两只张开的胳膊，有头有腰身，腰身还有些旋转，很可爱的样子。遗憾的是，它只有一条腿，如果再有一条抬起来的腿就好了。另一个呢，则是需要横着放的，如果去掉那些无用的根须，它就像一个把头放在胳膊上，斜着身子睡觉的女人。关键是，它的身子那块儿正好鼓起一个圆圆的节疤，所以看上去，就像一个怀孕的女人斜躺着睡觉的样子。

太好了。我明天就去找老鲁爷爷。我得把我的想法跟老鲁爷爷说说，看看对路不对路。老鲁爷爷说，每一个根雕都要有一个合适的名字。这个就好办了。我的这两个根雕就分别叫《跳舞的孩子》和《妈妈的梦》吧。

哈哈，太棒了。我坐在屋顶上，心里特别兴奋。我忘掉了身上的伤痛，忘掉了白天所有的不愉快。我站起来，在黑乎乎的屋顶上手舞足蹈。

我是一个跳舞的孩子！

我朝满天的星星无声地喊道。

有的星星不理我。有的星星朝我眨眼睛。

我想，如果我在月亮上跳舞，会是什么样子呢？

第二天吃罢早饭，我提着树根，来到老鲁爷爷家。老鲁爷爷正站在葡萄架下欣赏葡萄，看到我进门，高兴地说："帅帅啊，来得正好，看看爷爷种的葡萄。一会儿让奶奶挑两串熟的剪下来尝尝。"

葡萄长得真好，紫紫的，覆着一层白霜，一串串垂下来。我说："爷爷，使不得，还没熟透呢。"

老鲁爷爷点点头说："还差一点，再过十天半个月，就甜了。"

老鲁爷爷看到了我胳膊上和腿上缠着的白纱布，说："帅帅，这是怎么回事？"

我挠挠头，不好意思地笑了，说："没事的爷爷，跟同学骑自行车，摔了一跤，擦破点儿皮。"

"一帮臭小子，莽莽撞撞的，以后可得小心。"老鲁爷爷指了指塑料袋里的树根，问道："想好了。"

我点点头，有些羞涩地笑了。

"太好了，"老鲁爷爷说，"来，进屋跟我说说。"

我们走进南屋。我拿出树根，摆在桌子上，把我的想法跟老鲁爷爷说了。老鲁爷爷戴上老花镜，摆弄着树根，仔细地端详着，不停地点着头。

"好！"听我说完，老鲁爷爷只说了一个字。

过了半天，他才接着说道："帅帅，爷爷没有看错，你的艺术感觉非常好，是真的用心琢磨了。我都挑不出毛病来。按着你想的，咱们就这么干吧。《跳舞的孩子》中，增加一条腿确实很有必要：一是它更美观、自然、传神；二是它正好起着平衡作用啊，这样，根雕就站得住了。一条腿好办呀，从不用的树根上截下一段来，用乳胶粘上就行了，这叫补成法，根雕制作中常用的方法。《妈妈的梦》呢，你按着自己的思路，去掉那些无用的根须即可。需要注意，每一刀下去之前，一定要慎重。"

说完，老鲁爷爷把工具摆到我面前，说："好了，开始干吧。今天是大集，我和奶奶到集上买些东西。你边想边做，不能着急。"

老鲁爷爷走后,我皱起眉头,小心谨慎,开始一刀一刀地忙起来。有时候,剔除一个根须,我都要费半天思量。

我忘掉了伤感,忘掉了烦恼,忘掉了时间。

当老鲁爷爷和老鲁奶奶开门进院时,我才如梦方醒。我伸了个懒腰,把两个已经有了些模样的根雕摆在桌面上。两位老人从外面走进来。老鲁爷爷的眼睛一下子盯在桌面上,跟老鲁奶奶说:"老婆子,快看,帅帅制作的根雕。"

老鲁奶奶伸长脖子,认真地看了看,说:"真不错,有模有样的,帅帅心灵手巧啊。"

我满脸的羞涩,不知道说什么好。老鲁奶奶离开后,我跟老鲁爷爷说:"《跳舞的孩子》的另一条腿,我倒是粘好了。可是,它还是站不住啊。"

"好办,加一个木头底座就行了。这个交给我来做。"老鲁爷爷呵呵笑着说,"这两件作品,我看差不多了,等乳胶干透了,最后用砂纸打磨一下就成了。"

我立刻有一种心花怒放的感觉。我竟然在不知不觉中,完成了两件根雕作品。这可是我想都不敢想的事情啊。如今,它们就摆在我面前。

我突然觉得,我也不是那么笨。可是,我为什么就是挣不到钱呢?

十六

在家里待了三天，到了第四天，我实在憋不住了。我把纱布拽下来。伤疤还是挺瘆人的，周围是红艳艳的一圈儿，中间结的是黑乎乎疤痂。这几天我没敢洗澡，浑身都臭了。我洗了个头，来到街上。往哪里去呢？我也不知道。游来荡去的，脚步不自觉地朝十字路口走去。

不知道为什么，我竟然在春明旅社的门口停下来。住在207房间的那个收购蛐蛐的南方人。他还在吗？我充满着好奇，就像有人在后面推着我，推着我走上楼梯，推着我来到207房间门口。

门是开着的。我朝里看了看。让人感到奇怪的是，还是那两个瘦瘦的男人坐在那里说话，和我上次送盒饭来时一个样子，好像上次的话他们还没有说完。他们说着南方话，我还是一句都听不懂。

那个年轻些的男人看到我，马上用我能听懂的话问我："是来送蛐蛐的吗？"

我犹豫一下，便走进去。我挠着头皮说："我过来看看。"

我想起来了。他送过我一张名片。他有一个怪怪的名字，叫陈社会。

这个叫陈社会的人站起来，说："我见你面熟啊，你肯定来过的。"

我点点头，说："我是来过，但不是来送蛐蛐，我是来给你们送盒饭的。"

"晓得了晓得了，"陈社会咧咧嘴说，"今天，我可没要盒饭啊。"

"我今天也不是来送盒饭的。我，我只是来看看。"我有些支支吾吾。

"那就看看吧。随便看了。"

我来到桌前，看了看桌子上堆着的瓷罐罐，问道："里面都有蛐蛐吗？"

陈社会说："有的有，有的没有了。"

我突然问："一只蛐蛐能卖多少钱？"

"不一定了。从三块、五块钱到五六千块钱，差好多了。还有的，一块钱都不值了。"陈社会叹一口气，接着说，"当然，我们今年来得早，再过半月二十天的，才是收虫的好季节。我们必须得早来了，不过，早来也不见得碰到好虫了。"

陈社会说的话我似懂非懂。但可以肯定的是，捉蛐蛐是可以卖钱的。

我声音颤抖地问："名片上的电话和名字都是你的吗？我可以找到你吗？"

陈社会笑笑说："当然了，随时来找我了。"

我离开春明旅社，脚步变得轻快起来。我似乎又发现了一个大秘密。我得去找老鲁爷爷。没有老鲁爷爷不知道的事情，关于如何捉蛐蛐，他肯定知道很多。可我不能跟老鲁爷爷说出我心里的秘密。孩子想捉蛐蛐玩儿，是天性啊，对，老鲁爷爷不会想太多。

我来到老鲁爷爷家。老鲁爷爷带着老花镜，正坐在南屋里忙着呢。看到我进来，老鲁爷爷摆摆手说："帅帅啊，来得正好，过来看看。"

哇，原来是老鲁爷爷为我的根雕做好了底座。那个跳舞的孩子单腿伫立在那里，另一条腿翘起来，扭着身子，挥舞着双臂，活生生的样子，棒极了。

"太像了，真的是太像了。"我禁不住喊出声来。

老鲁爷爷呵呵笑着说："这可是你自己制作的根雕，要好好地保存啊。"

我点着头，心里却惦记着蛐蛐。我把捉蛐蛐的想法跟老鲁爷爷一说。老人家的两眼一下子放出光来，说道："爷爷小时候啊，最着迷的一件事，就是捉蛐蛐。"

我一听，忙坐下来，急切地说："爷爷，快跟我说说，怎样才能捉到蛐蛐？"

老鲁爷爷喝一口茶，不慌不忙地说："捉蛐蛐，这里面的学问大着呢。要做到耳聪目明、脚轻手灵。要善于辨别，叫声清脆的肯定是好蛐蛐。看到了蛐蛐，手要快，手中的网子唰就过去了，等它一蹦，那就晚了。还有，要会找蛐蛐，蛐蛐喜欢在有食有水的地方，当然，玉米地、豆子地里还是最多的地方……"

我认真地听着老鲁爷爷的话，都快听傻了。我没想到还有这么多门道。老鲁爷爷光说捉蛐蛐的学问了，我听了半天，还不明白捉蛐蛐需要哪些工具呢。

我不禁问道:"爷爷,捉蛐蛐需要哪些工具呢?"

老鲁爷爷说:"这太简单了,找一个挖蛐蛐洞用的小铲刀;到五金土产店里买一个捉蛐蛐用的尼龙网;再买一根竹竿,沿着骨节下面,把它截成一段段的小竹筒,捉到蛐蛐,放进竹筒里,用青草塞好。"

老鲁爷爷咂摸着嘴唇说,"捉蛐蛐可是最快乐的事情,只不过我老了,捉不了了。"

老鲁爷爷的眼神里流露出一些眷恋和伤感。如果老鲁爷爷再年轻几岁,我们在一起捉蛐蛐,那可能是世界上最快乐的事情。可是,老鲁爷爷确实老了。

一回到家,我就开始忙活起来。老鲁爷爷说的几样工具,我根本不用去买。小铲刀家里有,竹竿家里有。我们家的偏房里,还有一挂废弃的渔网,网孔细密柔软,做捉蛐蛐的小网兜,再合适不过。我找出爷爷曾经用过的小钢锯,把竹竿截成一个个小竹筒。尽管锯条已经锈迹斑斑,但锯竹子还是绰绰有余。我又找出一段钢丝,用老虎钳子把它圈成足球大小的钢圈儿,固定在一米多长的竹竿上,把渔网剪成圆形的一片,再用细铁丝固定在钢圈上,一个不错的网兜就成了。

我吭哧一下午,汗水不知道流了多少,但看着自己做的网兜和小竹筒,心里别提有多么高兴。我心里一高兴,就想起妹妹春妮。又好几天没陪春妮玩了,我想,反正是捉蛐蛐,要不明天我去找春妮,我们一起去田野里捉蛐蛐。

饭后，我要过奶奶的手机。电话里，妈妈的声音疲惫、沙哑。我想问她是不是病了，可张口说出的却是："妈妈，我想跟春妮说话。"

春妮高兴地叫了声哥哥。听到春妮喘气的声音，我似乎能嗅到她口里哈出来的那股青草的气息。

我说："春妮，明天哥哥去找你玩儿。咱们去地里捉蛐蛐好不好？"

春妮说："太好了哥哥。我们还是小桥上见吗？"

我说："还是小桥上见。上午八点，不见不散。你可得跟妈妈说一声啊。"

春妮说："好的哥哥，不见不散啊。"

十七

我跟奶奶说，明天我去捉蛐蛐。奶奶嘿嘿地笑了。奶奶这一笑，把我吓了一跳。

奶奶说："一说捉蛐蛐，让我想起你爸爸小时候的样子，也是瞪着大眼，嗡声嗡气跟我说，我要去捉蛐蛐。他生怕我不同意。我才不会呢，男孩子就应该去捉蛐蛐。你爷爷三十好几的时候，还喜欢捉蛐蛐呢。"

奶奶说完，好像又想起了原来好玩的事情，禁不住又笑起来。我也笑了。笑完后，我又想哭。两年多来，这是奶奶第一次说到爸爸和爷爷，并且是笑着说的。

这天晚上，我躺在床上滚了半天才睡着，早上醒来一看，刚刚五点钟。不过，窗外天已亮了，传来鸟的叫声。我头脑清醒，再也睡不着了。记得老鲁爷爷说，后半夜到早上五六点钟，正是捉蛐蛐的好时候，上品的大蛐蛐叫声最亮，因为它们都钻出来喝露水。喝了甘甜的露水，它们就叫得欢亮。

想到这里，我干脆从床上爬起来。我决定，现在就出发。我要一路捉到道口村去，正好带上妹妹去玩儿。我专门穿上一条长裤子。我害怕春妮看到我腿上的伤疤，回家跟妈妈说了，妈妈会担心的。

奶奶还在睡觉。我悄悄地背上书包。书包里放着一瓶水、小铲刀和几个竹筒，都是我昨天晚上准备好的。我脸都没洗，抓起小网子，走出门来。

我心里好激动，脚步迈得飞快，如同一个急着挖宝藏的人。我穿过街道，爬上鬲津河大堤。野花在清晨的朝阳中，显得尤其娇艳。白色的蝴蝶醒得比人还早，在野花间起舞。我竖起耳朵，仔细分辨各种声音，高处的是鸟叫蝉鸣，低处的可就多了，似乎所有的活物都已醒来，用歌声迎接新的一天。

我站在河堤上，有些傻眼。我根本听不出哪是蛐蛐的叫声。我只好走进野草和低矮的灌木丛中。露水打湿了鞋子和裤腿，粘在皮肤上，凉丝丝的。我先是看到有两只蚂蚱蹦起来，弯腰仔细看，发现各种小虫竞相逃窜，显然是我惊扰了它们。

我就这么一路趟着野草和灌木，来到河堤下面。有一只绿色的大蚂蚱从我身边飞过，它闪动着翅膀，发出神奇的咔嚓咔嚓声。我还遇见一只绿色的大蜻蜓，像阿帕奇直升飞机那么漂亮。要是以往，我会拼命地抓住它们，送给春妮当见面礼。可是现在，我心里只有蛐蛐。倒是看到过几只，但颜色偏浅，又弱又小，不适合捉，只好放弃。

阳光变白了，逐渐有了热度。我的额头上也冒出汗来。来到河堤下面的一个水洼旁，我正想喘口气歇一歇，突然看到水边趴着一只紫红色蛐蛐，头大、腰粗、腿长，双尾翘起，两根长长的须子抖动着，一看就是浑身都有劲儿的。我的神经一下子绷起来，按老鲁爷爷说的，脚轻手灵，立刻举起网子，猫起腰。来不及细想，便把网子甩过去。

成功了！蛐蛐跳起来的同时，被网子盖在下面。我激动得涨红了脸，半天都没敢动，摁着网子的手都在颤抖。蛐蛐在网子里转圈儿。我害怕伤到蛐蛐的须子，赶紧蹲下来，把手伸入网下，然后从书包里摸出一个竹筒，把蛐蛐轻轻地推进去，又顺手拽起一把草叶，团一团，塞在竹筒口。

我长吁一口气，禁不住裂开嘴乐了。

我能感觉到这只蛐蛐不错。

就这样，我沿着河边向桥的方向走，又捉到了两只蛐蛐，但都不如在水洼边捉到的第一只好。我看了看手腕上的电子表，时间已经差不多了。我穿过大桥，翻过另一边的河堤，径直朝道口村走去。

好远就看到春妮站在桥头上，穿着粉红色的细纱裙，扎着马尾辫，看到我，高兴地蹦跶过来。看来，小丫头已经在这里等一会儿了。

"春妮，我已经捉到三只蛐蛐了。"

"真的？我看看，我看看。"春妮蹦着高要看。

"不行的，我已经把它们装进了竹筒里，一看就跑了。一会儿，哥哥给你捉新的，哥哥一定捉一只送给你。好不好？"

"好吧。咱们去哪里捉呢？"春妮皱着小眉头问。

"你看周围，全是玉米地和豆子地。那里面啊，到处都是活蹦乱跳的蛐蛐。"我拍着胸脯，呵呵笑着说，"走，出发。"

春妮一下子乐了，她学着我的样子，说："走，出发。"

我们钻进玉米地。高大的玉米如同巨兽似的，一下子吞没了我们。刚开始，我和春妮觉着很新鲜，嘿嘿地笑着闹着。我们钻啊钻啊。宽大的玉米叶子被我们碰得欻欻响。可是，我心里总觉得不对劲儿，但一时又说不出是哪里不对劲儿。

我朝春妮嘘了一声。我们同时停下来，猫着腰站在那里，一动不动。春妮瞪着大眼，朝我吐了吐舌头。

我没想到，玉米地里这么安静。安静得让人心里发慌。

不对啊，玉米地里应该是杂草丛生，各种活物乱窜乱蹦才对啊。我这才发现，我脚下的地上，一根杂草都没有，除了粗壮整齐的玉米棵子，什么都没有。我蹲下身子，朝周围看，我能看出去好远，可是我看不到一根杂草。

我没想到，玉米地里这么干净。

干净得令人心里发毛。

周围静极了。因为没有风，所以连玉米叶子都纹丝不动。这种静是不对的。这是一种死气沉沉的静。我突然意识到，这里没有任何虫子的叫声。别说蛐蛐的叫声，什么虫子的叫声都没有。

我感到惊恐。我被我的发现惊呆了。

"哥哥，蛐蛐呢，我们怎么一只蛐蛐也见不到啊？"春妮疑惑地问我。

"哦，蛐蛐啊，天热，它们可能都躲在什么地方睡觉了吧。"我尴尬地朝春妮笑笑说。

春妮很认真地点点头，说："它们肯定都在睡觉呢，我连只毛毛虫都没看到。"

我们终于来到一块开阔地。这里有一行柳树。我们在柳树下面坐下来。胳膊被玉米叶子划出一道道红印，火辣辣地疼。春妮这才看到我胳膊肘上的紫疤，瞪着眼说："哥哥，你的胳膊怎么了？"

我笑了笑说："没事的，前几天骑车子，摔了一下，已经好了。"

我让春妮摸了摸疤。疤瘌硬硬的。

"哥哥，昨天晚上，我做了一个好怪好怪的梦。"春妮说，"我梦见我走在一条黑乎乎的路上，走着走着，猛地看到从前面的树杈后面，慢慢地升起来一个大月亮。那个月亮越变越大，最后变得好大好大，到处都被照得亮亮堂堂的。我感到好惊奇，月亮里面的大树、坐在树下纺线的王母娘娘和玉兔，我都看得清清楚楚。更奇怪的是，我突然看到你从大树后面走出来。我好纳闷，哥哥怎么跑到月亮上去了？你走得很慢很慢，好像走不动似的。你扬起两条胳膊，翘起一条腿，好像要跳舞似的……"

春妮做的这个梦真是好奇怪，就跟今天在玉米地里看到的情景一样奇怪。春妮说跳舞的时候，让我一下子想起我亲手制作的那个根雕……

它们之间有什么联系吗？真的让人琢磨不透。

十八

我回到镇上，直接来到春明旅社。这一次，房间里只有陈社会一个人。一份金嫂子米饭铺的盒饭摆在桌上。他正准备吃午饭。他看到我提着网子背着书包的样子，一下子笑了。

"捉到虫了？我看看。"

我放下网子，忙从书包里拿出那三个塞着青草的竹筒。陈社会拿起竹筒，熟练地倒出蛐蛐。他只是瞅一眼，两秒钟没有，便把蛐蛐放了回去。前两个都是这样，到了第三个，也就是在水洼前捉到的那只，我看到他的眼睛亮了一下。这次，他端详了有十秒钟，才把蛐蛐放进去。我急切地望着他。他扭过头说："这只不错，值二十块钱。那两只嘛，一分钱不值了。"

我一听，有些傻眼。但我的判断是对的。我也觉得那两只不如这一只。可他凭什么说这一只只值二十块钱呢？为什么不是二百块钱呢？

陈社会肯定看出了我的心思。他随手从桌子上拿过来一个瓷罐罐，说道："小家伙，你过来，我让你看一个五百块钱的蛐蛐。"

说着，他拿掉瓷罐上的盖子。一个个头硕大、通体黑青、背阔腿粗、两尾透明锃亮的蛐蛐出现在罐子里。我承认，这只蛐蛐的确气象不凡，一看，就比我那只威猛雄壮得多。我觉得，这个陈社会并没有骗我。

"一分钱一分货啦。"陈社会盯着我说，"怎么样？小朋友，二十块钱卖不卖？要不你去别人那里问问。"

"二十就二十吧。"我想，总比一分钱挣不到强。

我接过陈社会递过来的二十块钱，心里还是挺激动的。放暑假以来，我干了这么多活儿，这毕竟是我拿到手的第一份钱。陈社会把蛐蛐从竹筒里取出来，放入一个罐罐里，然后又拿起一根草来，逗弄几下罐中的蛐蛐，咧开嘴笑了。

"为什么玉米地里那么干净？没有草，也没有蛐蛐，连别的虫子都没有。"

我突然把心里的疑惑跟陈社会说了出来。陈社会听罢，并没有很惊奇的样子。他把竹筒递给我，说："一听你就是刚开始捉虫，这样的事情已经好几年了。这几年庄稼地里没什么虫了，人们都用一种叫百草枯的农药，杂草倒是不长了，同时，也把各种各样的虫子给杀死了。蛐蛐当然不能例外。"说完，陈社会叹了口气。

哦，我恍然大悟。我一下子明白了那种干净和安静。我明白了为什么它们会让我感到不安。老鲁爷爷说的那种杂草丛生、蛐蛐乱蹦的情景，早已是过去的事了。

"现在捉蛐蛐，"陈社会点上一支烟说，"就在废弃的场院里啊，麦秸垛草垛下面啊，水沟旁啊乱石堆里这些地方，不要去玉米地里，那里什么都没有。现在见到个好蛐蛐难啊。"

我跟听天书似的，原来，这里面还有这么多让人不知道的秘密啊。

"你要是真想捉到好蛐蛐，最好是半夜十二点以后，拿着手电筒，到那种好久没人住的荒芜的宅院里，先仔细听蛐蛐的叫声。蛐蛐一般藏在墙根、墙缝里，叫声很好辨认了，就是蛐蛐蛐蛐的声音，你要寻找那种叫声清脆的去抓，说不定就能捉到值大钱的蛐蛐。这样的蛐蛐，你抓到一只，钱就够你花的了。"

陈社会说得头头是道，我呢，如同醍醐灌顶。

我离开春明旅社，兜里揣着二十块钱，朝奶奶的摊位走去。

可是，大柳树下空荡荡的。奶奶没出摊。我心里咯噔一下子。奶奶是不是又犯了老胃病。

奶奶果然又卧在床上。家里的胃药没了。奶奶给我二十块钱，让我去买药。我悄悄把奶奶的钱放进抽屉里。我兜里有二十块钱，正好给奶奶买药用。一想到是用我赚的钱给奶奶买药，心里就有了种莫名的兴奋。前街诊所的大夫一看是我，就问，是不是奶奶的胃病又犯了。我点点头。大夫二话没说，就给我拿了两瓶药。

十九块五。我把二十块钱递给大夫。大夫找给我一枚黄橙橙的硬币。我把硬币攥在手心里。硬币在我的手心里凉丝丝的，舒服极了。

本来，我下午是想睡一觉的。早晨起得早，又跑了整整一上午，确实有些累。但是奶奶一犯老胃病，我躺在床上，又怎么都睡不着了。我想着陈社会告诉我的那些话，越想越有道理。我干脆爬起来，来到街上。我穿过一条条的街道和胡同，寻找那些荒芜的院落。

在雾镇的东北角上，我发现了一个好大的院子，门口的大铁门已是锈迹斑斑。一看就是被废弃不用的院子。不远处砖墙的高处，有一个豁口，豁口下面，还有两块石头。平时，肯定有一些调皮的孩子爬进爬出。我踩着石头，掰着砖块，身子一跃，也爬了进来。嚯，院子比我想象得还要大！远处的几排房子，塌陷的塌陷，歪倒的歪倒，还有几台农业机械淹没在荒草之中，早已锈得不像样子，有一个废弃的篮球场，只剩下了一个没有篮球筐的篮球架。这真是一个奇怪的地方，到处都是荒草、瓦砾、废铁和破房子。这是不是爷爷原来经常提到的老拖拉机站呢？不管怎么说，这里像极了陈社会所说的那种捉到好蛐蛐的地方。

我在大院里转了一圈儿，草丛里有好多蚂蚱和昆虫，草上面还有飞着的蝴蝶和蜻蜓，跟我在河边看到的情景差不多。我似乎看到，在那些废铁和瓦砾的下面，有一些个头硕大的蛐蛐正趴在那里睡觉呢。到了半夜里，它们就会精神抖擞地跑出来高声歌唱。

今天夜里，就是这个地方了。

我没把夜里去捉蛐蛐的事告诉奶奶。我怕奶奶不放心。晚上，我早早熄了灯，装出睡觉的样子，趴在床上不时地看表。时间突然变得慢起来，半天都不跳一个格。有一次，我真的打了瞌睡，差点儿就睡过去。我拍了自己一下子，看看表，才刚十点多钟。我决定十一点就走。还有一个小时，快了，我告诉自己，快了，就闭上了眼睛……

　　我背着书包，一手提着网子，一手拿着手电筒，从家里走出来。我沿着漆黑的胡同朝北走。我心里被一种欣喜笼罩着。我肯定能捉到五百块钱的蛐蛐。我可以给妹妹买镇上最好的书包了。我差点大声喊出来。可是，周围的气氛有一种怪怪的感觉。

　　我不禁停下脚步，一抬头，惊奇地发现，胡同口变得非常明亮，似乎还传来阵阵掌声，就好像有什么演出即将开始。我心里既好奇又纳闷，噔噔地跑到胡同口。

　　眼前的世界让我瞪大眼睛。有一条闪光的路通在我的脚下，不远处，是一轮巨大的明亮的圆形舞台，一个手拿话筒、戴着礼帽、穿着燕尾服的小丑正朝我招手。我刚踩上闪光的路，便如同通了电似的，脚下立刻变得轻飘飘，不用劲儿，就能向前轻松地走，跟踩在云彩上一样。突然，下面响起哗哗的掌声。我紧张地朝下面看，可是下面黑乎乎的，什么都看不见。

　　小丑突然说话了："欢迎庄帅同学来到月亮舞台！"

　　啊，月亮舞台？我仔细看，这明亮的圆圆的舞台，确实就像一个巨大的月亮。

说话间，我已经站在小丑身边。

小丑说："庄帅同学，你来到美妙的月亮舞台，给大家带来了什么节目？"

我面红耳赤，急得不知道说什么好。我脚下软绵绵的，几次都差点摔倒。我歪扭着身子，好不尴尬。

小丑笑呵呵地说："庄帅同学，你会舞蹈吗？"

我摇摇头。

"唱歌？"

我摇摇头。

"朗诵？武术？小品？相声？"

我一个劲儿摇头。

小丑皱了皱眉头，说："那你为什么来到月亮舞台？"

可是，我也不知道啊。我都快急哭了。

小丑说："那么，庄帅同学，你到底会什么呢？"

我挥舞着手里的网子和手电筒，突然大声喊道："我会捉蛐蛐。"

喊完，我就哭了。这一嗓子，好像把力气都用完了。我好累。

台下传来无数的人哈哈的大笑声……

那个小丑，他到底想让我表演什么呢？

原载《人民文学》2018 年第 2 期